1

Am herbstlichen Nachthimmel über den Wester Ross Mountains waren die ersten Sterne erschienen, doch Robert nahm keine Notiz davon. Er hielt den Kopf gesenkt, während er sein Fahrrad in die dunkle Garage schob. Dann trat er ins Freie, schlug die Tür hinter sich zu und rannte fröstelnd zum hell erleuchteten Hauseingang. Der anderen Person allerdings, die ihn aus den Schatten der Bäume heraus beobachtete, fielen die Sterne sehr wohl auf. Für sie bestand kein Zweifel daran, dass sie ein Zeichen des Himmels waren.

An der Schwelle zögerte Robert kurz, um nach dem Handy in seiner Tasche zu tasten. Nur zu gern hätte er die Nachrichten gleich noch einmal gelesen.

Stammten sie wirklich von seiner Mum? Das ergab doch keinen Sinn. Und das Telefon – es war mit Klebeband am Lenker seines Mountainbikes befestigt gewesen, als er sich am Morgen auf den Weg zur Schule hatte machen wollen. Das war noch viel eigenartiger. Andererseits war nichts mehr, wie es war, seit sie fortgegangen war. Als wäre seine Welt komplett aus den Angeln gehoben. Robert klopfte die Tasche seiner dunkelblauen Jeans ab. Zwanghaft prüfte er zum wiederholten Mal, ob das Telefon noch da war. Er zog die Hand zurück und verkniff es sich, es hervorzuholen. Nicht, dass sein Dad noch etwas mitbekam und Fragen stellte. Schließlich war es seine Schuld, dass sie weg war, oder nicht? Irgendwie musste er sie vergrault haben.

Robert drückte die Haustür auf. Seit Wochen schon schloss sein Vater nicht mehr ab. Offenbar hoffte er nach wie vor, dass sie zurückkommen würde. Was bringt ihn nur auf den Gedanken? Im Haus war ein Geräusch zu hören, ein leises Rascheln, als hätte sich auf dem alten Sofa jemand umgedreht. Er stellte sich vor, wie sein Vater hoffnungsvoll den Kopf in die Höhe reckte und in die Stille hineinlauschte.

»Ich bin's«, rief Robert, eine Hand bereits am Treppengeländer.

»Ich hatte dich eigentlich gleich nach der Schule zurückerwartet.« Die Stimme seines Dads verriet, was für ein Schwächling er war. Einfach nur erbärmlich. »Du bist erst sechzehn. Ich hatte dich doch gebeten anzurufen und Bescheid zu geben, dass alles gut ist.«

»Ja und? Du wirst es überleben.« So ein Weichei. Kein Wunder, dass Mum ihn verlassen hat. Ehe Robert diesen Gedanken zu Ende gedacht hatte, kam ihm ein noch viel schrecklicherer Verdacht: Was, wenn es ganz anders war? Was, wenn sie seinetwegen gegangen war?

Nein, das kann nicht sein.

Er schloss die Hand um das Telefon in seiner Tasche. Das hier war Beweis genug. Sie hatte ihn um ein Treffen gebeten. Warum hätte sie das tun sollen, wenn sie seinetwegen gegangen wäre? Andererseits hatte seine Mutter ihn noch nie Robert genannt. Immer Robbie oder Rob. Was sollte das plötzlich? Ratlos strich er sich über die kurzen braunen Haare. Er sollte mit seinem Dad reden, ihn lesen lassen, was sie geschrieben hatte. Vielleicht hatte sie … Robert wusste nicht recht, wie er es nennen sollte … einen Nervenzusammenbruch oder eine Depression?

Er klammerte sich an dieser Vorstellung fest, ein winziger Hoffnungsschimmer. Das würde alles erklären. Warum sie gegangen war, die sonderbaren Nachrichten. Vermutlich schämte sie sich und machte sich Gedanken, was sein Dad und er von ihr dachten. Robert malte sich aus, wie er ihr zärtlich die Hand auf die Wange legte und sie tröstete. Schon gut, Mum, wir sind für dich da. Er wandte sich in Richtung Wohnzimmer, blieb dann aber wie angewurzelt stehen, als er die erstickten Laute aus dem Inneren des Raums wahrnahm. Eine nie gekannte Angst gesellte sich zu den anhaltenden Magenschmerzen, als ihm bewusst wurde, was er da hörte: Sein Vater weinte. Möglichst leise wandte er sich ab und schlich nach oben zu seinem Zimmer, das direkt am Treppenabsatz lag.

Er war aufgewühlt und durchlebte ein Wechselbad der Gefühle. Das alles schlug ihm gewaltig auf den Magen. Er fühlte sich gleichzeitig alt und ausgelaugt, jung und kraftlos.

Als er die Tür öffnete, nahm er ganz schwach einen fremden Geruch wahr. War es ein Parfüm? Das seiner Mum? Robert schüttelte unwillkürlich den Kopf – reines Wunschdenken. Die trippelnden Schritte von Ellie, seinem Hund, ließen ihn aufhorchen. Er drehte sich um. Sie war ein schon in die Jahre gekommener Schottischer Hirschhund mit strubbeligem grauem Fell, das ihr tief in die Stirn hing. Die Hündin schnupperte kurz an Roberts Bein, dann drängte sie sich an ihm vorbei ins Zimmer. Er strich ihr über das Fell und sah zu, wie sie ein wenig ungeschickt auf sein Bett sprang. Langsam drehte sie sich mit ihrem langen, sehnigen Leib um die eigene Achse und ließ sich auf die Decke sinken.

Robert trat ein, stieß die Tür hinter sich zu und ließ seine Tasche achtlos auf den Boden fallen. Er hatte Hausaufgaben zu erledigen und musste sich auf die Prüfungen vorbereiten. Kurz warf er einen Blick auf den sträflich vernachlässigten Lernplan, der an der Wand gegenüber hing. Bevor seine Mum sie verlassen hatte, war er ein eifriger und fleißiger Junge gewesen. Er hatte so viel Wissen wie nur möglich in sich aufgesaugt, um irgendwann aus Wester Ross wegzukommen. In diesen nordwestlichen Teil der schottischen Highlands und speziell in ihre Gegend kamen Touristen in erster Linie zum Bergwandern. Oder um die Strände zu besuchen. Wie Robert gehört hatte, sollte es sogar Leute geben, die eigens herkamen, um fernab jeglicher künstlichen Beleuchtung am nächtlichen Himmel die Sterne und Planeten zu beobachten. Die hatten ja keine Ahnung, wie es war, in einem derart gottverlassenen Tal mitten im Nirgendwo zu leben. Wieder schüttelte er den Kopf, den Blick immer noch auf den Plan geheftet. Momentan hatte er nicht den Nerv, sich wegen alldem Gedanken zu machen. Seine Mum geisterte ständig durch seinen Kopf.

Er setzte sich an seinen Schreibtisch, und wieder wanderten seine Hände unwillkürlich an seine Tasche. Der Anblick des Bechers neben seiner noch ausgeschalteten Schreibtischlampe ließ ihn innehalten. Es war die Lieblingstasse seines Dads, die weiße mit dem alten, verwaschenen Werbeaufdruck vom Landwirtschaftsministerium.

Augenblicklich war das Telefon vergessen. Er beugte sich vor und knipste die Lampe an. Die Tasse war noch warm. Heiße Schokolade. Die mochte er für sein Leben gern. Sofort stiegen Schuldgefühle in ihm auf. Das war typisch Dad, seine Art, ihm zu zeigen, dass er ihn verstand und genauso empfand wie er. Robert nahm einen Schluck von der cremigen, süßen Flüssigkeit. Und gleich noch einen. Der intensive Geschmack hüllte all seine Sinne ein, während er sich neben Ellie auf das Bett legte und sich zusammenrollte. Ihr weiches Fell an seinem nackten Arm wirkte beruhigend auf ihn. Von unten vernahm er das leise Murmeln des Fernsehers. Und wider Erwarten empfand er auch dieses Geräusch als tröstlich.

Ellie winselte und riss den Kopf herum. Robert folgte dem Blick des Hundes zur Fensterseite des Zimmers. Die Dunkelheit schien zu ihm zurückzustarren. Ein Schauder durchfuhr ihn. Nun zog er doch das Handy aus der Tasche. Nach kurzem Zögern fing er an zu tippen, bevor er es sich anders überlegen konnte: Ich würde dich sehr gerne sehen. Wann können wir uns treffen? Schnell drückte er auf Senden.

Er ließ das Handy auf die Decke fallen und kraulte Ellie den Kopf. Strich über den feinen Flaum an ihren Ohren. Er atmete ihren unverwechselbaren Duft ein, ein Destillat aus wohliger Wärme und Sicherheit. Geistesabwesend starrte er auf eine Stelle oberhalb ihrer Augen, blinzelte. Jede einzelne Strähne ihres Fells stach überdeutlich hervor. Wieder ein Blinzeln. Diesmal schien Ellie vor seinen Augen zu verschwimmen.

Die Hündin winselte erneut. Plötzlich streckte sie sich, sprang vom Bett herunter und bewegte sich seltsam steif auf das Fenster zu. Sie drehte sich nach ihm um und fing seinen Blick ein, das Weiß ihrer Augen größer als sonst. Sie fing an, mit der Pfote in dem Haufen Schmutzwäsche zu wühlen, der sich direkt unterhalb des Fensters türmte.

»Was ist denn los, Ellie, was hast du?«

Robert registrierte seine undeutliche Aussprache, spürte den Speichelfaden, der ihm übers Kinn lief. Er hob die Hand, um sich über den Mund zu wischen, doch sein Arm wollte ihm nicht gehorchen. Eine Woge der Panik riss ihn mit. Er wollte sich im Bett aufrichten, war aber nicht dazu in der Lage.

Dann schrie er.

Allerdings war das, was über seine Lippen kam, nicht mehr als ein klägliches Hauchen. Noch einmal versuchte er hochzukommen. Als er feststellen musste, dass er nicht einmal den Kopf drehen, geschweige denn einen Finger rühren konnte, packte ihn für einen schrecklichen Moment die nackte Angst.

»Dad. Bitte hilf mir«, wollte er rufen. Doch die Worte blieben leblos in seiner Kehle stecken.

Dad. Bitte.

All die verletzenden Dinge, die er seinem Vater an den Kopf geworfen hatte.

Das Fernsehgerät verstummte. Robert vernahm mehrfach ein leises Klicken. Sein Vater knipste gerade sämtliche Lichter im Wohnzimmer und anschließend die unten im Flur aus.

Ellie bellte. Ihre Lefzen bebten, die gelb verfärbten Eckzähne waren entblößt. Wie schon zuvor nahm Robert ganz schwach diesen fremden Geruch wahr. Er versuchte zu schlucken und spürte, wie ihm der Speichel die Kehle hinunterrann. Extrem süß im Geschmack, aber mit einer unterschwelligen Note. Ein Hauch von Bitterkeit. Wieder versuchte er zu schlucken. Nichts. Konnte er überhaupt noch atmen? Eine beklemmende Enge legte sich um seine Lunge, abermals wurde er von Panik erfasst.

Dad. Bitte! Hilf mir.

Im nächsten Moment waren die Schritte seines Vaters auf der Treppe zu hören. Das vertraute Knarzen der Dielenbretter, als er oben am Absatz innehielt, direkt vor der Tür zu Roberts Zimmer. Die Tür ging auf.

Daddy.

Sein Beschützer, er spendete ihm Trost bei jeder Art von Ängsten. Vor der Dunkelheit, vor Monstern.

»Rob.« Die Stimme seines Dads auf dem Flur. »Tut mir leid, alles … das mit Mum. Du weißt, du kannst jederzeit zu mir kommen und mit mir reden …«

Bitte hilf mir, Dad. Doch die Worte blieben eingeschlossen in Roberts Kehle, und außerdem lag er mit dem Rücken zur Tür, weshalb sein Vater sein Gesicht nicht sehen konnte.

»Wir können uns morgen unterhalten.« Sein Vater klang viel zu geknickt und zu niedergeschlagen, um eine Antwort von seinem Sohn zu erwarten. »Komm, Ellie, ab nach unten und ins Körbchen mit dir.«

Die Hündin winselte, dann stieß sie ein kurzes Bellen aus. Sie wollte sich nicht von der Stelle rühren.

Sieh mich an, Dad. Bitte schau nach mir!

Robert hörte, wie sein Vater einen Schritt ins Zimmer machte. »Ellie. Komm.« Seine Stimme klang schärfer. Widerstrebend wandte sich die Hündin vom Fenster ab und folgte ihrem Herrchen. Am Fußende von Roberts Bett blieb sie noch einmal kurz stehen und winselte, dann verschwand sie aus seinem Blickfeld.

Innerlich schrie und schrie Robert.

Doch der Schrei schaffte es nicht über seine Lippen. Er hörte, wie sich die Tür mit einem leisen Klicken schloss, gefolgt von den Schritten seines Vaters, die sich über den Flur entfernten.

Hilflos starrte er in die Dunkelheit. Der leicht bittere Geschmack der heißen Schokolade brannte unter seiner Zunge, als sich mehr und mehr Spucke ansammelte, die er nicht mehr schlucken konnte. Der schwache Duft nach einem Parfüm hing in der Luft. Er starrte vor sich hin, unfähig zu irgendeiner Bewegung, während seine Augen sich nach und nach an die schlechten Lichtverhältnisse gewöhnten.

Für eine Weile herrschte Stille im Haus. Dann summte mit einem Mal das Telefon neben ihm. Robert konnte sich nur leider nicht rühren und die Nachricht lesen. Weil er den Kopf nicht bewegen konnte, zwang er seine Augen möglichst weit nach links und schaffte es, ein einzelnes Wort auszumachen. »Jetzt.«

Kurz darauf drang ein Geräusch vom Fenster her an sein Ohr, aus der Ecke, wo der bodenlange Vorhang hing. Es klang wie ein schweres Atmen – jemand saugte Luft tief in seine Lunge.

Dann das leise Rascheln von Stoff, als der Vorhang sich über den Teppichboden bewegte.

Robert starrte angestrengt in die Finsternis hinein. Ein bleiches Gesicht grinste ihm entgegen.

Samstag

2

Der nackte Leichnam lag in eigenartiger Pose da, mit vornübergebeugtem Torso, das Gesicht in den Untergrund gedrückt. Detective Inspector Monica Kennedy betrachtete den Hinterkopf des Toten mit den kurzen dunklen Haaren. Auf dem unteren Rücken waren tiefe rote Striemen zu erkennen, die Haut wirkte erschreckend bleich und verletzlich. Der Gestank von Verwesung lag in der Luft. Ein Geruch, von dem ihr allererster Vorgesetzter unten in Glasgow behauptet hatte, dass man ihn niemals wieder vergessen würde. Wie recht er doch hatte.

Suchend sah sie sich um. Das Stück Land lag unweit dem Minch, jener Meerenge, welche die Westküste der schottischen Highlands von den Äußeren Hebriden trennt. Durch den nachmittäglichen Dunstschleier glaubte Monica die schroffen Bergketten auf der Insel Skye emporragen zu sehen. Wie ein Ungeheuer, das am Horizont kauerte, jederzeit bereit zum Angriff.

Das nächste Wohnhaus stand knapp fünfhundert Meter entfernt. Weit genug, dass jemand den Leichnam unbeobachtet hier hätte ablegen können. Wahrscheinlich waren der oder die Täter im Schutz der Dunkelheit gekommen. Sie hatten sich alle Zeit der Welt lassen können. So hätte sie selbst es jedenfalls gehandhabt. Nach achtzehn Jahren Erfahrung in der Verbrechensbekämpfung konnte sie durchaus sagen, dass sie ziemlich sicher ungestraft davonkäme, würde sie je einen Mord begehen wollen. Mit dieser Überzeugung ging sie nicht unbedingt hausieren – es war kein Thema, das sie bei einer Runde Stout zur Sprache gebracht hätte –, aber den Gedanken empfand sie als tröstlich. Schließlich bestand ihr Job darin, diesen Unmenschen aufzuspüren, der das Opfer in der wunderschönen Wildnis abgelegt hatte.

Monica sah erneut hinunter auf den Toten. Überall waren Schnittwunden, blaue Flecken und geronnenes Blut zu erkennen, aber auf den ersten Blick war nicht ersichtlich, was die eigentliche Todesursache war. Am liebsten hätte sie die Hand nach ihm ausgestreckt, ihr mütterlicher Instinkt drängte sie, ihn zu trösten – als wäre das bei einem Verstorbenen noch möglich. Ihr Schutzoverall spannte ein wenig um die Hüften und raschelte, als sie in die Hocke ging, sich vorsichtig vorbeugte und die Grashalme rund um die Beine des Opfers behutsam zur Seite strich. An den Stellen, wo der Körper am Boden auflag, war die Haut rot-violett verfärbt. Daraus ließ sich schlussfolgern, dass der Tote an dieser Stelle abgelegt worden war, bevor der Blutfluss zum Stillstand gekommen war, oder er war bereits vorher in diese ungewöhnliche Position gebracht worden.

Monicas Blick wanderte an dem weißen Rücken abwärts. Es war der Rücken eines Jungen, da war sie sich relativ sicher, doch diesen Verdacht würde sie nicht laut äußern, solange sie nicht die endgültige Bestätigung hatten. Man durfte seine Gedanken niemals vorschnell in Worte fassen, weil man damit jederzeit den einen oder anderen vor den Kopf stoßen konnte. Erst musste eine solche Vermutung von wenigstens acht Experten diskutiert und bestätigt werden. Sie verlagerte ihr Gewicht auf die Knie und spürte den kalten feuchten Boden durch den plastikartigen Einwegoverall. Dann fiel ihr Blick auf etwas, das ihr den Atem stocken ließ. Sie beugte sich weiter vor.

»Um Himmels willen«, murmelte sie.

Hastig stand sie auf. Starrte noch einen Moment auf den Leichnam, ehe sie sich in Bewegung setzte und auf die Gruppe von Gaffern zuging, die sich an der Straße weiter hinten versammelt hatten, sichtlich angetan von der samstagnachmittäglichen Showeinlage. Ein Polizeibeamter, keiner, den sie kannte, kam auf sie zu. Er muss neu sein, dachte Monica. Sie war seit mehr als vier Jahren in den Highlands stationiert und gab sich redlich Mühe, sich die Namen und Gesichter von sämtlichen Streifenbeamten einzuprägen. Natürlich gelang ihr das nicht immer, aber der Wille zählte.

Wie die meisten wirkte auch er verdutzt, als er ihrer Größe gewahr wurde. Sie wurde nicht gern daran erinnert, dass sie in dem weißen Anzug aussehen musste wie eine Furcht einflößende Vogelscheuche, die man zu Halloween extra auf das Feld gestellt hatte, um den Kindern Angst einzujagen, mit ihrer bleichen Haut und den langen Gliedmaßen, die aus den Ärmeln des Anzugs – eigentlich eine Nummer zu klein für sie – herausschauten. Dass sie Größe L trug, war schlimm genug. Aber auf Größe XL oder XXL zu wechseln … Nie im Leben.

Monica schüttelte den Kopf und verdrängte die Scham, die sie wegen ihrer Körpergröße empfand. Sie war in dieser Situation völlig unangebracht. Vermutlich hatte sie es hier mit einem Tatort zu tun, denn aller Wahrscheinlichkeit nach handelte es sich um Mord, und der Fall lag demnach in ihrem Verantwortungsbereich. Außerdem gab es, wenn man ehrlich war, wohl kaum einen Menschen, der in einem von diesen scheußlichen Dingern nicht unmöglich aussah.

Sie atmete tief durch und schälte sich aus dem Overall wie eine sich häutende Schlange. Dann legte sie ihn zusammen und steckte ihn mit den Überschuhen in die Papiertüte, damit sich die Kriminaltechnik die Sachen ansehen konnte. Sie dachte an Beweisstücke wie Mikroplastikfasern, die sie unter Umständen unfreiwillig im Umfeld der Leiche aufgesammelt hatte. Winzige Partikel des Toten, die sich verzweifelt an ihrer zweiten Haut festklammerten.

Der Beamte hörte nicht auf, sie anzuglotzen. Mit offenem Mund stand er da, als könnte ihr eigenartiges Äußeres in irgendeiner Weise in Verbindung mit diesem zusammengekrümmten toten Etwas stehen. Als wäre er jäh in einer anderen, albtraumhaften Welt erwacht.

»Was ist los?«, fragte sie und erwiderte seinen starren Blick mit tief in die Stirn gezogenen Augenbrauen. Insgeheim wünschte sie sich beinahe, er würde endlich seine Bemerkung zu ihrer bescheuerten Aufmachung fallen lassen.

Er schüttelte den Kopf, die Augen weit aufgerissen, das Gesicht kreidebleich. Schlagartig wurde ihr bewusst, dass das vermutlich seine erste Leiche war und sein verstörter Ausdruck gar nicht ihr galt. Möglicherweise stand er unter Schock, und für den Bruchteil einer Sekunde hatte sie so was wie ein schlechtes Gewissen. Nun, er konnte von Glück sagen, dass sie hier die Verantwortung trug und nicht der neue Kollege. Detective Constable Crawford war noch nicht zurück von wo auch immer er das Wochenende verbracht hatte. Gott weiß, in welchem Bett er diesmal aufgewacht war. Seit seiner Beförderung in die Mordkommission war das der erste Fall, an dem sie zusammenarbeiteten, aber die wenigen Begegnungen mit ihm hatten ihr bereits deutlich vor Augen geführt, dass er auf jede noch so kleine Schwäche seines Gegenübers sofort ansprang. Als sähe er jedes Anzeichen von Unsicherheit bei den Kollegen als Chance, sich zu profilieren.

Der Streifenbeamte öffnete erneut den Mund, bekam aber immer noch kein Wort heraus. Diesmal hatte Monica Erbarmen mit ihm.

»Wer hat den Leichnam gefunden?«

»Ich war der Erste am Tatort … Jemand hatte angerufen. Spaziergänger.« Er deutete auf einen Mann und eine Frau, die neben dem Streifenwagen mit dem eingeschalteten Blaulicht standen. Ihre Gesichter wirkten in dem bläulichen Schein ungewöhnlich kalt. Der Anblick ließ Monica frösteln.

Eindringlich musterte sie das junge Paar. Identische orangefarbene Gore-Tex-Jacken, jede bestimmt an die dreihundert Pfund teuer und eigentlich für Berge gedacht, die diese Leute gewiss nie besteigen würden. Zu ihren Füßen saß ein schwarzer Cockerspaniel. Offenbar war er gut erzogen, denn er rührte sich nicht vom Fleck. Entsetzen stand in ihren Gesichtern. Sie schätzte die beiden vom Typ her als jung und erfolgreich ein, Ärzte oder Juristen vielleicht. Monica schloss sie als Tatverdächtige sofort aus – noch so ein Gedanke, den sie vorerst lieber für sich behielt.

»Ihr Hund, er lief hier herüber, und … da entdeckten sie den Toten.« Der Beamte führte eine zitternde Hand an die Stirn und ließ den Kopf sinken. »Ich habe die Verdächtigen …« Er unterbrach sich, schnappte nach Luft und machte einen neuen Anlauf. »Ich habe die Zeugen vom Tatort weggeführt und sie gebeten, sich für eine eingehendere Befragung zur Verfügung zu halten. Anschließend habe ich eine Absperrung um den Tatort herum errichtet, bis …«

Monica nickte verständnisvoll. Sie sollte ein paar aufmunternde Worte an ihn richten, um ihm mehr Sicherheit zu geben, weil er offensichtlich Angst hatte, er könnte irgendetwas falsch gemacht haben. Doch sie beschloss, dass sie es besser nicht tat. Am Ende hatte er tatsächlich einen folgenschweren Fehler begangen, der sich erst im Nachhinein herausstellen würde.

Das Geräusch eines herannahenden Fahrzeugs erregte ihre Aufmerksamkeit, sie drehte sich um. Ein silberner Audi hatte am Rande der Wiese unweit der Ansammlung Schaulustiger angehalten. Monica beobachtete, wie DC Connor Crawford die Tür öffnete und ausstieg. Er war nicht sonderlich groß, aber von drahtiger Statur, mit dunkelroten Haaren, die vorne zu einer Tolle gekämmt waren. Die weiblichen Mitarbeiterinnen auf dem Revier unterhielten sich gerne tuschelnd darüber, wie »durchtrainiert« und »scharf« er doch sei. Für Monicas Geschmack sah er viel zu geschleckt aus, fast ein bisschen verweichlicht. Wie ein stolzer Fuchs – hübsch anzusehen, aber mit Vorsicht zu genießen. Man konnte ihm keinen Meter über den Weg trauen. Er sah sich um, beinahe misstrauisch, als witterte er Scherereien.

Monica entging nicht, dass er immer noch denselben braunen Anzug trug wie gestern Nachmittag beim Verlassen des Büros. Nur, dass er jetzt völlig zerknittert war von den Besuchen in diversen Pubs, Nachtklubs und wo auch immer er sich nach der Arbeit noch herumgetrieben hatte. Monica empfand eine gewisse Genugtuung, dass sie mit ihrer Einschätzung seiner Person offenbar richtiggelegen hatte. Warten Sie's nur ab, gleich werden Sie sehen, was für Riesenscherereien hier auf Sie warten, Crawford, ging es ihr durch den Kopf.

Sie wandte sich ab und sah den Leuten von der Spurensicherung dabei zu, wie sie ihr Zelt aufbauten, bis ihr Kollege von sich aus auf sie zukam. Sie beobachtete, wie der weiße Nylonstoff im Wind flatterte und sich in regelmäßigen Abständen zusammenfaltete, er wirkte wie lebendig vor dem zusehends dunkler werdenden Himmel.

»Wir sollten eine Meldung rausgeben. In Erfahrung bringen, wo junge Menschen vermisst werden. Wissen Sie von irgendwelchen Vermisstenfällen hier in der Gegend?«, wandte sich Monica an den jungen Streifenbeamten, der nicht von ihrer Seite gewichen war.

Er schüttelte den Kopf, doch sein Blick flackerte und wanderte über Monicas Schulter hinweg zur Leiche. »Wer … wer tut so etwas?«

Sie seufzte. Tja, gute Frage. Doch prompt meldete sich eine leise Stimme in ihrem Hinterkopf: Jeder könnte es getan haben. Wirklich jeder. Die ganze Welt spielt doch inzwischen verrückt.

3

Der Regen trommelte unaufhörlich auf das Dach des Land Rovers. Das Wasser rann am Türrahmen herunter und tropfte in das Fahrzeuginnere. Michael Bach nahm einen Zug von seiner Zigarette und schnipste sie dann zum Fensterspalt hinaus. Der Gestank nach Rauch blieb im feuchten Wageninneren hängen und vermischte sich mit der warmen Heizungsluft. Der Motor lief.

Seine Uhr zeigte drei Uhr nachmittags an, aber der dunkle Himmel über der Westküste der schottischen Highlands ließ vermuten, dass es später war, sehr viel später. Die Sonne war hinter tiefschwarzen Wolken verschwunden. Der Beinn Dearg, jener Berg, zu dessen Füßen Loch Broom lag, war in grau-violetten Nebel gehüllt.

Höchste Zeit, nach Hause zu fahren. Trotzdem zündete er sich eine weitere Zigarette an und ging gedanklich zum wiederholten Mal das kurze Telefonat von letzter Woche durch.

Können wir uns heute Vormittag treffen?

Wir haben nächste Woche einen Termin.

Bitte, es ist wichtig.

Nichol Morgan war siebzehn. Der Junge hatte seine Probleme, daran bestand kein Zweifel, aber er war einer von den weniger komplizierten Fällen. Michael hatte ein relativ gutes Verhältnis zu ihm, wie er selbst fand. Zumindest so gut es eben ging, wenn man der Betreuer war.

In Ordnung, hatte Michael schließlich geantwortet. Treffen wir uns in einer Stunde.

Nur, dass es dann nicht zu diesem Treffen gekommen war. Mittlerweile war eine ganze Woche verstrichen.

Vom Parkplatz am Ufer des schwarzen Sees inmitten der hügeligen Gebirgslandschaft aus beobachtete Michael den Himmel über Ullapool, der in dieser Sekunde aufbrach. Der Ort lag extrem abgeschieden – hier lebten in erster Linie Fischer, passionierte Bergwanderer, Trinker und gesellschaftliche Außenseiter. Nichts für Zartbesaitete. Wieder musste er an Nichol denken und spürte den zunehmenden Druck in der Magengegend. Scham. Reue. Er war zwei Stunden zu spät draußen vor dem Bahnhof in Inverness aufgekreuzt und hatte nach dem Jungen Ausschau gehalten. Hatte ihn auf dem Handy zu erreichen versucht, ihm mehrere Nachrichten geschickt, vergebens auf Antwort gehofft. Der Junge hatte nichts mehr von sich hören lassen.

Wieder nahm er einen tiefen Zug von seiner Zigarette, der Rauch brannte in seiner Lunge.

Erst am darauffolgenden Morgen war eine Antwort bei ihm eingegangen. Er klappte sein Telefon auf und las die sonderbare Nachricht noch einmal: Die Zukunft liegt in den Sternen.

Eine Zeile aus einem Buch, das Nichol im Schulunterricht gelesen hatte? Etwas aus einem Science-Fiction-Comic? Michael hatte Folgendes zurückgeschrieben: Wo steckst du? Ist alles in Ordnung? Tut mir leid, dass wir uns gestern verpasst haben.

Doch danach herrschte Funkstille. Keine Reaktion mehr auf einen seiner Anrufe oder die Nachrichten, die Michael hinterließ.

Immer wieder verschwanden Klienten von ihm spurlos,

das war nichts Ungewöhnliches. Es gehörte quasi zu seinem Berufsalltag. Die jungen Leute hauten einfach ab, verkrümelten sich nach Glasgow oder London. In Nichols Fall bezweifelte er das allerdings. Der Junge machte auf ihn nicht den Eindruck, als wäre er ein Ausreißer. Aber er war und blieb verschwunden – oder hatte ihn jemand entführt?

Michael stieß ein gezwungenes Lachen aus, als wollte er seine eigenen Gedanken der Lächerlichkeit preisgeben. Wer hätte ihn denn entführen sollen?

»Wahrscheinlich geht es ihm blendend.« Dumpf hallten die Worte im Wageninneren nach, doch sie klangen wenig überzeugend. Eisern hielt sich der Rauchgeruch im Kondenswasser auf der Innenseite der Scheibe, während der Regen unaufhörlich auf das Wagendach trommelte.

Gerade wollte er den Motor anlassen, als ein roter Volkswagen auf den Parkplatz gefahren kam. Im feuchten Dunst ging von der Karosserie ein unheimliches Leuchten aus. Langsam rollte der Wagen vor Michaels Motorhaube und verstellte ihm den Weg. Die Scheinwerfer sahen aus wie ein glühendes Augenpaar im trüben Dämmerlicht, dann wurde aufgeblendet, erst einmal, dann noch einmal.

Fröstelnd zog Michael den Reißverschluss seiner Jacke zu – eigentlich hatte sie seinem Dad gehört, eine Daunenjacke von Mountain Equipment aus den Siebzigern. Sie war rot und blau und schon etwas ausgewaschen und außerdem eine Spur zu eng für seine breiten Schultern. Er kletterte aus dem Land Rover und eilte auf das Fahrzeug zu, während der Regen erbarmungslos auf ihn herunterprasselte und Haut und Haare durchnässte. Im Näherkommen fiel ihm auf, dass er den Fahrer des Wagens kannte.

Der Name des Mannes war Ben Fisher, DC Ben Fisher, von der örtlichen Polizei. Der jüngste Bruder eines früheren Klassenkameraden von Michael. Sein letzter Stand war, dass dieser ehemalige Klassenkamerad drüben in Amerika Arbeit gefunden hatte. Schon seltsam, wie zwei Menschen, die zusammen aufgewachsen waren, letztlich so unterschiedliche Leben führen konnten.

DC Fisher ließ sein Fenster herunterfahren. Seine schwarzen Haare waren zu einem ordentlichen Seitenscheitel frisiert. Angesichts des strömenden Regens verzog er das bebrillte Gesicht. Er trug eine Anzugjacke – die typische Großstadtkluft – und verriet dadurch, dass er mit dem rauen Wetter hier oben an der Westküste nicht vertraut war.

»Mr. Bach?«, sagte Fisher, der Michael entweder nicht erkannte oder sich stur ans übliche Protokoll hielt.

»Der bin ich.« Michael hielt eine Hand hoch, um seine Augen gegen den Regen abzuschirmen.

»Sie haben einen jungen Mann namens Nichol Morgan als vermisst gemeldet?«

4

Michael folgte der Beschilderung zur Leichenhalle. Sie lag versteckt im rückwärtigen Teil des Gebäudes, am Ende eines nicht enden wollenden Labyrinths aus langen Fluren und einer Reihe von Schwingtüren – das sorgsam gehütete Geheimnis des Raigmore-Krankenhauses: ein ermordeter Junge und Gott weiß was noch. Er versuchte den Gedanken abzuschütteln und wollte gerade die letzte Tür aufstoßen, als ihn etwas innehalten ließ. Durch die Glasscheibe konnte Michael die Treppe erkennen, die hinunter zur Leichenhalle führte, unmittelbar hinein ins Herz der Unterwelt.

Ein klebriger Schweißfilm legte sich auf seinen Rücken – seine Daunenjacke war viel zu warm für das gut beheizte Gebäude –, und der Geruch nach Bodenpolitur, der den Krankenhausmief nur schwerlich zu überdecken vermochte, setzte ihm arg zu. Eine Erinnerung drängte aus den Tiefen seines Gedächtnisses empor.

Michael zuckte zusammen, als hinter ihm ein Geräusch durch den Korridor hallte. Das Quietschen von Schritten auf Linoleum. Ihm wurde bewusst, dass seine Hand zitterte, und plötzlich überkam ihn ein Impuls: der unbändige Drang, wie ein kleines Kind den Kopf einzuziehen und wegzulaufen. Stattdessen schob er die Hand in die Jackentasche und drehte sich tapfer um.

Michael war ein hochgewachsener Mann, der es gewohnt war, auf seine Mitmenschen herabzublicken, aber die dunklen Augen der Frau, die jetzt auf ihn zukam und ihn aus ihren unverwandt ansah, befanden sich auf einer Höhe mit ihm. Sie muss knapp einen Meter neunzig groß sein, dachte er, und für einen flüchtigen Moment schien er vergessen zu haben, warum er hier vor der Tür zu einer Leichenhalle stand. Leicht gebeugt kam sie auf ihn zu, mit ihren breiten Schultern in einem dunklen Wollmantel, der ihr nicht ganz bis zu den Knien ging. Im Laufen breitete sich der Mantel hinter ihr aus, sodass man den Eindruck bekam, als schwebte sie.

Er blinzelte kurz und sah erneut hin. Sie war schätzungsweise um die vierzig, mit schulterlangem schwarzem Haar, einem rundlichen Gesicht und blassem Teint. Sie schien kein Problem damit zu haben, von Toten umgeben zu sein. Er räusperte sich und zwang sich ein Lächeln ins Gesicht, um sein Unbehagen zu überspielen.

»Michael Bach?«, fragte sie und sprach es aus wie »back«, mit leichtem Akzent, der sie eindeutig als Bewohnerin von Inverness auswies. Irgendetwas an seiner Miene musste ihn verraten haben, denn jetzt legte sie den Kopf schief, als hätte er ihr Interesse geweckt. »Danke, dass Sie gekommen sind. Mir ist bewusst, dass es … nicht ganz leicht ist.« Sie machte eine kurze Pause, um die Worte sacken zu lassen. »Der Junge ist unter höchst tragischen Umständen ums Leben gekommen. Zudem hat er über Nacht im Freien gelegen.« Wieder schwieg sie einen Augenblick. Sie schien ihn zu taxieren, seine Reaktionen abzuschätzen.

»Wollen Sie damit andeuten, dass er nicht mehr aussieht, wie er aussehen sollte?«, fragte Michael und wischte sich mit der Hand übers Gesicht, als ihm die grauenvolle Tragweite seiner Worte bewusst wurde.

Sie nickte kaum merklich und schien abzuwarten, ob er noch etwas hinzufügen würde. Als nichts mehr kam, schob sie sich verlegen an ihm vorbei, stieß die Tür auf und marschierte ihm voraus die Treppe hinunter.

Der Leichnam lag auf einem Tisch aus Edelstahl und war mit einem Tuch bedeckt. Ein Mann in OP-Kleidung stand dahinter. Michael ertappte sich dabei, wie er auf die anonyme Gestalt unter dem Leichentuch starrte. Darunter zeichnete sich etwas ab, ein lebloses Objekt, das einst ein Junge gewesen war. Seine Hand schloss sich fester um das Feuerzeug in seiner Tasche. Keiner sprach ein Wort, und nach kurzem Zögern schlug der Gerichtsmediziner das Laken zurück.

Es war nicht Nichol.

Für Michael bestand kein Zweifel daran, die Gesichtsform stimmte nicht. Der Tote machte einen wesentlich älteren Eindruck, es waren sogar vereinzelte Bartstoppeln zu erkennen. Nichol hatte immer noch eine Haut wie ein Baby gehabt. Die Züge dieses Jungen waren verquollen, er sah eigenartig aus, als wäre seine Seele durch etwas ersetzt worden, oder besser gesagt durch nichts: Da war nichts Geheimnisvolles mehr, nichts Überraschendes.

»Er ist es nicht.«

»Sind Sie sicher?«

Michael riskierte abermals einen Blick. Diesmal bemerkte er die unmissverständlichen Spuren der Gewalt. Etwas am Hals des Jungen, das wie ein Bluterguss aussah, ein geplatztes Äderchen im rechten Auge. Jemand hatte ihm das angetan, ihm schrecklich wehgetan, sich bewusst dafür entschieden, ihm das Leben zu nehmen. Erst jetzt fiel Michael der Gestank nach Tod und Verwesung auf. Unwillkürlich schlug er die Hand vor den Mund

und wurde von einem Würgereiz gepackt. Im selben Moment kam ihm die schreckliche Erkenntnis, dass ihn das Gesicht des Jungen bis in die dunkelsten Winkel seiner Träume verfolgen würde. Über diese Kellertreppe hinauf in die wirkliche Welt.

Draußen vor dem Krankenhaus war ein eigenartiger Nebel aufgezogen und hatte den Regen verdrängt. Schwer senkte er sich über den Parkplatz und schien alles unter sich zu ersticken. Michael wollte sich eine Zigarette anzünden, doch seine Hände zitterten viel zu stark.

»Was ist mit ihm geschehen?«, fragte Michael. »Das war nicht …« War nicht was?

»Wir stehen ganz am Anfang unserer Ermittlungen. Noch einmal vielen Dank für Ihr Kommen«, sagte die Polizistin und kehrte ihm den Rücken zu.

»Was unternehmen Sie denn jetzt in Nichols Fall?«

Sie blieb noch einmal stehen und sah sich über die Schulter zu ihm um. Ihre Umrisse zeichneten sich vor dem grellen Licht im Eingangsbereich des Krankenhauses ab. »Ich werde dafür sorgen, dass man Sie telefonisch verständigt, sobald wir Näheres wissen.«

»Ich glaube einfach nicht, dass er so mir nichts, dir nichts abgehauen wäre, ohne etwas zu sagen.«

Jetzt drehte sie sich vollständig zu ihm um. »Ich möchte kein Spielverderber sein, aber das bekommen wir leider sehr häufig zu hören, wenn jemand verschwindet. Es ist nicht ganz so einfach, wenn der Vermisste über sechzehn ist. Streng genommen wird er nämlich bereits wie ein Erwachsener behandelt.«

»Aber Sie müssen doch etwas unternehmen? Womöglich schwebt er in Gefahr – Sie haben doch gesehen, was mit diesem Jungen da drinnen passiert ist.« Michael hatte sichtlich Mühe, seinen Ärger im Zaum zu halten.

»Ich habe den Bericht zu Nichol gelesen, Mr. Bach. Man hat gesehen, wie er in einen Zug gestiegen ist. Wenn ich mich nicht irre, deutet dabei nichts auf ein Verbrechen hin.«

»Er ist erst siebzehn.«

Sie fuhr sich mit der Hand über die Stirn und sah ihn an. Da war etwas hinter ihren Augen … Gedanken, die ihr durch den Kopf schwirrten. Irgendetwas sagte Michael, dass sie ihn sondierte, nicht recht wusste, wie sie ihn einschätzen sollte.

»Ist Ihnen denn irgendetwas Ungewöhnliches aufgefallen? Unmittelbar vor seinem Verschwinden?«

Michael starrte sie an. Diese dunklen Augen, die kleinen Lachfältchen, die erst jetzt, im hellen Licht des Eingangs, sichtbar wurden. Wobei es ihm schwerfiel, sie sich lachend vorzustellen. Er zermarterte sich das Hirn, suchte krampfhaft nach einer Antwort, weil das genau die Art von Frage war, die bei solchen Verhören einen Schlusspunkt setzen konnte. Normalerweise müsste die Antwort lauten: Nicht, dass ich wüsste.

»Da war nur eine Sache …« Er durchforstete seine Gehirnwindungen nach irgendetwas, woran er sich im Zusammenhang mit Nichol erinnerte.

Die Kriminalbeamtin legte den Kopf schief, beide Hände in die Hüften gestemmt, der dunkle Mantel warf Falten.

»Vor einem Monat – vielleicht ist es noch länger her – fing Nichol plötzlich an, etwas mit sich herumzutragen.« Michael ertastete das Feuerzeug in seiner Jackentasche und ballte die Finger darum zur Faust.

»Was war es?«

»Ein Stein. Ein schwarzer Stein.« Michael musste schlucken, weil ihm nur allzu bewusst war, wie nebensächlich und unbedeutend das, was er zu sagen hatte, klingen musste. Er machte sich nichts vor, natürlich würde die Polizistin seine Finte sofort durchschauen.

»Was war daran so ungewöhnlich?«

»Das kann ich nicht sagen.« Er verstummte, vielleicht weil ihm sein Täuschungsmanöver mit einem Mal peinlich war. »Er berührte damit immer wieder seine Lippen, fast als würde er das Ding küssen.«

Die Beamtin musterte ihn lauernd. Sie machte ganz den Eindruck, als wollte sie etwas erwidern, doch im nächsten Moment wurde die Tür hinter ihr aufgezogen. Ein kleiner, schmächtiger Mann trat ins Freie. Er war Ende zwanzig, Anfang dreißig, wobei seine ausgezehrten Züge auch auf ein höheres Alter hätten schließen lassen können. Er hatte etwas Ungepflegtes, fast Wildes an sich. Das typische Highland-Gesicht, mit hohen Wangenknochen und einer spitzen Nase mit einem Höcker, der darauf hindeutete, dass sie ihm bereits mehrfach gebrochen worden war. Mit seinen roten Haaren und dem durchdringenden Blick sah er aus wie ein etwas klein geratener keltischer Krieger.

Der Mann redete auf die Polizistin ein, bis er Michaels Gegenwart registrierte. Unverhohlen starrte der Kerl ihn an, sodass er schließlich den Blick senkte.

»Die Kollegen sind so weit, die Autopsie kann beginnen.«

Für einen flüchtigen Moment verspürte Michael so etwas wie Erleichterung. Dass sie es waren und nicht er, deren Anwesenheit dort drinnen gefragt war. Er würde nicht zusehen müssen, wie sie das Tuch von dem Jungen heruntergezogen und die scharfe Klinge in seinen Körper eindrang. Er registrierte das knappe Nicken, mit dem sie sich verständigte. Michael nahm an, dass es sich bei dem Mann ebenfalls um einen Detective handelte. Die beiden kehrten ihm wortlos den Rücken zu und steckten konspirativ die Köpfe zusammen. Die Frau war beinahe einen ganzen Kopf größer; auf den ersten Blick hätte man sie auch für Mutter und Sohn halten können. Sie warfen ihm einen letzten flüchtigen Blick zu, dann nickte die Frau ihm zum Dank zu, ehe sie zurück ins Gebäude gingen und sich wieder auf den Weg in die Leichenhalle machten.

5

Monica stellte den leeren Pappbecher auf der glänzenden Arbeitsfläche aus Edelstahl ab, vom Koffein wie berauscht. Sie musste an den Anruf denken, der sie erreicht hatte, gerade als sie mit Lucy ins Kino gehen wollte. Sie hatten schon drinnen in der Lobby gestanden und sich beratschlagt, welchen Film sie schauen sollten, und ihr kleines Mädchen war vor Aufregung und Vorfreude von einem Bein aufs andere gehüpft. Sie wollten die wenige gemeinsame Zeit, die ihnen blieb, möglichst gut nutzen.

Und dann hatte natürlich wieder einmal ihr Telefon klingeln müssen. Für den Bruchteil einer Sekunde hatte sie überlegt, nicht ranzugehen und sich vom Duft des Popcorns leiten zu lassen. Es wäre so einfach gewesen, nach Lucys Hand zu greifen, mit ihr zum Kartenschalter und anschließend zum Süßigkeitenstand zu gehen und es sich in den samtigen Kinosesseln bequem zu machen. Drei Stunden später hätte sie sich wortreich bei ihrem Vorgesetzten entschuldigt. In Augenblicken wie diesen wünschte Monica sich bisweilen, sie wäre eine andere: eine bessere Mutter und eine schlechtere Polizistin. Denn schon beim ersten Klingeln hatte sie Lucys Hand losgelassen und den Anruf entgegengenommen.

Statt in den Genuss von Zuckerrausch und Filmvorführung zu kommen, hatte sie den bohrenden Blick und die

Enttäuschung ihrer Tochter wegstecken müssen, als sie ihr zu erklären versucht hatte, dass jemand von der Arbeit angerufen habe und Granny kommen würde, um sich zum Trost zu Hause mit ihr eine DVD anzusehen. Ins Kino könnten sie ja auch morgen noch gehen. Vielleicht. Monica warf einen verstohlenen Blick auf die Uhr an der Wand der Leichenhalle. Fast zehn Uhr, und das an einem Samstagabend. Sofern der Mörder sich nicht in den nächsten Stunden wie durch ein Wunder von selbst stellte, waren die Chancen, dass sie ihn zeitnah fassten, verschwindend gering.

Sie schüttelte den Kopf, um diesen sinnlosen Gedanken zu verscheuchen, und trat näher an den Leichnam heran. Jetzt war sie ihm so nah, dass sie nur die Hand hätte ausstrecken brauchen, und sie hätte die dunklen Flecken am Hals des Jungen berührt, die violetten Blutergüsse an seinen Beinen und am Bauch. Die Neonröhre über ihrem Kopf flackerte. Warum waren Leichenhallen eigentlich immer in irgendwelchen fensterlosen Kellern untergebracht? Diese Frage hatte sie tatsächlich schon einmal gegoogelt: Demnach war man sich einig darüber, dass in Zeiten, bevor es Strom gab, Tote unterirdisch aufbewahrt wurden, weil es dort kühler war und sie daher langsamer verwesten. Doch Monica stellte sich gern vor, dass man sich Mitte des neunzehnten Jahrhunderts, als die ersten Leichenhäuser errichtet wurden, gedacht hatte, wir alle würden ja ohnehin früher oder später unweigerlich unter der Erde landen, und deshalb hatte man die Toten schon gleich in unterirdischen Gewölben untergebracht. Unter der Erde war nun einmal der perfekte Ort für sie.

Der Gerichtsmediziner wandte sich Monica zu. Sie waren sich noch nie zuvor begegnet, trotzdem dachte er nicht daran, sich ihr offiziell vorzustellen. Stattdessen deutete er nur mit dem Kinn auf den Leichnam zwischen ihnen, als wäre er nichts weiter als ein totes Tier auf der Schlachtbank.

»Sie waren schon mal bei einer Obduktion zugegen?«

Wortlos nickte sie. Wie viele waren es gewesen? Zu viele, um sich an jede einzelne zu erinnern.

»Manch einem fällt es schwer, dabei zuzusehen. Schließlich wird uns dabei schonungslos vor Augen geführt, woraus wir letztendlich gemacht sind. Sobald die Haut entfernt ist, liegt alles in seiner schaurigen Schlichtheit offen vor uns da. Ihre Jungs von der Kriminaltechnik haben alles Nötige unternommen?«

Sie starrte ihn feindselig an. »Meine Mädchen von der Kriminaltechnik. Das Team steht unter der Leitung von Gemma Gunn. Sie haben den Leichnam noch am Tatort untersucht und ihn sich heute am frühen Abend näher angesehen.«

»Selbstverständlich. Wir hier gehen hingegen streng nach Lehrbuch vor, nicht wahr, Christian?« Er erhob die Stimme und richtete das Wort an den jungen Assistenten, der hinter ihm etwas in den Computer tippte. »Was haben wir?«

Sollten das nicht eigentlich Sie mir sagen?, dachte Monica, sprach es aber nicht aus. Der Arzt war dem äußeren Anschein nach Ende fünfzig, Anfang sechzig. Schlank, mit kurz rasierten grauen Haaren, wie man unter der üblichen OP-Kopfbedeckung erkennen konnte, dazu blaue Augen und ein Akzent, den sie nicht recht verorten konnte. Südengland? Oder ganz etwas anderes?

Als sie nichts erwiderte, versuchte er es erneut. »Wie ich hörte, finden sich Male auf dem Rücken des Jungen?«, sagte er, die Mundwinkel zu einem dünnen Lächeln hochgezogen. Erst jetzt durchschaute Monica, was der Pathologe im

Schilde führte: Er versuchte ihr auf den Zahn zu fühlen, sie einzuschüchtern. Offenbar wollte er ihr zeigen, wer hier das Sagen hatte.

»Es könnte sich um Bissspuren handeln«, sagte Monica. »Meine Leute haben mir inoffiziell bestätigt, dass sie zu groß seien, um von einem Menschen zu stammen.«

»Ein Ungeheuer also?«, fragte er, worauf er ein unterdrücktes Prusten folgen ließ.

Monica starrte ihn an und ging nicht auf seinen unangebrachten Spott ein. »Sie haben sämtliche Spuren am Tatort gesichert, die auf Speichel hindeuteten, bevor man ihn hierherbrachte. Aber meine Leute gehen davon aus, dass die Bisswunden von einem Tierschädel oder vom Modell eines Kiefers stammen könnten.«

Langsam nickte er, seine Miene wurde wieder ausdruckslos. Vielleicht war er sogar eine Spur enttäuscht, dass Monica die Bissverletzungen nicht zu verunsichern schienen. Er wandte sich ab und sah auf den Computermonitor, von wo er mit leiser Stimme die vorläufigen Ergebnisse der gerichtsmedizinischen Untersuchung vorlas.

»Schmutz unter den Fingernägeln. Keinerlei Anzeichen dafür, dass er sich zur Wehr gesetzt hat. Schürf- und Schnittwunden an den Handgelenken und Fußknöcheln, die darauf schließen lassen, dass er gefesselt war. Vermutlich mit Kabelbindern. Diverse Druckstellen am Hals. Er wurde wiederholt gewürgt, bevor er starb. Schnittwunden und Hämatome am ganzen Körper, eine Reihe von Einstichstellen entlang des unteren Rückens, nicht tief.« Der Arzt legte ein Messer auf den Seziertisch, das Klirren von Metall auf Metall war zu hören. »Unvorstellbar, wie jemand einem anderen Menschen so etwas antun kann.« Monica atmete tief ein und fragte sich, worauf genau er sich mit »so etwas« bezog.

»Wir wären dann so weit, Dr. Dolohov«, verkündete der Assistent und trat von seinem Computer zurück. Er hielt einen Audiorekorder in der behandschuhten Hand.

»Vielleicht fördern wir ja noch mehr zutage«, sagte Dolohov und warf Monica ein spöttisches Lächeln zu, ehe er die weiße Maske aufsetzte und das Messer zur Hand nahm.

In jüngeren Jahren war Monica der Überzeugung gewesen, dass sie sich nie an den Anblick gewöhnen würde, wie eine Klinge menschliche Haut und Fleisch durchschnitt. Doch nach fünf Jahren in der Mordkommission Glasgow, zehn in London und jetzt wieder hier, wo ihr Leben seinen Anfang genommen hatte, kam es ihr erschreckend normal vor, Männer, Frauen und sogar Kinder mit geöffneten Leibern auf Seziertischen liegen zu sehen. Sie sah zu, wie der Pathologe auf beiden Seiten des Torsos jeweils einen Schnitt setzte, von der Achsel bis zum Brustbein, und dann noch einen vom Brustbein bis zur Leiste, sodass sich vorne auf dem Oberkörper des Jungen ein Y abzeichnete.

Dolohov legte das Messer erneut beiseite und klappte die entstandenen Hautlappen mit den Händen zurück, sodass Eingeweide und innere Organe sichtbar wurden. Alle diese sakrosankten Dinge, die eigentlich nie ans Tageslicht kommen sollten, Opfergaben gleich.

Aus reinem Pflichtgefühl dem Jungen gegenüber verfolgte sie das Geschehen. Sehr wahrscheinlich hatte er Familie, Freunde, die sich um ihn sorgten; zumindest in seinem eigenen Leben hatte er die Hauptrolle gespielt. Gerade durchschnitt der Gerichtsmediziner die Rippen und das Brustbein, um die inneren Organe zu entfernen. Stück für Stück befreite er sie aus ihrem Käfig, mit präzisen Handgriffen, wie ein Jäger, der das erlegte Wild zerwirkte.

Der Junge war gefoltert und getötet worden. Von einem

Monster zerfleischt. Aber er war in einer ganz bestimmten Position abgelegt worden. Ausgerichtet nach Westen, fast als betete er, als steckte eine verborgene Botschaft dahinter. Doch wem sollte diese Botschaft gelten?

Dolohov wischte mit einem Tuch das Blut von der rosigen Außenhaut des Magens, dann zog er das Messer über das Organ und schob anschließend einen behandschuhten Finger in die entstandene Öffnung. Das hatte er schon unzählige Male getan, dessen war Monica sich sicher. Sie bewunderte, wie zielstrebig seine Finger sich bewegten, das Zusammenspiel der Hände, die langsam, ganz bedächtig, die Öffnung im Magen vergrößerten.

»Leer. Entweder, er hatte schon eine ganze Weile nichts mehr zu sich genommen, oder er musste sich während seines Martyriums übergeben«, sprach der Arzt in das Aufnahmegerät, das ihm der Assistent hinhielt.

Im selben Moment nahm sie den Geruch wahr. Obwohl der Leichnam in der Kühlkammer gelegen hatte, hing da eindeutig eine Spur von Eisen in der Luft, der Geruch von Blut, von rohem Fleisch, der aus den Überresten des Magens entwich, vermischt mit einem Hauch halb verdauter Nahrung.

»Auch zwischen seinen Zähnen kann ich keine Essensreste entdecken. Möglicherweise hat der Mörder ihn gesäubert, ehe er sich seiner entledigte«, fuhr Dolohov fort. Monica nahm diese Information nickend zur Kenntnis und speicherte sie für später ab.

Knarzend ging die Tür auf, und DC Crawford betrat den Obduktionssaal. Monica warf ihm einen knappen Blick zu und registrierte sofort seinen Gesichtsausdruck; der angespannte Kiefer ließ keinen Zweifel daran, warum er so kurz vor der Autopsie den Waschraum hatte aufsuchen müssen.

»Ich mache nun weiter mit seiner Kehle«, diktierte Dolohov, während er den Kopf des Jungen stärker nach hinten legte. Ein leises Knacken war zu hören, als er die Wirbel in seinem eigenen Genick dehnte.

Wieder machte er sich an dem Jungen zu schaffen, setzte Schnitte, legte die Luftröhre frei, entfernte sie und platzierte sie auf dem Tisch.

»Hier sieht man sehr schön, wie sie erst gewaltsam gequetscht und anschließend eingedrückt wurde. Von jemandem, der über sehr viel Kraft verfügt. Möglicherweise wurde er gewürgt, bis er bewusstlos wurde, und dann wieder aus der Ohnmacht geholt. Um Genaueres sagen zu können, müssen wir den toxikologischen Befund abwarten.« Er benutzte das Seziermesser, um auf die einzelnen Verletzungen zu deuten. »Er hat sich die Zunge fast vollständig durchgebissen. Oder es war sein Angreifer. Ungeheuerlich.« Er wandte sich seinem Assistenten zu. »Schießen Sie ein Foto davon. Damit wir die Wunde mit den Bissspuren an seinem Rücken abgleichen können.« Der junge Mann nickte und griff nach der Kamera, die auf der Arbeitsfläche bereitlag.

Als er fertig war, wischte der Pathologe mit den Fingern über die blutige Luftröhre, hielt inne und wiederholte das Ganze noch einmal.

»Sonderbar«, sagte er mit verwunderter Miene. »Da scheint etwas in der Luftröhre festzustecken.« Er schnitt sie der Länge nach auf, fischte mit dem Zeigefinger etwas heraus und hielt es Monica hin.

Sie zog sich einen Handschuh über und nahm den Gegenstand entgegen. Ungläubig schüttelte sie den Kopf und flüsterte den Namen, der ihr als Erstes in den Sinn kam: »Michael Bach.«

Sonntag

6

Monica sog die kühle Nachtluft tief in ihre Lunge, froh, endlich wieder draußen zu sein nach den vielen Stunden in dieser unterirdischen Halle mit ihren organischen Gerüchen eines geöffneten Körpers.

Sie warf einen flüchtigen Blick zum Haupteingang des Krankenhauses. Die ersten samstagabendlichen Partyleichen trudelten nach und nach in der Notaufnahme ein. Monica sah einen Krankenwagen vorfahren, ein Mann wurde auf einer Trage herausgerollt, das Oberteil vorne voller Blut, der Kopf einbandagiert, sodass er an einen verwundeten Soldaten erinnerte. Das Stadtzentrum von Inverness schien sich auf eine ganz eigene Version der Wochenendhölle spezialisiert zu haben.

»Kann ich Sie mitnehmen?«, fragte Crawford.

Der Klang seiner Stimme ließ sie herumfahren. Sie hatte schon fast vergessen, dass er neben ihr herlief, so sehr war sie darauf fixiert, möglichst schnell nach Hause zu kommen, ins Bett zu kriechen und wenigstens ein paar Stunden zu schlafen, bevor sie sich am Morgen mit Michael Bach unterhalten würden. Erst da fiel ihr wieder ein, dass sie den Volvo drüben im Präsidium hatte stehen lassen. Vom Raigmore-Krankenhaus war es allerdings nur ein fünfminütiger Fußmarsch einmal um den halben Kreisverkehr herum.

Sie warf einen Blick auf ihr Handy, um nach der Uhrzeit

zu sehen. Schon nach eins. Gerade wollte sie den Mund öffnen und das Angebot dankend ausschlagen. Eine alte Gewohnheit: Niemals jemandem einen Gefallen schuldig sein, lautete ihre Devise. Dann aber rief sie sich in Erinnerung, dass es nur eine kurze Mitfahrgelegenheit war, die er ihr anbot. Und wenn sie in Zukunft gut zusammenarbeiten wollten, würde sie sich wohl oder übel an ihn gewöhnen müssen. Also nahm sie dankend an.

Crawford nickte und deutete vage auf seinen Audi. »Mir fällt es nach wie vor schwer zuzusehen, wenn sie aufgeschnitten werden … Aber irgendwann wird es für mich hoffentlich auch zur Routine.«

Überrascht sah Monica ihn an. Mit dieser Offenheit hatte sie nicht gerechnet. Aber warum sollte man sich überhaupt an den Geruch einer verwesenden Leiche gewöhnen wollen? Fiel das irgendjemandem leicht? Im Laufe der Jahre hatte sie sich diese Frage selbst wiederholte Male gestellt.

Monica zog die Tür auf und setzte sich auf den Beifahrersitz, den sie so weit wie möglich nach hinten schob, damit ihre Beine Platz hatten. Immerhin würde sie zu Hause sein, um Frühstück für ihre Tochter zu machen. Ein schwacher Trost, nachdem das Wochenende derart beschissen geendet hatte.

Ihr Handy vibrierte in der Tasche. Mum? Sie konnte sich die erwartungsvolle Miene ihrer Mutter nur allzu lebhaft ausmalen. Konnte sich vorstellen, wie sehr sie sich freute, dass ihre Tochter die Ermittlungen in diesem Fall leiten würde, weil er mit Sicherheit für großes öffentliches Aufsehen sorgen würde. Bestimmt konnte sie es kaum erwarten, ihr ihre persönliche Meinung zu dem Mord kundzutun und erste Mutmaßungen anzustellen. Angela Kennedy hatte sich ein breites kriminologisches Wissen angeeignet, indem sie sich regelmäßig auf Internetseiten zum Thema Verbrechensbekämpfung tummelte und sich jeden Krimi im Fernsehen ansah.

Es war allerdings nicht Monicas Mum. Widerstrebend nahm sie den Anruf entgegen.

»DI Kennedy?« Im Hintergrund war die Geräuschkulisse eines Call-Centers zu hören.

»Am Apparat.«

»Sie haben eine Meldung rausgegeben, weil Sie an Vermisstenfällen interessiert sind? Speziell an verschwundenen jungen Männern?«

Hab ich das?, fragte sie sich mit wachsendem Unbehagen.

»Soeben ist ein Anruf reingekommen. Ein gewisser Steven Wright hat seinen Sohn als vermisst gemeldet.« Monica starrte hinaus in den Regen, der wieder eingesetzt hatte. Sie sah zu, wie die Tropfen auf der Windschutzscheibe landeten und das hell erleuchtete Krankenhausgebäude vor ihr verschwimmen ließen.

»Wie lautet die Adresse?«, hakte Monica nach und spürte, dass Crawfords Blick sich voller Neugier auf sie richtete.

»Das ist es ja gerade, der Mann wohnt drüben in Wester Ross. In den Bergen. Etwa fünfunddreißig Kilometer von Gairloch und dem Fundort der Leiche entfernt.«

Monica bedankte sich und beendete das Gespräch.

»Was ist los?«, erkundigte sich Crawford mit unverhohlener Neugier.

»Ein Hinweis auf die mögliche Identität des Opfers«, gab Monica zurück. Wieder spürte sie das Vibrieren ihres Handys, als die Nachricht mit der genauen Adresse eintraf. Es war nicht weit von Achnasheen, in den Bergen, ein Stück von der Hauptstraße in Richtung Westküste entfernt.

»Dann sollten wir wohl gleich hinfahren, was meinen Sie?«, schlug Crawford vor, doch er wirkte unsicher. Vielleicht wunderte er sich, dass sich ihre Begeisterung in Grenzen hielt.

Ja, sollten wir wohl, dachte Monica. Sie stellte sich vor, wie Lucy am Morgen aufwachte und sich fragte, wo ihre Mummy schon wieder steckte. Vielleicht konnte die Sache warten – sie konnten Steven Wright genauso gut am frühen Vormittag einen Besuch abstatten. Was machte es für einen Unterschied? Dann wiederum stellte sie sich vor, wie sie diesen Vorschlag ihrem Vorgesetzten unterbreitete, Detective Superintendent Fred Hatley. Seine Antwort hatte sie deutlich im Ohr: Sie sind leitende Ermittlerin in diesem Fall, DI Kennedy. Es ist Ihre Pflicht, Ihre Verantwortung.

Wieder starrte sie zur Windschutzscheibe hinaus in den Dunst und den Regen, der noch dichter zu fallen schien. Genauso düster und schwer wie die Schuldgefühle, die sich in ihr bemerkbar machten. Aber wie sie es auch drehte und wendete, sie waren unvermeidlich.

7

Connor Crawford brachte den Audi vor einer Reihe abgedunkelter Häuser zum Stehen. Tiefschwarz ragten in der Ferne die steilen Gebirgsketten empor, als kündeten sie von kommender Bedrohung. Und als könnten sie jeden Moment über diesen Wohnhäusern, über den Leben ihrer Bewohner zusammenbrechen.

Irgendwann holt es uns alle ein, dachte Monica. Der Regen, mittlerweile mehr ein kondensierender Nebel, benetzte ihr Gesicht, kaum dass sie aus dem Wagen stieg. Das spärliche Licht und der Kohlerauch in der Luft verliehen dem Ort ein seltsam mittelalterliches Flair. Ein sicherer, selbstbestimmter Weiler, bis eines Tages wie aus dem Nichts das Grauen Einzug hielt. Oder vielmehr mitten unter diesen Menschen sein Haupt erhob. Wenn sie sich festlegen müsste, wäre die wohl verlässlichste Vermutung, dass derjenige, der den Jungen auf dem Gewissen hatte, ein Bekannter von ihm war. Auf jeden Fall war es naheliegender, als davon auszugehen, dass ein Fremder ihn umgebracht hatte.

»Das da muss es sein«, sagte Crawford überflüssigerweise und deutete auf das einzige Haus, in dem hinter den Vorhängen Licht brannte. Ein Streifenwagen parkte direkt davor. Monica nickte. Crawford hatte eine Dose Energydrink geleert, bevor sie den Parkplatz des Krankenhauses verlassen hatten. Und dann noch eine an der Abzweigung kurz hinter

Garve. Er war um ein unverfängliches Gespräch bemüht gewesen und hatte Spekulationen zum Fall angestellt, während sie eine SMS an ihre Mutter geschickt hatte, in der sie ihr erklärte, dass sie vorerst nicht nach Hause kommen würde.

Irgendwann hatte Crawford es aufgegeben, sodass sie die restliche fünfundvierzigminütige Fahrt durch die nächtliche Finsternis, mitten durch die Berge, schweigend verbracht hatten. Zur Ablenkung hatte sie versucht, sich im Stillen ein Bild von ihrem neuen Kollegen zu machen. Sie registrierte, wie ordentlich und gepflegt das Innere seines Wagens aussah. Sie bemerkte auch die Muskelstränge und Venen an seinen Unterarmen, weil er vor der Fahrt seine Hemdsärmel hochgekrempelt hatte. Den Großteil seiner Muskelmasse schien er um den schmalen Schultergürtel und den Nacken herum zu tragen, der beinahe so breit war wie sein Kopf. Er erinnerte sie an einen Kater. Auch seine deformierte Nase war ihr nicht entgangen, sie nahm an, dass sie vom Boxen stammte. Im Grunde würde jede Form von Kampfsport zu ihm passen, wo er seine Unsicherheit doch mit sich herumzutragen schien wie eine zweite Haut.

Sie folgte Crawford über den Gartenweg zur Haustür und ließ ihm den Vortritt. In einer Nacht wie dieser war es nur fair, dem armen Vater den zusätzlichen Schock zu ersparen, wenn aus der Dunkelheit plötzlich eine Hünin von einer Frau vor seiner Haustür auftauchte.

Monica registrierte die Garage rechts vom Haus. Ein kleiner vernachlässigter Garten war im schwachen Schein, der durchs Oberlicht über der Haustür fiel, zu erkennen: eine rechteckige Rasenfläche, die schon lange nicht mehr gemäht worden war, und Pflanztöpfe, in denen nur noch Unkraut wucherte. War der Besitzer des Hauses zu beschäftigt, um sich um derlei Kleinigkeiten zu kümmern? Oder gab es andere, familiäre Probleme? Probleme von der Sorte, die ein Kind dazu brachten, von zu Hause wegzulaufen und sich in einem Albtraum wiederzufinden? Die Sorte Probleme, die einen Vater dazu bringen konnten, seinen Sohn zu töten und es nach etwas anderem aussehen zu lassen?

Ihre Gedanken kehrten zurück zu dem Leichnam auf dem Obduktionstisch. Diese eigenartige Position, in der er abgelegt worden war, die eingedrückte Luftröhre. Was für ein Vater könnte seinem eigenen Kind so etwas antun? Die grausame Antwort, die ihr eigener Verstand ihr präsentierte, aber lautete: so mancher. Mehr, als man vermuten würde, unter den entsprechenden Umständen.

Nach einem kurzen, kräftigen Klopfen von Crawford öffnete eine uniformierte Polizistin die Tür, und Monica zog den Kopf ein, um ins Haus zu treten. Die Beamtin – Police Constable Carol Stewart, wie sie sich mit leiser Genugtuung entsann – führte sie in den Flur.

Sogleich fiel ihr auf, dass Stewart eine Pistole am Gurt trug. Die Highlands waren der einzige Teil Schottlands, wo Polizisten standardmäßig bewaffnet zu Einsätzen fuhren, die nicht als Notfälle eingestuft waren. Etwas, woran Monica sich noch immer nicht gewöhnt hatte. Unwillkürlich kam ihr das Motto der schottischen Polizei in den Sinn – »Wir sorgen für Ihre Sicherheit.« Aber wenn nötig, schossen sie auch auf einen.

Monica legte Stewart eine Hand auf den Arm und raunte ihr etwas zu. Sie wollte ganz sicher sein, bevor sie dem Vater gegenübertrat: »Haben Sie ein Foto von Robert?«

Stewart, die eine ordentliche Kurzhaarfrisur und eine Brille mit breitem Gestell trug, senkte den Blick auf Monicas Hand, ehe sie mit dem Kinn auf eine Pinnwand hinter ihr deutete.

Monica sah sich die Collage, die das Leben der hier wohnhaften Familie dokumentierte, eingehend an: sonnengebräunte, strahlende Gesichter, offenbar irgendwo im Urlaub. Ein Geburtstagsessen in einem Restaurant und ein Junge, der ihr bekannt vorkam. Einer, den sie erst vor Kurzem in der Leichenhalle hatte liegen sehen. Dasselbe kurze dunkle Haar, derselbe zarte Flaum im Gesicht, den er mit jugendlichem Stolz trug. Ein intelligent wirkendes Lächeln, man konnte sich den Jungen wunderbar bei einem Wissensquiz für Schüler vorstellen. Monica spürte die unterschiedlichsten Gefühle in sich aufwallen. Sie konnte sich glücklich schätzen, dass sie Fortschritte in ihren Ermittlungen zu verzeichnen hatten, doch gleichzeitig machte sich ein dumpfes Grauen angesichts des bevorstehenden Gesprächs in ihr bemerkbar.

PC Stewart führte sie in das kleine Wohnzimmer. Das Gasfeuer im Kamin warf ein bläuliches Licht in den Raum, darüber hing ein Landschaftsdruck. Das Deckenlicht brannte hell, als könnte es in irgendeiner Weise die Nacht und all ihre Schrecken fernhalten. Monicas Erfahrung nach würden die meisten Eltern alles tun, um sich selbst davon zu überzeugen, dass es nicht um das eigene Kind ging. Dass die Polizei sich in der Tür geirrt hatte, dass man den falschen Namen hatte.

Eindringlich musterte sie die Züge von Steven Wright, als er von der unberührten Tasse Tee vor ihm auf dem Tisch aufblickte. Schon leicht ergrautes Haar, ein schmales, sorgenvolles Gesicht. Er trug Jeans und ein kariertes Hemd, das ihn irgendwie verletzlich aussehen ließ. Der arme Tropf, der völlig unpassend gekleidet zur Party erschienen war. Ihr erster Gedanke war, dass er nichts mit dem zu tun hatte, was auch immer seinem Sohn zugestoßen war. Aber leider lag man mit der ersten instinktiven Vermutung allzu oft falsch.

Monica ließ sich ihm gegenüber auf dem Sofa nieder und überlegte, ob sie ihn für dieses Gespräch nicht doch besser aufs Revier bitten sollte. Irgendetwas allerdings sagte ihr, es lieber nicht zu tun. Bis der Tote offiziell identifiziert war, hatten sie es hier mit einem Vermisstenfall zu tun. Stevens Erinnerungen wären vermutlich weniger getrübt, solange er noch hoffen konnte, dass sein Sohn am Leben war. So hart es auch klingen mochte.

»Wann haben Sie Robert das letzte Mal gesehen?«, erkundigte sich Monica. Sie beobachtete Steven Wrights Mienenspiel, wie sich sein Ausdruck schleichend veränderte, während er über eine Antwort nachzusinnen schien. Sein Blick huschte nach links und war zur Decke gerichtet. Einigen Online-Experten zufolge war dies ein untrügliches Zeichen dafür, dass er die Wahrheit zu sagen gedachte und sich ernsthaft zu erinnern versuchte, statt sich eine Geschichte zurechtzulegen. Vorausgesetzt, dieser jemand war Rechtshänder, bei Linkshändern galt das Gegenteil. Und was, wenn eine Person sich an eine Lüge erinnerte?

»Es war Freitag … schon recht spät. Ich saß hier unten …«

»Was taten Sie?«, mischte Crawford sich ein.

Monica warf ihm einen strafenden Blick zu, verärgert über die Unterbrechung. Trotzdem war sie neugierig, wie Steven Wright reagieren würde. Sein Blick zuckte von Crawford zu Monica. »Ich habe ferngesehen. Die Zehn-Uhr-Nachrichten. Es lief ein Bericht über einen gestrandeten Pilotwal in der Nähe von Inverness. Ich weiß die Zeit noch so genau, weil Robert noch nicht nach Hause gekommen war und ich mir Sorgen machte – er hatte nicht angerufen.«

»Kommt es öfter vor, dass er so spät nach Hause kommt?«, fragte Monica.

»Es …« Sein Blick huschte verunsichert durchs Zimmer. »Es ist gerade nicht ganz leicht. Seine Mutter hat uns verlassen. Sie hat von heute auf morgen ihre Sachen gepackt und ist gegangen, sechs Wochen ist das jetzt her. Seitdem ist er … Es ist für uns beide nicht leicht.«

»Wo ist seine Mutter jetzt?« Monica malte sich die erschütterndsten Antworten aus: in einem Loch im Garten hinten verscharrt, in einen Straßengraben geworfen. Dabei ließ sie Steven Wright nicht aus den Augen und sah zu, wie er die Hand zum Mund führte und sein Blick wieder nach links ging.

»Ich weiß es nicht. Sie sagte, sie müsse eine Weile für sich allein sein und bräuchte Zeit zum Nachdenken.«

»Worüber nachdenken?«, hakte Crawford ein.

Steven Wright schüttelte hektisch den Kopf, als müsste er einen Angreifer abwehren. »Sie hat nichts mit der Sache zu tun. Mein Sohn ist verschwunden …«

»Haben Sie von Ihrer Frau gehört? Seit sie weg ist?«, fragte Monica.

Steven Wright starrte sie einige endlos scheinende Sekunden schweigend an. Offenbar verstand er nicht recht, warum sie ihn nach seiner Frau fragte, wo doch sein Sohn vermisst wurde.

»Nicht direkt«, sagte er schließlich. »Sie hat ihre Mutter angerufen, das war vor zwei Wochen. Um ihr mitzuteilen, dass es ihr gut gehe.«

Monica machte sich eine geistige Notiz, das von jemandem überprüfen zu lassen und bei der Mutter nachzufragen. Sie mussten Mrs. Wright so schnell wie möglich ausfindig machen. Nicht, dass sie am Ende noch über Zeitungsberichte vom brutalen Mord an ihrem Sohn erfuhr.

»Er ist also erst nach zehn heimgekommen? Haben Sie nach ihm gesehen?«, erkundigte sich Monica weiter.

»Ja, eine halbe Stunde später. So um den Dreh. Es war alles in Ordnung. Er lag friedlich im Bett und schlief. Ich musste am nächsten Morgen früh raus. Wissen Sie, ich bin Lastwagenfahrer, ich fahre gewerbliche Lieferungen in den gesamten Highlands aus. An den Wochenenden versuche ich zu Hause zu sein, aber das ist nicht immer machbar. Wir brauchen das Geld.«

»Robert lag also am Freitagabend gegen zweiundzwanzig Uhr dreißig wohlbehalten in seinem Bett. Wie sah es am darauffolgenden Morgen aus?«, erkundigte sich Monica.

»Ich wollte ihn nicht wecken. Er braucht seinen Schlaf. Er hat noch dieses Jahr seine Abschlussprüfungen – wenn er auf die Uni will, muss er einigermaßen gut abschneiden. Er muss viel lernen, sich reinknien ...«

»Sie sind nur noch zu zweit? Robert hat keine Geschwister?«, wollte Monica wissen.

»Genau, es gibt nur uns – und Ellie, unseren Hund.«

Diese Information ließ Monica aufhorchen. »Wo ist der Hund jetzt?«

Steven sah sich suchend im Wohnzimmer um. Ein panischer Ausdruck huschte über sein Gesicht – die plötzliche Erkenntnis, dass Ellie vielleicht auch fort war. Blitzschnell fuhr er aus seinem Sessel hoch und rief: »Ellie! El!«

Von oben war ein leises Geräusch zu hören, eine Tür, die über Teppichboden schabte. Wenig später sah Monica einen offenbar schon ziemlich betagten Hund mit wuscheligem grauem Fell am oberen Treppenabsatz auftauchen. Durch die Sprossen des Geländers blickte das Tier zu ihnen herunter, bevor es sich wieder abwandte und dorthin verschwand, wo es hergekommen war.

Steven Wright ließ sich zurück auf den Sessel sinken, dankbar für den kurzen Moment des Aufatmens inmitten der chaotischen Ungewissheit, in der er sich momentan befand.

»Robert lag also am späten Freitagabend wohlbehalten in seinem Bett«, fasste Monica noch einmal zusammen und ging erneut die zeitliche Abfolge gedanklich durch. Roberts Leichnam war nach Mittag gefunden worden, am Samstag gegen ein Uhr. Ging man davon aus, dass der Vater die Wahrheit sagte, blieb ein Zeitfenster von rund dreizehn Stunden von dem Moment an, da Robert zuletzt gesehen worden war, bis zum Auffinden seiner Leiche. Obwohl sie sich nur schwer vorstellen konnte, dass selbst der abgebrühteste Mörder die Leiche bei hellem Tageslicht an diesem offen einsehbaren Ort abgelegt hätte. »Was hatte er heute vor? Wie sahen seine Pläne an einem normalen Sonntag aus?«

»Ich weiß es nicht. Manchmal fährt er zusammen mit Freunden mit dem Bus nach Inverness. Was Jugendliche eben so tun. Beklagen sich laufend darüber, dass ihnen langweilig ist. In letzter Zeit war er auch viel mit dem Mountainbike unterwegs.«

»Haben Sie schon nachgesehen, ob das Fahrrad noch da ist?«, fragte Monica.

Bei diesen Worten zuckte Steven Wrights Blick zu ihr, und für einen mitleiderregenden Moment sah sie Hoffnung über seine Züge huschen. Vielleicht war Robert mit dem Fahrrad gestürzt? Und hatte sich dabei eine leichte Verletzung zugezogen, war aber ansonsten unversehrt? »Ich hab nicht nachgesehen, nein. Er stellt es immer in der Garage ab.«

Steven war bereits aufgesprungen. Er führte sie hinaus in die Nacht und rüber zur Garage gleich neben dem Haus. Die Flügeltür stand einen Spaltbreit offen. »Ist hier sonst auch nie abgeschlossen?«, fragte Crawford, der sie mit der Fußspitze ein Stück weiter aufschob.

»In dieser Gegend sperrt niemand irgendwelche Türen ab, wer sollte hier wohl etwas stehlen?«, bemerkte Steven. Allein die Vorstellung schien ihn zu befremden.

Ja, wer?, dachte Monica, die dicht hinter Crawford folgte und über seinen Kopf hinweg in die dunkle Garage spähte. Der helle Strahl von Crawfords Handy fiel auf das Fahrrad. Es stand gleich hinter der Tür an die Wand gelehnt.

»Ist das seins?«, fragte Crawford.

Steven warf einen Blick an ihnen vorbei in den Raum, immer noch verzweifelt hoffend. »Ja, das ist es. Das ist sein Fahrrad.«

»Hat er ein Handy? Einen Laptop?«, erkundigte sich Monica.

Der Blick des Vaters huschte zwischen ihnen hin und her, ehe er antwortete. Panik wogte in ihm auf und erhob sich über ihm wie eine Flutwelle. Sie registrierte das Zittern seiner Hände, allmählich schien ihm die bittere Wahrheit zu dämmern. »Selbstverständlich hat er ein verdammtes Handy. Ich habe die ganze Nacht versucht, ihn zu erreichen …«

»Und wie sieht es mit einem Laptop aus?«

»Der steht in seinem Zimmer, auf seinem Schreibtisch.« Steven deutete hinter sich in Richtung Haus und verschränkte die Arme vor der Brust. Der verzweifelte Versuch, sich zu wärmen, weil der eisige Nebel ihm durch das dünne Hemd bis tief in die Knochen kroch, wo die Kälte sich festsetzte.

»Hat Robert Freunde? Eine Freundin? Könnte er sich gestern Nacht noch mal rausgeschlichen haben, um sich mit jemandem zu treffen?«, setzte Monica die Befragung fort.

»Ob er sich rausgeschlichen haben könnte?« Diese Vorstellung schien Steven Wright zu schockieren. »Warum sollte er sich mitten in der Nacht aus dem Haus stehlen? Er hat Freunde an der Schule, aber keiner von ihnen wohnt in unmittelbarer Nähe. Wir sind hier auf dem Land, selbst mit dem Fahrrad wäre es zu weit …«

»Und keiner von diesen Jungs hat ein Auto?«, warf Crawford ein.

»Wie kommen Sie denn jetzt auf ein Auto?« Im selben Moment schien Steven Wright zu verstehen. Es war die ganze Zeit schon am Rande seines Bewusstseins gewesen, doch hatte ihm die Mauer der Leugnung den Blick darauf verstellt. »Wie kommen Sie auf ein Auto?«, wiederholte er seine Worte langsam und mit Bedacht, als hätten sie plötzlich eine sehr viel tiefere Bedeutung. »Als ich heute Nachmittag auf dem Heimweg war, sagten die im Radio etwas von einem Jungen, den man gefunden hat. Ermordet in Gairloch. Sie sagten, dass …« Seine Stimme brach, und er zitterte unkontrolliert, als er weitersprach. »Sie sagten, er sei gefoltert worden. Es ist nicht Robert, oder? Das kann nicht sein. Er lag doch oben in seinem Bett. Es ist nicht Robert, oder? Sagen Sie schon!«

Sein Blick schnellte zu Monica, dann zu Crawford und wieder zurück zu ihr, und in seiner Verzweiflung wirkte er wie ein verletztes Tier, das in die Falle getappt war. Es ist Robert, dachte Monica, wie Sie schon bald schmerzhaft erfahren werden.

»Die Beschreibung würde auf Robert passen«, erklärte sie schließlich. Was sollte sie sonst sagen? Sie sah zu, wie sich ein ungläubiger Ausdruck über die Züge des Mannes legte und sich die Schatten auf seinem Gesicht vertieften. »Ich denke, er ist es. Es tut mir wirklich sehr leid.« Sie spulte diese Sätze fast schon mechanisch herunter. Wer hätte je gedacht, dass sich etwas derart Ungeheuerliches so leicht aussprechen ließ.

Immer noch kopfschüttelnd beugte der Mann sich vor und stemmte die Hände auf die Knie. Die Streifenbeamtin – PC Stewart – machte einen Schritt auf Steven Wright zu und legte ihm den Arm um die Schultern, um ihn zu stützen.

Monica drehte sich zu Crawford um und sah ihn von oben her an.

Seltsamerweise fiel ihr ausgerechnet in diesem schrecklichen Moment zum ersten Mal auf, wie grün Crawfords Augen waren, als sich das Licht der Deckenlampe darin fing. Von einer Intensität, als trüge er farbige Kontaktlinsen. Das Entsetzen stand ihm ins Gesicht geschrieben, sodass sie sich unwillkürlich fragte, was er bislang von seiner ersten Mordermittlung hielt.

»Wir sollten ihn mit nach Inverness nehmen, um den Leichnam zu identifizieren«, sagte Monica. Sie hatte sich vorgebeugt und Crawford die Worte ins Ohr geflüstert. »Und wir brauchen die Spurensicherung hier im Haus. Sorgen Sie dafür, dass niemand die Garagentür oder das Fahrrad des Jungen anfasst. Rufen Sie DC Fisher an und teilen Sie ihm mit, dass wir ein Bewegungsprofil von Roberts Handy brauchen, und die Jungs von der IT sollen sich noch heute seinen Laptop ansehen. Irgendetwas wird sich darauf finden, garantiert. Vielleicht hat er sich ja doch mit jemandem verabredet.«

8

Mit einem Schlag saß Michael kerzengerade im Bett, schweißgebadet und von undurchdringlicher Dunkelheit umgeben. Im Traum war Nichol ihm erschienen, er hatte draußen vor dem Fenster gestanden und zu ihm ins Zimmer gestarrt. Regungslos, mit der Laptoptasche über der Schulter. Dabei hatte er den Stein über seine Lippen gleiten lassen und gerufen: »Was ist mit ihm geschehen, Michael? Warum hast du ihn im Stich gelassen?«

Michael wischte sich die Schweißperlen von der Stirn. Er zwang sich, langsamer zu atmen, während er sich im Zimmer umsah und mit zittrigen Händen nach seinen Zigaretten tastete. Da fiel ihm ein, dass er sie irgendwo zwischen seinem Besuch in der Leichenhalle und seiner Rückkehr nach Hause verloren hatte. Er beugte sich zum Nachtkästchen, um die Lampe anzuknipsen, und sah auf die Digitalanzeige des Weckers: vier Uhr morgens. Die dunkelsten, einsamsten Stunden der Nacht. Er tat so, als stieße er Zigarettenrauch aus, und flüsterte: »Halt verdammt noch mal die Klappe.«

Am Fußende des Bettes hob Colonel Mustard, eine von drei Katzen, die ihm zugelaufen waren, beim Klang von Michaels Stimme den Kopf. Colonel Mustard streckte sich träge und machte die Beine lang, dann sah er ihn an, als wollte er fragen: Ist schon Zeit fürs Frühstück?

Als Antwort darauf kniff Michael die Augen zu und sah sogleich wieder die Male auf dem Körper des Jungen vor sich. Er glaubte den Geruch der Leichenhalle in der Nase zu haben. Schnell schwang er die Beine aus dem Bett. Ihm war klar, dass er Nichol finden musste. Er musste aktiv werden. Das war die Standardantwort seines Vaters auf alles gewesen, bis Joseph nicht mehr nach Hause gekommen war.

Für einen Moment war Michael wieder acht Jahre alt und saß schluchzend auf der Treppe, während sich die Erwachsenen im Flur unten gedämpft unterhielten. Er holte tief Luft und drängte die Erinnerung in ein tiefes Loch zurück; dann machte er sich auf den Weg in die Küche, auch wenn er genau wusste, dass er eigentlich dringend eine Zigarette gebraucht hätte.

Das Haus stand am Rande eines Moors in der Nähe von Ullapool. Er hatte es vor einigen Jahren gekauft, kurz bevor sein Vater erkrankt war. Sie hatten vorgehabt, gemeinsam darin zu wohnen. Michael sollte sein Apartment in Inverness behalten und an den Wochenenden zu Besuch kommen. Leider war es dann anders gekommen.

Die Katzen folgten ihm den Flur entlang. Colonel Mustard hatte die Führung übernommen und strich laut miauend um seine Beine herum, bis Michael sich erbarmte und eine Dose Katzenfutter öffnete, die er auf drei Schälchen verteilte. Dann sah er den Tieren zu, wie sie das Futter gierig hinunterschlangen, während er darauf wartete, dass der Wasserkocher heiß wurde. Dabei überlegte er krampfhaft, wo seine Zigaretten abgeblieben sein könnten.

Eine heftige Windbö rüttelte am Fenster, und als er bei diesem unerwarteten Geräusch den Kopf hochriss, fiel ihm sein Traum wieder ein. Ein an Panik grenzender Impuls packte ihn: Du musst dich auf die Suche nach Nichol machen, du musst ihn finden. Er erinnerte sich, wie der Junge durch das Fenster gestarrt hatte, die Tasche über der Schulter, und wie er den Stein an seine Lippen geführt hatte. Eine Geste, die Michael fast ein wenig obszön vorkam.

Er verscheuchte das Bild aus seinem Kopf und machte sich auf die Suche nach Zigaretten. Schließlich fand er das verloren geglaubte Päckchen im Innenfutter seiner Daunenjacke, offenbar hatte er ein Loch in der Tasche.

Sofort zündete er sich am Gasherd eine an und trat hinaus in die sturmdurchtoste Nacht, um sich zu vergewissern, dass alles in Ordnung war. Wie zu erwarten deutete nichts darauf hin, dass sein Traum Wirklichkeit geworden sein könnte: keine Fußspuren, keine Botschaft. Nur Nebel und Regen. Drinnen sprang Colonel Mustard aufs Fensterbrett und machte es sich bequem, um Michael durch die schmutzige Scheibe hindurch zu beobachten. Was hast du jetzt vor?, schien er zu fragen.

9

Oben am Treppenabsatz blieb Monica stehen. Die schwache Ahnung eines Dufts mischte sich unter die üblichen Gerüche eines fremden Hauses. Er erinnerte an ein Parfüm. Sie hielt inne, warf einen Blick nach unten und schlüpfte in ihren Ganzkörperanzug, gefolgt von Handschuhen und Überziehschuhen. Ein schmaler Streifen gespenstisch bleicher Haut spitzte zwischen Ärmel und Handschuh hervor, weshalb sie an dem Material zerrte, um die Lücke zu schließen. Der Erfahrung nach war es unwahrscheinlich, dass Roberts Zimmer zugleich der Tatort war, aber andererseits wusste sie auch, dass man sich auf solche Erfahrungswerte niemals verlassen durfte. Vorsichtig schob sie die Tür auf; sie schabte vernehmlich über den Teppich und störte die Stille im Raum.

Monica knipste das Licht an und ließ den Blick durch das Zimmer schweifen. Betrachtete das leere Bett. Den Schreibtisch, auf dem ein halb leer getrunkener Becher mit irgendeiner Flüssigkeit stand. Robert war mit dem Fahrrad unterwegs gewesen und erst spät nach Hause zurückgekehrt. Wo war er gewesen? Monica versuchte, etwas über seine Gemütsverfassung zu erfahren, indem sie sich nach kaum wahrnehmbaren Details und winzigen Anzeichen umsah, die verrieten, was der Junge gefühlt oder gedacht hatte, als er sich das letzte Mal in seinem Zimmer aufgehalten hatte. Das Bett war unberührt, nur die Bettdecke war leicht zerknittert.

Sie blickte zu dem Haufen Schmutzwäsche drüben beim Fenster und fragte sich, ob er sich beim Nachhausekommen umgezogen hatte. Hatte er vorgehabt, noch einmal auszugehen? Hatte er sich mit jemandem treffen wollen? Im Geiste machte sie sich eine Notiz, Steven Wright zu bitten, sich die Kleidungsstücke seines Sohnes anzusehen und zu überlegen, ob etwas fehlte. Falls Robert seine besten Sachen angelegt hatte, könnte das ein Hinweis darauf sein, dass er vielleicht ein Date hatte, das übel für ihn ausgegangen war. Vielleicht mit jemandem, den er im Internet kennengelernt hatte? Oder sie hatten es mit einem Eifersuchtsdrama zu tun, das zu seiner Ermordung geführt hatte? Eine vorsichtige Vermutung nach der anderen jagte ihr durch den Kopf und wurde wieder verworfen. Langsam beugte Monica sich über den Schreibtisch. Sie sah einen Stapel Schulbücher. Geschichte, Astronomie, Mathematik. Einige Postkarten waren neben einem Stundenplan an die Wand geklebt, außerdem ein abgerissenes Ticket zu einem Konzert in Inverness. Die unscheinbaren Fragmente eines Lebens, einer Identität, die noch im Werden begriffen war.

Hatte er sich klammheimlich aus dem Haus geschlichen, nachdem sein Vater eingeschlafen war? Hatte Steven ihn deshalb auf der Bettdecke liegen sehen? Hatte er nur so getan, als schliefe er? Gab es Freunde oder eine Freundin, die er seinem Vater gegenüber nicht erwähnt hatte? Oder einen Freund?

Aber wie … Der Junge war zu jung, um einen Führerschein zu besitzen. Er fuhr überall mit dem Fahrrad hin, und das stand unberührt in der Garage. Hatte ihn jemand abgeholt? Und was dann? War es zu einem Streit gekommen? Und die Situation war eskaliert?

Monica rief sich in Erinnerung, wie präzise der Leichnam auf dem grasbewachsenen Stück Land unweit der Küste arrangiert worden war. Diese eigenartigen Bissspuren an Roberts Rücken. Die wiederholte Gewalteinwirkung auf seine Luftröhre. Die Verletzungen schienen durchweg auf einen Mörder hinzudeuten, der Spaß hatte an dem, was er tat. Auf jemanden, der über ziemlich viel Kraft verfügte, aller Wahrscheinlichkeit nach ein Mann. Es war nicht zu übersehen, dass der Täter die gewaltsame Tötung des Opfers bewusst in die Länge gezogen hatte.

Abermals sah sie sich um, in der Hoffnung, Steven Wright könnte sich geirrt haben. Vielleicht hatte Robert freundlicherweise doch sein Handy dagelassen. Wenn er sich nämlich mit jemandem verabredet hatte, müsste es irgendeinen Hinweis darauf geben – eine Nachricht, einen Anruf, einen Kontakt. Monica war sich darüber im Klaren, dass inzwischen viele Apps einmal empfangene Nachrichten, die nicht entdeckt werden sollten, sofort wieder löschten, aber irgendeine Spur musste es doch geben.

Für den Bruchteil einer Sekunde dachte sie an Michael Bach und diesen verschwundenen Jungen. Nichol Morgan. Der Name kam ihr vage bekannt vor. Doch genauso schnell, wie der Gedanke gekommen war, schob sie ihn wieder beiseite.

Sie ging neben dem Bett in die Hocke und benutzte einen Stift, um damit die Schubladen an Roberts Schreibtisch vorsichtig zu öffnen. In einer von ihnen lag der Laptop, den Steven Wright erwähnt hatte. Sie hob ihn heraus und steckte ihn in einen durchsichtigen Asservatenbeutel. Das war ihr bislang größter Fang, die zuverlässigste Chance, einen Hinweis auf die Identität von Roberts Mörder zu erhalten.

Ein Geräusch aus dem hinteren Bereich des Zimmers

ließ Monica aufhorchen. Es klang wie Holz auf Holz. Blitzartig drehte sie sich danach um. Vor Schreck hatte sie die Luft angehalten.

Es war der Hund, den Steven Wright vorhin gerufen hatte. Mit schief gelegtem Kopf saß er da und sah zu Monica auf. Das Tier war halb hinter dem Vorhang verborgen, weshalb sie es beim Betreten des Zimmers nicht gesehen hatte. Sie atmete erleichtert auf und machte einen vorsichtigen Schritt auf den Hund zu. Er hob eine Pfote und scharrte damit über die Holzdiele unter dem Fenster. Es war genau das Geräusch, das sie eben gehört hatte.

»Du vermisst deinen Freund, nicht wahr?«, fragte sie und ging neben dem großen Hund in die Hocke – ein Schottischer Hirschhund, wie sie annahm. Ein wenig wie ein Greyhound, nur kräftiger und mit dichtem, struppigem Fell. Mit dem Hinterteil stand er in unbequemer Haltung auf dem Wäschehaufen.

»Du bist genau wie ich, zu groß für diese Welt«, flüsterte Monica. Sie strich mit der Hand durch das weiche Fell des Hundes. »Wenn du nur sprechen könntest. Das würde mir meinen Job ungemein erleichtern.« Ellie klopfte mit dem langen Schwanz auf den Teppich und kratzte erneut mit den Pfoten über den Boden.

Monica erhob sich und blickte durchs Fenster hinaus in die nächtliche Dunkelheit. Mittlerweile war der Mond aufgegangen und spendete etwas Licht. Direkt vor dem Fenster war das Flachdach der Garage zu sehen. Falls Robert sich aus dem Haus hätte stehlen wollen, ohne seinen Vater zu wecken, hätte er mit Leichtigkeit auf dieses Dach steigen und das Fenster hinter sich zuziehen können. Hinter dem Garten begann der Wald, der überwiegend aus Kiefernkulturen zu bestehen schien. In schnurgeraden Bahnen standen die Bäume dicht an dicht, sodass kein Sonnenstrahl zum Boden durchdrang. Hinter diesem Forst waren die steil abfallenden Hänge der Berge zu sehen. Sie wirkten düster und bedrückend.

Was hatte den Jungen dazu getrieben, noch einmal hinauszugehen? Was war ihm so verlockend erschienen, dass er dafür sein warmes Bett verlassen hatte? Am liebsten wäre es Monica gewesen, sie hätte Robert Wright diese Frage persönlich stellen können. Allmählich merkte sie, wie die Müdigkeit sie übermannte; es war inzwischen nach vier. Lucy schlief gewiss längst tief und fest. In einer anderen Welt läge Monica neben ihr. Sie würde sich unter die wohlig warme Decke zu ihrer Tochter kuscheln und sich auf den nächsten Morgen freuen, den ganzen Sonntag vor sich. Sie würde den Tag mit ihr verbringen. Wäre das Leben so nicht um ein Vielfaches leichter? Ohne diesen zwanghaften Drang, alles wissen zu wollen? Das Bedürfnis, der Bedeutung hinter dem Chaos auf die Spur zu kommen, das mit jedem schrecklichen Verbrechen einherging?

Sie blickte hinab auf den Hund, der sich zu einer Kugel zusammengerollt hatte, so weit das bei seiner Statur möglich war. Dann dachte sie darüber nach, wie ihr Sonntag wirklich verlaufen würde. Ob es ihr gefiel oder nicht, sie konnte sich in der entscheidenden Anfangszeit der Ermittlungen keine Auszeit gönnen. Stattdessen würde sie noch einmal im Leichenhaus vorbeischauen müssen. Dieses Mal in Begleitung von Steven Wright, der Roberts Leichnam der Formalität halber würde identifizieren müssen. Anschließend standen die Zeugenaussage von Steven sowie ein Besuch bei Michael Bach zu Hause auf dem Plan. Darüber hinaus war nicht auszuschließen, dass ihr noch ganz andere Sachen dazwischenkommen würden.

IO

Michael lief fast zehn Minuten lang draußen vor dem Haus auf und ab. Was suchte er hier oben im Moor, in den frühen Morgenstunden? Die Geister aus seinem Traum? Vielleicht verlor er diesmal wirklich den Verstand. Er zündete sich eine weitere Zigarette an. Es war immer noch dunkel, die Berge über dem Wasser im Norden und Süden waren nur als drückend schwarze Wände auszumachen.

Er nahm einen tiefen Zug und stellte fest, dass er vor dem kleinen Stall stand, der direkt an das Haus anschloss. Sein Vater hatte ihn kurz vor seinem Tod renoviert. Er war bis zuletzt gut bei Kräften gewesen. Fast als hätte er den Krebs allein durch Willenskraft besiegen können. Michael fand es immer noch unfassbar, dass etwas seinen Vater so hatte schwächen können wie die Krankheit in jenen letzten Tagen. Im Grunde kam es einem Verstoß gegen ein Naturgesetz gleich.

Er brachte es nicht über sich, den Stall zu betreten. Schaffte es nicht, die Sachen seines Vaters durchzusehen, auch wenn er ihn darum gebeten hatte. Stattdessen wandte er sich ab und spazierte durch die frühmorgendliche Dunkelheit hinunter ans Meer. Am Strand spürte er das eisige Wasser in seine Schuhe sickern. Im nächsten Moment drang ihm der faulige Geruch des nahen Moores in die Nase, doch zum Glück waren um diese Uhrzeit noch keine Mückenschwärme unterwegs, abgesehen davon, dass es auch von der Jahreszeit her viel zu spät für diese Biester war.

Michael ließ sich auf einem Felsen am Strand nieder. Tief in Gedanken versunken, starrte er hinaus aufs Meer und rauchte seine Zigarette zu Ende. Langsam brach die Dämmerung herein. An diesem Morgen lag die See ruhig und still da, das Wasser träge und dickflüssig und dunkel wie Wein. Es hatte einen leichten Stich ins Violette: die Farbe von stumpfen Verletzungen, die Farbe von Blutergüssen auf einem Körper. Vor seinem geistigen Auge erschien das Gesicht des Jungen, fahl hob es sich vom Seziertisch ab. Mit aller Macht versuchte er das Bild zu verdrängen, doch es wich lediglich der Erinnerung an diesen Traum, an diese dunklen Flure. An Nichol, wie er vor dem Fenster gestanden und zu ihm hereingestarrt hatte, und an das Gefühl, das der Junge in ihm ausgelöst hatte. Der Schrecken der Trauer, des Verlusts, das Bedürfnis, sich auf die Suche zu begeben, ohne jede Ahnung, wo er anfangen sollte.

Die dunkle See breitete sich bis zum Horizont vor ihm aus. Bis zu den Rändern der urzeitlichen Gebirgslandschaft. Es gab Zeiten, da konnte Michael sich keinen schöneren Ort vorstellen. Doch am heutigen Morgen wirkte die Umgebung trostlos und bedrückend auf ihn und weckte in ihm ein Gefühl existenzieller Bedeutungslosigkeit und Sinnlosigkeit.

Impulsiv sprang er auf, riss sich die Kleider vom Leib und lief hinaus in die eisigen Wellen, bis seine Haut vor Kälte brannte und es ihm den Atem verschlug. Zumindest sein Dad hätte ihn dafür bewundert, war sein einziger Gedanke, während er Wasser trat und versuchte, wieder ruhiger und gleichmäßiger zu atmen. Etwas streifte sein Bein und brachte ihn zu der Überlegung, ob wohl etwas dran war an den Geschichten, dass sich gelegentlich Weiße Haie in die kälteren Gewässer vorwagten. War es möglich, dass in diesen undurchdringlichen Tiefen ein Ungeheuer lauerte? Er tauchte mit dem Kopf unter. Schmeckte Salz auf den Lippen und ließ zu, dass die bittere Kälte sämtliche Gedanken hinforttrug, zumindest für den Moment.

Als seine Zähne unkontrolliert zu klappern begannen, schwamm er zurück ans Ufer und trocknete sich so gut wie möglich mit seinem T-Shirt ab. Er schlüpfte in seine Kleider und mühte sich anschließend mit dem Feuerzeug ab in dem Versuch, sich mit zittrigen Händen die nächste Zigarette anzustecken. Wie der Überlebende eines Schiffsbruchs, der verzweifelt ein Feuer zu entfachen versucht, dachte er, als sie endlich aufglühte.

Er ließ das Feuerzeug wieder in der Hosentasche verschwinden und ertastete dabei sein Handy. Ob die Polizei sich bei ihm melden würde, sobald sie etwas von Nichol hörte? Vermutlich nicht. Er war ja schließlich nicht mit ihm verwandt. Trotzdem scrollte er durch die Anrufliste, um sich zu vergewissern, dass sich niemand gemeldet hatte, und ertappte sich dabei, wie er bei der letzten Nachricht von Nichol innehielt: Die Zukunft liegt in den Sternen. Sie ergab immer noch keinen Sinn für ihn. Irgendjemand musste doch eine Ahnung haben, wohin der Junge gegangen war. Jemand, der Nichol besser kannte als er.

Erst da kam Michael der Gedanke, wie wenig er im Grunde über den Jungen wusste. Er hatte erfahren, dass Nichols Mutter gestorben war und dass er seinen Vater nie gekannt hatte. Aber was war mit Freunden und dem Rest seiner Verwandtschaft? Michael war nie einem von ihnen begegnet, und Nichol hatte so gut wie nie über seine Familie gesprochen. Er war noch nicht einmal mit in die Unterkunft des Jungen gegangen, als dieser ihn darum gebeten hatte. Stattdessen hatte er ihn einfach nur an der Straßenecke abgesetzt und war zu seinem nächsten Termin gefahren.

Mit jäh aufkeimender Reue vergegenwärtigte Michael sich Nichols Gesichtsausdruck an jenem Tag, als er sich von dem Land Rover abgewandt hatte und auf die Doppeltür dieses trostlos wirkenden Mehrparteienhauses zugegangen war – in Wirklichkeit eine Art Notunterkunft in der Union Street in Inverness. Sein Gesichtsausdruck war schwer zu deuten gewesen. Hatte sich da Enttäuschung abgezeichnet? Verbitterung?

»Scheiße, jetzt ist es zu spät!« Michael ließ den Blick in beide Richtungen über den Strand schweifen, verwundert über den Klang seiner eigenen Stimme, in der Frust, aber auch Schuldbewusstsein mitschwangen. Wie aus dem Nichts stand ihm ein Gedanke plötzlich klar und deutlich vor Augen: Fahr nach Inverness, halte Ausschau nach ihm. Mit einem Mal schien ihm die Lösung offensichtlich.

Wenig später machte Michael sich auf den Weg westwärts durch das zerklüftete Hinterland, vorbei am Beinn Dearg und am Ben Wyvis, einem isoliert stehenden Berg, der aussah wie ein leicht abgeschliffener Zahn. Rehe hatten sich aus dem Gebirge heruntergewagt und sich links und rechts der Straße gesammelt, angezogen von der Wärme des Asphalts; die Nächte waren mit Einbruch des Herbstes bereits länger und kälter geworden.

Michael stellte die Heizung hoch, damit seine Kleidung schneller trocknete. Sie war noch feucht von seinem Ausflug ans Meer.

Colonel Mustard, der auf dem Armaturenbrett lag, hob

den Kopf, sichtlich angetan von der plötzlichen Wärme. Die aufsteigende Luft strich durch sein Fell. Er streckte sich zufrieden und spreizte dabei die Pfoten, sodass man das weiche, samtige Fell zwischen den Zehen sah.

Das Tier war losgeschossen und in den Land Rover gesprungen, kaum hatte Michael den Motor gestartet, ohne vorher die Tür zu schließen. Ein folgenschwerer Fehler. Das Motorengeräusch stellte für Colonel Mustard nämlich das untrügliche Signal wohliger Wärme dar, und als Michael Anstalten gemacht hatte, den Kater wieder nach draußen zu befördern, hatte er die Klauen in das Armaturenbrett geschlagen und sich eisern festgeklammert. Nicht zum ersten Mal hatte Michael klein beigegeben, und Colonel Mustard hatte mitfahren dürfen.

Insgeheim war er froh über die Gesellschaft. Er griff durchs Lenkrad hindurch und strubbelte dem Kater das Fell. Colonel Mustard starrte ihn einen Moment lang an, ehe er die Augen schloss und sich genüsslich streckte.

Kopfschüttelnd schob Michael eine CD in den Player, das Trojan Rastafari Box Set. Die karibischen Klänge füllten das Wageninnere, während Michael zum Fenster hinausstarrte und die lang gestreckten, spindeligen Wolken betrachtete, die zwischen den Gipfeln der Berge hingen. Er war zu der Feststellung gelangt, dass Reggae viel besser zur Landschaft der Highlands passte als dieser schreckliche Siebzigerjahre-Folk, den sein Vater im Auto immer hatte laufen lassen.

Dieser Gedanke trat eine weitere Erinnerung in ihm los. Es war fast, als beträfe sie jemand anderen, nicht ihn: Michael und sein Bruder auf dem Rücksitz eines Wagens. Die Innenausstattung in Braun. Es musste in einer Zeit gewesen sein, bevor das Tragen von Sicherheitsgurten zur Pflicht wurde, weil die beiden Jungen über die Rückenlehne nach hinten in den Kofferraum geklettert waren. Von dort aus winkten sie den Fahrzeugen hinter ihnen auf der Autobahn zu.

Zwei lachende Jungs mit glücklichen Gesichtern.

Michael wischte sich mit der Hand über die Stirn und schob die Erinnerung beiseite. Herrje, dachte er, was ist heute nur mit mir los?

Vor der Unterkunft in der Union Street hielt er an. Er betrachtete die viktorianischen Gebäude ringsum, die aus der Zeit Sir Walter Scotts und seiner Highlandstorys zu stammen schienen. Heutzutage ging es in den Randgebieten der Stadt mitunter recht rau zu, doch wenn Michael sich so umsah, kam er zu dem Schluss, dass dies längst nicht mehr nur für die Außenbezirke galt. Sein Blick landete auf einer Blutlache auf dem Gehsteig und einem dazu passenden Fleck von Erbrochenem an einer nahen Wand. Das Resultat eines ganz normalen Samstagabends.

Die doppelte Flügeltür des Gebäudes stand offen, aufgehalten wurde sie von einer leeren Bierkiste. Michael stieg darüber hinweg und nahm den Rauch und die staubige Luft aus dem Eingangsbereich wahr. Er sah sich im Zwielicht des Foyers um und hielt auf die Treppe zu.

»Ho!«

Das Geräusch ließ Michael zusammenschrecken. Blitzartig fuhr er herum und stellte fest, dass der Ruf aus dem kleinen Büro am hinteren Ende des Treppenhauses gekommen war. Eine Art Tresen versperrte die Tür, dahinter saß ein Mann, beide Beine lässig hochgelegt.

»Sie können doch nicht einfach so hier reinspazieren, Kumpel.«

Michael trat näher und musterte den Kerl: lange, fettige Haare, dunkle Barstoppeln in einer mehr als zwielichtigen Visage. Er balancierte eine Gitarre auf den Oberschenkeln und starrte Michael mit anklagender Miene an.

»Die Tür stand offen«, entschuldigte sich Michael.

»Ja, aber es gibt eine Klingel. Und man marschiert hier nicht einfach so die Treppe hoch, sondern meldet sich erst bei mir im Büro an.«

Michael sah sich über den Tresen hinweg in dem chaotischen Verschlag um, den der Mann als sein »Büro« bezeichnete. Dort stapelten sich haufenweise alte Zeitungen; auf einem Tisch standen unzählige schmutzige Tassen herum, die zugleich als Aschenbecher dienten. Selbst nach mehr als zehn Jahren im Sozialdienst war Michael immer noch überrascht, wie manche Leute sich an jedes noch so kleine bisschen Macht klammerten.

»Tut mir leid. Das wusste ich nicht.«

Der Mann zuckte achtlos mit der Schulter. »Nun, dann wissen Sie es für nächstes Mal. Was wollen Sie hier?«

Michael rang sich ein Lächeln ab und dachte: Es wird kein nächstes Mal geben, darauf können Sie wetten. »Ich bin Sozialarbeiter. Einer meiner Klienten war vorübergehend bei Ihnen untergebracht. Er gilt als vermisst. Ich hatte angerufen …« Michael dachte angestrengt nach, wie der Name gelautet hatte, aber in seinem Gehirn herrschte gähnende Leere. »Das war vergangene Woche.«

Der Mann senkte die Augen und wirkte mit einem Mal nervös. »Davon weiß ich nichts. Ich bin hier nur der Manager.«

»Man hat gesehen, wie mein Klient in einen Zug gestiegen ist«, fuhr Michael fort. »Ich will nur herausfinden, wohin er gefahren ist. Sein Name war Nichol Morgan. Sie sind ihm sicher begegnet.« Der Blick des Mannes irrte durch den Raum, als müsste er sich erst eine Lüge zurechtlegen. Michael beugte sich vor und lehnte sich an den Tresen. »Ich muss das wissen. Es ist wirklich wichtig.«

»Kann sein, dass ich ihn gesehen habe«, räumte der Mann ein, als ihm klar zu werden schien, dass Michael nicht gehen würde, ohne eine Antwort erhalten zu haben. »Es sind so viele, die hier ein und aus gehen …«

»Wie sieht es mit Freunden aus?«

Der Mann zuckte die Achseln. »Er blieb die meiste Zeit für sich und kam nur zum Schlafen her. Der Laden hier ist lediglich eine Zwischenstation für die Kids. Sie kommen aus den verschiedensten Ecken der Highlands. Strömen in die große Stadt und hoffen, ein kostenloses Dach über dem Kopf zu bekommen. Das merkt man im Zentrum schon ganz deutlich, das Stadtbild verändert sich. Prügeleien. Junkies. Erst letzte Woche hat sich einer von ihnen vom Dach der Parkgarage in der Rose Street gestürzt. Eine schöne Bescherung war das, sie mussten ihn vom Pflaster abkratzen.« Bei diesen Worten lachte der Mann und zündete sich eine Zigarette an. Er strich die strähnigen Haare an seinem Hinterkopf glatt. »Vielleicht brauchte Ihr Junge einfach einen kleinen Tapetenwechsel. Wir leben schließlich in einem freien Land, oder nicht? Haben Sie nie darüber nachgedacht, Ihre Siebensachen zu packen und irgendwo anders hinzugehen, Kumpel? Und wenn es nur die Parkgarage in der Rose Street wäre?« Die Miene des Kerls wurde plötzlich lebhaft, doch sein Grinsen galt einer Sache, die alles andere als witzig war.

Michael beugte sich tiefer über den Tresen und schob die Hand vor. Für einen Sekundenbruchteil sah er sich, wie er den Mann am Hemdkragen packte, ihn über den Tresen zerrte und kräftig durchschüttelte. Doch im letzten Moment bremste er sich und klopfte ihm stattdessen auf die Schulter. Eine seltsame, eigenartig bedrohliche Geste. Der Mann richtete den Blick auf Michaels Hand und wollte sie wegwischen, sichtlich gereizt.

Michael ließ los und trat einen Schritt zurück. Er war selbst erstaunt über sein aggressives Vorgehen. Dann aber drängte ein Gedanke aus seinem Unterbewusstsein empor an die Oberfläche: Wie hältst du es mit diesen fürchterlichen Leuten nur aus? Seit wann? Zehn Jahre oder schon länger? Vielleicht solltest du ihn wirklich am Schlafittchen packen und über den Tresen ziehen. Du würdest der Menschheit einen großen Gefallen erweisen.

Michael klopfte seine Taschen nach seinen Zigaretten ab, und als er das feuchte Päckchen fand und sich eine ansteckte, zitterten seine Hände. Während er erleichtert den Rauch ausstieß, sah er über den Tresen hinweg zu dem Kerl. Der musterte ihn nun mit deutlich verändertem Gesichtsausdruck. Er wirkte eingeschüchtert.

»Hat Nichol irgendetwas in seinem Zimmer zurückgelassen?«, erkundigte sich Michael schließlich. Er dachte nicht daran, sich bei dem Mann für sein aggressives Verhalten zu entschuldigen.

»Da wohnt bereits ein anderer. Wir müssen die Zimmer schnell nachbesetzen, wenn jemand geht, nur so kommt ausreichend Kohle rein«, erklärte der Mann in beinahe entschuldigendem Tonfall. Er spähte an Michael vorbei, als hielte er nach einem möglichen Fluchtweg Ausschau. »Die Polizei kam vorbei, um seine Sachen zu holen, nachdem er als vermisst gemeldet worden war. Ich habe gesehen, wie sie alles rausgetragen haben. Viel war es nicht: ein paar Bücher, ein Laptop …«

»Moment, ein Laptop?«

Der Mann nickte. »Genau, ich hab gesehen, wie sie ihn mitgenommen haben.«

Die Erinnerung an seinen Traum kehrte schlagartig zurück. Nichol, wie er mit der Laptoptasche über der Schulter am Fenster stand. Michael konnte sich nicht erinnern, den Jungen je ohne diese Tasche gesehen zu haben. Vermutlich war der Computer sein einziger Besitz, der irgendeinen Wert besaß. Unter gar keinen Umständen hätte er den freiwillig zurückgelassen. Also musste etwas gehörig schiefgegangen sein.

11

Auf der Heimfahrt ging Michael gedanklich noch einmal durch, was der Mann in der Unterkunft ihm erzählt hatte. Das alles ergab hinten und vorne keinen Sinn. Wenn Nichol wirklich abgehauen war, ohne seinen Laptop mitzunehmen, dann musste es dafür einen guten Grund geben. Offenbar war er in Gefahr. Er hat sich Hilfe suchend an dich gewandt, dachte Michael, und du hast ihn im Stich gelassen. Wie damals. Genau wie bei Joseph.

Michael umklammerte das Lenkrad fester und versuchte den Gedanken zu verscheuchen.

Als wollte er für eine visuelle Ablenkung sorgen, wählte Colonel Mustard exakt diesen Moment, um sich auf dem Armaturenbrett zu erheben und zu strecken, sodass er Michael die Sicht auf die vor ihm liegende Straße versperrte. Fluchend riss er das Lenkrad herum, als der Land Rover auf die Gegenspur geriet. Er beugte sich zur Seite, sodass er zumindest die reflektierenden Schneestangen im Blick hatte, die die Fahrbahnbegrenzung markierten. Dann streckte er die Hand nach Colonel Mustard aus und scheuchte ihn auf die andere Seite des Armaturenbretts, bevor er noch einen Unfall riskierte.

Der Kater fauchte empört und sprang auf Michaels Schoß. Der stieß einen neuerlichen Fluch aus, weil das Tier nun schonungslos die Krallen in seinen Oberkörper schlug und ihm auf die Schulter klettern wollte. Schließlich machte der Kater es sich dort oben bequem und legte sich Michael um den Nacken wie eine lebendige Stola. Laut schnurrte er seinem Herrchen ins Ohr, offenbar glücklich über seine neue Schlafstatt.

Kurz überlegte Michael, ob er die Katze wegschieben sollte, weil ihm vor Hitze der Schweiß ausbrach. Sein Pullover war ohnehin noch feucht. Letztlich entschloss er sich aber dagegen und betrachtete stattdessen die vorüberziehende Landschaft. Der Vormittag ging allmählich in den Nachmittag über. Die zarten Schleier, die zuvor zwischen den Gipfeln gehangen hatten, hatten sich zusehends verdichtet und bildeten nun eine geschlossene Wolkendecke. Der Tag war dunkel und trüb und schien vorzeitig zu schwinden. In den Highlands hatte man im Herbst und im Winter an manchen Tagen das Gefühl, die Sonne wäre gar nicht erst aufgegangen. Es kam einem vor wie eine immerwährende Nacht.

Tja, diese Geschichte ist so alt wie die Zeit, nicht wahr?, dachte Michael. Die Frage, was die Welt in Bewegung hielt, was die Dunkelheit verbannte. Vorsichtig lenkte er mit einer Hand weiter, um sich eine weitere Zigarette anzuzünden. Bestimmt schon die zwanzigste heute.

Schließlich bog er in die lange Auffahrt ab, die zu dem kleinen Bauernhaus führte.

Oben am Hügelkamm angekommen, sah Michael, dass vor dem Haus ein Wagen stand. Ein dunkler Volvo. Zwei Gestalten standen vor seiner Haustür, eine hochgewachsen und in einem langen schwarzen Mantel, die andere klein und dünn. Ihre Umrisse zeichneten sich vor dem Horizont ab, sie wirkten wie Wesen aus einer nordischen Saga. Der Riese und der Zwerg.

Mühsam schälte Michael sich aus dem Land Rover und hob dabei Colonel Mustard von seinen Schultern herunter. Das Tier zappelte empört, befreite sich aus seinen Armen und schoss an den beiden Besuchern vorbei durch die behelfsmäßige Katzenklappe, die Michael in die Tür geschnitten hatte, hinein ins Haus.

Als Michael auf sie zuging, erkannte er die beiden Detectives aus der Leichenhalle. Aufmerksam beobachteten sie, wie er näher kam, dann zogen sie ihre Kennmarken heraus und hielten sie ihm hin, obwohl im trüben Licht des bedeckten Tages kaum etwas zu erkennen war.

Ohne sich nach dem Grund ihres Erscheinens zu erkundigen, schob Michael die unversperrte Haustür auf und führte sie an der Küche vorbei ins Wohnzimmer. Ihm entging nicht, dass die Frau sich bücken musste, um sich an der niedrigen Tür nicht den Kopf zu stoßen. Sie sah sich interessiert um, betrachtete nacheinander das durchgesessene Ledersofa, die abgenutzten Teppiche und die schiefen Büchertürme, die sich überall stapelten. Dann nahmen sie nebeneinander Platz, und die Frau wandte sich an Michael. »Was glauben Sie, weshalb wir hier sind?«

»Wegen Nichol?« Bei diesen Worten spannte Michael sich innerlich an, weil er wieder an den zurückgelassenen Laptop denken musste. Dass die Polizei ihn aufsuchte, konnte nur eines bedeuten: Etwas Schreckliches war geschehen. Eine andere Erklärung gab es nicht. Die viel zu früh hereinbrechende Dunkelheit kroch scheu durch die Fenster ins Haus, und mit einem Mal kam ihm der Gedanke, dass sie vielleicht noch eine Leiche entdeckt hatten. Ein weiterer Toter, nur diesmal einer mit einem Namen.

Keiner von den beiden Polizeibeamten ließ sich zu einer Antwort herab. Stattdessen beugte sich der männliche Detective vor, die wilden grünen Augen auf Michael geheftet. Angespannte Stille machte sich breit. Michael musterte die Frau mit dem bleichen Gesicht und den dunklen Haaren, die zu einem unordentlichen Dutt hochgesteckt waren. Sie war wirklich so groß, wie es in diesem Krankenhausflur den Anschein gemacht hatte, als Michael für einen Moment geglaubt hatte, eine Erscheinung vor sich zu haben.

»Als wir uns gestern Abend in der Leichenhalle unterhalten haben, erwähnten Sie, Ihr Klient Nichol Morgan habe einen Stein mit sich herumgetragen. Vor seinem Verschwinden?«, fragte die Polizistin schließlich.

Michael nickte geistesabwesend, offensichtlich verwirrt. »Entschuldigen Sie, wie sagten Sie, lauten Ihre Namen?« Er stellte diese Frage nur, um ein wenig Bedenkzeit zu gewinnen.

Die Frau suchte methodisch ihre Taschen ab und hielt ihm noch einmal ihren Dienstausweis hin. »Ich bin Detective Monica Kennedy. Das ist mein Kollege, Detective Constable Connor Crawford. Wir ermitteln in einem Mordfall.« Sie klappte ihren Ausweis wieder zu und steckte ihn weg. Die ganze Zeit über behielt sie Michael im Blick. »Wie gesagt, Nichol hatte diesen Stein, den er immer bei sich trug …« Michael zögerte. Irgendwie war ihm das, was er zu sagen gedachte, unangenehm. Als würde er den Jungen verraten, einen wunden Punkt preisgeben. »Er … hat den Stein immer wieder geküsst. Hat ihn ständig an die Lippen geführt.«

»Und das kam Ihnen nicht eigenartig vor?«, mischte Crawford sich nun ein. Er fixierte Michael mit einem harten Blick. Der hielt ihm stand und musterte den Detective mit den leuchtend roten Haaren und dem schmalen Gesicht. Er strahlte etwas Tragisches aus. Sein starrer Blick erinnerte ihn an alte Fotografien aus dem Amerikanischen Bürgerkrieg, die Michael einmal gesehen hatte, von todgeweihten konföderierten Soldaten.

Er räusperte sich. »Das hab ich Ihnen gestern bereits erklärt.« Sein Blick wanderte zu DI Kennedy. »Das ging noch nicht lange so. Es war …« Er schob die Hand in die Hosentasche auf der Suche nach seinen Zigaretten, fand aber nur sein Feuerzeug. Das drehte er nun zwischen den Fingern.

»Es war was?«, hakte sie nach, um ihn zum Weitersprechen zu bewegen.

»Irgendwie seltsam.«

DC Crawford warf Kennedy einen flüchtigen Blick zu. Sie nickte, woraufhin der Detective die Hand in die Innentasche seiner Jacke schob. Er zog etwas daraus hervor und schob es Michael über den Tisch zu. Es war ein Foto von einem dunklen Stein, daneben lag ein Mobiltelefon, damit man eine ungefähre Vorstellung von seiner Größe bekam.

»Dieser Stein wurde bei der Autopsie im Rachen des Opfers gefunden.«

»In seinem Rachen?« Michael nahm das Foto stirnrunzelnd zur Hand. Unwillkürlich stellte er sich den Stein in seiner eigenen Kehle vor und hatte das Gefühl, als schnürte es ihm die Luft ab »War der Junge – war er noch am Leben, als das passiert ist?«

»Vielleicht können Sie uns diese Frage beantworten?«, gab DC Crawford zurück und lehnte sich dabei ein Stück weiter vor.

Michaels Stirn legte sich in Falten, dann schnaubte er, als wollte er lachen. Die beiden Detectives starrten ihn fragend an, DI Kennedy mit unbewegten, fast schwarzen Augen.

»Verzeihung, verstehe ich das richtig? Sie denken allen Ernstes, ich hätte das getan?« Seine Stimme wurde lauter, und er musste schlucken, um sich wieder zu beruhigen. Erst jetzt kam ihm die Erkenntnis: Klar dachten sie, er hätte den Jungen getötet, warum wären sie sonst zu ihm gekommen?

»Wer behauptet denn so etwas?« DC Crawford ließ die Worte in der drückenden Atmosphäre des düsteren Raums nachhallen. »Wir stellen nur Fragen.«

»Haben Sie Nichol diesen Stein geschenkt? Erkennen Sie ihn wieder?«, kam die Frage diesmal von DI Kennedy.

Michael starrte auf das Foto. Er erinnerte sich an das Gesicht des Jungen und diesen roten Blutfleck, der sich vor dem Weiß seines toten Auges abgezeichnet hatte. »Nein. Nichols Stein war größer. Er hatte eine andere Form, und ich habe Ihnen ja bereits erklärt, ich habe keinen Schimmer, woher er ihn hatte.«

Er schob das Foto über den Tisch zu der Polizistin.

»Sie leben hier mutterseelenallein, sind nicht verheiratet oder anderweitig liiert?«, fragte sie, während sie den Blick durchs Zimmer schweifen ließ.

»Genau. Mein Vater hatte dieses Haus gekauft. Er … wurde krank und starb«, sagte Michael. Als ihm klar wurde, dass er versucht hatte, sich vor den Detectives zu rechtfertigen, flammte Wut in ihm auf.

»Hier in dieser abgeschiedenen Gegend zu wohnen muss sehr einsam sein, so mitten im Nirgendwo«, ergriff DC Crawford nun das Wort. »Genauso wie die Arbeit in einem sozialen Beruf. Wie ich gehört habe, ist dieser Job nicht ganz einfach. Wenn man sieht, in welch verfahrene Situationen so manch einer im Leben gerät, geht einem das gewiss an die Nieren. Und wenn man dann nach Hause kommt und niemand auf einen wartet, kein Mensch da ist, mit dem man sich darüber austauschen könnte … Das muss schwer sein.«

Michael senkte den Blick auf den Tisch. Er zündete sich eine Zigarette an, dann sah er wieder zu dem männlichen Detective auf, machte aber keine Anstalten, ihm zu antworten.

»Nur fürs Protokoll«, sagte DI Kennedy, die Michael immer noch prüfend musterte. »Wo waren Sie an dem Morgen, als Sie sich eigentlich mit Nichol treffen wollten? Und von Freitag auf Samstag, ehe Sie in die Leichenhalle kamen?«

»Ich habe gearbeitet. War auf Klientenbesuch.«

»Beide Male? Das ist mir zu ungenau.« Ihre dunklen Haare klebten ihr nach wie vor in feuchten Strähnen an der Stirn. Er sah zu, wie sich ein Tropfen daraus löste und an ihrer linken Augenbraue herabperlte.

»Sie sind die Polizistin, finden Sie es doch heraus«, gab Michael unwirsch zurück. Sein Frust schien unter seiner Haut lebendig zu werden. Er wusste, dass er sich zusammenreißen musste, sonst würde er wie schon einmal an diesem Tag die Beherrschung verlieren und seine Wut die Kontrolle übernehmen. »Was gedenken Sie zu tun, um Nichol zu finden? Das hat doch sicher oberste Priorität für Sie, oder nicht? Die Verbindung ist ja wohl offensichtlich.«

»Machen Sie sich darüber mal keine Gedanken«, entgegnete die Polizistin.

»Aber …« Jäh kehrte die Erinnerung an diesen Traum zurück, ihr Echo hallte in seinem Kopf wider. »Hören Sie. Nichol hatte einen Laptop. Ich war heute Vormittag in seiner Unterkunft. Der Manager dort sagte mir, er habe das Gerät in seinem Zimmer zurückgelassen. Die Polizei sei gekommen und habe es mitgenommen, nachdem ich ihn als vermisst gemeldet hatte. Auf gar keinen Fall hätte er seinen Computer dagelassen, es sei denn, er steckte in Schwierigkeiten. Es muss doch Informationen darauf geben, etwas, das uns einen Hinweis darauf gibt, wo er …«

»Wir werden diese Auskunft berücksichtigen«, fiel CD Crawford ihm ins Wort.

»Himmel, Sie müssen sich das Ding ansehen! Wenn Sie es nicht tun, übernehme ich das.«

»Wir behandeln die Sache mit dem gebührenden Ernst, das dürfen Sie uns glauben«, antwortete Crawford.

Wieder sah Michael die beiden Detectives eindringlich an. Er registrierte ihre müden Gesichter, ihre gleichermaßen starren Blicke. Vermutlich ahnten sie nicht, wie sehr sich ihre ausdruckslosen Mienen glichen. »Dann tun Sie etwas. Verschwinden Sie aus meinem Haus, und werden Sie endlich aktiv«, sagte er mit sanftem Nachdruck.

Er nahm einen tiefen Zug von seiner Zigarette. Sie schmeckte seltsam. Draußen vor dem Fenster herrschte eintöniges Grau in Grau. Dunkle Sturmwolken waren am Horizont aufgezogen und verbargen das, was dort in den Highlands lauerte. Tote Jungen und der oder die Menschen, die sie auf dem Gewissen hatten.

12

DC Crawford hielt den Wagen am Ende der Zufahrtsstraße an und wartete darauf, dass die Reihe von Fahrzeugen, die hinter einem nur zäh vorankommenden Lastwagen festsaßen, weiterfuhr. Hinter ihnen spritzte der Regen vom nassen Asphalt auf. Er warf DI Kennedy einen Seitenblick zu. »Denken Sie, Michael Bach verheimlicht uns etwas?«

Monica sah zu, wie die Regentropfen gegen die Windschutzscheibe prasselten, während Crawford auf die Hauptstraße abbog. Die Gebirgsketten vor ihnen waren fast vollständig hinter dem dichten Wolkenband verschwunden. Sie sah auf die Digitalanzeige: vierzehn Uhr am Sonntagnachmittag. Somit hatte sie bereits einiges mehr als vierundzwanzig Stunden ohne Schlaf auf dem Buckel.

Nachdem sie noch einmal im Haus der Wrights vorbeigeschaut hatten, lag nun die Fahrt zurück nach Inverness vor ihnen, wo sie auf dem Revier Steven Wrights offizielle Zeugenaussage aufnehmen sollten. Doch im Grunde wiederholte er mehr oder weniger das, was er ihnen bereits erzählt hatte. Zuvor allerdings hatten sie noch einen kurzen Abstecher ins Raigmore-Krankenhaus eingelegt. In der dortigen Leichenhalle ließen sie sich von Steven bestätigen, dass der tote Junge in diesem Tiefkühlfach tatsächlich sein Sohn Robert war. Sein einziger Sohn. Und sein einziges Kind.

Monica warf Crawford einen verstohlenen Blick zu und stellte fest, dass sie ihm immer noch eine Antwort auf seine Frage schuldig war. Nur leider war sie derart erschöpft, dass sie selbst nicht mehr hätte sagen können, was sie denken sollte.

»Ich glaube, er macht sich aufrichtige Sorgen um seinen Klienten. Sie haben sein Haus gesehen. Dort herrscht ein heilloses Durcheinander, es gibt keine Ordnung«, sagte sie nach langem Hin und Her.

»Und?« Mindestens genauso müde wirkend wie sie, griff Crawford in das Seitenfach der Tür und zog eine Dose heraus. Allem Anschein nach ernährte er sich ausschließlich von diesen Energydrinks. Er bot ihr ebenfalls einen an, und nach kurzem Zögern nahm sie ihn dankend entgegen und öffnete die Dose, um einen tiefen Schluck des eklig süßen Getränks zu nehmen. Es schmeckte wie die Medizin, die sie Lucy gab, wenn sie sich etwas eingefangen hatte. Sofort schob sie den Gedanken an ihre Tochter beiseite. Sie wollte nicht zulassen, dass Lucy in ihr Bewusstsein drängte, wenn sie gerade mit derart abscheulichen Verbrechen beschäftigt war. Andernfalls käme es ihr so vor, als würde Lucy durch die Nähe zu ihrer Arbeit in irgendeiner Weise beschmutzt werden.

»Ich bin mir nicht sicher«, sagte sie. Sie wählte ihre Worte mit Bedacht und wusste nicht recht, wie viel sie ihm gegenüber preisgeben sollte. War er der Typ, der sich an einer einmal gehörten Theorie festbiss und Beweise, die auf etwas Gegenteiliges hindeuteten, unberücksichtigt ließ? Oder war er eher einer, der jede noch so vorsichtige These niederbügelte, nur um seine eigene Fähigkeit zu kritischem Denken unter Beweis zu stellen? »Ich glaube, unser Mörder hat das alles von langer Hand geplant«, sagte sie schließlich. »Ich glaube, er hat sich ausgiebig Zeit gelassen. Vermutlich hat er Robert irgendwie ins Freie gelockt. Hoffen wir, dass uns der Laptop des Jungen Aufschluss darüber gibt, aber ich denke, dass das, was der Mörder getan hat, einer gewissen Logik folgt. Ich glaube, er ist sehr methodisch vorgegangen. Und es hat auch seine eigene Logik, wo der Killer Robert abgelegt hat.«

»Es soll eine Logik haben, wenn man jemanden erwürgt und zu Tode quält? Und den Leichnam dann achtlos wegwirft? Sie haben doch mitbekommen, wie wütend Michael Bach geworden ist, als er sich von uns bedrängt fühlte. Er hatte problemlos Zugang zu solchen Kindern, zu verletzlichen, hilfsbedürftigen Jungs. Und der Stein, das ist dann wohl ein Zufall, oder wie? Ein verdammt großer Zufall, wenn Sie mich fragen.«

Monica erwiderte nichts darauf. Stattdessen kramte sie ihr Handy hervor und wählte die Nummer des Präsidiums. Sie näherten sich gerade dem Abzweiger nach Braemore, und ihr war klar, dass sie keinen Empfang mehr haben würde, sobald sie auf die steil ansteigende Landstraße ins gebirgige Hinterland abgebogen wären, das sich südwärts erstreckte. »Ich möchte, dass Sie beim hiesigen Sozialamt ein Alibi überprüfen, und zwar so schnell wie möglich. Bestimmt ist auch am Sonntag eine Notbesetzung vor Ort. Der Name lautet Michael Bach. Er behauptet, er habe Freitagabend und Samstagmorgen gearbeitet, Auswärtstermine.« Als sie das Gespräch beendet hatte, sah sie zu Crawford. »Sobald wir Rückmeldung haben, wissen wir so oder so, ob er als Tatverdächtiger infrage kommt oder nicht.«

Sie folgten der Straße südwärts nach Gairloch, durch Dundonnell, vorbei am hoch aufragenden Massiv des An

Teallach und dem Fisherfield Forest, einer uralten Jagdregion. Vor ihnen ragten die entlegensten Gipfel der Britischen Insel auf. Die düsteren Schatten, welche die steilen Felswände warfen, wurden nur gelegentlich durch Säulen himmlischen Sonnenlichts durchbrochen, das sich durch die dichte Wolkendecke zwischen den Bergen und Seen weitab der Straße fräste. Die Landschaft erinnerte an ein romantisches Ölgemälde einer Szene, in der die ossianische Mythenwelt lebendig geworden war.

Monica starrte zum Seitenfenster hinaus und überlegte, welch sonderbare Parodie einer sonntäglichen Landpartie das hier doch war. Mit einem praktisch Fremden durch die malerische Westküstenlandschaft zu fahren, auf der Suche nach einem Mörder, der sich irgendwo in diesen einsamen Weiten versteckt hielt … Das grenzte schon an Ironie.

Die kleine Polizeistation von Gairloch lag an einer Straße unweit der Küste. Crawford lenkte den Volvo an den Straßenrand, kletterte bedächtig aus dem Wagen und streckte sich. Dichte Wolken über dem Wasser verdunkelten die untergehende Sonne.

Monicas Blick fiel auf ein orangefarbenes Ladenschild ein Stück die Straße hinunter: GEÖFFNET, stand darauf. Crawford sah in die gleiche Richtung. »Mein Großvater wäre in diesen Laden hineinspaziert und hätte denen erzählt, dass sie am Sabbat gefälligst ruhen sollen«, sagte er mit einem leisen Lächeln.

»Ihre Familie gehört also den Wee Frees an?«, hakte Monica nach. Sie bezog sich auf die presbyterianische Free Church in Schottland.

Crawford nickte. »Ganz genau. Meine Mutter und ich lebten bei ihm, als ich klein war. Am Sonntag hatte man gefälligst still zu sitzen und in der Bibel zu lesen. Den lieben langen Tag.«

»Das war bestimmt spaßig.« Monica entging nicht, wie Crawfords Augen sich verengten, während er den Blick hinaus aufs Wasser richtete. Sie verkniff es sich, ihn weiter mit Fragen zu löchern: Warum hatten sie beim Großvater gewohnt? Und warum nur er und seine Mutter? Was war mit dem Vater?

Er zuckte die Achseln. »Ich mochte das Alte Testament eigentlich recht gern. Kain und Abel, die Geschichte eines jeden Mordes zu wenigen Absätzen verdichtet. Die Bibel kommt einem viel düsterer vor, wenn man alles buchstäblich auslegt. Mein Großvater hat es so gehalten, und er ist dem Teufel höchstpersönlich begegnet.«

Monica sah Crawford überrascht an. »Das hat er allen Ernstes gesagt?« Crawford blickte zu ihr auf, fuhr sich mit einem Kamm durchs Haar und überprüfte sein Aussehen im Seitenspiegel des Wagens.

»Ich denke, er war wirklich davon überzeugt, ja. Er hat mir erzählt, er wäre als junger Mann den Verlockungen des Glücksspiels erlegen und der … Unzucht, so nannte er es.« Crawford hob erneut die Schultern. »Er sagte, der Teufel sei zu ihm gekommen und habe ihm des Nachts, wenn er im Bett lag, durchs Fenster Dinge eingeflüstert.«

»Wie sah der Teufel denn aus?«, wollte Monica wissen. Sie war fasziniert von den Geschichten, die die Menschen sich erzählten. Von dem, was sie glaubten.

»Ihm zufolge wie ein ganz normaler Mensch. Aber trotzdem anders, irgendwie echter. Dieses Detail hat mir meine ganze Jugend hindurch Albträume beschert.« Crawford lachte und ließ den Kamm wieder in der Jackentasche verschwinden. »Ein kleiner Teil von mir glaubt immer noch daran. Selbst nach all diesen Jahren noch. Manchmal frage ich mich, ob er mich eines Tages auch holen kommt. Und dann überlege ich mir, was das wohl für ein Gefühl sein wird. Aber wie auch immer.« Er deutete mit dem Kinn auf die Polizeistation am Ende einer Häuserreihe. »›Es kommt nichts Gutes dabei heraus, wenn man am Sonntag arbeitet‹, sagte mein Großvater immer.«

Wieder sah Monica ihn von oben her an und dachte bei sich: Sie sind gar nicht so verkehrt, Crawford. Jedenfalls nicht so übel, wie ich gedacht habe.

Als Monica die Tür zum Revier aufschob, erwartete DC Ben Fisher sie bereits. Sie sah sich in dem kleinen Raum um und bemerkte einige Poster an den Wänden: Eines warnte vor dem Fahren mit überhöhter Geschwindigkeit, ein anderes erinnerte Touristen daran, Wertsachen stets gut versteckt zu halten. Tja, sobald sie die Polizeiwache betreten, kommt dieser gut gemeinte Ratschlag leider zu spät, sagte sich Monica, während sie Fisher mit einem Nicken begrüßte.

Fisher sah von dem Laptop, an dem er arbeitete, auf und rückte seine Brille zurecht. Er war erst sechsundzwanzig, mehr oder weniger frisch von der Universität. Als jüngstes Mitglied des Ermittlerteams – jünger noch als DC Crawford, der neunundzwanzig war, wie Monica aus seiner Personalakte wusste – hatte Fisher es bereits geschafft, sich bei einigen der älteren Detectives unbeliebt zu machen, weil er sich ständig auf formelle Musterlösungen und auf Blackstones Handbuch für Ermittlungsbeamte im Höheren Dienst berief, das er immer mit sich herumtrug. So machte er mehr als deutlich, wo seine Ambitionen lagen.

Monicas Vorgesetzter, Detective Superintendent Fred Hateley, hatte Fisher die Aufgabe übertragen, die Befragungen bei den Anwohnern vor Ort zu übernehmen und die Anrufe zu überprüfen, die bei der Polizei eingingen. Das schwarze Haar des jungen Beamten war zu einem akkuraten Seitenscheitel gekämmt; er trug ein weißes Hemd zu seinem dunkelblauen Anzug, auch der natürlich absolut sauber und gepflegt. Als er nun zum wiederholten Mal die Hand hob, um seine Brille gerade zu rücken, kam Monica folgender Gedanke: Er zieht eine Show ab. Um dem Boss zu demonstrieren, mit welcher Akribie er an dem Fall arbeitet.

Sie setzte sich ihm gegenüber an den Schreibtisch und fragte sich am Rande, seit wann sie so zynisch war. Crawford bedachte Fisher mit einem harten Blick, als wollte er ihn herausfordern, nur, dass sein Kontrahent davon nichts mitzubekommen schien und sich absolut desinteressiert gab. Ihr junger Kollege nahm sich einen Stuhl, ohne Fisher aus den Augen zu lassen. Für den Bruchteil einer Sekunde glaubte Monica, er wollte ihn herumdrehen und sich rittlings daraufsetzen. Stattdessen aber stellte er ihn ab und ging rüber zur Kaffeemaschine.

»Ich hab ein paar Sandwiches besorgt. Dachte mir, Sie hätten vielleicht keine Zeit gehabt, etwas zu essen«, sagte Fisher und deutete auf den kleinen Kühlschrank in der Ecke. Noch so eine Perle der Weisheit aus dem Handbuch für Ermittler: »Praktische Tipps für das Gemeinwohl; gutes Essen und ausreichend Getränke als notwendige Grundvoraussetzung.«

Tatsächlich fiel es Monica nicht allzu schwer, aufs Essen zu verzichten, solange sie mitten in einem Fall steckte. Etwas, das ihre Mutter immer wieder in grenzenloses Staunen versetzte. Es war nichts Ungewöhnliches, dass Monica in den frühen Morgenstunden von einem Einsatz nach

Hause kam und ihr der Duft nach gebratenen Kartoffeln oder einer dicken Graupensuppe, die auf dem Herd brodelte, entgegenschlug, obwohl sie doch einfach nur ins Bett wollte. Ihre Mutter bestand dennoch jedes Mal darauf, dass sie vorher etwas aß. »Wenigstens einen kleinen Happen. Sonst magerst du ab, und das ist nicht gut für ein großes Mädchen wie dich.«

»Was haben die Haus-zu-Haus-Befragungen ergeben?«, erkundigte sie sich und scheuchte die lästige Erinnerung fort. Zur Ablenkung warf sie einen Blick zum Fenster hinaus. Dort zog vom Minch her dichter Nebel auf. Hier sind nur wir drei, fernab der Zivilisation und völlig auf uns allein gestellt, dachte sie. Es waren alles andere als glanzvolle Ermittlungen, ohne geschäftige Büroräume mit endlosen Reihen von Computermonitoren und unaufhörliches Telefongeklingel.

Fisher sah die Notizen auf seinem Laptop noch einmal durch, als könnte er etwas Wichtiges entdecken, das ihm bislang entgangen war.

»Bislang haben wir nichts, das ich als bedeutsam einstufen würde. Wir kommen nur zäh voran, weil einige der Häuser völlig abgeschieden liegen und lange Zufahrtswege haben. Hier scheint jeder jeden zu kennen, und jeder gibt bereitwillig seinen Senf dazu, aber wir haben nichts an wichtigen Beobachtungen oder Namen von möglichen Verdächtigen, die es wert wären, dass man sie sich näher ansieht.«

Monica quittierte diese Auskunft mit einem Nicken. Es war gut vierundzwanzig Stunden her, seit sie den Leichnam gefunden hatten, doch tatsächlich kam es ihr vor, als wären es schon Tage.

»Eine Aussage könnte allerdings interessant sein. Sie

kam von einem Kleinbauern auf der Halbinsel, dessen Land sich kurz vor der Abzweigung zu unserem Tatort befindet. Er behauptet, einen weißen Maestro-Van beobachtet zu haben, den er in der Gegend noch nie gesehen hätte. Das sei am frühen Samstagmorgen gewesen – er war angeblich die ganze Nacht draußen, um sich um eine kranke Kuh zu kümmern«, erklärte Fisher. »Bei der Straße handelt es sich um eine Sackgasse, demnach müsste der Van in Richtung der Fundstelle der Leiche unterwegs gewesen sein.«

»Ich nehme an, das Nummernschild konnte er nicht erkennen?«, hakte Monica nach. Das wäre nun wirklich zu schön gewesen.

Fisher schüttelte bedauernd den Kopf, und Monica dachte einen Moment nach. »Wenn der Junge irgendwann nach halb elf am Freitagabend verschwunden ist und wir uns an die Theorie halten, dass sein Leichnam am Samstag noch vor Morgengrauen abgelegt wurde, bleibt uns ein relativ kleines Zeitfenster. Um diese nachtschlafende Zeit sind gewiss nicht viele Fahrzeuge unterwegs. Es gibt nur einen Weg, der vom Haus der Wrights unweit Achnasheen über den Gebirgspass oberhalb des Loch Maree nach Gairloch führt. Es sei denn, der Mörder hat einen längeren Umweg in Kauf genommen. Es gibt ein paar Tankstellen und Hotels entlang der Strecke. Vielleicht haben einige von ihnen Überwachungskameras, die uns Aufschluss über das Kennzeichen geben könnten? Würden Sie sich darum kümmern? Und bitten Sie die Telefondienstanbieter um eine Liste sämtlicher Mobilrufnummern, deren Signal im entsprechenden Zeitraum in unmittelbarer Umgebung des Tatorts registriert wurde. Wenn der Mörder dumm genug war, sein Handy anzulassen, kriegen wir ihn so möglicherweise dran.«

Fisher nickte hastig, das maskenhafte Gesicht zu einer geschäftigen Miene verzogen, während er sich eine Notiz machte. Eigentlich hätte sie seinen Übereifer als nervtötend empfunden, wenn diese Eigenschaft in der heutigen Zeit nur nicht so selten geworden wäre. Ich würde Übereifer und Sorgfalt jederzeit bevorzugen, dachte Monica, während sie den Blick zwischen den beiden jungen Detectives hin und her schweifen ließ.

»Wie sieht es mit dem Laptop des Jungen aus? Darauf sollten wir uns jetzt konzentrieren, finden Sie nicht? Bestimmt führt uns das zu einer raschen Wende in diesem Fall«, sagte Crawford. Sein Ton klang vorwurfsvoll. Als wäre es in irgendeiner Weise Fishers Schuld, dass die IT-Experten mit dem Sichten der Massen von möglicherweise weiterführenden Informationen auf dem Computer nicht vorwärtskamen.

»Sie beginnen mit dem Üblichen«, sagte Fisher. Er schien Crawfords Frage ganz sachlich beantworten zu wollen, ohne auf den unterschwelligen Vorwurf einzugehen. »Soziale Netzwerke, E-Mails, Foren. Sein Laptop war nicht passwortgeschützt, das wollte sein Dad ihm nicht erlauben, was uns natürlich etwas Zeit erspart. Aber …«, er zuckte mit den Schultern, »jeder Computer ist wie ein Labyrinth. Es könnte eine Weile dauern, bis wir auch nur den geringsten Hinweis finden.«

»Und so lange drehen wir Däumchen?«, erwiderte Crawford, der vor Frust etwas lauter wurde. Monica bedachte ihn mit einem warnenden Blick, offenbar nicht einverstanden mit seinem Tonfall. Sie sah zu, wie er sich mit der Hand durchs Haar strich und dann aufstand, um sich einen weiteren Becher Kaffee einzuschenken.

Für einen kurzen Moment verspürte sie den Wunsch,

ihn am Kragen zu packen und durchzuschütteln. Um ihm zu sagen, er solle sich raushalten. Doch nach kurzem Zögern entschied sie sich dafür, ihn vorerst gewähren zu lassen. Schließlich war es seine erste Mordermittlung. Er hatte vermutlich schwer mit den emotionalen Auswirkungen zu kämpfen. Nicht jeder steckte das so leicht weg, so manch einem ging der Tod ziemlich an die Nieren.

Diesmal lasse ich Sie davonkommen, dachte sie und räusperte sich, um nach dem Stapel Fotos von der Ablegestelle der Leiche zu greifen. Sie sah sich eins nach dem anderen an. Betrachtete die Art und Weise, wie der Leichnam in der Mitte zusammengeklappt dalag. Sann über die Tatsache nach, dass am Tatort keinerlei DNA-Spuren gesichert werden konnten.

»Ich glaube nicht, dass er das erste Opfer des Mörders war«, sagte sie, fast als dächte sie laut nach. »Ich habe das Gefühl, er hat es schon mal getan. Vielleicht sogar mehr als einmal. Er hat lange Zeit darüber nachgedacht und fantasiert. Und alles sorgfältig geplant.« Sie hob den Blick von dem Foto, auf dem Roberts bleicher Rücken sich deutlich vom dunklen Gras abhob. Der unauffällige Blick, den Crawford und Fisher wechselten, entging ihr keineswegs.

War es Anerkennung? Oder hatten sie Angst?

Kaffeeduft breitete sich im Zimmer aus. Er vermischte sich mit dem beißenden Küstennebel, der vom fernen Ufer herankroch und unter der geschlossenen Tür hindurch in die Polizeiwache drang.

»Wir sollten uns auch mögliche Sexualstraftäter hier in der Gegend ansehen. Besonders solche, die wegen sadistischer Gewalttaten auffällig geworden sind. Ich befürchte, er wird es wieder tun. Vielleicht schon bald.«

13

Der Beobachter

Der Falter rotierte und wand sich, öffnete und schloss immer wieder die Flügel, während sich das seidige, kunstvoll gesponnene Netz unerbittlich um ihn schloss. Im Schein seines Mobiltelefons sah er dem Todeskampf des Tieres zu und beobachtete genüsslich, wie verzweifelt es sich gegen die Realität seiner Situation wehrte – gegen den unerbittlichen Lauf der Natur. Adrenalin rauschte in diesen letzten Augenblicken durch seine Adern, als die Motte sich schließlich ihrem Schicksal ergab und reglos liegen blieb.

Er tat einen tiefen Atemzug und zwang sein Herz, ruhiger zu schlagen.

Aus dem tiefschwarzen Himmel starrten ihm die Sterne entgegen und teilten ihm mit, dass die Zeit noch nicht reif war. Allmählich aber steigerte sich seine Vorfreude, und das, obwohl er die blauen Flecke und Verspannungen von seinem Kampf mit Robert noch immer spürte. Dabei waren seine Muskeln gut trainiert.

Von seinem Versteck zwischen den Bäumen aus starrte er zum hell erleuchteten Küchenfenster des frei stehenden Hauses. Er bemerkte das Flackern, als der Junge, Paul, vorüberlief. Und so tat, als spürte er den Blick nicht, der auf ihm ruhte. So tat, als hätte er nicht längst sein Einverständnis zu allem gegeben.

Bald, aber jetzt noch nicht.

Um seine Ungeduld zu zügeln, dachte er zurück an sein erstes Mal. Erinnerte sich an jenes andere Haus. An eine andere Tür. Das erste Mal, dass er ein Zeichen empfangen hatte. Vor fast dreißig Jahren bei dieser alten Frau.

Sie war vor ihrer Haustür gestürzt, im Windfang. Hatte laut geflucht. Worte, die er immer nur von Erwachsenen gehört hatte und dann auch nur im Flüsterton.

Sie waren auf dem Weg zum Park gewesen, er und George, ihre BMX-Räder neben sich herschiebend. Es war ein sonniger Tag im Winter gewesen, er hatte seine Lieblingshandschuhe zusammen mit einer Mütze getragen. Die ruhige Wohnsiedlung, eine halbmondförmige Anordnung von Häusern, Autos in den Einfahrten mit dem roten Split. Alle diese seltsam überflüssigen Regeln, welche die anderen Kinder zu brauchen schienen.

Georges Vater war fort, und seine Mutter tat nichts lieber, als sich zu betrinken und die Männer möglichst auf sich aufmerksam zu machen. Die Parade der Freier, die durch ihr Haus zog, ließ George flatterhaft und nervös werden, was auch an seiner belesenen Intelligenz lag. Er trug ein Sweatshirt, aber keine Jacke und keine Mütze. Dazu ein Paar alter Handschuhe. Dank der fehlenden Kopfbedeckung hörte er es als Erster, das Fluchen vom Hauseingang her.

»Hast du das gehört?«, fragte George. Weil er nicht einmal auf seine eigenen Sinne vertraute, suchte er ständig nach Bestätigung von anderen. Sein Begleiter entgegnete nichts darauf. Was ihm lieber war. Vor dem Haus war ein hoher Zaun, der es vor Blicken von der Straße her abschirmte. In den Vorortbezirken war es üblich, dass die jungen Mütter zu Hause blieben und die Väter zur Arbeit gingen. Ältere Menschen waren damals in den neueren Wohnanlagen eher eine Seltenheit.

Er erinnerte sich, wie er sein Fahrrad gegen den Zaun lehnte und das Gartentor aufschob, ganz langsam, ehe er abermals unterdrückte Flüche vernahm.

»Hilfe! Verdammt, so helft mir doch!«

Die alte Dame war vor ihrer Haustür gestürzt und kam mit ihren nutzlosen Knochen nicht aus eigener Kraft wieder hoch. Er trat über den gepflasterten Gehweg näher und merkte, wie eine eigenartige Vorfreude in ihm aufwallte. Sie hatte sich in der halb geöffneten Tür verkeilt, ein Bein in einem seltsamen Winkel nach hinten verrenkt.

Er schob sich noch näher und spürte, wie sein Puls sich beschleunigte. War gespannt, wie sie auf seine Gegenwart reagieren würde. Ihre Haare waren schütter und bereits ergraut, ihre nackten Beine sahen geschwollen aus und waren voller blauer Flecken und deutlich hervortretender Krampfadern. Ihr Wollrock hatte sich bis zur Hüfte hochgeschoben. Es war ein seltsamer Anblick, sie so dort liegen zu sehen.

»Was sollen wir tun?«

Beim Klang von Georges Stimme sah die alte Frau auf. Ihr panischer Blick schnellte zwischen ihnen beiden hin und her. Er näherte sich ihr noch ein Stück, dann drehte er sich zu George um, der unschlüssig am Gartentor stand. Er konnte überhaupt nicht nachvollziehen, wieso George kein Interesse zeigte.

»Helft mir. Ich bin gestürzt.« Die Panik in ihrer Stimme war etwas anderem gewichen. Erleichterung, Beschämung. Wieder machte er einen zaghaften Schritt auf sie zu und entdeckte die Briefe, um derentwegen sie sich gebückt haben musste. Er sah, dass sie sich selbst eingenässt hatte. Eine verräterische Pfütze hatte sich um sie herum gebildet, und ihr Rock war an der Vorderseite nass.

Wieder warf er einen Blick über die Schulter zu George. Sah seine weit aufgerissenen Augen und den Rotzfaden, der ihm wie immer bis zur Lippe herunterhing.

»Ihr müsst jemanden holen. Ich brauche Hilfe. Bitte, mir ist kalt.« Er bemerkte den eigenartigen Klang ihrer Stimme. So würde ein Erwachsener normalerweise nicht mit einem Kind reden. Auch das fand er aufregend. Eine ganze Weile schaute er nur auf sie herunter. Ihrer beider Atem erblühte in der eisigen Luft.

Er machte wieder einen Schritt auf sie zu. Die Frau streckte ihm die Hand entgegen, doch er schenkte ihr keine Beachtung, sondern stieg über ihre Beine hinweg. Achtete dabei sorgfältig darauf, nicht in die Pfütze zu steigen. Sie rief ihm etwas nach, doch er ignorierte sie und ging ins Haus, um sich darin umzusehen.

In der Luft lag etwas, das ihm neu war. Auch wenn er ihn zu dem Zeitpunkt noch nicht als solchen hätte beschreiben können, erkannte er ihn im Nachhinein als Geruch der Vernachlässigung. Ähnlich dem in Georges Zimmer. Aber viel ausgeprägter. Unverwechselbar. Der Gestank von verdorbener Nahrung. Von Schimmel und Fäulnis und Hilflosigkeit.

Auch das gefiel ihm.

Im Wohnzimmer gab es einen Kamin, auf dessen Sims diverse Fotografien standen. Sie waren überwiegend schwarz-weiß. Hochzeitsfotos, ein Mann in Uniform, eine junge Frau mit einem strahlenden Lächeln im Gesicht. Andere Bilder zeigten Schulkinder, Menschen in eigenartigen Umhängen, die an Vampire erinnerten, noch eine Hochzeit.

Neben dem Kamin stand eine Vitrine mit Glastüren.

Darinnen verschiedene Objekte. Aus Porzellan und Metall, nichts von Interesse. Doch auf dem untersten Regal entdeckte er eine Pappschachtel, die geöffnet war, damit man den Inhalt sehen konnte. Er zog die Vitrinentür auf, bückte sich und holte die Schachtel heraus. Auf einem Etikett oben auf dem Deckel stand: BESUCHER AUS DEM ALL. Dann griff er sich einen der Steine, die darin lagen; sie waren schwer und hatten etwas an sich, das ihm sofort gefiel.

Stunden später, als die Polizei kam und Fragen stellte, fiel es ihm nicht schwer, sich zu verstellen. Er starrte auf den Boden und flüsterte: »Es war George. Er hat mich gezwungen, ins Haus zu gehen. Und als ich wieder rauskam, stand er über die Dame gebeugt da. Ich glaube, er hat etwas auf sie fallen gelassen …« Es war ein Leichtes für die Beamten, die Puzzleteile zusammenzusetzen. Der arme Junge aus verwahrlosten Verhältnissen, seine alkoholkranke Mutter. Es war ein Kinderspiel, George die Schuld in die Schuhe zu schieben.

Wieder zurück in der Gegenwart, blinzelte er kurz. Dann wandte er sich um und blickte zu den Sternen auf. Sie waren weitergewandert. In die korrekte Position. Er atmete tief durch und spürte, wie die Dunkelheit in ihn eindrang. Wieder ein tiefer Atemzug, dann setzte er sich in Bewegung und ging auf das Haus zu.

14

Als sie ihr Meeting beendeten, war die Sonne weit draußen über dem Minch bereits am Untergehen. Endlich kapitulierte der Tag mit seinem bedrückenden Grau in Grau und zog sich in sein nächtliches Grab zurück. Monica blickte auf der ruhigen Straße in beide Richtungen. Im Sommer wimmelte es hier von Touristenmassen; dann wälzten sich endlose Blechlawinen über die neu benannte North Coast 500. Noch vor sechzig Jahren hatten ihre Großeltern dieselbe Route mit dem Fahrrad bestritten und das »eine Tour durch den nördlichsten Zipfel Schottlands« genannt.

Monica fuhr sich mit beiden Händen durch die Haare und klopfte ihre Taschen nach ihrem Autoschlüssel ab, bis ihr wieder einfiel, dass sie ihn Crawford ausgehändigt hatte. Er hatte heute Morgen das Steuer übernommen, als sie vom Revier aufgebrochen waren. Ihr war nach dem Gespräch mit Steven Wright nicht nach Fahren zumute gewesen. Jetzt ertappte sie sich selbst dabei, wie sie sich unwillkürlich fragte, wie es ihm wohl ging. Wie kam er damit klar, dass er eine Liste von Leuten hatte zusammenstellen müssen, die ihm ein Alibi geben konnten für die Stunden, als man seinen Sohn entführt, gefoltert und ermordet hatte, um ihn dann achtlos abzulegen? Dass er Beweise hatte liefern müssen dafür, dass er seinen eigenen Sohn nicht ermordet hatte? Dass er seiner Rolle als Vater, der des Beschützers, beraubt worden war?

Für einen kurzen Moment erlaubte Monica es sich, von seiner Trauer zu kosten. Sich vorzustellen, das Kind in diesem Tiefkühlfach wäre Lucy. Ihr kleiner geschundener und gebrochener Körper, vornübergebeugt auf diesem Stück Brachland, in ihrer Kehle ein kalter Stein. Sie musste beinahe würgen, als sie der Nachhall des Schreckens und der Panik mit voller Wucht traf. Hastig schob sie den Gedanken beiseite.

Du darfst jetzt nach Hause, rief sie sich ins Gedächtnis. Du darfst deine Tochter sehen, sie fest in die Arme schließen und den Duft ihres Haars einsaugen. Allerdings würde sie auch erleben müssen, wie verärgert Lucy wegen des verpassten Kinos noch immer wäre. Monica stellte sich ihr Kind vor, den Kopf tief in ein Buch gesteckt, die Brille auf der schmalen Nase nach unten gerutscht. Mit gemischten Gefühlen, die in ihrer Miene zum Ausdruck kamen, würde ihre Tochter zu ihr aufsehen. Zum Teil immer noch getrieben von dem Wunsch, Monica bestrafen zu wollen, während sie es andererseits kaum erwarten konnte, ihre Freude über ein von ihr gemaltes Bild oder eine Geschichte, die sie gehört hatte, mit ihr zu teilen.

Monica hatte wiederholt versucht, das Kind für Sport und Spiel und mehr Leichtigkeit im Leben zu begeistern. Weil sie sich sorgte, Lucy könne in ihre Fußstapfen treten und ihrem eigenen einsamen Pfad durch Kindheit und Jugend folgen: als ewige Außenseiterin und Beobachterin. Doch schon mit vier Jahren hatte Lucy sich mehr für Buchstaben und Zahlen als für andere Menschen interessiert. Sie liebte es, aus den einzelnen Magnetbuchstaben am Kühlschrank neue Wörter zu bilden. Die hatte sie sich eigens dazu von ihrer Großmutter gewünscht. Ansonsten traf man sie fast immer über ein Buch gebeugt an.

»Lucy ist ganz ihre Mutter«, sagte Monicas eigene Mutter gern. »Zu hundert Prozent. Wie ein kleiner Klon.« Dies galt natürlich nur, wenn man gewisse Widersprüchlichkeiten im äußeren Erscheinungsbild des Kindes außer Acht ließ: die blonden Locken und die begrüßenswerte Tatsache, dass sie mitnichten das größte kleine Mädchen auf dem Spielplatz oder in der Sonntagsschule war. Beides Tatsachen, die belegten, dass mindestens fünfzig Prozent ihres Erbguts von anderer Quelle stammten.

Das Piepen, das erklang, als die Türen des Volvos entriegelt wurden, ließ sie herumfahren. Crawford überquerte gerade die Straße, die Arme leicht vom Körper abgespreizt. So wollte er sich vermutlich selbst den Anschein von mehr Größe geben und von seiner schmalen Statur ablenken. Er trat zur Fahrerseite des Wagens und wollte die Tür aufziehen.

»Nein«, hörte Monica sich sagen und nahm dann selbst auf dem Fahrersitz Platz, den sie dazu ganz nach hinten verstellen musste. »Fahren Sie mit Fisher, und machen Sie sich an die Sichtung sämtlicher Fälle von Sexualstraftaten der letzten Zeit. Ich denke, unser Mörder ist mindestens Mitte zwanzig, eher älter. Dies nur als Anhaltspunkt für das weitere Vorgehen.«

Crawford warf einen Blick die Straße entlang zu Fisher, der soeben eine Laptoptasche und eine Schachtel mit Akten zu seinem roten VW Polo trug. Dann sah er wieder zu ihr, seine Miene mit einem Schlag grimmig.

»Warum? Wo wollen Sie hin?«

Statt ihm zu antworten, streckte Monica nur die Hand aus und forderte wortlos den Autoschlüssel zurück. Als er ihn ihr widerstrebend überreichte, steckte sie ihn unverzüglich ins Zündschloss und ließ den Motor an.

Das Licht trübte sich auf der einsamen Fahrt in Richtung Halbinsel zusehends ein. Monica hatte die Torridon Hills passiert, die an klaren Tagen das Landschaftsbild von Gairloch aus betrachtet bestimmten. Auf ihrem Weg in Richtung Norden lagen nur noch das sumpfige Brachland und der große weite Himmel vor ihr, der von dichten Wolken verhangen war. Das Ende der Welt, wie es im Buche stand.

Sie bog auf die einspurige Straße ab. Es war dieselbe Route, die der Mörder genommen haben musste. Die wenigen Gehöfte, die in weiträumigen Abständen über die Landschaft verteilt waren, sandten hier und da Licht aus. Warum ausgerechnet hier?, fragte sie sich, nicht zum ersten Mal. Es gab eine Million Möglichkeiten, wo man sich in den Highlands einer Leiche entledigen konnte. Kannte der Täter diese Gegend? Lebte er hier in der Nähe? Man war sich im Allgemeinen darin einig, dass Mörder ihre Opfer in der Regel an ihnen vertrauten Orten ablegten. Monica ertappte sich dabei, wie ihre Gedanken zu den berühmt-berüchtigten Moor-Morden abschweiften. Zu jenen seichten Gräbern inmitten der öden Sumpflandschaft. Die Bedeutung dieser Art von Morden war nur den Tätern selbst bekannt, tief verankert in den dunklen Windungen ihres Bewusstseins.

Doch damals waren die Leichname vergraben worden. In ihrem Fall wurde der Tote regelrecht zur Schau gestellt. Fast als läge darin die eigentliche Botschaft. Monica starrte auf flache Gelände zu beiden Seiten der Straße. Auf dem Großteil der von Trockensteinmauern eingefriedeten Felder grasten Schafe, Kühe mit langen Hörnern auf den anderen.

Die Tiere standen in der Dämmerung Wache, wie eigenartig verschwiegene Richter, die über alles urteilten, was des Weges kam.

Die Straße endete kurz vor der Stelle, an der man den Jungen abgelegt hatte, die Wiese war immer noch mit einer Polizeiabsperrung versehen. Monica hielt den Wagen an, stellte den Motor ab und machte das Licht aus. Sie spürte, wie die ersten Ausläufer eines Sturms vom Nordatlantik her auf das Festland trafen. Eine vorzeitige Warnung, dass ein weiterer Wetterwechsel bevorstand.

Sie stieg aus und zog den dunklen Mantel aus Harris-Tweed über, da sie ansonsten nur eine dünne weiße Bluse trug. Sofort riss der Wind an dem Kleidungsstück und wollte es ihr streitig machen. Sie schloss die Knöpfe und stellte den Kragen gegen die frostige Kälte hoch. Der vertraute Geruch von öliger Wolle an ihrem Gesicht hatte einen tröstenden Effekt auf sie, weil er sie an den gemeinsamen Besuch mit ihrer Mum bei einem traditionellen Highlands-Schneider in der Kleinstadt Beauly unweit von Inverness zurückdenken ließ. Sie dachte daran, wie sie aus dem reichhaltigen Angebot an unterschiedlichsten Farben den dunklen Tweedstoff im Fischgrätenmuster ausgesucht hatten. Erinnerte sich, wie sich das noch makellose handgewebte Material unter ihren Fingerkuppen angefühlt hatte, und an die aufgeregte Vorfreude wenige Wochen später, als sie noch einmal dorthin gefahren waren, um das fertige Stück abzuholen. Das Paket war in braunes Papier eingeschlagen gewesen, es hatte beim Auspacken verheißungsvoll geraschelt. Und dann, als sie den Mantel schließlich das erste Mal angelegt hatte, dieses tiefe Gefühl der Befriedigung, endlich ein Kleidungsstück zu besitzen, das wie angegossen passte und zudem noch wunderschön war. Sie liebte den Mantel immer noch heiß und innig, obwohl er an den Ellbogen mittlerweile fadenscheinig geworden war und zwei Knöpfe fehlten.

Bei dieser Erinnerung stahl sich ein zaghaftes Lächeln auf ihre Lippen. Vielleicht konnten sie und Lucy eines Tages ebenfalls zu dem Geschäft fahren, damit sie sich eine Jacke schneidern ließ. Vielleicht, wenn sie achtzehn wurde und bereit war, sich der Welt da draußen zu stellen, genau wie Monica damals. Das wäre doch eine nette Familientradition.

Monica warf einen Blick auf den Streifenwagen, der ein Stück abseits der Straße vor einem Tor geparkt war. Dabei stellte sie fest, dass die Männer darin sie durch die Windschutzscheibe anstarrten. Diese beiden hatten wohl den Kürzeren gezogen und die undankbare Aufgabe übertragen bekommen, die Nacht über am Tatort Wache zu halten und dafür zu sorgen, dass niemand die Absperrung missachtete, um sich den Ort des Verbrechens aus der Nähe anzusehen, seien es Schaulustige oder übereifrige Journalisten. Sie fragten sich jetzt ohne Zweifel, warum die hünenhafte Polizistin mit einem schiefen Grinsen im Gesicht hier an ihrem Tatort auftauchte.

Monica marschierte entschlossen auf den Streifenwagen zu und griff zur Sicherheit in die Tasche, um notfalls ihren Dienstausweis zu zücken. Zusätzlich überlegte sie sich eine unverfängliche, witzige Bemerkung, um den Beamten das Gefühl zu vermitteln, sie alle zögen als Teil eines Teams am selben Strang.

»Ich hab gehört, hierher kommt kein Lieferdienst, das nächste Mal …«, setzte sie an, unterbrach sich aber jäh, als das Fenster heruntergekurbelt wurde und ihr Blick auf das finstere Gesicht fiel, das ihr entgegenstarrte. Der Mann hatte einen blassen Teint und einen verkniffenen Mund, die Mundwinkel nach unten verzogen zu zwei Linien, die auf anhaltenden Verdruss hindeuteten.

Es war PC Duncan Gregg. Er war schon im Polizeidienst gewesen, bevor Monica vor mehr als zwanzig Jahren ihren Job angetreten hatte. Bereits damals hatte man sich hinter vorgehaltener Hand das Maul über ihn zerrissen: dass er gerne einen über den Durst trinke und dem Glücksspiel nicht abgeneigt sei. Was an und für sich nichts Ungewöhnliches war. Nur, dass er außerdem zusätzlich Aufgaben übernahm, um sein mageres Polizistengehalt aufzubessern: kleine Gefallen unter der Hand, die Weitergabe geheimer Informationen zum Beispiel. Es handelte sich um eine Art von Bestechlichkeit, im Grunde so harmlos, dass sie fast unmöglich zu beweisen war.

Monica bemerkte den gelben Stich im Weiß seiner Augen, selbst im schwachen Schein der Fahrzeuginnenbeleuchtung.

»Sie wollen sich wohl noch mal umsehen, wie?«, fragte PC Gregg, während er ihr sein Klemmbrett reichte, damit sie sich auf der Anwesenheitsliste eintragen konnte. »Haben Sie schon jemanden festgenommen? Die Leiche war ziemlich übel zugerichtet, wie man von den Jungs so hört.«

Monica räusperte sich. Rief sich in Erinnerung, dass alles, was über Gregg kursierte, nur haltlose Behauptungen waren, bloßes Gerede. Auch über sie hatte das eine oder andere Gerücht die Runde gemacht. Vielleicht sprach man hinter ihrem Rücken nach wie vor über sie.

»Es ist noch zu früh, um Genaueres sagen zu können. Sie wissen ja, wie das in der Regel läuft«, entgegnete sie ganz unverbindlich, während sie sich mit Namen und Unterschrift in die Liste eintrug und ihm das Klemmbrett durch das geöffnete Fenster zurückreichte. Widerstrebend rang sie sich ein Lächeln ab. »Ich wünsche Ihnen eine ungestörte Nacht. Wenn ich noch mal komme, bringe ich Pizza mit. Versprochen.«

Monica wischte sich mit dem Handrücken über die Augen und kämmte sich dann mit den Fingern die dunklen Haare aus der Stirn. Mit der anderen Hand kramte sie in der Manteltasche nach einem Haargummi und band die nassen Strähnen zu einem losen Knoten. Die vereinzelten Regentropfen und die eisige Brise, die vom Ozean heranfegte, waren ihr nach den vielen schlaflosen Stunden mehr als willkommen.

In ihrer Anfangszeit bei der Polizei hatte sie den nächsten Anruf meist gar nicht erwarten können, so aufregend fand sie ihren Job. Bevorzugt um drei Uhr morgens, um ihrem nächtlichen Gedankenstrom ein Ende zu setzen. Dann öffnete sich für sie eine Tür in eine andere Realität, in der der Alltag und die unveränderliche Vergangenheit schlagartig vergessen waren. Vom selben Moment an konzentrierte sie sich mit jeder Faser ihres Seins auf die Herausforderung, das vorliegende Verbrechen zu enträtseln. Die Ordnung wiederherzustellen und sich für eine Form von Gerechtigkeit einzusetzen, für die sie bereitwillig einstand.

Seit sie Lucy hatte, fiel es ihr nicht mehr ganz so leicht, das Kind hatte sie verändert. Monica war immer stolz darauf gewesen, härter zu sein als der Rest. Doch seit Lucys Geburt war sie verletzlicher. Immer wieder fragte sie sich, ob sie damit klarkommen würde, wenn ihrer Tochter etwas zustieße. Die Tatsache, dass es auf der Welt plötzlich diesen einen Menschen gab, den sie mehr liebte als sich selbst, schwächte sie enorm. Nicht auszudenken, wie es wäre, wenn

Lucy zum Opfer eines Verbrechens würde. Eines Verbrechens ähnlich wie die, in denen sie ermittelte.

Sie schüttelte den Kopf, um diesen Gedanken zu verscheuchen, entfernte sich vom Streifenwagen und ging am Zaun entlang, der das Grundstück begrenzte, bis sie die Stelle sah, an welcher der zusammengeklappte Leichnam gelegen hatte. Warum nur hatte der Mörder den Jungen, für ihn offenbar nichts weiter als ein lebloses Objekt, ausgerechnet an diesen entlegenen Ort gebracht?

Monica schloss die Augen und spürte die eisige Meeresbrise über ihre Wangen streifen, wurde sich der herannahenden Dunkelheit gewahr, und mit einem Mal hatte sie im Geiste das Bild eines Mannes vor sich. Sie stellte sich vor, wie er diese Straße entlangfuhr und seinen Wagen dort am Zaun abstellte. War er alleine, oder hatte er einen Komplizen? Monica malte sich lebhaft aus, wie er sich ein letztes Mal prüfend umsah, ehe er zum Kofferraum ging und ihn öffnete. Er bückte sich, um das leblose Etwas darin herauszuheben. Hatte er den Jungen zuvor in Plastikfolie eingeschlagen? Monica ging stark davon aus. Sie stellte sich vor, wie der Täter sich ins Wageninnere beugte, um den fragilen Körper herauszuheben: gefoltert und gebrochen, mit einem eigenartigen schwarzen Stein tief in der Kehle. Den hatte er dem Jungen gewaltsam hineingeschoben. Doch wozu das Ganze? Der Mann kletterte über den Maschendrahtzaun, bewegte sich über die Wiese zu der auserkorenen Stelle und legte den toten Jungen dort ab. Dann ging er in die Hocke, um den Oberkörper des Leichnams vornüberzubeugen. Und ihn in die gewünschte Position zu bringen. Weit draußen über dem Meer begannen die dichten Wolken sich nach und nach aufzulösen, die ersten vereinzelten Sterne erschienen am zusehends dunkler werdenden Himmel. Monica starrte zu ihnen hinauf, registrierte, wie sie reglos über dem Ozean standen. Sie schienen ihren Blick zu erwidern, fast als hätten sie vor zwei Nächten alles ganz genau beobachten können. Und wenn es nicht so lächerlich gewesen wäre, hätte sie steif und fest behauptet, die Himmelskörper wüssten genau, dass sie hier stand und sie beobachtete. Und dass sie sie ihrerseits nicht aus den Augen ließen.

15

Vor ihrer Wohnungstür hielt Monica noch einmal inne und zog ihr Telefon aus der Tasche, um auf die Uhr zu sehen. Es war bald zehn am Sonntagabend. Sie legte den Kopf schief, um zu lauschen, ob sich hinter der Tür irgendetwas regte. Doch es waren keine Fernsehgeräusche zu hören, was vermutlich hieß, dass ihre Mutter bereits zu Bett gegangen war. Sie verspürte einen plötzlichen Anflug von Schuldgefühlen und kam sich unglaublich mies vor, weil sie sich insgeheim gewünscht hatte, es möge so sein. Nur, damit sie sich nicht mit ihr unterhalten musste. Es war unfair, vor allem, wenn sie bedachte, wie oft ihre Mutter sich erbarmte und bei ihr übernachtete, um sich um Lucy zu kümmern. Doch Monica konnte sich lebhaft vorstellen, wie groß ihre Aufregung angesichts des Mordfalls sein würde. Bestimmt war sie ganz versessen darauf, mit ihr über all das zu reden, was sie in der Zwischenzeit über das Internet herausgefunden hatte. So, wie sie ihre Mutter kannte, hatte diese aller Wahrscheinlichkeit nach bereits die halbe Facebook-Community darüber informiert, dass es ihre geniale Tochter war, die in diesem Fall die Ermittlungen leitete.

Bei dem Gedanken wand Monica sich innerlich und lauschte angestrengt. Immer noch drang kein Laut durch die Wohnungstür, deshalb ging sie in die Hocke und öffnete die Schnallen und Reißverschlüsse an ihren flachen

Stiefeln. Die Erleichterung, als sie die Schuhe von den schmerzenden Füßen streifte und der Druck endlich nachließ, war groß, ein derart befriedigendes Gefühl, dass sie für einen kurzen Moment genüsslich die Augen schloss. Sie trug Schuhgröße vierundvierzig. Wenn man es genau nahm, hätte sie eigentlich mindestens eine Nummer größer gebraucht, aber vierundvierzig fand sie gerade noch annehmbar. Alles andere wäre ihr nahezu unmenschlich erschienen, so lächerlich es klingen mochte. Schließlich waren es nur Füße. Was machte es für einen Unterschied, wenn die ihren etwas größer ausfielen?

Mühsam richtete sie sich wieder auf und stellte die Stiefel neben der Fußmatte ab, ehe sie den Schlüssel ins Schloss steckte und dabei feststellte, dass gar nicht abgesperrt war. Möglichst lautlos drückte sie die Tür auf. Sie ärgerte sich über die Marotte ihrer Mutter, nicht abzuschließen. Als käme sie nicht im Traum darauf, dass jemand ungebeten in die Behausung fremder Leute eindringen könnte. Als wären Raub und Verbrechen etwas, das immer nur anderen zustieß und ihr lediglich in Form seichter Unterhaltung im Fernsehen präsentiert wurden.

Monica schluckte den aufwallenden Ärger hinunter und schob die Tür leise hinter sich zu. Die Wohnung strahlte Behaglichkeit aus und war erfüllt vom beruhigenden Duft einer selbst gekochten Mahlzeit.

Monicas Mum sah von ihrem Platz direkt am Fenster auf. Sie saß in der Ecke des Sofas und hatte ein Tablet auf dem Schoß liegen. Deshalb läuft der Fernseher nicht, dachte Monica mit einem Gefühl der Enttäuschung, gegen das sie sich nicht wehren konnte. Tapfer machte sie sich auf eine Fülle von Fragen gefasst.

Als Monica eintrat, hob Angela Kennedy den Kopf und

lächelte. Ihr Haar war genauso dick wie Monicas, nur war es stellenweise schon ergraut. Sie war beinahe einen Kopf kleiner als ihre Tochter, die ihre beachtliche Größe von der Familie väterlicherseits geerbt hatte.

»Du siehst müde aus«, sagte sie und betrachtete Monica mit schief gelegtem Kopf. »Ich habe Linsensuppe für dich gemacht. Die mit den zerkochten Kartoffeln, wie du sie am liebsten magst. Dazu gibt es Knoblauchcroutons.«

Sie stand auf und schob sich an Monica vorbei in die Küche, um die köchelnde Suppe auf dem Herd umzurühren. Dann gab sie einen Schöpflöffel voll in eine Schale und streute die knusprigen Brotstücke darüber. Zum krönenden Abschluss gab sie noch frisch gemahlenen Pfeffer obendrauf. Monica lief das Wasser im Mund zusammen.

»Wie geht's Lucy?«, erkundigte sie sich und ließ sich auf einem der Hocker an der Kücheninsel nieder.

»Oh, der geht es blendend, sie schläft.« Ihre Mum stellte die Schale mit der Suppe vor sie hin und reichte ihr einen Löffel. »Sie hat allerdings ein ziemliches Theater veranstaltet. War richtig sauer, dass sie nicht ins Kino durfte.«

»Und das zu Recht. Sie hat allen Grund, wütend zu sein«, erklärte Monica geknickt und streckte die Hand nach dem Salzstreuer aus.

»Du solltest erst probieren, bevor du nachwürzt. Zumindest empfehlen das die Ärzte«, ermahnte Angela sie augenzwinkernd, ehe sie ihr das Salz zuschob. »Jedenfalls habe ich versucht, ihr zu erklären, wie wichtig der Job ihrer Mami ist und dass es auch eine ihrer Freundinnen treffen könnte. Dann wäre sie doch froh, wenn du da wärst, um ihr zu helfen.«

»Das hättest du nicht sagen sollen«, protestierte Monica schwach. Sie kostete von der heißen Suppe und fand sie köstlich.

»Nun, die Welt dreht sich nicht allein um sie, das muss Lucy lernen.« Angela legte eine Pause ein und musterte Monica abermals von oben bis unten. Als ihr Blick an ihren bestrumpften Füßen hängen blieb, legte sie den Kopf schief. »Warum hast du deine Schuhe denn draußen ausgezogen?«, fragte sie verwundert und sah Monica misstrauisch an.

Monica räusperte sich und wich ihrem Blick aus. »Sie sind ein wenig dreckig geworden. Ich wollte den Schmutz nicht in die Wohnung tragen.«

»Dann mache ich sie für dich sauber«, entschied Angela.

Monica berührte sie am Arm und hielt sie zurück. »Schon gut. Ich muss morgen früh ohnehin noch mal zum Tatort.«

Vor Aufregung machte ihre Mutter ganz große Augen und schien die Gelegenheit zu wittern, den Mord zur Sprache zu bringen. »Im Internet steht, dass es sich um einen besonders schaurigen Fall handelt. Es war schon überall in den Nachrichten. Sogar nach der Kirche war es das Gesprächsthema Nummer eins.«

Monica nickte und dachte zurück an die unschönen Ereignisse der vergangenen beiden Tage. »Es war … wirklich ziemlich hart«, gab sie zu. »Aber wie du weißt, bin ich dazu verpflichtet, Stillschweigen zu bewahren.«

Angela quittierte dies mit einem bedauernden Nicken und krempelte die Ärmel ihres dicken grauen Wollpullovers hoch. Mit einem Mal wurde ihr hübsches Gesicht mit den breiten Wangenknochen ernst.

»Ich habe Wein für dich gekauft.« Sie bückte sich, um die Flasche unter dem Tresen hervorzuholen. »Ich weiß, wie leicht man in deiner Position verleitet ist, Zuflucht im Alkohol zu suchen, aber ich denke, du brauchst etwas, um zwischendurch mal abschalten zu können. Erst recht in einem so heftigen Fall wie diesem. Ich hätte aber auch Whisky da. Möchtest du ein kleines Glas?«

»Wein ist prima … danke«, entgegnete Monica leicht verunsichert. Manchmal hatte sie das Gefühl, als wäre ihre Mum fast ein wenig enttäuscht, dass sie keinerlei Anzeichen einer Alkoholsucht zeigte. Wenigstens ein kleines bisschen, so wie sie es von den Helden ihrer Lieblingskrimis gewohnt war. »Die Suppe ist übrigens köstlich«, sagte sie, um diesen unschönen Gedanken zu verscheuchen. Ihre Mum hatte sich bereits darangemacht, den Rotwein zu öffnen und ihr ein großes Glas einzuschenken.

Angela nickte sichtlich erfreut und schraubte den Deckel wieder auf die Flasche. »Die Kartoffeln sind von der Sorte Golden Wonders«, erklärte sie. »Gute Kartoffeln sind das A und O für den Geschmack dieser Suppe.« Sie nahm einen Putzlappen zur Hand und wischte damit sinnloserweise über den ohnehin blitzsauberen Tresen. Als sie wieder aufsah, trat ein Leuchten in ihre Augen. »Und, wie läuft es mit dem neuen Kollegen? Diesem Crawford? Er ist doch jetzt dein Partner, oder?« Sie sprach dieses Wort aus, als hätte es beinahe etwas Mystisches an sich. »Wie ist er so? Kommt er gut damit zurecht, dass du als Frau ihm sagst, was er zu tun hat? Musstest du ihn schon in seine Schranken weisen? Ihm zeigen, dass mit dir nicht zu spaßen ist?«

Monica schüttelte lachend den Kopf. Manchmal war ihre Mutter wirklich unglaublich. »Er scheint ganz in Ordnung zu sein. Macht den Job offenbar gern und leistet bislang gute Arbeit. Ich nehme an, er hatte vor mir bereits zehn andere weibliche Vorgesetzte, denn er ist schon eine ganze Weile im Polizeidienst. Es wird nichts Neues für ihn sein, sich von einer Frau sagen zu lassen, wie der Hase läuft.«

Ein enttäuschter Ausdruck legte sich auf Angelas Züge.

Sie neigte den Kopf, um Monicas Blick einzufangen. »Wie sieht er denn aus? Ist er ein Mann von der Sorte ungeschliffener Rohdiamant? Er trinkt bestimmt viel zu viel, wetten?«

Ausnahmsweise einmal schien ihre Mutter haargenau zu ahnen, unter welchem Druck ihre Tochter stand. Nachdem Monica all ihre Fragen zu Crawford erfolgreich abgewimmelt hatte, hielt sie sich mit weiteren Erkundigungen zu dem Fall für ihre Verhältnisse stark zurück und ging schließlich zu Bett. Allerdings nahm sie ihr Tablet mit.

Bestimmt macht sie sich jetzt im Internet schlau, was sich noch getan hat. Und wahrscheinlich kann sie es sich nicht verkneifen, die Berichterstattung der Nachrichtendienste mit ihrem spärlichen Wissen zu kommentieren, dachte Monica, nicht ohne einen weiteren Anflug von schlechtem Gewissen, weil sie ihre Mutter nach allem, was sie für sie und ihre Tochter getan hatte, derart verurteilte.

Sie trat ans Fenster und spähte durch den Spalt zwischen den Vorhängen hinaus auf die dunkle Straße. Im Asphalt spiegelte sich das orangegelbe Licht der Laternen. Für einen Moment gab sie sich ganz dem Gefühl hin, wohlbehalten zu Hause zu sein.

Nach einer Weile zog sie die Vorhänge vollständig zu und ließ sich erschöpft aufs Sofa sinken. Sie warf einen Blick auf die rot blinkende Digitalanzeige am Herd: 22:38. Irgendwie schien es ihr ein widersinniges Naturgesetz zu sein: Gerade wenn man den ganzen Tag an nichts anderes denken konnte als ans Schlafen, fiel es einem oft besonders schwer, sich hinzulegen, sobald sich die Möglichkeit dafür bot, weil man mit einem Mal hellwach war. Sie schüttelte den Kopf und schenkte sich noch etwas von dem Rotwein nach. In der Hoffnung, der Alkohol würde ihre Gedanken zur Ruhe bringen und für ausreichend Entspannung sorgen, damit sie wieder schläfrig wurde.

Während sie den Blick durchs Zimmer schweifen ließ, stach ihr die Plattensammlung ihres Vaters ins Auge, überwiegend Country Music. Sie beugte sich über die Sofalehne und streckte die Hand aus, um eine auszuwählen. So hart es klingen mochte, aber seine Liebe zur Musik war vielleicht das Einzige, was sie an ihm stets gemocht hatte. Sie stellte sich ihn in seiner Gefängniswärteruniform vor, mit seinen groben Worten und den groben Händen. Noch größer als sie, ein hartherziger, unliebsamer Kerl.

Monica stand auf und legte die Schallplatte auf den Teller. Dann stöpselte sie die großen Kopfhörer ein und setzte sich wieder. Im Dunkeln des Raums sah sie zu, wie die Scheibe sich langsam zu drehen begann. Sie lauschte dem feinen Knistern, das der Musik vorausging. Wie ein Funke, der etwas lebendig werden ließ. Oder ein Leben, das ausklang, je nachdem. Schon etwas entspannter schloss sie die Augen und hörte zu, wie John Prine in seinem Song »Speed of the Sound of Loneliness« von der Einsamkeit sang. Davon, dass manche Menschen nicht menschlich waren.

Hat er nicht vollkommen recht damit?, dachte Monica, während sie sich noch einmal an der Weinflasche bediente. Dabei landete ihr Blick zufällig auf dem Bild, das neben den Magnetbuchstaben am Kühlschrank hing. Es war mit Tesa festgeklebt.

Sie nahm die Kopfhörer ab, stand auf und trat näher, um sich das Bild genauer anzusehen. Leuchtend orange Striche zogen sich über etwas, das wie ein nächtlicher Himmel aussah. Oder zumindest der klägliche Versuch einer Vierjährigen, einen solchen Himmel aufs Papier zu bringen.

»Das sind Sterne. Manchmal fallen sie vom Himmel.«

Als sie die Stimme ihrer Tochter hörte, drehte Monica sich um. »Psst. Granny wird bestimmt wütend, wenn sie mitbekommt, dass du wieder aufgestanden bist.«

»Psst. Granny wird bestimmt wütend«, wiederholte Lucy ihre Worte. Dann riss sie den blonden Lockenkopf nach hinten und kicherte, als hätte sie einen unglaublich lustigen Witz erzählt. Monica konnte sich ein Lächeln nicht verkneifen. Sie war erleichtert, dass ihre Tochter den Groll wegen des geplatzten Kinobesuches vergessen zu haben schien. Und kein Theater mehr deswegen veranstaltete, wie ihre Mutter es ausgedrückt hatte.

Sie streckte ihrer Tochter beide Arme entgegen und hob sie hoch. Dann ging sie mit ihr zum Sofa. Sie wollte sich nicht anmerken lassen, wie sehr sie sich darüber freute, dass ihr kleines Mädchen aufgewacht war.

»Mir war so heiß, Mami.«

Monica drückte die Kleine ganz fest an sich und beugte sich rasch vor, um die Akte zum Mordfall zu schließen, die aufgeschlagen auf dem Wohnzimmertisch lag. Damit Lucy nicht versehentlich einen Blick auf die Fotos von dem Leichnam und vom Tatort erhaschte. Denn dann würde sie kein Auge mehr zutun, keine Chance. Bei dem Gedanken, ihre Tochter könnte diese Bilder sehen, wurde Monica ganz flau im Magen. Schlimm genug, dass sie sich in ihrer Nähe befanden.

Hastig ließ sie die Akte in dem Fach unter der Tischplatte verschwinden und setzte sich zurück aufs Sofa. »Hast du dieses Bild in der Sonntagsschule gemalt?«, fragte Monica.

»Ich war mit den Großen zusammen. Da war ein Mann, der hat uns ein Video über Sternschnuppen gezeigt. Sie werden bald kommen, und manchmal sind Feen darin«, erklärte Lucy eifrig.

Monica spürte, wie ihr eng um die Brust wurde. Sie hatte Mühe, die Fassung zu wahren und sich nichts anmerken zu lassen. »Was war das denn für ein Mann?«

»Er war nett, hat uns Aufkleber geschenkt.«

»Das war wirklich nett von ihm.« Monica atmete tief durch und rief sich in Erinnerung, dass ihre Mutter im Zimmer nebenan gewartet hatte, während Lucy in der Sonntagsschule saß. Dass sie sich persönlich nach den dortigen Sicherheitsvorkehrungen erkundigt hatte und deshalb wusste, dass jeder, der mit den Kindern in Kontakt kam, vorab einer eingehenden Überprüfung unterzogen wurde. Manchmal fiel es ihr unheimlich schwer, ihre übertriebene Wachsamkeit nicht in Paranoia ausarten zu lassen. Zärtlich strich sie Lucy übers Haar. »Mach die Augen zu, dann wirst du sicher bald wieder müde.«

»Bestimmt nicht. Ich bin nie müde.«

Monica sah auf ihre Tochter hinab. Betrachtete die Konturen ihres Mundes und die Gesichtsform. Die winzigen Druckstellen auf der Nase, die ihre Brille hinterlassen hatte. Bisweilen ängstigten sie die starken Gefühle, die sie für ihr Kind hegte. Die schreckliche Furcht, Lucy könnte etwas zustoßen. Dass ihre Tochter eines Tages allein hinaus in diese kalte Welt würde gehen müssen.

Steven Wrights Gesichtsausdruck tauchte vor ihrem geistigen Auge auf. Das Entsetzen in seinem Blick, als er in der Leichenhalle vor seinem toten Sohn gestanden war. Gab es etwas Schlimmeres, als ein Kind zu verlieren? Und dann auch noch auf so grausame Art und Weise? Sie zog Lucy fest an sich und drückte ihr einen liebevollen Kuss auf die Stirn. Die Kleine regte sich und schloss dann die Augen. Sie war bereits wieder am Einschlafen.

Als ihre Tochter regelmäßig atmete, trug Monica sie zurück in ihr Zimmer und legte sie behutsam aufs Bett. Sie mochte zwar schlafen, doch Monica war jetzt hellwach. Voller Tatendrang marschierte sie zurück ins Wohnzimmer, setzte sich aufs Sofa und zog die Akte wieder unter dem Tisch hervor.

Plötzlich fing ihr Handy lautstark zu vibrieren an.

»DI Kennedy?« Die Stimme des Mannes klang aufgeregt.

»Am Apparat«, sagte Monica.

»Hier spricht PC Innes MacBean. Sie hatten angerufen. Ich wollte gerade nach Hause gehen. Tut mir leid, dass ich mich so spät melde, aber Sie sagten, ich solle so schnell wie möglich zurückrufen? Ich war mir nicht sicher, wie wichtig es ist …« Erst jetzt bemerkte sie seinen zögerlichen Tonfall.

Monica versuchte gar nicht erst, ihren Verdruss zu verhehlen. »Schon gut. Wenn mein Handy an ist, bedeutet das, dass ich noch arbeite. Was gibt's?«

»Sie haben sich nach einem Sozialarbeiter erkundigt, Michael Bach. Es ist mir gelungen, sein Alibi zu verifizieren. In seinem Büro hat man mir bestätigt, dass er für drei Termine bei Klienten eingeplant war. Zwei am Freitagnachmittag. Und einer am Samstagvormittag in Durness. Er hat dort oben in einem Hotel übernachtet. Am Freitagabend ist er bis kurz nach Mitternacht in der Bar geblieben und hat am Samstag schon sehr früh ausgecheckt. Ich hätte darum bitten können, seine Klienten zu kontaktieren, aber man sagte mir, dafür müsste ich einen schriftlichen Antrag einreichen.«

»Schon gut. Danke.« Monica legte auf. Durness lag weit oben an der Nordküste. Mindestens drei Stunden Fahrt von Gairloch und der Stelle aus, wo man den Leichnam gefunden hatte. Der Anruf schien zu bestätigen, was sie instinktiv längst geahnt hatte. Dass Michael Bach mit dem Mord an Robert Wright nichts zu tun hatte. Dass ihm wirklich daran gelegen war, den verschwundenen Jungen zu finden. Nichol Morgan. Bei diesem Namen regte sich etwas in ihr wie schon zuvor. Sonderbarerweise kam er ihr vage bekannt vor. Sie schüttelte den Kopf und tat den Gedanken als Hirngespinst ab. An langen Tagen wie diesem, wenn sie nicht geschlafen hatte, schien ihr irgendwann alles seltsam, gedrückt und verzerrt zugleich. Sie dachte zurück an die Befragung des Sozialarbeiters. Was hatte er gleich noch mal gesagt? Sie solle ihm den Laptop aushändigen, er würde ihn durchsuchen?

Nie im Leben käme ihr so etwas in den Sinn.

Sie nahm einen weiteren Schluck von ihrem Wein und beugte sich zum Plattenspieler. Entschlossen hob sie die Nadel an, um sich den Song noch einmal anzuhören.

Das statische Knistern setzte eine Erinnerung in ihr frei. Sie kam aus der Vergangenheit, es war viele Jahre her. Wie ein Fausthieb in die Magengrube traf es sie. Ein dunkles Geheimnis, das auch noch den letzten Rest dessen, was gut war in ihrem Leben, vernichten konnte. Sie fand es unglaublich, dass ihr Unterbewusstsein es den ganzen Tag lang ausgeblendet hatte, und jetzt lag es mit einem Mal glasklar vor ihr. Die Stimme war so deutlich zu hören, als spräche man ihr die Worte in diesem Moment ins Ohr: »Chris hat ihr Baby bekommen. Einen Jungen. Sie will ihn Nichol nennen. Nichol Morgan soll er heißen.«

16

Paul MacKay nahm den letzten Schluck aus der Dose. Budweiser. Besser als die Plörre in den grässlichen gelben Dosen, dieses Tennent's, das der Pöbel hier oben soff. Er warf die leere Dose in den Müll. Wäre seine Mutter zu Hause, würde sie genau jetzt anfangen zu meckern. Du bist erst siebzehn, Paul. Eines reicht.

»Tja, Mum, du bist aber nicht hier«, sagte Paul laut und schmunzelte vor sich hin. Er genoss es, allein zu Hause zu sein, typisch Teenager eben, und machte sich noch ein Bier auf. Eiskalt, direkt aus dem Kühlschrank. Genau wie in dieser Werbung.

Er betrachtete sein Spiegelbild im Fenster, hinter dem Dunkelheit herrschte. Seine kurzen braunen Haare sahen ganz passabel aus. Seine Arme hingegen musste er noch etwas trainieren, sie waren viel zu dünn. Aber zumindest bekam er langsam Muskeln von der schweren Arbeit. Er hatte Don Cameron oben in der Jagdhütte geholfen. Hatte Zäune errichtet, den Rasen gemäht. Es war nicht der beste Job, aber auf jeden Fall besser als die Schule. Und immerhin hatte er jetzt ein bisschen Geld zur Verfügung.

Die Nacht kam ihm heute besonders dunkel vor. Aus irgendeinem Grund scheute er sich vor den tiefschwarzen Weiten jenseits der Scheibe. Das kleine, frei stehende Haus, in dem er mit seiner Mutter wohnte, lag ein ganzes Stück fernab der Straße. Dort draußen konnte alles Mögliche lauern, ganz gleich, ob Tier oder Mensch, und ihn aus dem Schutz der Finsternis heraus beobachten.

Paul schüttelte den Gedanken ab. Er war ja schon wie seine Mum. Die war ausgerastet, als sie in den Nachrichten von der Sache mit diesem Jungen gehört hatte. Als wimmelte es plötzlich überall vor Monstern und Fremden. Er stellte das Bier auf dem Küchentisch ab und schüttelte den Kopf über die Naivität und Dummheit der Leute. Der Junge – wie war doch gleich sein Name? Robert, Robert Wright? Vermutlich hat er irgendeine Dummheit begangen. Wie blöd kann man sein, nachts allein da draußen rumzulaufen? Er ging weiter ins Wohnzimmer und setzte sich aufs Sofa, um sich eine Zigarette anzuzünden, als ihn ein leises Geräusch aufhorchen ließ. Es kam vom hinteren Teil des Hauses, aus seinem Zimmer. Über den Lärm der Musik war es gerade so auszumachen.

Paul streckte den Arm aus, um die Stereoanlage leiser zu stellen, und lauschte mit schief gelegtem Kopf. Es klang, als hätte jemand tief Luft geholt und atmete nun schwer. Eine gefühlte Ewigkeit blieb er reglos sitzen und spürte, wie sich die Härchen an seinen Armen aufrichteten.

Doch es war nichts mehr zu hören, sodass er irgendwann den Kopf schüttelte und die Musik wieder aufdrehte – The Knife, »Pass This On« – und sich angesichts seiner eigenen Schreckhaftigkeit ein lautes Lachen abrang. Dann griff er nach dem zerfledderten Buch, *Weltraumnebel* lautete der Titel, und blätterte durch die Seiten, um die ihm so vertrauten Bilder von fernen Ecken des Universums zu betrachten. Sie waren unbeschreiblich schön, zeigten Millionen von Galaxien. Allerdings gelang es ihm nicht, die innere Unruhe gänzlich zu vertreiben. Irgendwann drehte er sich doch um und spähte in Richtung Küche, in der bangen Erwartung, dort etwas zu entdecken, das auf ihn lauerte. Und ihn anstarrte.

Selbstverständlich war da nichts. Nur die einsame Dose Bier auf dem Küchentisch. Er stellte die Musik ganz aus und ging rüber, um einen Schluck zu trinken. Das Bier hatte einen leicht schalen Beigeschmack. Wie von etwas Verdorbenem. Paul hielt die Dose hoch, um das Mindesthaltbarkeitsdatum zu überprüfen. Noch ein ganzes Jahr haltbar. Schulterzuckend stürzte er den Rest der Dose in einem Zug hinunter.

Im selben Moment fiel ihm der Geruch nach Weihrauch auf, der vom Flur her in die Küche wehte. Paul sah auf und stellte fest, dass die Tür zu seinem Zimmer jetzt einen winzigen Spaltbreit offen stand. Er glaubte, sich zu erinnern, wie er sie zugezogen und auch das Klicken gehört hatte, als sie ins Schloss gefallen war. Eigentlich war er sich ziemlich sicher. Zögerlich näherte er sich seinem Zimmer und beobachtete einen feinen Faden schwarzen Rauchs, der durch den schmalen Spalt drang, langsam und träge. Aus einem Impuls heraus streckte er die Hand nach dem Türgriff aus. Doch irgendetwas hielt ihn davon ab, die Tür zu öffnen. Eine Art Urinstinkt, der tief in seinem Inneren verankert war, riet ihm, sich schleunigst abzuwenden. Und wegzulaufen.

Paul tat den Gedanken ab. Ein Feuer könnte ausgebrochen sein, er musste nachsehen. Also stieß er die Tür auf und trat in den Raum, der nur schwach vom Flurlicht hinter ihm erhellt wurde. Seine Hand wanderte an den Lichtschalter, und er knipste die Deckenlampe an. Nichts geschah. Wahrscheinlich ist die Birne durchgebrannt, dachte er. Vielleicht war das ja die Erklärung für den Rauch?

Er blinzelte und nahm den Geruch erneut wahr. Erst jetzt sah er, dass eines dieser Räucherstäbchen, die seine Mum so sehr liebte, in einem dafür vorgesehenen Ständer auf seinem Nachtschränkchen brannte. Rauch kräuselte sich von der rot glühenden Spitze des Stäbchens in Richtung Decke hinauf. Ängstlich sah er sich im Zimmer um, blickte zum Fenster. Fest verschlossen. Er konnte den Griff gerade noch ausmachen, er war in der richtigen Position. Was war es dann? Hast du das Räucherstäbchen selbst angezündet, und dann ist es dir irgendwie entfallen? Oder treibt da jemand einen ganz miesen Scherz mit dir? Er stellte das Bier auf dem Nachtschränkchen ab und machte sich daran, die Nachttischlampe anzuknipsen.

Irgendetwas Eigenartiges war mit seiner Hand los. Sie griff daneben und verfehlte ihr Ziel um mehrere Zentimeter. Verwundert starrte er auf seine Finger. Sie fühlten sich plötzlich fremd an, so als gehörten sie nicht zu ihm. Jede Linie, jede Form an seinen Händen schien mit einem Mal lebendig zu werden, das erkannte er selbst im schwachen Licht. Die Fältchen an seinen Fingerknöcheln und die weiße Narbe, wo er sich die Hand in der Autotür eingeklemmt hatte … Es war, als sähe er diese Hände zum ersten Mal.

Pauls Knie gaben nach. Er versuchte, sich aufs Bett zu setzen, plumpste stattdessen aber nach hinten. Erschrocken wollte er den Arm hochreißen, um seinen Sturz abzufangen, doch er verweigerte ihm den Befehl. Er rührte sich keinen Millimeter. Jetzt stieg Panik in ihm auf. Er landete auf dem Rücken und mit dem Kopf auf dem Kissen, doch seine Beine hingen in einem seltsam verdrehten Winkel vom Bett herunter.

Sein ganzer Körper versagte ihm den Dienst, und mit einem Gefühl nackten Grauens erkannte Paul, dass er vollständig gelähmt war.

Er hatte sogar Mühe, seine Atmung zu kontrollieren. Hatte Mühe zu verstehen, was da mit ihm geschah. Alles wird wieder gut, alles wird wieder gut, wiederholte er in Gedanken mantraartig den immer gleichen Satz. Es musste sich um einen Anfall handeln, vielleicht so etwas wie Epilepsie. Das würde bestimmt wieder vorübergehen, so wie alles früher oder später vorüberging.

Für einen kurzen Moment war er von dieser Erklärung überzeugt.

Dann fiel ihm der eigenartige Geschmack wieder ein, den das Bier hinterlassen hatte, und auch der Weihrauch. Jemand hatte das Stäbchen dort neben seinem Bett aufgestellt. Es musste so sein. Oder war es ganz anders?

Als Pauls Augen sich allmählich an das Dunkel gewöhnten, blieb sein Blick an der schattenhaften Gestalt in der Ecke des Zimmers hängen. Wie ein schwarzer Fleck, der sich aus der Finsternis herausschälte. Eine gefühlte Ewigkeit starrte er den Umriss an. Er versuchte das Gesehene zu verarbeiten, hoffte verzweifelt, dass es sich als harmlos herausstellte.

Dann setzte das Geräusch ein. Wieder diese Atemlaute, ein hastiges Hecheln, als hyperventilierte jemand.

Paul fing an zu schreien. Er merkte, wie seine Blase sich entleerte, während er jede einzelne Sehne im Körper anspannte und mit jeder Faser seines Körpers versuchte, sich zu bewegen. Aufzustehen und wegzulaufen. Doch seine panischen Schreie waren nicht viel mehr als ein Flüstern, und seine Arme und Beine zuckten kaum merklich.

Die schwarze Gestalt setzte sich in Bewegung. Sie kam

näher und näher. Dann beugte sie sich zu ihm herab, bis das Gesicht im schwachen Schein vom Flur her deutlich zu erkennen war. Mit blankem Entsetzen starrte Paul in das bleiche Gesicht des Mannes. Es kam ihm bekannt vor. Er kannte diesen Mann, doch er sah irgendwie anders aus, verändert.

Paul wollte um sein Leben flehen. Versuchte den Namen des Mannes zu sagen. Die Worte blieben ihm im Hals stecken, stattdessen sickerte ein Rinnsal aus seinem Mund und rann ihm übers Kinn. Der Mann schob sich noch näher an ihn heran. Er sagte etwas, und seine Stimme klang wie aus einem Albtraum.

»Hab keine Angst. Du wolltest doch, dass ich komme, das weiß ich. Jetzt bin ich hier, und wir haben alle Zeit der Welt. Wir brauchen nichts zu überstürzen.«

Montag

17

Am nächsten Morgen wachte Michael schon in aller Herrgottsfrüh auf. Im Haus war es kalt und klamm, weil das Herbstwetter bereits in den Boden rund um das Gebäude eingedrungen war. Doch sein Bett hatte sich nie wohliger angefühlt, so friedlich und gemütlich mit den Katzen, die am Fußende ihr Lager aufgeschlagen hatten wie ein Haufen lebendiger Wärmflaschen. Michael tastete nach seinen Zigaretten, zündete sich eine an und kletterte aus dem Bett, um den Wasserkocher anzustellen.

Trotz der Kälte fühlte er sich wacher als in den Tagen zuvor. Er brühte eine Kanne Kaffee auf und trat in die offene Haustür. Nur in Boxershorts gekleidet, blickte er über die schier grenzenlose Landschaft, das endlos scheinende Meer und die Bergketten, die in der Ferne im Dunst verschwanden. Ihre Gipfel waren vom ersten herbstlichen Schneefall weiß bestäubt und glänzten golden im bleichen Licht des Nordens. Michael versuchte krampfhaft, sich an die japanischen Worte zu erinnern, die etwas wie »die Schönheit der vorübergehenden Unvollkommenheit« bedeuteten. Als sie ihm nicht einfallen wollten, zuckte er mit den Schultern und dachte stattdessen: Das ist der Grund, weshalb ich genau hier lebe und nirgends sonst.

Das Gefühl der Zufriedenheit hielt auch während der langen Fahrt durch die Berge zu seiner Arbeitsstelle an. Er war voller Leichtigkeit, die beinahe schon manisch war. Die Erinnerungen an das Wochenende – an den Leichnam und den Besuch der Polizei – wurden unter der positiven Energie begraben. Das hielt so lange an, bis Michael auf den Parkplatz seiner Arbeitsstelle abbog, die auf den Hängen oberhalb von Inverness lag. Bevor er ausstieg, steckte er sich eine Zigarette an. Den schwarzen Wagen, der neben ihm parkte, bemerkte er erst, als er sich zur Tür drehte, um sie zu öffnen. Die Fahrerin stieg ebenfalls gerade aus, ihr blasses, fast weißes Gesicht von dunklen Haaren eingerahmt.

Die Kriminalbeamtin. DI Kennedy. Sie trat einen Schritt vor. Ihre Miene wirkte ernst, und für einen kurzen Moment stieg Panik in ihm auf, als er dachte: So wird sie dich ansehen, wenn sie dich verhaftet.

»Sie sagten, Sie wären bereit, uns zu helfen? Den Morgan-Jungen zu finden?« Ihre Worte klangen abgehackt, irgendwie verlegen. Ganz anders als der befehlsmäßige Ton von gestern, als sie ihn zu Nichol befragt hatte. »War das Angebot ernst gemeint? Ihnen ist klar, dass das nicht ganz ungefährlich ist, ja?«

Michael sah sie schockiert an und brachte keinen Ton hervor. Wollte sie damit andeuten, dass Nichol möglicherweise gefoltert wurde wie dieser Junge auf dem Seziertisch? Er merkte, wie sich seine Hand zur Faust ballte, als die Geschehnisse vom Wochenende mit voller Wucht zurückkehrten; die bleiche Haut des Jungen, bleich wie die der Polizistin. Michael wurde schlagartig bewusst, dass sein Schlaf alles andere als traumlos gewesen war. Der Junge hatte ihm in der vergangenen Nacht seine Aufwartung gemacht. Er hatte direkt vor seiner Schlafzimmertür gestanden. Tot, aber aufrecht gehend, mit dem Geruch von Verwesung an sich, den er in der Leichenhalle gerochen hatte. Und noch jemand war bei ihm gewesen. Jemand, den Michael einst gekannt hatte. Jemand Jüngeres.

Sie sind die Ermittlerin. Wozu brauchen Sie meine Hilfe? Es gibt nichts, was ich tun könnte. Doch er sprach die Worte nicht laut aus und ertappte sich dabei, wie er sie stattdessen nickend anstarrte.

Sie beugte sich noch einmal ins Wageninnere, holte etwas heraus und hielt es ihm wortlos hin. Verwundert erkannte Michael Nichols Laptoptasche. Die Polizistin deutete mit einer eigenartigen Geste auf ihre Brust. Ein Opferdolch, den sie sich ins Herz rammte. »Wenn irgendjemand davon Wind kriegt, komme ich in Teufels Küche …«

Sie will dich reinlegen, das ist eine Falle. Zögernd legte Michael den Kopf schief und blickte an ihr vorbei in den Wagen. »Warum?«

DI Kennedys Blick huschte über den Parkplatz, sie schnaubte missmutig. »Er ist passwortgeschützt. Ich komme nicht rein. Sie kannten den Jungen, deshalb …«

»Aber Sie haben doch sicher Experten für so was. Die können das bestimmt analysieren, oder? So ein Passwort knacken die mit links!«

Wieder wanderte ihr Blick umher, und für einen kurzen Moment dachte Michael, sie würde unverrichteter Dinge wieder einsteigen und davonfahren. »Wir ermitteln in einem Mordfall. Unsere Prioritäten liegen derzeit woanders. Es könnte Wochen dauern, bis wir jemanden darauf ansetzen können.«

Michael starrte sie durchdringend an, weil ihre Worte für ihn überhaupt keinen Sinn ergaben. »Warum interessiert es Sie dann plötzlich doch, wo Nichol steckt? Als wir uns gestern über ihn unterhalten haben, schien sein Verschwinden Sie nicht im Geringsten zu kümmern.«

Sie strich mit der Hand an ihrem Mantel herab, der schon ziemlich abgetragen aussah und an manchen Stellen recht fadenscheinig war, wie Michael jetzt feststellte. Ihre langen weißen Finger auf dem dunklen Stoff machten den Eindruck, als wollte sie einen störenden Fleck wegwischen. Als wäre es ihr selbst zutiefst zuwider, jemanden wie ihn um Hilfe zu bitten. »Wollen Sie ihn nun finden oder nicht?«, fragte sie schließlich, und diesmal war der Ärger in ihrer Stimme nicht mehr zu überhören.

Michael starrte sie ungläubig an. Verpissen Sie sich, so wie Sie gestern mit mir umgesprungen sind. Auf einmal tun Sie so, als sollte ich mich nicht so haben und das Risiko in Kauf nehmen. Trotzdem streckte er die Hand nach der Tasche aus. Sie musste ihn genau durchschaut und gewusst haben, dass er letztlich nachgeben würde.

DI Kennedy drückte ihm noch eine Visitenkarte in die Hand. Darauf stand eine Adresse.

»Ich brauche ihn bis heute Abend zurück.« Ihre Worte waren keine Bitte, sondern ein Befehl.

Michael öffnete den Mund, um noch etwas zu fragen, doch sie war bereits in den Wagen gestiegen und hatte den Motor angelassen. Stumpf starrte er auf die roten Rücklichter des zurücksetzenden Fahrzeugs, bis sie im trüben Licht des frühen Morgens verschwanden. Wenn er nicht diese Tasche in Händen gehalten hätte, hätte er nicht geglaubt, dass diese seltsame Begegnung je wirklich stattgefunden hatte.

Als Michael das Großraumbüro betrat, stellte er enttäuscht fest, dass sein Kollege James Clarke bereits da war. Er stand mit einem Becher Kaffee in den Händen neben Michaels Schreibtisch. Vermutlich konnte er es kaum erwarten, ihm brühwarm von seinem tollen Wochenende zu erzählen. Irgendwas von egoistischen Autofahrern, die auf dem Supermarktparkplatz ständig die Stellflächen für Familien blockierten und die James' Meinung nach bestraft werden sollten. Oder irgendwelche Storys von seinen beiden kleinen Söhnen, aus denen hervorging, wie prima er seinen Job als Vater machte.

Sein Kollege nickte ihm zur Begrüßung kurz zu und richtete den Blick auf die Tasche, die Michael bei sich trug. »Hast du dir endlich einen neuen Laptop gekauft?«

Michael folgte dem Blick seines Kollegen und verfluchte sich im Stillen, dass er den Laptop nicht im Wagen gelassen hatte. »Ich muss für einen Freund was überprüfen.«

James zog die Augenbrauen hoch, bis sie in den dichten braunen Locken über seiner Stirn verschwanden. Michael deutete seinen Gesichtsausdruck folgendermaßen: Aber du hast doch gar keine Freunde. Tatsächlich war es kaum zu übersehen, wie James seine Gedanken zu überspielen versuchte.

»Wieder mal eine Frau?«, fragte er mit scheinheiligem Gesichtsausdruck.

Michael rang sich ein unverfängliches Lächeln ab.

»Du bist wirklich für Überraschungen gut, Michael. Ehrlich.« James sah zu, wie er sich aus seiner Jacke schälte und sie über die Stuhllehne warf. »Ich habe von diesem Jungen gehört ... Muss ein ziemlicher Schock für dich gewesen sein. Stimmt es, was man sich im Netz so erzählt? Dass er gefoltert wurde?« Er hatte die Stimme gesenkt und bedachte ihn mit einem verschwörerischen Blick, als könnte sie in den trostlosen Büroräumen des Sozialdienstes jemand belauschen. An manchen Tagen lag das allgegenwärtige Misstrauen über diesem Ort wie dichte Rauchschwaden.

»Ich weiß es nicht. Ich habe nur sein Gesicht gesehen«, gab Michael zurück.

»Klar. In den Nachrichten kam ein Experte zu Wort, der meinte, es könnte ein wildes Tier gewesen sein, vielleicht eine Raubkatze. Man munkelt, er sei arg zugerichtet gewesen.« Michael ging nicht auf seine Mutmaßungen ein. James' Miene veränderte sich, als es ihm dämmerte. »Dein Bruder. Tut mir leid, Michael. Das hatte ich vergessen.«

»Spielt keine Rolle.«

James hüstelte und wischte sich mit der flachen Hand über das hochrote Gesicht. Dann stieß er ein gekünsteltes Lachen aus und senkte die Stimme zu einem Flüstern. »Anita war vorhin da. Was hast du denn diesmal angestellt, dass sie so sauer war?«

»Sie ist sauer? Auf mich? Ich wüsste keinen Grund. Ist sie denn noch da?«, fragte Michael verwundert. Er überlegte, ob er irgendetwas verbrochen hatte, das seine Vorgesetzte verärgert haben könnte. Oder wollte James ihn nach seinem eigenen Fauxpas nur einschüchtern?

»Sie ist unterwegs nach Glasgow zu einem Meeting.« James trat einen Schritt auf ihn zu. »Nur damit du Bescheid weißt. Sie hat Fragen gestellt.«

»Was für Fragen denn?« Michael konnte nicht anders, er schluckte den Köder.

James machte einen weiteren Schritt auf ihn zu, damit er Michael die folgenden Worte ins Ohr flüstern konnte. Sein Eifer machte deutlich, wie erfreut er war, nun Michaels ganze Aufmerksamkeit zu haben. »Wegen Nichol Morgan. Warum du so großes Interesse an ihm zeigst. Warum du so viele Fragen gestellt hast, nachdem er vergangene Woche aus heiterem Himmel verschwunden ist.«

Michael wich unwillkürlich zurück, als ihn James' heißer

Kaffeeatem am Ohr streifte. Er baute sich direkt vor ihm auf. »Und du denkst wirklich, Nichol wäre einfach so abgehauen, ohne ein Wort zu irgendjemandem zu sagen?«

James legte den Kopf schief. Wieder wanderte sein Blick zu dem Laptop und richtete sich dann erneut auf Michael.

»Ich denke …«, sagte er bedächtig und tat so, als wollte er seine Worte sorgfältig abwägen. »Ich denke, Nichol war zu weit mehr fähig, als du glaubst. Du hattest einen verdammt positiven Einfluss auf ihn. Aber wie gut kennst du den Jungen wirklich? Es wäre nicht das erste Mal, dass er in Schwierigkeiten gerät. Woher willst du also wissen, dass er nicht irgendwas angestellt hat?«

»Warst du eigentlich immer schon so zynisch?« Michael merkte selbst, wie verächtlich sein Ton klang, doch James schien das gänzlich kaltzulassen.

»Wir können nicht jeden Kreuzzug gewinnen, Michael. Letzten Endes geht es eben nicht immer gut aus. Ich denke, wir wissen beide, dass du da aus Erfahrung sprechen kannst.« James starrte ihn eindringlich an. Von den kleinen Fältchen in den Augenwinkeln ausgehend, stahl sich ein selbstzufriedener Ausdruck auf sein Gesicht.

Michael senkte den Blick. Er wusste genau, worauf sein Kollege anspielte: Im Jahr zuvor war es zu einer disziplinarischen Anhörung gekommen. Ein Paar hatte offiziell Beschwerde gegen ihn eingereicht.

»Diese Leute haben ihre fünfjährige Tochter nachts allein im Park herumirren lassen. Mutterseelenallein, während sie selbst sich mit Unmengen Rotwein buchstäblich besinnungslos gesoffen haben. Sie hätte überfahren oder entführt werden können. Ihr hätte alles Mögliche zustoßen können.«

»Und deshalb kreuzt du unangekündigt bei ihnen zu

Hause auf? Und wirst handgreiflich dem Vater gegenüber? Du hast sogar Drohungen gegen ihn ausgestoßen …«

»Ich habe ihn lediglich am Schlafittchen gepackt. Bedroht habe ich ihn nicht. Wenn es eine arme Familie aus dem Marschland unten gewesen wäre …«

»War es aber nicht«, sagte James klar und deutlich. Er hatte offensichtlich Gefallen daran, ihm die Geschichte unter die Nase zu reiben. »Es handelte sich um eine wohlhabende Familie. Eine Familie, die genau wusste, wie man dem armen Sozialarbeiter die Schuld in die Schuhe schiebt. Letzten Endes bist du mit einer schriftlichen Verwarnung davongekommen, oder nicht?«

Michael starrte seinen Kollegen an, ohne zu antworten.

Darauf zuckte James nur mit den Schultern und verschränkte die Hände vor dem Bauch. Noch einmal warf er einen Blick auf den Laptop. Diesmal behielt er ihn misstrauisch im Auge. »Ich will damit nur sagen, dass es in diesem Job manchmal besser ist, Distanz zu wahren, Michael. Worauf immer du dich einzulassen gedenkst: Tu es bitte nicht.«

18

Crawford warf Monica einen Seitenblick zu, gerade als sie die Brücke nach Rapinch überquerten. Sie hielten auf einen Teil der Stadt zu, den zu betreten Eltern ihren Kindern normalerweise verboten. Den Sumpf ... Monica starrte auf die Metallbrücke mit den eigenartig tief liegenden Gehwegen, die Fußgängern das Gefühl gaben, auf der Fahrbahn zu spazieren. Die parallel dazu verlaufende Eisenbahnbrücke, von der die Jungs in der Schule behaupteten, sie würden bei Flut von dort oben ins Wasser springen. Den Hafen mit seinen riesigen Frachtschiffen, die aus aller Welt kamen. Den Ben Wyvis, jenen abgeflachten Berg, dessen schneebedeckter Gipfel in der Ferne aufragte. Und das alles unter dem Grau in Grau des vormittäglichen Himmels.

»Sie stammen doch ursprünglich aus Rapinch, nicht wahr?«, fragte Crawford.

Monica wandte sich dem Fenster zu und registrierte die chinesische Wäscherei, den Zeitungskiosk im Schatten eines Apartmentblocks und den Laden an der Ecke, in dem man so ziemlich alles bekam.

»Meine Mum lebt immer noch hier«, sagte sie schließlich.

Crawford würde es sich vermutlich nicht verkneifen können, einen dieser typischen Witze über den Ort zu reißen: Junkies, Teenagermütter, etwas in die Richtung. Oder er würde irgendwelche unbequemen Fragen stellen. Fragen, die sie und ihre Vergangenheit betrafen: Kannten Sie hier unten nicht mal Leute? Leute, die im Gefängnis gelandet sind? Die ganzen Geschichten von früher. Die Fehler von damals, die sie nach wie vor verfolgten.

Stattdessen fragte er: »Stimmt es, dass man hier immer noch eine veraltete Version des Gälischen spricht? Zumindest einige der Einwohner?« Monica blieb ihm eine Antwort schuldig. Sie griff nach der Akte, die Crawford in der Hand gehalten hatte, als sie den Besprechungsraum auf dem Revier in Inverness betreten hatte. Gedanklich war sie immer noch bei ihrer Unterhaltung mit Michael gewesen und bei dem, was sie getan hatte. Deshalb hatte sie auch nicht richtig mitbekommen, was ihr Kollege ihr über den Verdächtigen erzählt hatte.

»Was wissen wir über diesen Mann? Können Sie das noch mal für mich zusammenfassen?« Sie sah sich den Namen auf der Akte an. »Owen MacLennan.«

Crawford zuckte mit den Schultern und schien zu akzeptieren, dass ihr nicht an Small Talk gelegen war.

»Er ist unser bislang bester Treffer. Ein Sadist und Sexualstraftäter. Fünfunddreißig Jahre alt. Er fing schon früh an, als er auf der Black Isle im Schweinezuchtbetrieb seines Großvaters arbeitete. In seiner Freizeit vergnügte er sich am liebsten mit den Tieren. Quälte sie. Er sagt, am liebsten wäre ihm der Hammer als Werkzeug gewesen, falls es Sie interessiert. Mit vierzehn wurde er wegen Entführung und sexuellen Missbrauchs von der Jugendstrafkammer angehört. Er hatte ein anderes Kind betrunken gemacht, gefesselt und zwei Tage lang festgehalten. Der Junge sagte, er dachte, MacLennan würde ihn umbringen.«

Crawford bog auf einen Parkplatz vor einem modernen

Mietshaus ab, unweit der Stelle, an der die Jamaica Street in die India Street mündete. Noch mehr Namen aus der Vergangenheit. Namen, die Monica in den vergangenen vier Jahren weitestgehend zu vergessen versucht hatte, seit sie zurück nach Inverness gezogen war, um in der Nähe ihrer Mutter zu sein. Das war gewesen, als sie Lucy bekommen hatte. Damals war es ihr vorgekommen wie ein großer Fehler, was sich an Tagen wie diesem bestätigte.

»Jetzt aber kommt das Entscheidende«, sagte Crawford. »MacLennan hat fünf Jahre im Knast gesessen, wegen Totschlags. Er hatte einen Mann mit in seine damalige Wohnung in Aberdeen genommen und ihn zu Tode stranguliert. Man hat ihn nur deshalb nicht zu einer lebenslangen Haftstrafe wegen vorsätzlichen Mordes verurteilt, weil man keine schlagkräftigen Beweise hatte, die seine Geschichte widerlegt hätten. Er plädierte auf Notwehr.« Crawford beugte sich über die Mittelkonsole und zog einige Fotos aus der Akte. Das erste zeigte ein Bett mit schwarzen Flecken, zweifelsohne handelte es sich um geronnenes Blut. Auf dem zweiten Bild war ein Torso mit deutlichen Stichwunden an Brust und Bauch zu sehen.

»Das ist MacLennan. Er hatte tatsächlich Verletzungen an Händen und Armen, die darauf hindeuteten, dass er sich verteidigt hatte. Die Staatsanwaltschaft ging aber stark davon aus, dass er sich die Wunden selbst zugefügt hatte.«

»Aber es gab auch berechtigte Zweifel an dieser Theorie«, sagte Monica. Es war eine Geschichte, wie sie sie schon viele Male zuvor gehört hatte. Welcher Kriminalbeamte hatte das nicht?

»Würden Sie eine Gruppe von Geschworenen davon überzeugen wollen, dass jemand dumm genug sein könnte, sich selbst so zuzurichten? Er hatte fast anderthalb Liter

Blut verloren. ›Schwerer Fall von Provokation‹. Vier bis neun Jahre. Er gab an, es habe sich um eine SM-Session in beiderseitigem Einvernehmen gehandelt, nur, dass das Opfer die Nerven verloren und ihn angegriffen hätte. Er behauptete, er habe sich lediglich zur Wehr gesetzt.«

Monica hielt das Foto hoch. Betrachtete die Flecken an der ansonsten weißen Wand und das blutbesudelte Bett.

»Aber das Beste kommt noch«, fuhr Crawford fort. Er wandte sich Monica zu, und seine grünen Augen funkelten vor Aufregung, trotz der dunklen Ringe darunter. »Ich habe seine Adresse gegengecheckt mit Fahrzeugen, die auf ihn zugelassen sind, und jetzt raten Sie mal, worauf ich gestoßen bin?«

»Er fährt einen weißen Lieferwagen?« Plötzlich war auch sie in heller Aufregung, als ihr wieder einfiel, was Fisher als bedeutsame Information betrachtet hatte. Vielleicht konnten sie den Mörder schon bald dingfest machen und dafür sorgen, dass Nichol Morgan vor ihm sicher war.

»Einen weißen Maestro-Van. MacLennan ist erst seit drei Monaten auf freiem Fuß. Er hat den Lieferwagen kurz danach gekauft«, verkündete Crawford, während er die Autotür öffnete, um auszusteigen.

Monica stieg ebenfalls aus und sah sich besorgt in alle Richtungen um, weil sie sich an diesen seltsamen Moment gestern Nacht erinnerte. Als die Musik eine Erinnerung losgetreten hatte: Nichol Morgan. Charlie Bartles Neffe. Wie hatte sie das vergessen können?

Sie verdrängte den Gedanken und folgte Crawford in das Mietshaus.

»Ich übernehme die Befragung«, entschied Monica. Den Rest ließ sie unausgesprochen in der Stille des gemeinschaftlichen Treppenhauses verhallen. Crawford nickte, auch wenn etwas wie Enttäuschung über sein Gesicht flackerte. Tja, dachte Monica, Sie werden sich im Laufe der Jahre noch an vielen von diesen Monstern messen können, Crawford. Mehr als Ihnen lieb sein wird.

Sie folgte ihm die Stufen nach oben und nahm den Geruch verschiedener gebratener Speisen wahr. Hinter so mancher Tür lief lautstark das Frühstücksfernsehen. Und dazwischen diese typische Stille und der trockene, staubige Geruch, der allen Mietshäusern anzuhaften schien.

OWEN MACLENNAN stand auf dem Namensschild, das an der blauen Tür befestigt war. Monica holte tief Luft und suchte Crawfords Blick: Vergessen Sie nicht, ich übernehme das Reden. Im nächsten Moment hieb sie mit der Faust gegen die Tür.

Monica stellte die Frage erneut. »Wo waren Sie am Freitagabend?«

Owen MacLennan hielt lächelnd die Hände hoch. Sie waren groß und stark. Stark genug, um jemanden zu erwürgen, um zu töten. »Ich war gar nirgends. Scheiße, das ist doch reine Schikane.«

»Ich frage nur deshalb, weil Sie im Zentralregister für Sexualstraftaten auftauchen. In der Nähe unseres Tatorts wurde ein Van gesichtet, der dem Ihren gleicht. Deshalb wollen wir wissen, wo Sie waren.«

»Wenn mir nach Unterhaltung ist, kommt sie zu mir. Dazu muss ich mich nicht von hier fortbewegen«, entgegnete MacLennan. Ein spöttisches Lächeln zupfte an seinen Mundwinkeln, während er sich mit der Pranke durch das blondierte Haar fuhr. Monica bemerkte die langen Fingernägel. An den Enden waren sie gelb.

»Ich habe gehört, der Junge war von oben bis unten aufgeschlitzt«, sagte er. Sein Ton war weicher geworden. »Man behauptet, es sei ein wildes Tier gewesen. Ein Monster. Falls Sie irgendwelche Fotos haben, lassen Sie sie mich sehen, dann sage ich Ihnen, mit was für einem Typ von Mörder Sie es zu tun haben.«

»Warum verraten Sie uns nicht erst, wo Sie am Freitagabend waren?«, beharrte Monica und bedachte ihn mit einem durchdringenden Blick.

»Sie sind aber hartnäckig.« Seine Stimme klang jetzt hart und rau. Er sog den Rauch seiner Zigarette tief in die Lunge. Dann schürzte er die wulstigen Lippen und blies ihn wie einen obszönen Kuss in den Raum hinein. Wieder hoben sich seine Mundwinkel. Monica spürte, wie ein Schauer über ihre Arme kroch. »Ich habe das Gefühl, ich habe Sie schon mal gesehen«, sagte MacLennan nachdenklich. Prüfend musterte er sie über seine Zigarette hinweg.

»Wahrscheinlich ist es so. Eine große Frau wie ich fällt auf«, entgegnete Monica, ohne den Blickkontakt zu unterbrechen. Das war ihre Standardantwort. Tausende Male hatte sie sie vorgebracht, wenn sie während ihrer Zeit im Streifendienst mit Betrunkenen zu tun gehabt hatte. Ihre Standardantwort auf sämtliche dämlichen Kommentare und Einschüchterungsversuche.

»Nein … das meine ich nicht.« Er drohte ihr spielerisch mit dem Glimmstängel. »Aus meiner Jugend. Nicht, dass ich damit irgendetwas andeuten wollte, aber vielleicht war das vor der Zeit, bevor Sie ein Kind zur Welt gebracht haben? Ihr Bauch hat Sie verraten.« Er legte den Kopf in den Nacken und lachte herzhaft.

An der Wand hinter ihm hing ein sonderbarer Druck von Jesus, wie er auf einem fremden Planeten aus seinem Grab stieg. Eine grüne Wüste war zu sehen und in der Ferne die

Erde als winziger Fleck. Eine Sternschnuppe mit langem Schweif sauste über den Himmel.

Monica beugte sich interessiert vor. Gerade wollte sie etwas sagen, als Crawford ihr zuvorkam.

»Seltsames Bild. Passt irgendwie gar nicht zu Ihnen.«

Monica versuchte Crawfords Blick einzufangen. Er beugte sich ebenfalls vor und stemmte die Arme auf die Knie. Sein hübsches Gesicht war zu einer schiefen Grimasse verzogen. Monica war zwar weit über eins achtzig groß, aber neben Owen MacLennan wirkte selbst sie wie ein Zwerg.

»Wie meinen Sie das, mein Junge?«, fragte MacLennan an Crawford gewandt, ein breites Grinsen im ansonsten kalten, abweisenden Gesicht.

»Sie finden das also witzig?«, gab Crawford zurück.

»Ich habe Buße getan, mein Sohn. Das ist meine Auferstehung.«

Crawford reagierte lediglich mit einem abfälligen Schnauben.

»Was denn? Sind Sie etwa perfekt?« MacLennan sprach in einem beinahe aufrichtig verwunderten Tonfall.

»Ich habe Ihre Akte gelesen und weiß, was Sie getan haben«, kam es von Crawford.

MacLennan strich mit den groben Fingern an seinem Kinn entlang und raufte sich die blondierten Haare. In blauer Tinte waren auf seinem muskulösen Oberarm die Worte sweet meat tätowiert. »Vielleicht sollte ich einen meiner Leute bitten, Einsicht in Ihre Akte zu nehmen, mein Junge. Dann werden wir schon sehen, wer bei Ihnen zu Hause wartet. Ob da jemand von Interesse ist, von dem wir wissen sollten.« MacLennans blaue Augen waren kalt wie Eis. »Sie haben meine Akte also gesehen, Kleiner. Denken Sie dann ernsthaft, ich mache Witze?«

Die Sehnen an Crawfords Hals hatten sich angespannt, sein Mund zuckte nervös.

»Wollen Sie zurück ins Gefängnis, Owen? Geht es Ihnen darum?«, mischte Monica sich nun ein. »Da sind Sie gerade mal fünf Minuten auf freiem Fuß, und schon drohen Sie uns?«

Auf MacLennans Gesicht ging eine Veränderung vor sich. Seine Augenbrauen zogen sich wütend zusammen, als er auf die Füße sprang und mit seiner massigen Gestalt plötzlich den ganzen Raum einzunehmen schien. Er schleuderte seine Zigarette hinter sich, sodass sie gegen die Wand flog und einen rot glühenden Funkenregen zu Boden sandte.

»Was, zur Hölle, wollen Sie von mir? Dringen einfach so in mein Zuhause ein und bedrängen mich.« Sein wilder Blick zuckte zwischen ihnen hin und her, als wollte er sich jeden Moment auf sie stürzen. »Marschieren ungebeten hier rein und stellen Fragen. Und das ohne irgendwelche Beweise?«

Monica spürte den üblichen Adrenalinstoß, ließ sich aber nichts anmerken. »Setzen Sie sich, Owen.« Sie wusste genau, wie man mit aggressiven Typen wie ihm umzugehen hatte. Im Laufe der Jahre hatte sie so ihre Erfahrungen gesammelt. Mehr als genug. »Jetzt setzen Sie sich schon, verdammt noch mal!«

MacLennan ließ sich zurück auf seinen Stuhl sinken und lächelte, wie ein Theaterschauspieler, der am Ende eines Stücks aus seiner Rolle ausstieg. Seine Miene zeigte keine Spur mehr von Zorn, seelenruhig fischte er sich eine weitere Zigarette aus der Packung. Dann wandte er sich Crawford zu. »Tut mir leid, Kumpel. Mein Temperament geht manchmal mit mir durch. Ich hab nur einen Witz gemacht.

Sie wollten also gerne wissen, wie ich lebe und was ich aktuell so treibe. Das Gleiche gilt aber für mich, was Sie betrifft. Ich würde gerne mehr über Sie erfahren, wo Sie wohnen zum Beispiel.« Er stieß den Rauch aus, und ein Lächeln breitete sich wie Fäulnis über sein Gesicht.

»Sind Sie dann fertig?«, fragte Monica.

MacLennan starrte sie stumpf an. Sein breites Grinsen reichte nicht bis an seine Augen heran. »Ich kenne Sie, meine Süße. Habe ich nicht recht?«

»Was hatten Sie in Gairloch zu suchen?«

»Ach ja. Monica Kennedy. Sag ich doch, dass ich Ihr Gesicht schon mal gesehen habe. Sie waren in Charlie Bartles Clique. Nicht war, Püppchen? Sie waren mit seiner Tussi befreundet, habe ich recht?«

Monicas Magen krampfte sich zusammen, mit einem Schlag verlor sie den Boden unter den Füßen. Charlie Bartle. Ein Name, den sie seit zehn Jahren nicht mehr gehört hatte. Aber da war er, und das ausgerechnet am Tag, nachdem der Name seines Neffen im Zusammenhang mit einem Vermisstenfall aufgetaucht war. Fast als bestünde da ein Zusammenhang.

»Das war schon ulkig«, fuhr MacLennan fort. »Dass Sie dann bei der Polizei gelandet sind. Und er im Knast saß. Besteht da vielleicht ein Zusammenhang? Wer hätte das gedacht. Sie haben ihn wegen Drogen drangekriegt, nicht wahr? Es gab schon immer Gerede, dass da irgendwas nicht mit rechten Dingen zuging. Dass er erwischt wurde, obwohl er immer höllisch aufgepasst hat.«

Monica starrte ihn unverwandt an. Mit einem Mal herrschte Leere in ihrem Kopf.

»Muss schwer sein für Ihre Kollegen, Ihnen zu vertrauen. Wo sie doch wissen, mit was für zwielichtigen Gestalten Sie

Umgang hatten. Und wie Sie Ihre sogenannten Freunde behandeln.« Seine Stimme klang ölig.

Crawford senkte verlegen den Blick. Offenbar waren auch ihm schon Geschichten über sie zu Ohren gekommen. Sie waren also nicht in Vergessenheit geraten, und dabei hatte sie fünfzehn Jahre lang fern der Highlands gelebt.

»Und? Wollen Sie Ihre Fragen jetzt nicht mehr stellen, meine Liebe?«

Monica schluckte. Ihre Kehle war mit einem Mal staubtrocken. Sie merkte, wie sie sich erhob. Ihre Hände zitterten, als sie einen Schritt vortrat, mit dem drängenden Wunsch, ihm eine satte Ohrfeige zu verpassen. Stattdessen beugte sie sich dicht zu ihm herunter. Nahe genug, um den Zigarettenrauch in seinem Atem zu riechen.

»Sie denken, ich kenne hier unten keinen mehr?« Ihre Stimme war kaum mehr als ein Flüstern, das über sein Ohr strich. »Es gibt genügend Leute, die mir jederzeit einen Gefallen tun würden. Was hätten Sie denn gern, einen Polizeibeamten vielleicht? Die wären bestimmt alle hocherfreut, jemanden wie Sie in die Finger zu bekommen.« Sie wich zurück und starrte ihn von oben herab an. Obwohl sie ihrem Ärger Luft gemacht hatte, zitterte sie immer noch, und sie war ähnlich überrascht wie er von der Drohung, die sie gegen ihn ausgestoßen hatte. Um zu verbergen, wie aufgebracht sie war, schob sie die Hand in die Manteltasche. »Haben wir uns verstanden, Owen?«

Mit starrem Blick öffnete er den Mund, um etwas zu erwidern. Hielt dann aber inne.

»Was? Haben Sie mir etwas zu sagen?«

MacLennan schluckte. Sein Adamsapfel bewegte sich auf und ab. Abwehrend hob er die Hände. »Okay, okay. Wir hatten unseren Spaß. Ich war am Freitag hier in meiner Wohnung. Den ganzen Tag und die ganze Nacht.« Er wandte sich von Monica ab und stieß ein künstliches Lachen aus. Dann zündete er sich eine neue Zigarette an. »Zufrieden?«

Ehe sie darauf antworten konnte, sprang er auf. Er überragte sie um mehrere Zentimeter und war weitaus massiger. Mit vorgeschobener Lippe sah er sie von oben herab an. Dann sprach er mit leiser und anzüglicher Stimme weiter. »Wissen Sie, irgendetwas sagt mir, dass dieser arme Junge nicht der letzte war. Wahrscheinlich gibt es irgendwo da draußen noch einen weiteren armen Jungen.«

MacLennan zuckte mit der Schulter, während sich erneut ein Grinsen auf seinem Gesicht ausbreitete. »Ist nur … Wie nennt man das? Ein Gefühl. Reine Intuition. Und vergessen Sie nicht, dass auch ich Freunde habe, mein Engel. Das nächste Mal, wenn wir uns sehen« – und damit bohrten sich seine stechend blauen Augen in sie –, »wird es nicht so freundlich und zivilisiert zugehen wie jetzt.«

19

Die Laptoptasche lag den restlichen Vormittag über unberührt auf Michaels Schreibtisch. Er versuchte sie zu ignorieren und konzentrierte sich stattdessen ganz auf seine Arbeit. Entschlossen, diesmal auf James' Rat zu hören, wollte er die Polizistin später anrufen und ihn an der Adresse auf der Visitenkarte abgeben. Nach dem Jungen zu suchen war eine Sache, aber sich in laufende Mordermittlungen einzumischen, wo die Polizei ihn bereits selbst als möglichen Tatverdächtigen verhört hatte, wäre völlig verrückt.

Er hätte heute Morgen doch auf seinen Instinkt hören und sich weigern sollen, das Ding anzurühren. Als Michael einen Blick zu James hinüberwarf, spürte er, wie ihm der Schweiß im Nacken ausbrach. Die Laptoptasche lag mitten auf seinem Schreibtisch, für jeden deutlich sichtbar. Bestimmt würde sie niemandem im Büro entgehen: Das ist doch Nichol Morgans Tasche. Hat die Polizei die nicht mitgenommen?, würden sie sich wundern. Keiner würde ihm abnehmen, dass eine Polizeibeamtin sie ihm einfach so ausgehändigt hatte.

Michael widerstand dem Drang, sich die Tasche zu schnappen und sie im Aktenschrank unter seinem Schreibtisch zu verstauen. Wieder warf er einen verstohlenen Blick zu James, der im selben Moment den Kopf hob und ihn anlächelte.

»Alles in Ordnung? Du siehst aus«, als hättest du ein Gespenst gesehen, führte er den Satz im Stillen fort, »als bräuchtest du dringend mal eine Pause.«

Michael konnte sich nur mit Mühe davon abhalten, einen verräterischen Blick auf die Tasche zu werfen. »Ich habe nicht besonders gut geschlafen.«

James schien seine Erklärung zu akzeptieren. Er erhob sich von seinem Stuhl. »Ja, das überrascht mich nicht. Tja«, sagte er und griff nach seinem Mantel, »ich gehe dann mal. Muss zu einem Klienten. Wir sehen uns später.«

Michael sah zu, wie James seinen Mantel anlegte und eine quälend lange Minute brauchte, um den Kragen zu richten, ehe er sich endlich umdrehte und in Richtung Flur davonging. Michael atmete erleichtert auf. Ich warte besser fünf Minuten, um ganz sicher zu sein, dass er nicht noch mal zurückkommt, dachte er bei sich. Er hielt es keine zwei Minuten aus, da wählte er die Nummer von DI Kennedy. Nach mehrmaligem Klingeln wurde der Anruf auf die Mailbox weitergeleitet: »Hier spricht Detective Inspector Monica Kennedy …«

Michael stieß einen unterdrückten Fluch aus und legte wütend wieder auf. In einem plötzlichen Anfall von Panik entschied er, den Laptop gleich im Land Rover zu verstauen, um ihn später bei der Polizistin zu Hause abzuliefern. Dann würde er sich bei ihr entschuldigen, vielleicht sogar schwindeln und behaupten, es sei ihm nicht gelungen, das Passwort zu knacken, deshalb habe er den Computer nicht öffnen können. Woher sollte sie wissen, dass er sie belog?

Ja, mach nur, meldete sich eine leise Stimme in Michaels Hinterkopf. Erzähl Lügen. Versteck dich. Tu so, als wäre das alles nicht dein Problem. So wie du es immer machst, nicht wahr? Wie schon als Kind.

Im selben Moment fiel ihm dieser Traum wieder ein, vor allem waren die verschiedenen Empfindungen plötzlich wieder präsent. Diese langen Flure, angeordnet wie ein Labyrinth, irgendwo tief unten verborgen. Da war außer ihm noch jemand gewesen, Michael hatte das genau gespürt. Dieser andere hatte sich verirrt und brauchte Hilfe. Er wollte unbedingt gefunden werden.

Fast ohne nachzudenken, holte Michael den Laptop nun doch aus seiner Tasche und stellte ihn vor sich auf den Schreibtisch. Wie auf dem Präsentierteller. Er holte tief Luft, wischte sich mit dem Handrücken über die Stirn und verkniff es sich, sich schuldbewusst im Raum umzusehen. Es handelte sich um ein MacBook Pro. Ein richtig teures Gerät. Dies führte zu der ersten Frage, noch ehe er richtig angefangen hatte: Woher hatte Nichol das Geld dafür gehabt? Die unschöne Antwort, die er sich selbst darauf gab: Es sah ganz danach aus, als hätte er es von jemandem bekommen, der nichts Gutes im Schilde führte. Denn so lief es doch in der Regel. Man kam an diese schwachen Jugendlichen am besten heran, indem man ihnen teure Dinge und Aufmerksamkeit schenkte.

Michael zog die Ärmel seines Pullovers über seine Hände, weil er plötzlich die Befürchtung hatte, dies könnte eine Falle sein, um an seine Fingerabdrücke zu kommen. Erst dann stellte er den Computer an. Er sah zu, wie der Rechner hochfuhr und das Eingabefeld für das Passwort erschien. Sofort vergaß er seinen kurzen Anflug von Verfolgungswahn und versuchte es mit den naheliegendsten Passwörtern: nicholmorgan, nicholmorgan2001. Sie waren beide falsch.

Michael zermarterte sich das Hirn. Was hätte der Junge verwendet? Er wusste zufällig, dass Nichol sich für Literatur und Philosophie interessierte. Bei ihrer letzten Begegnung hatte er einen ganzen Stapel Bücher dabeigehabt. *Jenseits von Gut und Böse* von Nietzsche hatte ganz oben gelegen. Michael versuchte beides: Nietzsche. Jenseitsvongutundböse. Keines funktionierte.

Er lehnte sich in seinem Stuhl zurück und verspürte fast so etwas wie Erleichterung, dass sich die Aufgabe so schwierig gestaltete. Im Grunde war es unmöglich. Die Vorstellung, das Passwort einfach so zu knacken, war an sich schon lächerlich. Nichol war ein Computercrack. Nie im Leben hätte er ein Passwort gewählt, das sich im Nullkommanichts erraten ließ.

Kapitulierend schloss Michael den Laptop, schob ihn zurück in die Tasche und erhob sich von seinem Schreibtisch. Sofort war ihm leichter zumute. Er durchquerte das Großraumbüro und betrat die leere Kaffeeküche. Jetzt konnte er den Laptop getrost heute Abend abliefern, und das war's dann. Zumindest hatte er es versucht. Ihm konnte keiner einen Vorwurf machen. Michael drückte auf den Startknopf der Kaffeemaschine und sah zu, wie die heiße Flüssigkeit in den Becher plätscherte.

Das Handy in seiner Tasche vibrierte. Eine Textnachricht von einem Klienten, mit dem er am Nachmittag einen Termin hatte. Er war gerade dabei zu antworten, als es ihm wie Schuppen von den Augen fiel: Die Zukunft liegt in den Sternen. Die letzte Nachricht, die Nichol ihm geschickt hatte. Plötzlich wusste er, was das zu bedeuten hatte.

Michael durchquerte eiligen Schrittes das Büro und zog den Laptop noch einmal heraus. Er tippte die Worte in das entsprechende Feld und wartete mit einer eigenartigen Mischung aus Vorfreude und Furcht ab, ob der Computer das Passwort akzeptieren würde. Der Bildschirm leuchtete auf.

Michael zögerte zunächst, ehe er mit einem Mausklick das E-Mail-Programm öffnete. Seine Hände zitterten.

»Komm schon. Wo steckst du, Nichol?«, flüsterte er leise vor sich hin.

Doch leider wurde Michael kurz darauf auch schon wieder enttäuscht. Nichol hatte seine E-Mail-Konten offenbar nie mit dem Mailprogramm auf seinem Rechner synchronisiert. Er versuchte es auf dem Webbrowser, in der Hoffnung, Nichol hätte sich online in seine Mailkonten eingeloggt, aber die Seiten, die er ausprobierte – Gmail, Yahoo, MSN –, verlangten allesamt eine Mailadresse und ein Passwort von ihm, da war nichts voreingestellt.

Er sah sich die Browserhistorie an. Der Verlauf war gelöscht worden. Aber wozu dann die Nachricht? Nichol musste überzeugt gewesen sein, dass Michael letzten Endes auf die Lösung stoßen würde. Irgendeinen Hinweis musste es geben.

Michael machte sich daran, sämtliche Ordner durchzusehen. Da waren Dateien, die mit der Schule zusammenhingen, Ordner, die nach Fächern sortiert waren: Mathe, Englisch, Geschichte. Michael klickte sich mit wachsender Sorge, dass seine Suche vielleicht vergebens bleiben würde, durch sämtliche Dateien. Die einzelnen Ordner schienen wirklich nur schulische Dinge zu enthalten. Ohne große Hoffnung klickte er schließlich auf den letzten Ordner. »Unbenannt«.

In diesem fand sich ein einziges Dokument: »Melissa«. Michael öffnete es mit einem Mausklick. Ein Foto von Nichol mit einem Eis in der Hand erschien auf dem Bildschirm. Er hatte ein breites Lächeln im Gesicht, neben ihm stand ein Mädchen. Es hatte blonde Haare und schien ungefähr im gleichen Alter wie er zu sein.

Nervös sah Michael sich um, dann blickte er wieder auf das Foto. Es war neueren Datums. Nichol hatte dem Mädchen den Arm um die Schulter gelegt.

»Melissa?« Michael starrte ratlos auf den Bildschirm. Für den Moment waren all seine Ängste und Vorbehalte vergessen. »Was weißt du?«

20

Der Lärm vom viel befahrenen Kreisverkehr ganz in der Nähe hallte über den Asphalt des zum Revier gehörigen Parkplatzes. Als Monica den Wagen parkte, sah sie die Lichter des Raigmore-Krankenhauses auf der anderen Straßenseite in den grauen Morgenhimmel strahlen. Sie spürte Crawfords Blick auf sich ruhen und wandte den Kopf zu ihm herum.

»Ich hatte doch ausdrücklich gesagt, ich würde MacLennan befragen«, herrschte Monica ihn an. Nicht zum ersten Mal verspürte sie den dringenden Wunsch, man möge sie endlich allein arbeiten lassen. Das würde ihr einiges erleichtern.

»Verdammt, ich habe Ihnen doch nur den Rücken gestärkt, Monica. Wie es unser Job vorsieht«, verteidigte sich Crawford. Er hob die Hand und wischte sich fahrig über die Stirn.

Ungläubig schüttelte sie den Kopf. »Was erlauben Sie sich! Nicht in diesem Ton! Da ziehen Sie vor MacLennan praktisch den Schwanz ein vor Angst, und dann wollen Sie mir erzählen, Sie hätten mich unterstützt? Ich hätte besser Fisher mitnehmen sollen. Der kann wenigstens den Mund halten.«

Crawford ließ den Kopf hängen und starrte hinunter auf seine Füße. Seine roten Haare fielen ihm in die Augen.

»Was haben Sie schon groß aus ihm rausgekriegt?«, schoss er zurück und sah sie dabei trotzig an. Unverhohlener Zorn machte sich in seiner Stimme bemerkbar. Es war offensichtlich, dass er es ihr heimzahlen wollte. »Wo waren Sie eigentlich heute Morgen? Man hat mir gesagt, Sie wären schon früh da gewesen, um sich die Beweismittel anzusehen, wären dann aber wieder gegangen.«

»Das geht Sie nichts an«, gab Monica zurück. »Ich leite diese Ermittlungen, ich kann tun und lassen, was ich will.«

Jetzt war er es, der den Kopf schüttelte. Er hob die Hand und brachte seine Frisur in Ordnung, ein glasklares Ablenkungsmanöver. »Wir sollten uns eigentlich als Team sehen und zusammenarbeiten«, meinte er.

»Verdammt, wir haben jetzt keine Zeit für diesen Mist, Crawford. Also reißen Sie sich gefälligst zusammen«, ermahnte Monica ihn. »Sie haben doch gesehen, wie dieser arme Junge zugerichtet war. Wer auch immer dafür verantwortlich ist, wir müssen ihn kriegen. Statt nur herumzuhocken und uns gegenseitig Vorhaltungen zu machen.«

»Ich mache Ihnen k …«

Monica schnitt ihm das Wort ab. »MacLennan weiß etwas, da bin ich mir sicher. Sie haben doch gehört, was er gesagt hat – er hat uns regelrecht verhöhnt. Wir müssen ihn dringend unter Beobachtung stellen. Ich werde Detective Superintendent Hately bitten, uns mehr Einsatzkräfte zur Verfügung zu stellen. Machen Sie sich an die Sichtung des Überwachungsmaterials. Und sehen Sie zu, dass Sie eine Autonummer herausfinden. Vielleicht können wir so beweisen, dass es tatsächlich MacLennans Lieferwagen war, der dort oben gesehen wurde.«

Crawford nickte bedächtig. »Ist gut.«

»Ein möglicher Zeuge hat sich heute Morgen gemeldet«,

fuhr sie fort. »Jemand, der behauptet, er habe Robert am Freitagabend kurz vor seiner Ermordung noch gesehen. Ich werde diesem Hinweis nachgehen und mich anschließend mit den Freunden des Jungen unterhalten. Vielleicht kann uns einer von denen weiterhelfen.«

»Okay. Ist gut«, sagte Crawford wieder, doch diesmal wich er ihrem Blick aus.

Sie sah ihm hinterher, wie er aus dem Wagen stieg und davoneilte. Er hatte eine halb geleerte Dose seines eklig süßen Energydrinks in der Getränkehalterung stehen lassen. Davon nahm sie jetzt einen großen Schluck und betrachtete sich im Rückspiegel. All diese alten Geschichten, die MacLennan in ihr aufgewühlt hatte, Namen, die sie eigentlich versucht hatte zu vergessen, drängten nun erneut an die Oberfläche ihres Bewusstseins. Sie schob sie so weit wie möglich von sich weg und beschloss, nicht weiter daran zu denken.

Eine Stunde später bog Monica auf dem einsamen Kreisverkehr etwas außerhalb von Achnasheen links ab. Es handelte sich praktisch um den einzigen ländlichen Kreisverkehr in den nordwestlichen Highlands, an einer Stelle, wo sich einem der tatsächliche Nutzen nicht wirklich erschloss. Da hatte wohl irgendwo jemand ein Budget zu verteilen gehabt.

Eine Weile fuhr ein Zug neben ihr her. Es war die Strecke, die an der Westküste entlang mit Blick auf die Isle of Skye durchs Gebirge nach Kyle of Lochalsh führte. Bestimmt handelte es sich um den Nachtzug von London nach Inverness, der anschließend weiterfuhr nach Westen: Mallaig, Glenfinnan Viaduct, Fort William. Angeblich eine der malerischsten Eisenbahnstrecken der Welt. Sie warf einen Blick auf die Waggons und fragte sich, ob die Fahrgäste, deren Köpfe in den Fenstern zu sehen waren, einen angenehmeren Vormittag erlebten als sie selbst.

Vor ihr kam das Hinweisschild zum Glens Hotel in Sicht, und sie bog auf die lange Zufahrtsstraße ab. Das Gebäude lag ziemlich versteckt in den Bergen etwa fünfundzwanzig Kilometer südöstlich von Gairloch und dem Moorgebiet entfernt, in dem man Roberts Leichnam entdeckt hatte. Der viktorianische Bau tauchte am Ende des Weges auf, grauer Granit, der sich aus dem weißen Nebel schälte.

Die dunklen Fenster schienen drohend auf sie herabzustarren, als Monica den leeren Parkplatz überquerte. Sie warf einen Blick auf ihr Handy. KEIN EMPFANG, stand da. Als sie das Gebäude durch die schwere Doppeltür betrat, lag das Foyer verlassen da, abgesehen von einem alten ausgestopften Bären, der sie aus traurigen Glasaugen anstarrte. Das Tier hatte einige mottenzerfressene Stellen im Gesicht und hielt eine Tatze hoch, als wachte es über die Glastür neben sich. Diese führte offenbar in einen Ballsaal. Dem Anwesen haftete der staubige Geruch vergangener Pracht an. Monica betätigte die Klingel an der Rezeption und hatte das Gefühl, eine Ewigkeit zu warten.

Endlich war hinter der Tür eine Stimme zu hören. Es war also doch jemand auf das Geräusch aufmerksam geworden. Monica folgte der Stimme in den Ballsaal. Am anderen Ende des weitläufigen Raums befand sich eine Bar in Rot- und Goldtönen, dahinter stand ein Mann mit einer Kiste Bier in den Händen.

»Muir Maitland?« Ihre Worte hallten von der hohen Decke wider. Der Mann war bestimmt schon Mitte fünfzig, wenn nicht älter, und hatte ein hochrotes Gesicht – zweifelsohne vom Alkohol, wie Monica sich sagte. Er war sehr schick gekleidet, in grünem Tweedjackett und dazu passender Weste sowie einer rot karierten Krawatte im typischen Schottenmuster.

»Der bin ich. Sie sind von der Polizei? Man hat mich unterrichtet, dass heute jemand vorbeikommen würde.« Er musterte sie von oben bis unten und schien ihre ungewöhnliche Größe mit unverhohlener Neugier zu registrieren.

Monica stellte sich ihm vor und hielt ihm ihren Ausweis hin. Dann holte sie das Foto von Robert Wright aus der Tasche und legte das Bild des lächelnden Jungen vor ihm auf den Tresen. Sie sah zu, wie Muirs Hand an seine Stirn wanderte. Sie war schweißnass, offenbar vom vielen Kistenschleppen.

»Ist das der Junge, den Sie vergangenen Freitag gesehen haben?«, erkundigte sie sich. Ihr Blick wanderte an ihm vorbei auf die endlosen Reihen Whiskyflaschen, die im Licht der Bar hinter ihm golden glänzten. Er griff unter den Tresen und nahm ein schmutzig aussehendes Geschirrtuch zur Hand. Das benutzte er dazu, sich die Schweißperlen von der Stirn zu wischen.

»Genau das ist er. Ich habe ein ausgesprochen gutes Gedächtnis, was Gesichter angeht. Wenn man im Hotelsektor arbeitet, sehen die Gäste es gern, wenn man sich an sie erinnert. Wissen Sie, auch Ihr Gesicht werde ich nie wieder vergessen. Ich werde Sie selbst in fünf Jahren noch erkennen. Aber Sie sind auch nicht allzu schwer zu übersehen, bei Ihrer Größe.« Er stieß ein seltsam verkniffenes Lachen aus.

Monica ging mit keinem Wort auf seine unangebrachte Bemerkung ein. »Wo genau haben Sie ihn gesehen?«

»Es war auf der Straße hoch zum Jagdhaus dieser Amerikaner«, sagte Muir. »Es liegt in einem Seitental ungefähr eineinhalb Kilometer von der Straße entfernt. Ich hatte eine

Lieferung auszufahren, das war spätabends. Der Junge stand mit seinem Fahrrad am Straßenrand. Im Sommer sieht man da oben ständig irgendwelche Leute, Radfahrer, Rucksacktouristen, die per Anhalter unterwegs sind, Wanderer … Aber jetzt ist die Gegend wie ausgestorben. Der Weg zieht sich quer durch die Berge. Bis hinüber in den Westen.«

»Und was genau haben Sie ausgeliefert?«, wollte Monica wissen.

»Tja. Eigentlich habe ich was abgeholt. Manchmal wollen diese Amerikaner … Ich will nicht geschwätzig wirken, aber sie sind reich. Stinkreich. Milliardäre. Manchmal kreuzen sie zu den ungewöhnlichsten Zeiten auf und wollen von uns Essen geliefert haben. Alles nur vom Feinsten. Wildlachs, Single Malt. Sie waren in der vorigen Woche hier, deshalb musste ich die großen Behälter abholen, die wir dort gelassen hatten.«

»Diese Amerikaner, sind sie wieder weg? Oder treffe ich sie noch dort an?«, wollte Monica wissen.

»Sie waren schon fort, als das mit dem Jungen war. Diesmal war es nur ein kurzer Besuch. Sie sind eine Woche lang auf die Jagd gegangen, dann sind sie weitergereist.«

»Wie spät war es, als Sie Robert Wright gesehen haben?«

»Etwa gegen neun. Vielleicht halb zehn. So was um den Dreh?«, sagte Muir leicht verunsichert. Sein hochrotes Gesicht verzog sich, als er nachdenklich die Stirn in Falten legte.

»Und Sie haben ihn direkt an der Straße gesehen?«

»Genau. Er war mit seinem Fahrrad unterwegs. Ganz in der Nähe des Gatters. Wo sich der Weg durch die Berge und die Straße kreuzen. Ich habe ihm zum Gruß kurz zugewinkt, aber er hat nicht reagiert. Hat nur vor sich hingestarrt.«

»Er hat Sie angestarrt?«

»War ein ziemlich böser Blick. Mir war das egal – ich meine, Sie wissen doch, wie Jungs in diesem Alter sind.«

Monica zog sich einen Barhocker heran und nahm darauf Platz. Ihre Füße baumelten nur wenige Fingerbreit über dem Boden. Während sie ihre nächste Frage stellte, ließ sie Muirs Gesicht keine Sekunde aus den Augen. »Wie sind Jungs in dem Alter denn?«

Muir wischte sich erneut mit dem Handrücken über das Gesicht und schien zu überlegen. »Sie wissen schon. Wütend, schlecht gelaunt. Immer im Internet, meistens spielen sie diese Onlinespiele.«

Monica sann kurz über seine Antwort nach. Hatte Robert noch irgendetwas anderes belastet, abgesehen von der Sache mit seiner Mutter? Wollte er eine Fahrradtour machen, um den Kopf freizubekommen? War er nur nach Hause zurückgekehrt, um etwas zu holen und sich dann noch einmal rauszuschleichen?

»Er war allein?«, hakte Monica nach.

»Genau. Gott weiß, warum der sich freiwillig hier herumgetrieben hat, immerhin war es schon stockdunkel. Aber ich schätze, manche Leute haben eben so ihre Sitten. Vor allem hier oben. Finden Sie nicht auch? Ich habe mir nichts dabei gedacht, bis ich gestern Abend die Berichte im Fernsehen sah.«

»Machte er irgendwie den Eindruck, als könnte er sich verirrt haben?«, erkundigte sich Monica.

Muir schüttelte nachdenklich den Kopf. »Nein, nicht, dass mir irgendetwas aufgefallen wäre. Er trug eine Stirnlampe, und auch das Licht an seinem Fahrrad brannte. Das ist mir als Erstes aufgefallen. Er sah eigentlich gut ausgerüstet aus.«

»Und haben Sie da oben an dem Abend sonst noch jemanden gesehen?«

»Nur den Jungen. So spät im Jahr geht es da eher ruhig zu, die Touristensaison ist vorbei.«

Eine korpulente grauhaarige Frau im Putzkittel betrat den Ballsaal und fing an, den Boden zu wischen.

Monica warf ihr einen kurzen Blick zu, ehe sie sich bei Muir für seine Unterstützung bedankte und sich verabschiedete. Sie hatte sich bereits zum Gehen gewandt, als ihr noch eine weitere Frage in den Sinn kam. »Sie haben in letzter Zeit nicht zufällig einen Lieferwagen in der Gegend gesehen? In der vergangenen Woche vielleicht? Einen weißen Lieferwagen? Einen Maestro?«

Muir wiegte langsam den Kopf hin und her. »Mir ist keiner aufgefallen. Hier auf der Hauptstraße sind ständig Fahrzeuge unterwegs, aber ich habe nichts Außergewöhnliches bemerkt.«

»Und der Name Owen MacLennan. Sagt Ihnen der was?«

»Könnte ich nicht behaupten. Betty?«, rief er der Putzfrau zu. »Kennst du einen Owen MacLennan?«

Die Frau richtete sich auf und stützte sich auf ihren Schrubber. »Nicht, dass ich wüsste.«

»Sie könnten Don Cameron fragen«, sagte Muir. Mit einem Mal klang er recht munter.

»Don Cameron?«

»Ja. Don arbeitet manchmal oben bei den Amerikanern. Als Jagdaufseher. Er mäht außerdem den Rasen. Er würde zumindest die Vans der örtlichen Handwerker erkennen.« Muir tupfte sich erneut die schweißnasse Stirn, diesmal mit einem Stofftaschentuch. »Vielleicht hat er den Jungen auch gesehen?«

Betty stieß ein verächtliches Schnauben aus. Gerade

noch bemerkte Monica den bösen Blick, mit dem Muir sie daraufhin bedachte.

»Ist mir da etwas entgangen?«, fragte sie und ließ den Blick zwischen den beiden hin und her schnellen.

»Nein … nur …«, stammelte Muir hilflos.

»Es besteht nur eine gewisse Wahrscheinlichkeit, dass Don Cameron selbst etwas mit diesem Jungen zu tun hatte«, mischte sich die Frau nun ein.

»Das sind doch bloß Gerüchte«, wiegelte Muir ab.

»Tja, meine Mutter hat immer gesagt, die Camerons hätten so einigen Dreck am Stecken. Damals in den Siebzigern und Achtzigern«, ereiferte sich Betty.

»Worum geht es genau?«, hakte Monica nach.

»Ach, das ist alles nur dummes Gerede«, antwortete Muir und kam Betty damit zuvor. Sein Gesicht hatte abermals eine tiefrote Färbung angenommen. »Don ist der harte, schweigsame Kerl. Ein Wildhüter, wie er im Buche steht, wenn Sie verstehen, was ich meine.«

»Du hast es doch selbst gesagt!«, rief Betty mit vorwurfsvollem Ton. Sie wirkte plötzlich aufgebracht. »Du hast selbst behauptet, dass es dich nicht überraschen würde, wenn er dem Jungen etwas angetan hätte.«

»Ich hab das doch nicht so gemeint – es war ein Witz!«, protestierte Muir, allerdings mit deutlich schuldbewusster Miene.

»Ziemlich ernster Vorwurf, um Witze darüber zu reißen. Immerhin ist ein Junge ermordet worden«, meinte Monica. Sie betrachtete die Putzfrau, die betreten den Blick auf den Schrubber in ihrer Hand senkte. Vermutlich wurde ihr jetzt erst richtig bewusst, dass die hochgewachsene Frau vor ihr eine Polizistin war. Dass alles, was sie in ihrem Beisein sagte, ernsthafte Konsequenzen haben konnte.

»Es war doch nicht …« Betty unterbrach sich.

»Die Leute reden einfach gern«, haspelte Muir nun entschuldigend. Unter seinen Achseln zeigten sich dunkle Schweißflecken. »Das darf man alles nicht so ernst nehmen. Es ist nur der übliche Tratsch: ›Warte nur, ich geb Don Cameron Bescheid, der holt dir dein Geld schon zurück.‹ Diese Art von Sprüchen.«

Die typische Denkweise auf dem Land. Man beschuldigte immer den Einzelgänger, den Außenseiter. Monicas Erfahrung nach war es eine ganz natürliche menschliche Reaktion auf schwere Verbrechen wie einen Mord. Und manchmal lagen die Leute damit sogar richtig.

»Denken Sie, ich treffe Don Cameron jetzt oben in der Jagdhütte an?«, fragte sie. Sie ließ den Blick zwischen Betty und Muir hin und her wandern.

Muir nickte, ohne aufzusehen. Sein Gesicht schien immer noch zu glühen. »Schon möglich. Und wenn er da nicht ist, dann auf seinem Hof.«

21

Die Abzweigung zum Jagdhaus mündete in einen schmalen Feldweg, der hinauf in die Berge führte. Er war zu beiden Seiten gesäumt von Bäumen, deren tief herabhängende Äste über das Autodach schabten. Wie geisterhafte Finger tauchten sie aus dem dichten Bergnebel auf, der sich über die Landschaft gesenkt hatte.

Monica stellte das Radio an. Gälisch sprechende Stimmen erfüllten das Wageninnere. Mehrere Minuten lang war der Empfang von wechselnder Qualität, ehe zwei neue Stimmen zu hören waren. Diese sprachen Englisch, unterbrochen von statischem Rauschen.

Die immer wieder jäh abbrechenden Gespräche sorgten dafür, dass sich die Straße noch einsamer anfühlte, als sie ohnehin schon war. Sie schien völlig abgeschottet von der Realität, und für einen kurzen Moment fragte Monica sich, ob sie sich vielleicht verfahren und eine falsche Abzweigung genommen hatte. Doch gerade, als sie umkehren wollte, ließ sie die dichten Nebelschwaden hinter sich, und in der Ferne kam die Jagdhütte in Sicht. Sie lag am oberen Ende eines lang gezogenen Sees, um den sich zu beiden Seiten schiefergraue Steilhänge erhoben. Die Gipfel hoch oben waren bereits mit dem ersten Schnee des Herbstes überzuckert. Das Jagdhaus selbst stammte aus der viktorianischen Zeit und ähnelte dem königlichen

Landsitz Balmoral. Grau zeichnete sich der Bau neben dem Wasser ab.

Sie parkte ihren Wagen am Tor und stieg aus. Sofort spürte sie trotz ihres dicken Mantels die Kälte, die von den Bergen herabkam. Sie versuchte sich Robert auf seinem Fahrrad vorzustellen. Warum ist er allein im Dunkeln hier hochgefahren? Sie holte das Foto des lächelnden Jungen aus der Manteltasche.

Im Geiste sah sie seinen geschundenen Körper wieder vor sich. Die Bissspuren. Die eigenartige Position, in die man ihn gebracht hatte, nach Westen weisend. Ob das irgendetwas zu bedeuten hatte? Der Gedanke jagte ihr einen Schauer über den Rücken. Widerstrebend setzte sie sich in Bewegung und folgte dem ansteigenden Pfad, der vom Haus wegführte.

Vom Kamm des Hügels aus konnte sie hinunterblicken in das nächste Tal. Der dunkle Kiefernwald setzte sich fort, in etwas weiterer Ferne war eine Straße zu sehen, gesäumt von einer Reihe von Häusern, dann am Horizont noch mehr Berge. Langsam dämmerte Monica, dass dort unten Robert Wrights Zuhause sein musste, nur von der Rückseite gesehen. Offenbar teilte sich der Weg irgendwo und führte weiter durch diesen Wald.

War es möglich, dass irgendjemand ihn hier oben gesehen hatte? Und ihm dann nach Hause gefolgt war, um ihm anschließend draußen aufzulauern? Owen MacLennan vielleicht? Oder dieser andere Mann, den Muir erwähnt hatte, dieser Don Cameron? Nicht auszudenken. Doch irgendetwas hatte Robert dazu gebracht, das Haus zu verlassen.

Monica starrte hinunter auf den düsteren Forst. Dort musste der Junge bei stockdunkler Nacht durchgegangen sein. Der Vorschlag, in der kargen Landschaft der Highlands wieder Wölfe und Bären anzusiedeln, die früher hier heimisch gewesen waren, war hier nicht gerade auf viel Gegenliebe gestoßen. Die Furcht vor derartigen Raubtieren schien bei den Einheimischen tief verwurzelt zu sein. Hätte ein Junge im Teenageralter da keine Angst gehabt, so ganz allein? Noch dazu nach Anbruch der Dunkelheit? Was hatte ihn dazu verleitet?

Sie zermarterte sich das Hirn, gelangte aber zu keiner plausiblen Antwort. Roberts Mutter war fort. Sie hatte seine Familie auseinandergerissen, hatte die Grundfesten seines Daseins zerstört. War er deshalb so leicht manipulierbar gewesen, schwach und verletzlich, wie er war? Diese Gedankengänge führten Monica zurück zu der Theorie, dass er seinen Mörder gekannt hatte.

Owen MacLennans Worte von heute Vormittag geisterten ihr durch den Sinn, sie sah sein hasserfülltes, höhnisches Gesicht lebhaft vor sich: Wissen Sie, irgendetwas sagt mir, dass dieser arme Junge nicht der letzte war.

Abermals rieselte ein Schauder durch Monicas Körper, und sie spürte, wie der feuchte Nebel allmählich in ihre Kleider kroch. Sie wandte sich um und ging zurück in Richtung Jagdhütte. Das Gebäude war bereits winterfest gemacht, alles war fest verriegelt und verbarrikadiert, die Läden an den vielen Fenstern waren geschlossen.

An der Rückseite des Hauses befand sich eine geräumige Garage. Die Türen standen auf einer Seite offen. Eine Reihe von Quads und ein fahrbarer Rasenmäher waren darin zu sehen. Ein perfekt geeigneter Ort, um einen Jungen festzuhalten und zu foltern. Sie betrachtete die Umgebung, als handelte es sich um einen Tatort. Allerdings brauchte sie wohl kaum zu erwarten, ein Paar

Raubtierzähne, eine blutige Werkbank oder Kabelbinder und eine Matratze vorzufinden. So einfach wäre es sicher nicht. Da fiel ihr die Theorie wieder ein, die Dr. Dolohov bei der Autopsie aufgestellt hatte: nämlich, dass der Mörder Robert nach seiner Ermordung irgendwohin gebracht hatte, um ihn zu reinigen. Das Haus wäre der ideale Ort für eine solche Aufgabe, hübsch abgeschieden und leer stehend, weil die Besitzer nicht da waren. Hier war weit und breit niemand, der hätte stören können oder dem etwas aufgefallen wäre.

Monica sah sich noch eine Weile um, konnte aber wie erwartet nichts Außergewöhnliches entdecken. Keine Spur von Don Cameron oder sonst jemandem. Sie steckte eine ihrer Visitenkarten neben den Lichtschalter am Hauseingang und fragte sich für einen flüchtigen Moment, ob sie wohl bis zum Frühjahr dort klemmen würde. Dann machte sie kehrt und ging zurück zum Auto.

Gerade als sie einsteigen wollte, klingelte ihr Handy. Offenbar hatte sie wieder Empfang.

»DI Kennedy? Hier spricht Detective Superintendent Hately.«

»Ich brauche zusätzliche Einsatzkräfte für die Überwachung von Owen MacLennan«, forderte Monica ohne Zögern, bevor Hately noch auf die Idee kam, sie ihr abzusprechen. »Ich habe vorerst DC Fisher für diese Aufgabe abgestellt, benötige aber weitere Unterstützung. Zumindest so lange, bis wir einen Durchsuchungsbefehl bekommen. Wir müssen uns so schnell wie möglich seine Wohnung und seinen Wagen ansehen.«

Am anderen Ende der Leitung blieb es still. Als hätte ihr Chef nicht ganz verstanden, was sie von ihm wollte.

»Deshalb rufe ich nicht an«, sagte er schließlich. »Soeben

wurde ein zweiter Leichenfund gemeldet. Der Tote ist auf genau die gleiche Weise arrangiert wie Robert Wright.«

Monica starrte in Richtung Wald. Auf die feinen Nebelschwaden, die zwischen den Baumwipfeln hingen. Selbstverständlich, es ergab absolut Sinn. Anstatt etwas zu sagen, seufzte sie nur schwer. Weil sie es im Grunde nicht anders erwartet hatte.

22

Michael parkte vor der Einfahrt zum Schulgelände und steckte sich eine Zigarette an, ehe er den leeren, zubetonierten Pausenhof zum vierstöckigen Hauptgebäude überquerte. Es hatte Fenster zu drei Seiten hin.

Eine sonderbare, kindliche Furcht machte sich in ihm bemerkbar, und ihm gingen gleich mehrere Szenen aus seiner eigenen Schulzeit durch den Kopf: Kinder, denen man das Leben zur Hölle machte, das Mobbing und die Grausamkeiten – all diese alltäglichen Schrecken. Ihm selbst war das Schlimmste zum Glück erspart geblieben. Die nicht mehr zeitgemäße Philosophie seines Vaters, dass man stets Härte zeigen müsse, hatte dafür gesorgt, dass die anderen Jungen ihn größtenteils gemieden hatten. Außerdem war mit dir tatsächlich nicht zu spaßen, nicht wahr? Nicht nach allem, was mit deinem Bruder gewesen war. Michael nahm einen tiefen Zug von seiner Zigarette, bis der Rauch in seiner Lunge brannte und die Erinnerungen wegsengte.

Er zuckte zusammen, als er das entfernt vertraute Geräusch der Schulglocke hörte, die das Ende des Unterrichts und des Schultages ankündigte. Es hallte von den roten Backsteinwänden wider, und schon im nächsten Moment strömten Massen von Schülern aus dem Gebäude und rannten über den Pausenhof, einige in Gruppen, andere allein, die Köpfe gegen die eisige Kälte des späten Nachmittags gesenkt. Jeder war in seiner eigenen kleinen Welt gefangen. Und schrieb an seiner eigenen Geschichte. So leicht verwundbar, so leicht zu zerstören.

Michael zog erneut an der Zigarette. Am Eingang zum Schulgebäude stellte er fest, dass kein Aschenbecher davorstand. Er tat einen letzten heldenhaften Zug, dann trat er die Kippe aus und ließ sie in seiner Jackentasche verschwinden. Als er sich wieder umdrehte, stand die Glastür bereits offen.

»Michael Bach.« Es war eine Feststellung, keine Frage.

Der Mann, der im dunklen Foyer wartete, war jünger, als Michael erwartet hatte. Er hatte dunkle Haare mit einem ordentlichen Seitenscheitel und trug einen schwarzen Rektorenumhang über dem grauen Anzug.

»Mr. Ward? Danke, dass Sie sich die Zeit für mich nehmen konnten.«

Der Mann musste irgendetwas aus Michaels Miene herausgelesen haben, denn jetzt lächelte er. »Sehen Sie das hier?« Er zupfte am Revers seines Umhangs. »Die von der Schulbehörde sind der Ansicht, ich müsste den tragen, um den Kindern mit ihren Schuluniformen ein Vorbild zu sein. Sieht ein bisschen wie ein Karnevalskostüm aus, finden Sie nicht auch? Ich bin mir sicher, einige der Erstklässler halten mich für einen Zauberer oder dergleichen.«

Michael ertappte sich dabei, wie er das Lächeln zaghaft erwiderte. »Oh, entschuldigen Sie, das ist es nicht. Ich hatte Sie mir nur etwas älter vorgestellt.«

»Verstehe. Ich fühle mich um Jahre älter, wenn Ihnen das hilft?« Wieder lächelte Ward.

Michael folgte ihm den Flur entlang in sein Büro. Überall an den Wänden hingen Poster mit irgendwelchen vermeintlich witzigen Schulsprüchen. WIR LIEBEN MATHE-

MATIK. ENGLISCH ROCKT. Wards Schreibtisch war aus schwerem dunklem Holz, genau wie die beiden Stühle. In einer Ecke stand ein großer Metallschrank.

»Nichol ist ein kluger Junge. Ich selbst kenne ihn nicht sonderlich gut. Leider habe ich nicht die Möglichkeit, sämtliche meiner Schüler näher kennenzulernen, weil dies hier eine der größten Schulen der Highlands ist. Aber immerhin kann ich dem Namen ein Gesicht zuordnen. Als er jünger war, hatte er einige Probleme, aber in letzter Zeit hat er sich gemacht. Er ist sehr an Computern interessiert, wenn ich mich recht erinnere?«

»Ganz genau«, bestätigte Michael. Noch während er diese Worte sagte, musste er wieder an den Laptop denken: Wie hatte Nichol sich den leisten können? »Er hat in den Prüfungen recht gut abgeschnitten. Will sogar Informatik studieren.«

Mr. Ward nickte. »Nach unserem Telefonat vorhin habe ich mir einen Überblick verschafft, aber ich wollte es von Ihnen persönlich hören.« Er nahm auf der anderen Seite des Schreibtischs Platz. Sein Lächeln war einem ernsten, autoritären Ausdruck gewichen. Ohne eine gewisse Strenge kommt man als Lehrer vermutlich nicht durch, dachte Michael.

»Die Beschreibung des Opfers passte haargenau auf Nichol. Der Junge wurde drüben in Gairloch ermordet. Sie haben vermutlich davon gehört. Man hat mich gebeten, ihn zu identifizieren.«

»Ich habe davon gelesen, selbstverständlich. Das war ein großes Ereignis in den örtlichen Medien. Ich glaube, der Fall wurde sogar in den landesweiten Nachrichten erwähnt.« Ward legte bedächtig die Fingerkuppen aneinander und nahm dann den Faden wieder auf. »Man sagt, der

Junge sei in einem grauenvollen Zustand gewesen. Es war sicher nicht leicht für Sie, mit ansehen zu müssen, was man ihm angetan hatte.«

Michael erinnerte sich an den schrecklich zugerichteten Leichnam auf diesem kalten Seziertisch. An den wandelnden Geist des Jungen und wie er nachts bei ihm draußen vor der Schlafzimmertür gestanden hatte. Er glaubte sich klar und deutlich an die Worte aus seinem Traum zu erinnern. Der Junge hatte sie vor sich hin gemurmelt, während sich sein Kopf um hundertachtzig Grad nach hinten gedreht hatte. Weiter, als ein Kopf sich drehen sollte. Mit starrem Blick hatte er geflüstert: Du siehst, was er uns antut, sobald er uns alleine in die Finger kriegt.

Diese Erinnerung ließ ihn schaudern, bis er Wards forschenden Blick auf sich spürte. »Wie dem auch sei«, sagte Michael schließlich, »für die Polizei scheint die Suche nach Nichol keineswegs oberste Priorität zu haben. Das hier habe ich gefunden.« Er kramte nach dem Ausdruck des Fotos und überreichte ihn Ward. »Ich habe Grund zu der Annahme, dass der Name des abgebildeten Mädchens Melissa lautet. Ist sie vielleicht eine Ihrer Schülerinnen?«

Ward nahm das Foto entgegen und betrachtete es eingehend. »Haben Sie auch einen Nachnamen für mich?«

Michael schüttelte bedauernd den Kopf. »Leider nein. Ich bin mir noch nicht einmal sicher, ob ihr Vorname wirklich Melissa ist.«

»Ich kenne das Mädchen nicht«, sagte Ward. Er legte den Kopf schief und starrte noch eine Weile auf den Ausdruck. Nach einer Weile wandte er sich seinem Computer zu und tippte etwas ein. »Nach Nichols Verschwinden habe ich mich persönlich mit allen seinen Klassenkameraden unterhalten. Und die Polizei natürlich auch, nachdem Sie ihn offiziell als vermisst gemeldet hatten. Ich behalte meine Schäfchen gut im Auge, wenn derartige Situationen auftreten, in die Schüler oder ehemalige Schüler involviert sind.«

»Und, sind Sie auf irgendwas Interessantes gestoßen?«, fragte Michael.

»Nun«, gab Ward zurück, während er beide Hände flach neben die Tastatur legte. Dann hielt er inne und lächelte wieder. Offenbar gefiel es ihm, das Tempo ihrer Unterhaltung vorzugeben. »Wenn mir etwas aufgefallen wäre, hätte ich es an die Polizei weitergegeben. Und ans Sozialamt, falls nötig.«

Michael nickte. Der offizielle Dienstweg. »Sicher. Gab es …« Michael überlegte, wie er die Frage am besten formulieren sollte, beschloss dann aber, es ganz unumwunden auszusprechen. »Gab es irgendjemanden, mit dem Nichol mehr Zeit als üblich verbracht hätte? Jemanden, der ihn vielleicht mit Geschenken bestochen haben könnte, um ihn sich gefügig zu machen, oder …«

»Ihn sich gefügig machen?« Ward klang entsetzt von dieser Vorstellung.

»Nichol besaß einen sehr teuren Laptop. Ich kann mir beim besten Willen nicht erklären, wie er sich den leisten konnte. Deshalb dachte ich, dass da vielleicht irgendetwas im Argen liegen könnte. Möglicherweise hat ihn jemand unter Druck gesetzt?«

Ward runzelte schockiert die Stirn. »Wir nehmen die Sicherheit unserer Schüler sehr ernst. Jeder, der etwas mit der Schule zu tun hat, wird sorgfältig überprüft.« Michael wurde bewusst, dass Ward sich damit selbst aus der Verantwortung nehmen wollte. Offenbar hatte er Angst, Michael als Sozialarbeiter könnte auf der Suche nach einem Schuldigen auf ihn kommen.

»Ich wollte damit nicht andeuten, dass es jemand von Ihrem Personal sein könnte«, sagte Michael erklärend. »Vielleicht gab es jemanden, den Nichol seinen Mitschülern gegenüber erwähnt hat? Ich dachte mir, das Mädchen auf dem Foto könnte vielleicht etwas wissen. Keine Ahnung …« Er verstummte.

»Sie wissen schon über Nichols Familie Bescheid, oder?«, fragte Ward, der sich nun über den Schreibtisch zu ihm vorbeugte.

»Was genau meinen Sie?« Michael gefiel Wards verschwörerischer Ton ganz und gar nicht.

»Sie kennen seine Familie. Er ist ein Bartle. Die stammen aus Rapinch. Sie müssen doch im Rahmen Ihres Jobs von ihnen gehört haben? Sie sind berüchtigt. Drogen. Gewalt. Kriminalität. Leider wird fast wöchentlich einer von ihnen im Rahmen einer Gerichtsverhandlung namentlich erwähnt.«

»Natürlich weiß ich über die Bartles Bescheid – wer kennt sie nicht? Das bedeutet aber noch lange nicht, dass Nichol ebenfalls kriminell ist.« Michaels Stimme klang schroffer als beabsichtigt. Fast als wäre er selbst wieder ein Schuljunge, der sich verteidigen musste. »Tut mir leid. Ich wollte nicht unhöflich sein. Nichol wurde wegen seiner Familie leider sehr oft gehänselt …«

»Nein, schon gut. Ich wollte damit auch nicht andeuten, dass Nichol charakterlich nicht unbescholten wäre. Nur, dass er kein stabiles familiäres Umfeld genossen hat. Und dass es leider auch andere Wege gibt, an derart kostspielige Dinge heranzukommen, ohne sie zu kaufen.« Mit seinem gönnerhaften Ton gelang es Ward, Michael als den naiven, wohlwollenden Sozialarbeiter dastehen zu lassen.

Ehe Michael etwas entgegnen konnte, hatte Ward sich

wieder seinem Computer zugewandt. Er öffnete eine Tabelle. »Ich kann keine Melissa in irgendeiner von Nichols Klassen finden. Auch nicht in den Jahrgängen darüber oder darunter. Den Namen hört man heutzutage nicht mehr allzu häufig. Möglicherweise geht das Mädchen auf eine andere Schule.« Ward warf noch einen letzten prüfenden Blick auf das Foto. »Sie sehen sehr glücklich aus zusammen, finden Sie nicht?«

Michael sah sich das Bild selbst noch einmal an. Die strahlenden Gesichter, als hätten sie eine glänzende Zukunft vor sich.

»Einer der tragischsten Aspekte an meinem Job ist es, derartiges Potenzial verschwendet zu sehen. Tag für Tag. Woche für Woche. Junge Leute, denen die Welt offensteht. Denen es nur leider an der entsprechenden Vision fehlt. Die keine Vorstellung haben, was sie alles sein könnten.« Ward klickte auf dem Bildschirm herum und wandte sich wieder Michael zu. »Vielleicht geht es Ihnen da ähnlich? Machen Sie in Ihrem Beruf nicht vergleichbare Erfahrungen? Immerhin sind sich unsere Jobs nicht ganz unähnlich. Wir sorgen uns um diese jungen Menschen, versuchen ihnen Hilfestellung zu geben. Manchmal müssen wir sie vor sich selbst schützen. Oder ihnen zeigen, was sie besser machen könnten.«

»Ich schätze, da haben Sie recht«, gab Michael zu. »Auch wenn eine Menge meiner Klienten erst mal damit zu kämpfen hat, den Kopf gerade so über Wasser zu halten. Mein Job kann sehr …«

»… einsam sein?«

»Ich wollte sagen ›schwer‹. Aber ja, ich schätze, er macht mitunter auch einsam. Wenn man versucht zu helfen, obwohl die Leute keine Hilfe wollen. Viele sind nun mal der

Ansicht, dass sie sie gar nicht nötig haben. Und empfinden Hilfe als Einmischung.« Michael hob den Kopf und fing Wards Blick ein. Erst da wurde ihm bewusst, dass er weit offener gesprochen hatte als beabsichtigt.

Ward nickte verständnisvoll und sah erneut auf seinen Monitor, ehe er über Michaels Schulter blickte. Er schien über irgendetwas nachzudenken und letztlich zu einem Schluss zu kommen. »Hören Sie. Kann ich dieses Foto behalten? Dann frage ich bei den Kollegen an anderen Schulen nach. Wir müssen bei solchen Vorfällen besondere Vorsicht walten lassen. Müssen auf die Empfindungen der Schüler und ihrer Eltern Rücksicht nehmen, Sie verstehen? Aber ich würde Ihnen gerne helfen. Vielleicht liefert uns dieses Mädchen einen Hinweis darauf, wo Nichol abgeblieben sein könnte. Dürfte ich wohl Ihre Kontaktdaten haben?«

Nickend fischte Michael eine Visitenkarte heraus, erfreut, dass Ward sich bereit erklärt hatte, ihn zu unterstützen. Denn eigentlich hatte er während ihres Gesprächs das Gefühl gehabt, er würde sich dagegen sträuben. Dankbar schob er ihm die Karte über den Tisch zu.

»Überlassen Sie das mir. Ich kann Ihnen nichts versprechen, aber ich werde sehen, was ich tun kann. Ich werde noch einmal mit Nichols Lehrern reden und sehen, ob ich ihrem Gedächtnis nicht ein wenig auf die Sprünge helfen kann.«

23

Von dem steilen Anstieg völlig außer Atem, erreichte Monica den höchsten Punkt des schmalen Fußpfades. Sie stemmte die Hände in die Hüften und starrte an Crawford vorbei zu der Stelle, wo der Leichnam nun deutlich zu erkennen war.

Er bot ein seltsam schönes Bild im seichten Gewässer des Gebirgssees. Vornübergebeugt wie zum Gebet lag er da, genau wie Roberts Leichnam, unweit einer steilen Felswand, die den Abschluss eines riesigen Bergkessels bildete. Der war geformt wie ein römisches Amphitheater, offenbar die Hinterlassenschaft eines eiszeitlichen Gletschers. Der Ort lag ziemlich entlegen an der Rückseite des Beinn Eighe in Torridon. Unbewegt lag das Wasser vor ihnen und spiegelte den Toten perfekt wider. Weiße Haut vor weißem Hintergrund und dazu rote Male. Das Bergmassiv dahinter ragte steil aus dem Wasser empor, an eine Felsenfestung erinnernd, darüber das unendliche Grau des Himmels.

»Scheiße, das kann doch nicht wahr sein«, flüsterte Crawford kaum hörbar vor sich hin. »Wer schleppt denn einen Leichnam bis hier rauf?«

Monica fing seinen Blick ein. Die ersten Schneeflocken waren auf seinen roten Haaren gelandet. In der eisigen Bergluft stieg sein Atem in weißen Wölkchen auf.

»Warum schleppt jemand einen Leichnam bis hier rauf?«, meinte Crawford.

Monica zuckte mit der Schulter. Für sie schien es keinen Zweifel zu geben. Nach der Sache mit Robert und wie er ihn arrangiert hatte, wollte der Mörder noch einen Schritt weitergehen, eine Steigerung sozusagen. Um das Ganze ein wenig interessanter und aufregender zu gestalten. Dies brachte sie zu der Frage, was die Tatsache, dass ihr die Beweggründe des Täters so problemlos einleuchteten, über ihr eigenes verqueres Denken aussagte.

Das zu beantworten spare ich mir lieber für einen anderen Tag auf. Einen Tag, der vermutlich niemals kommen wird, dachte sie, während sie einen Schritt näher trat und dann an dem Leichnam vorbei auf die weite, vom Gletscher gebildete Landschaft hinter ihnen blickte. Ein Labyrinth aus flachen Felsen, Mooren und stellenweise stehenden Gewässern. Weiter hinten dann das Meer. Die Halbinsel, auf der Robert Wrights Leichnam abgelegt worden war, war trotz der aufziehenden Wolken, die sich in der Ferne zusammenballten, gerade noch auszumachen.

»Wieder ein Junge? Wie beim letzten Mal?«, fragte Crawford, in einem Ton, als erhoffte er sich irgendwie Trost von ihr.

»Sieht ganz so aus. Aber es wird noch eine Weile dauern, bis wir ihn fortschaffen können«, sagte Monica. Sie starrte auf den bleichen Körper. Natürlich ist es ein Junge, dachte sie. Das ist genau sein Ding. Weshalb sollte sich daran etwas ändern?

Sie drehte sich um und sah zu der Stelle, wo Gemma Gunn und der Rest der Spurensicherung von der Bergrettung abgesetzt worden waren. Sie waren mit Quad-Bikes gekommen und gerade dabei, in ihre weißen Schutzanzüge zu wechseln. Tatsächlich würden sie sich mit ihrer Arbeit beeilen müssen, weil es schon bald dunkel werden würde. Monica glaubte bereits zu spüren, wie sich das Wetter schleichend veränderte. Vereinzelte Schneeflocken wirbelten auf die Felsen herab: Vorboten eines Sturms, der schon bald vom Nordatlantik heranpeitschen und über diese extrem exponierte Stelle hinwegfegen würde.

Monica drehte sich wieder zu dem Leichnam um. Er wirkte wie eine Skulptur, wie von Wasser umspülter Marmor. Jetzt musste sie an das denken, was Hately vorhin am Telefon zu ihr gesagt hatte: »Drei Männer, die einen der Wege ausbessern sollten, haben ihn gefunden. Seit zwei Wochen sind sie jeden Tag da oben. Sie sagen, er war definitiv noch nicht da, als sie gestern Abend nach Hause gegangen sind. Im ersten Moment dachten sie sogar, es handle sich um eine Testpuppe der Bergrettung, bis sie näher kamen und« – er hatte eine kurze Pause gemacht, offenbar bemüht, die richtigen Worte zu finden – »die Male sahen.«

Monica fixierte die Leiche vom Ufer aus. Nach einem kurzen Moment trat sie unwillkürlich einen Schritt vor ins seichte Gewässer, um sie sich näher anzusehen. Das eiskalte Wasser des Gebirgssees drang in ihre Stiefel ein, während sie zu dem Toten hinüberstapfte.

Als sie vor ihm stand, beugte sie sich zu ihm hinunter und achtete sorgsam darauf, keine möglichen Beweise zu zerstören. Es war eindeutig ein Junge. Er war schlank und hatte kurze dunkle Haare. Es gab Bisswunden an seinem Rücken und diesmal auch am Hals. Das würde den Unsinn, den die Presse verbreitete, zweifelsohne nur noch weiter anfeuern, von wegen, ein mysteriöses wildes Tier sei dafür verantwortlich. Für Monica allerdings bestand kein Zweifel daran, dass der Mörder ein Mensch war, ein Mann, der erheblichen Spaß am Töten hatte. Der es genoss, seine Grenzen auszuloten und mit jedem Mal noch ein Stückchen weiterzugehen.

Sie ließ sich in die Hocke nieder und merkte gar nicht, dass der Saum ihres Mantels dabei ins Wasser eintauchte. Nachdenklich starrte sie in das Gesicht des toten Jungen. Es lag leicht verzerrt auf der Seite, der Mund geöffnet, als wollte er von dem eisigen Wasser trinken. Sie sah den samtigen Flaum an seiner Wange.

Eines seiner toten Augen starrte hinaus in die Unendlichkeit. Irgendwie glaubte Monica darin immer noch die letzten qualvollen Momente zu erkennen. Sie widersetzte sich dem allzu menschlichen Drang, die Hand auszustrecken und ihm behutsam die Lider zu schließen.

Der Mann, der dem armen Jungen das angetan hatte, hatte offenbar beschlossen, seine Augen geöffnet zu lassen – ein scheinbar unbedeutendes Detail, das Monica sehr viel über den Mörder verriet.

Sie starrte in das eine sichtbare Auge des Jungen. Tja, jetzt ist es vorbei. Zumindest für dich. Und wie für uns alle früher oder später, dachte Monica. Sie richtete sich wieder auf und spürte, wie eng ihre Stiefel sich plötzlich anfühlten. Im nassen Zustand, vollgelaufen mit eiskaltem Wasser, waren sie noch unbequemer als ohnehin schon.

Spritzend stapfte sie rüber zu Crawford, der sie vom Ufer aus beobachtete. Mühsam stieg sie aus dem See. Sie für ihren Teil glaubte nicht, dass es sich bei der Leiche um Nichol Morgan handelte, und falls er es doch war, sah er nicht so aus wie auf dem Foto aus seiner Vermisstenakte.

»Womit haben wir es hier zu tun? Glauben Sie, es ist ein Serienmörder?«, wollte Crawford wissen.

Tja, was glauben Sie?, ging es Monica durch den Kopf.

Zwei tote Jungen, die fünfzehn Kilometer voneinander entfernt in einem derart kurzen Zeitraum in der gleichen Position aufgefunden werden, wie soll das ein Zufall sein? »Es ist eindeutig derselbe Mörder«, sagte sie schließlich. »Um ihn offiziell als Serienmörder bezeichnen zu können, brauchen wir allerdings noch eine dritte Leiche.«

Crawford ging nicht auf ihre letzte Bemerkung ein. Er richtete den Blick auf den See hinter ihr. »Warum ausgerechnet hier? Es muss Stunden gedauert haben, ihn hier heraufzuschleppen. Wie hat er das geschafft?« Crawford deutete mit einer weit ausholenden Geste auf die endlose Felslandschaft unter ihnen. Darüber zeigten sich jetzt vereinzelte tief hängende Wolken, die den nahenden Sturm ankündigten.

»Sein Leichnam weist in Richtung Horizont. Vielleicht zu den aufgehenden Sternen«, überlegte Monica laut, als ihr der nächtliche Himmel und die Sterne über dem ersten Fundort wieder einfielen. »Genau wie bei Robert. Ich glaube, das könnte von Bedeutung sein.«

»Warum?«, wollte Crawford wissen. Zitternd zog er den Reißverschluss seiner orangefarbenen Gore-Tex-Jacke bis obenhin zu. Der ohnehin schon eisige Wind hatte aufgefrischt, der Sturm braute sich mehr und mehr zusammen.

Monica schlug den Kragen ihres dicken Mantels hoch und zog sich den Stoff enger um die Hüften. Langsam schüttelte sie den Kopf.

»Ich weiß es nicht.« Sie dachte daran, welch seltsame Wege das Denken auf der inneren Landkarte eines Menschen bisweilen zurücklegte, die einsamen Nebenwege des Irrsinns, die das menschliche Hirn bisweilen beschritt. »Vielleicht weiß er es selbst nicht.«

»MacLennan hat uns prophezeit, dass es eine weitere Leiche geben würde. Dass noch ein Junge getötet werden würde. Er muss etwas wissen. Spätestens jetzt sollten wir ihn zum Verhör vorladen, finden Sie nicht?«, fragte Crawford. Die kleinen Wölkchen in der eisigen Luft, die seine Worte hinterließen, machten sichtbar, wie aufgebracht er war.

»Er hat es angedeutet«, gab Monica zu. Wieder starrte sie auf den toten Jungen. »Wir müssen MacLennan auf jeden Fall im Auge behalten. Aber wir brauchen konkrete Hinweise, auf die wir unseren Fall stützen können. Sie haben doch selbst miterlebt, wie er sich in seiner Wohnung aufgeführt hat. Er hätte bestimmt seine helle Freude daran, wenn wir ihn ins Revier vorladen würden, ohne etwas Handfestes gegen ihn parat zu haben.«

Das Funkgerät in Crawfords Hand gab ein Knistern von sich. Er entfernte sich ein Stück von ihr, um das Gespräch entgegenzunehmen. Währenddessen sah sie dem Team der Spurensicherung zu, das sich um den Leichnam scharte. In ihren weißen Schutzanzügen und den Gummistiefeln sahen sie aus wie die Mitglieder einer heidnischen Sekte, die sich im dunklen Wasser um ein Opfer versammelten. Weiter draußen auf dem See bildete sich weiße Gischt, während der Sturm das Wasser immer weiter aufpeitschte. Es würde nicht mehr lange dauern, bis der Orkan richtig losgehen würde.

Sie spürte Crawfords Hand an ihrem Ellbogen. Leise sagte er: »Das war Hately. Wir haben mögliche Hinweise auf die Identität des Opfers.«

»Wie lautet der Name?«

»Eine Frau namens Lisa MacKay hat sich gemeldet. Ihr Sohn Paul ist siebzehn. Sie selbst macht gerade Urlaub in Frankreich. Paul war allein zu Hause. Sie versucht schon seit gestern Abend vergeblich, ihn zu erreichen.«

24

Michael parkte den Land Rover auf der Straße vor seiner Wohnung in Inverness. Sein Telefon hatte bereits zehnmal geläutet, ehe er es zwischen den Unmengen von Unterlagen in seiner Tasche fand.

»Das Internet ist wieder ausgefallen. Sie sagten doch, ich solle anrufen, wenn die Störung länger als drei Stunden dauert. Eigentlich hatte ich Sie heute Morgen erwartet!« Bei Michael meldete sich schlagartig sein schlechtes Gewissen, als ihm bewusst wurde, dass Henry dran war, einer seiner Klienten. Den hätte er tatsächlich heute Morgen besuchen sollen. Henry legte sehr viel Wert auf Routine.

»Tut mir leid, Henry, mir ist etwas sehr Wichtiges dazwischengekommen. Das konnte ich nicht aufschieben«, sagte Michael entschuldigend. Er hasste seinen eigenen unterwürfigen Tonfall.

»Ja, schon gut. Aber das Internet ist ausgefallen! Denken Sie, irgendjemand hat es auf mich abgesehen? Vielleicht wieder die Regierung?« Vor einigen Jahren hatten die amerikanischen Behörden tatsächlich versucht, Henrys Auslieferung zu erwirken, weil er sich in die Datenbank des FBI gehackt hatte.

»Ich bin mir sicher, dass das nicht der Fall ist, Henry. Du hast dir doch nichts zuschulden kommen lassen. Das ist alles Vergangenheit.« Michael fand seine Schlüssel und klopfte die Taschen nach seinen Zigaretten ab. Während der von Westen herannahende Sturm die ersten Ausläufer der Stadt erreichte, spürte er vereinzelt Regentropfen im Gesicht. Sie waren eisig, mehr Schnee als Regen.

Henry meldete sich wieder, diesmal noch aufgebrachter: »Aber das letzte Mal lief das genauso. Ich glaube schon, dass die wieder dahinterstecken!«

»Hast du es schon bei deinem Internetanbieter versucht?« Michael kannte die Antwort ohnehin. Henry hasste es, mit Fremden zu reden. Er steckte sich eine Zigarette an und fuhr sich mit dem Handrücken über die Stirn. »Hör zu, Henry. Ich komme heute Abend vorbei, ja? Aber ruf mich an, sobald das Internet wieder funktioniert, okay?«

Damit stieß Michael die Tür zu seiner Wohnung auf, aus der ihm der Geruch nach leeren Zimmern und schlimmen Erinnerungen entgegenschlug. Er hatte das Apartment vor fünf Jahren gekauft, als er mit Alice, seiner Ex, von Edinburgh hierher in den Norden gezogen war. Die Beziehung hatte den zweiten Winter in den Highlands leider nicht überstanden.

Er zog an seiner Zigarette und sah sich im kargen Wohnzimmer um. Im trüben Licht des Herbstabends machte es einen noch viel trostloseren Eindruck. Alles wirkte einen Tick schäbiger und deprimierender. Die verblichene Wandfarbe, die sie damals gemeinsam ausgesucht hatten. Michael musste unwillkürlich an die erste Nacht denken, die sie hier verbracht hatten. Sie hatten auf dem Teppich gesessen und darauf gewartet, dass die Möbel endlich geliefert wurden. Sie hatten chinesisches Fast Food aus kleinen Pappschachteln gegessen, das sie sich im Schnellimbiss geholt hatten. Was hatte seine Großmutter immer gesagt: Wenn Wände sprechen könnten … Woran würden sie sich wohl erinnern?, fragte sich Michael. An Lachen und Zukunftspläne? Vermutlich würden sie vielmehr die Streitereien im Gedächtnis behalten, die harten Worte, die zwischen ihnen gefallen waren.

Du bist nie ganz da, Michael. Du hast gesagt, hier oben würde alles besser werden … Wenn du nicht gerade arbeitest, bist du in Gedanken trotzdem woanders. Du kümmerst dich um rein gar nichts. Setzt dich nicht mit den Sachen auseinander, die in deiner Kindheit passiert sind. Ich finde, du solltest mit jemandem reden. Weil ich nämlich glaube, dass du dringend Hilfe brauchst.

Warum haust du dann nicht einfach ab? Wenn es so schlimm mit mir ist, dann geh doch einfach!

Letzten Endes war Alice dann wirklich gegangen, genau wie er es vorgeschlagen hatte. Von da an hatte er bis zum Tod seines Vaters allein in der Wohnung gewohnt. Eigentlich war sein Plan gewesen, sie zu verkaufen und in den Hof seines Dads zu ziehen, denn schließlich konnte er sich auf lange Sicht keine zwei Immobilien leisten. Doch auch nach sechs Monaten hatte er es immer noch nicht geschafft, die Wohnung auf den Markt zu bringen.

Er warf seine feuchte Jacke auf den Küchentisch, das einzige Möbelstück abgesehen von der Matratze im Schlafzimmer. Die Milch im Kühlschrank war sauer geworden, deshalb trank Michael seinen Instantkaffee schwarz und trat hinaus auf den kleinen Balkon. Der Himmel war immer noch grau und düster. Alles wirkte schmutzig und irgendwie mittelalterlich. Mittelalterlich wie die Tatsache, dass ein Junge zu Tode gefoltert worden war und ein weiterer Junge vermisst wurde.

Er ging wieder nach drinnen und stellte das Radio gerade rechtzeitig an, um den Beginn der Lokalnachrichten auf BBC Scotland mitzubekommen. Mit einer neuen Zigarette in der Hand sah er zu, wie in der Stadt unten nach und nach die Lichter angingen. Die Laternen auf der fernen Kessock Bridge zeichneten sich mit ihrem roten Flackern deutlich vor dem Himmel ab. Nur am Rande achtete er auf die Stimme des Nachrichtensprechers, bis folgende Worte zu ihm durchdrangen: »Die Polizei will noch nicht bestätigen, dass es sich bei dem Toten, dem Vernehmen nach ein Teenager namens Paul MacKay, um das Opfer eines Mordes handelt. Die Entdeckung des Leichnams am frühen Vormittag sorgt allgemein für große Beunruhigung, da dies innerhalb von so kurzer Zeit bereits der zweite Todesfall ist, noch dazu von den Umständen her ganz ähnlich wie der erste.«

Entsetzt starrte Michael das Radio an. Er traute seinen Ohren kaum. Wenn es sich wirklich um einen zweiten toten Jungen handelte, dann war die Tragweite immens; denn dann könnte da draußen ein Serienkiller frei herumlaufen, und er wäre persönlich in den Fall verwickelt. Mit zitternder Hand griff er nach dem Handy und las sich durch, was im Internet über den Fall berichtet wurde. Immer wieder aktualisierte er den Browser, falls irgendwelche neuen Entwicklungen bekannt wurden. Als er alles gelesen hatte, warf er das Telefon auf den Tisch und steckte sich die nächste Zigarette an. Das bedeutete also, dass Nichol womöglich tatsächlich tot und nur noch nicht gefunden worden war.

Als sein Handy summte und das Eintreffen einer neuen Nachricht vermeldete, zuckte er erschrocken zusammen. Mit einem Mal war er ängstlich und nervös. Er drückte die Zigarette aus und nahm das Telefon zur Hand. Insgeheim hoffte er, Henry hätte geschrieben, um ihm mitzuteilen, dass sein Internet wieder funktionierte.

Doch leider kam die Nachricht von einer Nummer, die Michael nicht kannte. Hab Sie heute an der Schule gesehen. Ich kenne Nichol. Treffen Sie mich in dreißig Minuten unter der Brücke nach Rapinch.

Michael stierte durch das geöffnete Fenster in die Nacht hinaus, blickte auf die leere Straße und die Lichter in den umliegenden Fenstern. Plötzlich nahm eine paranoide Vorstellung in seinem Gehirn Gestalt an: Jemand könnte dich beobachten. Er könnte mit dir spielen. Versucht er, dich in eine Falle zu locken? Damit er dich allein erwischt? Das kann kein Zufall sein – dass die Nachricht kurz nach diesen Nachrichten im Radio kommt.

Er stieß ein gezwungenes Lachen aus und versuchte, diese absurden Gedanken zu verdrängen. »Herrje, du klingst ja wie einer deiner Klienten«, sagte er laut vor sich hin.

Abermals las er die Nachricht durch. Er rief die Nummer an, wurde aber direkt auf die Mailbox weitergeleitet. Angestrengt starrte er aufs Display und überlegte krampfhaft, was er tun sollte. Die Antwort schien ihm offensichtlich: Er musste die Polizei verständigen. Dort draußen lief ein Mörder frei herum. Nervös zündete er sich die nächste Zigarette an. Lauschte dem Regen, der gegen die Scheiben trommelte, und auf die Geräusche des abendlichen Verkehrs in Richtung Innenstadt.

Du hältst das wirklich für eine Option? Darauf zu warten, dass die Polizei etwas unternimmt?, meldete sich eine schneidende Stimme in Michaels Hinterkopf. Gerade jetzt, wo sie eine neue Leiche, aber noch keinen Schuldigen haben. Willst du, dass sie sich ganz auf dich konzentrieren? Entweder du gehst da hin, oder du lässt Nichol wieder mal hängen. Deine Entscheidung.

25

Die Unterführung wirkte gespenstisch. Kalt und abweisend wie eine Krypta mit ihren Betonpfeilern und dem Metallgeländer, das sich mit seinen grellweißen Lichtern gegen die nächtliche Dunkelheit abzeichnete. In einiger Entfernung eilte ein Mann in Jogginganzug mit hochgezogener Kapuze in die Gegenrichtung davon, ein paar Rottweiler trotteten munter neben ihm her. Sie liefen ohne Leine, ihre Schatten tanzten im Schein der Laternen. Ihr raues, bedrohliches Bellen hallte den Fluss entlang bis zu der Stelle, an der Michael stand.

Lauf schön weiter, Freundchen. Und halte mir ja deine Hunde vom Leib, dachte er, während er sich in beide Richtungen umsah. Er zog den Reißverschluss an der alten Daunenjacke seines Vaters bis oben hin zu, um sich vor der feuchten Nachtluft zu schützen. Die Kälte schien vom Fluss Ness her zwischen den Brückenpfeilern hindurch bis in seine Knochen vorzudringen.

Es war eisig wie in einer Gruft oder einer Leichenhalle. Er ertappte sich dabei, wie seine Gedanken erneut zu dem Jungen im Obduktionssaal, zu dem Radiobericht und der unmittelbar darauf eingetroffenen Textnachricht zurückkehrten. Krampfhaft hielt er das Telefon in der Hand und verdrängte die Vorstellung, dass es zwischen alldem eine Verbindung geben musste. Dann starrte er in die Dunkelheit zu beiden Seiten der Brücke, auf dieses seltsame urbane Areal, von dichtem Gestrüpp überwuchert und mit Glasscherben übersät, die im Boden festgetreten waren. Er trat auf die Schatten zu und nahm am Rande einen Geruch wahr. Ihm war, als hinge ein Parfüm in der kalten Abendluft. Oder zumindest etwas Ähnliches wie ein Parfüm, nur subtiler. Eher wie Weihrauch.

Er schnipste den Zigarettenstummel auf den Boden und wagte sich einen weiteren Schritt vor. Eine Scherbe brach unter seinem Schuh knackend entzwei. Das Geräusch erklang laut vor dem Hintergrund der gedämpften Verkehrsgeräusche oben auf der Brücke. Warum sollte hier draußen jemand Weihrauch verbrennen? Es musste etwas anderes sein. Er spähte in die nahezu undurchdringliche Finsternis. Nach und nach schälten sich Formen heraus, je mehr sich seine Augen an die Lichtverhältnisse gewöhnten. Außerdem machte sich ein ganz neues Gefühl in ihm bemerkbar. Ein unerwartetes Grauen.

Ganz ähnlich hatte er sich bei seinem Besuch in der Leichenhalle gefühlt. Kurz bevor er sich mit DI Kennedy getroffen hatte. Als öffnete sich unerwünscht eine Tür. Zu einem fremden, verborgenen Ort, der jederzeit in eine höllengleiche Unterwelt münden konnte.

Michael fuhr herum, als ein Geräusch widerhallte. Es kam von unter der Brücke. Als schabte Holz über Holz. Ein Stück den Weg hinunter klaffte eine Lücke im Zaun, daneben stand jetzt jemand reglos im Licht der Straßenlaterne. Eine gespenstische Erscheinung. Michael wandte sich von dem Geruch ab, dem er gefolgt war, und ging zögernd auf die Gestalt mit der Kapuze zu. Bis er erkannte, dass es sich um ein Mädchen handelte, und er die logische Schlussfolgerung zog: »Melissa?«

Ihr Gesicht wirkte in dem schwachen Lichtschein kreidebleich.

»Tut mir leid.« Sie wandte sich ab und setzte sich in Bewegung, eilte im Laufschritt in Richtung Stadtzentrum.

Ohne nachzudenken, rannte Michael ihr nach und packte sie, grober als beabsichtigt, am Arm. Der war so dünn, dass er im ersten Moment befürchtete, er könne brechen.

»Wo ist er?«

»Ich hätte Ihnen schreiben sollen, tut mir leid.« Sie sah sich ängstlich in Richtung Brücke um. »Ein Mann hat mich verfolgt.«

»Bist du sicher?« Michael drehte sich um und suchte den Weg ab. Er lag dunkel und verlassen da. Doch dieser Geruch, wo war der hergekommen? Ehe Michael die Gelegenheit hatte, darüber nachzudenken, lief Melissa weiter. Sie ging schnell und mit gesenktem Kopf.

»Ist schon gut. Da ist niemand!« Neben ihnen floss der Ness, schnell und tiefschwarz wie Öl. Undurchdringlich wie die ungewisse Zukunft. »Hast du erkennen können, wer es war?«

Das Mädchen antwortete nicht auf seine Frage, stattdessen packte sie Michael am Arm und zerrte ihn wortlos einen Fußweg entlang, der zwischen einigen Häusern hindurchführte. Dann erst blieb sie stehen und drehte sich zu Michael um. »Mein Name ist nicht Melissa. So hat nur Nichol mich genannt.« Sie fuchtelte ununterbrochen mit den Händen und knetete sie nervös. »Es war dumm. Wir hätten uns woanders treffen sollen!«

»Komm erst mal zu Atem«, sagte Michael und versuchte es erneut: »Weißt du, wo Nichol steckt? Irgendetwas stimmt nicht. Was ist passiert?«

»Nichol hat mir Ihre Visitenkarte schon vor längerer Zeit

gegeben. Darauf stand Ihre Nummer. Ich habe Sie heute gesehen. In der Schule. Ich dachte, Sie könnten ihm vielleicht helfen. Er meinte, Sie wären gut zu ihm gewesen.«

»Ich helfe gern.«

»Ich will gar nicht daran denken«, keuchte sie.

Michael warf einen Blick über ihre Schulter auf den Pfad, der zwischen den Häusern hindurch zurück zum Fluss führte. War da wirklich ein Mann gewesen? Oder war es nur ein Produkt ihrer Angst? Einer Angst, die groß genug war, ihr das Gefühl zu geben, sie würde von jemandem verfolgt?

»Woran denken? Wann hast du ihn das letzte Mal gesehen?«

»Kurz vor seinem Verschwinden.«

»Wo ist er hin?«

»Ich weiß es nicht. Er hat es mir nicht gesagt. Er war für mich so was wie ein großer Bruder. Wir kennen uns schon von Kindesbeinen an. Ich glaube, er wollte mich beschützen.«

»Wovor?«

Sie sah sich furchtsam um, blieb ihm aber eine Antwort schuldig.

»Du hast von dem Jungen gehört, der drüben in Gairloch getötet wurde? Die Polizei hat einen Stein gefunden, in seiner …« Michael unterbrach sich im letzten Moment. Wenn er ihr die ganze schreckliche Wahrheit über den Stein erzählte, dass er dem Jungen in den Hals gezwängt worden war, so wie es ihm die Polizei berichtet hatte … das würde das Mädchen nicht verkraften. »Der Stein wurde … bei ihm gefunden. Er ähnelte dem, den Nichol immer bei sich trug. Weißt du, woher er den hatte?«

Sie schüttelte den Kopf, als wollte sie die Verbindung zu

dem ermordeten Jungen nicht wahrhaben. »Nichol lebt. Da bin ich mir ganz sicher.«

»Vor wem hatte er Angst?« Wieder packte Michael sie am Arm. »Ich kann Nichol nicht helfen, wenn du es mir nicht sagst.«

»Vor einigen Wochen. Kurz bevor er verschwand, waren wir in der Wohnung seines Onkels. Ich hatte Nichol gebeten, mir bei einer Arbeit für die Schule zu helfen.«

»Bei seinem Onkel?« Michael war sich sicher, dass Nichol ihm gegenüber nie einen Onkel erwähnt hatte.

»Eddie. Er ist sein Großonkel oder so. Jeder kennt ihn. Ich habe ihn nie sonderlich gemocht, aber Nichol … Keine Ahnung. Er blieb manchmal dort über Nacht, wenn er nicht zurück in seine Unterkunft wollte.«

Michael nickte und senkte den Blick.

»Sie wissen sicher, wie er ist. Er tat immer so, als würde er über allem stehen. Als wüsste er mehr als alle anderen.«

Michael nickte wieder. Das deckte sich mit seiner eigenen Einschätzung des Jungen.

»Diesmal aber war er ungewöhnlich still. War in Gedanken ganz woanders. Er drehte diesen Stein die ganze Zeit in seiner Hand. Hielt ihn an seinen Mund, total komisch, und antwortete nicht auf meine Fragen. Dann … Es sah ihm einfach nicht ähnlich …«

»Was denn? Hattet ihr einen Streit oder dergleichen?«, hakte Michael nach.

»Nichol entgeht nichts, das ist so seine Art. Er weiß immer genau, wenn einen etwas beschäftigt. Einmal zum Beispiel, da hatte ich mir die Haare silberblond gefärbt, und es sah schrecklich aus, deshalb musste ich sie mir noch mal neu färben. Aber er machte ein Foto und zeigte es ständig irgendwelchen Leuten. Als hätte er genau gespürt, wie unwohl ich mich damit fühlte, und als wollte er mich mit Absicht ärgern oder so.«

»Zieht er die Dinge gern ins Lächerliche?«, fragte Michael. Er versuchte sich seine wachsende Ungeduld nicht anmerken zu lassen. Insgeheim wünschte er, sie würde endlich auf den Punkt kommen.

Sie nickte bedächtig und schluckte. »Irgendwie schon.«

»Aber diesmal ist er zu weit gegangen?«

»Nein, so war es nicht …« Sie verzog das Gesicht. Für den Bruchteil einer Sekunde glaubte Michael, sie würde jeden Moment anfangen zu weinen. »Ich denke, es war zum Teil auch meine Schuld. Vielleicht habe ich ihm Angst gemacht …«

»Was ist geschehen?«, hakte Michael ungeduldig nach. Sie gingen gerade die Friars' Street entlang in Richtung der Old High Church und näherten sich dem Stadtzentrum.

»Wir waren bei Eddie. Nichol war rausgegangen, um uns was zu trinken zu besorgen. Er hatte dort eine Tasche voll Klamotten. Ich wollte nicht neugierig sein. Eigentlich wollte ich mir nur einen Pulli leihen, weil mir kalt war. Da habe ich dieses Handy gefunden. Ich hatte es noch nie bei ihm gesehen.« Melissa starrte auf ihre Füße. »Ich erriet den Code, es war sein Geburtsdatum. Ich wollte nur ein Selfie machen und es als Bildschirmschoner einrichten. Sollte ein Spaß sein.« Sie fuhr sich mit dem Ärmel ihres Kapuzenpullis übers Gesicht. »Als er zurückkam, schrie er mich an, als würde er am liebsten auf mich losgehen. So wütend hatte ich ihn bis dahin noch nie erlebt. Wir hatten uns schon das eine oder andere Mal gezofft, aber …«

»Was hast du auf diesem Handy gefunden?«, fragte Michael.

»Da war nur eine Nachricht. Ohne Absender oder irgendwas. Es war nur eine Nachricht von einer unbekannten Nummer. Darin hat jemand Nichol um ein Treffen gebeten.«

26

Der Beobachter

Er hielt sich die Strähne von Paul MacKays Haar dicht unter die Nase und atmete tief ein. Nahm den angenehmen Shampooduft wahr und gab sich ganz den noch frischen Erinnerungen an den gestrigen Abend hin, die der Geruch bei ihm auslöste. Erinnerungen, in denen er sich für den Rest seines Lebens verlieren könnte.

Nach einigen langen Minuten der Selbstversunkenheit ließ er die Haarsträhne widerstrebend in seiner Brieftasche verschwinden und richtete seine Aufmerksamkeit wieder auf den Fernseher.

In den Nachrichten wurde soeben über die fieberhaften Bemühungen der Polizei in den beiden Mordfällen berichtet. Der Reporter in seinem makellosen Anorak stand am Rande einer Straße, über die ein Schneesturm hinwegfegte, sichtlich erfreut über die ganze Aufregung. Im Hintergrund kämpften sich Polizeibeamte zurück zu ihren Fahrzeugen. Darunter auch diese seltsame große Frau, ein Detective. Er registrierte die Art, wie sie sich bewegte – irgendwie, als heischte sie um Aufmerksamkeit.

Während er sie interessiert beobachtete, drehte er den Stein wieder und wieder in der Hand und ertappte sich dabei, wie er sich gedanklich in die Zeit nach diesem Ereignis mit der alten Dame zurückversetzte. Er hatte es nicht leicht gehabt. Seine Eltern hatten ihn kaum mehr aus den Augen gelassen, außerdem hatte er eine Reihe von Psychologen aufsuchen müssen. Da George nun weggesperrt war, war er mit seiner Fantasie plötzlich ganz auf sich allein gestellt gewesen.

Zwei Jahre nach diesem ersten Vorfall, als das Interesse der Erwachsenen an ihm allmählich abflaute, schaffte er es, allein in den Park zu gehen und sich in die Nähe des Hauses der alten Frau zu begeben. Um sich endlich die Schachtel Steine zu holen, die er dort im Garten vergraben hatte. Des Nachts bewegte er die Steine in seinen Händen. Fast fieberhaft, während er den Himmel beobachtete. Die Himmelskörper. Venus, Mars, Jupiter – und natürlich Saturn, den wichtigsten von allen. Der schwarze Stern.

Nach und nach hatte er herausgefunden, dass er gewisse Weisheiten von den schwarzen Steinen gewann, wenn er zuließ, dass sie zu ihm sprachen.

Sie ließen ihn George sehen. Wie er zusammengesackt vom Hochbett seiner Zelle herunterhing. Lange bevor seine Mutter zu ihm ins Zimmer kam und ihm mit ruhigen Worten die schrecklichen Neuigkeiten unterbreitete, nämlich dass George sich selbst das Leben genommen habe, geplagt von Schuldgefühlen und Selbsthass, nachdem man ihn im Jugendgefängnis fürchterlich terrorisiert hatte. Sie sah seinen schockierten Gesichtsausdruck und interpretierte dies sofort als Trauer. Was es in gewisser Hinsicht wohl auch war. Er hatte sich immer vorgestellt, George würde irgendwann wieder in seine Umlaufbahn eintreten, und dann wären sie beide wieder vereint. Aber es war auch die nun erwiesene Macht der Steine, die ihn derart erschüttert hatte.

Fast so sehr, wie ihn seine Reaktion in den Tagen danach überrascht hatte.

Das Gefühl der Befriedigung, das er verspürt hatte.

Er wusste, dass er der alten Frau einen Gefallen getan hatte. Was hatte es für einen Sinn, wenn ein alter Mensch nur unnötig Platz einnahm?

Doch George war anders. Er war jung gewesen, hatte das ganze Leben noch vor sich gehabt.

Er hatte Georges Potenzial vollständig vernichtet. Hatte ihn in die Nichtexistenz getrieben und so das Gefüge des Universums verändert. Was aber noch wichtiger war: George war aus freien Stücken in diese Nichtexistenz gegangen.

27

Es war schon fast vollständig dunkel, als Monica und Crawford nach Inverness zurückkehrten. Der Schneesturm war ihnen in Richtung Osten über den Gebirgspass hinter Kinlochewe und über die lange Strecke durch die Berge gefolgt. Sie waren aufgebrochen, kurz nachdem der gelbe Rettungshelikopter in den entlegenen Talkessel geflogen war, sich wie ein kreischendes Biest aus der Höhe herabgesenkt hatte und den Leichnam und das Team der Spurensicherung nach Inverness befördert hatte, ehe die stetig zunehmende Windstärke die Aktion unmöglich gemacht hätte.

Monica warf einen Blick auf die Digitaluhr am Armaturenbrett. Es war kurz nach sechs. Für einen flüchtigen Moment malte sie sich aus, sie wäre zu Hause in der warmen Wohnung bei Lucy. Wohlbehütet und in Sicherheit vor der eisigen Nacht da draußen. Sie würde sich anhören, welche aufregenden Dinge das Kind den Tag über erlebt, welche neuen Erkenntnisse über unsere Welt es gewonnen und was seine Aufmerksamkeit gefesselt hatte.

Tja, leider hat Mami heute einen weiteren toten Jungen gefunden. Er ist verstümmelt und gefoltert worden, deshalb wird sie bei seiner Autopsie anwesend sein müssen. Eine Autopsie bedeutet, dass man den Körper von jemandem aufschneidet und all seine Eingeweide herausnimmt, um herauszufinden, wie er gestorben ist. Dann wird Mami zu dem toten Jungen nach Hause fahren müssen. Um seinen Eltern Bescheid zu geben. Deshalb wird sie so schnell nicht daheim sein.

»Soll ich zur Obduktion mitkommen?«, fragte Crawford.

Monica warf ihm einen kurzen Seitenblick zu.

»Ich nehme an, die findet noch heute Abend statt?«, fügte er hinzu.

Monica überlegte kurz, ob er vielleicht fragte, weil er dem Ganzen eigentlich entgehen wollte. Oder war er nach ihrer Meinungsverschiedenheit heute Morgen nur etwas nervös? Er musste mitbekommen haben, wie sie vor gerade mal einer halben Stunde mit Hately telefoniert hatte, um das weitere Vorgehen zu besprechen.

»Nein. Fahren Sie zurück in die Einsatzzentrale und finden Sie heraus, wie weit wir mit Roberts Laptop und seinem Handy sind. Wir brauchen schleunigst Gewissheit, ob wir Owen MacLennan mit ihm in Verbindung bringen können. Jetzt, wo wir noch in einem zweiten Mordfall zu ermitteln haben, wird sich die Lage erheblich verkomplizieren. Vermutlich wird Hately unser Team deutlich aufstocken.« Die Frage war nur: Hatten mehr Einsatzkräfte, mehr Meinungen ihnen die Arbeit je erleichtert?

Sie bog auf den Parkplatz vor dem Präsidium ein und sah zu, wie Crawford aus dem Volvo kletterte und mit weit vom Körper abgespreizten Armen hinüber zum Eingang ging. Ganz wie ein harter schottischer Kerl.

Monica schüttelte unwillkürlich den Kopf. Dann stieß sie mit dem Wagen zurück, machte eine Kehrtwende und fuhr die kurze Strecke über den Kreisverkehr zum Raigmore-Krankenhaus hinüber.

Dr. Dolohov blickte von seinem Laptop auf, als Monica die Leichenhalle betrat. »Unsere zweite Begegnung in nur drei Tagen. Sie müssen mich wirklich gernhaben, nicht wahr?«

Sie sah ihn an, ohne sein Lächeln zu erwidern, und trat einen Schritt auf den Toten zu, der zwischen ihnen auf dem Seziertisch lag.

»Wir haben Sie schon erwartet«, fuhr Dolohov fort und deutete mit dem Kinn auf seine Assistentin am anderen Ende des Raums. Sie trug OP-Kleidung. Dann richtete er den Blick auf den Leichnam. »Wie kann es sein, dass ein toter Junge den Wettlauf zur Leichenhalle gegen eine Polizistin gewinnt? Das ist mir ein Rätsel.«

Monica ignorierte sein Gerede geflissentlich und betrachtete stattdessen interessiert den Leichnam. Jetzt sah sie sein Gesicht zum ersten Mal im Ganzen. Er wirkte etwas älter als Robert Wright, war ihm aber ansonsten nicht unähnlich. Beide waren vom selben Typ: dunkelhaarig mit blassem Teint. Da waren die gleichen Male am Hals des Jungen, wo er stranguliert worden war, sowie Abschürfungen an den Handgelenken von den Fesseln. Feste Kabelbinder, wie sie vermutete.

Für einen flüchtigen Moment erinnerte Monica sich an den Nachmittag, an dem sie sich beigebracht hatte, wie man sich selbst von Kabelbindern an den Handgelenken befreite. Das war gewesen, nachdem sie einen besonders schaurigen Tatort aufgesucht hatte. Man hatte eine Frau in einen Öltank gesperrt und verhungern lassen, ihre Hände waren hinter ihrem Rücken mit Kabelbindern gefesselt gewesen. Der Tank war lediglich einen Meter achtzig tief gewesen. Wäre sie in der Lage gewesen, ihre Hände freizubekommen, hätte sie sich mit Leichtigkeit hochziehen und entkommen können.

Es war schockierend gewesen.

Monica schüttelte die Erinnerung ab und öffnete das Foto auf ihrem Handy. Sie verglich das Gesicht des toten Jungen mit dem des lächelnden, noch lebenden auf dem Bild. Ein Lächeln, das nicht mehr existierte. Einfach so.

Dr. Dolohov stand mit in die Hüften gestemmten Händen da und beobachtete sie. »Haben Sie wenigstens schon einen Namen?«, fragte er schließlich.

»Wir glauben, dass sein Name Paul lautet. Paul MacKay. Seine Mutter hält sich derzeit im Ausland auf. Sie kommt nach Hause geflogen, um ihn zu identifizieren.« Monica deutete auf den Toten. »Sie hat uns diese Fotos gesandt.« Bei diesen Worten hielt sie ihm ihr Smartphone hin, damit er die Fotos in Augenschein nehmen konnte. »Sieht so aus, als wäre er es. Als sie den Jungen gestern Abend nicht erreichen konnte, schrieb sie als Erstes einen Post auf Facebook, um sich zu erkundigen, ob irgendjemand ihn gesehen hatte. Der Aufruf wurde vielfach geteilt, bis sogar die Medien Wind davon bekamen. Man zählte zwei und zwei zusammen, als die ersten Meldungen von einer zweiten Leiche eintrafen. Aber wir werden abwarten müssen, bis sie ihn offiziell identifiziert hat.«

Der Mediziner nickte und strich sich mit der Hand über das kahle Haupt. Dann legte er den Mundschutz an und setzte sich überflüssigerweise auch noch ein Haarnetz auf.

Sie räusperte sich. »Die Mutter des Jungen, Lisa MacKay, hat einen der Beamten, mit dem sie gesprochen hat, gefragt, ob jemand dem Jungen bei der Autopsie die Hand halten könne.« Das macht bestimmt einen großen Unterschied, wenn man die Hand eines kalten Leichnams hält, dachte Monica verbittert. Natürlich war das nur ein kläglicher Versuch, sich vom Schmerz der Mutter zu distanzieren.

Dr. Dolohov zuckte mit den Schultern und warf einen Blick zu seiner Assistentin. Wenn einer von beiden überrascht war, ließen sie es sich nicht anmerken. »Warum nicht? Vielleicht hilft die tröstende Hand eines Fremden dem armen gequälten Jungen, leichter hinüberzufinden«, sagte er. Seine Stimme klang hinter der Maske gedämpft. »Vielleicht wünschen wir uns das alle, sobald wir an der Reihe sind.«

Dolohov überprüfte gerade ein letztes Mal den Sitz seiner Maske, als sein Blick plötzlich über Monicas Schulter hinweg zur Tür wanderte. Sie drehte sich um und sah, wie sie sich langsam öffnete und ihr Vorgesetzter, Detective Superintendent Hately, in den Raum trat. Sie fing seinen Blick ein und betrachtete seine ebenmäßigen Züge, die er zum Teil seiner halb schottischen, halb italienischen Abstammung zu verdanken hatte. Er hatte dunkelbraune Augen und kurzes braunes Haar mit vereinzelten grauen Strähnen dazwischen. Die sahen einerseits so aus, als hätte er es sich einiges kosten lassen, sie so zu stylen, und andererseits wirkten sie ziemlich lässig. Von der Größe her reichte er nicht ganz an Monica heran, gekleidet war er in einen gut geschnittenen Anzug. Er roch nach einem teuren Aftershave. Damit erfüllte er voll und ganz die Anforderungen für das, was man als einen medienaffinen Politiker bezeichnet hätte – in den Tagen, bevor das Internet und die sozialen Medien sich als doppelköpfige Hydra erhoben hatten, vor der niemand, der ein öffentliches Amt bekleidete, mehr bestehen konnte.

Er fasste nach seiner Krawatte, zog den Knoten straff und nickte dem Gerichtsmediziner und anschließend Monica zu. Erst dann fiel sein Blick auf den Leichnam: Nackt und verletzlich lag er vor ihnen.

Wann waren Sie eigentlich das letzte Mal bei einer

Autopsie dabei?, fragte sich Monica. Seine Anwesenheit bestätigte, was sie ohnehin wusste – dass die Medien sich wie die Aasgeier auf den Fall stürzen würden. Es würde reges Interesse an den Ermittlungen und viel Druck von ganz oben in der Befehlskette geben. Einmischung von allen Seiten.

»Fangen wir an«, verkündete Dr. Dolohov schließlich und brach damit das betretene Schweigen, das sich über die Leichenhalle gesenkt hatte.

Monica zog sich einen einzelnen Latexhandschuh über, trat dichter an den Tisch heran und schloss die langen Finger um die kalte Hand des toten Jungen. Neugierig betrachtete sie die seltsam asymmetrischen Bissspuren an den Armen und am Hals und sah dann, wie Dolohov das Messer in seiner Hand umdrehte. Er starrte an der Klinge entlang, als prüfte er die Schärfe, ehe er den ersten bedächtigen Schnitt in Paul MacKays Brust setzte. Dabei ging er mit dem Messer möglichst sanft um.

Dann folgte das vertraute Ritual. Die Totenriten der Wissenschaft. Das Öffnen des Leichnams. Das Entfernen der Organe. Stück für Stück wurden sie gewogen und vermessen. Die Haut wurde vom Gesicht des Jungen entfernt. Das Geräusch von Metall auf Knochen war zu hören, als Dr. Dolohov in den Schädel schnitt. Ein leichter Schweißfilm bildete sich auf seiner Stirn vor Anstrengung. Er wischte ihn sich mit dem Ärmel ab, wobei hellrote Flecken zurückblieben, weil sich die Schweißperlen mit winzigen Blutstropfen vermischt hatten.

Er trennte das Gehirn von dem umliegenden netzartigen Gewebe und kappte die Verbindung zum Rückgrat. Dann wog er es und hielt es mit einer Hand ins Licht, wie ein Botaniker, der eine seltene Blume betrachtete.

»Schon witzig«, sagte er, als er das Gehirn zurück in die leere Schädelhöhle gleiten ließ, »dass dieses Ding einen Menschen, eine Persönlichkeit umfassen soll. Das komplexeste Objekt im gesamten Universum.« Er legte den Kopf schief und dehnte seine Halsmuskulatur, bis es knackte. Dann schüttelte er den Kopf und klappte den Hautlappen wieder über den Schädel des Jungen.

Schließlich öffnete er die zerquetschte Luftröhre und hielt den schwarzen Stein mit zwei Fingern hoch, damit Monica und Hately ihn sehen konnten.

»Falls noch irgendjemand Zweifel hatte, wir könnten es nicht mit demselben Mörder zu tun haben.« Er deutete auf die roten Blutstropfen darauf. »Oxidiert. Sieht so aus, als wäre der Junge noch am Leben gewesen, als der Mörder ihm den Stein in die Kehle geschoben hat.«

Hately trat unruhig von einem Fuß auf den anderen und räusperte sich. Dr. Dolohov ließ den Stein in einen Beweismittelbehälter aus Plastik fallen.

»Wir müssen den Stein analysieren lassen, und zwar auf schnellstem Weg. Er ist für den Mörder offenbar von besonderer Bedeutung. Deshalb sollten wir schleunigst herausfinden, woher er stammt und ob es sich um das gleiche Gestein handelt wie bei unserem ersten Fall«, sagte Monica.

Nach Beendigung der Autopsie konnte sie es kaum erwarten, ins Büro zurückzufahren, doch Hately hielt sie draußen auf dem Flur vor der Leichenhalle auf. Unter den flackernden Neonröhren standen sie sich gegenüber, umgeben vom beißenden Geruch nach Desinfektionsmittel und einem Hauch von etwas anderem. Etwas Verdorbenem.

Monica konnte sich in etwa vorstellen, was jetzt kommen würde.

»Gleich morgen früh fordern wir Unterstützung für Sie an. Noch mehr Beamte, die sich um die eingehenden Anrufe kümmern und bei den Haus-zu-Haus-Befragungen helfen.« Hatelys Hand wanderte zum Aufschlag seines Jacketts, und sie bemerkte ein leichtes Zucken um seine Augenwinkel. Ein deutliches Zeichen, unter welch immensem Druck er stand.

Monica nickte und hoffte, dass das Gespräch damit beendet wäre. Doch insgeheim ahnte sie, dass das noch nicht alles war.

»Ich habe mit dem Führungsstab gesprochen. Die Ermittlungen haben oberste Priorität. Wir müssen in diesem Fall möglichst methodisch vorgehen.«

»Ist zur Kenntnis genommen, Sir«, antwortete Monica. Natürlich würde sie an die Sache mit allergrößter Effizienz herangehen.

»Wir empfinden es als unerlässlich, dass wir sämtliche uns zur Verfügung stehenden Hilfskräfte nutzen. Zumal das öffentliche Interesse groß sein dürfte.«

»Ist gut. Ich werde das berücksichtigen«, versicherte Monica ihrem Chef. Dann wandte sie sich zum Gehen.

Die Tür am Ende des Flurs schwang mit einem lauten Knarzen auf, ein Geräusch, das die Stille hier unten gewaltig störte. Der Mann, der dort im Durchgang stand, war klein und gepflegt und hatte einen Schopf dichter weißer Haare. Er trug einen grauen Dreiteiler.

»Ah, perfektes Timing. Das ist Dr. Hamish Lees«, erklärte Hately, der für einen kurzen Moment Monicas Blick auszuweichen schien. »Er ist Psychiater und Kriminalpsychologe und hält in dieser Funktion weltweit Vorträge. Außerdem stand er bereits in einer ganzen Reihe von aufsehenerregenden Mordfällen, dem unseren nicht ganz unähnlich, den Ermittlern beratend zur Seite. Wir können uns glücklich schätzen, dass er sich bereit erklärt hat, uns zu unterstützen.«

Dr. Lees musterte Monica unverhohlen von oben bis unten, den Kopf schief gelegt, als wäre sie ein Kuriosum. Sieh an, sieh an, da ist sie also, die Riesin mit den langen Gliedmaßen und den breiten Schultern. Mit ihrer seltsam bleichen Haut und den Füßen, die in viel zu kleinen, feuchten Stiefeln steckten. Ein kaum merkliches, wissendes Lächeln stahl sich auf seine Lippen, als witterte er ihre Unsicherheit und Selbstzweifel, als fände er beides höchst amüsant.

Er war ihr auf Anhieb unsympathisch. Und aus irgendeinem Grund verspürte sie nicht das Bedürfnis, damit hinter dem Berg zu halten. »Verstehe«, sagte Monica kalt. Sie starrte Lees von oben herab an und genoss es, dass er gezwungen war, zu ihr aufzusehen. Dann wandte sie sich wieder Hately zu. »Ich nehme an, die Entscheidung ist bereits ohne mein Zutun gefallen? Ich habe in der Vergangenheit mehrfach mit Psychologen zusammengearbeitet. Bei Bedarf hätte ich einen hinzugezogen.«

Hately holte Luft, um etwas zu entgegnen, doch Lees hob die Hand, um ihm Einhalt zu gebieten.

»Sie sind DI Kennedy. Leitende Ermittlerin in diesem Fall?« Monica hielt es nicht für nötig, ihm zu antworten. Stattdessen ließ sie zu, dass sich auf dem Flur betretenes Schweigen breitmachte, bis Lees schließlich fortfuhr. »Und? Haben Sie Angst, ich könnte Ihnen auf die Füße treten? Denken Sie, Sie hätten alles so weit im Griff, dass ein außenstehender Experte nichts zu Ihren Ermittlungen beitragen könnte?« Seine Stimme klang seltsam rau und gleichzeitig zu hoch.

»Ich denke, dass wir den Mörder nur fassen werden, wenn wir unserer Ermittlungsarbeit gründlich und konzentriert nachgehen. Und ich denke, dass unser Mörder jeden einzelnen seiner Schritte penibel plant. Tatsächlich bin ich überzeugt, dass er schon einmal getötet hat …«

»Ah«, warf Lees dazwischen. Ein spöttisches Lächeln breitete sich über seine sonnengebräunten Züge. »Verstehe. Sie sind Amateurpsychologin. Sie wollen direkt in den Kopf des Mörders eindringen und ihn mit seinen eigenen Waffen schlagen.« Er gluckste amüsiert. »Tja. Jetzt bin ich aber hier. Ihre Vorgesetzten sind mit Ihrer Herangehensweise folglich nicht zu hundert Prozent einverstanden.« Während er dies sagte, sah er sie mit einem herablassenden Lächeln an. Eine seltsam jungenhafte und fast feindselige Geste, wenn man bedachte, dass er mindestens Ende fünfzig sein musste.

Monica funkelte ihn unbeirrt von oben her an. Sie erwiderte nichts darauf, spürte aber, wie ihr der Schweiß ausbrach und ihr Gesicht vor Zorn hochrot anlief.

»Dr. Lees hat darum gebeten, den Leichnam sehen zu dürfen«, meldete Hately sich zu Wort. Er ließ den Blick zwischen den beiden Kontrahenten hin und her wandern.

»Und ich brauche Kopien von sämtlichen Unterlagen. Die Fotos vom Tatort und den Autopsiebericht«, ergänzte Lees. »Am besten so schnell wie möglich.«

Wieder blieb sie ihm eine Antwort schuldig, und eine ganze Weile verlor keiner von ihnen ein Wort. Bis Hately sich schließlich räusperte und Lees durch die Doppeltür in die Leichenhalle führte.

28

Monica betrat die Kantine im Revier. Im ersten Moment war sie überrascht, dass niemand außer ihr da war, bis ihr einfiel, dass es acht Uhr an einem Montagabend war. Die Küche schloss um fünf. Jeder normale Mensch war schon vor Stunden nach Hause gegangen, etwas, das sie auch hätte tun sollen. Um Lucy ins Bett zu bringen, sie zuzudecken und ihr eine Geschichte vorzulesen, statt ihr gehetzt am Telefon Gute Nacht zu wünschen und ihr noch mehr leere Versprechungen zu machen, von wegen, sie würden was Tolles zusammen unternehmen. Sobald Mami diesen wichtigen Fall abgeschlossen hätte …

Unwillkürlich fragte Monica sich, ob ihre männlichen Kollegen je ein schlechtes Gewissen hatten, wenn sie ein Kind enttäuschen mussten. Einmal hatte sie sogar kurz darüber nachgedacht, ob sie Hately diese Frage stellen sollte, weil sie wusste, dass er selbst zwei Söhne im Teenageralter hatte, hatte die Idee dann aber wieder verworfen. Er hätte es ihr vermutlich als Schwäche angekreidet. Also schluckte sie die Schuldgefühle wegen ihrer Tochter hinunter und rief sich ins Gedächtnis, dass das nun einmal ihr Job war und sie damit ihre Rechnungen beglich. Wenn Lucy älter wäre, würde sie das verstehen.

Sie betrachtete die vielen leeren Tischreihen und die dazugehörigen Stühle, alles Resopal und fest im Boden vernietet. Die Neonröhren darüber, von denen sie manches Mal heftige Migräne bekam. Als sie Crawford am anderen Ende des Raums erblickte, überkam sie ein Anflug von Zorn, dass er sie gebeten hatte, ihn hier zu treffen und nicht im Besprechungsraum.

Crawford hatte die Ärmel bis über die Ellbogen hochgekrempelt und die dunkle Krawatte gelockert. Er saß allein an einem Tisch und starrte auf einen Laptop. Als er Monicas Schritte auf dem Linoleum wahrnahm, sah er auf.

»Warum wollten Sie mich denn ausgerechnet hier treffen und nicht im Büro?«, fragte Monica leicht gereizt. Ihr scharfer Ton Hately, Dr. Lees und jetzt auch noch ihrem Kollegen gegenüber kam nicht von ungefähr, offenbar schlich sich ihr eigener Verdruss über ihr Versagen als Mutter in ihre Stimme.

Crawford zuckte lediglich mit der Schulter, sichtlich überrascht von ihrem Tonfall. »Ich weiß nicht, hier ist es ruhiger, nehme ich an.«

»Wie weit sind Sie mit Roberts Laptop? Und was ist mit seinem Handy?«

»Sein Handy?« Crawford schüttelte den Kopf. »Leider immer noch keine Spur. Der Mörder muss es weggeworfen haben, liegt wahrscheinlich in irgendeinem Graben. Und auf dem Laptop findet sich nichts, das von Bedeutung wäre. Keine seltsamen Foren, in denen der Junge sich herumgetrieben hätte, und keine verdächtigen pornografischen Inhalte.« Er redete schnell und tappte dabei mit dem Fuß auf den Boden. Offenbar konnte er es kaum erwarten, zum nächsten Punkt zu kommen. Sie ging davon aus, dass er ihr etwas mitzuteilen hatte, sonst hätte er sie wohl nicht hierherbestellt.

»Was ist mit Schwulenpornos?«, fragte Monica. Offenbar genoss sie es, ihn hinzuhalten und mit Fragen zu löchern. Als Strafe dafür, dass er sie in ihren nassen Stiefeln den Weg in die Kantine auf sich nehmen ließ, statt ihr am Telefon zu sagen, was er herausgefunden hatte. »Ich habe mir überlegt, ob er vielleicht einen älteren Freund hatte? Jemanden, den Robert im Internet kennengelernt und geheim gehalten hat?«

Crawford schüttelte nur den Kopf.

»Nein. Nichts dergleichen. Lediglich Blümchensex, alles streng hetero und nur sehr wenige Seiten, die er besucht hat. Aber hören Sie zu.« Seine Stimme verriet seine wachsende Ungeduld. »Das müssen Sie sich ansehen.«

Er deutete auf den Laptop und aktivierte mit einem Knopfdruck den Bildschirm. »Ich habe unseren uniformierten Jungs drüben in Gairloch heute Morgen Feuer unterm Hintern gemacht. Hab ihnen gesagt, sie sollen ihre Ärsche da rausschwingen und herumfragen, ob vielleicht irgendjemand den Van identifizieren könnte.«

»Und?« Monica nahm auf dem Stuhl neben ihm Platz. Dabei stieß sie mit den Knien gegen die Metallstange unter dem Tisch. Der Schmerz ließ sie zusammenzucken, doch gleichzeitig fühlte sie sich zum ersten Mal seit Stunden richtig lebendig. Während sie sich streckte, erlaubte sie es sich, für einen Moment die Augen zu schließen, bis der Druck in ihren Füßen ein klein wenig nachließ.

»Ein Video«, sagte er, verschränkte die Arme vor sich auf dem Tisch und beugte sich leicht vor.

Seufzend nahm sie die gleiche Haltung ein wie er.

»Von einer der Überwachungskameras an den Tankstellen? Oder von einem Hotel?«

»Nichts von beidem. Sie waren alle entweder komplett unbespielt oder nicht auf die Straße gerichtet. Das hier stammt von einem Privathaus. Es wurde aus dem Wohnzimmerfenster gefilmt. Die Leute stehen im Clinch mit der Gemeinde, weswegen, weiß ich nicht, aber sie haben sich von ihrem Sohn eine Kamera installieren lassen, die ihre Einfahrt überwacht.«

Trotz ihrer Müdigkeit und der schmerzenden Füße spürte Monica, wie das Adrenalin in ihren Adern prickelte, und beugte sich dichter zu Crawford heran.

Er drückte auf den Startknopf, und auf dem Video kam ein Van ins Bild gefahren. Auf dem Fahrersitz sah man einen Mann, allerdings war er kaum zu erkennen, weil ein Schatten über seinem Gesicht lag. Er stieg aus und ging um den Wagen herum zur Rückseite des Fahrzeugs. Dann schien er etwas an der Hintertür zu überprüfen, ehe er zur Fahrerseite zurückkehrte. Er war groß und hatte sich eine Beanie tief in die Stirn gezogen. Deshalb erkannte man nicht viel von seinem Gesicht. Bis zu dieser Stelle war der Lieferwagen so geparkt, dass seine Seite der Kamera zugewandt war. Das Nummernschild war nicht zu sehen. Als der Wagen allerdings losfuhr und wendete, hieb Crawford auf die Pausentaste und hielt seinen Notizblock hoch.

Die Autonummer, die in sauberen Großbuchstaben, offenbar Crawfords Handschrift, darauf geschrieben stand, entsprach der auf dem Monitor. Es war eindeutig Owen MacLennans Van.

»Diese Aufnahmen stammen von Samstagnacht. Kurz nach ein Uhr. Damit passt MacLennan genau ins Raster. Er könnte Roberts Mörder sein.«

Monica beugte sich noch näher zum Monitor und merkte, wie ihre Aufregung stieg. »Können wir reinzoomen und sein Gesicht eindeutig identifizieren?«

Crawford klickte auf den Bildschirm, um die Aufnahme zu vergrößern. »Wir können versuchen, die Qualität zu verbessern, aber ich befürchte …« Er zuckte bedauernd mit den Schultern.

»Wir müssen MacLennan vorladen und seinen Van durchsuchen«, sagte Monica.

»Ich habe bereits mit DC Fisher gesprochen. Er sitzt in diesem Moment in seinem Wagen und lässt MacLennan nicht aus den Augen. Ihm zufolge ist er immer noch in seiner Wohnung. Er hat das Haus seit heute Morgen nicht verlassen, abgesehen von einem kurzen Abstecher zum Kiosk um die Ecke, wo er sich Kippen besorgt hat.«

Monica nickte. Ihre schmerzenden Füße in den nassen Stiefeln und die nicht gehaltenen Versprechungen Lucy gegenüber waren vorerst vergessen. Sie konnte es nicht erwarten, MacLennans Reaktion zu erleben, wenn sie ihn mit seinen Lügen konfrontierten. Mal sehen, wie lange seine aalglatte Fassade standhielt, sobald sie ihn in die Mangel nahmen.

Sie beugte sich zu Crawford und ließ das Video ein drittes Mal abspielen.

»Können Sie es auch langsamer laufen lassen?«, fragte sie.

Crawford kam ebenfalls näher. »Haben Sie was entdeckt?«

»Lassen Sie es einfach bis zum Ende laufen«, sagte sie.

Sie sahen zu, wie der Lieferwagen langsam losfuhr und wendete. Monica drückte auf die Pausentaste. Für den Bruchteil einer Sekunde war die Kamera direkt auf die Heckscheibe gerichtet. Und in ebendiesem Moment fiel das Licht der Straßenlaterne darauf.

Ein eisiger Schauer kroch über Monicas Rücken, die feinen Härchen an ihren Armen richteten sich auf. Crawford hieb hektisch auf die Tasten und zoomte noch einmal näher ran. Hinter der Scheibe war ein Gesicht zu erkennen, das direkt in die Kamera zu blicken schien. Es war zwar verschwommen, aber deutlich zu erkennen. Das Gesicht eines jungen Mannes.

29

Monica starrte hinauf zum hell erleuchteten Küchenfenster von Owen MacLennans Wohnung. Es hob sich von dem fast schwarzen Gebäude und dem dunklen nächtlichen Himmel ab. Kurz blickte sie auf ihr Telefon. Es war neun Uhr abends.

Sie krümmte in ihren engen, immer noch feuchten Stiefeln die Zehen und wünschte sich nichts sehnlicher, als sich endlich dieser verhassten Dinger zu entledigen.

»Sollten sie nicht längst da sein?«, meldete Fisher sich aus dem Fond des Wagens zu Wort. Sie und Fisher überwachten den Hintereingang des Wohnhauses. Sie saßen geschützt im Inneren des Volvos, während Crawford und zwei uniformierte Beamte sich durch die Vordertür Zugang zum Gebäude verschaffen wollten, um die Festnahme vorzunehmen.

Über den Rückspiegel warf Monica einen Blick zu ihrem Kollegen. Zum ersten Mal fiel ihr sein Äußeres auf, eine Fleecejacke über einem weißen Polohemd. Seine dunklen Haare waren wie immer in einem Seitenscheitel frisiert. Außerdem registrierte sie, wie sehr seine Frisur der von Hately ähnelte. Keine schlechte Idee, dachte sie. Den Boss möglichst gut zu kopieren und zu hoffen, dass man irgendwann selbst auf dem Chefsessel landet.

»Es fühlt sich immer länger an, wenn man draußen wartet«, sagte sie schließlich. Dabei war sie sich nicht mal sicher, ob das wirklich zutraf. Wenigstens riskierte man hier nicht, dass man einen Schuss abbekam oder abgestochen wurde. Es sei denn, es ging mächtig was schief.

»Stimmt. So habe ich das noch nie gesehen«, gab Fisher ihr unterwürfig recht. Als hätte sie ihm den Blick auf eine völlig neue Perspektive eröffnet. Monica blinzelte verstört und versuchte die wachsende Abneigung gegen ihren jüngeren Kollegen abzuschütteln.

Plötzlich war aus dem Funkgerät eine undeutliche Stimme zu vernehmen, gefolgt von einem dumpfen Schlag: Das Team donnerte anscheinend gerade mit einem Rammbock gegen die Tür. Das Funkgerät knisterte. »Die Tür ist verstärkt. Wir sind fast durch.«

Wieder ein dumpfer Schlag, dann Rufe, als sie die Wohnung endlich aufgebrochen hatten. Monica beobachtete das Licht im Küchenfenster. Wenn er kommt, dann jetzt.

Endlose Sekunden verstrichen. Dann meldete Crawford sich erneut über Funk: »Verdammt, der Mistkerl ist nicht da. Die Wohnung ist leer.«

»Aber ich habe ihn doch noch vor einer Viertelstunde mit eigenen Augen gesehen. Er hat das Gebäude nicht verlassen. Wie kann er jetzt plötzlich weg sein?« Die Empörung in Fishers Stimme sollte wohl seine Panik verschleiern, weil er die Sache ordentlich vergeigt hatte. Hatte MacLennan ihn gesehen und war unbemerkt geflohen?

Monica spürte, wie ihr alter Freund, das Adrenalin, sich bei ihr meldete, und kletterte aus dem Wagen. Sie überquerte die Straße und trat durch das Tor auf den gepflasterten Hof hinter der Wohnanlage. Jenseits des vereinzelten erhellten Fensters lag absolute Finsternis.

Die Sache läuft gerade gewaltig aus dem Ruder, dachte

sie, während sie an der Tür rüttelte. Sie war abgesperrt. Durch das verstärkte Sicherheitsglas sah sie im Flur drinnen einen der uniformierten Beamten, eine Frau, wie sie jetzt erkannte. Offenbar suchte sie das Treppenhaus ab. Die Polizistin hielt bedauernd die Hände hoch, als sie Monicas Gesicht an der Scheibe entdeckte: Er ist nicht da, wollte sie ihr damit signalisieren.

»Er kann sich doch nicht einfach in Luft aufgelöst haben?« Beim Klang von Fishers Stimme drehte Monica sich um. Sie spürte, ähnlich wie er, wachsenden Frust und Enttäuschung. Es war kaum zu glauben. Wie hatte MacLennan vor ihrer Nase ungesehen aus der Wohnung spazieren können?

Sie riss Fisher das Funkgerät aus der Hand. »Sind Sie sicher, dass er sich nicht irgendwo in der Wohnung versteckt hält?«

Crawford antwortete sofort. »Natürlich bin ich mir ganz sicher. Scheiße, verdammt. Wir überprüfen jetzt die umliegenden Wohnungen. Jemand muss ihn gesehen haben.«

Dann drückte Monica Fisher das Funkgerät wieder in die Hand und deutete nach rechts. »Gehen Sie hier lang.«

Ohne eine Antwort abzuwarten, drehte Monica sich auf dem Absatz um und verschwand in die entgegengesetzte Richtung. Sie bog um die Ecke und fand sich in einer schmalen Gasse wieder, die das Gebäude vom nächsten Wohnblock trennte. Es herrschte absolute Stille, kleine Flecken orangefarbenen Lichts spiegelten sich auf dem feuchten schwarzen Asphalt. In diesem Moment hatte sie das Gefühl, als hätte noch nie ein lebendiges Wesen diesen Weg eingeschlagen. Erste vereinzelte Regentropfen fielen.

Wo steckte der Mistkerl? Es konnte doch nicht sein, dass ihnen soeben ein Mörder durch die Lappen gegangen war?

Monica holte tief Luft. Sie versuchte, den anschwellenden Frust zu unterdrücken, während sie sich mit dem Handrücken über das Gesicht wischte. Noch einmal sah sie sich in beide Richtungen um. Ist er vielleicht durch die benachbarte Wohnung abgehauen? Und dann aus dem Fenster gestiegen?

Monica rannte weiter zum Ende der Gasse, die hier in einen kleinen Parkplatz mündete. MacLennans Lieferwagen stand allein in der Dunkelheit da. Nach kurzem Zögern setzte sie sich in Bewegung und ging langsam darauf zu. Normalerweise ist das der Moment, wo das Licht angeht, dachte sie. Der Motor wird gestartet, und das Fahrzeug hält direkt auf dich zu.

Doch als sie näher kam, stellte Monica fest, dass niemand drinnen saß. Das Fahrzeug war leer. Wo zum Teufel steckte er?

Erneut sah sie sich um. Der einzige andere Weg hinaus aus diesem von einer hohen Mauer umgebenen Hof befand sich auf der gegenüberliegenden Seite. Dort aber sah sie die Scheinwerfer eines Polizeiwagens. Da entlang hätte er also nicht gehen können. Ausgeschlossen. Sie hätten ihn entdeckt.

MacLennans Van stand direkt an der hohen Mauer. Monica hob den Blick. Vom Dach des Lieferwagens aus könnte ein großer Mann mühelos hinaufklettern.

Hol dir besser Unterstützung. Du kannst die Verfolgung nicht alleine aufnehmen, dachte Monica. Von Fisher und den anderen war keine Spur. Ihre Hand wanderte zu ihrem Telefon, doch dann wurde ihr klar, dass ihr keine Zeit blieb. Mit jeder Sekunde, die sie verstreichen ließ, brachte MacLennan mehr und mehr Distanz zwischen sich und seine Verfolger.

Kurz entschlossen sprang sie auf die Motorhaube und kletterte hinauf aufs Dach des Lieferwagens. Sie spürte, wie das dünne Metall unter ihrem Gewicht nachgab. Schnell streckte sie die Arme zur Mauer empor und zog sich hinauf.

Auf der anderen Seite herrschte tiefe Dunkelheit. MacLennan konnte sich dort unten im Schutz der Nacht versteckt halten. Möglicherweise wartete er auf sie. Monica schluckte die aufkeimende Angst hinunter und starrte in die Finsternis hinein.

Vielleicht beging sie gerade die größte Dummheit ihres Lebens. Doch wenn sie ihn nicht verfolgte, würde er entkommen, und dann würde er wieder töten, und sie wäre mit daran schuld.

Aufs Geratewohl sprang Monica in die Schwärze hinein. Hart landete sie auf dem unebenen Boden, die Knie gaben unter ihr nach. Leise fluchte sie vor sich hin und biss vor Schmerz die Zähne zusammen. Für einen kurzen Moment blieb sie regungslos liegen und versuchte, ihre Atmung zu kontrollieren. Als ihre Augen sich an die Dunkelheit gewöhnt hatten, blinzelte sie mehrmals.

Ihr war bewusst, dass er direkt neben ihr lauern konnte. Keiner würde sie hören, wenn er ihr den Mund zuhielt. Und sobald seine Pranken sich um ihre Kehle schlössen, wäre sie erledigt.

Monica ging in die Hocke und tastete das feuchte Gras ringsum ab. Sie befand sich dem Anschein nach in einem ehemaligen Garten, mittlerweile nur noch ein verwildertes Grundstück: ein chaotisches Durcheinander aus dichtem Unkraut, Müll und etwas, das nach den verrottenden Überresten irgendeines Möbelstücks aussah. Wieder kniff sie die Augen mehrmals hintereinander zu und erhoffte sich, in den schwachen Umrissen Näheres zu erkennen. Ihr gegenüber wurde eine Mauer vom unheimlichen Leuchten einer Straßenlaterne beschienen, sodass sie allmählich ihre Orientierung wiedergewann. Im selben Moment bemerkte Monica die schattenhafte Gestalt.

Wie erstarrt kauerte sie am Boden und wagte es nicht einmal zu atmen, als der Schatten sich bewegte. Sie war auch noch dumm genug gewesen, den Köder zu schlucken, und war ihm auf eigene Faust gefolgt. Der Regen traf Monica im Gesicht, sie witterte den Geruch von nasser Erde und Unrat, typisch für einen verlassenen Ort wie diesen, ebenso die Ahnung, dass man hier mutterseelenallein sterben würde.

Owen MacLennan drehte sich um und starrte grob in ihre Richtung. Monica biss sich auf die Unterlippe und duckte sich möglichst flach auf den Boden, bis sie glaubte, den Schmutz zu schmecken. Sie hielt den Atem an. Mit jeder einzelnen Faser ihres Körpers wusste sie, dass er nicht zögern würde, sie zu töten, wenn er sie entdeckte. Es war ein ehernes Naturgesetz, dass ein Raubtier, das sich in die Enge getrieben fühlte, erst recht zum tödlichen Angriff ausholte, und MacLennan war so ein Raubtier in Menschengestalt, eine niedere Kreatur, ohne sein Gerede und die Versuche, von seinem eigentlichen Wesen abzulenken.

Nach einer qualvollen Ewigkeit hörte Monica ein Geräusch wie von Füßen, die über Stein scharrten. Als sie aufblickte, sah sie, wie MacLennan die Arme nach dem Mauersims ausstreckte und sich mühsam hochzog. Als er oben war, sprang er auf der anderen Seite wieder herunter. Sofort rollte Monica sich auf den Rücken und schnappte gierig nach Luft. Sie schickte ein kurzes Dankgebet in den Himmel und grub in ihren Taschen nach ihrem Telefon, um Crawford anzurufen.

Er ging sofort ran. »DI Kennedy? Wo zum Teufel stecken Sie? Wir können Sie nirgends finden.« Seine Stimme klang erschreckend laut in der Stille der Nacht. Panisch zuckte sie zusammen und riss den Kopf hoch.

»Ich bin ihm auf den Fersen. Er ist über die Mauer des Parkplatzes geklettert«, flüsterte Monica, während sie sich mühsam auf die Füße kämpfte. Sie versuchte ihr Knie zu belasten, doch sofort war der Schmerz wieder da. Also biss sie die Zähne zusammen und probierte es erneut. Es tat immer noch höllisch weh, aber ihr Knie trug das Gewicht. Dann konnte es nichts allzu Schlimmes sein.

»Sie müssen ihm den Weg abschneiden«, zischte sie mit unterdrückter Stimme.

»Wir sind auf dem Weg zu Ihnen. Versuchen Sie nicht ihn alleine aufzuhalten«, gab Crawford zurück. Dann beendete Monica das Gespräch.

Sie rannte zur Mauer und sprang hoch, um den Sims zu erreichen. An der glatten Oberfläche fand sie mit dem Fuß keinen Halt, doch es gelang ihr, sich zu fangen, ehe sie mit den Händen wieder abrutschte. Sie streckte sich noch mehr und zog sich hoch. Auf der anderen Seite befand sich ein weiterer Parkplatz, nur kleiner als der hinter ihr, auf dem MacLennans Van geparkt hatte. Er war auf drei Seiten von einer Mauer umgeben. Dort sah sie ihn. Gegen den Regen vornübergebeugt, stand er da und kämpfte mit dem Schloss eines Fahrzeugs.

Monica atmete tief ein. Ihr Herz und ihre Lunge arbeiteten so schwer, dass sie das Gefühl hatte, sie würden jeden Moment explodieren. Sie warf einen letzten Blick zurück in den verwilderten Garten. Kommen Sie schon, Crawford. Wo bleiben Sie, verdammt noch mal? Sie ließ sich an der Mauer hinab und grub die Zehen in das feuchte Gestein.

Wieder rutschte sie ab, fing sich aber, bis sie endlich festen Boden unter den Füßen spürte.

Sie wagte es kaum zu atmen, als sie sich zu MacLennan umwandte. Auf der Rückseite seiner Kapuzenjacke stand ANGEL OF DEATH – Engel des Todes. Wie passend. Zu beiden Seiten dieser Schrift breiteten sich Flügel über seinen stämmigen Rücken aus. Er hatte sie offenbar nicht gehört, und wenn doch, tat er so, als hätte er nichts mitbekommen. Vielleicht wollte er sie ja dazu verleiten, näher zu kommen.

Monica sah sich nach einer möglichen Waffe um, mit der sie sich verteidigen konnte, einem Stein oder einem Stock. Doch weit und breit war nichts zu sehen. Schließlich ging die Autotür mit einem Klicken auf, und Owen MacLennan richtete sich zufrieden auf. Gleich würde er einsteigen und losfahren. Und wie so oft fühlte Monica sich ganz auf sich allein gestellt.

»Sie sind festgenommen, Owen«, rief sie, trat vor und packte ihn am Arm.

Er aber entwand sich energisch ihrem Griff und wirbelte herum. Der überraschte Ausdruck, der sich über seine Züge ausbreitete, wurde abgelöst von einem Lächeln, als er sie erkannte.

»Mir war klar, dass Sie es wollen. Vom ersten Moment an wusste ich es«, sagte MacLennan, der nun seinerseits einen Schritt auf sie zumachte. »Ich habe Ihnen doch gesagt, dass wir uns wiedersehen.« Sein breites, starres Lächeln war kalt und zeigte keine Spur von Humor.

»Überlegen Sie sich gut, was Sie als Nächstes tun«, warnte Monica ihn.

»Ach, ich dachte, ich bin festgenommen?« Wieder kam er einen Schritt auf sie zu und breitete die riesigen Pranken aus. »Wissen Sie was? Ich glaube, theoretisch könnte ein

Mann wie ich eine Frau wie Sie einfach mit bloßen Händen aufreißen.« Er starrte sie mit seinen eiskalten blauen Augen an. Kommen Sie, Crawford. Wo stecken Sie?

MacLennan streckte die Hand nach ihrem Gesicht aus. »Und ich wette, Ihre Eingeweide schmecken süß.«

Dann war das Heulen der Sirenen zu hören. Durch die Nacht bewegte sich der Lärm in ihre Richtung und hallte von den Mauern wider. Monica sah sich hastig nach dem Geräusch um und spürte, wie eine Woge der Erleichterung sie überkam.

MacLennan grinste spöttisch, als sie sich wieder zu ihm umdrehte.

»Was, denken Sie etwa, die könnten mich aufhalten?«, fragte er, ehe er die Hände vor seinem Körper hochhielt, damit sie ihm die Handschellen anlegen konnte. »Aber ganz so dumm bin ich nicht. Es gibt noch ein paar Dinge, die ich tun will.«

Monica entging keineswegs der Ausdruck diebischer Freude, der sich auf seinem Gesicht ausbreitete.

»Wovon reden Sie?«

»Das werden Sie schon noch herausfinden. Vielleicht finden wir es sogar gemeinsam heraus. Ich, Sie … und Lucy?«

Es war wie ein Schlag in die Magengrube, ihr stockte das Blut in den Adern.

»Was haben Sie da gesagt?« Das Blaulicht und die Sirenen kamen näher.

»Ein süßes kleines Ding, habe ich mir sagen lassen«, fuhr MacLennan fort, immer noch übers ganze Gesicht grinsend. »Daddy unbekannt. Sie ist also immer auf der Suche nach einem Vaterersatz. Nach jemandem, zu dem sie aufschauen kann. Einem Mann, der ihr etwas über diese Welt beibringt.«

Monicas Faust traf ihn hart am Kinn. Er taumelte nach hinten, schüttelte den Kopf, sodass vereinzelte Schweißtropfen, die sich aus seinen blondierten Haaren lösten, sie an den Wangen trafen. Ein feines Blutrinnsal sickerte aus seiner Lippe, doch er lächelte immer noch, während der Regen, sichtbar im Schein der Straßenlaternen, weiter auf sie herabfiel.

»Das hat mir gefallen. Aber trotzdem ein tätlicher Angriff, meine Liebe«, sagte MacLennan mit warnendem Unterton.

Die blinkenden Lichter und die Sirenen waren nun fast bei ihnen.

Er zwinkerte ihr noch zu, ehe er die Arme hochnahm, damit die anderen Beamten sie sehen konnten. Gerade blockierten sie die Zufahrt zum Parkplatz und sprangen aus den Streifenwagen. Er lächelte unbeirrt weiter. »Das bleibt aber unter uns. Bis zum nächsten Mal.«

30

Michael überquerte die große Stahlbrücke nach Rapinch. Er hatte immer noch nicht ganz verarbeitet, was Melissa ihm erzählt hatte: Jemand hatte um ein Treffen mit Nichol gebeten. Man hatte ihm ein Handy überlassen. Jemand, vor dem Nichol offenbar Angst gehabt hatte, der ihn derart eingeschüchtert hatte, dass er fortgelaufen war.

Michael eilte mit gesenktem Kopf weiter und wurde das Gefühl nicht los, dass ein Dämon ihn verfolgte. Ganz schön paranoid. Melissas Ängste hatten seinen eigenen Befürchtungen nun eine handfeste Grundlage gegeben. Irgendetwas schien in den Schatten hinter ihm zu lauern. Er hastete an zwei Männern in schwarzen Bomberjacken vorbei, die rauchend vor einem Wettbüro standen. Dann überquerte er die Straße und lief an dem leer stehenden Pub mit den verbarrikadierten Fenstern und der abblätternden grünen Farbe entlang.

Schließlich erreichte er den Wohnblock, von dem Melissa ihm erzählt hatte, und blieb stehen. Die Angst geisterte immer noch durch seinen Hinterkopf, während er in der kühlen Nachtluft tief durchatmete und dabei die Gerüche der Fish-and-Chips-Bude auf der Grant Street in die Nase bekam, die abends immer über diesem Teil der Stadt zu hängen schienen. Er versuchte die Furcht abzuschütteln, denn schließlich war er schon unzählige Male in Rapinch gewesen. Und außerdem, wer sollte ihn verfolgen? Er fischte nach seinen Zigaretten, musste aber feststellen, dass die Packung leer war.

Unwillkürlich schlug er den Kragen seiner Jacke hoch, sodass er sein Gesicht zum Großteil verdeckte, und behielt den Eingang des Gebäudes im Auge. Erst da fiel Michael wieder ein, dass er hier in diesem Wohnblock schon einmal gewesen war. Er hatte einen Klienten besucht, der letzten Endes dem beschwerlichen Leben, in das er hineingeboren worden war, zum Opfer gefallen war und nun sein Dasein im Gefängnis von Polmont fristete. Michael hatte nichts von Nichols Verbindungen in Rapinch gewusst. Hier wohnte also sein Onkel Eddie. Er war sich sicher, dass Nichol den Namen des Mannes ihm gegenüber nie erwähnt hatte. Noch so eine Sache, die er vor ihm geheim gehalten hatte.

Eine Frau und zwei Männer standen draußen vor der Mietskaserne und unterhielten sich. Ihre Kleidung und ihre Gesichter blieben in den Schatten verborgen, doch die Stimme der Frau klang schleppend, als hätte sie zu viel Alkohol getrunken. In streitlustigem Ton redete sie auf einen der Männer ein: »… gibst mir nie einen müden Penny und erwartest, dass ich alles zahle von dem bisschen, was ich kriege. Soll ich etwa betteln gehen?«

Michaels Anspannung wuchs, je mehr er sich den dreien näherte. Sicher würden sie von ihm wissen wollen, was er hier zu suchen hatte. Doch wider Erwarten waren sie so in ihr Streitgespräch und die Flasche vertieft, die sie untereinander hin und her reichten, dass sie ihn keines Blickes würdigten. Als er das Gebäude betrat, schlug ihm abgestandene Luft entgegen, typisch Mietshaus. Es roch nach Zigarettenrauch und Bratfett. Melissa hatte ihm erzählt, dass Eddies Wohnung im fünften Stock lag.

Michael fand sie ganz am Ende des düsteren Flurs. An der Schwelle blieb er stehen und zögerte. Plötzlich hatte er Angst, Melissa könnte ihm Lügen aufgetischt und die Geschichte nur erfunden haben, doch noch nervöser machte ihn die Aussicht, dass sie vermutlich die Wahrheit gesagt hatte. Er gab sich einen Ruck und klopfte an die Tür.

Gerade als er aufgeben und den Rückzug antreten wollte, öffnete sie sich einen Spaltbreit. Der Geruch, der zu ihm auf den Flur herausdrang, erinnerte an Fäulnis und Verwesung, sodass er entsetzt einen Schritt zurückwich. Im Türspalt tauchte ein leichenblasses Gesicht auf. Feindselig starrte es zu ihm heraus, die Wangen eingefallen und aschfahl, die schütteren grauen Haare an den Kopf geklatscht, die Haut gelblich.

»Sie müssen Michael Bach sein. Dieser Bursche vom Sozialamt?«

Sofort verspürte Michael den Impuls, auf dem Absatz kehrtzumachen und wegzulaufen. Genau wie in der Leichenhalle.

Eddie musste Michaels Gesichtsausdruck richtig gedeutet haben, denn jetzt trat ein Lächeln auf seine Züge. Fast, als hätte er Spaß daran, dass sein äußeres Erscheinungsbild eine derart verstörende Wirkung auf seinen Besucher hatte.

»Keine Sorge, mein Sohn. Ich mag zwar Furcht einflößend aussehen, aber ich bin nicht halb so erschreckend wie früher. Meine schlimmsten Zeiten liegen längst hinter mir.« Er wischte sich mit der flachen Hand über das ausgezehrte Gesicht. »Nichol hat Sie mal erwähnt, das ist alles. Ich hab das von diesem Jungen drüben in Gairloch gehört. Und heute Nachmittag wurde ein zweiter gefunden, heißt es. Noch ein junger Bursche. Der Tod schärft das Gedächtnis der Leute.«

Michael nickte bedächtig und versuchte sich seinen Abscheu angesichts des Aussehens des Mannes nicht mehr anmerken zu lassen.

»Entschuldigen Sie bitte die Störung. Ich habe gehört, Nichol hat einige Sachen hiergelassen?«

»Das haben Sie gehört?« Eddies Stimme klang mit einem Schlag misstrauisch und leicht spöttisch. »Von wem haben Sie das denn gehört?«

»Jemand aus seinem Wohnheim hat mich angerufen. Man hat mir mitgeteilt, dass einige von seinen Sachen fehlen.« Michaels Hand wanderte unwillkürlich an seine Wange, weil er kein guter Lügner war. »Ich soll sie hier abholen.«

Eddie starrte ihn einen Augenblick an, dann hoben sich seine Mundwinkel zu einem Ausdruck, den Michael nur zu gut kannte: Er machte sich über den naiven Sozialarbeiter lustig.

»Ist gut, mein Junge. Ich wollte das Zeug ohnehin loshaben.« Langsam drehte er sich um und schlurfte den Flur hinunter. Seine Hausschuhe machten auf dem abgetretenen Teppich ein schleifendes Geräusch. Michael verharrte einen Moment an der Schwelle, überrascht, dass Eddie ihn so bereitwillig einließ. Schließlich folgte er ihm durch den Flur zu einer offen stehenden Tür.

»Hier drinnen«, sagte Eddie und nickte in Richtung des kleinen Schlafzimmers. Draußen vor dem Fenster breiteten sich die Lichter der Stadt unter ihnen aus. Er deutete auf eine Reisetasche, die auf dem Boden lag. »Ständig lässt er seinen Kram herumliegen. Und dann erwartet er, dass ich hinter ihm aufräume. Das ist jetzt Ihr Job, nehme ich an, Sie haben so was wie die Mutterrolle übernommen. Bedienen

Sie sich.« Er ließ den Worten ein stakkatoartiges Lachen folgen und verschwand im Wohnzimmer.

Michael sah sich in dem kleinen Raum um, immer noch verblüfft, wie leicht Eddie es ihm gemacht hatte. Er ging auf die Knie und wurde für einen flüchtigen Moment von seinem schlechten Gewissen übermannt, weil er kurz davor war, die Sachen des Jungen ohne dessen Erlaubnis durchzusehen.

Eddie rief ihm aus dem Wohnzimmer etwas zu. »Mit wem, sagten Sie, haben Sie am Telefon gesprochen? Weil ich mich nämlich wundere, dass die nicht selbst hergekommen sind.«

Michael ging nicht auf die Frage ein, zwang sich, die Tasche zu öffnen, und leerte den Inhalt auf den Boden. Da waren Klamotten und einige Schulbücher, aber keine Spur von einem Handy. Er durchsuchte die kleineren Taschen außen am Beutel und im Innenfutter, doch auch hier: kein Handy. Mit wachsendem Unmut sah er sich im Zimmer um. Irgendetwas, vielleicht seine Intuition, sagte ihm, dass das Telefon hier irgendwo war. Nichol hatte gewollt, dass Michael danach suchte. Warum sonst hätte er ihm das Passwort für seinen Laptop schicken sollen? Er musste das Telefon irgendwo hier versteckt haben. Musste gewusst haben, dass Melissa ihm davon erzählen würde.

Der Raum war winzig, da war nichts außer einem Bett und einer Kommode. Er versuchte es unter dem Bett und zwischen Rahmen und Matratze. Dann durchkämmte er die Kommode. Immer noch nichts. Wo konnte Nichol es versteckt haben? Plötzlich schoss ihm die Antwort durch den Kopf: Eddie hatte es genommen. Er hatte sich bereits an Nichols Tasche zu schaffen gemacht. Wie nicht anders zu erwarten. Sonst hätte er Michael wohl kaum so mir nichts, dir nichts reinkommen und herumschnüffeln lassen.

Als Michael das Wohnzimmer betrat, hob Eddie den Blick. Gerade sog er mithilfe eines Sauerstoffgeräts, das neben seinem Sessel stand, Luft in seine Lunge. Dann schob er das Gerät ein Stück zur Seite und lehnte sich zurück. Aus einer Dose nahm er einen Schluck Lager und steckte sich eine Zigarette an.

»Sie haben sich aber Zeit gelassen, mein Sohn.«

Michael blickte auf die Tasche, die er aus dem Schlafzimmer mitgebracht hatte, und nickte.

»Haben Sie etwas auf dem Herzen? Sie sehen so aus«, sagte Eddie. Ein Lächeln umspielte seine Mundwinkel, die schmalen, vertrockneten Lippen, die an Leder erinnerten, die gelben Zähne, die dahinter hervorblitzten. Er zog gierig an seiner Zigarette und hielt Michael die Packung hin. »Meine Lunge ist in einem derart miserablen Zustand, dass ich genauso gut auch rauchen kann. Ihre dagegen ist vielleicht noch zu retten, was meinen Sie?«

Michael nahm das Angebot trotzdem bereitwillig an und musste lächeln, weil er tatsächlich süchtig genug war, um Dankbarkeit zu verspüren. Er zündete sich eine Kippe an und blies den Rauch in den ohnehin schon stickigen Raum.

»Hat Nichol sonst noch etwas hiergelassen?«, fragte Michael möglichst unbedarft.

Eddie ließ den Blick über die Wände tanzen, bis er schließlich auf Michaels Gesicht zu ruhen kam. Sein Grinsen wurde breiter. »Nur diese Tasche da. Das ist alles.«

»Es ist wichtig. Er ist möglicherweise in Gefahr. Da muss irgendwo ein Handy sein.«

»Nichol kommt schon klar. Der Junge ist schlau. Geht

gar nicht anders, wenn man in einer Familie wie der seinen aufwächst.«

»Er ist erst siebzehn.«

»Erst siebzehn? Mein Vater tötete seinen ersten Deutschen, als er sechzehn war. Wenn Nichol alt genug ist, um Charlie Bartle zu verärgern, dann ist er auch alt genug, die Konsequenzen zu tragen.«

»Wovon reden Sie?«

»Der kleine Charlie. Der Mann ist ein Tier. Genau wie sein Dad. Man braucht keinen Universitätsabschluss, um seinen Namen zu erraten. Der große Charlie hat mir das hier verpasst. Vor mittlerweile dreißig Jahren.« Eddie schob die dünnen Stirnfransen beiseite und deutete auf eine lange Narbe, die sich von seinem Haaransatz bis hinunter zum Ohr zog. Sie war bereits stark verblichen, aber auf seiner wächsernen Haut immer noch sichtbar. »Genau. Deswegen habe ich mich zwanzig Jahre lang woandershin verzogen. Ich habe die Konsequenzen getragen. Er hatte meine Schwester Jean übel zugerichtet, hatte ihr die Hälfte der Zähne rausgeschlagen. Deswegen kam sie zu meiner Mum ins Haus und wollte sich verstecken. Charlie hat seinen Fuß in die Tür gekriegt und mir mit seinem Golfschläger dieses Andenken hier verpasst. Dann hat er sie an den Haaren gepackt und die Straße entlanggeschleift, die Leute standen draußen vor dem Pub und haben zugesehen. Zwei Tage später kam sie noch mal vorbei. Ihr Gesicht sah aus wie ein Fußball. Da sagte ich zu ihr: ›Jean, wenn du nicht mit mir kommst, bringt er dich unter die Erde.‹« Eddie legte eine kurze Pause ein. Dann fuhr er fort. »Wissen Sie, was sie geantwortet hat? ›Das ist mein Ehemann, von dem du da sprichst.‹« Er fing wieder an zu husten, drückte die Zigarette aus und spuckte in ein zerknülltes Taschentuch.

»Sie sind mir immer noch eine Antwort auf meine Frage schuldig. Haben Sie das Handy genommen?«

»Scheißhandys. Die Leute interessieren sich für nichts anderes mehr. Ich sag's Ihnen, mein Sohn. Haben Sie schon mal was von Manieren gehört? Worauf ich hinauswill: Die Bartles sind Nichols Familie. Der große Charlie ist mittlerweile tot. Zum Glück. Sein Sohn aber trägt die Fackel weiter. Sie alle haben im Lauf der Jahre eine gewisse Zeit gesessen oder hätten in den Knast gehen sollen.« Eddie beugte sich verschwörerisch zu ihm vor. Mit einem Mal funkelten seine Augen in dem skelettartigen Gesicht, als würde er jeden Moment mehrere Trümpfe aus dem Ärmel holen. »Charlie Bartle junior ist erst seit Kurzem aus dem Gefängnis raus.«

Er ließ sich in seinen Sessel zurücksinken, verschränkte die Arme vor der Brust und sah Michael unumwunden an. Es war unangenehm heiß im Zimmer, die beiden Stäbe im elektrischen Kamin glühten tiefrot in der Dunkelheit.

»Was hat das mit Nichols Verschwinden zu tun?«, fragte Michael. Er war neugierig, obwohl er das Gefühl nicht loswurde, dass Eddie sich nur über ihn mokierte.

»Nichols Mutter. Chris. Sie ist eine Cousine der Bartles. Ein wenig älter als der junge Charlie. Sie trank gerne. Für einen Drink hätte sie alles getan.« Sein Grinsen wurde wieder breiter. »Es ist nicht leicht für ein Kind, wenn die eigene Mutter an der Flasche hängt und ihr der Alkohol wichtiger ist als man selbst. Fragen Sie den jungen Nichol. Sein Gesichtchen, als er hinter ihr hergelaufen ist: Mami, Mami …« Eddie brach erneut in ein gackerndes Gelächter aus. Michael sah ihm dabei zu und spürte, wie sich seine Hand unwillkürlich zur Faust ballte. Er war voller Abscheu vor diesem Mann und hegte eine tiefe Antipathie. »Die haben Charlie wegen Drogen drangekriegt. War ein ganz großer Wurf. Chris haben sie gleich mit einkassiert. Irgendwie war sie wohl auch in die Sache verwickelt. Wissen Sie, was danach passiert ist?«

Michael machte keine Anstalten zu antworten, deshalb beugte Eddie sich wieder vor. Er wirkte wie ein Verschwörungstheoretiker im Internet. »Das Sozialamt hat Nichol mitgenommen.«

»Und?«

»Und er hat Charlie Bartle möglicherweise die Schuld an allem gegeben. Hat vielleicht versucht, es ihm heimzuzahlen? Rache ist die stärkste Motivation, die man haben kann, nicht wahr?«

In Michaels Ohren klang das unwahrscheinlich. Aber möglicherweise gab es wirklich eine Verbindung zu Bartle. Vielleicht war er es, der Nichol das Handy und den Laptop geschenkt hatte? Hatte der Junge sich von ihm in etwas hineinziehen lassen? Und wenn dem so war, was hatte das mit den ermordeten Jungen zu tun? Es sei denn, Nichol war rein zufällig zur gleichen Zeit verschwunden. Eigentlich klang es plausibel, bis Michael der schwarze Stein wieder einfiel, den Nichol mit sich herumgetragen hatte. Ihm wurde schwer ums Herz. Die Verbindung zu den toten Jungen war eindeutig da, wie sollte es anders sein? Ob Charlie Bartle etwas mit den Morden zu tun hatte?

»Sie kennen Nichol«, sagte Eddie und unterbrach damit Michaels Gedanken. »Der Junge ist blitzgescheit. Viele aus der Gegend fanden ihr Ende in einem Fass voll Zement auf dem Grund des Fjords. Nichol wusste das. Mit der Kehle voller Zement spricht es sich schwer. Wenn Sie weiter solche Fragen stellen, werden Sie es schon bald am eigenen Leib erfahren.«

»Oder wir gehen gleich zur Polizei und unterhalten uns mit denen darüber«, schlug Michael vor.

»Jetzt setzen Sie sich verdammt noch mal hin, Herr Sozialarbeiter, und hören mir zu. Sie halten mich wohl für total bescheuert. Mit einer solchen Story über die Bartles wollen Sie zur Polizei gehen? Ich mache mir nur einen Spaß daraus, mein Sohn. Ich hänge an meinem Leben. Es wird nie langweilig, wenn man auf einer verdammten Müllhalde wohnt.« Die rot geränderten Knopfaugen des Alten wanderten durchs Zimmer, während er sprach. Michael kam es so vor, als wären dies die wahrsten Worte gewesen, die er seit seiner Ankunft hier gesprochen hatte.

»Wo ist das Telefon? Sie haben es mir immer noch nicht verraten.«

Eddie breitete die dürren Ärmchen aus. »Scheiße, weil ich es nicht weiß, das ist der Grund. Der Junge hat diese Tasche hiergelassen und sonst nichts.«

»Sie scheren sich einen verdammten Dreck um Nichol, stimmt's?«

»Ihr Sozialarbeiter seid doch alle gleich. Wollt den Leuten erzählen, wie sie ihr Leben zu leben haben. Was sie denken sollen.« Er hielt sich den Arm vor den Mund und hustete, ehe er wieder zu Michael aufsah. Offenbar fand er keinen Spaß mehr daran, ihn zu verscheißern. »Und jetzt seien Sie gefälligst ein guter Junge und hauen Sie ab. Überlassen Sie es den Leuten, die hierhergehören, im Dreck herumzustochern.« Er hielt Michael sein eigenes Handy hin. »Oder Sie warten ab, bis die Jungs vorbeikommen und ein Wörtchen mit Ihnen reden. Die werden Ihnen schon zeigen, was sie von Sozialarbeitern wie Ihnen halten.«

Michael starrte ihn für den Bruchteil einer Sekunde fassungslos an. Er verspürte den verrückten Drang, Eddie zu packen und zu Boden zu schleudern. Um seine Taschen zu durchwühlen, sämtliche Schränke im Zimmer zu durchsuchen. Stattdessen wandte er sich wortlos zum Gehen, blieb dann aber in der Tür stehen und drehte sich noch einmal zu ihm um. »Ich gehe zur Polizei. Und dann erzähle ich denen von dem Handy.«

Eddie zuckte mit der Schulter. »Ich bin mir sicher, sie werden es kaum erwarten können hierherzukommen. Gewiss wird ein ganzes Team abbestellt, um sich auf die Suche nach einem Jungen wie Nichol zu machen.«

Wieder starrte Michael Eddie ungläubig an, dann schüttelte er den Kopf und zog die Wohnzimmertür hinter sich zu. Er war froh, endlich aus diesem Raum zu entkommen. Weg von dem Geruch nach Verwesung, weg von Eddies Lügen und seinem starren Blick.

In Wahrheit war er froh, in einer Sackgasse gelandet zu sein. Jetzt konnte er den Laptop bei DI Kennedy zu Hause abliefern und ihr ganz offiziell unterbreiten, dass er alles versucht hatte. Er war sogar weitergegangen, als gut für ihn war; keiner konnte behaupten, dass er nichts unternommen hätte.

Er streckte die Hand aus und drückte den Türgriff nach unten. Sofort schlug ihm kalte Luft entgegen, die ihm nach der brütenden Hitze und dem Gestank in dieser stickigen Wohnung mehr als willkommen war. Im selben Moment hatte er wieder Eddies Gesicht vor Augen. Diese kleinen Knopfaugen und wie sie über die Wände des Wohnzimmers getanzt waren. Wie sie fast unfreiwillig dorthin gewandert waren.

Michael schob die Haustür wieder zu und ging zurück ins Wohnzimmer.

Eddie blickte von seiner Dose Lager auf. »Das ging aber

schnell. Sie haben wohl die Inkontinenzeinlagen vergessen, wie?«

Michael ignorierte seine Bemerkung und starrte an die Wand. Da war ein Regal mit einem gerahmten Foto von einem jüngeren Eddie draußen vor einer Kirche, gekleidet in einen schlecht sitzenden Anzug. Es musste dem Schnitt des Anzugs nach irgendwann in den Achtzigerjahren aufgenommen worden sein. Michael schob das Bild zur Seite. Dahinter stand eine Reihe Bücher.

»Die hat Nichol hiergelassen, stimmt's?«

»Sie gehören mir. Die haben nichts mit Nichol zu tun.« Eddies Stimme schraubte sich panisch in die Höhe. Umständlich erhob er sich aus seinem Sessel.

»Setzen Sie sich wieder«, sagte Michael, während er ein Buch nach dem anderen aus dem Regal zog. Es handelte sich um philosophische und mathematische Werke, darunter auch *Jenseits von Gut und Böse* von Nietzsche. Michael hielt das Buch in der Hand. Es fühlte sich irgendwie eigenartig an. Als hätte es kaum Gewicht. Michael drehte es in der Hand hin und her, bis er sah, was daran nicht stimmte: Der Deckel war zugeklebt und unordentlich mit grauem Klebeband fixiert. Er schob den Daumen darunter und zog es ab. Das Buch klappte auf.

»Was machen Sie da? Das gehört mir!«

Michael spürte, wie Eddie seine greise Hand nach dem Buch ausstreckte. Mühelos schüttelte er sie ab. Ganz hinten war ein tiefes Loch in die Seiten geschnitten worden, darin steckte etwas, das in Plastikfolie gewickelt war. Er ließ das Buch in der Jackentasche verschwinden und zog die Folie von dem Gegenstand. Mit wachsender Aufregung erkannte er, dass es ein Handy war.

»Vor zehn Jahren. Vor zehn Jahren …« Michael hob den

Kopf, als er Eddies Stimme hörte. Mit blankem Hass sah der ihn an. »Sie können froh sein, wenn diese Jungs Sie nicht in die Finger kriegen, solange ich noch am Leben bin, mein Sohn. Ich rate Ihnen, beten Sie zu Gott«, sagte er, während er die Hände abwechselnd zu Fäusten ballte und wieder lockerte.

Michael stopfte hastig das Telefon zu dem Buch in die Tasche und schob sich an Eddie vorbei.

Die abgehackten Worte des alten Mannes folgten ihm hinaus in den Flur und bis zur Haustür. »Sie können nur hoffen, dass ich nicht in der Nähe bin, wenn die Sie drankriegen. Weil ich mich nämlich ganz vorne anstellen werde, um Ihnen eins reinzuwürgen. Sie haben sich viel zu weit aus dem Fenster gelehnt, mein Sohn. Nichol will von niemandem gefunden werden, das schwöre ich Ihnen.«

Michael rannte bereits die Treppe hinunter und hinaus in den abendlichen Regen. Er war sich sicher, dass Eddie nur bluffte, von wegen, seine Jungs seien auf dem Weg zu ihm. Aber riskieren wollte er trotzdem nichts. Er tastete nach dem Telefon in seiner Tasche und beschleunigte seine Schritte. Tatsächlich konnte er kaum glauben, dass er es letztlich doch gefunden hatte. Dann hatte Melissa also die Wahrheit gesagt.

Gerade als er zum zweiten Mal an diesem Abend die gusseiserne Brücke überquerte, rasten zwei Streifenwagen an ihm vorbei, mit blinkenden Blaulichtern und heulenden Sirenen. Sie waren so nah, dass die aufgewirbelte Luft an Michaels Kleidung zerrte. Erschrocken wich er zurück und wurde jäh aus seinen Gedanken gerissen. In der Ferne hörte er schwach weitere Sirenen, die sich allesamt in dieselbe Richtung zu bewegen schienen.

Ratlos blickte Michael den Rücklichtern hinterher und

fragte sich, wem da wohl gleich der Abend versaut werden würde. Abgelenkt durch diese Überlegungen, bekam er zu spät mit, dass neben ihm ein Wagen angehalten hatte. Als er ihn bemerkte, war die Tür bereits aufgegangen, und der Fahrer war auf ihn zugetreten und streckte die Arme nach ihm aus.

31

Monica spielte mit dem Telefon in ihren Händen und widersetzte sich dem Drang, ihre Mutter zum dritten Mal an diesem Abend anzurufen und sich zu erkundigen, ob mit Lucy alles in Ordnung sei. Ihr wurde übel, während ihr MacLennans Drohungen zum wiederholten Mal durch den Kopf gingen. Wenn sie sich ihn in der Nähe ihrer Tochter vorstellte …

Detective Superintendent Hately rutschte unruhig auf dem Stuhl neben ihr herum, während auf dem Monitor zu sehen war, wie MacLennan in den Vernehmungsraum geführt wurde. Er nahm Platz und ließ den Anwalt daneben ganz klein erscheinen. Normalerweise wirkten Verdächtige, als wären sie geschrumpft, sobald sie zum Verhör gebeten wurden. Bei MacLennan war genau das Gegenteil der Fall: Er sah größer und imposanter aus denn je.

DC Crawford und DC Fisher setzten sich ihm gegenüber an den Tisch. Wie Lämmer auf der Schlachtbank, kam es Monica unwillkürlich in den Sinn. Das Protokoll sah vor, dass sie als Beamtin, die die Verhaftung vorgenommen hatte, nicht zugleich das Verhör leiten durfte. Sie musste sich damit begnügen, die beiden Detective Constables dahingehend zu briefen, in welche Richtung die Fragen gehen sollten. Es war nicht das Gleiche, wie MacLennan selbst auf den Zahn zu fühlen und seine Lügen zu entlarven, bei Weitem nicht.

Die Tür hinter Monica ging auf, und Dr. Lees betrat das Zimmer. Er nickte erst Hately, dann ihr zur Begrüßung zu, ehe er ebenfalls vor dem Monitor Platz nahm. Er faltete die Hände, Fingerkuppen aneinander, den Kopf leicht zur Seite geneigt, und spielte die Rolle des hoch interessierten und allwissenden Psychologen in vollendeter Perfektion. Er war wirklich ein ziemlicher Scheißkerl.

»Das heute Abend hat Ihnen sicherlich gefallen. Eine wilde Verfolgungsjagd war das. Gibt nichts Schöneres, nicht wahr?«, drang MacLennans Stimme aus den Lautsprechern.

»Wenn Sie nicht weggelaufen wären, hätten wir Sie nicht verfolgen müssen«, entgegnete Fisher ungerührt.

»Und wie Sie mich verfolgt haben, stimmt's, mein Sohn?«, meinte MacLennan. Seine riesigen Hände lagen flach auf dem Tisch, auf der Vorderseite seines T-Shirts waren ein paar Spritzer getrocknetes Blut zu sehen. »Ich nenne das Polizeischikane.« Grinsend zauste er sich das blondierte Haar. Dann wanderte seine Hand an seinen Mund, um festzustellen, dass ein Zahn locker war, weil Monica ihn geschlagen hatte. Er drückte mit der Kuppe seines Daumens dagegen. Monica zog leicht den Kopf ein, als sie sah, dass er nachgab und sich nach innen bewegte.

»Sie spielen gern Spielchen, stimmt's, Owen? Sie genießen es zu reden, Geschichten zu erzählen? Kann man das so sagen?«, fragte Fisher und folgte damit genau Monicas Anweisungen.

MacLennans stechend blaue Augen bohrten sich in ihn. »Für Sie ist das alles Neuland, habe ich recht, mein Junge? Sie sehen aus wie zwölf. Blutige Jungfrau. Im Vernehmungsraum, will ich damit sagen – ich bin mir sicher, dass Sie schon des Öfteren gefickt wurden. Vermutlich von ihm.« MacLennan deutete mit dem Kinn auf Crawford, der ihn scharf ansah, sich aber im Griff hatte und den Mund hielt.

Fisher fuhr unbeirrt fort mit seiner Befragung, und es machte Monica mächtig stolz, dass er nicht auf MacLennans Provokationen einging. »Sie erzählen gern Geschichten, doch letzten Endes sind Sie ein Fantast. Wissen Sie, was das bedeutet, Owen? Es bedeutet, dass Sie den Unterschied zwischen Wahrheit und Dichtung nicht kennen.«

»Warum sagen Sie so gemeine Dinge über mich, Detective? Detective-defektiv. Das sind Sie beide, habe ich recht? Defektive Detectives?« MacLennan grinste, während er sprach, ehe er nach dem Wackelzahn griff und ihn sanft hin und her bewegte.

»Wir haben Videobeweise, die belegen, dass Sie zur Tatzeit in Gairloch waren. Wir haben Videobeweise, dass Sie einen Jungen bei sich im Wagen hatten. In diesem Moment werden sowohl Ihr Lieferwagen als auch Ihr Computer auseinandergenommen. Langsam zeichnet sich für uns ein klares Bild ab, und es wird uns zu Ihnen und Robert Wright führen«, erklärte Crawford, während er sich über den Tisch beugte.

MacLennan neigte sich nun seinerseits auf ihn zu, sodass sein Gesicht nur noch wenige Zentimeter von Crawfords entfernt war. »Ach ja?«

»Ihnen steht lebenslange Haft wegen Mordes bevor, Owen. Ich denke, Sie sollten sich langsam damit abfinden, dass Sie zurück in den Knast wandern. Sie sollten sich lieber überlegen, für wie lange Sie einsitzen wollen. Wenn Sie uns helfen, einige Unklarheiten zu bereinigen, dann können Sie mit einem milderen Urteil rechnen«, sagte Crawford.

Der Anwalt neben Owen wollte sich zu Wort melden,

doch MacLennan brachte ihn mit einer Geste zum Schweigen. Er starrte hinunter auf die Tischplatte. Zur Abwechslung schien er einmal keine schlagfertige Antwort parat zu haben.

»Wie sind Sie auf Robert gekommen? Was hat Sie zu ihm geführt?«, fuhr Fisher fort.

MacLennan hob flüchtig die Augenbrauen. Eine kaum merkliche Veränderung ging auf seinen Zügen vor sich. Hätte Monica es nicht besser gewusst, hätte sie den Ausdruck als Furcht eingestuft.

»Wir haben heute einen zweiten Leichnam gefunden. Einen jungen Mann namens Paul MacKay. Was wissen Sie über ihn?«, wollte Crawford wissen. Diesmal hielt MacLennan den Blick gesenkt. Die Detectives schienen ihrem Ziel allmählich näher zu kommen.

Monica beugte sich gespannt auf den Monitor zu.

»Vergangene Freitagnacht. Sie sind nach Gairloch gefahren. Was ist geschehen? Wo haben Sie Robert getroffen?«, ließ Crawford nicht locker.

»Letzten Freitag?« MacLennan wischte sich mit der Hand übers Gesicht. »Freitag. In Gairloch. Da war ein Junge, ja …« Monica warf Hately einen stummen Blick zu: Er gibt es zu. Erleichterung. Lucy war in Sicherheit, jetzt konnte sie MacLennans grässliche Drohungen getrost vergessen.

»Was ist geschehen, Owen? Mit dem Jungen?«

MacLennans Hand wanderte erneut zu dem lockeren Zahn. Er schob ihn nach innen, dann bog er ihn wieder heraus. Endlich packte er ihn und zog kräftig. Monica zuckte unwillkürlich zusammen, als der Zahn sich ganz langsam löste. Behutsam legte er ihn auf den Rand des Tisches. »Da war ein Junge.«

»Sagen Sie uns, was passiert ist«, forderte Crawford ihn abermals auf. Seine Stimme verriet seine wachsende Gereiztheit, weshalb Monica ihn innerlich anflehte, er möge sich etwas zurücknehmen. Bei einem geborenen Lügner wie MacLennan durfte man sich nie allzu sehr in Sicherheit wiegen.

Ganz langsam hob der Festgenommene den Kopf. Ließ den Blick zwischen den beiden Detectives hin und her wandern. Es lag ein Ausdruck auf seinem Gesicht, den Monica mit Entsetzen als freudig interpretierte.

»Da war ein Junge. Aber ich bin verwirrt«, sagte er blinzelnd.

Monica hörte, wie Hatelys Telefon summte. Er achtete nicht darauf.

»Warum sind Sie verwirrt, Owen?« Verunsicherung schlich sich in Fishers Stimme.

Wieder summte Hatelys Telefon, dann war ein hektisches Klopfen an der Tür zu hören.

»Ich bin verwirrt, weil Sie mich ständig nach diesem Jungen in Gairloch fragen. Aber welchen Jungen meinen Sie?«

Wieder ein nachdrückliches Klopfen. Die Tür ging auf, und ein uniformierter Beamter betrat den Raum. Sein Gesichtsausdruck ließ keinen Zweifel daran, dass es dringend war. Hately erhob sich.

»Die Rede ist von Robert Wright. Das wissen Sie genau«, sagte Crawford, der jetzt nervös auf seinem Stuhl herumrutschte.

MacLennan lächelte unbeirrt weiter und sagte eine Weile keinen Ton. »Sehen Sie? Ich war mir nicht sicher, ob Sie den Jungen meinten, den ich mitgenommen habe. Oder diesen armen Jungen, den man drüben in Gairloch tot aufgefunden hat.«

Hately trat hinaus auf den Flur, dann sah er sich über die Schulter zu Monica um.

»Was sagen Sie da?«

»Er ist nicht der Schnellste, wie?«, fragte MacLennan und deutete auf Crawford. Dann drehte er sich um und schaute direkt in die Kamera. »Sind Sie da draußen, Detective Monica? Die Jungs hier drinnen sind ein bisschen schwer von Begriff, deshalb will ich es Ihnen erklären. Wenn Sie mich ganz freundlich bitten, erzähle ich Ihnen von dem Jungen, mit dem ich nach Gairloch gefahren bin. Aber wenn Sie nur was von dem armen toten Robert Wright hören wollen, dann …« Er breitete bedauernd die Hände aus.

Monica trat hinaus auf den Flur. Hately stand mit zwei Beamten in Uniform und einer Frau mit banger Miene und grauer Dauerwelle zusammen. Sie hielt ihre Handtasche vor den Oberkörper gepresst, als handelte es sich um eine Art Rüstung. Hinter ihr stand ein Junge im Teenageralter, er hatte kurze braune Haare. Sein Gesicht kam ihr bekannt vor. Es war ein Gesicht, das Monica erst kürzlich auf Videoband gesehen hatte.

»Das sind Owen MacLennans Nachbarin Anne Wilson und ihr Enkel Rory. Er wohnt derzeit bei ihr. Rory gibt an, vergangenen Freitagabend mit Owen MacLennan nach Gairloch gefahren zu sein.«

Schockiert drehte Monica sich um und warf einen Blick in das Zimmer hinter ihr. Dr. Lees sah sie mit einer Mischung aus Überraschung und leichter Belustigung an. Auf dem Monitor neben ihm war MacLennan zu sehen, der immer noch in die Kamera starrte. Fast, als könnte er in den Raum hineinsehen. Sein breites Lächeln galt allein ihr.

»Wir können ihn nicht einfach so laufen lassen«, protestierte Monica aufgebracht. Ihr war sehr wohl bewusst, dass sie die Stimme erhoben hatte, vernehmlich hallte sie durch den geschäftigen Besprechungsraum. So laut, dass sich die Leute nach ihr umdrehten.

»Der Junge behauptet, er sei bei ihm im Lieferwagen mitgefahren«, sagte Hately in herrischem Tonfall, sichtlich bemüht, nicht ebenfalls laut zu werden. Er stemmte die Hände in die Hüften und öffnete dabei seine Anzugjacke ganz weit, die dunklen Augenbrauen in bester Machomanier tief in die Stirn gezogen. Finster starrte er Monica an.

»Woher wollen wir wissen, dass der Junge nicht lügt?«, knurrte Crawford und fuhr sich mit der Hand durch den roten Haarschopf. Er erhob sich hinter seinem Schreibtisch. Dr. Lees hatte sich von der Gruppe entfernt, wie ein Kind, das sich keiner Schuld bewusst ist.

»Sie haben die Videoaufzeichnungen aus Gairloch doch auch gesehen. Man kann nicht gerade sagen, dass das Material hochauflösend sei! Er könnte uns jederzeit einen Bären aufbinden, weil MacLennan ihn darum gebeten hat.« Die dunklen Ringe unter Crawfords Augen schienen vor Zorn zu pulsieren.

»Leider. Aber andersherum können wir auch nicht beweisen, dass das Video wirklich Robert Wright zeigt«, wandte Dr. Lees unnötig laut ein, sodass seine Worte im ganzen Raum zu hören waren. »Dieser junge Mann behauptet, mit MacLennan im Van gewesen zu sein.«

»Warum aber war der Junge hinten im Laderaum und nicht vorne auf dem Beifahrersitz?«, brachte Crawford vor. »Das ist doch wirklich zu seltsam. Finden Sie nicht auch?«

»Sehen Sie sich vor, Detective«, sagte Hately betont langsam und starrte Crawford dabei finster an. »Ich verstehe ja

Ihren Frust, wir alle wollen diese Verbrechen so schnell wie möglich aufgeklärt sehen. Aber wenn der Junge behauptet, er kann sich nicht erinnern, dann können wir ihn nicht zwingen.« Sein Blick wanderte weiter zu Monica, die sofort wusste, was er ihr damit signalisieren wollte: dass sie Crawford nach Möglichkeit an die kurze Leine nehmen sollte. Doch statt Crawford zurechtzuweisen, lehnte sie sich gegen den Schreibtisch und verschränkte die Arme.

»Ich habe Ihnen erklärt, dass MacLennan meiner Tochter gedroht hat«, sagte sie und sah Hately eindringlich an. Eine Warnung, die Bedeutung dieser Sache mit Lucy ja nicht zu schmälern. »Er kennt ihren Namen. Er weiß Dinge über sie … was ihren Vater betrifft, zum Beispiel.«

»Und er behauptet, Sie seien handgreiflich geworden, als er sich eigentlich ergeben wollte«, mischte Dr. Lees sich ein. Seine Stimme klang aalglatt und wohl artikuliert. »Es ist nicht ungewöhnlich für diese Sorte Täter, dass er andere einzuschüchtern versucht. Natürlich verstehe ich, dass es Sie persönlich aufwühlt, aber wie hoch stehen die Chancen, dass er ernsthaft vorhat, Ihrer Tochter etwas anzutun? Wenn ein Mensch von seinem Charakter Drohungen ausspricht, kann man davon ausgehen, dass das nichts als leere Worte sind. Wenn er sich tatsächlich mit der Absicht trüge, sie in die Tat umzusetzen, hätte er das viel eher geheim gehalten, statt Sie zu warnen.«

Monica fuhr herum. Mit hochgezogenen Augenbrauen starrte sie Dr. Lees von oben her an. Sie würde mit keiner Faser ihres Körpers irgendetwas von ihren Gefühlen preisgeben: einer üblen Mischung aus Angst, Verletztheit und Wut. Unter den verschränkten Armen kniff sie sich durch ihr Oberteil hindurch in den Bauch und verdrehte die Haut so, bis der Schmerz ihre Empfindungen dämpfte. Langsam und die Worte sorgsam wählend, sprach sie weiter, wie zu einem Kind: »Er kannte den Namen meiner Tochter, Dr. Lees. Was auch immer er damit bezwecken wollte, seine eigentliche Absicht war, mir zu drohen.«

»Monica«, sagte Hately in warnendem Tonfall. Sie wusste, dass er diesmal keinen Widerspruch duldete, weil er sie normalerweise nie bei ihrem Vornamen anredete. Sie war sich sogar sicher, dass er sie zum ersten Mal überhaupt als Person in ihrer Gesamtheit anerkannte und nicht nur als einen Polizeirang und den dazugehörigen Nachnamen. Er sprach immer noch bedächtig. »Es tut mir leid, DI Kennedy, aber Sie wissen genau, wie leicht man sich solche Informationen heutzutage aus dem Internet besorgen kann. MacLennan hat möglicherweise ein Foto Ihrer Tochter auf Facebook gesehen. Ein Freund von einem Freund von einem Freund, der es geteilt hat, Sie wissen ja, wie das läuft. Es steht Ihr Wort gegen seins.« Mit einem warnenden Blick fuhr er fort: »Sehen Sie das Ganze rational. Wollen Sie sich wirklich eine Untersuchung wegen tätlichen Angriffs antun? Wir haben keinerlei Beweise. Wir haben nichts in der Hand, weswegen wir ihn hierbehalten könnten. Uns bleibt nichts anderes übrig, als ihn laufen zu lassen.«

32

»Alle hassen uns. Wir sind so was wie Banker, nur total mies bezahlt«, jammerte Anita Patel, Michaels Vorgesetzte, als er ihr ein Glas Rotwein reichte und seinen Gin Tonic auf den Tisch stellte. »So war das schon immer, Michael. Was soll sich daran geändert haben?« Sie schob sich eine braune Haarsträhne hinters Ohr, ehe sie einen Schluck Wein trank und einen pinkfarbenen Lippenstiftabdruck auf dem Glas hinterließ.

Michael spürte Nichols Handy in der Tasche und wünschte sich zum wiederholten Mal, Anita hätte ihn nicht zufällig gesehen. Wenn er die Brücke dreißig Sekunden später betreten hätte, hätten sie sich verpasst.

»Halb so wild. Ist nur ein schwieriger Fall.« Er nahm einen Schluck von seinem Drink und sah sich im Pub um. Sie saßen in der Black Isle Bar auf der Church Street, einem der besseren Etablissements in Inverness. Wenn der Laden auch nicht weit von der Brücke entfernt lag, die über den Fluss nach Rapinch führte, war er doch vom Niveau her meilenweit davon entfernt. Der Regen draußen vor den Fenstern glitzerte im Licht der Straßenlaternen.

Anita nahm einen Zug von ihrer E-Zigarette. Die Spitze leuchtete auf, ein blaues Glühen im schummrigen Licht der Bar. »Es ist wieder dieser Junge, Nichol Morgan, nicht wahr?«

»Hat James mit dir gesprochen?«

»Du hast vergangene Woche so gut wie jeden in der Abteilung zu ihm befragt. Und dann verschwindest du heute einfach so, ohne deine Termine mit den Klienten abzusagen … Da war es nicht nötig, dass James mir etwas erzählt.«

»Ich sollte mich eigentlich mit Nichol treffen. Ich habe ihn hängen lassen.«

»Du solltest die Arbeit mit deinen Klienten professioneller angehen, Michael. Niemand hat gern die Presse oder die Beschwerdeabteilung an der Backe. Zumindest geht es mir so. Du hast bereits eine schriftliche Verwarnung bekommen. Seit dem Tod deines Dads bist du nicht mehr ganz bei der Sache.« Sie hob die Hand, um ihn zum Schweigen zu bringen, da er gerade zum Protest anheben wollte. »Was absolut verständlich ist. Aber es ist die Wahrheit.«

»Mir geht es gut.«

Sie beugte sich möglichst weit zu ihm vor, sodass er ihre grünbraunen Augen direkt vor sich hatte. »Michael. Ich kenne dich. Es geht dir nicht wirklich um diesen Jungen. Du jagst immer noch deinem Bruder hinterher. Siehst du denn nicht, dass der Tod deines Vaters die ganzen alten Geschichten wieder aufgewühlt hat?«

»Anita …« Michael hatte sichtlich Mühe, die Fassung zu wahren. »Deine Analyse meiner Psyche ändert nichts an der Tatsache, dass einer meiner Klienten verschwunden ist.«

»Aber du nimmst deine Arbeit doch immer mit nach Hause. Du stellst Fragen, die grob gegen das Gesetz der Vertraulichkeit verstoßen.«

»Soll ich etwa so tun, als wäre nichts geschehen? Soll ich ignorieren, dass zwei Jungen ermordet wurden?« Er steckte sich eine Zigarette in den Mund und hätte sie um ein Haar angezündet.

»Wir sind hier in den Highlands, Michael. Orkney ist immer noch in den Köpfen der Leute. Glaub mir, ein Sozialarbeiter auf Kreuzzug, das ist nichts für dich.«

Die Satanisten von Orkney, 1991, Tiefpunkt in der Geschichte der Sozialarbeit in Schottland. Es ging um Kindesmissbrauch. Schwarze Magie und Teufelsanbetung. Kinder, die aus ihrem Zuhause entführt worden waren. Familien, die wegen eines satanistischen Kultes zerbrachen, ein Kult, der lediglich in den Köpfen der ermittelnden Sozialarbeiter existiert hatte.

Anita schüttelte den Kopf. »Es gibt immer noch Leute, die denken, wir würden Kinder dazu ermutigen, Lügen über ihre Eltern zu verbreiten. Sie werfen uns vor, wir wollten Familien auseinanderbringen …« Sie hob die Hände, die Handflächen nach oben gerichtet, als gäbe sie wichtiges Wissen an ihn weiter. Die unterschwellige Botschaft aber lautete: Wenn du es vermasselst, stehst du ganz alleine da.

An einem der hinteren Tische in der Ecke saßen zwei Männer mit hochgezogenen Kapuzen, die ihre Gesichter größtenteils verbargen. Michael stellte zu seiner Verwunderung fest, dass die beiden sie zu beobachten schienen. Als sie merkten, dass er in ihre Richtung schaute, wandten sie die Köpfe ab.

Anita ließ ihre Hände sinken und legte sie zu beiden Seiten des Weinglases ab, sodass sich die Spitzen ihrer lackierten Nägel knapp berührten.

Wieder sah er zu den beiden Männern hinüber. Jetzt schienen sie in ein Gespräch vertieft. »Bist du ihm je begegnet? Nichol, meine ich?«

Anita seufzte, griff nach ihrem Glas und leerte es in einem Zug. »Hör zu, Michael. Du musst die Sache auf sich beruhen lassen.« Sie schob das leere Glas von sich. Das entstehende Geräusch erinnerte an eine Planchette, die sich über ein Ouija-Brett bewegte. »Ich habe seine Akte gesehen. Der Junge saß in der Vergangenheit schon des Öfteren in der Klemme. Du musst endlich akzeptieren, dass er sich womöglich in etwas hat hineinziehen lassen. Und dass er dann beschlossen hat zu verschwinden.« Sie starrte ihn durchdringend an. Als er nichts entgegnete, fuhr sie fort: »Ich gehe jetzt besser. Jamie denkt ohnehin schon, ich hätte eine Affäre mit jemandem aus dem Büro. Wenn ich noch einmal zu spät nach Hause komme, haut er wieder ab, was ein ernstliches Problem wäre, wegen der Kinder.« Damit erhob sie sich und knöpfte ihren Mantel zu. Sie registrierte Michaels Gesichtsausdruck. »War nur ein Witz, Michael. Das mit meinem Mann. Der haut schon nicht ab. Keine Sorge, er weiß, dass ich keine Affäre mit dir habe.«

Michael sah zu, wie sie den Pub durchquerte, die gläserne Schwingtür aufschob und dann die Church Street hinunter in Richtung Old High Church ging, wo sie ihren Wagen geparkt hatte. Er wartete zwei Minuten ab, bis er sie am Fenster vorüberfahren sah, ehe er selbst zum Ausgang eilte. Auf dem Weg nach draußen warf er noch einmal einen verstohlenen Blick zu dem Tisch in der Ecke. Jetzt saß dort niemand mehr.

33

Michael schälte sich aus seiner nassen Jacke und hielt den Einschaltknopf des Handys gedrückt. Er wollte endlich wissen, was darauf war. Schwarz starrte ihm das Display entgegen, es kam und kam keine Anzeige. Der Akku war tot.

»Scheißgerät«, fluchte er lautstark, während er sich in der leeren Wohnung umsah. Hastig durchsuchte er die Küchenschubladen sowie das Schränkchen unter dem Spülbecken. Inmitten eines Wusts an Kabeln fand er zwei alte Ladekabel: eins von Nokia und eins von Motorola. Aber keines wollte in Nichols Handy passen, sosehr er sich auch abmühte.

Super Detektivqualitäten, die er da hatte. Er schaffte es noch nicht mal, das verdammte Ding einzuschalten. Nach diesem langen und verrückten Tag verlor er ziemlich schnell die Geduld. Frustriert warf er die Ladekabel auf den Tresen und wischte sich mit nikotinfleckigen Fingern übers Gesicht. Kurz ging ihm durch den Kopf, was sein Dad wohl gesagt hätte, wenn er seinen Sohn so erlebt hätte. Doch dann hoben sich seine Mundwinkel zu einem Lächeln, als ihm der billige Multiadapter einfiel, den er gekauft hatte, als sein Vater im Krankenhaus gelegen und er das Ladekabel für seinen Kindle vergessen hatte. Er erinnerte sich genau, dass er ihn zusammen mit dem Gerät in seinem Auto verstaut hatte, als sein Vater jegliches Interesse am Lesen verloren hatte.

Michael rannte hinaus in den Regen, lief über die Straße zu seinem Land Rover und wühlte in dem Durcheinander auf dem Armaturenbrett. Schließlich wurde er fündig, das Ding lag unter einer dicken Staubschicht.

Zurück in der Wohnung säuberte er den Adapter, steckte das USB-Kabel in seinen Laptop und suchte nach dem passenden Anschluss für das Handy. Ungeduldig wartete er ab, während es lud. Er zündete sich eine Zigarette an und fragte sich, ob er das Telefon je anbekommen würde. Was für ein Ärgernis wäre es, wenn es gar nicht mehr funktionierte. Doch das rote Lämpchen des Geräts ging regelmäßig an und aus, es schien also zu laden.

Während er das pulsierende Licht beobachtete, fragte Michael sich erneut, woher das Handy stammte. Hatte derjenige, der die beiden Jungen auf dem Gewissen hatte, es dazu verwendet, Nichol allein irgendwohin zu locken? Vielleicht war das der eigentliche Zweck der Nachricht gewesen, die Melissa zufällig gelesen hatte. War Nichol zu dieser Verabredung gegangen und nie zurückgekehrt? Lag er womöglich längst tot irgendwo?

Schreckliche Vorstellung. Michael versuchte sich mit dem Gedanken zu trösten, dass Nichol das Handy ganz bewusst zurückgelassen hatte. Er hatte es versteckt und dann versucht, Michael zu kontaktieren. Hieß das, dass Nichol gar nicht zu dem Treffen mit dieser Person gegangen war, von der die Nachricht stammte? Vielleicht hatte er sich vorher in Sicherheit gebracht?

Mit einem Pling erwachte das Handy zu neuem Leben; das Display wurde weiß, dann erschien das Eingabefeld für den Zugangscode. Nichols Geburtsdatum. Michael stellte mit Schrecken fest, dass er Melissa nicht nach dem genauen Datum gefragt hatte. Ungeduldig legte er das Telefon beiseite, loggte sich in die Datenbank des Sozialdienstes ein und suchte, bis er Nichols Akte gefunden hatte. Mit großer Anspannung gab er die Nummernfolge ein und wartete darauf, was passieren würde.

Melissa hatte nicht gelogen. Das Telefon schien die Zahlen zu akzeptieren, im nächsten Moment leuchtete es auf, und eine Reihe von App-Symbolen erschien vor dem Bildschirmhintergrund.

»Komm schon, wer hat dir geschrieben? Wer wollte dich treffen?«, flüsterte Michael. Er mühte sich mit dem Betriebssystem ab, das er nicht kannte, bis er die Nachrichtenapp fand und sie öffnete.

Doch der Ordner war leer, sie waren gelöscht worden. Was auch immer Melissa gelesen hatte, war nicht mehr auffindbar. Michael fluchte verhalten vor sich hin und warf frustriert den Kopf in den Nacken. Warum hätte Nichol diese Nachrichten löschen sollen? Er durchsuchte das Telefonregister. Anschließend überprüfte er die Kontaktliste sowie die Mailbox. Alles leer. Warum erst alles löschen und dann das Handy verstecken? Das ergab doch keinen Sinn. Mit wachsender Verzweiflung tippte er auf das Symbol, hinter dem sich die Fotogalerie verbarg. Darin war eine einzige Datei gespeichert. Ein Video. Nur eine Datei – genau wie auf dem Laptop, dachte er. Er wollte sie öffnen, zögerte dann aber und zündete sich eine Zigarette an.

Dabei rief er sich den ersten toten Jungen in Erinnerung. Wie er auf diesem Seziertisch in der Leichenhalle gelegen hatte. Und jetzt lag ein zweiter gleich daneben. Natürlich wollte er wissen, was auf diesem Video war, was der Junge zu verbergen hatte. Gewiss etwas, das schlimm genug war, um Nichol zu dem Entschluss zu bringen, schleunigst zu verschwinden. Seinen Laptop und den Rest seiner Sachen zurückzulassen und sich einfach aus dem Staub zu machen. Oder er hatte etwas herausgefunden, das so schlimm war, dass nun jemand ein ernsthaftes Interesse daran hatte, Nichol daran zu hindern, es je irgendeiner Menschenseele zu erzählen.

Wieder wollte Michael die Datei öffnen, und wieder ließ ihn etwas innehalten. Er stand auf. Griff nach der Flasche billigen Whiskys, die er in einem der Schränke gefunden hatte, und goss sich gute drei Fingerbreit in ein Glas. Er nahm einen langen Zug, dann griff er nach dem Handy und drückte auf Play.

Nichols Gesicht füllte das Display. Die Kamera wurde herumgeschwenkt, und ein zweiter Junge kam ins Bild. Sein Gesicht war nicht zu erkennen. Er kauerte im Gras, hinter ihm grünes Laub. Das Video musste im Frühling oder im Sommer gedreht worden sein.

Die Aufnahme stoppte, dann lief sie weiter. Jetzt kniete der Junge. Mit wachsendem Unbehagen wurde Michael bewusst, dass er hinter einem Grabstein kauerte. Die Kamera zoomte näher an den Jungen heran. Über seiner Schulter konnte Michael einen Namen erkennen: ALEXANDER ALLEN 1890-1915.

Jetzt schwenkte die Kamera auf die Hände des Jungen. Er hielt eine Schachtel. Langsam beugte er sich vor und versenkte sie in einem Loch, das nicht sonderlich tief war. Die Kamera bewegte sich weiter in Nahaufnahme. Nun sah Michael eine Hand, die ein wenig Erde griff und sie auf die Schachtel warf. Erde zu Erde, Asche zu Asche. Die Kamera schwenkte weg, man sah ein Stück blauen Himmel aufblitzen und dann einen weiteren Grabstein. Dann war das Video zu Ende. Michael starrte ratlos aufs Display, verwirrter denn je.

Er holte tief Luft. Eigentlich war er erleichtert, dass in dem Video nichts Schlimmes zu sehen war. Er spielte den Film noch einmal ab. Es waren keinerlei Geräusche zu hören, das Bild war verwackelt und schien irgendwie langsamer zu laufen, sodass es fast ein wenig unheimlich wirkte.

Als er das Video zum dritten Mal ansah, wurde ihm bewusst, dass in der abschließenden Einstellung gar kein weiterer Grabstein zu sehen war. In Wirklichkeit handelte es sich um ein Denkmal. Eines, das Michael schon mal irgendwo gesehen hatte. Es war recht markant – ein steinernes Kreuz mit einem Schwert. Ein Kriegerdenkmal aus dem Ersten Weltkrieg. Schlagartig wurde ihm klar, wo dieses Denkmal stand, und mit einem Mal war er ganz aufgeregt.

Der Tomnahurich-Friedhof. Ein riesiges Areal aus viktorianischer Zeit, nicht weit von seinem Büro entfernt.

Michael überlegte kurz, ehe er auf die Uhr sah. Bald sieben. Der Friedhof war sicher längst geschlossen. Doch er wusste genau, wo dieses Grab zu finden war. Er konnte sofort hinfahren und danach suchen, diese Kiste ausgraben und herausfinden, was sich darin befand. Die nächtliche Dunkelheit käme ihm dabei sehr gelegen. Er musste es tun. Denn so viel schuldete er Nichol.

34

Das Friedhofstor war verschlossen und mit einer Kette gesichert, schwarz und verboten zeichnete es sich vor den Schatten der Bäume ab. Michael folgte dem schmiedeeisernen Zaun auf der Suche nach einer Möglichkeit hineinzugelangen, vielleicht durch eine Lücke im Zaun, durch die er sich quetschen könnte. Die Gedanken, die er bislang so tunlichst ignoriert hatte, kehrten nun mit voller Wucht zurück: schon zwei tote Jungen. Hinter seiner eigenen egoistischen Angst lauerte außerdem das Gefühl, dass er einen schwerwiegenden Fehler begehen könnte. Vielleicht öffnete er eine Tür zu etwas, das ihn diesmal nicht nur seinen Job kosten könnte. Diesmal könnte es noch viel schlimmer enden.

Im Schein der Straßenlaternen und im Schutz der tief hängenden Äste fiel ihm eine Geschichte ein, die man sich über diesen Ort erzählte. Sein Unbehagen wuchs, als ihm schlagartig bewusst wurde, dass Nichol es war, von dem er sie gehört hatte. Eine Sage von zwei Männern, die auf diesen Friedhof gingen. Hier begegneten sie den Feen, die im Inneren des Hügels lebten, in der Unterwelt. Sie verbrachten eine ganze Nacht damit, mit diesem winzigen Volk zu tanzen, und als sie in die wirkliche Welt zurückkehrten, waren hundert Jahre vergangen.

Michael versuchte die Geschichte und den seltsamen Zufall, dass er sie ausgerechnet von Nichol kannte, aus seinem Kopf zu bekommen. Er verließ den Gehsteig und folgte dem Zaun weiter über eine feuchte Wiese, bis dieser von einer Mauer abgelöst wurde. Hier gelang es ihm endlich, hinaufzuklettern und runter auf den Friedhof zu springen. Innerhalb der Mauern klangen die Geräusche der Fahrzeuge auf den umliegenden Straßen seltsam fern. Als würden sie von einer unsichtbaren Barriere gedämpft, die zwischen den Bäumen hing und Leben und Tod voneinander trennte. Der Regen war in ein kaum merkliches Nieseln übergegangen.

Michael überquerte den Rasen zum Gehweg, der hügelaufwärts zum Kriegerdenkmal führte. Er schlängelte sich zwischen viktorianischen Grabmälern hindurch, die in den Hang hineingegraben waren, vorbei an Bäumen und umgestürzten Grabsteinen, stets begleitet vom Geruch nach verrottendem Laub und feuchtem Erdreich. Plötzlich hörte Michael hinter sich einen Zweig knacken. Er fuhr herum und starrte in die nächtliche Finsternis, konnte aber keinerlei Bewegung ausmachen.

Als er auch weiterhin nichts erkennen konnte, atmete er auf und versuchte das drückende Gefühl abzuschütteln, verfolgt zu werden. Ein Gefühl, das er schon den ganzen Abend gehabt hatte. Er ging weiter den Weg entlang, der lediglich vom schwachen Mondlicht beschienen war. Doch seine Gedanken kehrten immer wieder zu Melissas verängstigtem Gesicht zurück, zu Eddies Warnungen und zu den langen Korridoren in seinen Träumen. Wie sollte er sich sicher sein, dass er nicht in diesem Moment träumte? Das alles konnte eine Illusion sein, und vielleicht musste er sich für die Zukunft an derartige Orte gewöhnen: an Leichenhallen und gespenstische Ecken.

In seinem Nacken vermischte sich der Regen mit

Schweiß und perlte herab. Ihm war schrecklich heiß in der Daunenjacke seines Vaters, doch er eilte unbeirrt weiter den Hügel hinauf. Zum Glück war das unverwechselbare Denkmal schnell gefunden. Er ging geradewegs darauf zu und sah mit zusammengekniffenen Augen zu den Gräbern ringsum.

Mithilfe des schwachen Scheins seines Handys leuchtete er die Namen darauf ab, bis er die gesuchten gemeißelten Buchstaben gefunden hatte: ALEXANDER ALLEN, 1890–1915. Michael fuhr mit den Fingern über den kalten Stein, um sich zu vergewissern, ob die Worte auch wirklich da waren. Nicht, dass sein Bewusstsein ihm irgendwelche Streiche spielte.

Ohne lange nachzudenken, ging er neben dem Grabstein in die Hocke und klaubte das vertrocknete Laub vom Boden auf. Darunter kam eine Stelle zum Vorschein, an der offenbar vor einiger Zeit gegraben worden war, das Gras war hier nur spärlich nachgewachsen. Eine Zeit lang starrte er auf den Boden. Noch heute Morgen hatte er in seinem Büro gesessen, bereit, eine neue Arbeitswoche anzugehen; und jetzt kniete er hier auf dem Friedhof und wühlte mit bloßen Händen in dem Erdreich, das die letzte Ruhestätte eines unbekannten Mannes bedeckte. Kopfschüttelnd fing er an zu graben.

Die Schachtel befand sich in einer Tiefe von maximal fünfzehn Zentimetern. Michael stieß sehr schnell auf Holz und merkte, wie es ihm die Fingernägel schmerzhaft verbog. Vorsichtig schob er die Erde beiseite, bis er eine Hand seitlich zwischen Kiste und Erdreich zwängen und die Kiste heraushebeln konnte.

Er stellte sie ins feuchte Gras und drehte sie um. Sie war klein, ungefähr halb so groß wie eine Schuhschachtel. Er tastete nach einem Verschluss, konnte aber nichts finden. Schließlich merkte er, dass sich der Deckel einfach herunterschieben ließ. Er lehnte sein Handy gegen seine Knie, das Licht der Taschenlampe auf die höchste Stufe gestellt, und öffnete die Kiste.

Darinnen lagen eine noch ungeöffnete Dose Cider und eine Plastikfigur, wahrscheinlich aus irgendeinem japanischen Manga. Außerdem fand er ein Einwegfeuerzeug und ein kleines Spielzeugauto. Ganz unten in der Kiste, ebenfalls in Zellophan verpackt, lag eine Fotografie. Michael zog sie heraus und hielt sie ins Licht.

Drei Gesichter starrten ihm entgegen: das von Nichol in jüngeren Jahren zusammen mit zwei anderen Jungen etwa im gleichen Alter, vielleicht auch ein wenig älter. Die drei Jungen lehnten an der Motorhaube eines Autos, Nichol und einer der Jungen auf der einen Seite, der dritte auf der anderen. Michael erkannte die Marke. Es war ein Alfa Romeo, das Nummernschild war zur Hälfte verdeckt.

Vorsichtig legte er die Dinge zurück in die Kiste und schob den Deckel wieder zu. Der Regen war stärker geworden und stürzte in der Dunkelheit auf ihn nieder. Wenn ihn jemand aus den Schatten heraus beobachtete, dann verhielt derjenige sich mucksmäuschenstill.

Dienstag

35

Auf dem Flur vor ihrer Wohnung blieb Monica stehen – nicht das leiseste Geräusch war zu hören, da es bereits weit nach Mitternacht war. Sie holte tief Luft und atmete wieder aus, während sie die Hand nach dem Türknauf ausstreckte. Sie wollte nicht, dass ihre Mutter mitbekam, wie aufgewühlt sie war. Erneut war die Tür nicht abgesperrt. Verdammter Mist.

Sie trat ein und schob die Tür hinter sich zu. Dann drehte sie den Schlüssel im Schloss herum, schob den Riegel vor und hängte die Kette ein. Angela Kennedy sah von ihrem Platz auf dem Sofa auf.

»Bist du das, Monica? Ich hab Rüben mit Bratkartoffeln gemacht. Ich dachte mir, du brauchst vielleicht was Warmes nach allem, was passiert ist. Ich habe von diesem Jungen gehört, das muss schrecklich gewesen sein.« Jetzt erst fiel ihr Blick auf Monicas sorgenvolles Gesicht. »Ist alles in Ordnung?«

»Wo ist Lucy?«, fragte Monica. Sie versuchte gar nicht erst, den harten, angespannten Ton in ihrer Stimme zu verbergen.

»Sie liegt im Bett. Hab ich dir doch am Telefon schon gesagt«, erklärte Angela. Die Beunruhigung stand ihr deutlich ins Gesicht geschrieben.

Wortlos kehrte Monica ihrer Mutter den Rücken zu und

stieß die Schlafzimmertür auf. Sie zog die Decke zurück und streckte die Arme nach dem Kind aus, drückte es ganz fest an sich und sog tief den Duft seines Haars ein. Spürte die Wärme des kleinen Körpers. Lucy schlug die Augen auf. Sie war noch halb im Schlaf, als Monica sie wieder hinlegte und ihr die Decke bis zum Kinn hochzog. Leise verließ sie den Raum und zog die Tür hinter sich zu.

»Was ist los, Monica? Ist irgendetwas nicht in Ordnung?«

»Ich hatte dich doch gebeten, die Wohnungstür abzuschließen, wenn du mit Lucy allein hier bist. Ich habe es dir bestimmt schon hundertmal gesagt, verdammt noch mal. Da könnte jederzeit jemand reinspazieren.«

Ihre Mutter starrte sie entgeistert an. Verwirrung und Besorgnis zeichneten sich auf ihrem hübschen, ebenmäßigen Gesicht ab. »Tut mir leid … ich dachte … Ich saß doch die ganze Zeit hier.«

In einer anderen Situation hätte Monica jederzeit über diesen unsinnigen Versuch der Rechtfertigung gelacht. Die Vorstellung, dass eine Frau Ende sechzig sich einem Einbrecher mit böser Absicht entgegenstellen könnte …

»Du dachtest also, was ich sage, zählt nicht?« Mit zornrotem Gesicht starrte Monica auf sie herunter. »Hältst du dich etwa für schlauer als mich? Dachtest du, du könntest besser auf meine Tochter aufpassen?«

»Die Leute hier im Haus sind alle so nett. Tut mir leid, ich …«

Monica entging nicht, dass ihre Mutter den Tränen nahe war. Sie holte tief Luft und zählte lautlos bis fünf.

»Hör zu.« Sie versuchte sich zu beruhigen und sich ihre Angst nicht anmerken zu lassen, obwohl sie immer noch MacLennans hasserfüllte, spöttische Miene vor sich hatte. Sie wurde dieses schreckliche Bild einfach nicht los. »Ich weiß wirklich zu schätzen, was du für mich und Lucy tust. Aber ich möchte, dass du mir versprichst, in Zukunft die Tür abzuschließen, wenn du allein mit ihr zu Hause bist.«

»Selbstverständlich, Monica. Tut mir leid.« Für einen grauenvollen Moment befürchtete sie, ihrer Mum könnte die Stimme versagen, und sie würde in Tränen ausbrechen. Eine unerbittliche innere Stimme wollte ihre Mutter am liebsten anschreien, ihr entgegenbrüllen, dass sie einen guten Grund zum Heulen hätte, wenn es Owen MacLennan gewesen wäre, der durch diese unverschlossene Tür hereinspaziert wäre.

»Du kennst mich doch«, sagte Angela schließlich. »Ich würde meinen Kopf vergessen, wenn er nicht angewachsen wäre. Von jetzt an schließe ich diese Tür ab, versprochen.«

36

Der Beobachter

Abermals drehte er die Karte um. Las den Namen darauf und legte sie fein säuberlich auf den Beifahrersitz zu den anderen Dingen, die dort bereitlagen. Ein Draht und ein geöffnetes Rasiermesser.

Durch die Windschutzscheibe zeichnete sich das Licht aus der Wohnung vor dem schwarzen Nachthimmel ab und machte die Sterne unsichtbar. Die Straße war leer nach dem ganzen Trubel, den die Polizei veranstaltet hatte. Mit der Jagd auf Owen MacLennan hatten sie nur ihre Zeit verplempert. Als wäre er zu irgendetwas fähig, das Planungsgeschick und Selbstdisziplin erforderte. Als hätte er schon jemals einen bedeutsamen Gedanken gefasst.

MacLennans Gesicht tauchte erneut am Fenster auf. Hässlich und bemitleidenswert mit seinen ängstlichen Augen, die durch die Dunkelheit huschten. MacLennan muss inzwischen Verdacht geschöpft haben, Gott hab ihn selig. Andererseits musste er gewusst haben, dass es so enden würde. Oder warum hätte er so auf ihn reagiert, als sie sich das erste Mal begegnet waren? Er war gerade erst aus dem Gefängnis gekommen. Er war völlig planlos gewesen und hatte dringend jemanden gebraucht, der ihm sagte, wo es langging.

»Warum hast du das getan, Owen? Warum solltest du jemandem wehtun wollen?« Die Frage war im unbeteiligten Ton eines Außenstehenden gestellt, der kein Verständnis für derlei Gewalt hatte. Aber nicht ohne eine gewisse Neugier, die Mundwinkel amüsiert nach oben gekräuselt. Die Kälte in seinem Blick, als er Owen fragend angesehen und der hünenhafte Mann nur mit den Schultern gezuckt hatte.

»Wie war das, Owen? Als ihm bewusst wurde, dass du ihn erledigen würdest? Ich wette, es war ein unvergesslicher Moment.« Dann ihre Blicke, die sich getroffen hatten, als Owen überrascht den Kopf gehoben hatte, ein kurzes Aufblitzen geteilter Erregung. Endlich hatte Owen jemanden gefunden, den er respektieren, zu dem er bewundernd aufschauen konnte …

Als er noch einmal zum Fenster hinaufsah, war da niemand. Owen hatte sich ins Zimmer zurückgezogen – um abzuwarten? Zu hoffen? Sein Körper vibrierte vor Aufregung. Aber diesmal hatte er sich voll und ganz unter Kontrolle. Die Sache war rein geschäftlich.

37

Es war kurz nach ein Uhr morgens, als Monica unter die Dusche stieg und das Wasser so heiß einstellte, wie sie es gerade noch ertrug. Sie wusch sich den Schmutz vom Leib und versuchte die unangenehmen Erinnerungen fortzuspülen. Diese toten Jungen. MacLennans Gesichtsausdruck, als er Lucys Namen erwähnt hatte. Wie er Monicas Schmerz in sich aufgesogen und ihre Angst in vollen Zügen genossen hatte. Der Gedanke daran, was er Lucy antun könnte, wenn er sie in die Finger bekäme.

Was waren Lees' herablassende Worte der Beruhigung denn wert? Nichts. Weniger als nichts, weil er MacLennan nicht wie sie in die Augen geschaut hatte. Er hatte nicht dasselbe gesehen wie sie. Er wusste nicht, was dieser Blick für sie bedeutete: nämlich, dass sie ihre Tochter nie wieder guten Gewissens allein lassen könnte, solange MacLennan frei herumlief. Sie würde nie wieder schlafen können in dem Wissen, dass er irgendwo da draußen war.

Sie stellte das Wasser ab, trocknete sich ab und versuchte ihr Knie zu belasten. Es tat immer noch weh, offenbar war es geprellt. Dann trat sie zum Waschbecken, drückte zwei Ibuprofen aus der bereitliegenden Packung und schluckte sie ohne Wasser hinunter.

Im Spiegel starrte sie auf ihren langgliedrigen Körper, der im grellen Schein der Badezimmerbeleuchtung gespenstisch weiß wirkte. Sie blickte hinab auf ihre großen Füße, die rot und aufgescheuert waren und von den dämlichen Stiefeln Blasen hatten.

»Himmel Herrgott, du bist wirklich erbärmlich«, flüsterte sie, während sie weiter ihr Spiegelbild anstarrte. Sie ließ den Blick abermals über ihren nackten Körper wandern, und zum ersten Mal seit Langem ließ sie zu, dass das Gift sich in ihr ausbreitete: Monica das Mannweib, grotesk und mit Beinen wie ein Pferd. Monica schüttelte den Kopf und wischte sich die Augen.

Sie zwang sich dazu, sich die aufmunternden Worte in Erinnerung zu rufen, die sie sich selbst vor langer Zeit zurechtgelegt hatte. Vor all diesen Jahren, als sie noch ein Teenager gewesen war; damals waren die Hänseleien so weit gegangen, dass sie sich nicht mehr hatte ausziehen wollen, um in die Badewanne zu steigen, ohne dass sie vorher das Licht ausgemacht hätte: »Stark, unerschütterlich wie eine Statue.« Jetzt ergänzte sie diese Beteuerungen um weitere: »Lebenspendend, nährend.« Ihre Stimme war nicht mehr als ein Flüstern, doch sie diente ihr als geistiger Schutzwall. Sie ertappte sich dabei, wie sie an Miss Bennington zurückdachte, ihre Lehrerin für Altphilologie, die sie immer Athene genannt hatte. Sonderbarerweise war es ihr dabei sofort besser gegangen, weil Miss Bennington Monicas Größe tatsächlich toll zu finden schien. Vielleicht war die Lehrerin mit der dicken Brille und dem knallroten Lippenstift und ihrem antiquierten Denken insgeheim tatsächlich der Überzeugung, dass Monica einen Funken des Göttlichen in sich trug. Sie erinnerte sich an dieses eine Mal, als Miss Bennington ihr nachgelaufen war, um ihr eine abgegriffene grüne Ausgabe von Mark Aurels Meditationen in die Hand zu drücken. Das war nach einem weiteren langen Tag voller Spötteleien und unbedachter Kommentare auf den Schulfluren gewesen. In jenem Moment hatte sie sich als etwas Besonderes gefühlt. Schon seltsam, wie die leise Beachtung durch einen fernen Erwachsenen einen so glücklich machen konnte.

Monica rieb sich die Haare trocken und nahm zusätzlich zu den beiden Ibuprofen noch zwei Codeintabletten. Im Wohnzimmer schluckte sie sie mit einem Mundvoll Rotwein hinunter und nahm dann die Fallakte zur Hand. Da musste doch etwas zu finden sein; es musste eine Möglichkeit geben nachzuweisen, dass MacLennan seine Finger im Spiel hatte.

Sie starrte auf die Fotos von den Bissspuren auf beiden Leichnamen. Von den Steinen, die man ihnen noch lebend in die Kehlen geschoben hatte.

Sie griff nach ihrem Telefon und rief bei Fisher an. Erst als bereits der Freiton zu hören war, fiel ihr ein, dass es weit nach Mitternacht war. Der Anruf wurde auf die Mailbox weitergeleitet. »Ich hatte vorhin ganz vergessen, mich nach dem Stein zu erkundigen. Haben wir da schon eine Rückmeldung? Und wie sieht es mit den Bisswunden aus, sind wir bei der Kieferrekonstruktion weitergekommen?«

Dann beendete sie das Gespräch und legte das Handy auf den Tisch, zwang sich, die Akte zu schließen, und machte es sich auf dem Sofa gemütlich. Die Vorstellung, sich tatsächlich schlafen zu legen, schien ihr absurd, obwohl sie sich seit Tagen nicht mehr hatte ausruhen können. Nach weniger als einer Minute richtete sie sich wieder auf und öffnete die Jalousie einen Spalt, um auf die Straße hinunterzuspähen. Nur mal kurz nachsehen, zur Sicherheit. Tatsächlich nahm sie eine kaum merkliche Bewegung wahr und stellte mit einem flauen Gefühl fest, dass es ein Mann war, der da unten stand. Er starrte zu ihr herauf. MacLennan? War er gekommen, um sie einzuschüchtern? Aber was konnte sie dagegen tun?

Das Telefon auf dem Tisch begann zu klingeln. »Unbekannte Nummer«, leuchtete es auf dem Display auf.

»Entschuldigen Sie die späte Störung.« Es war die Stimme eines Mannes.

Monica trat ans Fenster und starrte wieder hinunter auf die Straße. Das Gesicht des Mannes war zum Teil vom Schein des Telefons in seiner Hand erhellt. »Wer ist da?«

»Ich habe den Laptop. Leider wurde ich aufgehalten … Ich wollte nicht …«

Monica öffnete die Jalousie noch ein Stück weiter, um einen besseren Blick zu haben. Jetzt winkte ihr der Sozialarbeiter unbeholfen zu. Michael Bach. Ihn hatte sie ganz vergessen. Sie war offenbar kurz davor, die unschöne Angelegenheit komplett auszublenden; Mark Aurel wäre stolz auf sie gewesen. Sie drückte den Türsummer und schlüpfte in Jeans und Pullover, während er die Treppe hochstieg.

»Ich war mir nicht sicher, ob Sie zu Hause wären«, sagte er, als Monica ihm die Tür öffnete. »Ich habe von dem zweiten Leichnam gehört. Im Radio wurde davon berichtet, da dachte ich im ersten Moment, es könnte Nichol sein …«

Monica musterte ihn von oben bis unten. Er trug die gleiche ausgeblichene Outdoorjacke wie bei ihrer ersten Begegnung in der Leichenhalle. Sie bemerkte, dass der Saum an einer Stelle nur noch von Klebeband zusammengehalten wurde. Er sah insgesamt ziemlich mitgenommen aus: Dreitagebart, kurze, zerzauste braune Haare, die ihm wild vom Kopf abstanden, Dreck unter den Fingernägeln. Er hielt eine Plastiktüte in der schmutzigen Hand, an die er sich klammerte, als hinge sein Leben davon ab. Schwacher

Schweißgeruch, vermischt mit der feuchten Luft draußen, überlagert vom Gestank nach Zigarettenrauch, der von ihm ausging. Sonderbarerweise schien sie all das zusammengenommen Rückschlüsse auf einen ehrlichen, geradlinigen Menschen ziehen zu lassen. Plötzlich überkam sie der spontane Impuls, ihm anzuvertrauen, was Owen MacLennan über Lucy gesagt hatte. Wie gerne hätte sie die Sorgen und Ängste, die in ihr gärten, mit ihm geteilt.

Monica unterdrückte diesen Drang und sagte stattdessen: »Die Ermittlungen schreiten voran.« Mit einer einladenden Geste bedeutete sie ihm einzutreten. »Wir werden uns leise unterhalten müssen. Meine Mum ist zu Besuch.« Als Monica das sagte, malte sie sich die neugierige Miene ihrer Mutter aus. Sie wäre begeistert, wenn sie wüsste, dass Monica vom offiziellen Dienstweg abwich und einen Außenstehenden in die Ermittlungen mit einbezog. Plötzlich verspürte sie eine tiefe Zuneigung zu ihr, vermischt mit der Reue darüber, dass sie sie vorhin so scharf angegangen hatte. Sie hatte sich noch nicht mal dafür bedankt, dass sie für sie gekocht hatte. Die Kartoffeln und Rüben standen immer noch unangerührt auf dem Herd.

Michael nickte verlegen und trat dann in die Küche, wo er sich auf einen der Stühle setzte. Er warf einen kurzen Blick auf das Essen, dann auf Lucys gemaltes Bild am Kühlschrank.

»Haben Sie schon irgendeine Idee … ich meine, haben Sie schon jemanden im Visier?«

»Wir gehen derzeit verschiedenen Spuren nach«, erklärte Monica und ließ sich ebenfalls auf einen Stuhl sinken. »Es ist noch zu früh, um etwas Genaues zu sagen.« Außerdem hat unser Hauptverdächtiger ein Alibi. Wobei er sehr viel über mich zu wissen scheint. Sie räusperte sich und fuhr in festem, professionellem Tonfall fort. »Nun, was haben Sie auf dem Laptop gefunden?«

»Es ist praktisch nichts drauf«, sagte Michael und fuhr sich mit den schmutzigen Händen durch das wirre Haar. »Aber ich habe ein Foto von einem Mädchen gefunden. Alles andere ist wohl gelöscht worden. Mir kommt es so vor, als hätte Nichol gewollt, dass ich dieses Bild finde. Also bin ich zu seiner Schule gefahren und habe mich nach dem Mädchen erkundigt. Sie muss mich dort gesehen haben, denn sie hat mich kontaktiert, per SMS. Nichol hatte ihr meine Nummer gegeben.« Die Worte sprudelten ungebremst aus ihm hervor.

»Wie sind Sie an die Datei rangekommen?«

Michael zögerte kurz. »Nichol hatte mir das Passwort per SMS geschickt.«

»Per SMS?«

»In seiner letzten Nachricht. Ich dachte erst, es wäre irgendein verschlüsselter Code ...« Schulterzuckend schob er eine Hand in die Tasche und brachte sein Handy zum Vorschein. Er scrollte durch die Nachrichten und hielt es ihr dann hin.

»Die Zukunft liegt in den Sternen.« Sie erinnerte sich an den weiten Himmel über den toten Jungen, die Tatsache, wie klein sie selbst sich darunter gefühlt hatte. Hat Nichol Morgan wirklich etwas gewusst?

»Was ist?«, fragte Michael verunsichert. Er legte den Kopf schief. »Haben Sie das schon mal gehört?«

Monica verneinte kopfschüttelnd. Anders, als seine zerstreute Art vermuten ließ, war er offenbar ein scharfsinniger und schlauer Mensch. »Es klingt nur eigenartig. Was hat das Mädchen gesagt?«

Michael starrte sie einen Augenblick lang an, sichtlich

unzufrieden mit ihrer Antwort. »Sie hatte Angst«, sagte er dann. »Ich weiß nicht, irgendwie wirkte sie paranoid. Dachte, jemand würde sie verfolgen. Sie hat mir eine Adresse genannt. Von einem Typen namens Eddie, der mit Nichol verwandt ist. Für mich hat es den Anschein, als wäre er die einzige halbwegs verlässliche Person in Nichols Familie.« Michael führte die Hand ans Gesicht und hinterließ einen schmutzigen Abdruck auf seiner Wange. Unwillkürlich fragte sie sich, was genau er getan hatte, dass seine Hände so mit Dreck verkrustet waren.

»Er hat diesen Mann Ihnen gegenüber noch nie erwähnt?«

»Ich dachte … nun ja, ich hätte natürlich schon gehofft, dass er mir so etwas erzählt. Hat er aber nicht.« Michael ließ den Kopf hängen. »Wie dem auch sei, Nichol hatte dort ein Handy versteckt. Es war nichts drauf, abgesehen von diesem Video, auf dem man sieht, wie er und noch ein Junge etwas auf einem Friedhof vergraben.« Sein Blick wanderte zu der Plastiktüte, die er auf der Arbeitsplatte abgelegt hatte.

»Und das haben Sie ausgegraben?«, fragte Monica, die zum ersten Mal so etwas wie Hochachtung vor ihm verspürte.

Mit einem Nicken griff Michael in die Tüte und zog eine dreckige Holzkiste heraus. »Ich glaube, Nichol weiß etwas. Vielleicht etwas, das mit den Morden in Zusammenhang steht. Es könnte natürlich auch um etwas anderes gehen. Eddie sprach von einem Kerl namens Charlie Bartle. Irgendeine wilde Geschichte von einer Familienfehde und davon, dass Bartle aus dem Knast gekommen sei …«

Monica kämpfte gegen die aufsteigende Panik an. Zum Glück hatte Michael den Blick auf die Schachtel gesenkt. So bekam er nicht mit, wie ein angsterfüllter Ausdruck über ihr Gesicht huschte. Einen Atemzug später hatte sie sich wieder im Griff.

»Es klingt ziemlich an den Haaren herbeigezogen, aber vielleicht steckt ja doch ein Körnchen Wahrheit darin? Was denken Sie? Sagt Ihnen der Name irgendwas?«

Dieser Name. Die damit verbundenen schlimmen Erinnerungen. Es war das zweite Mal, dass sie ihn an diesem langen Tag hörte, und das nach all den Jahren.

Michael sah zu ihr auf. Sag es ihm, flüsterte eine Stimme in ihrem Kopf. Warum sagst du es ihm nicht? Für einen irrwitzigen Moment war sie knapp davor, es ihm zu gestehen, aber dann zuckte sie nur mit den Schultern. »Ich kenne den Namen. Die Bartles sind kein unbeschriebenes Blatt, aber …« Ihre Kehle war staubtrocken, ihre Stimme nicht viel mehr als ein Flüstern. Sie breitete bedauernd die Hände aus, zuckte erneut mit den Schultern und stellte erleichtert fest, dass Michael nickte und sich mit ihrer Antwort zufriedenzugeben schien. »Was ist in der Kiste?«, wollte sie wissen.

Michael schob den Deckel auf und reichte ihr die darin liegende Fotografie. »Das hier ist Nichol. Ich glaube, der andere Junge hier ist auf dem Video zu sehen. Wenn ich herausfinden könnte, wer die beiden sind … Vielleicht ist Nichol ja bei einem von ihnen untergekommen?«

»Haben Sie mit dem Mädchen gesprochen? Vielleicht würde sie sie erkennen«, schlug Monica vor und hielt den Blick auf die drei an die Motorhaube gelehnten Jungen gerichtet. Der Wagen war ein weißer Alfa Romeo. Ein eher seltenes Fahrzeug. Sie registrierte die ersten vier Ziffern des halb verdeckten Nummernschildes.

»Ich habe ihr geschrieben und versucht, sie telefonisch zu erreichen. Ich glaube, sie hat Angst«, sagte Michael.

Monica nickte langsam und nahm ihr Telefon zur Hand. Sie fotografierte das Bild ab und wählte dann Crawfords Nummer. Wenn sie ihm das Foto weiterleitete, würde er vielleicht den Fahrzeugtyp identifizieren und die Suche eingrenzen können. So etwas beherrschte er doch sicher aus dem Effeff. Auch bei ihm war nur die Mailbox dran. Sie war sich nicht sicher, ob sie wütend oder froh sein sollte, dass ihre beiden jüngeren Schützlinge ihren wohlverdienten Schlaf bekamen.

»Ich möchte, dass Sie ein Nummernschild für mich überprüfen. Dazu schicke ich Ihnen gleich ein Foto. Leider haben wir nur die ersten vier Ziffern. Es handelt sich um einen Alfa Romeo. Was das Modell betrifft, bin ich mir nicht sicher. Aber so viele kann es von der Sorte nicht geben. Vielen Dank.« Damit legte sie auf, sandte ihm das Foto und warf das Handy zurück auf den Tresen. Nervös wartete sie ab, ob der Anruf ihn geweckt hatte und er zurückrufen würde.

»Der Mann, der die Morde begangen hat … Denken Sie, er hat es vorher schon einmal getan?«, fragte Michael.

Monica sah ihm forschend ins Gesicht und versuchte in seinen Zügen zu lesen. War er der typische Sozialarbeiter? Der dachte, er sei der Erste, der feststellte, wie beschissen es auf dieser Welt zuging? Und der nicht kapiert hatte, dass viele Leute das quasi schon mitbekamen, bevor sie überhaupt geboren wurden? Sie bemerkte eine Narbe, die sich über die Knöchel seiner rechten Hand zog.

»Schwer zu sagen. Es deutet nichts darauf hin.«

»Aber was denken Sie? Warum hätten Sie sonst das Risiko eingehen sollen, mir diesen Laptop zu überlassen?«

Stille machte sich zwischen ihnen breit. Sie spürte seinen Blick auf ihr, eindringlich musterte er ihr Gesicht. Bereit, ihre Reaktion zu beurteilen. Sie konnte selbst nicht fassen, dass sie dieses Risiko auf sich genommen hatte. Dass sie ein so wichtiges Beweisstück einem Zivilisten ausgehändigt hatte. Noch dazu einem, den sie so gut wie gar nicht kannte.

Während sie nach den passenden Worten suchte, um ihn zu beruhigen, fing ihr Handy auf der Arbeitsfläche zu summen an. Rettung in letzter Sekunde, dachte sie. Sie griff danach und las Crawfords Nachricht. Notierte sich drei Adressen in ihrem Büchlein und hoffte, Michael hätte in Kürze vergessen, dass sie ihm die Antwort auf seine Frage immer noch schuldig war.

Schließlich stand sie auf. Wenn sie Nichol Morgan fanden und feststellten, dass er in Sicherheit war, konnte sie zumindest Charlie Bartle getrost wieder vergessen. Vielleicht wusste der Junge tatsächlich etwas. »Hier.« Sie hielt Michael ihr Notizbuch mit den Adressen hin.

»Was ist das?« Er starrte lauernd auf die Seite, als enthielte sie etwas Ansteckendes.

»Suchen Sie diese Adressen auf. Finden Sie heraus, ob dort einer der Jungen auf dem Foto wohnt. Fangen Sie mit der hier an.« Sie deutete auf eine der Adressen. »Bei ihr ist die Wahrscheinlichkeit am größten, dass wir Glück haben. Das Fahrzeug ist auf einen Mann namens Alan Gentle zugelassen, Alter neunzehn, in Lossiemouth wohnhaft. Hat in den vergangenen eineinhalb Jahren zwei Strafzettel wegen zu schnellen Fahrens bekommen.«

Michael sprang von seinem Stuhl auf, wobei sich ein entrüsteter Ausdruck auf seinem Gesicht abzeichnete. »Was wollen Sie damit sagen, verdammt? Von jetzt an kommen Sie ja wohl ohne mich zurecht?«

»Wir haben zwei tote Jungen. Zwei Morde, mit denen wir uns befassen müssen. Mein Team ist bereits an seiner

Belastungsgrenze angelangt, um noch mehr können wir uns derzeit nicht kümmern.« Sie machte einen Schritt auf die Tür zu, in der Hoffnung, er würde den Zettel nehmen und verschwinden. »Wollen Sie Nichol finden oder nicht? Sie haben doch selbst gesagt, dass Sie ihn im Stich gelassen hätten.«

Langsam schüttelte Michael den Kopf und klopfte seine Jackentaschen nach den Zigaretten ab. Er stippte eine aus der Packung und wirkte mehr als bereit, einen Streit mit ihr vom Zaun zu brechen.

Im selben Moment hörte Monica ihr Handy summen. Sie warf einen Blick aufs Display und wollte es gerade stumm schalten, als sie Crawfords Namen aufleuchten sah.

Als sie den Anruf entgegennahm, hörte sie seine Worte, doch ihr Sinn wollte sich ihr nicht erschließen.

»Es geht um MacLennan. Er ist tot. Selbstmord.«

38

Monica ließ Michael draußen auf dem Gehsteig stehen. Mit überhöhter Geschwindigkeit jagte sie durch die menschenleeren Straßen, die im Regen fast schwarz wirkten. In ihrem Kopf herrschte ein heilloses Durcheinander. MacLennans Gesichtsausdruck, als er die Drohungen gegen Lucy ausgestoßen hatte. Warum hätte er sich umbringen sollen? Das ergab alles keinen Sinn.

Und dann mischten sich noch andere Gefühle darunter. Erleichterung, dass ihre Tochter nun außer Gefahr war. Und dunklere, unwürdigere Empfindungen. Die pure Freude über den Tod des Mannes zum Beispiel … darüber, dass sie ihn überlebt hatte, um auf seinem Grab zu tanzen.

Auf der Brücke beschleunigte Monica noch mehr und heizte in einem Affenzahn darüber. Ein paar Trunkenbolde, die sich auf dem Heimweg am Geländer entlanghangelten, rissen die Köpfe hoch, als sie den Motor hochjagte. Sie bog scharf rechts ab, missachtete dabei eine rote Ampel und fuhr weiter über die Huntly Street, die am Fluss entlangführte. Dann bretterte sie in die falsche Richtung die Einbahnstraße hinunter, um möglichst schnell ans Ziel zu gelangen. Sie musste es mit eigenen Augen sehen. Konnte es wirklich wahr sein? Am Ende der Straße bog sie noch einmal links ab. Dann schoss sie in gerader Linie über den Kreisverkehr und riss das Steuer erneut scharf nach rechts.

Wir hätten ihn dabehalten sollen, ging es ihr durch den Kopf. Wenn wir ihn noch mehr in die Mangel genommen hätten, hätte er vielleicht doch was ausgeplaudert – vielleicht hätte er sogar ein Geständnis abgelegt.

Jetzt hörte sie das Heulen der Sirenen unmittelbar vor sich und ließ sich von dem Lärm die enge Gasse hinunterleiten, bis die dunklen Wände ringsum das blinkende Blaulicht reflektierten. An den Fenstern waren die Gesichter von neugierigen Nachbarn zu sehen. Verängstigt und Unheil verkündend zugleich.

Monica stieg hart auf die Bremse und kam hinter der Reihe geparkter Einsatzfahrzeuge zum Stehen. Sie stieg aus, atmete tief durch, um ihre Fassung einigermaßen wiederzuerlangen, und schritt auf die Haustür zu, wo sie dem uniformierten Beamten, der dort Wache stand, ihren Dienstausweis vor die Nase hielt.

Es machte den Anschein, als wäre Owen MacLennans ramponierte Wohnungstür heute Abend nicht zum ersten Mal aufgebrochen worden; überall auf dem Boden lagen Holzsplitter. Als Monica über die Schwelle trat, schlug ihr sofort der Gestank entgegen. Typische Raubtierhöhle, dachte sie. Zigarettenrauch, chemische Reinigungsmittel, verdorbenes Essen. Das Licht in der Wohnung war ausgeschaltet, doch im schwachen Schein, der aus dem Treppenhaus hereinfiel, erkannte sie Crawfords schmale, aber muskulöse Schultern im Durchgang zum Wohnzimmer.

Monica trat zu ihm und schob die Tür ein Stück weiter auf.

Owen MacLennans Körper baumelte wenige Zentimeter über dem Boden. Er hing an einem Stück Draht, der um einen Haken in der Decke gewickelt war. Er war nackt, beide Handgelenke waren aufgeschnitten. Die Hände wiesen mit den Handflächen nach außen. Das geronnene Blut zeichnete sich schwarz gegen seinen bleichen Körper ab. Der Draht hatte sich tief in seinen Hals gegraben, das umliegende Fleisch bildete dicke Wülste. Sanft schwang der Leichnam hin und her.

Monica machte einen Schritt an Crawford vorbei, um sich den Toten näher anzusehen. Ein Klicken war zu hören, als ihr Kollege das Licht anzuknipsen versuchte.

»Die Sicherung muss durchgebrannt sein, oder er hat die Glühbirne entfernt«, stellte er fest.

Ein oranges Leuchten von der Straße fiel ins Zimmer, vermischt mit dem Blaulicht der Einsatzfahrzeuge, das sich in den Vorhängen fing. Ein aufgeklapptes Rasiermesser mit gerader Schneide lag ordentlich auf dem Kaminsims, an der Wand darüber waren Blutspritzer zu sehen.

Sie wollte nach MacLennans Handgelenk greifen, um seinen Puls zu fühlen, obwohl sie genau wusste, dass da nichts mehr sein würde.

»Um Himmels willen, Monica …«

Crawfords Stimme ließ ihren Kopf herumschnellen.

»Wenn noch niemand seinen Puls überprüft hat, könnte es gut sein, dass er noch am Leben ist«, sagte sie, während sie sich gleichzeitig vorbeugte, um nicht in die Pfütze aus geronnenem Blut zu treten, die sich auf dem Teppich gebildet hatte. Sie blickte auf zu MacLennans Gesicht.

»Ob er etwas geahnt und dann beschlossen hat, es sich leicht zu machen und freiwillig abzutreten?«, fragte Crawford.

Monica antwortete nicht darauf. MacLennans Mund stand offen, seine Zunge wirkte darin wie ein Klumpen Fleisch. Sie witterte menschliche Gerüche, nach Schweiß, Blut und noch etwas. Knoblauch? Ihr wurde bewusst, dass das Owen MacLennans letzte Mahlzeit war, die sie roch.

Sie trat einen Schritt zurück und sah sich im schwach erhellten Raum um. Wieder wanderte ihr Blick zu dem bluttriefenden Rasiermesser. Er schneidet sich also die Pulsadern auf, um sich anschließend den Draht um den Hals zu wickeln? Müssten dann nicht auch sein Gesicht und der Draht blutig sein? Sie bemerkte den kleinen Hocker, der umgestoßen vor dem Fenster lag. Er musste hart getreten worden sein, um dort zu landen. Erst wickelt er sich den Draht um den Hals. Dann schlitzt er sich die Pulsadern auf und legt das Messer auf den Kaminsims. Das würde die Blutspritzer an der Wand erklären. Und als Letztes verpasst er dem Hocker einen Tritt, sodass er in der Luft hängt, eine letzte Zurschaustellung seiner Verachtung für die Welt. Das mochte für ein krankes Hirn wie MacLennans einigermaßen Sinn ergeben. Doch Monica konnte nicht recht glauben, dass es sich so abgespielt hatte. Sie konnte sich nicht vorstellen, dass er sich das selbst angetan hatte. Nicht auf diese Weise.

Noch einmal drehte sie sich zu dem Toten um. Sie sah immer noch die Wunde, wo ihre Faust ihn an der Lippe erwischt hatte. Abermals überkam sie ein Gefühl grenzenloser Erleichterung. Lucy war in Sicherheit; was kümmerte es sie da, ob das nun gerecht war oder nicht? Monica schloss für einen Moment die Augen und dachte: So beginnt die Tyrannei. Wenn das Gesetz endet.

Als sie wieder zu dem Rasiermesser blickte, fiel ihr auf, dass daneben noch etwas lag: eine lederne Brieftasche. Sie war so drapiert, dass sie sie unmöglich übersehen konnten.

»Sollten wir nicht besser wieder gehen?«, merkte Crawford an. »Wir könnten den Tatort verunreinigen.«

Monica schenkte ihm keine Beachtung. Stattdessen kramte sie in ihrer Tasche nach einem Stift und klappte damit vorsichtig die Brieftasche auf. Mithilfe der Taschenlampe ihres Handys sah sie, dass darin eine ganze Sammlung von Karten steckte. Eine Treuekarte von einem Café. Ein Führerschein. Eine Bankkarte. Sie las den Namen auf dem Führerschein, der hinter dem Plastikfenster zu sehen war, laut vor: »Paul William MacKay.«

Crawford stieß die Luft zwischen den Zähnen hervor, während Monica mit dem Handy ein Foto vom Führerschein machte und das Portemonnaie wieder zuklappte.

»Wer hat das hier gemeldet?«, erkundigte sie sich und drehte sich wieder zu ihm um.

»Die Frau, die unter ihm wohnt. Die bereits bei uns war, mit ihrem Enkel. Die Wände sind offenbar sehr dünn. Blut ist durch die Decke gesickert, direkt bei der Lampenaufhängung. Die Frau konnte nicht schlafen nach der ganzen Aufregung. Sie hat ferngesehen, als das Blut direkt vor ihr herunterzutropfen begann. Es muss wie in einem verdammten Horrorfilm gewesen sein … Jedenfalls ist sie mit Schmerzen in der Brust zusammengebrochen. Ich hatte dem Jungen meine Karte dagelassen. Er war zu verängstigt, um den Notruf zu verständigen, und dann hat er ausgerechnet mir eine SMS geschickt. Zum Glück war ich noch wach. Die beiden sind jetzt im Krankenhaus.«

Mit einem Nicken betrachtete Monica den träge am Draht hin und her schwingenden Leichnam. Die Bewegung erzeugte ein leises Knarzen.

»Als Sie hier ankamen, war die Tür da …«

»Sie war von innen abgeschlossen. Ich musste die Jungs bitten, sie gewaltsam zu öffnen. Aber …« Crawford deutete mit einem Nicken auf MacLennan. Seine kräftigen Muskeln hoben sich selbst im schwachen Dämmerlicht deutlich von Brust und Armen ab. »Können Sie sich vorstellen, dass ein Mensch sich selbst so etwas antut? Ohne dass irgendjemand etwas davon mitbekommt? Er muss dabei doch ordentlich Krach gemacht haben? Aber wir haben Pauls Geldbörse. Ich bin mir sicher, dass wir noch mehr finden werden. Vermutlich wusste er, dass es nur eine Frage der Zeit war, ihn zu überführen, deshalb hat er den einfachsten Ausweg gewählt. Vielleicht ist diese Brieftasche da seine Art, uns auch noch im Tod zu verhöhnen. Ein Zeichen, dass er letzten Endes doch damit durchgekommen ist.« Crawford räusperte sich. »Hat dieser Junge, dieser Rory, dann also gelogen? Von wegen, er wäre letzten Freitag bei MacLennan mitgefahren?«

»Ich schätze, genau das sollten wir schleunigst herausfinden«, meinte Monica.

39

Michael sah zu, wie der Volvo beschleunigte und davonfuhr. Dann sah er hinunter auf den Zettel, den DI Kennedy ihm in die Hand gedrückt hatte. Jetzt lag er zerknüllt im Rinnstein.

Er zündete sich eine Zigarette an und blies den Rauch in die eisige Luft. Kopfschüttelnd dachte er an die überhebliche Miene der Polizistin, als sie ihm die Notiz überreicht hatte. Als hätte sie das Recht, ihm irgendwelche Befehle zu erteilen. Dabei war er bereits den ganzen Tag und die halbe Nacht in ihrem Auftrag unterwegs gewesen.

Er trat zu seinem Land Rover, kramte den Schlüssel hervor und stellte zu seinem Missfallen fest, dass er immer noch die Laptoptasche mit sich herumtrug. Als er die Fahrertür aufzog und die Tasche auf dem Rücksitz verstauen wollte, drangen aus der Ferne plötzlich Polizeisirenen zu ihm durch. Deshalb ist sie also so überstürzt aufgebrochen, dachte Michael. Sofort schoss ihm eine schnelle Abfolge von weiteren Gedanken durch den Kopf. Gibt es einen weiteren Toten? Vielleicht ist es diesmal Nichol? Falls nicht, weiß er zumindest etwas. Er hat Angst. So wie Michaels Bruder sich vor all den Jahren gefürchtet haben musste.

Unwillkürlich wandte er sich nach dem zusammengeknüllten Zettel um, der immer noch in der Gosse lag.

Als sein Telefon zu klingeln begann, befand er sich bereits am Stadtrand von Inverness und war auf dem Weg in Richtung Osten nach Lossiemouth.

Er nahm den Anruf entgegen und klemmte sich das Telefon zwischen Wange und Schulter.

»Michael? Michael, sind Sie das?« Er brauchte keine Sekunde, um die panische Stimme zu erkennen. Es war Henry. »Sind Sie schon unterwegs? Das Internet geht immer noch nicht. Sie haben doch gesagt, Sie würden vorbeikommen?«

»Hör zu, Henry. Im Moment ist es schwierig«, wiegelte Michael ab. Sofort machten sich Schuldgefühle in ihm bemerkbar. Wieder einmal hatte er einen seiner Klienten komplett vergessen.

»Aber Sie kommen doch, oder? Sie haben es versprochen.«

Michael warf einen Blick auf die Uhr: vier Uhr dreißig. Henry musste die ganze Nacht wach geblieben sein und auf ihn gewartet haben. Er stieß einen leisen Fluch aus, dann setzte er widerstrebend den Blinker, ehe er langsamer wurde und die nächste Ausfahrt von der A96 herunter nahm.

»Ich bin auf dem Weg, Henry. In einer halben Stunde bin ich bei dir.«

Das alte, verfallene Pfarrhaus stand an den Ausläufern der Cairngorms, einer Bergkette im Südosten der Stadt. Am schwarzen Himmel darüber leuchtete hell die Milchstraße, als Michael seinen Wagen parkte und die Haustür aufschloss. Er traf Henry an seinem üblichen Platz an, im oberen Stockwerk vor dem Computer sitzend. Das einzige Licht im Raum war der schwache Schein diverser Monitore.

»Es funktioniert immer noch nicht. Da steckt sicher wieder die Regierung dahinter.« Henry schaukelte nervös auf seinem Stuhl vor und zurück.

»Tut mir leid, dass ich nicht früher kommen konnte, Henry. Tut mir wirklich aufrichtig leid. Hast du die Nummer von deinem Internetanbieter? Eine Rechnung oder irgendwas anderes, wo ich die Kontaktdaten finden könnte?« Gerade wollte Michael Henry die Hand tröstend auf die Schulter legen, als ihm einfiel, dass sein Klient jeglichen Körperkontakt verabscheute.

»Was für eine Rechnung? Davon weiß ich nichts.«

Wie lautete noch mal der Name seines Pflegers? Michael versuchte krampfhaft, sich zu erinnern. Gordon? Greg? Er probierte es einfach: »Wenn Greg vorbeikommt, macht er doch auch die Post für dich auf. Wo tut er die denn normalerweise hin?«

»Ich habe bei Greg angerufen, aber er ist nicht rangegangen. Deshalb habe ich es ja bei Ihnen versucht, Michael. Ich wusste, Sie würden kommen.«

»Wenn er bei dir ist, legt er die Briefe da an eine spezielle Stelle?«

»Ich hasse Briefe. Man weiß nie, was drinsteht.« Henrys Geschaukel wurde hektischer.

»Ich bin gleich wieder zurück.«

Michael machte sich auf Streifzug durch das dunkle Pfarrhaus. Er nahm den muffigen Geruch der uralten Holzdielen wahr, die unter seinen Füßen knarzten. Die vielen Reihen alter Bücher. Die Schränke voller Nudeln, Kekspackungen und Chipstüten. Endlich stieß er in einem Hochschrank im oberen Flur auf eine Schublade voller Rechnungen. Gerade wollte Michael die Nummer der Vierundzwanzig-Stunden-Hotline wählen, die er gefunden hatte, als er Henry rufen hörte: »Es ist wieder da.«

Michael zog die Jacke aus, ging in die Küche und machte sich auf die Suche nach Kaffee. In einem der Schränke wurde er fündig. Ein Glas Instantpulver. Als er es aufschraubte, stellte er fest, dass das Granulat einen festen Klumpen bildete. Mit Mühe gelang es ihm, ein wenig davon abzukratzen und sich eine Tasse Kaffee aufzubrühen. Sein Verlangen nach einer Ladung Koffein war übermächtig, da wollte er nicht zimperlich sein. Dann wartete er zwanzig Minuten ab. Henrys Angstattacken ließen in der Regel mit jedem erfolgreichen Klick und jeder geladenen Seite zusehends nach. Schließlich schlüpfte Michael wieder in seine Jacke.

»Okay, Henry. Ich gehe dann mal«, sagte er und streckte den Kopf ins Zimmer. Sein Klient sah ihn nur mit stumpfem Blick an. »Ich verschwinde, ja?«

»In Ordnung.« Henry wandte sich wieder seinem Monitor zu.

Michael deutete mit einem Nicken darauf. »Was ist das?«

»Ein Video, das ich gedreht habe«, erklärte Henry.

»Kennst du dich gut mit Videos aus?«

»Ja.«

Michael tastete nach Nichols Handy, das in der Innentasche seiner Jacke steckte. »Wie steht's mit Handys? Weißt du auch, wie man gelöschte Daten wiederherstellt? Oder Nachrichten oder Videos? Solche Sachen?«

»Ja«, gab Henry abermals zurück. Er hielt den Blick unbeirrt auf den Bildschirm geheftet.

»Wenn ich dir das hierlasse«, sagte Michael und hielt das Handy in die Höhe, »könntest du es dir dann mal ansehen? Und rausfinden, ob da irgendwas drauf versteckt ist? Irgendwelche verborgenen Daten?«

»Ja.« Henry nahm das Telefon entgegen und legte es ohne ein weiteres Wort auf den Schreibtisch.

40

Der Morgen dämmerte bereits, als Monica und Crawford über den Parkplatz auf das riesige Krankenhausgebäude zuhielten. Es war schon das dritte Mal in nur vier Tagen, dass sie hier war. Das musste ein schlechtes Omen sein, ein Unheil verkündendes Zeichen. Trotzdem konnte Monica nicht aufhören, innerlich zu grinsen. Schon pervers, dass ein Toter, der wie ein abgeschlachtetes Schwein von der Decke hing, bei ihr für so immense Erleichterung sorgte. Als wäre ihr eine schwere Last von den Schultern genommen worden. Sie zwang sich, eine angemessen ernste Miene aufzusetzen.

Als sie einen verstohlenen Blick auf Crawford warf, fielen ihr als Erstes seine rot geränderten Augen auf. Gerade fischte er eine Packung Minzbonbons aus der Tasche und steckte sich noch zwei in den Mund. Ihr war der Geruch, der an ihm haftete, sehr wohl aufgefallen, eine Mischung aus Whisky, billigem Parfüm und etwas, woran sie schon lange keinen Gedanken mehr verloren hatte, geschweige denn, dass sie es getan hätte. Dafür blieb ihr einfach keine Zeit. Jetzt war ihr auch klar, warum er ihr bereitwillig das Steuer überlassen hatte. Offenbar hatte er nicht geschlafen, zumindest nicht im eigentlichen Sinne. Und aller Wahrscheinlichkeit nach war er noch immer nicht ganz nüchtern.

Ein Flugzeug zog seine Bahn über den grauen Morgenhimmel, auf dem Landeanflug zum Flughafen draußen in Dalcross. Noch so ein Omen, dachte Monica. Lisa MacKay könnte darin sitzen – sie wurde heute zurückerwartet, um den Leichnam ihres einzigen Sohnes zu identifizieren.

Würde der erhängte MacLennan, jene unheilbringende Tarotkarte, die Lisa aufgedeckt hatte und die über ihr restliches Leben bestimmen würde, ihr auch nur den geringsten Trost spenden? Irgendwie bezweifelte Monica das.

»Der Junge hat gesagt, sie warten im Café auf ein Taxi. Seiner Großmutter geht es wieder gut, vermutlich nur eine leichte Panikattacke«, erklärte Crawford, während sie die automatische Tür durchschritten und dann links in den breiten Flur abbogen, der in den um diese Zeit nahezu menschenleeren Kantinenbereich führte.

Monica erkannte Rory und seine Großmutter von ihrem Besuch auf dem Revier sogleich wieder. Jetzt saßen sie schweigend an einem Tisch am Fenster. Eigenartigerweise wirkte der schmächtige Junge plötzlich um einiges jünger. Er starrte entschlossen auf das Smartphone in seiner Hand. Seine Oma dagegen schien um Jahre gealtert, tiefe Sorgenfalten zeichneten sich auf ihrer Stirn ab. Sie hatte die Hände um einen Inhalator geschlossen. Keiner von beiden blickte auf oder ließ sich in irgendeiner Form anmerken, dass sie das eigenartige Paar bemerkt hatten: die hochgewachsene Frau, die aussah wie eine Leiche, und der kleine rotäugige Mann, der nach billigem Whisky und Sex stank.

»Fühlen Sie sich besser, Anne?«, fragte Crawford, als sie an den Tisch traten. »Wir würden Ihnen gern ein paar Fragen zu dem Vorfall in der Nacht stellen.«

Die Frau nickte wortlos, das Gesicht immer noch von Erschöpfung und Schrecken gezeichnet.

»Sie sagten, es sei Blut von der Decke getropft? Haben

Sie von oben irgendwelche Geräusche gehört? War da etwas, bevor Sie das Blut bemerkten?«, übernahm Monica nun das Wort.

Die alte Dame schüttelte hektisch den Kopf. »Nein, nichts dergleichen. Ich habe einfach nur ferngesehen, weil ich von meinem Besuch auf dem Polizeirevier noch völlig aufgewühlt war. Ich konnte nicht schlafen …«

Monica ließ den Blick zwischen Anne und Rory hin und her wandern. Der Junge hielt den Kopf gesenkt. Er starrte immer noch stur auf sein Handy und tat so, als wäre er für alles, was um ihn herum vor sich ging, komplett unempfänglich.

»Rory?«, forderte Monica ihn auf. »Hast du etwas von oben gehört?« Der Junge hob scheu den Blick und schüttelte ganz leicht den Kopf, ehe er ihn schnell wieder senkte und erneut auf sein Telefon starrte. »Verbringst du manchmal Zeit mit Owen?«

Wieder sah der Junge auf, wich aber ihrem Blick aus. »Owen ist immer nett zu mir. Er hat mich sein Internet mitbenutzen lassen. Wir sehen uns manchmal Filme bei ihm an. Nur wir zwei.«

»Ist er für dich so was wie ein Freund? Oder ein Onkel?«, erkundigte sich Monica behutsam. Bei dem Gedanken stellten sich ihr die Nackenhaare auf.

Der Junge senkte erneut die Augen und nickte.

»Es war nicht leicht für ihn«, mischte Anne sich nun hastig ein, als müsste sie ihr Unwissen über MacLennans Vorstrafenregister irgendwie rechtfertigen. »Er vermisst seine Mum und seinen Dad.«

»Verstehe«, sagte Monica, dann wandte sie sich wieder Rory zu. »Du sagtest, du bist mit ihm im Lieferwagen mitgefahren.«

»Er meinte, ich wäre nie wieder sicher«, erklärte Rory und starrte dabei unverändert auf sein Handy. Der Schlafanzug mit dem Legomotiv, den er unter seinem Mantel trug, schlotterte um seine dürren Teenagerbeine. »Er sagte, es gebe da einen Mann, der fordert einen auf, mit ihm zu kommen, und dann tut man das. Er würde die Jungen bitten, Dinge zu tun. Würde sie für seine Zwecke benutzen. Und wenn ich nicht sagen würde, dass ich bei ihm im Lieferwagen war, wenn ich nicht für ihn lügen würde …«

»Hat er dir sonst noch etwas über diesen Mann erzählt? Hat er dir seinen Namen verraten?«, wollte Monica wissen. Sie hatte Mühe, Rorys Worte zu verarbeiten. Wenn der Junge in MacLennans Wagen nicht er gewesen war, war es dann Robert? Und wer war dieser ominöse Mann, dieser vermeintliche Komplize?

Rory schüttelte langsam den Kopf. »Nur, dass ich große Angst vor ihm haben sollte. Dass alle sich vor ihm fürchten müssten.«

41

Gerade als Michael Lossiemouth erreichte, spuckten die grauen Wolken, die vom Meer landeinwärts zogen, Schneeregen aus. Der Eingang zur Wohnung lag neben einem Laden, eine blaue Tür ohne Namen. Michael drückte auf die Klingel und wartete. Nach einer Weile, die ihm unendlich lang vorkam, summte der Türöffner, und er trat ein. Drinnen ging Michael über eine muffige Stiege hinauf ins obere Stockwerk.

Der junge Mann, der am Ende des kurzen Korridors in der Tür stand, war groß und dünn und hatte an beiden Armen zahlreiche Tätowierungen.

»Alan Gentle?«, erkundigte sich Michael.

Trotzig hob der Junge das Kinn. »Was wollen Sie?«

»Ich bin wegen Nichol hier.«

Auf Alans Zügen ging eine kaum merkliche Veränderung vor, die Arroganz des Teenagers schien plötzlicher Panik zu weichen. Nervös huschten seine Augen umher. Er versuchte, Michael die Tür vor der Nase zuzuknallen, doch der streckte rasch den Arm aus und hielt sie auf. Dass der Junge mit einem Mal so aufgewühlt war, beunruhigte ihn zutiefst.

»Ist Nichol bei dir? Ich will nur wissen, ob es ihm gut geht.«

»Woher haben Sie meine Adresse? Er ist nicht hier. Ich

weiß nichts.« Alan wich zurück und sprach mit wachsender Verunsicherung in der Stimme.

Nach kurzem Zögern trat Michael in die Wohnung und hielt beschwichtigend die Hände hoch. »Ich will keinen Ärger machen.« Langsam schob er die Hand in die Tasche und holte das Foto heraus. »Dieses Bild hier habe ich gefunden. Das ist dein Auto, oder?«

»Woher haben Sie das? Ich dachte, es …« Alan verstummte schlagartig.

»Du dachtest, es wäre vergraben?«

Alan nickte bedächtig und nahm Michael das Foto aus der Hand. Als er wieder aufsah, waren seine Augen feucht, als würden ihm jeden Moment die Tränen kommen.

»Erst Zandy. Dann Nichol. Ich dachte …«, er stieß ein verbittertes Lachen aus, »ich dachte, Sie wären gekommen, um … Woher haben Sie meine Adresse?« Wieder schraubte sich seine Stimme argwöhnisch in die Höhe.

Vorsichtig griff Michael in seine Brieftasche, um dem Jungen seinen Ausweis zu zeigen. »Ich heiße Michael. Ich arbeite für die Polizei. Du hast nichts zu befürchten.« Was zumindest zum Teil stimmte. »Ich bin Nichols Betreuer vom Sozialdienst. Vielleicht hat er meinen Namen mal erwähnt?«

Alan nahm ihm den Ausweis mit zittriger Hand ab. Dann nickte er. »Ich erinnere mich. Sie fahren doch einen Land Rover? Einen roten? Mit kurzem Radstand?«

»Haargenau«, bestätigte Michael. Mit immenser Erleichterung, dass der Junge ihn dem Namen nach kannte, deutete er hinter sich in Richtung Straße. »Er steht gleich da draußen.«

Alan zeigte keine Reaktion. Stattdessen holte er eine Zigarette aus einer Packung. »Kommen Sie rein«, forderte er

Michael auf, obwohl er längst in der Wohnung stand. Er nickte verlegen, schob die Tür hinter sich zu und folgte dem Jungen ins Wohnzimmer.

Michael registrierte die dreiteilige Sitzgarnitur und das glänzende Parkett, drei Wände waren weiß gestrichen, die vierte pflaumenviolett – wie aus einem Hochglanzprospekt für Inneneinrichtung. Die Wohnung war überraschend ordentlich und geschmackvoll eingerichtet, verglichen mit dem maroden Eindruck, den das Haus von außen vermittelte.

Alan ließ sich langsam auf einen Sessel sinken, das Foto immer noch in der Hand. »Ich, Nichol, Zandy«, sagte er und deutete nacheinander auf die Gesichter. Seine Hand zitterte unkontrolliert.

»Nichol und Zandy, sind sie zusammen abgehauen?«, fragte Michael mit plötzlich aufkeimender Hoffnung, die allerdings sofort zunichtegemacht wurde.

»Zandy ist tot. Und Gott weiß, wo Nichol steckt.«

Tot. Noch einer. Einfach so. Der Kreis der toten Jungen schien sich immer mehr um ihn zusammenzuziehen.

»War das euer Abschied von ihm? Als ihr dieses Foto vergraben habt?«, fragte Michael, einer plötzlichen Eingebung folgend.

»Seine Mum wollte nicht, dass wir bei der eigentlichen Beerdigung dabei sind. Sie hat uns die Schuld an allem gegeben. Sein richtiger Name war Alexander Allen. Genau wie der Name auf dem Grabstein. Früher haben wir immer Witze darüber gemacht, wissen Sie?«

»Wie ist er gestorben?« Michael hörte deutlich das Zittern in seiner Stimme.

»Hat sich selbst umgebracht. Jedenfalls haben sie das behauptet. Der Fluss …« Alan hauchte die Worte mehr, als dass er sie laut aussprach.

»Ist er gesprungen?«

»Eine der Brücken in Inverness.« Alan drückte seine Zigarette aus, zündete sich aber sofort eine neue an. »Seine Mum war ... stinksauer, wissen Sie? Als hätten wir ihn getötet. Ich und Nichol sind zu ihr gegangen. Sie hat uns angeschrien. Wir hätten ihn auf dumme Gedanken gebracht ...«

»Sie hat wohl einen Schuldigen gebraucht, wie?«

Alan nickte eifrig, ein Ertrinkender, der sich an den rettenden Strohhalm klammert. »So ist es. Wir waren so was wie die Sündenböcke.«

»Was ist tatsächlich passiert?«

»Nichts. Alles war wie immer. Es war ein warmer, sonniger Tag. Ein Samstag. Ich, Nichol und Zandy sind einfach nur durch die Gegend gekurvt. Mein Dad hatte mir das Auto zum Geburtstag geschenkt. Ich bin damals fast jedes Wochenende heimgekommen nach Inverness, wissen Sie? Wir haben haltgemacht, haben ein paar Dosen gekippt. Haben was geraucht. Im Nachhinein hat man behauptet, das hätte ihn vollkommen paranoid gemacht, aber so war es nicht.« Er sah zu Michael auf, der voller Mitgefühl die schuldbewusste, gequälte Miene des Jungen registrierte. »Wir waren gerade auf dem Heimweg. Nichol ist in die eine Richtung los, ich in die andere. Zandy hatte wieder einen anderen Weg ...« Alan unterbrach sich. »Am nächsten Morgen bekomme ich plötzlich ständig Anrufe von seiner Mutter. Überall auf Facebook waren verzweifelte Aufrufe zu lesen. Von wegen, er sei sicher nach Hause gekommen und habe sich ins Bett gelegt, sei aber am nächsten Morgen nicht mehr da gewesen. Es war die Rede davon, er müsse irgendwas genommen haben, entweder irgendwelche psychoaktiven Substanzen oder Drogen. Jedenfalls muss er einfach losgelaufen sein. Alle machten sich auf die Suche nach ihm. Sie liefen an ihm vorbei, keinem ist was aufgefallen. Er hatte sich im Wehr verfangen. Unter Wasser. War angeblich schon komplett aufgedunsen, als man ihn schließlich doch fand. So als … als hätte er gar nicht mehr wie ein Mensch ausgesehen. Ich kann nicht glauben, dass er freiwillig gesprungen ist. Das hätte er nie im Leben getan!«

»Was, denkst du, ist ihm zugestoßen?«, fragte Michael leise in die Stille des Raums hinein.

Langsam hob Alan den Kopf. Eine träge blaue Wolke stieg von der Zigarette in seiner Hand empor. »Es geht um diesen Mann am Fenster, oder?«

»Der Mann am Fenster?«, wiederholte Michael verständnislos. Die Angst, die in der Stimme des Jungen mitschwang, war ansteckend.

Alan schluckte schwer. »Es war an dem Tag, an dem wir diese …«, er schien nach dem richtigen Wort zu suchen, »diese Beerdigung für Zandy abgehalten haben. Auf dem Friedhof.« Die Kiste in ihrem seichten Grab. Das Gras und die Bäume ringsum. »Es war so ein dummer Einfall. Ein bisschen wie Lebewohlsagen, Sie verstehen?«

Michael nickte.

»Es war kurz danach. Wir saßen nur herum und unterhielten uns über Zandy und ein paar von den Dingen, die wir zusammen erlebt haben. Die vielen Male, die wir zusammen aus waren und getrunken haben, alberne Sachen, die er gesagt hat, so was halt.«

Wieder nickte Michael.

»Sie wissen ja, wie Nichol so ist. Einerseits ein guter Freund, aber er hat auch eine Seite an sich … Manchmal sagt er Dinge, nur um einem absichtlich wehzutun. Als wollte er die Gefühle anderer absichtlich verletzen. Als müsste jeder seinen schwarzen Humor verstehen, wissen Sie?«

»Was hat er gesagt?«

»Er hat Witze gerissen. Meinte, er hätte gesehen, wie jemand zu Zandy ins Haus gegangen sei. In der Nacht, in der er starb.«

»Er hat jemanden in Zandys Haus gehen sehen? In der Nacht, in der Zandy Selbstmord begangen hat?« Michael konnte kaum glauben, was er da hörte.

»Das hat er behauptet, ja. Ich war völlig, na ja … geschockt. Es war, als wollte er Spaß machen, aber immerhin ging es um unseren besten Freund, der sich verdammt noch mal das Leben genommen hatte. Ich wollte ihn ausbremsen, meinte so was wie: Komm schon, Nichol, lass es …«

»Und was hat er gesagt?«

»Er hat nur gelacht. Als würde ich übertreiben und den Witz nicht kapieren.«

»Sonst hat er nichts gesagt?« Michael sah, wie eine Veränderung auf Alans Zügen vor sich ging. Angst. Leugnung. »Was war es?«

Alan nahm sich eine neue Zigarette. Seine Hände zitterten immer noch. »Er meinte, er wüsste, mit wem Zandy weggegangen sei.«

»Er kannte den Mann?«

Alan nickte träge. Zögerte, als er Michaels Blick begegnete. Ein ängstlicher Ausdruck huschte über sein Gesicht.

»Hat er dir den Namen gesagt? Oder dir beschrieben, wie er ausgesehen hat? Das ist wirklich wichtig.«

»Nein. Nichts dergleichen. Hab ich doch schon erklärt. Er hat auf einmal so getan, als wäre alles nur Spaß gewesen. Und dann habe ich gehört, dass er verschwunden ist …«

Alan ließ den Kopf in die Hände sinken. Offenbar erlebte er diesen qualvollen Moment gerade noch einmal.

»Da ist dir klar geworden, dass er vielleicht doch die Wahrheit gesagt hat?«

»Ich weiß es nicht. Ich wollte nicht darüber nachdenken. Woher hätte ich denn wissen sollen …« Wieder verstummte Alan mitten im Satz.

»Hast du irgendeine Ahnung, von wem er gesprochen haben könnte? Hat er jemanden erwähnt?«

Alan sah auf. Auf seiner Miene zeichneten sich deutlich Misstrauen und Unschlüssigkeit ab. »Nein. Keine Ahnung. Sie kannten ihn doch. Er war ziemlich verschlossen. Ich wusste ja noch nicht mal, dass er einen verdammten Betreuer hat, bis Sie eines Tages an uns vorbeifuhren. Es ist wie …« Wieder schien er nach einem passenden Vergleich zu suchen. Schließlich hellte sich sein Blick auf. »Ja, es ist wie mit dem Laptop. In der einen Woche hatte er noch diese billige alte Schrottkiste, und in der nächsten Woche kam er mit einem nagelneuen MacBook Pro daher. Und dazu erzählte er irgendeine wilde Geschichte, woher er das Ding hätte …«

»Was für eine Geschichte?«

Alan hielt kurz inne. Seine Miene war wie versteinert, als hätte er bereits zu viel verraten. »Wissen Sie das denn nicht?«, fragte er ungläubig. »Er hatte es von dieser Sozialarbeiterin?«

»Sozialarbeiterin?«

»Seine andere. Sie wissen schon. Annemarie oder Amy oder …«

Der Schock jagte ihm einen Schauer über den Rücken. »Anita?«

42

Monica trank einen Schluck von ihrem Kaffee und spuckte ihn um ein Haar wieder aus. Crawford hatte viel zu viel Zucker reingetan. Allmählich füllte sich die Krankenhauscafeteria mit ambulanten Patienten. Die gemischten Gefühle, die in der Luft lagen, waren fast greifbar. Manche hatten ihr Todesurteil erhalten. Andere hingegen genossen göttliche Gnade und waren verschont geblieben: Der Knoten ist gutartig; der Krebs reagiert auf die Behandlung.

Sie wagte einen neuerlichen Schluck von ihrem Kaffee und durchlebte noch einmal ihren persönlichen Moment der Gnade. Owens Leichnam, wie er von der Decke baumelte. Das Ungeheuer war tot, die Ordnung im Dorf wiederhergestellt. Zumindest halbwegs, dachte Monica. Denn die Furcht in Rorys Stimme war etwas, das sich nicht so leicht vortäuschen ließ. Sie war echt gewesen.

Warum sollte MacLennan Selbstmord begehen, wenn er doch so großen Spaß an der ganzen Sache hatte? Die Frage ließ sie nicht mehr los, lästig wie ein Stein im Schuh. Es schien unmöglich, doch was, wenn Rory die Wahrheit sagte? Was, wenn da draußen ein zweiter Mörder herumlief? Noch gerissener und schlauer als MacLennan?

Monica wackelte mit den Zehen, als hätte sie wirklich einen Stein im Schuh, der drückte. Stirnrunzelnd sah sie auf ihre schwarzen Turnschuhe. Die waren zum Glück sehr bequem im Vergleich zu den hässlichen und feuchten Stiefeln. Sie schüttelte den Kopf und sah genau in dem Moment auf, als Crawford zurück in die Cafeteria kam, die Arme wie immer weit von sich gestreckt, die schmale Brust stolzgeschwellt. Sie registrierte seine Körpersprache, die besagte: Ich kann es kaum erwarten, Ihnen zu erzählen, was ich soeben erfahren habe.

»Ich war mir nicht sicher, ob Sie noch da sind«, sagte er, während er die letzten paar Meter im Laufschritt auf sie zueilte.

»Lisa MacKay wird bald hier sein. Ich dachte mir, ich warte, bis sie kommt.«

Crawfords Miene verfinsterte sich. »Stimmt. Das hatte ich vergessen.«

»Sie haben Neuigkeiten?«

Crawford strich sich mit der Hand über den zerzausten Haarschopf und hatte sichtlich Spaß daran, seine Ankündigung noch einen Moment hinauszuzögern, um die Spannung zu steigern. »Der toxikologische Befund ist da«, verkündete er schließlich.

»Paul MacKay?« Monica wusste, dass die vorläufigen Ergebnisse aus Robert Wrights Blut- und Urinuntersuchung vorlagen. Alles sauber. Es würde unter Umständen Wochen dauern, bis sie die endgültigen Befunde der Untersuchung seines Gehirns und der Organe bekämen.

Crawford nickte bedächtig. »GHB. Gamma-Hydroxybuttersäure.«

»MacLennan hat ihn also mit Drogen betäubt?«

»Sieht ganz so aus. GHB wird vom Körper allerdings sehr schnell wieder abgebaut. Nach vier Stunden ist es praktisch nicht mehr nachweisbar«, erklärte Crawford. »Möglich, dass Robert ebenfalls betäubt wurde, dann aber noch lange genug gelebt hat, sodass die Droge vollständig aus seinem Körper verschwunden war.«

Monica dachte einen kurzen Moment darüber nach. Sie erinnerte sich, wie dürr sowohl Paul als auch Robert auf den Seziertischen ausgesehen hatten. Vor allem im Vergleich zu den dicken Muskelpaketen an MacLennans nacktem Körper. Das schien nicht richtig zu passen.

»Wir wissen, dass MacLennan ein kräftiger Kerl war. Wozu sollte er die Jungen betäuben? Er hätte sie mit Leichtigkeit packen und bis zur Bewusstlosigkeit würgen können. Sicher hätte er diesen Weg bevorzugt. Er hätte gewollt, dass sie genau mitbekommen, was mit ihnen geschieht.«

»Vielleicht wollte er so die eigentliche Todesursache verschleiern?«, schlug Crawford vor und massierte sich den Nacken.

»Aber warum sollte er sie dann derart zur Schau stellen?«, wandte Monica ein.

»Ich weiß es nicht«, gab Crawford schulterzuckend zu. »Ich meine, jemanden zu töten ist nicht unbedingt logisch, oder?«

Monica sah sich unter den Besuchern der Cafeteria um. Lauschte auf das Stimmengewirr. Das Klappern der Tabletts auf den Tischen. Sie fragte sich, wie viele von ihnen dem wohl beipflichten würden? Wie viele von ihnen schon einmal ernsthaft darüber nachgedacht hatten, aus dem einen oder anderen Grund jemanden umzubringen?

»Hängt ganz davon ab, nach wessen Logik man das beurteilt«, sagte Monica schließlich.

Doch Crawford hörte ihr längst nicht mehr zu. Er schaute an Monica vorbei auf den Parkplatz. Sie folgte seinem Blick und wusste sofort, was seine Aufmerksamkeit fesselte.

Soeben ging eine Frau auf den Krankenhauseingang zu. Sie trug einen langen braunen Mantel, ihre Augen waren hinter einer Sonnenbrille verborgen. Doch angesichts der kurzen schwarzen Haare und der schlanken Figur wies Lisa MacKay eine frappierende Ähnlichkeit mit ihrem toten Sohn auf, der im Stockwerk unter ihnen in einem Gefrierfach lag.

43

Michael sah, wie Anita die Drehtür passierte und einen Blick in seine Richtung warf. Er saß an einem Tisch in einer ruhigen Ecke. Sie hatten sich in einem anderen Pub als gestern Abend verabredet. Eigentlich ein Ort, an dem man alleine trank.

Er hörte das Klappern ihrer Absätze auf dem schmuddeligen Holzboden. Sie passt überhaupt nicht hier rein, dachte er. Mit ihrem ordentlich frisierten schulterlangen Haar, dem Make-up, den lackierten Nägeln und dem um die Hüfte geknoteten Regenmantel … Ganz im Gegensatz zu ihm. Er fiel unter den Tageslicht-Trinkern kein bisschen auf.

Anita überprüfte den Tisch auf etwaige ausgeschüttete Getränke, ehe sie ihre teuer aussehende gelbe Handtasche darauf abstellte. Sie wollte gerade etwas sagen, als ihr Michaels Miene auffiel. Plötzlich war sie wie versteinert. Einen quälend langen Moment sagte keiner von ihnen einen Ton. Direkt hinter ihnen servierte der Barmann einem Gast einen frühnachmittäglichen Drink, obwohl der Mann ganz offenkundig schon den einen oder anderen über den Durst getrunken hatte.

»Es stimmt also, ja?«, fragte er schließlich. »Du kanntest Nichol. Du hast ihm diesen Laptop gekauft. Du hast versucht, mich von der Suche nach ihm abzuhalten.«

Anita starrte ihn an. Der panische Ausdruck in ihren hellbraunen Augen war Fassungslosigkeit gewichen.

»Du hast von dem Jungen gehört, den man gestern gefunden hat?«, fragte Michael, sichtlich bemüht, nicht laut zu werden. »Was ist passiert, verdammt noch mal?« Anitas Finger zitterten unkontrolliert. Michaels Hand schnellte vor und packte sie am Arm. »Hast du irgendeine Vorstellung davon, wie ernst die Lage ist? Er ist möglicherweise ermordet worden.«

»Ich wünschte, ich wäre ihm nie begegnet.«

»Aber du hast ihn getroffen. Und hast mir was vorgeschwindelt.«

Anita starrte ihn entgeistert an. Die Furcht in ihrer Stimme wurde von Wut und Hass überlagert. »Das ist alles deine Schuld, Michael. Du hast mich benutzt. Du hast mich dazu gebracht, mit dir ins Bett zu gehen, und dann hast du behauptet, ich hätte dich angefleht, mich zu heiraten. Dabei habe ich nur ein wenig Trost gebraucht. Meine Mum war krank …«

»Wir sind erwachsene Menschen. Es war ein Fehler. Aber das hat nichts mit dieser Sache zu tun«, erklärte Michael. Ungeachtet seiner Wut keimten Schuldgefühle in ihm auf.

»Oh, und ob es das tut«, protestierte Anita. »Bei der Gelegenheit habe ich ihn nämlich getroffen. Ich ging zu dir in die Wohnung. Weil ich reden wollte. Erinnerst du dich? Du sagtest, du könntest das nicht. Ich glaube, ich war nie in meinem Leben verletzlicher als in dem Moment.« Sie schüttelte den Kopf. »Was sagt das über mich aus, dass ich mit jemandem wie dir zusammen sein wollte?«

Michael ließ den Kopf hängen. Der selbstgerechte Zorn, den er mit sich herumgetragen hatte, verließ ihn auf einen

Schlag, als ihm die unschöne Szene wieder vor Augen stand, die er so krampfhaft verdrängt hatte.

»Was denn? Hast du gar nichts zu sagen, jetzt, wo du nicht mehr den heldenhaften Retter spielen kannst?« Wieder schüttelte sie den Kopf. »Nichol stand draußen, fast, als hätte er auf mich gewartet. Er sah, dass ich weinte, und wir kamen ins Gespräch. Irgendwann haben wir uns ins Auto gesetzt und sind herumgefahren, einfach nur, um zu reden. Mehr war da nicht. Ich weiß, du wirst mir nicht glauben, aber er war an jenem Abend derjenige, der alles gesteuert hat, nicht ich. Ich habe mich völlig bloßgestellt vor ihm. Keiner hatte mir zugehört, und dann kam dieser hübsche Junge daher und interessiert sich plötzlich für mich. Richtig peinlich. Wie sich herausstellte, hat er mich nur benutzt.«

»Was willst du damit sagen?«

»Ich habe mich noch einmal mit ihm getroffen. Um mich zu entschuldigen und um sicherzugehen, dass er den Mund hält. Da fing er an, davon zu reden, er brauche dringend einen neuen Laptop. Er wusste, dass ich mir gerade erst einen gekauft hatte.«

»Moment, willst du damit andeuten, er hat dich erpresst?«

»Du hast so eine Art, Michael, dich herauszureden, wenn du andere verletzt. Und genau das Gleiche machst du, wenn andere es tun. Du findest für alles eine Entschuldigung.« Abermals ein Kopfschütteln. »Er wusste genau, dass ich es bereute, Zeit mit ihm verbracht zu haben. Da hat er seine Chance gewittert …«

»Du hättest dich an mich wenden können, Anita. Ich hätte mit ihm geredet.«

Sie lachte, und es klang noch nicht mal gezwungen.

»Echt witzig, Michael. Herrje. Man kann über Nichol sagen, was man will, aber er ist ehrlicher sich selbst gegenüber, als du es jemals sein wirst.«

»Immerhin hatten wir eine schöne Zeit zusammen, oder nicht?«, meinte Michael.

»Ist das zu fassen? Dass ausgerechnet du das sagst. Weißt du, irgendwann wirst du dich umschauen, und dann wirst du feststellen, dass dir die Leute nicht gerade in Scharen hinterherrennen.«

Er wich Anitas Blick aus und sah an ihr vorbei zu der momentan unbesetzten Bar. Er fragte sich, wie es so weit hatte kommen können. Das mit Anita, mit Alice, mit Nichol.

»Hör zu. Es tut mir wirklich leid. Ich habe dich enttäuscht. Ich bin von mir selbst enttäuscht. Aber wir haben es mit zwei toten Jungen zu tun. Jemand hat sie umgebracht. Was auch immer Nichol getan hat, ich will nur wissen, ob es ihm gut geht.«

»Und ich habe keinen Schimmer, wo er sein könnte! Glaub mir doch bitte! Wenn ich das irgendwie hätte verhindern können …«

»Hat er dir gegenüber irgendwelche Namen erwähnt? Einen Zandy Allen? Oder einen Charlie Bartle?« Michael entging nicht, dass auf Anitas Gesicht eine kaum merkliche Veränderung vorging. »Was hat er über ihn gesagt? Es ist wichtig!«

Sie starrte ihn einen Augenblick an. »Es war letzte Woche, kurz bevor er verschwunden ist. Ich hatte ihn seit Monaten nicht gesehen. Ich hatte die ganze Geschichte schon fast vergessen. Irgendwie habe ich wohl so getan, als wäre das alles nie geschehen. Er stand plötzlich neben meinem Auto. Hat mich gefragt, ob ich ihn wohin fahren könnte.«

»Und wohin war das?«

»Ich habe ihn zu dieser Adresse gefahren, die er mir genannt hat. In Rapinch, gleich hinter einem ehemaligen Pub. Er meinte, er müsse mit jemandem reden. Einem von den Bartles. Der Typ hieß Charlie Bartle.«

44

»Ich weiß, dass er daran beteiligt war. Da bin ich ganz sicher«, sagte Lisa MacKay. Sie hielt den Blick starr auf den Becher vor ihr auf dem Tisch gerichtet. »Ich bin überzeugt, dass er in die Sache verwickelt ist.«

Eine Stunde zuvor war Lisa in der Leichenhalle zusammengesunken, nachdem Monica sie zu den sterblichen Überresten eines Jungen geführt hatte, der ihr so unglaublich ähnlich sah, dass kein Zweifel bestand: Lisa dürfte es in Zukunft schwerfallen, in den Spiegel zu schauen, da ihr jedes Mal Paul, ihr Sohn, daraus entgegenblicken würde. Der Junge, der in ihrem Leib herangewachsen, sich an der Milch aus ihrer Brust genährt hatte.

Monica war neben ihr auf die Knie gegangen und hatte Lisa ihre Hand besänftigend auf den Scheitel gelegt. Als könnte sie so die tiefe Dunkelheit, die sie zu verschlingen drohte, von ihr fernhalten. Doch es gab keinen Trost. Nichts, das hätte helfen können.

»Von wem sprechen Sie genau?«, hakte Crawford nach. Monica selbst hätte die Frage etwas behutsamer vorgebracht, doch es wäre aufs selbe hinausgelaufen.

»Don Cameron war das. Ich weiß es. Ich habe mitbekommen, wie er Paul angesehen hat«, sagte Lisa. Sie hielt den Blick auf Monica geheftet.

Don Cameron. Der Name brachte in Monica etwas zum

Klingeln: der Wildhüter, den Muir Maitland vom Hotel bereits erwähnt hatte. Der Mann, den er damit unfreiwillig zum potenziellen Verdächtigen gemacht hatte. Cameron arbeitete zufällig genau dort, wo Muir Robert Wright an dem Abend seiner Ermordung gesehen hatte. Hier tat sich nun also eine erste Verbindung zwischen den Opfern auf. Hatte Don Cameron Owen MacLennan womöglich als Komplize gedient?

»Woher kennen Sie Don Cameron?«, hakte Monica nach. Sie versuchte sich nichts anmerken zu lassen. Lisa blickte sich hilflos im Vernehmungszimmer um. Sie war wie benommen. Bestimmt war das der Schock. Wie viele Jahre stehen Ihnen nach diesem Tag noch bevor?, fragte Monica sich unwillkürlich, während sie sich über den Tisch beugte und Lisa eine Hand auf die Schulter legte. Wie viele Jahre, nachdem das ganze Gewicht der Welt auf Ihre Schultern heruntergekracht ist?

Es dauerte ganze fünf Minuten, ehe Lisa wieder ein Wort herausbrachte.

Endlich nahm sie den Faden wieder auf: »Paul arbeitet manchmal für ihn. Er hilft ihm in der Jagdhütte beim Rasenmähen. Solche Dinge. Don Cameron …« Sie legte sich die Hand auf die Brust und ließ sie dann auf den Tisch sinken. »Er muss Paul dazu überredet haben hierzubleiben, während ich in Urlaub fuhr. Er muss das alles von langer Hand geplant haben.«

»Wie kommen Sie darauf?«, fragte Monica.

»Paul wollte ursprünglich mitkommen. Bis er plötzlich von heute auf morgen seine Meinung änderte. Er sagte, er brauche Geld. Er müsse Don bei einem Job helfen. Don hat das ganz sicher geplant, er muss ihn überredet haben zu bleiben … Ich war erst mal außer mir vor Wut. Habe Paul sogar an den Kopf geworfen, dass ich Geld auf ihn verschwendet hätte. Doch letzten Endes hielt ich es für das Beste, den Mund zu halten und ihn seine eigenen Entscheidungen treffen zu lassen.« Zitternd führte sie die Hand an den Mund und legte sie schließlich zurück auf den Tisch.

»Ich kann mir nicht annähernd vorstellen, wie schwer das für Sie sein muss, Lisa. Aber Sie müssen uns möglichst alles über Don Cameron erzählen«, sagte Monica eindringlich.

»Er ist kein Mann großer Worte. Das ist es ja, was Paul so an ihm gefällt – er ist genau das Gegenteil von mir. Ich schätze ihn auf ungefähr Mitte bis Ende fünfzig. Lebt mit seinem Vater zusammen. Er arbeitet als Jagdaufseher. Paul hat oft von den vielen Waffen erzählt, die er besitzt. Er ist clever – kann alles reparieren: Auto, Heizung, solche Dinge. Wissen Sie, anfangs fand ich es sogar gut, dass Paul so viel Zeit mit ihm verbrachte, endlich eine verdammte Vaterfigur. Das werde ich mir selbst nie verzeihen.«

Nachdem die Befragung offiziell beendet war, traf Monica draußen auf dem Flur auf Hately, der sie bereits ungeduldig erwartet hatte. Auf seinen Zügen zeichnete sich ein sichtlich zufriedener Ausdruck ab – das konnte nur bedeuten, dass es gute Neuigkeiten gab. Wenn man bei einem Doppelmord überhaupt von guten Neuigkeiten sprechen kann, dachte Monica. Sie bedeutete Crawford, im Vernehmungsraum auf sie zu warten, und folgte Hately in sein Büro.

»Ich dachte, Sie wollten vielleicht wissen, dass sich das Team von der Spurensicherung soeben aus MacLennans Wohnung gemeldet hat. Man hat ein T-Shirt gefunden, das Robert gehört haben könnte. Stephen Wright hat angegeben, aus seinem Zimmer würde eins fehlen.«

Die Worte sprudelten nur so aus Hately hervor, er legte

eine Aufgeregtheit an den Tag, die völlig untypisch für ihn war. Ein untrügliches Anzeichen für den Ernst der Lage. Trotzdem stand Monica Lisa MacKays von Entsetzen gezeichnetes Gesicht immer noch überdeutlich vor Augen und trübte ihre Freude über diesen Fortschritt in den Ermittlungen.

»Es ist voller Blut, wir werden die DNA abgleichen«, fuhr Hately fort. »Endlich ein klarer Beweis, der eine Verbindung zwischen den beiden Opfern und Owen MacLennan herstellt.«

Monica nickte. Seltsamerweise war sie nicht im Geringsten überrascht. Alles schien darauf hinzudeuten, dass MacLennan der Täter war. Sämtliche Details passten perfekt zusammen. Wenn auch viel zu perfekt für ihren Geschmack. Ein bisschen wie ein Malen-nach-Zahlen der Ermittlungsarbeit.

»Außerdem konnten wir Robert Wrights Mutter endlich ausfindig machen«, fuhr Hately fort. »Sie war eine Woche lang im Süden in einem Meditationszentrum. Natürlich steht sie momentan unter Schock, aber sie behauptet, nichts zu wissen.« Er zuckte die Achseln. Noch mehr gute Neuigkeiten.

Monica räusperte sich in dem Bewusstsein, dass sie kurz davor war, Hately den restlichen Tag ordentlich zu vermiesen.

»Ich werde ein bewaffnetes Einsatzkommando brauchen, das mir jemanden zum Verhör bringt. Es handelt sich um einen Jagdaufseher. Es sind mehrere Handfeuerwaffen auf ihn zugelassen.«

»DI Kennedy. Ich habe Ihnen doch soeben erklärt, dass wir Roberts T-Shirt in MacLennans Wohnung gefunden haben. Sie haben Pauls Brieftasche gesehen. Die IT-Spezialisten der Spurensicherung sagen, auf MacLennans Computer fänden sich Daten mit sadistisch-pornografischen Inhalten. Er scheint jedes einzelne Snuff-Video im Internet zu kennen.«

»Lisa MacKay weiß noch nichts von MacLennan. Sie hat mir soeben einen Mann namens Don Cameron als potenziellen Verdächtigen genannt. Ein weiterer Zeuge hatte mich bereits zuvor auf diesen Mann hingewiesen. Don Cameron hatte Paul MacKay als Gehilfen angeheuert, seine Arbeitsstelle befindet sich nicht mal zwei Kilometer von Robert Wrights Zuhause entfernt.«

»Haben Sie nicht gehört, was ich gesagt habe?«, fragte Hately zusehends irritiert. Monica sah, wie sich ein Muskelzucken in seinem Augenwinkel bemerkbar machte. »Wir haben Beweise, die MacLennan eindeutig mit den beiden Opfern in Zusammenhang bringen.«

»Ich denke, er könnte einen Komplizen gehabt haben. Möglicherweise war es Don Cameron.«

»Haben Sie hierfür irgendwelche Beweise?«, herrschte Hately sie an und wurde nun laut. »Über irgendwelche Gerüchte hinaus?«

Monica räusperte sich. »Dieser Junge, Rory Wilson, hat ausgesagt, MacLennan habe ihn bedroht …«

»Ach, Sie meinen denselben Jungen, der uns angelogen und behauptet hat, er sei bei MacLennan im Van mitgefahren? Er hätte unsere Ermittlungen um ein Haar gefährdet.«

»Er hatte Angst«, gab Monica zurück, nun ebenfalls ungehalten. »Wenn wir dieser Spur nicht wenigstens nachgehen, lassen wir Don Cameron genügend Zeit, um eventuelle Beweise zu vernichten.«

45

Der Beobachter

Die Bedienung trat zu ihm an den Tisch, um seine Bestellung aufzunehmen. Schweigend sah er zu, wie ihre Hände erst zu der Geldtasche an ihrer Schürze und dann hinauf zu ihren Haaren wanderten. Ihre Nervosität machte ihn neugierig.

»Nur eine Tasse Tee bitte«, sagte er schließlich und beobachtete, wie sie mit zittrigen Fingern hastig die Bestellung notierte. Er sah sich in dem Café um. Es befand sich am Rande eines Industriegebiets, draußen parkten mehrere Lastwagen. In der Luft hing der Gestank nach Frittierfett. Die wenigen Gäste, allesamt dickwanstige Kerle, machten auf ihn einen handzahmen Eindruck. Er drückte den Rücken durch. Nach den Anstrengungen der vergangenen Tage fühlte er sich wie gerädert, aber trotzdem gut.

Die Kellnerin brachte seinen Tee. Er wartete ab, bis sie wieder gegangen war, dann wanderte seine Hand in die Tasche. Gedankenverloren spielte er mit der Haarsträhne, die sich darin verbarg. Vorsichtig holte er sie heraus, zog sie rasch unter seiner Nase durch, sog den herrlichen Duft tief in sich ein, ehe er sie wieder in der Tasche verschwinden ließ und stattdessen sein Handy zum Vorschein brachte. Er drückte die Playtaste und bewegte den Timer zu seiner

Lieblingsstelle in dem Video. Der Ton war ganz leise eingestellt, doch er kannte die Worte ohnehin auswendig.

Paul wachte auf. Das grelle Deckenlicht fiel ihm direkt ins Gesicht. Er versuchte sich auf der Matratze umzudrehen, merkte dann aber, dass er die Arme nicht bewegen konnte; erst da fiel ihm wieder ein, dass er gefesselt war. Eine ganze Minute lang wand Paul sich und schrie aus Leibeskräften. Es war wunderbar, ihm dabei zuzusehen.

Verstohlen blickte er sich nach den anderen Gästen und der Bedienung um. Das wäre ein Spaß, wenn sie sehen könnten, was ihm dieses Lächeln ins Gesicht zauberte.

Schließlich hörte Paul auf zu zappeln. »Ich fühle mich krank.« Lautlos formte er die Worte mit den Lippen und sprach sie gemeinsam mit Paul. »Ich fühle mich schrecklich krank.« Paul spielte seine Rolle perfekt. Die Reue. Die Hoffnung.

Ein Glöckchen klingelte, als die Tür zum Café aufging. Mit einem Knopfdruck beendete er das Video und ließ das Telefon in der Tasche verschwinden. Ein Polizist stand im Eingang. Lauernd sah er sich im Lokal um, als könnte sich hier gerade ein Verbrechen abspielen, weshalb höchste Wachsamkeit geboten war.

Endlich trat der Polizeibeamte – es war PC Duncan Gregg – an seinen Tisch und nahm Platz.

Die Bedienung brachte Gregg den üblichen Milchkaffee. Als er sich darüberbeugte, vermittelte seine Körpersprache unmissverständlich Schwäche und Misstrauen. Er sah es an seinem verkniffenen Mund, den gelben Zähnen und der aschfahlen Haut.

»Sagen Sie schon, was Sie wollen«, forderte Gregg ihn auf. Sein Ton klang angriffslustig.

»Habe ich Ihnen doch schon erklärt«, meinte der Mann

ihm gegenüber. »Ich habe Informationen. Einen Namen, der mir zu Ohren gekommen ist. Ich möchte, dass Sie den weitergeben.«

»Ich werde nicht …« Gregg sah sich verstohlen um, dann sprach er mit gesenkter Stimme weiter. »Ich werde nichts tun, das irgendjemandem schaden könnte.«

»Und was, wenn Sie die nächste Rate für Ihre Hypothek nicht bezahlen können, weil Sie beim Pferderennen alles verspielt haben? Ich schätze, Ihre Frau und Ihre Tochter wären nicht gerade begeistert, wenn sie das wüssten.«

Greggs Gesicht nahm eine tiefrote Färbung an. Er sah so aus, als würde er am liebsten aufspringen und davonstürmen. Die Gedanken, die ihm durch den Kopf schossen, spiegelten sich in seinem Blick: Das Geld würde alle seine Probleme lösen, diesmal für immer; er könnte neu anfangen.

»Lassen … lassen Sie die beiden aus dem Spiel. Sie haben nichts mit der Angelegenheit zu tun«, stammelte Gregg.

»Selbstverständlich.« Er schob dem Polizisten den Umschlag zu, dann ein Blatt Papier mit einem Namen und einer Adresse darauf. »Sie sagten, Sie kennen Don Cameron?«

Don Camerons unerwartete und heimliche Zuneigung zu Paul MacKay hätte ihm die Sache mit dem Jungen um ein Haar ruiniert. Die Vorstellung, wie der Mann seinen jungen Bekannten angeschmachtet haben musste, entlockte ihm ein Lächeln. Er war nicht tätig geworden, sondern nur ein stiller Beobachter gewesen. Dann hatte er versucht einzuschreiten und damit fast alles zunichtegemacht.

Gregg nickte und sah sich mit banger Miene im Café um. »Das ist richtig. Zumindest kannte ich ihn früher mal.«

Mit dem Kinn deutete er auf das Stück Papier. »Das ist jemand, der einem Freund von Don sehr wehgetan hat.

Ein gefährlicher Mensch, glauben Sie mir. Ich denke, Ihr Freund wird froh sein, diesen Namen zu bekommen.«

Gregg griff nach dem Umschlag und schob ihn in die Innentasche seines Jacketts. »Ich würde das nicht tun, wenn es jemandem schaden würde, der es nicht verdient hat.«

»Selbstverständlich.« Heimlich schob er die Hand in die Tasche und tastete nach der Haarsträhne. Rieb mit der Daumenkuppe über die raueren Enden, dort, wo es abgeschnitten worden war. »Oh, diese Polizistin, die die Mordermittlungen leitet, diese DI Kennedy. Was wissen Sie über sie?«

PC Gregg legte den Kopf leicht schief, eine Geste, die besagte: Warum interessieren Sie sich plötzlich für sie? Doch dann zuckte er beiläufig mit der Schulter. Was konnten ein bisschen Klatsch und Tratsch schon schaden?

»Monica, die Hünin?« Gregg stieß ein abfälliges Lachen aus. »Nur, was ich Ihnen ohnehin schon gesagt habe. Sie ist eine Einzelgängerin. Aber irgendwie hat sie sich schwängern lassen. Von einem Mann, der offenbar mehr Mumm hat als ich. Ich glaube, ihr kleines Mädchen heißt Lucy.«

46

Michael ließ Anita allein im Pub zurück. Er lief durch den immer stärker werdenden Regen. Eine seltsame Vorahnung schien ihn voranzutreiben: Wenn du Nichol jetzt nicht findest, wird es zu spät sein.

Verzweifelt rang er das Gefühl nieder. Du solltest diese Polizistin anrufen und die Informationen an sie weitergeben, ermahnte er sich. Zumindest wäre es das Vernünftigste. Er erinnerte sich noch klar und deutlich an das, was Eddie über Charlie Bartle und seine Gang gesagt hatte. Diese Jungs waren gefährlich. Aber aus irgendeinem unerfindlichen Grund trieb es Michael die Church Street entlang und weiter über die eiserne Brücke nach Rapinch.

Das Haus, das Anita ihm beschrieben hatte, fand er problemlos. So problemlos, dass es ihm fast vorkam, als hätte man gewollt, dass er es fand. Der ehemalige Pub lag buchstäblich im Schatten von Eddies Wohnung. In der Nähe parkten keine Autos. Der Nachmittag neigte sich einem unangenehm feuchten, vorzeitigen Ende zu, als Michael sich zur Rückseite des Gebäudes begab und vor einer Stahltür stehen blieb. Nicht ein Streifen Licht drang aus den vernagelten Fenstern. Der Regen schien zusehends dichter zu fallen. Die verstopften Dachrinnen am Haus waren bereits am Überlaufen, das Wasser strömte in dunklen Rinnsalen an der Hausmauer herab.

Nach kurzem Zögern stieß Michael die Tür auf und sah zu, wie sie bis zum Anschlag aufschwang. Der Pub hatte in der Nacht zuvor verlassen und verfallen gewirkt, doch wie er nun feststellte, war der äußere Anschein trügerisch. Verzerrte Musik drang durch den Flur zu ihm. Sein Instinkt riet ihm, schleunigst die Biege zu machen, DI Kennedy anzurufen und dann in Begleitung der Polizei wiederzukommen. Stattdessen warf er seine Zigarette weg und trat in den dunklen Flur hinein. Es roch feucht und modrig, nach Aftershave, Rauch und abgestandenem Bier. Er folgte den Klängen der Musik, ausgerechnet Jazz aus den Zwanzigern, und ging auf eine zweite Tür zu. Dahinter waren Stimmen zu hören.

Langsam schob Michael auch diese Tür auf. Der Raum bot einen unheimlichen Anblick, lediglich von Kerzenlicht erhellt. Die Musik drang mit gelegentlichen Unterbrechungen aus einem alten scheppernden Radio. An einem Billardtisch standen zwei Männer. Zwei weitere waren an der Bar, und drei saßen um einen Tisch herum, darauf ein Laptop sowie ein Stapel Unterlagen.

»Das hier ist ein privater Klub«, sagte einer von den Kerlen. Sie hatten sich allesamt umgedreht, als sie die Tür gehört hatten. »Nur für Mitglieder, Kumpel.« Der Wortführer hatte kurze blonde Haare, die in die Stirn gekämmt waren, sowie zwei harte Augen.

»Ich suche Charlie Bartle«, sagte Michael. Jetzt wandten sich alle einem der Männer an dem Tisch zu. Er hatte breite Schultern, dunkle Haare und ein Gesicht, das mit Sicherheit schon die eine oder andere Gewalttat bezeugt hatte. »Ich brauche Ihre Hilfe«, sagte Michael.

Der Angesprochene hob das Kinn und starrte Michael eine Weile an. Er schien ihn zu taxieren. Dann wandte er sich einem der Männer an der Bar zu und nickte bedächtig. Der Kerl stand auf.

»Ich bin auf der Suche nach Nichol Morgan. Ich bin sein Betreuer. Er war kurz vor seinem Verschwinden hier, um sich mit Ihnen zu treffen«, erklärte Michael.

Schweigen. Dann hörte Michael, wie hinter seinem Rücken ein Metallriegel vorgeschoben wurde. Mit einem Schlag wurde ihm bewusst, was für einen Riesenfehler er begangen hatte. Im Grunde hatte er es ja die ganze Zeit schon geahnt.

»Ich habe der Polizei noch kein Sterbenswörtchen gesagt.«

»Verdammt gut so, dass Sie nicht mit den Bullen geredet haben«, knurrte der Mann von vorhin.

Charlie Bartle hob gebieterisch die Hand. Wieder senkte sich Stille über den Raum. Alle kannten die Art von Geschichte, aber keiner wusste, wie sie enden würde. Jeder Einzelne wartete ab, was nun passieren würde.

Es war eine Geschichte voller Gewalt. Die Zeit schien sich zu verlangsamen.

»Ich kenne Sie. Meine Mutter hat mir gesagt, dass Sie heute vorbeischauen würden. Sie hat schon immer behauptet, sie könne hellsehen. Und ich hab ihr das nicht abgenommen.« Bartle griff in die Jackentasche und legte ein Butterflymesser auf den Tisch. »Die Sache ist die: Was, wenn Nichol in Gefahr ist? Was wollen Sie dann tun?«

Michael spürte, wie sich eine Hand auf seine Schulter legte. Offenbar war Gewalt unausweichlich, deshalb rammte er instinktiv den Ellbogen nach hinten und spürte, wie er den Kerl im Gesicht erwischte. Er drehte sich um. Linker Haken. Flanke. Erinnerungen an ein früheres Leben. Ein Boxtrainer, der ihm ins Ohr brüllte, der

Gestank nach schweißgetränkten alten Handschuhen. Der Mann taumelte rückwärts, beide Hände an der gebrochenen Nase.

Gerade noch rechtzeitig sah Michael das Glas auf sein Gesicht zufliegen. Blitzschnell wich er aus, sodass es ihn lediglich an der Schulter traf. Dann verpasste er dem Typen, der es geworfen hatte, einen Haken, und sah zu, wie er über dem Tisch zusammenbrach. Der Laptop, die Unterlagen und das Messer landeten neben ihm auf dem Boden.

Bartle tauchte ab, um sich das Messer zu krallen. Geistesgegenwärtig kickte Michael es weg und packte Bartle am Kragen.

»Wo zur Hölle ist Nichol?«

Neben Michaels Kopf blitzte ein Licht auf. Im nächsten Moment lag er auf dem dreckigen Holzboden. Steh auf. Kämpf weiter. Michael richtete sich halb auf, aber der Boden schien unter ihm nachzugeben. Er taumelte einige Schritte, rammte die Bar und sackte erneut zu Boden, die Hand vors Gesicht geschlagen. Plötzlich spürte er etwas Heißes über sein Handgelenk rinnen. Im nächsten Moment sah er die dicken Blutstropfen auf dem Boden. Er hörte Rufe, die keine bestimmte Bedeutung zu haben schienen, als der Rausch der Gewalt vom ganzen Raum Besitz ergriff. Genau für das hier lebten manche Männer.

Michaels Kopf wurde vom ersten Tritt zurückgeschleudert. Grellweißes Licht flammte vor seiner Stirn auf. Dann kam der nächste Angriff. So fühlt es sich also an, wenn man totgetreten wird, traf ihn die eiskalte Erkenntnis, noch während er den dritten Tritt mit erhobenem Arm abwehrte. Diesmal sah er die Turnschuhe und die Jogginghose.

Er hörte, wie wild durcheinandergerufen wurde, nahm

verschwommen hektische Bewegungen wahr. Michael versuchte sich abermals hochzustemmen. Doch die Bar kippte wieder und wieder hinter ihm weg.

Charlie Bartle beugte sich zu ihm herunter, sodass er auf Augenhöhe mit Michael war. Er spürte, wie das Blut seinen Kragen tränkte, spürte den stechenden Schmerz von Knochen, der an Knochen schabte.

Michael wollte zu diesen blauen Augen sprechen, doch der Schmerz war stärker. Bartle griff nach Michaels Hand und zog sie von seinem Gesicht weg, um sich die Verletzungen dahinter anzusehen.

»Oh Mann, der ist am Arsch«, hörte er jemanden mit einem höhnischen Lachen sagen, als ihm mit einem Handy ins Gesicht geleuchtet wurde. »Völlig hinüber.« Andere stimmten in das Lachen mit ein.

»Wo ist Nichol?«, versuchte es Michael erneut, doch die Worte klangen irgendwie falsch. Die Männer schienen ihn noch mehr auszulachen. Charlie Bartle erhob sich und sagte etwas. Ein anderer antwortete und streckte sich über den Bartresen, um nach etwas zu greifen. Es war ein Baseballschläger. So wirst du also sterben, dachte Michael. Auf einem dreckigen Boden in einem dreckigen alten Pub.

Wieder versuchte er sich zu bewegen, doch seine Hände verweigerten ihm den Dienst. Versuch es mit dem Handy. Ruf Hilfe. Er wollte danach tasten. Der Mann, der als Erster das Wort erhoben hatte, ging mit einem grausamen Lächeln vor ihm auf die Knie. Ein Lächeln, dem man nur in seiner schwächsten Stunde begegnete. Mühelos zog er Michaels Hand weg und schüttelte den Kopf. Selbst in seinem orientierungslosen Zustand konnte Michael deutlich erkennen, wie sehr der Mann das alles genoss. Er klopfte Michaels Taschen ab. Zog seine Brieftasche heraus, klappte sie auf und fischte noch etwas anderes heraus. Beides reichte er an Bartle weiter.

Dann sagte Bartle etwas. Worte, die keinen Sinn ergaben. Auf Knien beugte er sich näher zu ihm, sodass sein Gesicht direkt vor Michaels war, und wiederholte das Gesagte. Allmählich verstand Michael, was sie aus seiner Tasche geholt hatten. Es war eine Visitenkarte. Wenn er die Silben korrekt zusammensetzte, die Bartle zu ihm sagte, ergaben sie einen Namen. Einen Namen, den Michael gut kannte: »Monica Kennedy.«

47

Monica bog in die Tankstelle auf der Longman Road ab. Diese lag ziemlich verloren am Rande eines tristen Industriegebiets, das Erste, was aus Richtung Süden kommende Besucher zu sehen bekamen, sobald sie die Moorlandschaft hinter sich ließen und die Ausläufer der Hauptstadt der Highlands erreichten.

Sie tankte den Volvo voll, ehe sie den Tankstellenshop betrat und eine ganze Ladung Fertigmahlzeiten in ihren Einkaufskorb packte. Es war schon verwunderlich, dass man in dieser Gegend von Inverness, in der vor allem Arbeiter von den Bohrinseln unterkamen, einen so gut sortierten Supermarkt fand. »Sieh einer an«, hatte ihre Mum gesagt, als Monica das erste Mal mit einer blütenweißen Einkaufstüte voller Lebensmittel von dort nach Hause gekommen war. Beim Gedanken an ihre Mutter überkamen sie wieder einmal Schuldgefühle, weil sie sie gestern Nacht so scharf zurechtgewiesen hatte. Und das letzten Endes für nichts und wieder nichts, weil MacLennan nicht mehr unter den Lebenden weilte.

Sie balancierte den Korb auf ihrem Oberschenkel und wollte sich ein paar Dosen eines Energydrinks greifen. Im letzten Moment überlegte sie es sich anders und entschied sich für die zuckerfreie Variante. Dann gab sie noch eine große Packung gesalzenes Popcorn für ihre Tochter dazu.

Erst als sie ihre Einkäufe im Fond ihres Wagens verstaute und hilflos zusah, wie die Tüten umkippten und der Inhalt sich über den Rücksitz verteilte, wurde ihr schlagartig bewusst, dass sie ihre Zuneigung nur noch über Essen zum Ausdruck brachte. Sie wurde allmählich wie ihre Mutter, dachte sie mit Schrecken, als sie den Wagen auf die zweispurige Straße lenkte. Es regnete stärker, der trübe Nachmittag ging allmählich in den Abend über.

Hately hatte ihrer Bitte letzten Endes doch widerstrebend stattgegeben. Don Cameron sollte von einer bewaffneten Einheit zum Verhör aufs Revier geholt werden, wenngleich das bis zum nächsten Morgen warten musste. Die Zeit zog sich quälend langsam hin, doch sie war machtlos. Auch Hately hatte trotz seines schicken Anzugs gewisse Hürden zu nehmen. Jetzt konnte sie wenigstens nach Hause fahren und Lucy fest in den Arm nehmen. Monica starrte in das grelle Licht der Parkgarage in der Rose Street und auf das wunderbare Panorama der Stadt dahinter.

Ihre Hände schlossen sich fester um das Lenkrad. Lisa MacKay würde nie wieder zu ihrem Sohn nach Hause kommen können. Kein Tag würde vergehen, ohne dass sie an ihn denken würde. Seufzend versuchte Monica das entsetzliche Gespräch mit Lisa zu vergessen. Und sich stattdessen auf die Einzelheiten des Falls zu konzentrieren. Wie Puzzleteile lagen sie vor ihr. Noch einmal ließ sie die bisherigen Ermittlungen Revue passieren.

Es war diese Droge, das GHB, das ihr nicht mehr aus dem Sinn ging. Warum hätte MacLennan seine Opfer derart außer Gefecht setzen sollen? Mit Schrecken erinnerte sie sich an den Ausdruck purer Lust, als er ihre Angst um Lucy tief in sich aufgesogen hatte. Wieso hätte er sich die

Freude über diesen Moment verwehren sollen, die Ekstase angesichts des Grauens im Blick seiner Opfer?

Vielleicht kam hier der Komplize ins Spiel? Don Cameron? Vielleicht war sein Motiv – also das, was er sich von seinen Opfern erhoffte – ein anderes als der simple Sadismus, der MacLennan angetrieben hatte? Vielleicht, vielleicht, vielleicht.

Am Kreisverkehr zögerte Monica kurz, ehe sie in letzter Sekunde die Fahrspur wechselte. Statt auf die Ausfahrt nach Hause zu ihrer Wohnung abzubiegen, nahm sie die Straße über den Fluss und fuhr dann westwärts entlang des Beauly Firth. Weiter ging es durch die bedrückende Gebirgslandschaft.

Nach einer Stunde rasanter Fahrt fand sie den Zufahrtsweg zu dem abgeschiedenen Haus. Die Äste der Bäume schienen im Dunkeln bedrohlich tief zu hängen. Monica stellte den Motor und die Scheinwerfer ab, dann stieg sie aus.

Die Herbstnacht war klar, nachdem der Regen endlich aufgehört hatte. Eisig kalt, mit Milliarden Sternen am Himmel. Monica starrte in die Dunkelheit. Ein seltsames Gefühl beschlich sie, als beobachtete sie jemand aus den Schatten der Bäume heraus. Dieses Prickeln, ausgelöst durch einen Urinstinkt … Ein kalter Schauer rieselte über ihren Rücken. Sie knöpfte den Mantel zu und holte tief Luft. In ihrem Job war es nicht immer ganz einfach, sich nicht von irgendwelchen Ängsten mitreißen zu lassen.

Das Haus der MacKays war klein. Ein einziges Stockwerk kauerte zwischen den hohen Kiefern. Hinter den Fenstern herrschte Dunkelheit. Monica wusste, dass Lisa bei Freunden in Inverness geblieben war. So war es besser für sie – das Beste wäre, sie würde dieses Haus nie wieder betreten.

Alles war so schnell gegangen, die Entdeckung von Pauls Leichnam und dann das mit Owen MacLennan. Monica hatte noch nicht einmal in Ruhe darüber nachdenken können, wie Paul seinem Mörder wohl begegnet war. Ob er MacLennan gekannt hatte? Oder hatte der ihm aufgelauert?

Als Monicas Augen sich an die Dunkelheit gewöhnt hatten, sah sie sich erneut um. Da bemerkte sie einen schwachen Umriss vor dem Haus. Er sah aus wie ein Auto. Sie trat näher. Ein blauer VW Golf. Die Fahrertür war nicht abgeschlossen, mit ihrem Handy leuchtete sie ins Wageninnere. CDs und leere Lebensmittelverpackungen lagen über den Beifahrersitz verteilt.

Paul hatte also einen Führerschein, dachte Monica. Er besaß ein eigenes Auto, hatte es aber in der Nacht seines Verschwindens stehen lassen. Hatte Don Cameron ihn irgendwie geködert und aus dem Haus gelockt? Und dann hatten sie sich mit MacLennan getroffen? Aber ob der Jagdaufseher tatsächlich die Finger im Spiel gehabt hatte, war fraglich.

Als Nächstes ging sie zur Haustür, sie war abgesperrt. Monica fischte den Schlüssel aus ihrer Tasche, den Lisa ihr ausgehändigt hatte. Dummerweise schien er nicht zu passen. Vielleicht hatte sie ihr in ihrem verstörten Zustand den falschen gegeben?

Sie umrundete das Haus und versuchte es an der Hintertür. Ebenfalls fest verschlossen und von innen verriegelt. Das wäre wieder mal typisch, dass sie den weiten Weg hierher auf sich nahm und dann nicht ins Haus kam. Sie starrte durch den zugewucherten Garten hinein in den dichten Wald dahinter. In einiger Entfernung glaubte sie zwischen den Bäumen ein Licht aufflackern zu sehen. Ein

Irrlicht? Sie kniff die Augen zusammen und versuchte im dicht bepflanzten Forst irgendwelche Umrisse auszumachen. Schließlich gab sie es auf und drehte sich wieder zum Haus um. An der nächsten Ecke stieß sie auf ein Fenster, das einen Spalt offen stand. Das Badezimmer.

»Du bist extra bis hier rausgefahren«, flüsterte sie.

Im Schein ihres Handys gelang es ihr, das Fenster komplett zu entriegeln. Sie zwängte sich mit Händen und Armen hinein, dann wand sie sich unter höllischen Schmerzen mit den Schultern hindurch und war schließlich drinnen.

Monica sog die fremden Gerüche des Hauses in sich auf, die sie wie die Geister der erst kürzlich Ermordeten zu erwarten schienen. Billiges Aftershave und Zigarettenrauch. Monica knipste das Licht im Flur an und sah sich um. Das Haus bestand aus einer Küche, einem Wohnzimmer, zwei Schlafzimmern und einem Bad.

Es war offensichtlich, welche Tür die zu Pauls Zimmer war: die mit dem Poster von einer Frau im Bikini. Monica stieß sie auf. Hier drinnen war der Geruch nach Aftershave stärker, es mischte sich aber auch noch etwas anderes darunter.

Als hätte sie ein Déjà-vu, erkannte sie den Duft nach Weihrauch. Genauso hatte es in Robert Wrights Zimmer gerochen. Dass ein Junge in seinem Zimmer Räucherstäbchen aufstellte, war ja an und für sich nichts Ungewöhnliches, aber Paul hatte sich mehr für Bier und Mädchen in Bikinis interessiert. Nicht unbedingt der Typ, der sich in New-Age- und Esoterikläden verirrte.

Wenn es nicht der Junge war, der den Weihrauch verbrannt hat, war es dann möglicherweise der Mörder gewesen? Waren sie die Sache etwa völlig falsch angegangen? Vielleicht hatten die Jungen ihre Häuser gar nicht verlassen, um den Tod zu finden; vielleicht war der Mörder zunächst zu ihnen nach Hause gekommen. Doch dann dachte Monica an MacLennan und den muffigen Geruch bei ihm daheim. Keine Anzeichen dafür, dass er je so etwas wie ein Räucherstäbchen angezündet hätte. Kam hier Don Cameron ins Spiel?

Monica drückte auf den Lichtschalter, aber das Zimmer lag weiter im Dunkeln. Mit ihrem Handy leuchtete sie die Deckenlampe an. Die Birne war herausgeschraubt worden. Genau wie in MacLennans Wohnung. Noch so eine scheinbar zufällige Übereinstimmung, oder steckte doch mehr dahinter? Sie streckte die Hand aus, um die Nachttischlampe anzuknipsen, und sah sich im Zimmer um: eine Packung Zigaretten, die nun nie mehr geraucht werden würden, eine Tabaksdose, Papers und ein Feuerzeug lagen auf dem kleinen Schränkchen neben dem Bett. Sie warf einen Blick zum Fenster. Die Vorhänge waren aufgezogen, dahinter stockfinstere Nacht. Monica machte einen Schritt auf das Fenster zu. Es war geschlossen, aber nicht verriegelt. Sie drehte sich um und ließ den Blick erneut durchs Zimmer schweifen. Es war unordentlicher als das von Robert Wright, sah viel mehr nach rebellischem Teenager aus, mit den Postern an den Wänden, den herumliegenden Klamotten.

»Mit dir hätte man auf einer Party sicher mehr Spaß gehabt«, flüsterte Monica vor sich hin. »Aber für den Joker bei der Quizshow hätte ich Robert gewählt. Nicht böse gemeint.«

Ihr Blick fiel auf die Dose auf dem Nachttischchen. Budweiser. Sie zog einen Einweghandschuh über und griff danach. Ein Rest Flüssigkeit schwappte darin.

Gerade als sie das Getränk wieder abstellte und den Handschuh abstreifte, kam ihr eine Erinnerung. In Robert

Wrights Zimmer hatte diese Tasse gestanden. Noch halb voll. Sie spürte, wie sich die feinen Härchen in ihrem Nacken aufrichteten. Das GHB. Die Opfer wurden bei sich zu Hause betäubt. Man hatte sie gar nicht nach draußen gelockt.

Schnell ging Monica hinaus auf den Flur und zurück zur Haustür. Der Schlüssel steckte im Schloss. Deshalb hatte sie von außen nicht aufschließen können. Und die Hintertür war von innen verriegelt. Er ist durchs Fenster reingekommen. Wie das Monster im Märchen. Er hat die Jungen betäubt und sie dann mitgenommen.

Monica sperrte die Haustür auf und trat hinaus in die kalte Nacht. Die Luft war frisch und wohltuend nach den starken Gerüchen im Innern. Sie ging zum Volvo, um sich eine richtige Diensttaschenlampe zu holen, und lief dann um das Haus herum zum Fenster von Pauls Zimmer. Im Schein der Taschenlampe waren am Holzrahmen, wo die Farbe abgeblättert war, Kratzspuren zu erkennen. Als hätte jemand das Fenster mit einem Werkzeug weit genug aufgestemmt, um es zu entriegeln, genau wie sie es mit dem Badezimmerfenster getan hatte.

Sie leuchtete mit der Taschenlampe über den Boden und entdeckte auf dem Pflaster weiße Farbfragmente. Der Hund in Roberts Zimmer fiel ihr ein. Ellie – sie hatte mit den Pfoten am Fenster gescharrt. War es möglich, dass ein einzelner Mann den Jungen durch das Fenster gehoben und vom Flachdach hinuntergeschafft hatte? Ein starker Mann wie MacLennan? Oder hatte Don Cameron ihm dabei geholfen? Das schien ihr schon plausibler. Einer im Zimmer, der den betäubten Jungen durchs Fenster reichte, wo ihn der andere auf dem Dach in Empfang nahm, während Roberts Vater nur wenige Meter davon entfernt tief und fest schlief. Sie erinnerte sich an ein Video von einem Feuerwehrmann, der ein bewusstloses Opfer auf der Schulter aus einem brennenden Gebäude getragen hatte. Zweifelsohne war es möglich. Eine einfache Trittleiter hätte ihm die Sache erheblich erleichtert.

Monica drehte sich um und leuchtete mit der Taschenlampe in Richtung des Kiefernwäldchens am Ende des Gartens. Von dort aus wäre es ein Leichtes gewesen, den Jungen durchs Fenster zu beobachten. Und man hätte unbemerkt hineinklettern können.

Don Cameron hat sich also reingeschlichen und den Jungen betäubt, während MacLennan irgendwo mit dem Van auf ihn gewartet hat? Aber Paul war alleine gewesen. Warum nicht einfach zur Haustür gehen, ihm ein Bier anbieten und abwarten, bis er ohnmächtig wird? Von diesem Szenario war Monica nicht recht überzeugt.

Sie ging auf das Wäldchen zu und entdeckte einen unscheinbaren Trampelpfad, der zwischen den moosbewachsenen Bäumen hindurchführte. Von der Hauptstraße her war das Geräusch eines vorüberfahrenden Fahrzeugs zu hören, irgendwie tröstlich, so allein, wie sie in dieser Dunkelheit war. Der Pfad führte sie an der Flanke eines kleinen Hügels hinauf und auf der anderen Seite hinunter zu einer Lichtung. Ein unheimlicher Ort, umringt von hoch aufragenden Kiefern. Im Licht der Taschenlampe tastete sie sich voran, über Wurzeln und Nadelteppiche, dann weiter auf Schotter. Sie stieß auf Reifenspuren, die mit Regenwasser gefüllt waren. Erst jetzt wurde ihr bewusst, dass es sich eigentlich um keine Lichtung handelte, sondern um einen Rastplatz gleich hinter der Hauptstraße.

Sie haben Paul also hergetragen. Ob sie ihn auch hier getötet haben? Im Lieferwagen? Oder draußen? Oder haben sie ihn erst woandershin gebracht? An einen Ort, wo sie die Leichname zurechtgemacht und die Bissspuren darauf hinterlassen haben?

Umgeben vom Geruch verfaulenden Laubs und feuchter Erde holte sie ihr Telefon aus der Tasche, um Hately anzurufen. Sie mussten Cameron erwischen, bevor er Wind davon bekam, dass sie ihn im Visier hatten. Während ihr Smartphone auf Empfang wartete, überquerte sie den Parkplatz und suchte den Boden ab, bis sie etwas fand: einen einzelnen Fußabdruck. Nichts Ungewöhnliches, abgesehen davon, dass er ganz am Rand lag, wo der Schotter in Waldboden überging. Sie bückte sich, um ihn näher in Augenschein zu nehmen, das immer noch tote Handy zwischen Ohr und Schulter geklemmt. Trotz der sintflutartigen Regenfälle der letzten Tage war die Erde hier unter den schützenden Ästen überwiegend trocken. Sie fegte die heruntergefallenen Kiefernnadeln beiseite und sah im Schein der Taschenlampe etwas Rotes aufblitzen. Rasch holte sie einen neuen Handschuh aus der Tasche, streifte ihn über und hob das Ding auf. Es handelte sich um eine leere Patronenhülse aus rotem Plastik, noch kein bisschen ausgeblichen von Sonne und Regen. Sie gab es auf, Hately erreichen zu wollen, und schaltete stattdessen die Handykamera an, um die Stelle zu fotografieren, an der die Patronenhülse gelegen hatte. Dann ließ sie sie in einen Asservatenbeutel fallen und setzte ihre Suche fort. Ein paar Schritte weiter fand sie eine weitere Hülse, diesmal steckte sie tief im feuchten Untergrund.

Jemand hatte also am Rand dieses Rastplatzes gestanden und hatte eine Waffe abgefeuert. Ob das ein Zufall sein konnte? Oder hatte Paul versucht wegzulaufen?

Vielleicht hatte die Wirkung der Droge nachgelassen,

und deshalb hatte Cameron einen Warnschuss abgeben müssen?

Wieder fuhr ein Auto vorüber. Das Licht und das Motorengeräusch waren durch die dichten Bäume etwas abgeschwächt. Der Parkplatz war wirklich extrem abgeschieden, obwohl er unweit der Straße lag. Erneut beschlich sie ein unbehagliches Gefühl, als würde sie von jemandem beobachtet. Sie knipste die Taschenlampe aus und starrte in die Dunkelheit hinein.

»Hallo?« Das Echo ihrer Stimme hallte zu ihr zurück. Wurde vom Regen erstickt, der wieder eingesetzt hatte.

Sie drehte sich um und ging zurück zur Mitte des Parkplatzes. Schaltete das Licht wieder ein und leuchtete den Boden ab, bis der Strahl noch etwas erfasste. Sie hielt inne und ging auf dem feuchten Schotter auf die Knie. Neben ihr lag ein winziger Glaswürfel. Von einer eingeschlagenen Windschutzscheibe?

Wieder sah sie sich nach dem Rand der Lichtung um. Schwenkte die Lampe hin und her. Dort lagen weitere Glassplitter. Und dahinter waren Reifenspuren zu erkennen, tief in den Boden eingegraben, als hätte der Fahrer Vollgas gegeben, sodass die Reifen durchdrehten. Sie haben Paul in ein Fahrzeug verladen, aber ein Dritter hat sie dabei beobachtet. Jemand, der sie aufhalten wollte. Und der hat ihnen dann die Windschutzscheibe zerschossen? Dieses Szenario warf allerdings viel mehr Fragen auf, als dass es welche beantwortete. Wer hätte das beobachten können? Warum hat derjenige nicht einfach die Polizei verständigt?

Ein Geräusch hallte durch die Dunkelheit und ließ Monica aufschrecken. Um ein Haar hätte sie ihre Taschenlampe fallen lassen. Das Herz klopfte ihr bis zum Hals, bis ihr klar wurde, dass es ihr Handy war, das klingelte. Die

Lautstärke war bis zum Anschlag aufgedreht. Verdammtes Ding. Sie atmete tief durch und ärgerte sich über ihre Schreckhaftigkeit. Ein wenig erleichtert zog sie das Telefon aus der Tasche. Michael Bach vielleicht?

Es war DC Fisher.

»DI Kennedy?« Die Verbindung war sehr schlecht. »Ich habe soeben die Ergebnisse zu dem Stein erhalten.« Es folgte eine kurze Pause, ehe er sagte: »Ich dachte mir, das würde Sie interessieren.«

»Woher stammt er?«, fragte Monica und verzog das Gesicht, weil ihr mit einem Mal Wind und Regen ins Gesicht peitschten. Das Rauschen der Bäume ringsum dröhnte in ihren Ohren.

»Es handelt sich um ein Konglomerat aus mehreren Komponenten – Eisen, Nickel, Barium, Kalzium …«

»In erster Linie also Metall?« Mittlerweile musste sie gegen den Sturm anschreien.

»Ganz genau. Ich habe …« Die Verbindung wurde unterbrochen.

»Was denn, Fisher? Spucken Sie's aus!« Ihre Stimme hallte aus dem Wald wider.

»Tja, es ist etwas eher Esoterisches …«

Monica bewegte sich in die Mitte des Parkplatzes, wo der Regen stärker fiel, in der Hoffnung auf besseren Empfang. »Fisher? Wiederholen Sie das bitte!«, brüllte sie.

Mit einem Mal hörte sie seine Stimme wieder klar und deutlich: »… ein bisschen peinlich, aber ich war schon immer an Physik interessiert. Und Astronomie.«

»Und?«

»Und die chemische Zusammensetzung dieses Steins deckt sich mit der von Objekten aus dem All beim Eintritt in die Erdatmosphäre.«

Monica versuchte das Gesagte zu verarbeiten. »Wollen Sie damit andeuten, dass dieser Stein von einem Meteoriten stammt?«

Es knisterte in der Leitung. Um besser zu hören, steckte sie sich einen Finger ins andere Ohr.

»Nun, aufgrund seiner Zusammensetzung könnte man annehmen, dass der Stein Teil eines Meteoriten ist …« Wieder war der Empfang gestört.

»Können Sie herausfinden, ob hier in der Gegend ein Meteorit runtergekommen ist? Oder wo er gekauft worden sein könnte?« Mittlerweile war Monica vollkommen durchnässt.

»Soweit ich weiß, besitzt jeder Meteorit seinen ganz eigenen mineralischen Fingerabdruck. Deshalb sollte es nicht allzu schwer sein, den Ursprung zu ermitteln …«

Die Zukunft liegt in den Sternen. Die eigenartige Positionierung der Toten unter dem Himmel.

Wieder sah sie sich auf dem Rastplatz um. Die Schatten zwischen den Bäumen, das Prasseln des Regens.

»Hat die aktuelle Jahreszeit irgendeine besondere Bedeutung, Fisher? Astronomisch gesehen, meine ich.«

In der Leitung war Fishers schwerer Atem zu hören. »Nun, jetzt wo Sie das erwähnen … da wären die Tauriden.«

Und dann war die Leitung plötzlich tot.

Monica hielt draußen vor dem Glens Hotel an. Das Gebäude lag stockfinster vor ihr in der Dunkelheit, nur in einigen wenigen Zimmern des riesigen Komplexes brannte Licht.

Die gesamte Fahrt vom Haus der MacKays zum Hotel über hatte sie abwechselnd versucht, Fisher und Hately zu erreichen, doch immer wieder war der Empfang gestört gewesen. Als ihr Frust sich allmählich zu nackter Wut gesteigert hatte, war sie kurzerhand an den Straßenrand gefahren und hatte es geschafft, eine längere SMS an Hately zu schicken, als sie gerade mal kurz ein schwaches Signal empfangen hatte. Darin bat sie ihn darum, sowohl bei Paul als auch bei Robert zu Hause ein Team der Spurensicherung vorbeizuschicken, um sich alles noch einmal ganz genau anzusehen. Außerdem sollten Pauls Bier auf GHB geprüft und der Rastplatz sowie der dahinterliegende Wald in der Nähe von Pauls Haus penibel abgesucht werden. Für all das würde Hately sich ganz sicher bedanken, nachdem sie darauf beharrt hatte, dass man Don Cameron zum Verhör holte.

Der Haupteingang zum Hotel war nicht abgesperrt. Monica trat ein und folgte unter dem gestrengen Blick des ausgestopften Bären den melancholischen Klängen der traditionellen Highland-Geigenmusik durch den menschenleeren Ballsaal hindurch zur Bar.

»Entschuldigen Sie?«, sagte sie.

Muir Maitland drehte sich auf seinem Hocker zu ihr um. Sah auf die Flasche vor ihm. Für einen Sekundenbruchteil schien er darüber nachzudenken, sie rasch verschwinden zu lassen.

»Wir haben geschlossen«, meinte er schließlich. Seine verwaschene Aussprache entging Monica nicht. »Nur für Hotelgäste.« Er streckte die Hand nach dem Radio aus und drehte die schwermütige Musik einen Tick leiser.

»Keine Sorge. Ich werde Sie nicht allzu lange belästigen.«

Er blinzelte. Offenbar dämmerte ihm erst jetzt, wer sie war. »Detective …«

»Ich nehme an, das mit Paul MacKay haben Sie gehört?«

Muir starrte in sein Glas. Im schwachen Schein der Barbeleuchtung sah der Whisky aus wie flüssiges Gold.

»Nun. Es gibt da dieses Sprichwort. Gegen das Schicksal ist man machtlos.« Die Unvermeidlichkeit des Schicksals … gern als Schutzschild gegen die chaotische Natur der Existenz ins Feld geführt.

»Ich bezweifle, dass Lisa MacKay das so sehen würde.«

Muir zuckte lediglich mit der Schulter. »Wollen Sie auch ein Glas?« Er streckte die Hand nach seinem persönlichen Schutzschild aus, doch Monica hielt ihn davon ab, nach der Flasche Royal Lochnagar zu greifen.

»Nein, danke. Aber Sie haben mir noch nicht alles über Don Cameron erzählt – den ganzen Klatsch oder wie immer Sie das nennen wollen.«

Muirs Blick wanderte zu den Flaschen hinter der Bar. »Es ist wirklich nur Tratsch. Hab ich Ihnen doch schon beim letzten Mal gesagt.« Er befreite seinen Arm aus ihrem Griff und schien nach den richtigen Worten zu suchen. »Witze. Es waren nur Witze. Die Leute …«

»Ich weiß, was ein Witz ist. Aber es wurden zwei Jungen ermordet. Sie haben mir erzählt, dass dieser Mann mit einem von ihnen zusammengearbeitet hat. Und den anderen Jungen haben Sie unmittelbar in der Nähe von Camerons Arbeitsstelle gesehen.«

Alle Farbe war aus Muirs eben noch hochrotem Gesicht gewichen. »Ich … ich hab den Jungen bloß gesehen. Mehr weiß ich nicht«, stammelte er. »Wegen diesem anderen Quatsch, da können Sie jeden hier in der Gegend fragen. Die werden alle das Gleiche sagen.«

»Ich frage aber Sie.« Monica beugte sich drohend näher an ihn heran. »Entweder, Sie sagen es mir jetzt, oder ich lasse Sie ganz offiziell …«

Muir strich sich mit der Hand über die Stirn und wischte sie sich am Knie ab. Dann griff er erneut nach der Flasche.

»Mein alter Herr hat mir mal erzählt, die Camerons wären in allerhand Dinge verwickelt gewesen. Damals in den Siebzigern und Achtzigern. Üble Geschichten.«

»Was für üble Geschichten?« Monicas Stimme war in dem weitläufigen Ballsaal kaum zu hören. Vorsichtig hob Muir den Blick. Die Worte schienen ihm im Hals stecken zu bleiben.

»Ist Ihnen der Name Shona Mackenzie ein Begriff?« Monica nickte. Jeder in den Highlands kannte diesen Namen. Sie war in den Siebzigern aus einem Hotel in Aviemore verschwunden, frisch geschieden. »Mein alter Herr hat damals dort unten gearbeitet, hat das Hotel gemanagt. Der nobelste Schuppen im ganzen Land, hieß es immer.« Wieder legte sich Muirs Hand um sein Glas. »Tja, mein alter Herr, er hat gehört, die Camerons – Don, sein Vater« – Muir hielt inne und sah sich im Saal um, als könnte sich jemand hinter den Vorhängen verborgen haben und lauschen, sodass Monica unwillkürlich seinem Blick folgte –, »er hat gehört, die beiden hätten sie umgebracht.«

»Warum hätten sie sie umbringen sollen?«, erkundigte sich Monica.

Muir rieb Daumen und Zeigefinger aneinander: Geld, natürlich. »Ihr Bruder wollte sie aus dem Weg haben, weil er den Familienbetrieb übernehmen wollte. Hat sie dafür bezahlt.«

»Woher wusste Ihr Dad das?«

Der Mann zuckte mit der Schulter. »Er kannte eben viele Leute. So war das früher in den Highlands. Wie schon gesagt, alles nur Tratsch. Aber mein alter Herr war kein Lügner. Es klang so, als hätten sie noch mehr Dreck am Stecken. Ein paar von diesen ungelösten Mordfällen, von denen man so liest.« Diesmal formte er die Finger zu einer imaginären

Pistole und setzte sie sich an die Schläfe. »Von manchen erfährt man nie. So wie er von den Camerons redete, hatten sie alles Mögliche verbrochen.« Er deutete auf die hohen Fenster, die gigantischen Bergmassive und das Moor dahinter. »Da draußen ist genug Platz, um Leute verschwinden zu lassen. Allerdings kommt man schon ins Grübeln.« Interessiert hob Monica den Kopf und sah ihn abwartend an, bis er den Faden wieder aufnahm. »Wenn irgendwas von dem, was mein Alter mir erzählt hat, stimmt, dann frage ich mich, warum der gute Don diese Jungen hätte für alle sichtbar liegen lassen sollen. Nur damit Sie und Ihre Leute sie finden? Es gibt doch so viele perfekte Stellen in den Bergen, wo man einen Leichnam auf Nimmerwiedersehen verschwinden lassen könnte.«

Mittwoch

48

Monica sah, wie sich in der Ferne das Gehöft der Camerons aus der Dunkelheit schälte. Mittwochmorgen. Es war vier Tage her, dass man Roberts Leichnam gefunden hatte. Monica rechnete nach, wie viele Stunden sie seither geschlafen hatte. Nicht annähernd genug, lautete ihre Diagnose. Kaum zu übersehen, dachte sie noch, als ihr Blick auf ihr Gesicht im Rückspiegel fiel. Die tiefen Ringe unter ihren Augen, die fleckige Haut. Nicht zum ersten Mal stellte sie sich die unbequeme Frage nach dem Warum. Warum ließ sie sich von Fällen wie diesem derart einnehmen, dass in ihrem Leben für nichts anderes mehr Platz blieb? Ohne Rücksicht auf ihre eigene Gesundheit, sogar ohne Rücksicht auf Lucy? Die schonungslose Antwort, die ihr Gehirn ihr prompt servierte, lautete: Weil es wichtig ist. Wichtiger, als eine gute Mutter zu sein?

Monica schob die unangenehmen Gedanken beiseite und rief sich in Erinnerung, dass schließlich irgendjemand diesen Job machen musste. Irgendjemand musste die Mörder, Vergewaltiger und sonstigen Kriminellen schnappen. Dann warf sie einen Blick auf ihr Handy. Hately hatte ihr per SMS bestätigt, dass die Kriminaltechnik auf dem Weg zu Pauls Haus war. Von Fisher hatte sie allerdings kein Wort mehr gehört wegen des Meteoriten. Außerdem wunderte sie sich, dass Michael Bach sich immer noch nicht auf ihre vielen Anrufe hin gemeldet hatte. Vielleicht hatte er das Interesse verloren. Vielleicht war er nie nach Lossiemouth gefahren und hatte ihre Nummer blockiert. Möglich war es, aber irgendwie schien es ihr, als passte das nicht recht zu ihm.

»Ist alles in Ordnung? Sie starren schon die ganze Zeit auf Ihr Telefon«, sagte Crawford. Er hatte sich leicht vorgebeugt, dichter an die Windschutzscheibe, um das Haus in der Ferne besser zu erkennen.

Monica schüttelte nur den Kopf. Es überraschte sie, dass ihm das in seinem angespannten Zustand überhaupt aufgefallen war.

»Ach, nichts.« Sie beugte sich selbst vor und schälte sich aus ihrem dicken Mantel, der für den beheizten Wagen viel zu warm war.

Crawford warf ihr einen zweifelnden Blick zu. Doch noch ehe er etwas sagen konnte, schwärmten die Mitglieder der bewaffneten Einheit nach allen Seiten aus und rannten über das Grundstück. Ihre schwarzen Uniformen ließen sie im schwachen Dämmerlicht aussehen wie Gespenster, weil sie mit dem Hintergrund der schwarzen Moorlandschaft verschmolzen.

Monica beobachtete, wie drei der Männer zur Haustür stürmten und kurz darauf ins Haus eindrangen. Aus dem geöffneten Eingangsbereich fiel Licht. Sie spürte, wie die Anspannung stieg, weil sie erwartete, dass jeden Moment Schüsse fallen könnten. Sie warf Crawford einen Seitenblick zu. Sein Gesicht klebte immer noch dicht an der Windschutzscheibe.

Doch nichts geschah. Dann war über Funk eine Stimme zu hören. »Das Haus ist gesichert. Keine Spur von unserer Zielperson. Nur der Vater ist da.«

Monicas Kehle war wie zugeschnürt. Keine Spur von der Zielperson. Wo steckte der Mistkerl?

Ein gepanzertes Einsatzfahrzeug blockierte die Zufahrt zum Gehöft, deshalb stieg Monica aus dem Volvo und lief den Weg entlang auf das Haus zu. Nebel hatte sich von den Anhöhen her über das Moor gesenkt und verbarg die Torfstichlöcher und die Gebirgsketten, die sich in Richtung Süden erstreckten.

»Warum sollte er weglaufen, wenn er unschuldig wäre?«, hörte sie Crawford hinter sich rufen. Keuchend setzte er ihr nach. »Wir hätten ihn gestern Abend schon holen sollen. Hately hätte verdammt noch mal früher aktiv werden müssen.«

Monica warf ihm einen warnenden Blick zu. »Hüten Sie Ihre Zunge, Crawford.«

Stirnrunzelnd sah er zu ihr auf. Sein fuchsartiges Gesicht war zu einer fragenden Miene verzogen. »Mich hüten? Haben Sie nicht gehört, was die gesagt haben? Er ist weg. Verschwunden.« Crawford deutete mit einer ausholenden Geste auf die ländlichen Weiten. »Er muss etwas geahnt haben, oder er hat konkret was mitgekriegt. Und dann hat er sich aus dem Staub gemacht.«

Der Polizeibeamte an der Tür starrte ihnen entgegen, als sie sich dem Haus näherten. Sie mussten ein lächerliches Bild abgeben: die hochgewachsene Frau mit den schwarzen Haaren und der kleinwüchsige rothaarige Typ, die zankend nebeneinander herliefen wie ein altes Ehepaar auf einer Landpartie. Finster funkelte Monica den Beamten an und ging grußlos an ihm vorbei, während Crawford stehen blieb und sich für sie beide in die Liste eintrug, damit sie das Gebäude betreten durften.

Im Eingangsbereich des Hauses stellte Monica fest, dass ein neuer Teppich verlegt worden war, aus der Küche drang der Geruch von gebratenem Speck. Niall Souter, Chef der bewaffneten Einheit, trat im nächsten Moment in den Flur. Er sprach aufgeregt in ein Handy, und er hatte sichtlich Mühe, nicht laut zu werden.

»Keine Spur von dem Verdächtigen. Das Haus ist sicher. Der Vater der Zielperson sitzt in der Küche. Er ist schon etwas älter und gebrechlich, wir mussten ihm Sauerstoff verabreichen. Wir werden die Suche demnächst auf das Moor ausweiten, Sir.«

Er bedeckte das Telefon und richtete das Wort an Monica. »Könnten Sie vorerst hier im Haus bleiben? Wir haben die Freigabe, die Operation im südlichen Moor fortzusetzen. Einer meiner Jungs ist draußen im Garten auf einen Betondeckel gestoßen, von dem wir nicht wissen, wozu er dient.« Souter hielt die Hände in einem Abstand von etwa einem halben Meter auseinander, um die ungefähre Größe zu zeigen. »Er schien noch recht frisch zu sein, als wäre in aller Eile etwas darunter versteckt worden.«

Als Monica nickte, ging Souter über den Flur davon.

»Sie denken, das könnte ein Beweis sein?«, fragte Crawford.

»Schätze, das erfahren wir später«, entgegnete sie mit einem Schulterzucken.

Die schwere Holztür, die in die Küche führte, schabte leicht über den Steinboden, als Monica sie aufschob.

»Ihr seid dann wohl die von der schlauen Truppe, wie?« Roderick Cameron saß in einem schäbigen alten Ohrensessel. »Es ist noch was von dem Fleisch übrig. Hab es euren Jungs angeboten, aber sie wollten nichts.«

Der Mann war schon weit über achtzig, das wusste Monica aus ihren Recherchen. Allerdings sah er noch weit älter aus, so als müsste er eigentlich längst tot sein.

Ein Sauerstoffgerät stand neben ihm. Er fing Monicas Blick ein. »Hab einen Schreck gekriegt. Mehr nicht. Auf einmal richten die alle ihre Waffen auf mich.« Mit dem Kinn deutete er auf den bewaffneten Polizisten, der neben dem Herd stand, die schwarze Mütze tief in die Stirn gezogen.

»Das muss ein ziemlicher Schock gewesen sein«, sagte Monica. Ihr Blick fiel auf die gefalteten Hände des Alten. Plötzlich nahm sie eine Bewegung wahr. »Was haben Sie da?«

»Das ist Füchschen«, sagte er und hielt das Tier hoch. »Er ist noch ein Baby. Hab ihn gefunden, als ich draußen am Feldrand entlanggelaufen bin. Jemand muss seine Mutter erwischt haben. Er frisst bestimmt ein bisschen Fleisch, wenn Sie es für ihn klein schneiden.« Das Fell des Fuchswelpen war mehr grau als rot. Er schob sein Köpfchen unter Camerons Hand. »Ich glaube, er hat sich auch erschrocken.«

Monica bückte sich und ließ sich auf den kleinen Hocker neben Roderick Cameron sinken. Die Augen des Mannes waren grau. Etwas trüb, aber es lag immer noch eine gewisse Wachheit darin. Sie versuchte ihn sich vierzig Jahre jünger vorzustellen und mit der Kraft eines Mannes in der Mitte seines Lebens.

»Sagt Ihnen der Name Shona Mackenzie etwas?«, fragte sie.

Etwas huschte über Camerons Gesicht. Erst ein bestätigender Ausdruck, dann Leere.

»Könnte ich nicht behaupten«, sagte er schließlich.

»Nein?« Monica sah ihn eindringlich an. »Wie sieht es mit Owen MacLennan aus? Klingelt bei dem Namen etwas bei Ihnen?«

»Ich wusste, dass Sie mich so was fragen würden«, sagte Roderick Cameron. »Ein Mädchen wie Sie.«

»Wie ich?«

»Ganz genau. Sie sind eine von denen. Stellen Fragen, stecken Ihre Nase überall rein.« Monica hielt seinem Blick stand. Sah, wie seine Mundwinkel sich zu einem Lächeln hoben. »Ich nehme Sie doch nur auf den Arm, meine Liebe. Sie tun bloß Ihren Job.«

»Aber Sie haben meine Frage nicht beantwortet«, beharrte Monica.

»Habe ich das nicht? Ich weiß nicht mehr genau, was Sie wissen wollten.«

»Nein?« Monica beugte sich zu ihm. »Ich glaube, Sie erinnern sich sehr genau. Ich glaube, Sie wissen mehr, als Sie zugeben wollen. Wissen Sie noch, was draußen in Ihrem Garten vergraben ist? Unter diesem Betondeckel?«

Wenn ihn diese Frage überraschte, so ließ Cameron sich nichts anmerken. »Wer weiß, was hier draußen alles so vergraben ist? Meine Familie lebt schon seit Langem hier, schon vor Culloden, heißt es. Mit der Zeit ist vieles unter der Erde gelandet.«

»Was für Dinge?«

Cameron starrte sie einen Moment an, dann blies er die Backen auf. Sein Blick wanderte weiter zu Crawford. »Würden Sie mir wohl einen Tee einschenken, mein Sohn? Der andere Typ da …«, er deutete auf den bewaffneten Polizeibeamten, »meinte, er könne mir keinen Tee eingießen. Aber Sie sehen mir aus wie ein guter Junge.« Langsam schüttelte Crawford den Kopf, sah sich dann aber doch nach der Teekanne um und schenkte Roderick Cameron nach.

»Danke, mein Sohn. Ich bin immer noch gut bei Kräften, aber morgens brauche ich eine Weile, bis ich in die Gänge komme.« Er nahm einen Schluck aus seiner Tasse. »Das tut gut. Ein Schluck Whisky wäre noch besser, aber ich will mein Glück nicht überstrapazieren.« Cameron stieß ein keuchendes Lachen aus.

»Wie steht es mit Ihrem Sohn?«, fragte Crawford. »Don. Wo steckt er?«

»Don? Nun, der irrt jetzt irgendwo da draußen herum, nehme ich an. Er ist ein guter Junge. Aber er war immer schon ein bisschen anders. Hat seinen eigenen Kopf.«

»Wo genau könnte er sein? Wir müssen ihn schnellstmöglich finden«, sagte Monica.

»Tja, mir sagt er so etwas nicht. Seinem alten Vater vertraut er dafür nicht genug.«

»Don hat mit einem Jungen zusammengearbeitet, einem Paul MacKay«, fuhr Monica fort.

»Das stimmt«, bestätigte Cameron. Er rutschte in seinem Sessel herum, um sie besser zu sehen. »Der junge Paul. Ich erinnere mich. Ein guter Junge.«

»Paul wurde ermordet. Vor einigen Tagen.« Monica ließ Roderick Camerons Gesicht nicht aus den Augen. »Er wurde gefoltert und dann erwürgt.«

»Von der Sorte gibt es viele«, sagte Cameron. Er begegnete ihrem Blick mit kalten grauen Augen. »Es gibt gar nicht so wenige, die anders sind.«

»Wie sieht es mit Don aus? War er in dieser Hinsicht auch anders?« Der Alte antwortete nicht auf diese Frage. »Hat er Paul umgebracht?«

Roderick Cameron lachte. »Warum sollte Don Paul so etwas antun?« Er klang aufrichtig verwundert. »Paul war ein guter Junge, genau wie mein Sohn Don. Sie haben zusammengearbeitet. Es hat Don das Herz gebrochen, als er gehört hat, was passiert ist.«

»Warum ist Don dann weggelaufen? Wenn er nichts mit der Sache zu tun hat?«, wollte Crawford wissen.

Cameron hob den Blick zu ihm und starrte ihn an, als hätte er ihm keine dümmere Frage stellen können. »Ich denke, er tut das, was Sie und Ihre Leute eigentlich tun sollten. Er will den Dreckskerl schnappen, der Paul das angetan hat.«

49

Monica sah zu, wie die Spurensicherung ihr Zelt über dem Betondeckel im Garten errichtete. Darunter schien sich ein Loch ungefähr vom Durchmesser einer Mülltonne zu verbergen. Groß genug also, um irgendwelche Beweise darunter verschwinden zu lassen. Oder einen Leichnam.

»Was sollte denn das mit Shona Mackenzie?«, wollte Crawford wissen. Er trat vom Zelt zurück und starrte sie von unten her an.

»Vermutlich hat es nichts zu bedeuten«, sagte Monica. »Nur Klatsch, den ich von diesem Hotelangestellten gehört habe.«

»Und Sie haben es nicht für nötig befunden, mich einzuweihen?«

Verwundert betrachtete sie sein vor Zorn gerötetes Gesicht. Der leichte Regen sammelte sich in dicken Tropfen in seinen roten Haaren. »Jeder in den Highlands scheint eine Theorie zu haben, was aus dieser Frau geworden ist. Wir ermitteln hier nicht in einem historischen Fall; ich wollte ihn nur ein wenig verunsichern, um ihn aus der Reserve zu locken.«

»Hat ja auch prima geklappt.«

Sie zog eine Augenbraue hoch und lächelte. »Die Rolle des eingeschnappten Kollegen steht Ihnen nicht, Crawford.«

Er wandte sich ab und blickte in Richtung Moor.

Schweigend standen sie da, während die Forensiker ihrer Arbeit nachgingen.

»Denken Sie, er ist ernsthaft überzeugt von dem, was er über Don gesagt hat?«, brach Crawford schließlich das Eis.

»Keine Ahnung. Woher sollte er auch wissen, ob Don was mit den Morden zu tun hat?«

»Wie lange wird es dauern, ihn aufzuspüren?«

Monica schüttelte ratlos den Kopf und starrte in den dichten Nebel. In den schottischen Highlands verschwanden regelmäßig Menschen. Sie gingen verloren und wurden nie mehr gefunden. »Kommt ganz darauf an, seit wann er fort ist. Er ist Wildhüter, er wird sich auf dem Land gut auskennen. Die Highlands umfassen etwa fünfundzwanzigtausend Quadratkilometer. Wenn er vor sechs Stunden abgehauen ist und zirka sechs Kilometer die Stunde hinter sich gebracht hat, könnte er bereits sechsunddreißig Kilometer weit weg sein, und das in jede beliebige Richtung. Ein ziemlich großes Gebiet auf der Landkarte, noch dazu, wo er zu Fuß unterwegs ist.«

»Ziemlich verfahrene Situation«, bemerkte Crawford, die Hände in die Hüften gestemmt. »Wenn die Presse davon Wind bekommt, macht die uns fertig. Wir hätten ihn gestern Abend holen sollen. Hately hätte die Anweisung geben müssen.«

Von der Tür her hörte Monica ein Husten. Crawford fuhr herum, in der Erwartung, den Detective Superintendent dort stehen zu sehen. Aber auch wenn der Anzug, der ihnen als Erstes ins Auge stach, sehr gut geschnitten war, war es DC Fisher und nicht Hately. Hinter seiner dicken Brille hervor musterte er sie ernst.

»DI Kennedy. Es gibt da etwas, das Sie sich ansehen sollten.«

Sie folgten ihm den Flur entlang in Don Camerons Schlafzimmer. Hier herrschte penible Ordnung, genau wie im restlichen Haus. Das Zimmer wirkte fast schon spartanisch. Nur ein einzelnes Bett stand in der Ecke sowie ein Schrank. Vom Flur aus deutete Fisher auf ein rotes Sweatshirt, das zusammengefaltet auf dem Bett lag.

»Das habe ich unter dem Kissen versteckt gefunden. Es sieht aus wie ein Sweatshirt, das Paul auf einem der Fotos trägt, welche seine Mutter uns geschickt hat.« Fisher hielt sein Smartphone hoch, auf dem das Bild zu sehen war.

Monica beugte sich näher. Gerade wollte sie etwas sagen. Hinterher konnte sie sich nicht mehr erinnern, was es gewesen war, weil im selben Moment das Krachen von Schüssen die Stille im Haus zerriss.

Sie duckte sich und bedeckte instinktiv ihr Gesicht. Fisher stand am nächsten an der Küchentür, trotzdem reagierte Crawford als Erster und schob sich hastig an ihm vorbei. Er war in die Küche gestürzt, als ein weiterer Schuss ertönte und Monica einen Schlag im Gesicht spürte, ehe sie nach vorne kippte.

Monica schmeckte Blut. Sie wischte sich übers Gesicht und betrachtete das Blut und die Knochensplitter an ihrer Handfläche. Erst dachte sie, Roderick Cameron hätte sich eine Pistole an die Schläfe gesetzt und den einfachen Ausweg gewählt. Aber als sie aufsah, saß er quicklebendig in seinem Sessel – das Gewehr auf ihren Kopf gerichtet.

Erst jetzt nahm sie den Lärm um sie herum wahr, und ihr Gehirn registrierte Crawfords Schreie.

»Nicht!« Sie hielt Cameron ihre Hand entgegen. »Nicht!«

Mit seinen arthritischen Händen wandte er mühsam das Gewehr ab, und schon im nächsten Moment stürzte sich

Fisher auf ihn. Mit einem dumpfen Aufprall landete er auf dem Alten. Der Sessel kippte nach hinten gegen die Wand. Wieder löste sich ein Schuss, woraufhin Putz von der Decke rieselte.

Dann herrschte Stille.

Crawford richtete sich mit strampelnden Beinen halb auf. Er sah zu ihr, sein Gesicht kreidebleich, die Augen panisch aufgerissen. Er hob einen Arm hoch, der vom Ellbogen abwärts schlaff herunterhing. Dunkles Blut troff auf den Boden und vermischte sich mit dem Chaos aus Knochensplittern, Fleisch und dem von der Decke gebröckelten Putz. Jetzt wurde Monica schlagartig aktiv. Sie packte seinen Arm, schob ihn an seine Brust und drückte darauf, um die Blutung zu stoppen.

»Sehen Sie nicht hin, Crawford.« Sie schlang ihm einen Arm um den Nacken, sodass sein Gesicht in ihrer Armbeuge ruhte, und hielt ihn ganz fest. Sein heißer Atem drang durch den dünnen Baumwollstoff ihrer Bluse. »Alles wird wieder gut, Crawford. Sie kommen wieder in Ordnung.«

»Sehen Sie ihn?« Roderick Cameron setzte sich gegen Fisher zur Wehr, der rittlings auf seiner Brust kniete. »Sehen Sie ihn?«, wiederholte er und deutete mit dem Kinn auf den Leichnam des bewaffneten Polizisten am Boden. »Das hätten Sie sein können.« Dann brach er in ein irres Gelächter aus.

»Bringen Sie ihn verdammt noch mal zum Schweigen, Fisher!«

Doch das Lachen des Alten hallte weiter durch die blutbesudelte Küche.

50

Michael fiel vom Dach des Parkhauses in der Rose Street durch die stockfinstere Nacht, fünf Stockwerke nach unten, wo er auf dem Asphalt landete. Der Mann in Nichols Unterkunft hat also recht behalten, dachte Michael noch, während die eisige Luft an ihm vorbeirauschte. Du warst dafür bestimmt, so tief zu fallen. Er machte sich innerlich bereit für den Aufprall, der seinen Körper vernichten würde.

Doch dann wachte er auf.

Er lag immer noch blutüberströmt auf diesen dreckigen Holzdielen. Seit Tagen war er hier. Jahrhunderten. Im Hintergrund stets die Männer, die über ihn lachten. Er versuchte sich zu bewegen, doch der Boden gab unter ihm nach, und er versank darin.

Panisch riss Michael die Augen auf. Er stellte fest, dass er in einem Bett lag, in einem abgedunkelten Raum. Ein stechender Schmerz in den Wangenknochen ließ ihn zusammenfahren. Ganz langsam kehrten die Erinnerungen zurück. Monica Kennedy? Wie sich auf Charlie Bartles Gesicht dieser wissende Ausdruck abgezeichnet hatte. Als würde er den Namen kennen. Und dann Ungläubigkeit.

Als Nächstes erinnerte er sich daran, dass man ihn über den Boden geschleift hatte. Wenig später hatte er feuchten Beton unter sich gespürt, den Regen wahrgenommen, der im Schein der rötlichen Straßenlaternen sichtbar wurde. Er wusste noch, dass ihm heißes Blut die Kehle hinuntergeronnen und noch mehr Zeit verstrichen war, dann Gesichter, Stimmen.

Kids in Blazern. Nichol Morgan. Michaels Vater. Sie alle sahen von weiter hinten zu, aus der Menge heraus, die sich um ihn herum gebildet hatte. Andächtig im Regen stehend, wie Trauergäste bei ihrer eigenen Beerdigung. Der graue Himmel verdunkelte sich, ein weiterer Junge kam hinzu und gesellte sich zu den Umstehenden. Ein gesichtsloser Junge. Ein Bruder, dessen Existenz Michael schon fast vergessen hatte. Ein Bruder, den er tief, sehr tief in sich vergraben hatte.

Dad? Joseph? Tut mir leid. Er hatte versucht aufzustehen. Auf sie zuzulaufen. Das überwältigende Gefühl des Verlusts und der nackten Panik war über ihn gekommen, als ihm bewusst geworden war, dass er sich nicht rühren konnte. Dass sie sich immer weiter entfernten.

Dann die Sirene eines Krankenwagens. Nichol. Der Junge hatte ihm etwas sagen wollen, tonlos hatten seine Lippen Worte geformt. Worte und Buchstaben, deren Sinn Michael nicht erfasst hatte.

Michael hielt ihm die Hand hin. Er wurde sich bewusst, dass er wieder in einem Krankenhausbett lag. Was wollte er ihm mitteilen? Wieder streckte er sich nach ihm aus, fiel aber zurück auf das Bett und versank abermals in der Bewusstlosigkeit, wo er seinem seit Langem toten Bruder durch die Korridore folgte. Korridore, auf denen sie nichts zu suchen hatten. Und Nichol beobachtete sie dabei stumm.

»Sie können morgen früh gehen.« Die Frau hatte einen harten, stakkatoartigen Akzent. »Zum Glück hat sich Ihr Augapfel nicht verschoben, das hat uns die Sache erheblich erleichtert. Wir haben Ihren Wangenknochen mit einer Stahlplatte verstärkt. Trotzdem sollten Sie darauf achten, sich nicht zu fest zu schnäuzen oder in irgendeiner Weise Druck auf Ihr Gesicht auszuüben, bis der Bruch ganz verheilt ist.« Die Chirurgin klang, als hätte sie schon jede Menge Metallplatten in den Gesichtern zahlreicher Leute festgeschraubt. »Haben Sie noch irgendwelche Fragen?«, erkundigte sie sich.

Ob er wohl eine rauchen könne? Was würde geschehen, wenn er beim Schnäuzen nicht aufpasste? Doch ehe Michael eine zusammenhängende Frage herausbrachte, hatte die Ärztin ihm bereits zugelächelt und war auf quietschenden Sohlen über den blank polierten Boden davonmarschiert.

Michael schob sich auf dem Kissen hoch und sah sich in dem kleinen Krankenzimmer um. Aus dem Bett gegenüber starrte ihn ein alter Mann an. Seine Haut war so fest über den Schädel gespannt, dass es aussah, als trüge er eine Maske. Michael richtete den Blick zum Fenster hinaus. Draußen war es dunkel, die Lichter der Großstadt erschienen ihm wie eine weit entfernte alternative Realität, aus der man ihn verbannt hatte. Der helle Schein flackerte und verschwamm. Blinzelnd stellte Michael fest, dass er immer noch nicht richtig bei Bewusstsein war und sich auf dem Weg in einen weiteren, von Medikamenten ausgelösten Schlaf befand.

Im nächsten Moment aber kehrte ein Traumfragment zurück. Nichol. Sein Mund, der sich in fieberhafter Geschwindigkeit bewegte. Schneller, als es die Natur zu erlauben schien, und doch produzierte er dabei Geräusche. Nach und nach setzte Michael die Töne zusammen. Sie ergaben einen Namen: Zandy Allen. Wieder und wieder schien er diesen Namen zu rufen: Zandy Allen Zandy Allen Zandy Allen Zandy Allen. Die Worte füllten die ganze Station. Und der alte Mann im anderen Bett schien mit eingestimmt zu haben, denn jetzt kamen die Worte auch aus seinem Mund: Zandy Allen Zandy Allen Zandy Allen Zandy Allen.

Michael musste wieder an das Friedhofsvideo denken. Das Telefon, das er aus Eddies Wohnung mitgenommen hatte. Hatte der Traum irgendeine besondere Bedeutung? In seinem orientierungslosen Zustand kam es ihm so vor, als müsste er irgendeinen tieferen Sinn haben.

Da ist noch was anderes auf diesem Smartphone, abgesehen von dem Video. Mit einem Mal traf ihn dieser Gedanke mit der Wucht einer Offenbarung.

Vorsichtig sah er sich im Zimmer um und versuchte die Geräusche um ihn herum zu ignorieren, während er krampfhaft überlegte, was er mit dem Handy gemacht hatte. Wie benommen und zugleich voller Panik stellte er fest, dass er sich nicht erinnern konnte. Finde es!, schrie eine Stimme in seinem Kopf. Du musst es finden! Neben seinem Bett stand ein Schränkchen. Dort sah er als Erstes nach. Michael beugte sich hinüber und riss unbeholfen die Schublade auf, wie ein Betrunkener, der sich in einem fremden Haus zurechtzufinden versuchte. Sie war leer.

Wieder wurde ihm schlagartig übel. Und wenn Bartle es hatte? Michael glaubte sich zu erinnern, wie jemand seine Taschen durchwühlt hatte, er wusste aber beim besten Willen nicht, ob man ihm dabei Nichols Handy abgenommen hatte. Mühsam richtete er sich auf und versuchte aus dem Bett zu steigen, doch seine Beine wollten ihn nicht tragen. Er rutschte weg und landete rücklings auf dem Bett. Etwas zerrte an seinem Arm, und als er hinsah, fiel sein Blick auf den Schlauch. Kaum hatte er ihn herausgerissen, ging irgendwo ein Alarm los.

»Verdammtes Ding.« Er ließ ihn los, während ein Schwall

Blut auf den Boden spritzte. Wieder versuchte er aufzustehen, doch diesmal kippte er vornüber und landete auf Händen und Knien.

Vom Flur her wurden Rufe laut. Verdammtes Scheißding. Erst jetzt wurde ihm bewusst, dass da etwas in seinem Gesicht war. Er wollte es wegziehen, aber sofort durchfuhr ihn ein stechender Schmerz, wie ein Warnsignal, das durch seinen Körper schrillte.

Gelächter. Es drang hinter gebrochenen Rippen und verwesenden Mündern hervor. Dunkle Augen, die sich in seinen Rücken bohrten, ein weit aufgerissener Mund, der auf ihn wartete. Jetzt fing Michael selbst zu lachen an. Er hob den Kopf und sah eine Plastiktüte neben dem Bett liegen. Meine Klamotten, dämmerte es ihm.

Er steckte die Hand in die Tüte. Riss die Kleidungsstücke eins nach dem anderen heraus und verteilte sie über dem Boden. Scheiße, wo ist es?

»Mr. Bach, Michael!« Jemand rief seinen Namen. Das Gelächter wurde lauter. Ohrenbetäubend laut.

Michael fand die alte Daunenjacke seines Dads und durchsuchte die Taschen wie ein eifersüchtiger Ehemann. Leer, leer, leer, leer. »Wo zur Hölle ist es?«

Gerade als die Erinnerung zurückkam, spürte er die Nadel in seinen Arm eindringen.

Henry. Er hatte das Telefon Henry gegeben. Der sollte es sich ansehen. Wie hatte er das vergessen können? Jetzt ergab das Lachen plötzlich einen Sinn. Er versuchte an alldem festzuhalten: Nichols Worte aus diesem Traum, Henry und das Telefon. Aber es fiel ihm zusehends schwerer. Der Lärm um ihn herum verebbte, und die Farben verschwammen, als Michael erneut bewusstlos wurde.

51

Einige Zeit später wurde sich Michael allmählich wieder des Betts und des restlichen Zimmers bewusst. Außerdem war da noch etwas anderes. Jemand saß neben dem Krankenbett. Der durchdringende Geruch eines Parfüms stieg ihm in die Nase, stark wie Riechsalz.

Er schlug die Augen auf und sah eine Frau auf einem Stuhl sitzen. Mit ihrem langen schwarzen Gewand sah sie aus wie eine Wahrsagerin aus den Highlands. Ihre dunklen Haare und die dunkle Haut wirkten wie vorzeitig gealtert, und doch war sie auf eigenartige Weise schön. Wie ein rissiges altes Ölgemälde.

Ein Fragment aus einem Traum. »Wissen Sie, wer ich bin?«, fragte sie.

»Sie müssen sich im Zimmer geirrt haben«, gab er zurück. Doch kaum hatte er das gesagt, bemerkte er die Ähnlichkeit. Schlagartig wurde ihm klar, wer die Frau war. Es bestand kein Zweifel. »Sie sind Eddies Schwester. Charlies Mutter. Jean Bartle. Eddie hat Ihnen also erzählt, dass ich bei ihm war?«

»Eddie ist ein verdammter Mistkerl. Aber er gehört zur Familie.« Jeans Stimme klang rau und angespannt.

»Ich habe mit Ihrem Sohn gesprochen.« Michael deutete auf den Verband in seinem Gesicht. Die Worte aus seinem Mund klangen seltsam verzerrt.

»Das war nicht Charlie. Sie haben angefangen. Sie haben als Erster zugeschlagen. Diese Jungs sind Kämpfer, was haben Sie erwartet?« Ihre Stimme wurde lauter, der Zorn sollte ihre Furcht verbergen. Michael sank zurück aufs Bett. Er wusste genau, dass sie die Wahrheit sprach, und er verfluchte sich innerlich für seine Dummheit. »Charlie hat Ihnen das Leben gerettet. Diese Jungs hätten Sie umgebracht. Wenn Sie der Polizei erzählen, Charlie wäre das gewesen, stecken die ihn wieder in den Knast.«

Michael streckte die Hand aus und berührte ihren dünnen Arm. »Nichol wollte zu ihm. Am Tag darauf war er verschwunden.«

»Er hat Charlie aufgesucht, um ihn um Geld zu bitten. Charlie hat es ihm gegeben. Einen Tausender. Danach hat er ihn nicht mehr gesehen. Man kann über meinen Sohn sagen, was man will, aber ein Lügner ist er nicht.«

»Er hat Nichol also Geld gegeben, einfach so?«, hakte Michael nach. Es kam ihm unwahrscheinlich vor, nach allem, was er über Bartle gehört hatte.

Sie senkte die Lider, dann sah sie wieder zu ihm auf. Ihr Blick begegnete seinem. »Charlie hat Nichol was geschuldet.«

»Warum?«

»Christine musste wegen Charlie ins Gefängnis. Weil sie ihn nicht verpfiffen hat, sind sie beide hinter Gitter gewandert. Sie hätte mit der Polizei reden sollen. Sie hätte ihm die ganze Schuld in die Schuhe schieben können, aber sie hat es nicht getan. Deshalb kam Nichol in Pflege.«

Michael wandte den Blick ab. Der Schmerz in seinen Wangen und die Übelkeit kehrten mit voller Wucht zurück. Schweiß rann ihm prickelnd über die Stirn. Übergib dich. Schnäuz dir den Augapfel raus, damit er auf ihrem Schoß landet. Er holte tief Luft und schloss die Lider.

»Charlie hat Sie nicht angerührt. Das wissen Sie genau. Er hat Nichol Geld gegeben, weil er ihm helfen wollte.« Jetzt lag ein flehender Ton in ihrer Stimme.

»Wozu brauchte er das Geld? Wovor ist er weggelaufen?«

»Das wollte er Charlie nicht sagen. Manchmal ist es besser, nicht alles zu wissen. Wenn Nichol gewollt hätte, dass Sie nach ihm suchen, hätte er Ihnen den Grund für sein Verschwinden genannt.«

»Sie wissen, wo er steckt. Eddie hat mir gesagt, dass Sie es wissen«, sagte Michael.

»Eddie ist ein Bastard. Genau wie Sie auch«, sagte Jean. Die Worte hallten vernehmlich durchs Krankenzimmer.

»Wie sieht es mit Nichol aus? Was ist mit ihm?«

»Der Junge lebt, ich weiß, dass er lebt.«

»Und das soll ich Ihnen abnehmen?«, fragte Michael. Er hatte immer noch Probleme, die Worte klar und deutlich zu artikulieren.

Sie sah sich über die Schulter nach der Flügeltür um, die zur Station hinausführte, dann beugte sie sich näher zu ihm, bis sie beide auf Augenhöhe waren. »Ich sag es Ihnen, aber wenn Sie Charlie bei der Polizei verpfeifen, kriegen Sie das heimgezahlt, um ein Siebenfaches.«

Michael starrte ihr ins Gesicht, sah die tiefen Furchen, dort, wo sie die Augenbrauen zusammengezogen hatte. So ganz konnte er immer noch nicht glauben, dass sie wirklich in Fleisch und Blut vor ihm saß.

»Schwören Sie«, zischte sie. »Schwören Sie es, beim Grab Ihres Vaters und Ihres Bruders. Sonst werden Sie für immer durch diese Gänge geistern. Wenn Sie lügen, werden Ihre Lieben nie ihren Frieden finden.« Ihre Stimme klang so rau wie brüchiges Leder.

»Woher wissen Sie das mit meinem Bruder?«

Sie blieb ihm eine Antwort schuldig, schob sich aber noch dichter an ihn heran, sodass ihm ihr heißer Atem über die Wangen strich. Michael wich unwillkürlich zurück, und sofort kehrte der Schmerz wieder, wie eine Zange, die sich an einem Zahn zu schaffen machte.

»Himmel! Ich schwöre es!«

Zufrieden legte sie ihm eine Hand auf den Arm. »Sie verfolgen mich manchmal. Erzählen mir Dinge.«

»Wovon reden Sie da?« Eine Woge der Panik ging über Michael hinweg.

»Sie haben mir geholfen, als ich ein kleines Mädchen war. Mein Bruder, Eddie, und mein Dad haben sich regelmäßig an mir vergriffen. Dann zog ich mich in meinen Kopf zurück, und sie nahmen mich mit. Ich konnte sie nicht davon abhalten. Mein Vater sagte immer, ich sei schmutzig – ich würde niemals rein sein. Aber sie kamen und sorgten dafür, dass ich sicher war. Sie nahmen mich mit.«

Wieder packte sie Michael am Arm, diesmal mit beiden Händen, und zwar so fest, dass sich ihre Fingernägel in seine Haut gruben.

»Sie zeigen es mir, immer wieder. Der Braunhaarige. Wenn ich die Tür öffne, erwartet er mich in der Dunkelheit. Er hat mir gesagt, dass Sie Charlie nichts als Ärger bringen. Er hat mir auch erzählt, dass Nichol am Leben ist. Zwei von den Jungen liegen dort unten in Kühlfächern. Ein Mann hat sich an ihnen vergangen. Ging ihnen an die Kehlen, und das war's. Aber Nichol lebt.«

Sie ist verrückt. Sie ist komplett verrückt, dachte Michael, während Jean Bartle ihn mit geweiteten Pupillen anstarrte.

»Der Junge will nicht gefunden werden. Sie haben Ihren Warnschuss bekommen, jetzt behält er Sie im Auge. Sie werden sich noch auf so manches gefasst machen müssen, sollten Sie keine Ruhe geben. Sie werden sich wünschen, Sie hätten auf uns gehört.«

Für den Bruchteil einer Sekunde verhielten sie sich beide absolut still, keiner bewegte sich. Dann ließ sie seinen Arm los und erhob sich.

»Glauben Sie mir. Wenn Sie weiter nach Nichol suchen, bedeutet das für Sie das Ende.« Sie sah ihn noch einen Moment lang durchdringend an. Dann wandte sie sich zum Gehen und verließ die Krankenstation.

Michael blinzelte, weil der Raum um ihn herum an den Rändern zu verschwimmen begann. Er versuchte zu verarbeiten, was er da eben gehört hatte, bis er sich erneut fragte, ob sie tatsächlich da gewesen war. Ob es nicht einfach nur ein Traum in einem Traum gewesen sein könnte.

52

Selbst in seinem benommenen Zustand konnte Michael nicht schlafen. Gedanken und Erinnerungen stürmten auf ihn ein; aus großer Tiefe, wie aus einem anderen Leben, tauchten sie auf und drängten an die Oberfläche seines Bewusstseins. Dabei ließ er nichts unversucht, um sie aufzuhalten. Doch sie waren wie ein schrecklicher Leviathan, der all die Zeit abgewartet hatte, bis er sich schwach zeigte.

Das Gesicht seiner Mutter. Joseph ist immer noch nicht nach Hause gekommen. Das sieht ihm gar nicht ähnlich. Joseph ist nicht da. Warum hast du ihn allein gelassen, Michael? Warum?

Michael kniff die Augen zu und versuchte die Erinnerung an diese Worte, diese Stimme zu verdrängen. Das Geräusch von Schritten drang an sein Ohr. Die Person, von der sie stammten, schien zu zögern, dann blieb sie an seinem Bett stehen. Michael hielt die Augen fest geschlossen, aus Angst, diesmal könnte es wirklich seine tote Mutter sein. Seine Mutter, die ihm all das an den Kopf werfen würde, was sie immer nur im Stillen gedacht hatte: Es war deine Schuld, Michael. Es war alles deine Schuld.

»Sie sehen nicht gut aus.« Eine weibliche Stimme. Mit leichtem Akzent, der darauf hindeutete, dass die Frau aus Inverness stammte – angeblich sprach man dort das beste

Englisch Großbritanniens. Ganz anders als der Lowland-Akzent seiner Mutter.

Blinzelnd schlug Michael die Augen auf und wartete ab, bis er sich an die schlechten Lichtverhältnisse gewöhnt hatte. In den stillen Krankenhausräumen schien die Zeit ihren eigenen Gesetzen zu folgen. Er nahm an, dass es spät war, oder früh, je nachdem.

»Ich dachte, Sie wären nur eine Einbildung«, sagte er langsam.

DI Kennedy setzte sich auf den Stuhl neben seinem Bett. »Ich bin mir ziemlich sicher, dass ich echt bin. Zumindest weitestgehend.«

Er betrachtete ihr dunkles Haar und die blasse Haut. Sie war viel zu groß für das Möbelstück, auf dem sie saß. Eigenartigerweise freute er sich, sie zu sehen, nach allem, was passiert war.

Wieder blinzelte er. Sie hatte etwas am Hals, es sah fast aus wie Blut.

»Ein Krankenhaus, und das gesündeste Getränk, das man hier kaufen kann, ist eine Dose Cola. Fühlen Sie sich nicht auch sofort krank, wenn Sie ein Krankenhaus nur betreten? Allein dieser Geruch!«

Sie schob ihm über das Nachtschränkchen eine Dose zu. Im Zimmer war es überraschend still. Nur das gelegentliche Piepen des Herzmonitors störte die heilige Ruhe der Krankenstation. Michael griff nach der Dose und öffnete sie. Er war dankbar für das eisgekühlte Getränk, obwohl ihm eine Zigarette noch lieber gewesen wäre.

»Was ist passiert?«, fragte sie.

»Ein Pub ist mir passiert. Ich bin ausgerutscht. Zumindest behaupten das die anderen.«

»Ein stillgelegter Pub in Rapinch?« DI Kennedy verstummte und sah ihm forschend ins Gesicht. Dann fügte sie nur zwei Worte hinzu: »Charlie Bartle?«

»Woher wissen Sie das?« Vielleicht müsste ihm die ganze Sache peinlich sein, aber in seinem halb sedierten Zustand fand er keinerlei Zugang zu seinen Gefühlen.

»Die Leute sind wachsam und kriegen so einiges mit. Ich weiß mehr, als Sie glauben. Sie haben Fragen zu Nichol gestellt?«

»So in der Art.« Michael wollte ihr erzählen, was geschehen war, schaffte es aber nicht, die Einzelheiten in die richtige chronologische Reihenfolge zu bringen. In seinem Kopf herrschte Chaos. »Die Kiste, die ich auf dem Friedhof ausgegraben habe, das war eine Art Begräbnis für ihren Freund Zandy Allen. Die offizielle Version lautet, dass der Junge Selbstmord begangen habe. Alan hatte beobachtet, wie Nichol mit Charlie Bartle gesprochen hatte. Da habe ich eins und eins zusammengezählt …«

»Das kann nicht Bartle gewesen sein. Er mag zwar ein mieser Typ sein, aber so skrupellos ist er dann doch nicht.«

»Sie kennen ihn? Seine Mutter war hier bei mir«, sagte Michael. Er war immer noch zu durcheinander, um überrascht zu sein.

DI Kennedy ließ den Kopf hängen und starrte aufs Linoleum. Ihre Stimme klang plötzlich monoton. »Eine meiner Freundinnen, eine alte Freundin aus meiner Schulzeit, war eine Zeit lang mit ihm zusammen. Er hat sie geschlagen. Hätte sie um ein Haar umgebracht.« Ihre Hand wanderte an ihre Wange, dann ließ sie sie wieder sinken. »Ich habe ihm eine Falle gestellt. Er steckte ohnehin bis zum Hals in der Scheiße. Ich habe nur dafür gesorgt, dass er sich nicht wieder rauskämpfen konnte. Ich musste Bartle opfern, sonst hätte er sie umgebracht. Habe mich sogar selbst ausgeliefert. Die

Leute reden, wissen Sie? Wenn sich so was herumspricht bei der Polizei …« Sie sah zu ihm auf. »Ich hatte nie vor, Nichols Mum Chris da mit reinzuziehen.«

»Sie wollten nicht, dass sie auch ins Gefängnis geht?«

Sie starrte ihn an, blieb ihm aber eine Antwort schuldig.

»Deshalb haben Sie mir also den Laptop überlassen«, stieß er hervor. »Weil Sie sich schuldig fühlten?«

»Ich habe Ihnen den Laptop gegeben, weil ich Ihnen helfen wollte, Nichol zu finden. Ich hatte auch Angst, was sich darauf finden könnte. Es bestand die geringe Chance, dass er das mit seiner Mum herausgefunden hatte. Wenn irgendjemand beweisen könnte, was ich getan habe, könnte ich dafür ins Gefängnis wandern. Ich habe eine kleine Tochter … Ich wusste nicht, dass Chris ihre Finger mit im Spiel hatte. Sie hatte es nicht verdient. Ganz gleich, was sie angestellt hatte.«

»Sie hat bei so einigen Sachen mitgemischt«, sagte Michael. »Nichol hat mir davon erzählt. Sie hat etwa genauso viel Dreck am Stecken wie Charlie Bartle. Zumindest hat es sich so angehört.«

Ihr blasses Gesicht wirkte fast gräulich, mit tiefen dunklen Ringen unter den Augen. Die schwarzen Haare hingen ihr wirr um die Schultern. Sie trug ein frisches weißes T-Shirt, mit Falten auf der Vorderseite, so als hätte sie es erst kürzlich aus der Verpackung genommen.

»Irgendwann werde ich dafür geradestehen müssen«, sagte sie schließlich seufzend.

Erst da bemerkte er, dass ihre Augen gerötet waren, so als hätte sie geweint.

»Wie auch immer.« Sie hustete und wischte sich mit der Hand übers Gesicht. »Mein Kollege DC Crawford wurde heute angeschossen. Er wird in dieser Sekunde operiert, aber es sieht so aus, als würde er einen Arm verlieren.«

Michael nickte. Das Entsetzen in ihrer Stimme war nicht zu überhören, und ihm war klar, dass er eigentlich mit irgendeiner Form von Mitleid reagieren sollte. Doch die Beruhigungsmittel, die durch seinen Körper zirkulierten, unterbanden auch solche Regungen.

Zum Glück schien sie davon nichts mitzubekommen, sondern sprach unbeirrt weiter. »Wir haben Beweise gefunden, die einen anderen Mann mit einem der Opfer in Verbindung bringen. Sieht so aus, als wäre er irgendwie involviert. Aber zu Nichol steht er in keinerlei Verbindung.«

Wieder ein Nicken von Michael. Immer noch hatte er Mühe, seine Gedanken in eine logische Reihenfolge zu bringen.

Doch DI Kennedy stand auf, ehe es ihm gelang, und räusperte sich.

»Ich bin gekommen, um Ihnen mitzuteilen, dass Sie die Suche nach Nichol einstellen müssen. Wenn Owen MacLennan und Don Cameron den Jungen entführt haben, dann ist er längst tot. Und wenn nicht, dann will Nichol nicht gefunden werden.« Damit machte sie den kurzen Moment, da sie zwanglos beisammengesessen hatten, ein für alle Mal zunichte.

Michael wollte ihr so vieles erzählen. Die Sache mit Zandy Allen. Dass sie sich dringend die Ergebnisse seiner Autopsie ansehen sollte. Doch sie kam ihm erneut zuvor.

»Glauben Sie mir, die Sache wird noch sehr unschön werden. Die Presse liegt bereits auf der Lauer. Es wäre für unsere Ermittlungen hinderlich, wenn Sie jetzt auch noch anfangen würden, Fragen zu stellen. Sie können von Glück sagen, dass Sie noch am Leben sind.«

Wieder versuchte Michael zu sprechen. Aber sie hatte sich bereits zum Gehen gewandt.

53

Monica stand übers Waschbecken gebeugt und spritzte sich zum wiederholten Mal kaltes Wasser ins Gesicht. Sie war überzeugt, immer noch Fleisch und Knochen zu schmecken, die ihr ins Gesicht und bis in den Mund gespritzt waren, Bestandteile von Crawfords zerfetztem Arm. Ein heftiger Würgereiz packte sie, wenn sie daran dachte, an dieses Zimmer, Crawfords Schreie. Es war, als wollte sich ihr Körper dieser Erinnerungen entledigen, indem er sich erbrach. Der Gestank nach Eisen und Kordit. Der blutverklebte Boden.

Schließlich wischte sie sich mit zitternder Hand den Mund trocken und betrachtete im flackernden Neonlicht der Krankenhaustoilette ihr Spiegelbild. Ein Ausdruck ratloser Benommenheit lag auf ihren Zügen, nachdem sie nun schon den ganzen Tag durch die Korridore des Krankenhauses lief und wie gebannt auf Neuigkeiten wartete. Dabei wusste sie instinktiv, dass es nicht gut ausgehen würde.

Voller Abscheu wandte sie sich von ihrem Spiegelbild ab. Wie würde sie sich je wieder in die Augen schauen können, nachdem sie sich so leicht von einem wie Roderick Cameron hatte reinlegen lassen? Er hatte ihr den kultivierten alten Herrn nur vorgespielt. Ihr seid dann wohl die von der schlauen Truppe, wie? Überlistet vom Kobold aus dem Märchen, die abgesägte Schrotflinte in der seitlichen Ritze seines Ohrensessels verborgen. Grober Schnitzer. Ein beschissener Fehler, der einen Mann das Leben und ihren jungen Kollegen ebenfalls einiges gekostet hatte. Und dabei war sie für seine Sicherheit verantwortlich.

Sie erinnerte sich an den Helikopterflug vom Gehöft aus zurück in die Stadt. Wie sie Crawfords Hand gehalten hatte, während die Sanitäter sich an ihm zu schaffen gemacht hatten. Wieder und wieder hatte sie dieselben sinnlosen Worte gesagt: Alles wird gut, Crawford. Alles wird gut. Worte, an die sie selbst nicht geglaubt hatte.

Wieder hatte Monica das Gesicht des Chirurgen vor sich, als sie ihm fast an den Kragen gegangen war. »Bei derartigen Verletzungen kann der Knochen vollkommen zerstört werden. Das Infektionsrisiko ist hoch. Manchmal ist es das Beste, das, was von einem Körperteil noch übrig ist, zu amputieren, und den Stumpf für eine Prothese vorzubereiten.« Er hatte mit völlig unbeteiligter Miene gesprochen, halb hinter seiner Brille mit dem schmalen Rand verborgen. Als wäre die Rede von irgendeinem nutzlosen Haushaltsgegenstand gewesen, den man getrost wegwerfen konnte.

»Nein!« Monicas Stimme war durch den Flur gehallt, und schon war sie mit ausgestreckten Armen auf ihn losgegangen. Hately hatte sie mit entgeisterter Miene zurückgehalten, während sie den Chirurgen angebrüllt hatte. »Sie werden nichts für eine Prothese vorbereiten. Sie werden das verdammt noch mal in Ordnung bringen, und wenn Sie selbst das nicht hinbekommen, holen Sie jemanden, der es kann. Sie werden ihm auf keinen Fall den Arm abschneiden!«

Bei dieser Erinnerung schüttelte sie unwillkürlich den Kopf. Sie schämte sich, dass sie derart die Kontrolle über sich verloren hatte. So wie Lucy im besten Trotzalter. Als hätte es je geholfen, sich über die Ungerechtigkeit dieser Welt aufzuregen und zu heulen.

Monica wischte sich das Gesicht mit einem Papierhandtuch trocken und knüllte es zusammen. Dann trat sie aus der Toilette hinaus auf den menschenleeren Flur.

Schritte ließen sie aufhorchen. Sie brauchte einen Moment, um den Mann zu erkennen, der auf sie zukam. War sie versehentlich unten im Keller gelandet, wo die Leichenhalle war?

Dr. Dolohov legte den Kopf schief. Er brauchte seine Frage gar nicht erst zu stellen.

»Roger Martin von der bewaffneten Einheit ist noch am Tatort verstorben. DC Crawford lebt. Aber es sieht so aus, als würde er seinen Arm verlieren.«

»Tut mir wirklich aufrichtig leid«, sagte Dolohov. Für einen kurzen Moment füllte Stille den Flur.

»Wenigstens kümmert man sich gut um ihn. Ich schätze, das ist mehr, als so manch einer sich erhoffen kann.«

Das Büro war so gut wie leer. Der Fokus der Suche hatte sich nach Westen verlagert, man wollte Don Cameron um jeden Preis festnehmen.

Fisher saß allein vor seinem Computer. Als Monica sich näherte, blickte er auf. Es war das erste Mal, dass sie seit diesem Morgen im Gehöft aufeinandertrafen. Er nahm die Brille ab. Ohne sie wirkte er um Jahre älter und irgendwie auch intelligenter, dachte Monica. Er hatte das hellblaue Hemd, das er am Vormittag getragen hatte, gegen den zur Standarduniform gehörigen schwarzen Pullover eingetauscht. Vermutlich hatte sein Hemd einige Blutspritzer abbekommen und war als Beweismittel konfisziert worden, genau wie Monicas eigene Bluse und ihre Hose.

»Wie geht es DC Crawford? Er wurde operiert, wie ich gehört habe?« Sein Blick wanderte an ihr vorbei zum Fenster, wo in der Ferne die Lichter des Krankenhauses den grauen Abendhimmel erhellten.

»Dann wissen Sie genauso viel wie ich«, erwiderte Monica. In ihrem schlecht sitzenden Männerpullover, den eine der Beamtinnen auf die Schnelle bei Primark für sie erstanden hatte, zuckte sie mit den Schultern.

»Ich hatte nicht erwartet, Sie hier zu sehen. Hately meinte, Sie bräuchten ein paar Tage Sonderurlaub«, sagte Fisher. »Ich habe einen der Jungs gebeten, Ihren Wagen zurückzufahren, er steht draußen auf dem Parkplatz. Sie können jederzeit nach Hause fahren, ich halte Sie gern über alles auf dem Laufenden, falls sich irgendwelche größeren Entwicklungen abzeichnen.«

Monica hob die Hand an die Wange. Sie hatte immer noch diesen Blutgeschmack im Mund. »Mir geht's gut.«

»Warum verbringen Sie nicht ein wenig Zeit mit Ihrer Tochter? Lucy heißt sie, nicht wahr?«

»Woher kennen Sie den Namen meiner Tochter?«, fragte Monica, plötzlich voller Misstrauen. Es hatte offenbar nicht lange gedauert, bis sich das Entsetzen über das, was Crawford zugestoßen war, in ihr zu schierer Paranoia ausgewachsen hatte. Sie war schon wieder kurz davor, die Selbstbeherrschung zu verlieren.

»Tut mir leid. Vermutlich haben Sie ihn mal erwähnt. Ich wollte nicht …« Plötzlich lag Panik in seiner Stimme. Wenn man den eigenen Vorgesetzten vor den Kopf stieß, kam das nicht selten einem Albtraum gleich.

»Schon gut. Das war unbedacht, ich hätte das nicht sagen sollen, Fisher.« Sie zog einen Schreibtischstuhl heran und setzte sich, Arme und Beine schwer, als spürte sie jedes einzelne ihrer vierundvierzig Jahre.

»Was passiert ist, war … nun ja … Ich kann einfach nicht

aufhören, es immer wieder im Kopf durchzuspielen«, sagte Fisher.

»Tut mir leid.«

Fisher hustete und säuberte seine Brille. »Schon gut, ich verstehe.«

Da fiel Monicas Blick auf das Foto des schwarzen Steins, es lag auf Fishers Schreibtisch. Sie deutete darauf, dankbar, das Thema wechseln zu können. Und schnellstmöglich diesen Geschmack zu vergessen. Wenn auch nur für einen kurzen Moment. »Sie haben mir noch immer nicht von den Tauriden erzählt«, sagte Monica und knüpfte damit an ihr Telefonat an.

»Stimmt«, sagte Fisher mit einem erzwungenen Lachen. »Die Tauriden sind ein Meteorstrom, der zu bestimmten Zeiten der Erde ziemlich nahe kommt. Jetzt ist gerade so ein Zeitpunkt.«

»Wie sieht es mit unserem Meteoriten aus?« Monica deutete wieder auf das Foto. »Hatten Sie Glück und konnten etwas über seine Herkunft herausfinden?«

»Das konnte ich tatsächlich. Erst heute Nachmittag. Ich hätte ja angerufen, aber …« Er unterbrach sich und zuckte mit der Schulter. »Die chemischen Komponenten scheinen zu einem Meteoriten zu passen, der vor genau zwanzig Jahren in die Erdatmosphäre eingetreten ist. Er ist in Australien gelandet.«

»In Australien?«

»Ja. Man fand Bruchstücke davon in der Wüste.«

»Haben wir eine Ahnung, was aus den Steinen wurde? Gibt es vielleicht eine Liste von Käufern?«, fragte Monica.

»Leider nicht«, sagte Fisher. »Er wurde in Hunderte von Bruchstücken zerteilt. Viele von ihnen wurden in Zeiten vor dem Internet verkauft. Ich bin bereits dabei, den Onlinekäufen nachzugehen, aber viele von den Steinen wurden veräußert, ohne dass dies irgendwo verzeichnet wäre.«

Monica nickte. »Wo ist Hately?«

»Sitzt in einem Meeting. Er war vorhin bei den Familien. Es klang so, als …« Fisher verstummte wieder. »Wahrscheinlich wird es gerade … ziemlich laut, können Sie sich ja vorstellen. Don Cameron ist auf freiem Fuß. Bewaffnet und brandgefährlich …« Ein abwesender Ausdruck huschte über sein Gesicht und verriet Monica, dass er die Szene gerade noch einmal Revue passieren ließ.

»Wurde im Haus noch etwas gefunden?« Eine bessere Frage fiel ihr nicht ein, um Crawfords Schreie schleunigst wieder aus dem Kopf zu bekommen.

Fisher blickte auf und schüttelte dann langsam den Kopf. »Nur das Sweatshirt.«

»Keine handfesten Beweise also? Kein …« Sie zögerte und überlegte krampfhaft, wie sie das Objekt, mit dem man Bissspuren auf einem Körper hinterließ, nennen sollte. »Keine Waffen? Keine genetischen Indizien?«

»Nur das Sweatshirt. Pauls Mutter hat bestätigt, dass es ihm gehört«, antwortete Fisher.

»Und Don hat mit ihm zusammengearbeitet. Sie haben doch gehört, was der alte Mann gesagt hat, wie sehr Don den Jungen vergöttert hat. Vielleicht war er in ihn verliebt und hat das Sweatshirt deswegen mitgehen lassen? Oder Paul hat den Pullover versehentlich in Dons Lieferwagen liegen lassen?«, schlug Monica verschiedene Möglichkeiten vor, um herauszufinden, welche die plausibelste war.

»Warum sollte Roderick Cameron einen Mann kaltblütig ermorden, wenn es nicht darum ging, Don zu schützen?«, fragte Fisher.

»Ich glaube, er hat es einfach nur getan, weil er die Gelegenheit dazu hatte. Wurde denn das Loch unter dem Betondeckel im Garten inzwischen ausgehoben?«, erkundigte Monica sich.

Fisher verneinte mit einem Kopfschütteln. »Der Beton verdeckt kein Loch, es handelt sich vielmehr um einen soliden Block von sechzig Zentimetern Tiefe. Er ist wohl schon seit einiger Zeit ausgehärtet. Vermutlich zu lange her, um direkt mit Paul oder Robert in Verbindung zu stehen.«

»Wir haben also lediglich Indizienbeweise, die Don Cameron mit MacLennan und den Morden in Zusammenhang bringen«, stellte Monica fest, während sie insgeheim dachte: Ein gutes Gefühl. Sich auf die Details zu konzentrieren, als wären sie lose Puzzleteile, die es zusammenzusetzen galt. Als wären sie das Einzige, was zählte auf dieser Welt, und alles andere wäre nebensächlich.

»Das, und dass sein Vater auf zwei Polizeibeamte geschossen hat«, bestätigte Fisher.

»Was hat die erkennungsdienstliche Untersuchung in Pauls Haus ergeben? Haben wir da schon Rückmeldung? Haben die sich den Garten vor Roberts Fenster angesehen? Gibt es Anzeichen für ein gewaltsames Eindringen oder einen Hinweis darauf, dass er auf diesem Weg aus dem Haus befördert wurde?«

Wieder schüttelte Fisher nur den Kopf, aber Monica entging nicht der Ausdruck, der über seine Züge huschte. Sofort war ihr klar, dass er ihr irgendetwas verheimlichte. »Was gibt es, rücken Sie schon raus.«

Er zögerte, dann räusperte er sich. »Ich habe mir mal Paul MacKays E-Mails angesehen«, sagte er schließlich. »Da finden sich ein paar seltsame Nachrichten.«

»Seltsam? Inwiefern?« Für einen Sekundenbruchteil

fragte Monica sich, warum er so lange gewartet hatte, ihr davon zu erzählen.

»Jemand hat sich als Pauls Vater ausgegeben. Hat ihm ein Theater vorgespielt, wie immer Sie das nennen wollen. Er hat sich ein E-Mail-Konto auf den Namen William White eingerichtet, das ist der Name von Pauls Dad. Die Mails hat er mit Fotos versehen und allem Drum und Dran. Es wirkt ziemlich überzeugend. Er hat Paul dazu überredet, nicht mit Lisa in Urlaub zu fahren, hat ihm erzählt, er wolle, dass Paul zu ihm in den Süden zieht und bei ihm wohnt. Er würde ihm einen Job in London vermitteln. Doch vorerst sollte das unbedingt ein Geheimnis zwischen ihnen bleiben. Sie verstehen?«

»Er hat ihn manipuliert«, flüsterte Monica leise vor sich hin. »Lisa war überzeugt, dass es Don war, der Paul davon abgebracht hat, mit ihr zu verreisen. Paul hat ihr weisgemacht, er habe für Don einen Job zu erledigen und könne daher nicht mitfahren. Das muss eine Ausrede gewesen sein.«

»Die letzten E-Mails wurden am Tag vor Pauls Verschwinden geschrieben.« Fisher klickte auf eine Mail und fing an zu lesen. »›Du weißt, wie sehr ich dich vermisst habe, Paul. Wie viel ich für das Leben, das ich gewählt habe, opfern musste. Ich möchte, dass du es besser hast. Ich möchte, dass du zu mir nach Hause kommst. Ich weiß, dass du das auch willst.‹«

»Haben Sie schon mit Pauls richtigem Vater geredet?«, fragte Monica.

Fisher nickte. »Er lebt in Oxford. Behauptet, er habe Paul schon seit Wochen nicht mehr gesprochen. Ich bin gerade dabei, sein Alibi zu überprüfen. Er gibt an, in den Tagen vor Pauls Verschwinden auf einer Konferenz gewesen zu sein.

Sollte nicht allzu schwer sein, das zu verifizieren.« Wieder ein Nicken, und dann besaß Fisher sogar die Unverfrorenheit zu lächeln. Monica starrte den jungen Detective Constable ungerührt an und empfand für einen kurzen Moment so etwas wie eiskalte Verachtung für ihn. Crawford könnte tot sein, sein Arm war vermutlich verloren, und Fisher stand vor ihr und grinste, als hätte er den ersten Preis beim Schulwettbewerb gewonnen.

Monica schluckte ihren Zorn hinunter und wandte den Blick ab. Es kostete sie jede Menge guten Willen, sich nicht von ihrem Groll überwältigen zu lassen. Zähneknirschend rief sie sich ins Gedächtnis, dass Fisher ebenfalls bei Roderick Cameron in der Küche gewesen war und es genauso gut ihn hätte treffen können. Vermutlich war das seine Art, mit der Sache klarzukommen – indem er bewies, dass er ein fähiger Polizist war.

»Robert Wrights Mutter hatte die Familie erst kürzlich verlassen«, erklärte sie, jetzt wieder vollkommen gefasst. »Gibt es irgendwelche Hinweise, dass Don Cameron hinter den Nachrichten stecken könnte?«

»Jedenfalls deutet nichts auf das Gegenteil hin«, sagte Fisher, der seine Brille wieder aufsetzte.

»Das war nicht meine Frage.« Monica schloss die Augen und atmete ganz langsam ein. Für einen kurzen Moment wünschte sie sich, sie wäre sonst wo, nur nicht hier mit Fisher allein. Sie musste an Lucy denken, an ihr Zuhause, an ihren warmen kleinen Körper. Sie atmete wieder aus und presste sich die Handflächen auf die Augenhöhlen.

»Auf dem Hof fanden sich kein Laptop und kein Computer«, fuhr Fisher fort. Seine stockende Stimme verriet, dass ihn ihr unübersehbarer Ärger doch ein wenig aus dem Konzept gebracht hatte. »Ist wohl einer von den sechzehn

Prozent Haushalten im Vereinigten Königreich, die ohne Internetzugang sind. Was nicht heißt, dass er seinen Laptop nicht mitgenommen haben könnte oder sein Handy benutzt hat, um diese Mails zu schicken. Sie wissen, wie schwer es ist, derlei Dinge zu überprüfen, wenn die Leute einigermaßen wachsam vorgehen.«

Monica gab ihm mit einem Nicken recht. »Aber so ganz passt das nicht zusammen, oder? Bei allem, was wir über Don Cameron und Owen MacLennan wissen.«

Fisher sah sich in dem fast leeren Büro um und senkte nichtsdestotrotz seine Stimme. »Sie denken, Roderick Cameron sagt die Wahrheit? Und Don Cameron ist unschuldig? Glauben Sie, dass er sich auf die Suche nach Pauls Mörder gemacht hat? Aber woher hätte er wissen sollen, dass wir ihn festnehmen wollten? Und woher will er wissen, wer Paul umgebracht hat?«

Monica versetzte sich gedanklich zurück an diesen einsamen Rastplatz. Die Patronenhülsen am Boden. Die Glassplitter. »Es könnte natürlich Zufall sein, dass Cameron ausgerechnet jetzt abgehauen ist. Schon möglich, dass er Zeuge dessen geworden ist, was man Paul angetan hat. Vielleicht hat er versucht, es zu verhindern. Vielleicht hat er den Fahrer des Lieferwagens gesehen und weiß, wer der andere Mörder ist?« Noch während Monica dies aufzählte, wurde ihr bewusst, wie sehr an den Haaren herbeigezogen das alles klang.

Fisher starrte sie einen kurzen Moment an. »Was, wenn …« Doch noch bevor er den Satz zu Ende sprechen konnte, ging hinter ihnen die Tür auf.

Hately machte einen ziemlich mitgenommenen Eindruck. Er hielt den Blick gesenkt. Dann hob er langsam den Kopf und räusperte sich.

»Man schiebt uns aufs Abstellgleis. Es heißt, wir bekommen von der Polizei Schottland ›Unterstützung‹ bei unseren Ermittlungen, aber de facto übernehmen die den Fall ab sofort.«

Endlich brach sich der Zorn, den Monica die ganze Zeit unterdrückt hatte, mit aller Kraft Bahn. Sie sprang auf. Ihr Körper spannte sich an, und für einen Augenblick stand sie mit geballten Fäusten und völlig außer sich da, kurz davor, die Beherrschung zu verlieren. »Warum? Wir sind mit dem Fall doch bereits vertraut? Die werden Tage brauchen, um sich auf den aktuellen Stand zu bringen!«, schrie sie aufgebracht.

Hately erwiderte nichts darauf. Stattdessen legte er ein Tablet vor ihnen auf dem Schreibtisch ab. COPS LASSEN KILLER LAUFEN, lautete die Schlagzeile.

»Lisa MacKay hat sich an die Presse gewandt«, sagte er. »Sie gibt uns die Schuld daran, dass Cameron davongekommen ist. Den Fall sind wir los.«

Monica raufte sich die Haare und konnte nicht glauben, was sie da hörte. Fieberhaft überflog sie den Artikel. »Hier wird behauptet, Don Cameron sei der Mörder. Damit greift die Presse dem Gesetz vor! Selbst wenn er in irgendeiner Weise mit der Sache zu tun hat, hat er das Recht auf einen fairen Prozess!«

»Vergessen Sie's, Kennedy«, blaffte Hately. »Sie sind von den Ermittlungen abgezogen.«

»Verdammter Mist, Sir, wir sind gerade dabei, neue Indizien zu sammeln! Sich jetzt ganz auf Cameron zu fixieren wäre falsch. Sagen Sie's ihm, Fisher! Das mit diesen E-Mails …« Sie sah sich Hilfe suchend nach Fisher um, doch der starrte nur stur auf die Tastatur vor sich und brachte keinen Ton heraus.

»Gehen Sie nach Hause«, forderte Hately sie auf. »Von jetzt ab konzentrieren sich die Ermittlungen ganz auf die Suche nach Cameron. Schlicht und ergreifend. Sie sind nicht ganz auf der Höhe, DI Kennedy, nach der Geschichte mit DC Crawford. Es ist vorbei.«

54

Der Beobachter

Die Fernsehbilder zeigten einen kleinen Hof inmitten einer Moorlandschaft, Einsatzfahrzeuge, die um das Gebäude herum parkten, und dahinter graue Berge. Dann folgte ein Schnitt zu einer Pressekonferenz. Eine Frau, die große Ähnlichkeit mit ihrem Sohn hatte. Sie ließ sich über die miese Arbeit der Polizei aus. Erzählte, wie die hochgewachsene Polizeibeamtin und ihr Team es vermasselt und den Schuldigen, Don Cameron, hatten entkommen lassen.

Der Mann verfolgte das Ganze am Bildschirm mit und lächelte still in sich hinein. Zu sehen, wie die Frau sich zum Gespött machte, wo das, was ihrem Sohn zugestoßen war, doch von vornherein ihre Schuld war, fand er höchst amüsant. Wenn Paul nicht zufällig in seine Umlaufbahn geraten wäre, hätte es am Ende nur ein anderer getan.

Er sah noch eine Weile zu, in der Hoffnung, er könnte mehr über DI Kennedy erfahren; schließlich war sie diejenige gewesen, die nach ihm gesucht hatte. Aber dann war der Bericht plötzlich zu Ende.

Er schaltete den Fernseher aus, lehnte sich zurück und starrte durch das Glasdach hinaus in die Nacht. Hinauf zu den Sternen. Er stellte sich vor, wie sie sich durchs All bewegten. Näher und näher kamen. Bald schon wären sie wieder hier, als kämen sie zu ihm, wie magisch angezogen. In Gedanken versetzte er sich zwanzig Jahre zurück, in eine andere Zeit, als genau die gleichen Objekte sich der Erde genähert hatten. Jahre nach der Sache mit der alten Frau und George. Er war den Stimmen gefolgt, die von den Steinen ausgingen, in eine Wüste in einem fernen Land, auf einem anderen Kontinent.

Der junge Mann hatte etwas gesagt. Er hatte sich nach hinten auf die Hände gestützt, die Füße in Richtung Lagerfeuer weisend, und weitergesprochen. So viele Sterne. Das Universum. Mit einem Nicken hatte er auf den prachtvollen nächtlichen Himmel über der Wüste gedeutet, ehe er einen neuerlichen Schluck aus der Flasche genommen hatte.

Er hatte genau beobachtet, wie der Alkohol sich im Laufe der gemeinsamen Tage zusehends auf seinen Begleiter ausgewirkt hatte. Seine Bewegungen waren fahrig geworden. Seine Aussprache ungeschliffener. Diese Bruchstücke setzte er nach und nach zusammen. Das zerrüttete Elternhaus. Die lückenhafte Schulbildung. Die psychischen Probleme. Der Drogenmissbrauch. Jedem, der genau hinsah, erschloss sich seine Geschichte fast wie von selbst.

Der Geruch der Vernachlässigung, den er so sehr liebte, stieg ihm in die Nase. Irgendwie hatte er ihn dort in der Wüste gewittert. War ihm gefolgt – kam ihm näher als je zuvor, während er den Stein wieder und wieder in der Hand umdrehte.

»Denkst du …?« Der junge Mann sah zu ihm herüber, als er das Klicken und Surren der Kamera hörte, die er einschaltete.

»Was denke ich?«, entgegnete der Beobachter mit schwankender Stimme. Die Erregung machte sich bemerkbar. Das Blut pulsierte heiß durch seine Adern, selbst hier in der eisigen Wüste. Die Vorfreude schnürte ihm die Kehle zu, so überwältigend war sie.

Über ihm zeigte sich der erste helle Streifen. Der junge Mann lehnte sich zurück. Er war ziemlich betrunken und schien nicht zu merken, dass der Meteorstrom, für den sie gekommen waren, bereits eingesetzt hatte. »Denkst du … denkst du, die Zukunft liegt in den Sternen?« Als wäre es die tiefgründigste aller Fragen. Er nahm einen weiteren kräftigen Schluck aus der Flasche.

Langsam stand der Beobachter auf und spürte, wie seine Beine unter ihm nachzugeben drohten. Angestrengt darum bemüht, weiter gleichmäßig zu atmen, griff er nach dem Felsbrocken, den er zuvor sorgfältig ausgewählt hatte. Er hatte in etwa die Größe eines alten, tragbaren Fernsehers oder einer Mikrowelle.

Ein weiterer Lichtstreifen zog sich über den Himmel, dicht gefolgt von noch mehr. Der junge Mann jubelte und deutete mit kindlicher Freude auf das Spektakel. »Du hattest recht! So etwas habe ich noch nie gesehen!«

Der Beobachter hob den Stein über seinen Kopf und ließ ihn auf den Schädel des jungen Mannes niedersausen. Dabei kippte er nach vorne um und stöhnte auf, weil ein Krampf durch seine Arme und Beine jagte. Mit den Händen stützte er sich am Boden ab. Sein Gesicht war schmerzverzerrt.

Wenn es nicht so gänzlich seiner Vorstellung von diesem Moment widersprochen hätte, dann hätte er gelacht. Stattdessen stieß er einen Fluch aus und drehte sein Opfer um. Die Augen des jungen Mannes wirkten unfokussiert und wie verschleiert, und mit seltsam schleppender Stimme fragte er: »Was ist passiert?« Abwehrend hielt er die Arme hoch.

Der Beobachter schnappte sich erneut den schweren Felsbrocken und ließ ihn ein zweites Mal auf ihn hinunterkrachen. Diesmal zielte er auf die schwächere untere Hälfte des Gesichts.

Endlich rührte sich der Junge nicht mehr. Der Beobachter sah hinüber zur Kamera, um sich zu vergewissern, dass sie noch lief, während er sich sammelte und auf die nächsten Schritte vorbereitete.

55

Michael trank einen Schluck Whisky und wünschte sich, eine von seinen Katzen könnte ihm Gesellschaft leisten. Er war entschlossen, zum Hof zu fahren, sobald die Schmerzen einigermaßen erträglich waren. Schon am frühen Abend war er aus dem Krankenhaus abgehauen und durch die dunkle Stadt zurück zu seiner Wohnung spaziert.

Die Stimme des Radioreporters hallte durch den leeren Raum: »… als Verdächtiger gilt ein Mann namens Donald Cameron. Er wird als extrem gefährlich eingestuft, es wird dringend dazu geraten, sich von ihm fernzuhalten.« Michael drehte das Radio leiser, bis es kaum mehr zu hören war. Er genehmigte sich einen weiteren Schluck Whisky, der ihm mit einem brennenden Gefühl die Kehle hinunterrann, während er noch einmal durchging, was Monica Kennedy ihm erzählt hatte: Wenn Owen MacLennan und Don Cameron den Jungen entführt haben, dann ist er längst tot. Und wenn nicht, dann will Nichol nicht gefunden werden.

Vielleicht traf das wirklich zu. Vielleicht war es schlicht und ergreifend so, dass der Junge beschlossen hatte abzuhauen. Sein Glück anderswo zu versuchen. In einen Zug zu steigen und zu verschwinden. Es gab nicht viel, das ihn hätte zurückhalten können. Ein paar Freunde, eine Familie, die sich nicht um ihn zu kümmern schien.

Nicht allzu viel. Aber doch mehr als Michael selbst. Diese

unschöne Wahrheit versuchte er gar nicht erst abzustreiten, stattdessen spülte er die Schuldgefühle mit einem weiteren Schluck Whisky hinunter. Und was jetzt? Er musste es sich aus dem Kopf schlagen, weiter nach Nichol zu suchen. Vermutlich hatte Anita recht: Seine einzige Motivation war fehlgeleitete Reue. Eine Kindheitserinnerung, die ihn dazu trieb, Dinge zu sehen und irgendwelche Verbindungen herzustellen, die nicht vorhanden waren. Michael strich sich mit der flachen Hand übers Gesicht. Es hätte schlimmer kommen können, es hätte noch viel schlimmer kommen können. Er sollte dies als Warnschuss verstehen. Er hatte einige schwierige Jahre hinter sich, doch vielleicht bekam er sein Leben jetzt wieder auf die Reihe?

Ein Geräusch, das er nicht richtig einordnen konnte, hallte durch die Wohnung. War das die Türklingel? Der einzige Mensch, von dem Michael sich vorstellen konnte, dass er nach ihm sehen wollte, war James Clarke. Er rollte auf der Matratze herum. Wieder klingelte es. Sein Kollege wusste bestimmt, dass er zu Hause war, sehr wahrscheinlich hatte er im Krankenhaus angerufen und dort erfahren, dass Michael sich selbst entlassen hatte. Er wusste genau, wie hartnäckig James sein konnte. Er würde vermutlich nicht einmal davor zurückschrecken, die Polizei zu rufen, um die Tür gewaltsam zu öffnen, wenn er nicht selbst aufmachte.

Widerstrebend stand Michael auf und ließ die Whiskyflasche hinter der Matratze verschwinden. Dann riss er die Haustür auf. »Melissa?«

Es war das Mädchen, das in Wahrheit gar nicht Melissa hieß. Bei ihrem Treffen unter der Brücke hatte sie anders ausgesehen: jünger, verängstigter. Mit großen Augen sah sie ihn an und musterte den Verband an seinem Kopf. Die kalte

Luft von draußen traf Michael mitten ins Gesicht, und erst jetzt wurde ihm bewusst, wie angetrunken er war.

»Sieht schlimmer aus, als es ist«, sagte er. Er war sich nicht mal sicher, ob das tatsächlich der Wahrheit entsprach, weil er es noch nicht gewagt hatte, in den Spiegel zu blicken.

»Sieht fürchterlich aus.«

Michael nickte. »Tut mir leid, ich hätte mich bei dir melden sollen. Leider habe ich nichts herausfinden können, das mich in Nichols Fall weitergebracht hätte.« Er war um eine präzise Aussprache bemüht, weil er nicht wollte, dass sie etwas von seinem Zustand merkte. Doch er war ziemlich wackelig auf den Beinen und hoffte, sie möge schnellstmöglich wieder verschwinden. Allerdings machte sie keinerlei Anstalten, weshalb er schließlich fragte: »Möchtest du reinkommen? Ich wollte mir gerade einen Kaffee aufbrühen.«

Melissa wandte sich um und warf einen Blick zurück zur Straße. Für einen kurzen Moment dachte Michael, sie würde doch wieder gehen, doch dann schob sie sich an ihm vorbei und betrat die Wohnung.

»Entschuldige bitte die Unordnung. Ich bin gerade dabei, die Wohnung zu verkaufen.«

Michael bereitete Kaffee zu und kam mit zwei Bechern ins Wohnzimmer, wo sie auf dem Boden saß. Als er näher trat, stellte er fest, dass sie von ihrem Platz aus die Whiskyflasche im Blick hatte. Er blieb stehen und deutete zerknirscht darauf. »Hilft gegen die Schmerzen.«

Melissa nickte. »Sie müssen sich nicht rechtfertigen.«

»Normalerweise trinke ich nicht, aber …« Wortlos deutete er auf die Verletzungen in seinem Gesicht und steckte sich eine Zigarette an.

»Ihre Wohnung gefällt mir. Kann ich auch eine Zigarette haben?«, fragte Melissa. Er hielt ihr die Packung hin und gab ihr Feuer, nachdem sie sich eine genommen hatte.

»Früher habe ich mit jemandem zusammengelebt, ist schon 'ne Weile her.« Er zuckte mit den Schultern und kippte den Rest Whisky, der noch im Glas war, in seinen Kaffee. »Hat nicht funktioniert. Woher wusstest du, dass ich hier wohne?«

»Ich hab Sie aufgespürt. Alle haben davon gesprochen, dass ein Sozialarbeiter umgebracht worden wäre, da dachte ich …«

»Ist nicht deine Schuld. Ich habe mich wirklich bemüht, Nichol zu finden, aber es sieht so aus, als wäre er einfach nur abgehauen.«

Eine Weile sagte keiner von beiden ein Wort. Der Rauch ihrer Zigaretten vermischte sich und hing in der Luft wie ein unangenehmes Parfüm.

»Du hast mir nie deinen richtigen Namen verraten«, sagte Michael.

»Ich hasse meinen Namen. Er klingt so altmodisch.«

»Ich werde auch nicht lachen, versprochen.«

»Ich heiße Margaret.«

»Margaret.« Er schien den Namen auf seinen Klang hin zu testen. »Könnte schlimmer sein.«

»›Könnte schlimmer sein!‹« Sie warf den Kopf in den Nacken. »Einfühlungsvermögen ist wohl nicht Ihre Stärke. Auf den Karriereseiten des Arbeitsamtes habe ich mich über den Beruf des Sozialarbeiters schlaugemacht. Da steht, dass man ein absolut unbescholtener und empathischer Mensch sein sollte.«

Michael schüttete noch mehr Whisky in seinen Kaffeebecher. »Tut mir leid. Ich hab kaum geschlafen.«

»Hauptsache, Sie nennen mich nicht Margaret.«

»Geht klar.«

»Wieso sind Sie Sozialarbeiter geworden?« Die Frage hing zusammen mit dem Rauch in der Luft. Michael suchte nach einer Ausrede, doch ausnahmsweise schien ihm die Wahrheit die einfachere Option zu sein.

»Ich hatte einen Bruder. Er hieß Joseph.« Die Worte fühlten sich fremd und trocken an in seinem Mund. »Er starb, als ich noch ein Kind war, und ich dachte damals, ich wäre daran schuld gewesen. Wir waren auf dem Nachhauseweg von der Schule. Es gab da einen Fluss, dem sollten wir uns nicht ohne einen Erwachsenen nähern. Er wollte trotzdem unbedingt hin. Ich habe mich geweigert, deshalb ging er alleine.« Michael griff wieder nach der Flasche. »Ganze sechs Wochen lang galt er als vermisst. Alle Welt suchte nach ihm, die Zeitungen berichteten darüber, überall war Polizei. Als sie ihn schließlich fanden …«, Michael erinnerte sich an das Blaulicht der Einsatzfahrzeuge, an den düsteren Himmel und dieses Gefühl bei der Beerdigung, als verschwände die Welt ein für alle Mal in Düsternis, »als sie ihn fanden, war sein Körper … Das war nicht mehr er. Er hatte die ganze Zeit im Wasser gelegen, da verändert man sich.« Michael sah zu Melissa, fing ihren Blick auf. »Wie auch immer, jedenfalls sprachen wir von da an nie wieder von ihm. Es klingt … Fast hätte ich ihn vergessen. Wie eine verdrängte Erinnerung oder so. Ich kann mich noch nicht mal mehr an sein Aussehen erinnern.« Einen schrecklichen Moment lang glaubte Michael, er würde in Tränen ausbrechen. Um gegen das Gefühl anzukämpfen, nahm er einen großen Schluck von seinem mit Whisky angereicherten Kaffee.

Melissa stand auf und durchquerte das Zimmer, um sich

zu ihm auf die Matratze zu setzen. Er nahm den Rauch in ihrem Atem wahr.

»Ich weiß, wie es ist, jemanden zu verlieren«, sagte sie sanft. Sie nahm Michael die Zigarette aus dem Mund, zog daran und blies ihm den Rauch an die Brust. Dabei sah sie ihm tief in die Augen. »Es ist so friedlich hier bei dir.« Im Hintergrund knisterte das Radio, allmählich wurde es Nacht.

Melissa legte Michael die Hand in den Nacken. Das warme Gefühl von Haut auf Haut. Wann hatte er das letzte Mal einen anderen Menschen berührt, wie lange war das her? Langsam führte er die Hand an ihre Hüfte, ihr billiges Parfüm wie eine Erinnerung aus ferner Vergangenheit, aus einer fremden Welt.

Sie zog ihn an sich und schmiegte sich an ihn. Ihr Mund glänzte, vermutlich trug sie Lipgloss. Seine Hand strich bedächtig an ihrem Rücken empor, und er registrierte, wie dünn sie war. Behutsam fuhr er über die Träger ihres Oberteils, spürte die Wärme ihres Körpers, der sich ihm entgegendrängte. Dann streifte er die Träger über ihre Schultern, über ihre Arme. So dünn …

Schlagartig riss er die Augen auf und wich zurück. Mit einem Mal ekelte er sich vor sich selbst. »Es ist falsch.« Sie starrte ihn entgeistert an, sein Entsetzen spiegelte sich in ihrem Blick wider. »Tut mir leid. Ist nicht deine Schuld. Ich sollte das nicht tun.«

»Ich bin achtzehn, also volljährig.«

»Du bist mit Nichol, einem Klienten von mir, befreundet.«

Sie stand auf und zog die Träger wieder hoch. »Ich bin kein missbrauchtes Kind, nur weil ich aus einer schlechten Gegend komme.«

Er wollte sie am Arm zurückhalten. »Es hat doch nichts damit zu tun, woher du kommst.«

»Und ich dachte, du magst mich.«

Michael sah sich hilflos im Zimmer um. Eine Matratze, eine Flasche Whisky, eine Packung Schmerztabletten, ein überfüllter Aschenbecher. Das alles erzählte eine ganz eigene Geschichte.

Sie griff nach ihrer Tasche.

»Bleib, Melissa, bitte. Ich muss wissen, dass es dir gut geht.«

»Mir geht's prima. Ich hätte nicht herkommen sollen. Ich wollte nur nach dir sehen. Dich fragen, ob du das Handy gefunden hast. Ich musste ununterbrochen daran denken.«

Das Handy. Der Traum im Krankenhaus fiel ihm wieder ein, in vollendeter Ganzheit stieg er aus den Tiefen seines Unterbewusstseins empor. Nichol. Das Handy. Michael hatte es Henry dagelassen und ihn gebeten, es sich anzusehen. »Melissa, warte.«

Doch die Haustür war bereits hinter ihr zugefallen. Michael war viel zu verdattert, um zu reagieren. Er ließ sie einfach gehen. Suchend sah er sich nach seinem eigenen Handy um, bis ihm einfiel, dass er es immer noch in seiner Jackentasche stecken hatte. Er holte es heraus und suchte in seinen Kontakten nach Henrys Nummer. Beim ersten Versuch ging er nicht ran, also probierte er es erneut und dann noch ein drittes Mal.

»Michael?« Endlich erklang Henrys Stimme in der Leitung. »Das Internet funktioniert.«

»Weißt du noch, dass ich dir dieses Handy dagelassen habe?«

»Ja.«

»Hattest du Zeit, es dir anzusehen?«

»Ja.«

»Aber du hast nichts darauf gefunden? Abgesehen von diesem Video?«

»Doch, da war was. Es war in dem Video eingebettet.«

Ungläubig starrte Michael zum Fenster hinaus. »Warum hast du mir das nicht gleich gesagt?«

»Wie meinen Sie das?«, fragte Henry ungerührt. »Sie hatten mich nicht gebeten, Ihnen zu sagen, was drauf ist. Sie haben mich nur gebeten herauszufinden, ob sich da was versteckt. Ich dachte, Sie wüssten das längst, warum hätten Sie es mir sonst geben sollen?«

Michael ließ den Kopf in die Hand sinken, spürte das Pulsieren seiner Wunde. »Was war drauf?«

»Noch ein Video«, sagte Henry, als erklärte es sich von selbst.

56

Monica sah sich in dem kleinen Krankenzimmer um und richtete den Blick dann auf die Lichter der Stadt draußen vor dem Fenster. Die schwarzen Weiten dahinter. Man vergaß bisweilen, wie klein die Stadt im Vergleich zu dieser grenzenlosen Landschaft war. Wasser im Norden, Berge im Süden und Westen.

Kopfschüttelnd sah sie hinunter auf Crawford, der nach seiner langen Operation kurz aus der Narkose erwacht, nun aber wieder eingeschlafen war. Die Decke bis zur Brust hochgezogen, lag er da und wirkte noch kleiner als sonst. Als wäre die ganze Luft aus ihm herausgesaugt worden. Ohne die Haarpflegeprodukte, die er normalerweise zum Einsatz brachte, hingen ihm die Strähnen ins bleiche Gesicht.

Er wirkte jünger. Viel jünger als sonst.

Sie hätte wachsamer sein müssen. Hätte spüren müssen, dass Roderick Cameron keineswegs ungefährlich war. Sie hätte es wissen sollen.

Crawford bewegte sich im Schlaf. Noch einmal sah sie ihn an, dann blickte sie hinaus auf den leeren Gang. Das Pflegepersonal hatte schon zweimal vergebens versucht, sie loszuwerden. Beide Male hatte Monica lediglich ihren Dienstausweis gezückt und die Schwestern wortlos angefunkelt, bis sie kapitulierend den Rückzug antraten. Wieder einmal bestätigte das ihren Grundsatz, dass es besser war, um Verzeihung zu bitten als um Erlaubnis.

Immerhin besaß Crawford nach wie vor beide Arme. Das konnte man schließlich als Riesenerfolg werten. Der verwundete Arm steckte in einem Gips und wurde von einem Gestell neben dem Bett hochgehalten. Beim Gedanken an die Schwere der Verletzungen durchfuhr Monica ein Schauder. Der Arm hatte in einem grässlich unnatürlichen Winkel nach unten gehangen. Dazu die überwältigende Angst und das Entsetzen.

Sie sollte nach Hause gehen, Lucy sehen und mit ihrer Mum reden. Es war bald zehn Uhr abends, sie wartete bestimmt schon sehnlichst darauf, sich endlich mit ihr über den Fall unterhalten zu können, zu hören, dass alles gut war. Monica wusste, dass es das einzig Richtige gewesen wäre – und trotzdem brachte sie es nicht über sich, einfach aufzustehen und zu gehen.

Das Gesicht ihrer Mum sah sie förmlich vor sich: eine Mischung aus Empörung und Enttäuschung, was man ihrer Tochter antat. Gefolgt von dem unvermeidlichen Ansturm unangenehmer Fragen: Wer? Was? Wann? Warum? Immer auf der Suche nach einem Schuldigen für ihre Schmach.

Ein Geräusch hallte durchs Zimmer und weiter über den Flur. Monica fuhr zusammen, bis ihr bewusst wurde, dass es das Klingeln ihres eigenen Handys war.

Der Name Michael Bach leuchtete auf dem Display auf. Sie stellte den Klingelton auf lautlos und legte das Telefon aufs Bett, ohne den Anruf wegzudrücken. Was auch immer er von ihr wollte, sie konnte ihm nicht helfen. Schließlich hatte sie sich mit dem Laptop schon viel zu weit aus dem Fenster gelehnt, und er war noch dazu zusammengeschlagen und um ein Haar getötet worden.

Kaum glaubte sie, der Anruf wäre beendet, ging das Klingeln erneut los. Monica schüttelte genervt den Kopf, nahm das Gespräch nun aber doch entgegen.

»Ich brauche Ihre Hilfe.« Seine Stimme klang leicht schleppend.

»Tut mir leid, ich wurde von dem Fall abgezogen«, erklärte sie. Während sie sprach, betrachtete sie Crawfords regloses Gesicht. Er wirkte eigentlich vollkommen friedlich, wenn da nicht die Schläuche in seinen Armen und die vielen Wunden im Gesicht gewesen wären, aus denen man ihm Schrotkugeln und Knochensplitter entfernt hatte.

»Ich möchte nur, dass Sie mich wohin fahren. Mein Gesicht sieht schrecklich aus, ich … hatte ein, zwei Drinks. Ich glaube, ich habe eine wichtige Entdeckung gemacht.«

Monica hielt vor Michael Bachs Haus und sah zu, wie er die Treppe zur Straße hinuntereilte. Er zog die Beifahrertür auf und ließ sich auf dem Sitz nieder.

»Danke, dass Sie so schnell gekommen sind. Ich wusste nicht, an wen ich mich sonst hätte wenden können«, sagte er.

Monica roch den Whisky in seinem Atem. Sie betrachtete den fleckigen Verband in seinem Gesicht und fragte sich unwillkürlich, warum sie seinen verrückten Theorien nach der Sache mit Crawford überhaupt noch Gehör schenkte. Trotzdem legte sie den Gang ein, und sie fuhren schweigend los. In der erzwungenen Enge des Wagens schien er sich ähnlich unwohl zu fühlen wie sie. Worüber sollten sie auch reden?

Die Straße, entlang der er sie durch die nächtliche Dunkelheit lotste, führte sie zu einem Haus am Fuß der Berge.

Monica parkte den Volvo in der Einfahrt und warf einen

verstohlenen Blick auf Michaels einbandagiertes Gesicht. »Sind Sie sicher, dass er zu Hause ist? Es brennt kein Licht, und ein Auto sehe ich auch nicht.« Für einen kurzen Moment fragte sie sich, ob Michael vielleicht wirklich nicht mehr zurechnungsfähig war. Vielleicht hatte der Schlag auf den Kopf irgendwelche Halluzinationen ausgelöst?

»Er ist da, ganz sicher. Der geht nie aus dem Haus«, sagte Michael, der bereits die Wagentür öffnete und ausstieg.

Monica folgte ihm zur Haustür und sah zu, wie er in die Hocke ging und unter einem Stein einen Schlüssel hervorzog. Stöhnend richtete er sich wieder auf. Offenbar hatte er immer noch Schmerzen von den Prügeln, die er bezogen hatte. Rasch eilte sie zu ihm und stützte seinen Arm, um ihm aufzuhelfen.

»Danke. Meine Rippen.« Wieder roch sie den Whisky in seinem Atem, vermischt mit dem Gestank von Zigaretten. »Henry öffnet nie die Tür, wenn man klingelt«, erklärte er und machte sich daran aufzuschließen.

Nach kurzem Zögern trat sie hinter ihm ins Haus. Auf dem oberen Treppenabsatz war ein schwacher Lichtschein zu sehen, er ging von zwei Computermonitoren aus, wie sie feststellte.

»Er wollte Ihnen nicht sagen, was er auf dem Handy gefunden hat?«

»Er meinte, ich müsse es sehen.« Michael klang selbst ein wenig verunsichert.

Vor den Bildschirmen saß im ansonsten dunklen Zimmer ein junger Mann, der unerklärlicherweise eine grüne Sicherheitsweste über einer ausgewaschenen schwarzen Kapuzenjacke trug. Um den Kopf hatte er ein weißes Stirnband gebunden, in der Mitte ein roter Kreis, links und rechts davon japanische Schriftzeichen. Monica bemerkte die vielen leeren Fast-Food-Verpackungen, die überall herumlagen. Vor den Fenstern hingen schwere Jalousien.

»Das ist Henry. Henry, das ist eine Freundin von mir, Monica. Sie ist … Ermittlerin.«

»Polizei?« Henry riss panisch die Hand hoch und fasste sich an die Stirn, während er mit dem Schreibtischstuhl herumwirbelte. Er starrte Monica mit bangem Blick an. Offenbar hatte ihn diese Information zutiefst erschüttert.

»Ich bin Detective. Und ich weiß Ihre Hilfe wirklich sehr zu schätzen«, sagte Monica. Sie zog den Kopf ein, um ihn mit ihrer Größe nicht einzuschüchtern. Schließlich wusste sie genau, was für eine Wirkung sie bisweilen auf Leute haben konnte.

Henry musterte sie argwöhnisch, als wäre sie ein gefährliches Tier. »Ist sie in Ordnung, Michael?«, fragte er schließlich. Sein Blick wich keinen Augenblick von Monicas Gesicht. »Kann man ihr vertrauen?«

Michael nickte zur Bestätigung. »Ja. Kann man.«

Allem Anschein nach gab Henry sich damit zufrieden. Er ließ die Hand sinken und ordnete seine Kleidung, ehe er mit dem Stuhl herumschwang und sich wieder über die Tastatur beugte.

»Was haben Sie herausgefunden?«, fragte Monica. Sie wollte das hier schnellstmöglich hinter sich bringen, egal, was sich daraus ergab.

Henry antwortete, allerdings an Michael gewandt, als wäre er es gewesen, der die Frage gestellt hatte. »In dem Video war eine Zeile von einem Code verborgen. Ein Link zu einer Seite im Darknet.« Er öffnete den Tor-Browser und tippte etwas. Eine Seite tat sich auf dem Bildschirm auf. Sie war schwarz mit einem einzelnen Kasten in der Mitte. Henry führte den Cursor darüber.

»Auf dieser Seite findet sich ein weiteres Video. Das auf dem Handy sollte nur den Link verbergen«, erklärte Henry, immer noch nur an Michael gewandt.

»Können Sie es für uns abspielen?«, bat Monica. Sie gab sich Mühe, nicht allzu ungeduldig zu klingen.

»Sicher.« Henry klickte auf das Video.

Gebannt sah Monica sich den kurzen Film an. Die Aufnahme war ziemlich verwackelt. Eine Handkamera. Nach wenigen Sekunden erschien der Text ZANDY ALLEN, TEIL 1 auf dem Monitor.

Es folgte ein Schnitt zu einer dunklen Straße. Ein junger Mann, anscheinend noch im Teenageralter, lief durchs Bild. Wieder ein Schnitt. Derselbe junge Mann verschwand in einem Wohnblock. Erneut Schnitt, dann ging der Junge eine andere Straße entlang. Schaudernd erkannte Monica, dass es die High Street von Inverness war. Für einen flüchtigen Moment blickte er in die Kamera, dann wieder Szenenwechsel. Derselbe Teenager lief eine dritte Straße hinunter.

»Diese Aufnahmen wurden vom Inneren eines Wagens aus gemacht«, sagte Monica, mehr zu sich selbst als zu den im Raum Anwesenden.

Der junge Mann kam näher und beugte sich in das Fahrzeug. Eine Weile war ein unverständlicher Wortwechsel zu hören, ehe er sich wieder abwandte und weiterging. Noch eine Szene. Diesmal war auf dem Bildschirm ein Fenster zu sehen, hell erleuchtet in der ansonsten stockfinsteren Nacht. Jemand bewegte sich durchs Zimmer. Die Kamera zoomte näher heran.

»Der Mann, der Zandy entführt hat, muss das gefilmt haben. Nichol hatte also recht, das war kein Witz«, ereiferte sich Michael.

Ein weiterer Schnitt, dann wurde der Bildschirm weiß.

Die Kamera schwenkte langsam herum. Monica spürte, wie sich die feinen Härchen in ihrem Nacken aufrichteten. Aus dem Weiß wurde bleiche Haut, ein Gesicht. Es handelte sich um ein Standbild. Wie erstarrt vor dunklem Hintergrund.

»Nichol wusste, dass Zandy entführt worden war. Er muss sich zu Tode geängstigt haben.« Michaels Stimme verriet seine wachsende Angst. »Er hat sich Hilfe suchend an mich gewandt. Deshalb wollte er sich mit mir treffen.«

»Spielen Sie das noch mal ab«, forderte Monica Henry auf und schob sich näher an den Bildschirm heran. Sie versuchte sich über die Tragweite all dessen klar zu werden. Falls Nichol wirklich die Wahrheit gesagt hatte, was diese Entführung betraf, dann wusste er vielleicht auch, wer der Mörder war. »Wann ist Zandy gestorben?«

»Vor ungefähr sechs Monaten. So um den Dreh«, sagte Michael.

»Owen MacLennan saß vor sechs Monaten noch im Knast. Er kann es also auf keinen Fall gewesen sein.« Monica war sich nicht sicher, ob das nun gut oder schlecht war. »Sie sagten, Zandy habe Selbstmord begangen?«

Michael nickte nachdenklich. »So lautete zumindest die offizielle Version. Er hat sich in den Fluss gestürzt.«

»Wir müssen schnellstmöglich den Autopsiebericht besorgen. Vielleicht fällt uns da was auf.«

»Ist das da nicht der beste Beweis, dass er ermordet wurde?«, fragte Michael.

»Es ist nur ein Video. Wir wissen nicht, wann es entstanden ist. Wir brauchen handfeste Beweise«, erklärte Monica.

»Können Sie nicht sofort dort anrufen? Jemanden fragen?«

»Wenn ich jetzt zum Hörer greife und mich erkundige, geht das den offiziellen Weg und wird zu einem Bestandteil der Ermittlungen. Es könnte Wochen, ja sogar Monate dauern, bis alles korrekt ausgewertet ist. Im Moment konzentriert sich die Suche auf Don Cameron.« Es ließ sich nicht leugnen; etwas anderes zu behaupten wäre sinnlos gewesen. Sie richtete das Wort wieder an Henry. »Finden sich über diesen Link noch weitere Videos? Das hier ist Teil eins. Sollte es dann nicht auch einen Teil zwei geben?«

»Möglich«, gab Henry zu, wieder an Michael gewandt. »Aber nicht auf dieser Seite. Es gibt noch ein weiteres Video, auf das ich Zugriff habe. Möchten Sie es sehen?«

Es dauerte eine Weile, ehe Monica klar wurde, dass er ernsthaft auf ihre Antwort wartete. »Ja«, sagte sie und fügte dann sicherheitshalber noch hinzu: »Bitte.«

Mit wenigen Klicks wechselte er auf eine andere Seite. Auch hier ein Video. MARK MACARTHUR, TEIL 1, leuchtete es auf dem Bildschirm auf.

»Wer ist denn Mark MacArthur?« Monica warf Michael einen Blick zu. Langsam schüttelte der den Kopf und starrte ratlos auf den Bildschirm.

Darauf war ein anderer Junge zu sehen. Er ging eine Straße entlang, die sich allem Anschein nach in einem kleinen Dorf befand. Wieder war das Video aus dem Inneren eines Fahrzeugs aufgenommen worden. In der nächsten Szene tauchte derselbe Junge auf. Diesmal saß er in einem Café, man hatte ihn durch das beschlagene Fenster gefilmt. Er hatte dunkle Haare und einen blassen Teint.

»Er hat große Ähnlichkeit mit Nichol«, stellte Michael fest. Dann wieder Schnitt. Ein hell erleuchtetes Haus in der Dunkelheit. Die Umrisse einer Gestalt im Fenster.

Die nächste Einstellung zeigte das Gesicht eines Jungen.

Eine Nahaufnahme. Blass vor dunklem Hintergrund. Das Video endete.

»Was zum Teufel soll das alles? Woher hatte Nichol diese Aufnahmen?«, wollte Michael wissen.

Monica wusste auch keine Erklärung. Mit einem Mal überkam sie ein klaustrophobisches Gefühl, sodass sie unwillkürlich einen gehetzten Blick auf die Jalousien vor den Fenstern warf. Insgeheim wünschte sie sich, Henry möge eine Lampe anknipsen, die Dunkelheit schien sie zu erdrücken.

Henry wandte sich Michael zu und wartete offenbar auf weitere Anweisungen. Der Schein der Monitore fiel auf sein Gesicht.

»Können Sie den Namen googeln, Henry? Geben Sie doch bitte die Suchbegriffe ›Mark MacArthur‹ und ›Schottland‹ ein«, sagte Monica.

Henry nickte Michael zu, dann wandte er sich wieder zum Computer um und kam ihrer Bitte nach.

Gebannt sahen sie sich die Ergebnisse an. »Versuchen Sie es mal mit dem da«, sagte Monica und tippte auf einen Link. Ihr Mund fühlte sich trocken an, die Luft im Haus war muffig und abgestanden. Henry klickte auf den Link, der zu einem Zeitungsartikel führte. Er war vor sechs Monaten erschienen.

Laut begann er den Text vorzulesen. In der Stille des Raums klang seine Stimme seltsam monoton. »Die Sorge um den vermissten Teenager Mark MacArthur wächst. Der Junge verschwand vergangenen Samstagabend aus seinem Zuhause …«

Donnerstag

57

Die Bibliothekarin führte Michael in den Lesesaal des Archivzentrums. Während sie ihm die Tür aufhielt, sah sie ihn zum wiederholten Mal verstohlen an. Er hob die Hand ans Gesicht und wurde sich schlagartig des inzwischen fleckig gewordenen Verbandes bewusst. Vom Vortag dünstete er immer noch schwach den Geruch nach Whisky aus.

»Die älteren Akten sind längst gescannt und befinden sich jetzt auf Microfiche, aber die neueren haben wir nur in Papierform«, erklärte sie.

»Wollen Sie damit andeuten, dass ich das alles manuell durchgehen muss?« Ungläubig starrte Michael auf die endlosen Reihen von Tageszeitungen.

»Natürlich ist geplant, das alles irgendwann in die Datenbank hochzuladen, aber …« Sie zuckte geschäftsmäßig mit den Schultern, was wohl heißen sollte: zu wenig Interesse, zu knappe Mittel. »Tja, dann lasse ich Sie mal allein, damit Sie loslegen können. Geben Sie ruhig Bescheid, wenn Sie noch etwas brauchen.«

Mit einem Nicken verabschiedete sie sich, und Michael griff in die Tasche und schüttelte zwei Tabletten aus dem Döschen. Sein Gesicht hatte wieder schmerzhaft zu pochen begonnen. Irgendwie hatte er seine Verletzung im Laufe der Nacht vergessen, solange er von seinem Entsetzen über die neueste Entdeckung wie gelähmt gewesen war. Jetzt hatte er wieder DI Kennedys monotone Stimme im Ohr, wie sie sagte: »Nichol muss auf diese Videos gestoßen sein. Möglicherweise hat er einen Computer oder eine Website gehackt? Er muss Todesängste ausgestanden haben. Vermutlich scheute er sich davor, zur Polizei zu gehen. Hatte Angst vor den Behörden. Davor, dass man ihm nicht glauben könnte. Deshalb hat er das Telefon mit dem Video versteckt und ist abgehauen.«

Bei dieser Erinnerung ballte Michael die Hand zur Faust. Er hat sich von mir Hilfe erhofft, und ich habe ihn im Stich gelassen. Er schob den Gedanken beiseite und versuchte sich wieder ganz auf seine vorliegende Aufgabe zu konzentrieren. Der Mörder lief immer noch irgendwo da draußen herum. Er musste unbedingt fündig werden, damit erwies er Nichol den hilfreichsten Dienst.

Sie waren im Internet lediglich auf einen weiteren Bericht über Mark MacArthurs Verschwinden gestoßen. Mark war achtzehn gewesen, ein ehemaliger Schüler der Lochinver Highschool in den nördlichen Highlands. An dem Abend seines Verschwindens hatte er getrunken, war aber wohlbehalten nach Hause zurückgekehrt. Am nächsten Morgen war er weg gewesen. Abgesehen davon fand sich keine Nachricht mehr, zumindest nicht online.

Monica hatte Michael vor dem Archivzentrum abgesetzt, eine halbe Stunde vor der offiziellen Öffnungszeit, und war weggefahren, ehe er auf die Idee kam zu fragen, wo sie hinwollte.

Wieder wanderte Michaels Blick über die endlosen Reihen von Zeitungen. Er gab eine der Pillen zurück in das Döschen und schluckte die andere ohne Wasser. Dann ging er auf die Knie und suchte die Northern Times heraus, die in der Woche nach Mark MacArthurs Verschwinden erschienen war. Es handelte sich um eine großformatige Zeitung, mittlerweile eine richtige Seltenheit. Er suchte sich einen Tisch und breitete sie vor sich aus, ehe er die erste Seite umblätterte.

58

Dr. Dolohov blickte von seinem Schreibtisch auf. Falls er überrascht war, Monica zu sehen, ließ er sich nichts anmerken. Sein Büro war klein und vollgestopft mit Fachliteratur und antiquiert aussehenden wissenschaftlichen Objekten. Und viel unordentlicher, als sie es von einem Pathologen erwartet hätte.

»Inspector Kennedy.« In dem beengten Raum dröhnte seine Stimme umso lauter. »Sind Sie gekommen, um mir weitere Fragen zu diesen armen Jungen zu stellen? Sie haben den Mann immer noch nicht erwischt. Ein Riesenproblem für die Polizei, nicht wahr?«

Während Dolohov sprach, hielt er etwas an seine Brust gedrückt, abgeschirmt, sodass Monica es nicht sehen konnte. Er folgte ihrem Blick und lächelte. »Wollen Sie mal gucken?« In seiner Stimme schwang ein seltsam amüsierter Ton mit, als wollte er sie aufziehen. »Kommen Sie rein. Schließen Sie die Tür.«

Monica starrte ihn verwundert an. Mit seiner leicht vorgebeugten Haltung und dem durchtriebenen Lächeln auf den Lippen erinnerte er sie an ein boshaftes Kind, das auf dem Spielplatz den anderen Kindern seinen verbotenen Schatz zeigen wollte.

»Was haben Sie da?«, erkundigte sie sich.

»Ich habe doch gesagt, kommen Sie rein«, wiederholte Dolohov.

Monica warf einen Blick zurück in den menschenleeren Flur. Ihr war nicht ganz wohl bei der Sache. Irgendwie traute sie diesem Mann nicht über den Weg. Herrje, du leidest heute Morgen wieder einmal ernsthaft unter Verfolgungswahn, dachte sie. Doch dann fasste sie sich ein Herz, betrat das Büro und zog die Tür hinter sich zu.

»Also sagen Sie schon, was haben Sie da?«, fragte sie noch einmal.

Mit einem Lächeln drehte Dolohov sich ganz zu ihr um. Das, was er in der Hand hielt, schirmte er immer noch vor der Brust ab.

»Grraaarrr!«, schrie er plötzlich. Blitzschnell bewegte er sich auf sie zu und ließ dabei den Gegenstand in seiner Hand aufeinanderklacken.

»Himmel, was ist das?« Monica wich entsetzt zurück, während Dolohov sich vor Lachen krümmte und ihr etwas hinhielt. Sie konnte sich nur mit großer Mühe davon abhalten, ihm an die Gurgel zu gehen.

»Diese Abdrücke – die Bissspuren. Sie erinnern sich? Auf den Körpern der Jungen?« Er stellte die Fragen, als handelte es sich um ein kniffliges Ratespiel.

»Natürlich erinnere ich mich. Lieber Gott«, sagte Monica, plötzlich wütend. »Wenn Sie mir je wieder einen derartigen Schrecken einjagen, werden Sie das bereuen.«

Dolohov starrte sie entgeistert an. »Tut mir leid«, entschuldigte er sich schließlich. Dann hielt er den Gegenstand hoch, sodass sie ihn erkennen konnte. »Ich habe diesen Gipsabdruck anhand der Bissspuren auf den Leichnamen angefertigt. Es ist wirklich sonderbar. So etwas habe ich noch nie gesehen.«

Monica nahm Dolohov den seltsamen Abdruck aus der Hand. Er bestand aus weißem Gips. Das Modell eines Kieferknochens, aber länger als der eines Menschen, mit einer Reihe von Schneidezähnen, sowohl oben als auch unten. Dazwischen befanden sich die spitzeren, schärferen Eckzähne.

»Ich nehme an, es handelt sich um keinen Kiefer von irgendeinem eigenartigen Tier?«, fragte Monica. Das Ding jagte ihr einen Schauer über den Rücken, und sie war froh, dass Dolohov es ihr wieder abnahm.

»Dieser Teil ist identisch mit dem menschlichen Kiefer.« Er deutete auf die Schneidezähne. »Aber die Zähne hier scheinen eine wilde Mischung zu sein.« Damit deutete er auf die spitzeren Zähne. »Sie könnten von einem größeren Raubtier stammen. Von einem Tiger oder einem Bären vielleicht.« Er ließ den Kiefer erneut zuschnappen. »Trotzdem braucht man viel Kraft, um damit die Haut eines Menschen zu durchdringen. Die Bisse gingen ziemlich tief.«

»Hat er vielleicht eine Maske oder Ähnliches angefertigt?«, schlug Monica vor. Dieses Ding war dermaßen eigenartig, dass es ihr ein Rätsel war, wie es sie auf die Spur des Mörders führen könnte.

»Schon möglich. Vielleicht hat er tatsächlich seinen eigenen Mund benutzt, um die nötige Kraft aufzubringen. Oder eine Art Werkzeug – eine Zange vielleicht? Die Bissspuren wurden den Jungen übrigens post mortem beigebracht.«

»Fast als hätten sie nichts mit der vorangegangenen Folter und dem eigentlichen Mord zu tun?«, dachte Monica laut nach.

»Oder die Opfer starben, bevor der Mörder die Gelegenheit hatte, sie damit zu beißen«, entgegnete Dolohov, der jetzt wieder zu ihr aufsah. »Allerdings macht es ganz den Eindruck, als wären die Bisse nebensächlich gewesen. Mit der eigentlichen Todesursache hatten sie jedenfalls nichts zu tun.«

»Herrje.« Monica fiel auf, dass an der Wand hinter der

Tür ein orthodoxes Kreuz hing. Nach der Sache mit dem Kiefer sorgte selbst das Kreuz bei ihr für Unbehagen. Als handelte es sich um ein weiteres unliebsames Symbol, das jeglicher Logik entbehrte.

Dolohov schien ihren Blick zu bemerken. »Keine Sorge. Ich will niemanden bekehren. Meine Mutter besteht darauf, dass das Kreuz dort hängt. Soll mich an daheim erinnern.« Monica räusperte sich verlegen, weil er sie so leicht durchschaut hatte. Dolohov lachte beim Anblick ihrer betretenen Miene. »Sie sind nicht die Einzige. Den meisten Leuten gefällt das nicht. Es wundert mich ohnehin, dass sie mich nicht gezwungen haben, es abzuhängen.«

»Sie stammen aus Russland?«

Vorsichtig legte Dolohov den Gipskiefer zurück in die Schachtel, aus der er sie genommen hatte.

»Meine Familie lebt immer noch dort. Aber …« Er griff nach der Kaffeekanne, schenkte zwei Becher voll ein und reichte Monica einen davon. »Sie sind gekommen, weil Sie mich was fragen wollten?«

Dankbar nahm sie die Tasse entgegen und nahm einen Schluck. Das heiße Getränk tat gut nach der langen, erneut schlaflosen Nacht und diesen eigenartigen Videos. »Ich brauche Einsicht in einen Autopsiebericht. Es handelt sich um einen Jungen, der vor sechs Monaten Selbstmord begangen hat.«

Für einen kurzen Moment starrte Dolohov sie zweifelnd an. »Name?«, sagte er dann.

»Zandy Allen – Alexander Allen. Er war achtzehn.«

Der Arzt wandte sich langsam dem alten Computer auf seinem Schreibtisch zu. »Denken Sie, es war derselbe Mann?« Er deutete mit dem Kinn auf den Karton, in dem das Kiefermodell lag.

»Ich weiß es nicht. Offiziell hat er sich in den Fluss gestürzt«, sagte sie.

Dolohov öffnete eine Datei auf dem PC und klickte auf Drucken. Dann holte er die Ausdrucke unter dem Schreibtisch hervor und breitete sie vor sich aus. Er begann zu lesen.

»Seine Leiche hatte eine Zeit lang im Wasser gelegen, die Felsen im Fluss und so manches andere hatten ihm einigen Schaden zugefügt. Er hatte Male am Hals. Offiziell heißt es, er habe sie höchstwahrscheinlich erst nach dem Tod davongetragen oder als er bereits bewusstlos im Wasser lag.«

»Höchstwahrscheinlich?«

Der Pathologe ging nicht auf ihre Frage ein. Mit gesenktem Kopf las er weiter. »Er hatte kein Wasser in der Lunge.«

»Aber ich dachte, er wäre ertrunken?«

»Das ist nicht ganz ungewöhnlich, gelegentlich kommt es vor, dass der Kehlkopf sich verkrampft, sobald Wasser in den Rachenraum eindringt. Der Durchlass zur Lunge ist blockiert, das Opfer erstickt«, erklärte Dolohov.

»Was heißt das, gelegentlich? Von wie oft sprechen wir?«

Er zuckte mit der Schulter. »Schwer zu sagen. Wer stellt sich für so was schon als Versuchsobjekt zur Verfügung? Ein Pathologe wird basierend auf anderen Indizien zu dem Schluss kommen, dass der Tote ertrunken ist, wenn sich kein Wasser in der Lunge findet. Solche Hinweise wären: Blut in der Lunge, Treibgut aus dem Wasser im Rachen.« Dolohov blickte kein einziges Mal auf, während er sprach.

Gerade wollte Monica etwas sagen, als er ihr mit einer Geste bedeutete, sie solle warten. Angestrengt wanderte sein Blick über den Ausdruck.

»Der amtliche Leichenbeschauer hat einen Stein gefunden«, sagte er langsam. »Er steckte in der Kehle des Jungen.«

Da war sie, die Verbindung, nach der sie gesucht hatte, der Beweis, dass Michael tatsächlich nicht einfach nur Gespenster sah. »Genau wie bei den Mordopfern. Wo müsste dieser Stein jetzt zu finden sein?«

»Der Pathologe kam zu dem Ergebnis, dass es sich um ein Unglück oder einen Unfall gehandelt hat – Tod durch Ertrinken oder Selbstmord. In dem Fall wurde der Stein sehr wahrscheinlich entsorgt, weil man davon ausgegangen wäre, dass er dorthin geraten war, während das Opfer im Wasser lag.«

»Aber es muss doch irgendwelche Fotos oder ein Video oder Ähnliches geben?«

»Die Leute haben es nicht so gern, wenn man ihre lieben Verstorbenen während einer Autopsie filmt. Und unsere Mittel sind begrenzt«, erklärte Dolohov mit einer entschuldigenden Geste.

»Wollen Sie damit sagen, dass es keinerlei Möglichkeit gibt, zu überprüfen, ob der Stein der gleiche war wie bei unseren Mordopfern? Wer hat diese Obduktion durchgeführt? Ich hatte vor Ihnen schon mit diversen anderen Gerichtsmedizinern hier zu tun. Ich rede gern selbst mit dem Verantwortlichen. Vielleicht kann derjenige sich erinnern …«

Dolohov nickte und blätterte weiter in den Unterlagen. Monica entging keineswegs die schleichende Veränderung, die sich auf seinen Zügen abzeichnete. Verwundert zog er die Augenbrauen zusammen.

»Was ist los?«

»Die Autopsie wurde von einem Dr. Munro durchgeführt.«

Monica wiederholte den Namen nachdenklich. »Ich bin jetzt seit vier Jahren hier, aber an einen Dr. Munro erinnere ich mich nicht.«

»Nun, ich bin erst seit wenigen Monaten hier, aber ich kenne den Namen. Er hat nur gelegentlich ausgeholfen. Als Vertretung. Aber es gab … gewisse Vorwürfe. Probleme mit der Qualität seiner Arbeit. Und andere Beschuldigungen.«

»Was für Beschuldigungen?«

»Er trank zu viel. Hatte persönliche Probleme. Ich habe einige seiner Berichte gelesen. Sie waren nicht gründlich genug. Deshalb wurde ein Disziplinarverfahren gegen ihn eingeleitet.«

»Und, was wurde daraus?«

»Nichts. Er starb vor drei Monaten. Kurz bevor ich hier angefangen habe.«

59

Blinzelnd wartete Michael ab, bis die Zeilen vor seinen Augen erneut scharf wurden und er weiterlesen konnte. Seit Stunden schon suchte er, war bislang aber nicht fündig geworden. Seine bohrenden Kopfschmerzen wurden immer heftiger. Deshalb beschloss er, hinauszugehen und eine Zigarette zu rauchen.

Von Westen, vom Atlantik her, zog eine Sturmfront auf. Der eisige Regen war nur der Vorbote. Doch was kam danach?

»Nichts Gutes«, sagte Michael zu sich selbst, um den Gedanken sofort wieder zu verscheuchen.

Er sah sich auf dem menschenleeren Parkplatz um, betrachtete die Bäume und Berge dahinter. Da musste doch irgendetwas sein, das ihm bislang entgangen war.

Nichol hatte das Handy bei Eddie gelassen oder vielmehr versteckt, so viel wusste er. Dann war da dieses Video von Zandys »Begräbnis«. Zandy war die zentrale Figur in diesem Rätsel. Er hatte Nichol viel bedeutet. Seine Freundschaft, sein Tod, seine Bestattung.

Michael kam in den Sinn, dass Zandy auf dieselbe Schule wie Nichol gegangen war. Waren die beiden anderen Jungen ebenfalls Mitschüler von ihnen gewesen? Es passte alles nicht recht zusammen. DI Kennedy hätte eine solche Verbindung zwischen Robert und Paul doch nicht übersehen, selbst dann nicht, wenn man Nichol und Zandy außen vor ließ? Aber Zandy und Nichol hatten sich gekannt. Michael nahm sein Telefon aus der Tasche. Ein winziger Rest Akku war noch vorhanden. Im ersten Moment konnte er sich nicht mehr an den Namen des Schulleiters erinnern. Aber nach einigem Nachdenken fiel er ihm wieder ein: Ward, Kyle Ward.

Michael suchte die Nummer heraus und wählte. Zu seiner Überraschung stellte die Sekretärin ihn direkt durch.

Wards Stimme tönte aus der Leitung. »Michael! Tut mir leid, dass ich Sie noch nicht zurückgerufen habe. Es ist … ein wenig peinlich. Melissa …« Beim Klang dieses Namens zuckte Michael unwillkürlich zusammen. »Sie scheint nicht zu existieren. Zumindest findet sich kein Mädchen dieses Namens in unserer Schuldatei. Ich habe mich mit einigen Kollegen unterhalten …«

Michael fiel ihm ins Wort. Er war zu erschöpft und von den Medikamenten zu benommen, um sich an die üblichen Regeln der Höflichkeit zu halten. »Eigentlich wollte ich Sie ganz etwas anderes fragen. Es geht um einen ehemaligen Schüler. Einen Alexander Allen, Zandy Allen? Leider scheint er …«, Michael räusperte sich verlegen, »Selbstmord begangen zu haben. Vor ungefähr sechs Monaten. Erinnern Sie sich an ihn?«

Längere Zeit herrschte Stille in der Leitung.

»Selbstverständlich erinnere ich mich an ihn. Es war grauenvoll. Solche Dinge gehen einem schrecklich nah. Es ist fast, als hätte man jemanden verloren, der einem persönlich nahestand. Man sieht sie schon als kleine Kinder zur Schule kommen, schaut zu, wie sie zu jungen Erwachsenen heranwachsen … Er war allerdings ein, zwei Jährchen älter als Nichol.«

»Das ist richtig. Aber sie waren befreundet. Ich frage mich nur, ob dieser … Selbstmord irgendwelche Auswirkungen auf Nichol gehabt haben könnte? Leider finde ich keinerlei Hinweise auf Zandys Familie.«

»Ich kannte nur seine Mutter. Sein Vater trat damals meines Wissens gar nicht in Erscheinung. Ich war natürlich bei der Beerdigung. Schrecklich traurig. Aber ich meine mich zu erinnern, dass da vorab einige scharfe Worte gefallen waren. Alexanders Mutter wollte nicht, dass ein paar von seinen Freunden daran teilnahmen. Ich glaube, sie hat sie für seinen Tod mit verantwortlich gemacht.«

»Stimmt«, bestätigte Michael. »Das habe ich auch gehört.« Er war froh, dass sich Wards Erinnerungen mit dem deckten, was Alan Gentle ihm erzählt hatte.

»Sie glauben also nicht, dass sein Selbstmord etwas mit Nichols Verschwinden zu tun haben könnte? Mir wäre nicht aufgefallen, dass es da einen Zusammenhang geben könnte, weil Nichol eben jünger ist. Dass sie Freunde waren, wusste ich bis dato nicht.«

Michael hatte Probleme, Wards Tonfall richtig einzuschätzen. War er aufrichtig besorgt? Oder bestand sein oberstes Anliegen darin, den Ruf der Schule zu wahren?

»Ich weiß es nicht. Ich hatte gehofft, dass es eine Verbindung geben würde. Vielleicht erinnert seine Mutter sich an irgendetwas.«

»Ich glaube, sie ist unmittelbar nach den tragischen Ereignissen weggezogen. Deshalb finden Sie vermutlich keinen Hinweis auf sie. Ich meine mich zu erinnern, dass sie ursprünglich von den Äußeren Hebriden stammte. Vielleicht finde ich irgendwo noch eine Adresse. Wenn ich …« Ward verstummte.

»Ich möchte die arme Frau nicht unnötig in Aufregung

versetzen. Nur ein paar Fragen stellen. Herausfinden, ob Nichol versucht hat, sie zu kontaktieren.« Fragen, ob etwas Ungewöhnliches vorgefallen war, kurz bevor Zandy verschwand. Ob ihm womöglich ein Mann gefolgt war. Diese Gedanken behielt Michael allerdings für sich. Am anderen Ende der Leitung herrschte wieder Stille. »Ich würde es wirklich zu schätzen wissen, wenn Sie mir in dieser Angelegenheit helfen könnten«, bat Michael.

Endlich drang Wards Stimme wieder aus dem Telefon. Mit dem lauten Tosen des Sturms im Hintergrund klang sie plötzlich wie aus weiter Ferne. »Na schön. Ich werde sehen, was ich für Sie tun kann. Ich melde mich wieder bei Ihnen. Und dann habe ich hoffentlich eine Telefonnummer oder eine Adresse für Sie.«

60

Monica überquerte den Parkplatz vor dem Krankenhaus. Sie hielt den Kopf gegen den starken Wind gesenkt. Der wolkenschwere graue Himmel über ihr war aufgebrochen, ein eisiger Schneeregen hatte eingesetzt. Sie versuchte immer noch zu verarbeiten, was Dolohov ihr erzählt hatte. Auch wenn Alexander Allen im Sommer ermordet worden war, ließen sich trotzdem keinerlei Rückschlüsse darauf ziehen, wie lange der Mörder schon aktiv war. War Alexander sein erstes Opfer gewesen? Oder hatte es andere vor ihm gegeben? Sie fischte ihr Telefon heraus und zögerte einen Moment, ehe sie Hately anrief.

Schon nach zweimaligem Klingeln ging er ran. »Ich kann jetzt nicht reden. Hab gleich eine Strategiesitzung.«

»Warten Sie. Das hier ist wichtiger.«

»Das bezweifle ich.«

»Hören Sie. Ich denke nicht, dass Don Cameron etwas mit der Sache zu tun hat. Ich bin auf Hinweise gestoßen, die wenigstens zwei der anderen Jungen in Zusammenhang bringen, alles deutet auf denselben Mörder hin. Alexander Allen starb vor sechs Monaten, da war MacLennan noch im Knast. Und ein weiterer Junge, ein Mark MacArthur, ist verschwunden. Ich habe Beweise. Vielleicht finden wir noch mehr«, sagte Monica und hatte Mühe, nicht allzu aufgeregt zu klingen.

Sie hörte Hately tief Luft holen. »Dr. Lees hat schon angedeutet, dass es so kommen könnte.«

»Was hat Lees damit zu tun?«, wollte Monica wissen. Allein der Klang seines Namens weckte in ihr aufs Neue ein Gefühl abgrundtiefer Abneigung.

»Er hat gesagt, Sie könnten nach allem, was gestern mit DC Crawford war, traumatisiert sein. Und wer würde es Ihnen verdenken …«

»Ich bin verdammt noch mal nicht traumatisiert!«, protestierte sie lautstark.

»Schon gut«, versuchte Hately sie zu beschwichtigen. »Nehmen wir einmal an, unser Mörder ist ein anderer. Trotz der Indizien, die MacLennan und Cameron mit den Mordfällen in Verbindung bringen. Wer ist es dann?«

»Das kann ich noch nicht sagen«, erklärte Monica. »Deshalb müssen Sie mir ja zuhören.«

»Holen Sie erst mal tief Luft, Monica. Und lassen Sie sich das alles noch einmal in Ruhe durch den Kopf gehen.«

»Ich habe mir das alles sehr genau überlegt, glauben Sie mir.«

»Cameron ist bewaffnet und gefährlich. Ihn zu finden hat oberste Priorität. Falls das, was Sie da sagen, stimmt, wird uns die Beweislage ohnehin in die richtige Richtung führen. Aber erst müssen wir den Flüchtigen fassen.«

»Und wenn es dann zu spät ist? Cameron scheint fest entschlossen zu sein, den Mörder zu töten. Und der Täter selbst könnte in diesem Moment den Mord an einem weiteren Jungen planen.«

»Lees ist da anderer Meinung. Er denkt, Cameron wollte sich lediglich der Justiz entziehen. Und ist deshalb abgehauen.«

»Er irrt sich, Sir, bei allem Respekt, er irrt sich gewaltig. MacLennan hatte nie das Sagen. Ich glaube noch nicht mal, dass er mit diesen anderen Mordfällen zu tun hatte. Er musste lediglich als Sündenbock herhalten.«

»Wir haben in seiner Wohnung handfeste Beweise gefunden, die MacLennan mit beiden Morden in Verbindung bringen. Die Blutergebnisse von MacLennans Autopsie sind soeben eingetroffen. Er hatte sich eine Dosis GHB verabreicht, ehe er sich erhängte. Das gleiche Mittel, das auch Paul MacKay im Blut hatte. In einer kleineren Dosis wirkt es offenbar entspannend. Und Sie wissen selbst, dass die Umstände auf eine Mittäterschaft von Don Cameron hindeuten.« Monica hörte, wie Hately die Hand über den Hörer legte, als im Hintergrund Stimmen laut wurden. »Ich muss auflegen. Kommen Sie am besten vorbei, Monica. Dr. Lees hat die Empfehlung ausgesprochen, dass Sie und Fisher sich einer standardmäßigen psychiatrischen Traumabehandlung unterziehen.«

Monica beendete das Gespräch, ohne abzuwarten, was Hately sonst noch zu sagen hatte. Sie schluckte den geballten Zorn hinunter, der ihre Kehle zu zerreißen drohte. Dann atmete sie tief durch und versuchte es auf Michaels Handy. Der Anruf landete sofort auf der Mailbox; enttäuscht steckte sie das Telefon wieder weg.

Gerade wollte sie die Tür zu ihrem Volvo aufschließen, da hörte sie, wie jemand ihren Namen rief. Als sie sich umdrehte, sah sie DC Fisher auf sich zukommen. Irgendwie wirkten seine Bewegungen selbstbewusster als sonst. Jetzt, da sie aus dem Rennen war, war er dem Boss wieder einen Schritt näher.

»Ich hatte nicht erwartet, Sie hier zu sehen«, sagte sie, immer noch gereizt nach dem Telefonat mit ihrem Vorgesetzten.

Er hielt die Hand an seine Brille und schirmte sie gegen den Schneeregen ab. »Ich habe Sie vorhin kommen sehen«, sagte er und deutete auf das Polizeigebäude jenseits der viel befahrenen Straße. »Haben Sie fünf Minuten für mich?«

Monica bedeutete Fisher mit einer Geste, auf dem Beifahrersitz des Volvos Platz zu nehmen. Dann stieg sie selbst ein und stellte den Motor an, damit die Heizung warm wurde.

»Was gibt's, Fisher?«

»Ich dachte …« Auf einmal wirkte er unsicher. »Ich wollte Sie auf den neuesten Stand bringen, was die Ermittlungen betrifft. Nun ja, zumindest sollten Sie einige der Ergebnisse erfahren. Alles konzentriert sich im Moment darauf, Don Cameron zu fassen. Es ist die Rede davon, dass eine Spezialeinheit ihn aufspüren soll. Der reinste Albtraum, erst recht bei diesem Sturm. In den Bergen nach einem Bewaffneten Ausschau zu halten, bei heftigen Schneefällen … und dann auch noch die Angst vor möglichen Lawinenabgängen …« Monica nickte. »Er könnte sich in einem Schneeloch oder einer Höhle versteckt halten. Keiner würde ihn dort finden, dazu müsste man schon direkt vor ihm stehen. Wirklich ein verdammter Albtraum.«

Sie war überzeugt, Fisher noch nie zuvor fluchen gehört zu haben. Er war ein neugieriger Mensch, und erst jetzt wurde ihr bewusst, dass sie ihn nie nach seiner Familie, seinem Leben außerhalb der Polizei gefragt hatte. Anders als sie hatte er sicher noch andere Interessen als seinen Job.

»Und …?«

»Und deshalb kann sich derzeit niemand um die anderen Indizien kümmern«, sagte Fisher.

»Sie denken nicht, dass Cameron mit der Sache zu tun hat?«

»Wir beide haben diese E-Mails gelesen. Es besteht die Möglichkeit, dass es ein anderer war.«

»Schon witzig, dass Sie das sagen. Denn gestern, als ich Hately gebeten habe, dieser Spur nachgehen zu dürfen, haben Sie keinen Ton rausgekriegt«, sagte Monica mit leichtem Vorwurf in der Stimme.

Betreten senkte er den Blick. »Tut mir leid.«

Monica sah den Regentropfen zu, wie sie gegen die Windschutzscheibe trommelten und auf dem mit Schlaglöchern übersäten Parkplatz landeten. Eine ganze Weile sprach keiner von ihnen ein Wort, bis Fisher das Schweigen brach. »Ich habe die Ergebnisse zu dem Stein, den man in Pauls Kehle gefunden hat. Er ist identisch mit dem in Roberts Hals. Sie stammen beide vom selben Meteoriten.«

»Und der ist also in Australien runtergekommen. Vor zwanzig Jahren. Könnte es einer von den …« Ihr war der Name entfallen, den er genannt hatte.

»Von den Tauriden? Ja, gut möglich. Die Tauriden kreisen um die Sonne.«

»Es besteht also die Möglichkeit, dass ein Teil von dem Meteoriten, der vor zwanzig Jahren runtergekommen ist, immer noch da draußen herumschwirrt. Er könnte wieder auftauchen?«

»Ganz genau.«

»Aber wir wüssten es, wenn es schon einmal passiert wäre, oder? Die ganzen Kometen da draußen im All sind doch irgendwo verzeichnet?«

»Nein, ganz und gar nicht. Die meisten von ihnen sind schwarz. Sie sind mit Teer ummantelt, weshalb wir sie nicht sehen können. In dem Fall sind sie schwer auszumachen, fast unmöglich aufzuspüren. Wenn ein Komet hinter der Sonne hervorgeschossen kommt …«

»Was dann?«

Fisher holte tief Luft. So aufgeregt hatte Monica ihn noch nie gesehen. »Es ist nicht ausgeschlossen, dass schon morgen ein unbekannter Asteroid wie aus dem Nichts auftaucht, groß genug, um die menschliche Zivilisation vollständig auszulöschen. Verborgen im Licht der Sonne. Ein Meteoriteneinschlag hat die Dinosaurier ausradiert. Ein Meteoriteneinschlag könnte außerdem vor zehntausend Jahren die Polkappen zum Schmelzen gebracht haben. Die bedeckten damals die nördliche Hemisphäre – und damit auch Schottland.«

Plötzlich ertrug sie die Implikationen seiner Worte für ihre eigene Realität nicht mehr, die Vorstellung war zu immens, um sie auch nur annähernd verstehen zu wollen. Lucy war Grund genug, nicht über das, was Fisher da sagte, nachzudenken. Als wäre die Welt nicht schon schlimm genug. Da brauchte es nicht auch noch einen drohenden Todesstoß aus dem All.

»Das ist wirklich interessant, aber was soll das mit unseren Mordfällen zu tun haben?«

»Nun«, gab er in beinahe überheblichem Tonfall zurück, »das werden wir sicher bald erfahren.«

»Tut mir leid, aber was wollen Sie damit andeuten?«

»Morgen Nacht. Die Tauriden. Der Höhepunkt des Meteorstroms. Wenn etwas passiert, dann garantiert morgen. Einen besseren Zeitpunkt gibt es nicht.«

Fassungslos starrte sie ihren Kollegen an. »Warum, zum Teufel, haben Sie das nicht gleich gesagt, Fisher?«

61

Oben im Leseraum standen eine Kanne Kaffee und ein Teller Sandwiches auf Michaels Schreibtisch. Die Sandwiches sahen nach den Resten eines Meetings aus, nicht, dass ihm das etwas ausgemacht hätte. In der Not schmeckte nun mal jedes Brot. Krampfhaft überlegte er, wann er das letzte Mal etwas gegessen hatte. Als es ihm nicht einfallen wollte, gab er auf und konzentrierte sich stattdessen voll und ganz aufs Essen und Trinken.

Plötzlich stand die Bibliothekarin in der Tür. »Wir hatten zu viel bestellt. Ich dachte, Sie wären vielleicht hungrig?«

Michael nickte und bemerkte den hübschen Leberfleck an ihrer Wange. Angestrengt bemühte er sich um ein Lächeln, zuckte aber sofort zusammen, weil ihm erneut der Schmerz ins Gesicht schoss. Trotzdem schien sie die Geste bemerkt zu haben, denn jetzt lächelte sie, während Michael sich wieder setzte, um die nächste Zeitung in Angriff zu nehmen.

Nachdem er eine weitere Stunde endlose Seiten durchgeblättert hatte, verschwamm ihm allmählich die Sicht. Immer wieder tauchten alte Erinnerungen und alternative Versionen der Realität vor seinem geistigen Auge auf. Varianten, in denen Charlie Bartle sich nicht die Mühe gemacht hatte, sich die Visitenkarte in seiner Tasche anzusehen. Wo sie ihn nach draußen geschleift und im Boden verscharrt hätten, statt ihn krankenhausreif zu prügeln, sodass er letzten Endes in einem Rettungswagen gelandet war, im wahrsten Sinne des Wortes. So hatte DI Kennedy ihm durch eine schicksalhafte Wendung das Leben gerettet. Und davon hatte er ihr noch nicht einmal erzählt.

Seine Gedanken schweiften weiter ab – hinein in die verwinkelten, dunklen Gassen und endlosen Realitäten. In ein seltsames Zimmer mit Sternen an der Decke und einer Million verschiedener Ausgänge. Mit schief gelegtem Kopf fragte sich Michael, wie es kam, dass er hier gefangen war. Die Flure schienen sich gegen ihn verschworen zu haben und hatten ihn in diesen leeren Raum unter den Sternen geführt.

Ein plötzlicher Schmerz durchzuckte ihn, als sein Gesicht über seine Handfläche rutschte. Blinzelnd stellte er fest, dass er kurz eingenickt war. Er hatte durch die Seiten geblättert, ohne zu registrieren, was dort stand. Erschöpft lehnte er sich auf dem Stuhl zurück und trank den Rest seines inzwischen kalt gewordenen Kaffees. Die Uhr an der Wand zeigte vier Uhr an. Er schien wie aus der Zeit gefallen, angesichts der Müdigkeit, der Medikamente, der durchbrochenen Routine – er war auf dem besten Weg in einen kompletten Kollaps. Michael füllte den Becher nach und trank ihn in einem Schluck leer.

Dann sah er wieder hinunter auf die Seite, auf die er gestarrt hatte.

VERSCHWINDEN EINES TEENAGERS LÖST ERINNERUNGEN AUS.

Michael blinzelte. Er glaubte seinen Augen nicht zu trauen. Doch als er erneut hinsah, standen da immer noch dieselben Worte. Er überprüfte das Datum. Die Ausgabe war einen Monat nach Mark MacArthurs Verschwinden in Lochinver erschienen. Er wischte sich mit dem Handrücken über die Augen und konzentrierte sich auf den Artikel.

Das Verschwinden von Mark MacArthur (18) vor einigen Tagen hat bei den Familien von zwei weiteren jungen Männern schreckliche Erinnerungen ausgelöst. Die beiden wurden im vergangenen Jahr im Abstand von nur wenigen Tagen als vermisst gemeldet. Die Rede ist von Lewis Fall (19) und Iain Johnston (18). Fall verschwand aus seinem Zuhause, nachdem er den Abend mit seinen Freunden in der Stadt Thurso verbracht hatte. Drei Tage zuvor war Johnston in Fort William nicht nach Hause zurückgekehrt. Seine Familie ist überzeugt, dass er sehr früh von zu Hause aufgebrochen war, um eine Bergtour zu machen, doch trotz eines ausgedehnten Sucheinsatzes der örtlichen Bergwacht mit der Unterstützung von Freiwilligen blieb der Junge spurlos verschwunden.

Michael lehnte sich zurück und las den Artikel ein zweites Mal durch. Noch zwei vermisste Jungen. Die Parallelen zu Mark MacArthur und Zandy Allen waren offensichtlich – wie auch zu den beiden ermordeten Jungen, Paul MacKay und Robert Wright.

Er las weiter:

Die Polizei betont, dass jede Parallele zwischen den beiden Vermisstenfällen reiner Zufall sei. Ein Sprecher sagte: »Dies zeigt nur einmal mehr, in welch gefährliche Situationen junge Männer geraten können. Jedes Jahr kommt es aus purem Leichtsinn zu tragischen Unfällen, sei es durch eine riskante Fahrweise oder durch verantwortungsloses Verhalten.«

Michael notierte sich die Namen der Jungen und die Daten ihres Verschwindens. Dann ging er zurück ins Archiv und suchte die entsprechenden Ausgaben der Lokalzeitung in diesem Zeitraum heraus. Die blätterte er nun auf der Suche nach weiteren Berichten zu den Vermisstenfällen systematisch durch. Doch recht viel mehr fand er nicht. Die Jungen waren mit Freunden ausgegangen. Waren wohlbehalten nach Hause zurückgekehrt und am Morgen verschwunden gewesen. Einfach so. Junge Männer, die die Polizei als leichtsinnig abgestempelt hatte. Die Familien und Freunde hatten dies zwar angefochten, und es war weitergesucht worden, aber letzten Endes war das Ganze im Sande verlaufen.

Michael sah die Liste von Namen durch, die er zusammengestellt hatte. Sieben Jungen, tot oder vermisst. Stellte sich die Frage: Inwiefern standen sie miteinander in Zusammenhang? Es musste ein verbindendes Element geben, irgendetwas, das sie alle gemeinsam hatten. Doch leider ließ ihn seine innere Stimme diesmal im Stich. Nachdem er eine ganze Weile auf die Zeitung gestarrt hatte, stand er auf. Plötzlich hatte er den Eindruck, als kippte der Raum weg. Er trank noch eine Tasse von dem Kaffee und kämpfte verzweifelt gegen die Müdigkeit an. Seine Sinne waren wie vernebelt.

Noch einmal warf er einen Blick auf seine Notizen. Dann auf den Artikel, der die Vermisstenfälle miteinander verknüpfte. Spontan kam ihm der Gedanke, sich den Namen der Verfasserin anzusehen: Cassandra Harrison. Er nahm wieder Platz und blätterte weitere Zeitungen auf der Suche nach Texten von ihr durch.

Gerade wollte er das Handtuch werfen und nach draußen gehen, um eine zu rauchen, als ihm ein Artikel ins Auge stach. Er war zwei Monate nach dem ersten Hinweis auf MacArthur erschienen. STEHEN VERMISSTENFÄLLE IN ZUSAMMENHANG? Als Michael zu lesen anfing, durchfuhr ihn ein Adrenalinstoß, seine Erschöpfung war mit einem Mal verflogen.

Louise MacArthur (40), deren Sohn vor drei Monaten auf rätselhafte Weise verschwand, bittet die Öffentlichkeit um ihre Mithilfe. Jeder, der Informationen zum möglichen Verbleib ihres Sohnes habe, solle sich bitte umgehend bei ihr melden. Sie bemerkte in diesem Zusammenhang: »Mark ist ein guter Junge. Es scheint der Eindruck aufgekommen zu sein, er wäre einer, der das Risiko liebt, der jederzeit nachts allein aus dem Haus spaziert wäre, ohne mir vorher Bescheid zu geben. Aber so war er nicht. Ich weiß wirklich sehr zu schätzen, was all die Menschen, die nach Mark gesucht haben, auf sich zu nehmen bereit waren, doch ich befürchte, die Polizei hat längst nicht alle Hinweise berücksichtigt.«

Zwei weitere Fälle von jungen Männern, die im Abstand von nur wenigen Tagen unter ganz ähnlichen Umständen verschwanden, sind ebenfalls noch ungeklärt. Dies wirft bei den Hinterbliebenen die Frage auf, ob hinter dem rätselhaften Verschwinden dieser Jungen mehr stecken könnte, als die Behörden zugeben.

Die Polizei von Schottland hat die Bitte der Zeitung um ein Interview abgeschlagen, lediglich die folgende Stellungnahme eines Polizeisprechers liegt uns derzeit vor: »Trotz intensiver Bemühungen und der breiten Unterstützung durch die Öffentlichkeit ist es uns bislang leider nicht gelungen, die Fälle aufzuklären. Dass Menschen verschwinden, ist in den Highlands leider keine Seltenheit. Wir alle genießen die Schönheit und die Vorzüge der unberührten Wildnis, sind uns aber leider allzu oft der damit verbundenen Gefahren nicht bewusst. Die drei Vermisstenfälle miteinander in Zusammenhang zu bringen wäre deshalb viel zu sehr an den Haaren herbeigezogen. Die Jungen stammten aus verschiedenen Regionen, nichts legt eine Verbindung nahe. Auch deutet in keinem der Fälle irgendetwas auf ein Verbrechen hin.«

»Sie war da auf eine heiße Spur gestoßen«, flüsterte Michael und spürte, wie er zusehends nervöser wurde. Er eilte zurück zum Archivschrank und suchte die Zeitungen der folgenden beiden Wochen heraus. Hastig ging er sie durch, doch die Fährte verlor sich. Es war kein Artikel von Cassandra Harrison mehr erschienen, und von den vermissten Jungen war nirgends ein Wort zu lesen.

»Wir schließen in fünf Minuten.« Michael schreckte auf, als er die Bibliothekarin plötzlich neben seinem Tisch stehen sah. Langsam packte er seine Notizen und die Fotokopien in seine Tasche und brachte die Zeitungen zurück in die Schränke.

Draußen war es schon fast dunkel. Der kräftige Wind wirbelte den Schneeregen auf. Michael brachte sein Handy zum Vorschein und suchte DI Kennedys Nummer heraus, musste dann aber hilflos mit ansehen, wie das Display schlagartig schwarz wurde. Sein Akku war leer.

Super Timing, ging es ihm durch den Sinn. Zu allem Überfluss war ihm auch noch entfallen, wo er den Land Rover geparkt hatte, bis es ihm siedend heiß wieder einfiel: Er hatte ihn vor seinem Treffen mit Anita im Zentrum von Inverness auf dem Parkplatz stehen lassen. Monica hatte ihn hergefahren. Es kam ihm vor, als wäre das Wochen her.

Um sich vor dem heftigen Niederschlag zu schützen, stellte er seinen Jackenkragen auf und folgte dem Fußweg am Fluss entlang über die Ness Islands und zurück ins Zentrum. Die Schatten zwischen den Bäumen schienen ihn misstrauisch zu beobachten, der kalte Abend wurde abgelöst durch die hereinbrechende Nacht.

Der Wind fuhr ihm in die Kleider, der Schneeregen durchnässte in kürzester Zeit Hose und Tweedjackett. Bis er den Land Rover endlich erreicht hatte, zitterte Michael am ganzen Leib, er war wie gefühllos. Panisch klopfte er seine Taschen nach dem Autoschlüssel ab und musste sich nach dem dritten Mal Suchen schließlich eingestehen, dass er ihn nicht bei sich hatte. Weil ihm vor der Vorstellung graute, den weiten Weg nach Hause zu laufen, zog er in seiner Verzweiflung fest am Türgriff. Wie durch ein Wunder ging sie auf, und der Schlüssel steckte im Zündschloss.

»Verdammter Mist«, flüsterte er und startete kopfschüttelnd den Motor. Dann stellte er die Heizung auf Höchststufe und breitete die feucht gewordenen Kopien auf dem Beifahrersitz und dem Armaturenbrett aus. Dabei fiel sein Blick auf den Artikel über die Vermisstenfälle. Cassandra Harrison. Die Journalistin von der Northern Times.

Michael kramte sein Handy hervor. Dann hängte er es ans Ladekabel, suchte in seinen Unterlagen nach der Telefonnummer der Zeitung und wählte die Nummer. Nachdem es fünfmal geklingelt hatte, wurde abgehoben. Im Hintergrund waren Stimmen zu hören.

Der Mann am anderen Ende der Leitung wiederholte mit tonloser Stimme den Namen. »Cassandra Harrison?«

»Ganz genau«, bestätigte Michael.

»Gut. Bleiben Sie einen Moment dran.« Mit einem Piepen landete er in der Warteschleife. Michael wartete und wartete und wollte schon fast wieder auflegen, weil er glaubte, man habe ihn vergessen, als sich endlich eine Frau meldete.

»Cassandra? Cassandra Harrison?«

»Nein, tut mir leid, ich bin die leitende Redakteurin.«

»Ich muss mit einer Ihrer Autorinnen sprechen, einer Cassandra Harrison?«

»Ich bedauere, aber Cassandra arbeitet nicht mehr bei uns.« Michael glaubte ein Stocken in ihrer Stimme zu vernehmen.

»Oh. Haben Sie denn eine Telefonnummer oder eine E-Mail-Adresse für mich? Sie ist eine alte Freundin. Wir haben uns vor einiger Zeit aus den Augen verloren, aber ich würde sie gern kontaktieren.« Eine wenig plausible Geschichte in Zeiten sozialer Netzwerke, aber etwas Besseres fiel Michael in seinem mitgenommenen Zustand gerade nicht ein.

Es folgte eine längere Pause. Als die Frau wieder sprach, klang ihre Stimme gepresst. »Es tut mir wirklich leid, Ihnen das mitteilen zu müssen, und dann auch noch am Telefon, aber Cassandra … Leider ist sie vor einigen Monaten verstorben. Wir waren alle … Wir mochten sie alle sehr gern. Tut mir leid, dass Sie es auf diese Weise erfahren müssen.«

»Was ist passiert?«

Wieder herrschte längere Zeit Stille. Es war die Leere, die entsteht, wenn jemand versucht, die schlimmsten Worte auf möglichst schonende Weise zu verknüpfen. »Es tut mir leid. Cassandra hat Selbstmord begangen. Sie hat sich das Leben genommen.«

62

Fisher wiederholte seine Worte. »Morgen Nacht. Der Höhepunkt des Meteorstroms. Angeblich wird er dieses Mal besonders gut zu sehen sein.« Er nahm seine Brille ab. Wischte sich mit der flachen Hand übers Gesicht und setzte sie wieder auf. »Sie waren es doch, die auf die Idee gekommen ist, dass der Mörder sich von einem astrologischen Ereignis leiten lässt, DI Kennedy. Ich habe nur zwei und zwei zusammengezählt.«

Monica dachte an die beiden Toten. Wie sie in diese eigenartige Stellung gebracht worden waren, zu den Sternen ausgerichtet. Wie Wegweiser, Leuchtfeuer in der Nacht. Als hießen sie etwas aus dem All willkommen. Sie ertappte sich dabei, wie sie an den tiefschwarzen Himmel über dem Ozean dachte. Das war auf der Wiese gewesen, auf der die erste Leiche abgelegt worden war. Wie sie hinauf zu den Sternen gesehen hatte und diese ihren Blick zu erwidern schienen.

»Das klingt …« Was? Weit hergeholt? Völlig verrückt?

»Aber es passt doch alles zusammen?«, wandte Fisher aufgeregt ein. »Die Toten waren an Stellen platziert, wo wir sie finden mussten. Und dann die Steine in ihren Kehlen. Als würde das alles hinzielen auf …«

»Ja, aber auf was? Was könnte das sein? Die Folterung und Ermordung von zwei Jungen ist ein ziemlich großes Was.«

Fisher hustete. »Ich schätze, das ist die große Preisfrage. Was, wenn er noch einen Jungen entführt hat, vielleicht …«

Nichol Morgan.

Monica sah Fisher mit finsterer Miene an. Sie musste mit Michael sprechen.

»Interessanter Vorschlag«, sagte sie schließlich und erwartete nun eigentlich, dass Fisher aussteigen würde. »Ich werde darüber nachdenken.« Doch er machte keinerlei Anstalten, sie fahren zu lassen. Als sie sich zu ihm herumdrehte, rang er sich ein Lächeln ab.

»Wie geht's Lucy? Sie muss froh sein, Sie endlich wieder zu Hause zu haben?«

Bei diesen Worten kamen ihre Gedanken und ihr Herz schlagartig zum Stillstand. Was hatte Lucy damit zu tun? Wieso fing er jetzt von ihr an?

»Was soll das werden, Fisher? Small Talk? Wieso haben Sie mir das alles nicht einfach am Telefon erzählt?«

Er senkte betreten den Blick. Der Regen trommelte unaufhörlich aufs Autodach. Monica hatte schon genügend Verhöre mit Dieben, Mördern und Vergewaltigern durchgeführt, um zu wissen, dass es fast unmöglich war zu beurteilen, wann jemand log und wann nicht. Menschen waren einfach viel zu geschickt im Sichverstellen. Sie hatte einmal gelesen, dass selbst die besten Ermittler des FBI nur geringfügig besser beurteilen konnten, ob jemand log, als wenn ein Mensch einfach riet und damit eine Fifty-fifty-Trefferquote hatte. Dafür wusste Monica ganz genau, wann jemand akuten Gesprächsbedarf hatte. Weil etwas unbedingt aus ihm rauswollte.

»Ich verspreche, es bleibt unter uns, Fisher. Aber es ist das Beste, wenn Sie es sich gleich von der Seele reden.«

»Es ist …«

Fisher lehnte sich leicht vor. Fast, als wollte er etwas auf seinem Schoß verbergen. Es war nicht zu übersehen, dass ihn das, was er entdeckt hatte, völlig aus der Bahn geworfen hatte.

»Lassen Sie es raus, Fisher. Geheimnisse fressen einen von innen her auf. Glauben Sie mir, es ist alles doppelt so schwer, wenn die Leute einem nicht vertrauen. Ich bin mir sicher, Sie haben das Gerede über mich mitbekommen. Das mit meiner Vergangenheit …«

Fisher sah zu ihr auf. »Gestern Abend hat das Telefon geklingelt. Ich bin rangegangen. Es war eine der Leitungen, über die Informationen aus der Bevölkerung eingehen. Ich wünschte, ich hätte es nicht getan. Da war ein Typ in der Leitung. Er wollte mir seinen Namen nicht nennen, sagte aber, er habe Don Cameron am Vortag gesehen.«

»Am Tag, bevor wir ihn holen wollten?«, hakte Monica nach.

»Ganz genau. Ich nahm an, dass es sich um eine falsche Fährte handelte. Sie wissen ja, wie viele von diesen Anrufen falscher Alarm sind. Es rufen derart viele Spinner an. Aber dieser Mann hatte Dons Pick-up erkannt. Sagte, er habe ihn mitten im Nirgendwo neben einer Telefonzelle stehen sehen, etwa sieben Kilometer von Camerons Hof entfernt.«

»Sie haben sich bestimmt schon eine Liste der verzeichneten Anrufe von der Telefonzelle aus besorgt«, sagte Monica ernst.

»Selbstverständlich. Dabei bin ich auf eine Nummer mit der Vorwahl von Inverness gestoßen.« Fisher sah sich verstohlen über die Schulter um, dann senkte er die Stimme, obwohl sie allein waren. »Ich habe die Nummer gegoogelt. Und was denken Sie, wem sie gehört?«

Ratlos schüttelte Monica den Kopf.

»Dem Polizeirevier von Inverness. Der Anrufer war über die Zentrale weiterverbunden worden.«

»Wer hat den Anruf entgegengenommen?«, fragte Monica.

»Ich weiß es nicht. Das lässt sich leider nicht nachvollziehen. Es handelt sich um eine der Hauptleitungen, da könnte jeder rangehen und den Anrufer zu jemandem durchstellen.«

»Sie denken also, einer von unseren Leuten hat ihn vorgewarnt? Und ihn über unser Kommen in Kenntnis gesetzt?«

Fisher nickte mit hängendem Kopf.

»Dafür bin ich nicht zur Polizei gegangen, Ma'am. Wer tut so etwas? Ein Mann ist gestorben. DC Crawford … Jeder von uns hätte draufgehen können.«

Es ging also gar nicht um Lucy; es ging um Korruption innerhalb der Organisation, die zu so etwas wie ihrer zweiten Familie geworden war. »Wem haben Sie hiervon erzählt?«

»Niemandem. Ich bin ja nicht blöd. Ich erzähle es nur Ihnen, weil ich ganz sicher weiß, dass Sie zu dem Zeitpunkt nicht im Büro waren. Warum sollte jemand Don Cameron warnen wollen? Das ergibt doch keinen Sinn.«

63

Auf der Rückfahrt durch die wolkenverhangenen Berge hatte Michael Mühe, nicht einzunicken. Die vielen schlaflosen Nächte und die Medikamente, die er nach wie vor nahm, forderten ihren Tribut.

Er blinzelte, ohrfeigte sich selbst und schob eine seiner Reggae-CDs ein. »Das dürfte dich wachhalten«, murmelte er vor sich hin.

Bei voller Lautstärke fuhr er weiter. Der vom Meer herkommende Schneeregen peitschte schräg gegen die Pfosten, die den Fahrbahnrand markierten. Nach einer Weile stellte er fest, dass die Musik an diesem Abend lediglich dazu beitrug, sein Gefühl der Andersartigkeit und Orientierungslosigkeit zu verstärken. Nach gerade mal fünf Minuten stellte er sie deshalb wieder aus.

Nur das Geräusch des Motors. Zigarettenrauch und die weiße Mittellinie auf der Straße. Immer wieder merkte er, wie seine Konzentration nachließ, und war sich durchaus bewusst, dass er in seinem Zustand eigentlich nicht fahren sollte. Die Linien auf der Straße, die Schatten der Bergmassive und die Gesichter der verschwundenen Jungen. Nichol am Straßenrand, inmitten von hypnotischen Schneeverwehungen. Gekleidet in Schuluniform und mit der Laptoptasche über der Schulter. Wortlos formte er etwas mit den Lippen, das Michael nicht verstand.

Endlich gelangte er an die Abzweigung zum Hof und lenkte den Land Rover auf den holprigen Feldweg.

Monica blickte von dem Laptop auf, den sie auf ihren Knien balancierte. Colonel Mustard hatte sich dicht an sie geschmiegt. Offenbar hatte er in dem eisigen Zimmer ihre Nähe gesucht, um sich zu wärmen. Gerade steckte er den Kopf in ihre Armbeuge.

»Sie haben also selbst reingefunden?« Michael sah sich in der unaufgeräumten Wohnung um. Bemerkte die Bücherstapel. Den alten, abgenutzten Teppich und das eingetrocknete Katzenfutter. Das Haus wirkte feucht und wenig einladend. Für einen kurzen Moment schämte er sich wegen der Unordnung.

Sie nickte und deutete mit dem Kinn auf die Kanne, die auf dem Tisch stand. »Ich habe Kaffee gemacht, falls Sie welchen möchten.«

Mühsam schälte er sich aus seiner nassen Jacke. Wenigstens war noch ein Rest Glut im Ofen. Das tröstete ihn ein wenig über den Zustand seines Zuhauses hinweg. Suchend klopfte er seine Taschen nach dem Feuerzeug ab.

»Ich hätte Ihnen sagen sollen, dass Sie sich Feuer machen können«, meinte Michael entschuldigend, während er in die Hocke ging. Er hielt einen Span in die Glut, der sofort Feuer fing. Die Mischung aus alten Zeitungen und getrocknetem Heidekraut, das er in den Kamin gestopft hatte, brannte rasch und sandte ein helles, freundliches Flackern in den Raum.

Eine Weile sah Michael den Flammen zu, wie sie immer höher loderten, dann stand er auf. Er wollte sich einen Kaffee einschenken, doch sein Blick wanderte an der Kanne vorbei zur Eckvitrine und zu der Flasche Whisky, die darin stand. Es war einer aus der Sammlung seines Dads. Ein Ardbeg. Zehn Jahre alt. Normalerweise interessierte Michael sich nicht für solch edle Tropfen, aber seit der Operation schien er auf den Geschmack gekommen zu sein.

»Wollen Sie auch ein Glas Whisky?«, murmelte er, während er bereits zum Schrank gegangen war und sich eingoss. Doch DI Kennedy schien seine Frage nicht gehört zu haben. Sie starrte unverändert auf den Laptop.

Er nahm einen kräftigen Schluck und genoss den Geschmack von einsamen winterlichen Stränden und von Räucherkammern. Er goss sich nach.

»Ich habe … eine beunruhigende Entdeckung gemacht.« Damit reichte er Monica die Fotokopien und berichtete, was er über Mark MacArthurs Verschwinden herausgefunden hatte. Erzählte von den beiden Jungen, die im Jahr zuvor als vermisst gemeldet worden waren. »Die Journalistin – ihr Name war Cassandra Harrison – ist gestorben.«

»Ganz unerwartet?«

Michael nickte bedächtig. Er war froh, sich am Alkohol festhalten zu können, als er Monicas Miene sah. »Es war Selbstmord. Ihre Kollegen … sie sagten, es habe gar nicht zu ihr gepasst, niemand habe es kommen sehen. Woher wussten Sie das?«

»Ich habe mir die Ergebnisse von Zandy Allens Autopsie angesehen. Der Bericht wurde manipuliert. Man hat einen schwarzen Stein in seinem Rachen gefunden. Leider hat man ihn nicht aufgehoben, deshalb können wir ihn nicht mit den anderen vergleichen. Der Pathologe, der die Obduktion durchgeführt hat, ist kurz darauf verstorben. Er kann uns also auch nichts mehr erzählen«, sagte Monica.

»Wir müssen damit zu Ihrem Vorgesetzten gehen. Jetzt muss uns doch endlich jemand zuhören. Die müssen uns bei der Suche nach Nichol helfen. Denken Sie nicht?« Michael klang unsicher.

Monica warf ihm einen bedauernden Blick zu. »Ich habe es versucht. Alles konzentriert sich auf die Suche nach Don Cameron. Haben Sie heute schon die Nachrichten angesehen? Die Presse überschlägt sich mit Meldungen über die Jagd nach ihm. Etwas anderes interessiert die Leute nicht mehr. Und schon gar nicht meinen Chef. Wenn es nach ihm geht, kann unsere Angelegenheit warten. Bis nächste Woche. Oder bis in einem Monat. Erst gilt es, Don Cameron zu fassen.«

»Aber was, wenn wir mit unserer Vermutung richtigliegen? Was, wenn der Mörder ein ganz anderer ist und frei agieren kann? Was, wenn er Nichol hat?« Michael wurde mit jedem Wort lauter, die Hitze des Kaminfeuers und der Whisky schienen ihn seine sonstige Zurückhaltung vergessen zu lassen.

»Wir brauchen handfeste Beweise. Nur dann wird Hately uns zuhören.« Während Monica dies sagte, fiel Michael auf, dass etwas über ihr Gesicht huschte, eine kaum merkliche Veränderung. Neugierig legte er den Kopf schief.

»Was ist?«

Sie senkte den Blick, dann sah sie wieder zu ihm auf. »Ich halte es tatsächlich für möglich, dass jemand im Umkreis der Ermittlungen Don Cameron vor seiner versuchten Festnahme einen Tipp gegeben hat. Irgendjemand schützt ihn.«

»Was sagen Sie da?« Michael konnte nicht glauben, was er da hörte. »Sie meinen, jemand von der Polizei? Warum sollte einer von Ihren Leuten Cameron warnen?«

»Ich weiß es nicht. Es existieren verschiedene Gerüchte, dass er gewisse Dinge getan hat. Angeblich hat er vor Jahren ein paar Leute getötet, nur des Geldes wegen. Ist Ihnen der Name Shona Mackenzie schon einmal untergekommen? Damals kam der Verdacht auf, jemand von der Polizei habe Beweise für einen Mord unterschlagen. Und auch andere Verbrechen vertuscht. Möglicherweise will da jemand nicht, dass man Don Cameron überführt. Weil er mit gewissen Informationen rausrücken könnte.«

»Sie meinen, wenn jemand Don Cameron einen Tipp gegeben hat, könnte derjenige bei noch mehr Dingen seine Finger im Spiel haben?«, fragte Michael. Je mehr ihm die Tragweite dieser Erkenntnis bewusst wurde, desto größer wurde seine Angst.

»Momentan ergibt es keinen Sinn, sich darüber Gedanken zu machen«, sagte DI Kennedy. Sie hatte die schwarzen Haare zu einem Pferdeschwanz zurückgebunden. Und als sähe er sie zum ersten Mal richtig an, fiel ihm jetzt auch die Farbe ihrer Augen auf: Sie waren von einem dunklen Grau, so dunkel, dass sie fast schwarz wirkten. »Wenn wir eine Verbindung zwischen den vermissten Jungen finden könnten, irgendetwas, das sie auch mit Paul und Robert in Zusammenhang bringt, müsste Hately uns zuhören. Und wenn er das nicht tut, werden andere es tun …« Achselzuckend griff sie nach ihrem Kaffee.

Michael schien zu verstehen. Dann gehen wir an die Presse. Er streckte die Hand nach seinem Whisky aus. Er schmeckte trotz der Umstände wirklich köstlich.

»Beide Opfer – oder alle drei, wenn wir Zandy Allen mitrechnen – und Nichol haben diese schwarzen Steine gemeinsam. Es handelt sich um die Bruchstücke eines Meteoriten. Sie sind der Schlüssel zu den Morden. Und zu der Frage, weshalb der Mörder die Opfer auf diese ganz spezielle Weise zur Schau gestellt hat. Doch wenn die früheren Opfer nie gefunden wurden, warum dann das Risiko eingehen, Paul und Robert so abzulegen, dass man sie auf jeden Fall finden muss?«

»Klingt das nicht total verrückt?«, fragte Michael. Er musste an Nichol denken und wie er diesen Stein wieder und wieder an die Lippen geführt hatte, als küsste er ihn.

»Was denken Sie denn, wie es im Kopf eines Menschen aussieht, der die meiste Zeit davon träumt, anderen wehzutun? Der insgeheim Pläne schmiedet, wie er seine grausamen Fantasien in die Tat umsetzen kann?« Jetzt war Monica es, die wütend wurde. »Können Sie sich vorstellen, jemanden bis zur Bewusstlosigkeit zu würgen und ihn dann zurückzuholen, um die Prozedur noch einmal durchzuziehen? Freude zu verspüren, wenn der andere um sein Leben fleht? Und das Ganze noch zu filmen, damit man sich das später in Ruhe ansehen und sich überlegen kann, was man das nächste Mal besser machen könnte? Was glauben Sie, wie es im Kopf von so jemandem aussieht?«

»Es muss die Hölle sein«, sagte Michael. Er sah zu, wie Monica sich mit der Hand über das Gesicht fuhr. »Als wäre man in der Unterwelt.«

Sie holte tief Luft. »Bald wird ein Meteorstrom an der Erde vorbeiziehen und ihr dabei sehr nahe kommen. Morgen Abend erreicht dieses Naturereignis seinen Höhepunkt. Gut möglich, dass die schwarzen Steine, die in den Kehlen der Jungen steckten, von einem Meteoriten stammen, der vor zwanzig Jahren runtergekommen ist.«

»Und jetzt passiert es wieder?«

Keiner von ihnen sprach ein Wort. Der Regen trommelte immer heftiger gegen das Fenster, das Tosen des vom Meer heranjagenden Sturms wurde lauter. Michael nahm noch einen Schluck Whisky und lauschte in der Stille des Raums dem Säuseln des Torffeuers. Seine Wahrnehmung der Realität verschob sich. Jungen wurden getötet und dem Universum geopfert.

»Was wollen wir jetzt tun?«, fragte er schließlich. »Wie kann uns dieses Wissen helfen, sie zu finden? Er hat Nichol diesen Stein gegeben. Wir müssen ihn finden.«

»Der Mörder hat seine Opfer sorgfältig ausgewählt. Irgendwo muss es wie gesagt eine Verbindung geben.«

»Hätte ich mich doch nur mit Nichol getroffen, als er mich darum gebeten hat …«

»Hören Sie auf mit Ihren Selbstvorwürfen«, sagte Monica. »Für so etwas haben wir jetzt keine Zeit. Falls er wirklich vorhat, morgen zu töten, müssen wir …«

»Wir sollten es noch einmal bei der Polizei versuchen. Es muss doch jemanden geben, der uns Gehör schenkt.«

»Wie oft soll ich es noch sagen?« Monica wandte sich ihm zu und sah ihn eindringlich an. »Mein Chef. Seine Vorgesetzten. Sie sind fest entschlossen, Don Cameron zu fassen, etwas anderes zählt im Moment nicht. So einfach ist das. Die wollen nichts von irgendwelchen alten Mordfällen hören. Und schon gar nicht wollen sie was hören von …« Monica ließ den Kopf in die Hand sinken. »Wir werden das auf eigene Faust durchziehen müssen.«

Michael starrte sie fassungslos an. Wunderte sich über ihre Entschlossenheit. Er stippte eine Zigarette aus der Packung und steckte sie an. Nicht nur, um seine schockierte Miene dahinter zu verbergen. Sondern auch, damit sie nicht mitbekam, welch schreckliche Angst er hatte. Und wie sehr ihn ein Gedanke quälte, der ihn an diesem Abend nicht einen Moment losgelassen hatte, trotz des vielen Whiskys: nämlich, dass es das Beste wäre, das Telefon auszustöpseln, sobald sie gegangen war, sich irgendwo ein Hotelzimmer zu nehmen und sie nie wieder zu kontaktieren.

64

Der Beobachter

Im Internet wurden wilde Spekulationen angestellt. Aus unterschiedlichsten Gegenden, auch über Schottlands Grenzen hinaus, wurde berichtet, man habe Don Cameron gesichtet: in Spanien, Portugal, ja sogar Marokko. Das Schöne war, dass die Polizei sich auf die Jagd nach ihm konzentrierte und er selbst ungestört und im Schutz der Dunkelheit seinem bedeutsamen Werk nachgehen konnte.

Sorgfältig brachte er die einzelnen Bestandteile in Position. Die Individuen bewegten sich synchron in seinem Gravitationsfeld. Diese perfekte Balance zwischen dem Bekannten und dem Unbekannten, dem Imaginären und dem Realen. Mit Anbruch des großen Tages erhoben sich Saturn, Mars und Venus, genau wie vor zwei Dekaden, als sie über der australischen Wüste aufgegangen waren. Das schwarze Blut breitete sich großräumig aus. Grazil und wunderschön.

Er erinnerte sich, wie der junge Mann grunzte – sein letztes Geräusch. Es war ohnehin überraschend, dass er noch lebte. Während das Adrenalin durch seinen Körper rauschte, wusste der Mann instinktiv, was er zu tun hatte. Er ging neben seinem jüngeren Begleiter auf die Knie und schob ihm das Bruchstück des Meteoriten aus dem Haus der alten Frau tief in die Kehle, an diesem Punkt das alles entscheidende Element. Er streckte die Finger, so weit es ging. Als der junge Mann sich endlich nicht mehr rührte, brachte er ihn in die korrekte Position. Die erste seiner Opfergaben für die Sterne.

Erst sehr viel später begannen die fehlenden Bruchstücke, die kleinen Fehler und Unvollkommenheiten sich über ihm zusammenzuballen wie düstere Wolken. Irgendwie schien der Tod des jungen Mannes nicht dieselbe schicksalhafte Bedeutung zu haben wie der von George.

Er fragte die Steine und begann allmählich zu verstehen, dass das, was George so besonders gemacht hatte, in der Zerstörung seines Potenzials gelegen hatte. Nicht darin, dass er das Ableben eines ohnehin dem Tode Geweihten beschleunigt hatte. Sondern darin, dass er die Realität eigenhändig formte. Dass er etwas Gutes von der Existenz in die Nichtexistenz befördert hatte. Wie viel aufregender wäre es, wieder einen Partner wie George zu haben, einen, der bereitwillig mitmachte? Um den Akt in die Länge zu ziehen, damit er zusehen konnte, wie er ganz langsam die Natur der Realität veränderte?

Er hatte dem Flüstern des Steins gelauscht – tief aus dem Rachen des jungen Mannes heraus hatte er zu ihm gesprochen, immer noch dort draußen in dieser Wüste liegend –, und es hatte alles übereingestimmt.

Er hatte ihn zu diesen anderen Jungen geführt. Bereitwillig hatten sie sich ihm ausgeliefert. Was gab es Schöneres?

Er starrte auf den Computerbildschirm. All diese Berichte, die sein Werk würdigten. Er hielt den Stein in der

Hand, spürte, wie ihm vor Aufregung der Schweiß ausbrach, und stellte die Frage.

Die Antwort erhielt er prompt. Tief aus seinem Unterbewusstsein stieg sie empor, als hätten die Steine die ganze Zeit exakt darauf hingearbeitet.

65

Während der nächtlichen Fahrt zurück nach Inverness rief Monica bei ihrer Mum an, wenn auch widerstrebend. Es war das erste Mal seit den Ereignissen auf Camerons Hof und dem Schuss auf Crawford, dass sie richtig miteinander sprachen.

»Monica? Alles in Ordnung mit dir? Ich habe mir schreckliche Sorgen um dich gemacht.« Die Stimme ihrer Mum klang tatsächlich derart beunruhigt, dass Monica fast die Tränen kamen.

Sie starrte durch die Windschutzscheibe hinaus auf die Straße und den grellweißen Lichtschein auf dem Asphalt. Am Straßenrand blitzten im Vorbeifahren immer wieder Schneestangen auf, fast wie ein schlechter Spezialeffekt aus einem Science-Fiction-Film der Achtziger, wenn ein Raumschiff in den Warpantrieb wechselte.

»Mir geht's gut, Mum. Ist mit Lucy alles in Ordnung?« Irgendwie hatte Monica erwartet, ihre Mutter wäre von ihr enttäuscht, würde ihr Vorhaltungen machen. Wahrscheinlich denkt sie, du hättest es nicht anders verdient – weil du das Einzige, worin du gut bist, vermasselt hast. Monica schämte sich insgeheim, als sie sich vorstellte, wie ihre Mutter und die Freunde ihrer Mutter in den Zeitungen lasen, dass sie für ihr Vorgehen bei den Ermittlungen kritisiert und ganz von dem Fall abgezogen worden war. Für Angela musste der ganze Stolz auf ihre Tochter und ihre Fähigkeiten mit einem Schlag dahin sein.

»Lucy schläft. Wenn du möchtest, wecke ich sie auf. Sie hat mich gefragt, ob du sie morgen vom Kindergarten abholst. Ich habe einen Termin beim Friseur – den kann ich zur Not verschieben, aber …«

»Nein, schon gut. Lass sie schlafen.« Monica warf einen flüchtigen Blick auf die Uhr. Bald Mitternacht. »Ich hol sie morgen ab. Da sind nur ein, zwei Dinge, die ich vorher erledigen muss.«

»Oh. Ist gut.« Angela klang verunsichert. Fast ein wenig verängstigt.

»Ist alles in Ordnung, Mum?«

»Alles bestens. Es ist nur … Eins der größeren Kinder im Kindergarten hat Lucy das mit Crawford erzählt. Sie versteht es nicht ganz, aber sie träumt in letzter Zeit schlecht. Pass auf dich auf, Monica, ja?«

Freitag

66

Crawford saß gegen einen Stapel Kissen gelehnt, als Monica das Zimmer betrat. Es war ihr gelungen, den Krankenschwestern auf den Fluren aus dem Weg zu gehen.

Monica stellte die Tube Haargel, die sie eigens für ihn gekauft hatte, auf das Nachtschränkchen.

»Keine Ahnung, ob das die richtige Marke ist.« Sie hatte einfach das teuerste Produkt aus einem Vierundzwanzig-Stunden-Supermarkt mitgenommen.

Crawford zuckte mit den nackten weißen Schultern. »Ich benutze normalerweise Wachs aus dem Reformhaus. Das da ist voller Parabene. Sehr wahrscheinlich krebserregend.«

»Verstehe.« Monica konnte den Blick nicht von seinem verwundeten Arm abwenden, der immer noch in diesem Gestell steckte. Aber wenigstens war er noch dran. Das war immerhin etwas. »Dann versuche ich morgen einen Abstecher dorthin zu machen.«

Sie hatte es eigentlich als Witz gedacht, aber er nickte ernst, wobei ihm das Haar in die Stirn fiel. Ohne das übliche Styling sah er ganz anders aus. Jünger und viel verletzlicher.

»Ich habe Saft mitgebracht. Und ein paar von diesen Energydrinks.« Sie stellte die drei Dosen neben das Gel auf den Nachttisch. »Soll ich Ihnen gleich eine aufmachen?«

»Wie bitte?« Crawford klang ungehalten. Schweiß stand

ihm auf der Stirn. Er hatte offensichtlich Schmerzen. Mit seinem gesunden Arm deutete er auf die Wanduhr. »Es ist schon nach eins, Chefin. Da kann ich kein koffeinhaltiges Getränk mehr brauchen.«

»Ich denke, er wird einen weiteren Mord begehen. Und ich habe das Gefühl, dass es morgen geschehen könnte.«

»Wovon reden Sie? Hately war vorhin hier. Er meinte, Don Cameron werde quer durch die Highlands gejagt. Und es sei nur noch eine Frage der Zeit, bis man ihn fasst.«

»Ich denke nicht, dass er etwas mit unseren Mordfällen zu tun hatte.«

»Wie kommen Sie denn darauf?«, fragte er, immer noch aggressiv. Doch Monica wusste haargenau, dass sie ungeachtet der Schmerzen und der Medikamente sein Interesse geweckt hatte. Deshalb fing sie an, ihm ihre Gedanken darzulegen.

Eine Stunde später starrten sie immer noch auf die Karte der Highlands, die sie mit Heftpflaster an der Wand befestigt hatte. Monica hatte es in einem der Vorratsschränke auf dem Flur gefunden. Sie deutete auf die blau eingekreisten Orte, an denen die Jungen verschwunden waren. Die Fundorte der Leichen waren rot markiert.

»Sein Gebiet erstreckt sich über die ganzen Highlands«, stellte Crawford fest. Er zuckte zusammen, als er die Hand nach der Dose ausstreckte und noch einen Schluck von dem süßen Wachmacher trank.

»Kein augenscheinliches Muster«, bemerkte Monica nachdenklich.

»Einige der Jungen sind in sehr ländlichen Gegenden verschwunden, wie Paul und Robert. Andere lebten im Stadtgebiet, so wie Zandy Allen.«

»Wie wählt er seine Opfer aus?«, dachte Monica laut nach. »Sie sind alle etwa im gleichen Alter. Haben eine gewisse äußerliche Ähnlichkeit. Er kommt den Jungen nahe genug, um ihre Schwachstellen herauszufinden. Aber das alles verteilt sich über ein sehr weiträumiges Gebiet. Kann es sein, dass er sie im Internet kennenlernt?«

Crawford zuckte ratlos mit einer Schulter. Er wirkte erschöpft. »Weder Paul noch Robert waren in den sozialen Medien oder in irgendwelchen Foren besonders aktiv. Wer auch immer es getan hat, muss persönlich mit ihnen in Kontakt getreten sein.« Einen kurzen Moment schien er zu überlegen. »Was ist mit diesem Sozialarbeiter, Michael Bach?«

»Was soll mit ihm sein?«, fragte Monica verwundert. Sie hatte Michael Crawford gegenüber mit keinem Wort erwähnt, als sie ihm ihre Sicht der Dinge dargelegt hatte. Dabei hatte er maßgeblich zu den Ermittlungen beigetragen.

»Keine Ahnung. Er kommt viel herum, hat Zugang zu Jungen im gleichen Alter wie die Opfer. Es macht eben den Anschein …«

»Er hat für beide Fälle ein Alibi«, sagte Monica, wich Crawfords Blick aber aus.

»Ich weiß.« Er schloss die Augen und wartete, dass die Medikamente seine Schmerzen linderten. »Wenn er es nicht ist, dann vielleicht jemand in einer ganz ähnlichen Position. Jemand, der etwa das gleiche Profil hat.«

Monica hatte den dunklen Parkplatz bereits halb überquert, als ihr Handy in der Tasche zu klingeln begann. Sie hatte zugesehen, wie Crawford eingeschlafen war. Vielleicht war er wieder aufgewacht und fragte sich nun, wo sie abgeblieben war?

»Unbekannte Nummer.« Sie ging ran. »Crawford? Sind Sie das?«

Am anderen Ende der Leitung meldete sich niemand. Stattdessen vernahm sie ein Geräusch, wie statisches Rauschen. Gerade wollte sie wieder auflegen, als endlich jemand etwas sagte.

»Ich habe Sie neulich gesehen, wie Sie unter den Kiefern standen.« Es war ein Mann, kein auffälliger Akzent, und seine Stimme klang weich, vielleicht mit einem Hauch Lowlands.

Monica war wie versteinert. »Wer ist da?«

»Sie kennen mich. Immerhin folgen Sie mir schon eine Weile. Kommen mir immer näher.«

»So wie Sie Owen MacLennan gefolgt sind?«

»MacLennan.« Er sprach den Namen aus, als wäre er ein lächerlicher Witz. »Ein nützlicher Idiot, den man einem Haufen anderer Idioten gut zum Fraß vorwerfen konnte. Es ist erstaunlich, wie leicht Sie sich täuschen lassen. Genau wie der andere. Verliert seinen Arm. Was für eine Schmach.«

Fieberhaft suchte Monica den im Dunkeln liegenden Parkplatz ab. »Wie ist Ihr Name?«

»Welchen meinen Sie?« Ein unterdrücktes Lachen war zu hören. »Manchmal kenne ich mich selbst nicht. Welches meiner Gesichter würden Sie gerne sehen?«

»Das Gesicht, das Sie Robert gezeigt haben. Und Paul. Und diesen anderen Jungen.«

Für den Bruchteil einer Sekunde schien er zu zögern. »Sie wollten, dass ich sie zur Schau stelle. Genau wie Sie auch. Ist es nicht so? Warum sonst hätten Sie so fieberhaft nach mir suchen sollen?«

Monica warf einen Blick zu den dunklen Fenstern des

Krankenhauses zurück. Sie musste an das GHB denken. Dieser schwache Weihrauchgeruch in den Häusern der Jungen. Wie Lämmer, die zur Schlachtbank geführt werden.

»Warum mussten Sie sie denn unter Drogen setzen, wenn sie ohnehin mit Ihnen kommen wollten? Warum haben Sie versucht, das zu verbergen? Sie wollten nicht, dass dieser Teil ans Licht kommt und wir das mitkriegen, nicht wahr?«

Stille. Als seine Stimme erneut aus der Leitung drang, klang sie irgendwie verändert. Tiefer, Furcht einflößender und von Verachtung triefend. »Diese beiden Objekte kamen aus freien Stücken. Genau wie Sie aus freien Stücken kommen werden.«

67

In dieser Nacht tat Michael kaum ein Auge zu. Er lag auf dem Sofa im Wohnzimmer, die Whiskyflasche neben sich, und starrte ins Feuer, bis es heruntergebrannt war und nur noch ein Rest Glut im Kamin glomm. Hinter den Fenstern herrschte tiefe Dunkelheit. Der Sturm rüttelte an den Fenstern. Er beobachtete seine Katzen, die friedlich zusammengerollt schliefen, während Ängste und Ungewissheiten auf ihn einstürmten.

Und mit diesen Ängsten kamen die Gesichter. Gesichter von Menschen, die irgendwo gefangen waren, verloren. Nichol. Joseph. Weder tot noch richtig lebendig. Sie beobachteten ihn von der Zimmerecke aus. Und dort im Schatten stand auch sein Vater und sah sich nach ihm um. Er hatte sich stark verändert. Sein Gesicht sah anders aus, jünger; auch sein Körper war nicht mehr der eines alten Mannes. Und trotzdem war das immer noch er.

Es gab so vieles, worüber er mit ihm reden wollte. So vieles, was er ihm mitteilen wollte. Doch die Wände um ihn herum begannen bereits einzustürzen. Krachend kamen sie herunter.

»Dad!«, wollte Michael schreien, aber das Wort war kaum mehr als ein Flüstern.

Jetzt spürte er Finger – starke Finger –, die sich langsam um seine Kehle schlossen. Der Mann, der sein Vater war, sah zu ihm und sagte, während die Wände immer näher rückten: »Ich übernehme das für dich.«

Michael richtete sich kerzengerade auf. Mit zitternder Hand griff er nach seinen Zigaretten. Es dämmerte bereits. Er erhob sich vom Sofa, ging nach draußen zu seinem Land Rover, stieg ein und fuhr los.

68

Monica starrte auf die Landkarte, die auf dem Sideboard ihrer Küche lag, bis sie vor ihren Augen verschwamm. Sie hatte versucht, die Bruchstücke nach und nach zusammenzusetzen, bis sich ein logisches Bild ergab. Und wann immer ihre Gedanken zu diesem Anruf zurückkehren wollten, konzentrierte sie sich auf die Einzelheiten des Falls. Hatte der Mörder sie wirklich gesehen? War er dort gewesen? Ganz in der Nähe. Er hatte sie beobachtet, wie sie allein durch den Wald hinter Paul MacKays Haus gestreift war.

Bei diesem Gedanken schauderte Monica, und sie versuchte, ihn so schnell wie möglich zu verdrängen. Sie fuhr sich mit der Hand durch das strähnige Haar, das sie seit vier Tagen nicht mehr gewaschen hatte, und wurde sich bewusst, dass vermutlich nicht nur Fett und Schmutz darin klebten, sondern auch das Blut von Crawford und dem ermordeten Polizisten. Sie wischte sich die Hand an der Jeans ab und richtete den Blick wieder auf die Linien und eingekreisten Punkte auf der Landkarte. Sie hatte versucht, Verbindungen zwischen den einzelnen Orten und bekannten Stellen in den Highlands herzustellen, an denen Meteoriteneinschläge verzeichnet worden waren. Um sie mit den Punkten zu vergleichen, an denen verschiedene Sterne und Planeten über dem Horizont erschienen, um zu sehen, ob sich vielleicht ein Muster abzeichnete, ein Hinweis darauf, wo der Mörder sein nächstes Opfer entführen oder einen Leichnam ablegen würde. Es musste irgendeinen Plan geben. Irgendeine Logik hinter der Tatsache, dass er sie an bestimmte Orte brachte und sie dort in ungewöhnlicher Position präsentierte. Wenn sie diese Logik durchschaute, würden sie Nichol Morgan vielleicht sogar noch lebend finden.

Endlich stand sie auf und betrachtete den Stapel unberührter Toastscheiben und die Kanne Kaffee, die ihre Mum für sie zubereitet hatte. Die kleine Plastikschale mit den Kätzchen darauf stand neben dem Teller Toast. Die benutzte Lucy immer für ihre schrecklich süßen Frühstücksflocken. Monicas Mutter ließ es sich nicht nehmen, die zu kaufen, so sehr sie ihr das auch auszureden versuchte. Monica probierte von der Milch in der Schüssel. Sie war beinahe so süß wie Crawfords Energydrinks.

»Oh Mann«, flüsterte sie und machte sich eine geistige Notiz, dem Kind eine gesündere Variante Müsli zu besorgen.

Draußen war ein weiterer trüber Tag angebrochen, eine kurze Flaute, bevor der nächste Sturm aufzog. Unwillkürlich musste sie an Michael denken und wie es ihm dort oben in Lochinver wohl erging. Hoffentlich besser als ihr.

Auf der Arbeitsplatte der Küche klingelte ihr Handy. Es war eine Nummer mit Ortsvorwahl.

»DI Kennedy?«, meldete sich eine Stimme. Monica brauchte einen Moment, um den Akzent zu erkennen.

»Dr. Dolohov.«

»Ich habe Ihre Nachricht erhalten. Den Bericht des amtlichen Leichenbeschauers habe ich bereits wie von Ihnen gewünscht herausgesucht. Miss Harrison lautete der Name, nicht wahr?«

Monica hatte auf dem Heimweg von Michaels Haus bei ihm angerufen und eine Nachricht hinterlassen.

»Ganz genau«, bestätigte sie.

»Sie hat Selbstmord begangen«, sagte Dolohov. Aus seinem Mund klang es, als wäre das eine großartige Leistung.

»Das ist mir bekannt.« Monica ballte die Hand zur Faust und versuchte, nicht allzu gereizt zu klingen. »Aber was genau ist passiert?«

»Schmerzmittel. Codein. In einer Menge, dass sie nicht mehr viel gespürt haben dürfte. Alkohol. Ausreichend, um die Welt um sie herum friedlich erscheinen zu lassen, würde ich meinen. Ein schönes heißes Schaumbad. Und dann hat sie …«

»… sich die Pulsadern aufgeschlitzt«, beendete Monica den Satz für ihn und musste dabei an Owen MacLennan denken, wie er in diesem dunklen Zimmer von der Decke hing. Die Blutspritzer an der Wand.

»Woher wussten Sie das?«, hakte Dolohov nach.

»Wie viel Alkohol und wie viele Medikamente hatte sie intus?«, fragte Monica, ohne weiter auf seine Frage einzugehen.

Dolohov seufzte. »Warten Sie, ich sehe nach.«

Während Monica wartete, dass er die Zahlen heraussuchte, sann sie über das nach, was er ihr bereits erzählt hatte. Der Mörder tötete offenbar nicht immer auf die gleiche Weise, er bediente sich mehrerer Methoden. Und die Bissspuren auf den Körpern der Jungen, die ihnen beigebracht worden waren, nachdem sie bereits tot waren – war das für ihn nur ein Spiel gewesen? Das Hauptmotiv waren die Jungen, dessen war sich Monica sicher. Sie waren alle etwa im gleichen Alter, sahen ähnlich aus – blasse Haut und dunkle Haare. Dann waren da noch die Steine, die man mindestens dreien in den Hals gesteckt hatte. MacLennan hatte er aus reiner Notwendigkeit getötet, er war ihm in die Quere gekommen und musste beseitigt werden. Auch davon war sie überzeugt. War es bei Harrison das Gleiche gewesen? War die Journalistin dem Mörder auf die Schliche gekommen und kurz davor gewesen, seine Identität zu enthüllen?

»Ungefähr das Doppelte der gesetzlich erlaubten Höchstgrenze. Und eine Handvoll Pillen«, sagte Dolohov schließlich und unterbrach damit ihre Gedanken.

»Gab es irgendwelche Anzeichen von Gewalteinwirkung? Spuren eines Kampfes?«

Sie hörte Dolohovs Atem in der Leitung, während er im Bericht blätterte. »Nichts dergleichen. Die Tür war von innen abgeschlossen. Guter körperlicher Gesamtzustand. Allerdings …«

»Was?«

»Nun ja. Sie war kurz zuvor an einen Psychiater überwiesen worden. Man hatte ihr ein Mittel gegen Angstzustände verschrieben, sodass der Selbstmord gut ins Bild passt.«

»Wie lautet der Name des behandelnden Psychiaters?«, fragte Monica.

»Mal sehen …« Dem Rascheln nach schien Dolohov erneut zu blättern. Als er wieder in der Leitung war, nahm Monica ganz deutlich den veränderten Ton in seiner Stimme wahr. Und im selben Moment kannte sie den Namen des Arztes, ohne ihn noch hören zu müssen.

69

Bis zur Abzweigung nach Lochinver, einem Hafen etwa eine Stunde nördlich von Ullapool entfernt, war sich Michael nicht sicher, ob er tun würde, worum Monica ihn gebeten hatte, oder ob er in Richtung der Berge am Horizont weiterfahren würde, weg von dem Sturm, der vom Atlantik hereinzog.

Er parkte den Land Rover unweit der Hafenkante. Colonel Mustard sah vom Armaturenbrett auf, wo er es sich gemütlich gemacht hatte. Er war Michael hinterhergejagt, als er das Haus verlassen hatte, und in den Wagen gesprungen. Doch diesmal war Michael richtig froh über die Gesellschaft. Denn als er sich nun umsah, hatte er das Gefühl, sich nie im Leben erschöpfter gefühlt zu haben. Und einsamer. Er tätschelte den Kopf des Katers und zündete sich eine Zigarette an. Schaudernd registrierte er, dass er genau auf die Stelle starrte, an der Mark MacArthur gefilmt worden war, wie er am Pier entlangging.

Plötzlich spürte er Panik in sich aufsteigen. Das war alles so schwer zu begreifen. Das Universum verschluckte Menschen. Zermalmte sie bis zur Nichtexistenz. Genau so war es Joseph, seinem Bruder, ergangen. Und seiner Mutter und seinem Vater. Und nun auch nach und nach ihm.

Eine ältere Frau eilte die Straße entlang, einen Einkaufstrolley hinter sich herziehend.

Michael stieg aus dem Land Rover und rief ihr hinterher: »Entschuldigen Sie bitte, ich bin auf der Suche nach jemandem!«

Ohne seine Anwesenheit groß zu würdigen, schüttelte sie den Kopf. Michael starrte ihr ungläubig hinterher und sah sich weiter auf der Straße um. Nirgends war eine Menschenseele zu sehen, die Urlaubssaison war längst vorbei, Touristen gab es um diese Jahreszeit kaum mehr. Als Nächstes versuchte er es bei einem Zeitschriftenkiosk, aber der war geschlossen. Einzig ein Café hatte geöffnet. Michael bestellte sich eine Tasse Kaffee und fragte den Mann, der ihm das Getränk hinstellte, ob er die Familie MacArthur kenne. Doch auch der schüttelte abweisend den Kopf. Er wohne erst seit diesem Sommer im Dorf und kenne deshalb niemanden.

Michael ging mit der dampfenden Tasse Kaffee zu einem Tisch in der Ecke. Er benutzte die Netzverbindung des Cafés, um im Internet nach der Adresse zu suchen. Während er zusah, wie sich das Handy vergeblich abmühte, den Browser zu öffnen, stieg sein Frust. Wie sollte er einen Mörder finden, wenn er noch nicht mal die verdammte Adresse herausbekam? Er nahm einen Schluck aus der Tasse. Fluchte und spuckte den Kaffee zurück in eine Papierserviette, weil er sich die Zunge verbrüht hatte.

Als er wieder aufsah, fiel sein Blick auf eine alte, ziemlich ramponierte Telefonzelle auf der gegenüberliegenden Straßenseite. Sofort war seine schmerzende Zunge vergessen, weil ihm nun eine spontane Idee kam. Er ließ den brühend heißen Kaffee stehen und lief eilig über die Straße. Wann hatte er eigentlich das letzte Mal eine Telefonzelle benutzt?, fragte er sich unwillkürlich. Der Geruch, der ihm entgegenschlug, war ihm nichtsdestotrotz vertraut. Diese

Dinger schienen alle gleich zu riechen. Kindheitserinnerungen kamen hoch, wie er Freunde angerufen hatte, deren Nummern er vermutlich immer noch auswendig zusammenbrächte, oder wie er sich verlegen mit den Vätern von Freundinnen unterhalten hatte. Das war etwas, das die Jugendlichen von heute nicht mehr auf sich nehmen mussten, dachte er, während er im Telefonbuch blätterte. Auch so ein Relikt aus einer anderen Zeit. Genau wie diese Tageszeitungen in der Archivzentrale.

Er brauchte nicht lange, um den gesuchten Namen zu finden: »L. MacArthur.« Da stand er, schwarz auf – nun ja, ziemlich vergilbt.

Michael sah sich auf der Straße in beide Richtungen um. Er hatte das Gefühl, als starrte ihm von irgendeinem Fenster aus ein Paar Augen hinterher. Allerdings meinte er nicht Colonel Mustard, der ihn durch die Windschutzscheibe des Land Rovers tatsächlich beobachtete. Kurz entschlossen riss er die Seite aus dem Telefonbuch, faltete sie fein säuberlich zusammen und ließ sie in der Innentasche seines Jacketts verschwinden.

Das Haus lag am Ende einer einspurigen Straße, umringt von hohen Kiefern. Neben dem Gebäude bemerkte Michael eine Schaukel, die einsam im Wind hin und her schwang. Offenbar war sie schon lange nicht mehr benutzt worden.

»Ich dachte, Sie wären wieder einer von diesen Journalisten. Tatsächlich hatte ich gehofft, dass jemand kommen würde«, sagte Louise MacArthur. Sie stellte einen Becher Tee vor Michael ab. Auf sein Klopfen hin hatte sie sofort die Tür geöffnet, als hätte sie ihn schon sehnlichst erwartet. Sie hatte ihn sogar ins Haus gebeten, noch ehe er die Chance gehabt hatte, sich ihr namentlich vorzustellen.

»Was ist mit Cassandra Harrison passiert?«, erkundigte sich Michael.

»Sie hat Selbstmord begangen. Zumindest wollten das alle glauben.« Louise MacArthur sprach sehr bedächtig, ohne Emotion. Michael streckte die Hand nach dem Teebecher aus. Er sah Flocken darin schwimmen, offenbar war die Milch sauer.

»Aber Sie nicht?«, hakte er nach und schob den Tee wieder von sich.

»Jemand hat sie umgebracht.« Louises Stimme klang erstaunlich sachlich. Fast, als stünde sie unter Drogen – oder vielmehr unter dem Einfluss von Medikamenten, wie Michael annahm.

»Wer?«

»Dieselbe Person, die meinen Sohn auf dem Gewissen hat. Mark war …« Sie schluckte die aufkommenden Tränen hinunter. Ließ sie von den Betäubungsmitteln, was immer es war, fortspülen. Michael sah sich verlegen im Zimmer um. Mit Schrecken erinnerte er sich an dieses Video von Mark. Gefilmt durch das Schlafzimmerfenster des Jungen. Der Mörder war hier gewesen, hatte genau dieses Haus beobachtet.

»Ich habe mir einige weitere Vermisstenfälle angesehen«, erklärte Michael.

»Genau wie Cassandra?«

»Wir versuchen derzeit, eine Verbindung herzustellen. War kurz vor Marks Verschwinden irgendetwas anders? Hatte jemand versucht, sich ihm zu nähern? Gab es irgendwelche seltsamen Botschaften?«

Träge schüttelte sie den Kopf. »Wir sind alles durchgegangen. E-Mails, Facebook, das volle Programm. Es war so, als hätte er sich in Luft aufgelöst. Als hätte das Universum ihn verschluckt.« Sie ließ das Gesicht in die Hand sinken. »Ich habe von diesen anderen beiden Jungen gehört, die ermordet wurden. Wenn ich mir vorstelle, das wäre Mark – er hätte fürchterliche Angst gehabt. Er hatte als Kind solche Furcht im Dunkeln. Nachts ist er oft schreiend aufgewacht …«

»Eine Art Nachtschreck?«

»Ganz genau. Es war immer der gleiche Traum. Ein langer Flur und an dessen Ende ein Zimmer. Jemand flüsterte ihm zu, er solle weitergehen, zu ihm kommen.«

»Ich kann mir nicht annähernd vorstellen, was Sie durchmachen mussten.«

»Seltsamerweise«, fuhr sie unbeirrt fort, als hätte sie Michaels Worte nicht gehört, »hatte er in der Woche vor seinem Verschwinden genau den gleichen Traum. Das erste Mal seit Jahren. Ich habe ihn schreien gehört. Er meinte, es sei dieser alte Albtraum gewesen. Ein langer Flur. Das Flüstern. Fast, als hätte er genau gewusst, was kommen würde.«

»Sie denken, er hat es geahnt? Glauben Sie, jemand war ihm gefolgt?«

Wieder schüttelte sie den Kopf. »Ich weiß es nicht.«

»Sagt Ihnen der Name Nichol Morgan etwas?«, versuchte Michael sein Glück. Wieder ein Kopfschütteln von Louise. »Wie sieht es mit Zandy Allen aus – Alexander Allen? Hatte Mark irgendwelche Freunde in Inverness? Oder in anderen Gegenden der Highlands?«

»Nein«, erklärte Louise schwach. »Er hatte ein paar Freunde hier im Ort, aber die sind mittlerweile fast alle auf irgendwelchen Universitäten.«

Michael senkte kurz den Blick, ehe er wieder zu ihr aufsah. »Würde es Ihnen etwas ausmachen, wenn ich mir Marks Zimmer ansehe?«

Es war dem Anschein nach schon Monate her, seit das letzte Mal jemand hier in diesem Zimmer gewesen war. Über allem lag eine dicke Staubschicht. Ein Leben, wie festgefroren zu einem ganz bestimmten Zeitpunkt. Michael sah sich die Bücher in den Regalen und die Poster an den Wänden an, nur fiel ihm nichts Ungewöhnliches auf. Irgendetwas musste aber da sein, irgendein Hinweis auf die Identität des Mörders oder etwas, das sie zu Nichol führen konnte. Er warf einen Blick in die Schubladen und sah sich dann noch einmal die Bücher an. Philosophie, Mathematik – all das erinnerte ihn stark an Nichol. Dann entdeckte Michael etwas, es lag unübersehbar auf dem Schreibtisch. Ein schwarzer Stein, genau wie der von Nichol. War der Mörder hier gewesen? In diesem Zimmer? Bei der Vorstellung kroch eine Gänsehaut über Michaels Körper. Er nahm den Stein zur Hand und merkte, wie kalt er sich anfühlte.

Langsam öffnete sich die Tür hinter ihm. Sie schleifte über den Teppich.

Das Geräusch jagte Michael einen solchen Schrecken ein, dass er mit angstgeweiteten Augen herumfuhr. Louise MacArthur starrte ihn von der Tür aus an. Er hielt ihr den Stein hin und stellte fest, dass seine Hand unkontrolliert zitterte. »Wissen Sie, woher der stammt?«

Sie legte den Kopf schief. »Warum fragen Sie?« Michael entging keineswegs, wie ihre Stimme dabei stockte.

»Cassandra hat sich ebenfalls danach erkundigt, nicht wahr?«

Louise sah über seine Schulter hinweg zum Fenster. Unwillkürlich drehte Michael sich um und folgte ihrem Blick. Als starrte das Grauen von dort draußen zu ihnen herein.

Natürlich war da nichts. Nur der Regen, der leise gegen die Scheibe klopfte, und dahinter eine Kiefer, die im Sturm hin und her gepeitscht wurde. Als Louise wieder das Wort ergriff, war ihre Stimme kaum mehr als ein Flüstern.

»In der Woche vor ihrem Tod kam Cassandra hierher. Sie war irgendwie anders, eingeschüchtert. Sie war immer so selbstbewusst aufgetreten, bis zu diesem Tag. War absolut überzeugt gewesen, dass sie herausfinden würde, was Mark zugestoßen war. Und diesen anderen Jungen …«

Louise wandte sich ab und ging zu einem Schränkchen, das sie von der Wand wegrückte. Dahinter kam ein Wandschrank zum Vorschein. Den öffnete sie nun und holte einen Pappkarton heraus.

»Cassandra hat mich gebeten, das für sie aufzubewahren.« Sie hielt ihm die Schachtel hin. Michael nahm sie entgegen. Als er den Deckel öffnete, sah er einen Stapel Unterlagen darin liegen. »Ich habe es nicht über mich gebracht, damit … Sie hat mir eingeschärft, ich solle niemandem vertrauen.«

»Aber jetzt wollen Sie das mir geben?«

»Was auch immer es ist, der Inhalt dieser Kiste hat Cassandra das Leben gekostet. Da dachte ich, Sie wären gekommen, um mich dafür zu töten. Vielleicht habe ich mir das insgeheim sogar erhofft.« Sie senkte den Blick, dann sah sie Michael wieder unverwandt in die Augen. »Vielleicht finden Sie ja heraus, was Mark und diesen anderen Jungen zugestoßen ist. Damit sie endlich in Frieden ruhen können.«

70

»Die Jagd nach dem dringend tatverdächtigen Mörder Donald Cameron musste heute aufgrund orkanartiger Böen und eines extremen Kälteeinbruchs unterbrochen werden …«

Wütend stellte Monica das Radio aus. Sie suchte die ruhige Straße in beide Richtungen ab, dann sah sie hinüber zu Lees' Praxis. Diese befand sich in einem imposanten viktorianischen Bau. Das Haus wirkte, als spukte es in seinem Inneren. Irgendwie sah es verlassen aus. Warte besser, dachte sie, du solltest da nicht allein hineingehen. Hol dir Michael oder Fisher als Verstärkung.

Allerdings verwarf sie diesen Gedanken sogleich. Sie litt bestimmt wieder nur unter Verfolgungswahn. Entschlossen stieg sie aus dem Wagen. Als käme sie nicht allein mit Lees klar. Sie konnte es mit jedem aufnehmen. Eilig überquerte sie die Straße und spürte den Blick der leeren Fenster auf sich, als sie über die herrschaftliche Auffahrt auf die Vortreppe zuging. Kaum hatte sie die schwere Haustür berührt, schwang sie wie von selbst auf. Fast als wollte das Haus sie zum Eintreten auffordern. Im Flur schlug ihr ein eigentümlicher Geruch entgegen, nach Bodenpolitur und einem Hauch Weihrauch, irgendwie vergoren und verdorben. Er schien aus den Tiefen des Gemäuers zu kommen.

War das der gleiche Geruch wie in den Zimmern der beiden Jungen? Monica spürte, wie sich die Härchen an ihren Armen aufrichteten, als sie die Tür hinter sich zustieß. Konnte es wirklich sein, dass Lees der gesuchte Mörder war?

Der Wartebereich war menschenleer. Er wurde von einer seltsamen Bronzestatue dominiert, ihr gegenüber stand ein dunkles Ledersofa. Vorsichtig klopfte Monica an die Tür zu Dr. Lees' Büro, erhielt aber keine Antwort.

Sie stieß die Tür auf. Der Raum wirkte trüb im spärlichen Licht, das durch das hohe Fenster fiel. Sie warf einen Blick auf das Bücherregal, dann auf das Sofa, den Schreibtisch und den Stuhl. Doch keine Spur von dem Psychiater. Für den Bruchteil einer Sekunde zögerte Monica, als sie plötzlich von irgendwoher Stimmen vernahm. Nichol Morgan wurde immer noch vermisst, schoss es ihr durch den Kopf. Er könnte noch am Leben sein. Wenn es eine Chance gab, ihn unversehrt vorzufinden, zu beweisen, dass Lees der Mörder war …

Für sie bestand kein Zweifel daran, was sie zu tun hatte.

Sie drückte die Tür hinter sich zu und schob den Riegel vor. Gleich neben dem Schreibtisch stand ein Aktenschrank. Als sie die erste Schublade aufziehen wollte, stellte sie fest, dass sie verschlossen war. Deshalb wandte sie sich suchend zum Schreibtisch um. Es musste so was wie einen Terminplaner geben, der ihr helfen würde nachzuvollziehen, wo er überall gewesen war, dachte Monica bei sich. Er kam beruflich sehr viel herum und hatte Klienten in den verschiedensten Gegenden der Highlands. So hätte er jederzeit die Gelegenheit gehabt, die Jungen zu kontaktieren, genau wie Crawford es betont hatte. Er wusste, wie man Menschen manipulierte. Wie man sie kontrollierte. Dann fiel ihr wieder ein, wie er ihre Sorge um Lucy so beiläufig abgetan hatte.

Monica zog die Schreibtischschublade auf. Darin lagen parallel zueinander ausgerichtet verschiedene Stifte und Notizbücher. Irgendwas muss da doch sein, dachte Monica, als sie die Schublade wieder zuschob. Sie versuchte es mit der nächsten. In dieser fand sie eine Schieferplatte, auf der in schwarzer Tinte etwas geschrieben stand. Sie hob sie auf und hielt sie gegen das Licht: Man muss noch Chaos in sich haben, um einen tanzenden Stern gebären zu können.

»Was treiben Sie da?«

Monica fuhr erschrocken herum. Mit Entsetzen stellte sie fest, dass ihr die schmale Tür auf der anderen Seite des Raums völlig entgangen war. Plötzlich stand Dr. Lees da und starrte sie völlig entgeistert an.

Er trat ins Zimmer.

»Das ist ja eine Überraschung«, sagte er mit seltsam ausdrucksloser Miene.

Monica starrte ihn ebenfalls an. Sie hielt immer noch das schwere Stück Schiefer in der Hand. »Ich muss Ihren Terminkalender sehen.«

»Meinen Terminkalender?« Er stieß ein leises, tadelndes Geräusch aus. »Das wird nicht möglich sein.« Damit machte er einen Schritt auf sie zu.

»Ich weiß über Cassandra Harrison Bescheid.«

Ein verunsicherter Ausdruck huschte über Lees' Gesicht, dann schien er zu verstehen. »Die Journalistin? Ah, ich erinnere mich.«

»Hately sollte jeden Moment hier sein. Es wird einfacher für Sie, wenn Sie kooperieren«, sagte Monica.

»Oh, das bezweifle ich. Wissen Sie, ich habe erst vor Kurzem mit Ihrem Vorgesetzten gesprochen. Sie sind aus persönlichen Gründen vorübergehend beurlaubt und nicht länger in die Ermittlungen involviert.« Wieder trat er einen Schritt auf sie zu und fixierte sie von unten her. Erst jetzt fiel ihr auf, wie blau seine Augen waren.

»Cassandra Harrison war bei Ihnen in Behandlung.«

Ein schiefes Lächeln stahl sich auf seine Lippen. »Sie hatte eine einzige Sitzung bei mir, weil sie unter Panikattacken litt. Haben Sie irgendeine Vorstellung, mit wie vielen Leuten ich im Laufe der Jahre zu tun habe?«

»Ich weiß, dass Sie viele Klienten behandeln. Unter ihnen auch jede Menge sehr verzweifelte junge Menschen«, sagte Monica.

»Und Sie glauben, deshalb muss ich ein Mörder sein? Wir wissen doch beide, dass Owen MacLennan diese beiden Jungen getötet hat, sehr wahrscheinlich unter Mithilfe von Don Cameron.«

»Wo waren Sie, als die Jungen verschwanden?«, wollte Monica wissen.

Lees schüttelte langsam den Kopf. »Und wenn ich es Ihnen nicht sage, wollen Sie diese Situation …«, und damit deutete er mit dem Kinn auf die Schieferplatte in ihrer Hand, »… mit Gewalt lösen?« Bedrohlich senkte er die Stimme, seine Miene wie versteinert. »Ich glaube, insgeheim würde Ihnen das sogar gefallen. Ich glaube, Sie haben selbst eine Schwäche für Gewalt und Gesetzesverstöße. Sie fühlen sich zu derlei Dingen magisch hingezogen. Ihre Freunde aus Rapinch, von denen Ihre Kollegen immer noch reden und derentwegen so viele an Ihnen zweifeln. Und dass der Vater Ihres Kindes unbekannt sein soll. Ich bin mir sicher, dass eine höchst interessante Geschichte dahintersteckt.« Er schnaubte spöttisch.

Monica senkte den Kopf. Plötzlich verspürte sie den verrückten Impuls, ihm den Schiefer ins Gesicht zu schlagen, doch stattdessen richtete sie den Blick wieder auf ihn. »Sie haben keine Ahnung, wovon Sie reden. Sie wissen nichts über mich und mein Leben.«

Lees starrte sie an und zog die Augenbrauen hoch. Er trat wieder einen Schritt näher, dann steckte er die Hand in die Hosentasche, um etwas hervorzuholen. Er drehte sich um und schloss den Aktenschrank auf, dann legte er seinen Terminplaner vor ihr auf den Schreibtisch.

»Wie Sie sehen, hatte ich an den beiden Abenden, an denen die Jungen verschwanden, Klienten. Wenn Sie möchten, können Sie gern gegen die Geheimhaltungspflicht verstoßen und sie kontaktieren, damit sie Ihnen mein Alibi bestätigen. Die Kontaktdaten stehen hinten drin. Ach ja, ich habe auch einen Assistenten in der Praxis. Ich bin mir sicher, der kann Ihnen ebenfalls bestätigen, dass ich zu den entsprechenden Zeiten hier war.« Lees knöpfte seine Anzugjacke auf und schob die Hände in die Taschen. »Selbstverständlich werde ich offiziell Beschwerde gegen Sie einreichen.«

Monica legte die Schieferplatte neben den Terminplaner. Dann blätterte sie vor zu den fraglichen Tagen. An den Abenden sowohl von Paul MacKays als auch Robert Wrights Verschwinden hatte er noch spät am Abend Sitzungen mit Klienten gehabt. Wenn das tatsächlich stimmte, konnte er unmöglich der Mörder sein.

Sie deutete auf das Stück Schiefer. »Woher haben Sie das?«

»Es war ein Geschenk, das habe ich vor Jahren von einem Klienten bekommen. Ein Nietzsche-Zitat.« Wieder ein spöttisches Schnauben. »Ich denke, jetzt wäre ein guter Zeitpunkt, um dieses andere Zitat von ihm zu bemühen:

›Wer mit Ungeheuern kämpft, mag zusehn, daß er nicht dabei zum Ungeheuer wird.‹« Er legte den Kopf in den Nacken und stieß ein freudloses Lachen aus.

Gerade wollte Monica antworten, als sie ihr Handy in der Tasche vibrieren spürte. Es war Michael Bach. Sie ging sofort ran.

»Monica«, vernahm sie seine aufgeregte Stimme. Es hörte sich an, als stünde er in einem heftigen Sturm. »Ich glaube, sie kommen uns holen.«

71

Michael raste mit dem aufziehenden Sturm um die Wette nach Hause. Und als er endlich vor seinem Haus anhielt, war der Regen von Schnee abgelöst worden, der in dichten Wolken über die Moorlandschaft trieb und ihm schmerzhaft ins Gesicht peitschte. Es fühlte sich an wie unzählige kleine Nadelstiche.

Colonel Mustard unter dem einen Arm und die Schachtel, die er von Louise MacArthur bekommen hatte, unter dem anderen, rannte er auf das Haus zu. Kaum waren sie im Warmen, streckte die Katze sich und sprang aufs Sofa, wo sie sich setzte und anfing, sich zu putzen.

Michael stellte die Schachtel auf dem Wohnzimmertisch ab. Einen Moment zögerte er und dachte: Was immer sich da drin befindet, Cassandra Harrison musste dafür sterben. Nichtsdestotrotz öffnete er die Kiste. Darin lag eine bunte Mischung aus Zeitungsausschnitten, Notizbüchern, Ausdrucken und Zetteln, die gefaltet oder knittrig waren. Im Geiste sah Michael Cassandra vor sich: Wie sie angstvoll, in nackter Panik, all diese Dinge von einer Wand herunterriss, wo sie sie aufgehängt hatte, um sie in diese Schachtel zu stopfen. Er leerte den Inhalt auf den Tisch und glaubte, einen Hauch von Rose oder Lavendel wahrzunehmen. Die leise Ahnung eines Parfüms.

Mit zitternder Hand blätterte Michael die Sachen durch

und versuchte, aus dem Chaos ein stimmiges Bild zusammenzusetzen. Er zündete sich eine Zigarette an, ehe er zum Handy griff. Während er seine Anrufliste durchging, um nach seinem letzten Anruf bei Monica zu suchen, fiel sein Blick auf einen weiteren Eintrag vom Vortag: »Highland Academy«, stand da.

Kyle Ward. Michael erinnerte sich, wie Ward sich bereit erklärt hatte, ihn mit Alexander Allens Mutter in Kontakt zu bringen. Aus einem plötzlichen Impuls heraus wählte er die Nummer. Wegen des anhaltenden Sturms war die Verbindung schlecht, deshalb konnte Michael die Rezeptionistin nur schwer verstehen, als er darum bat, zu Ward durchgestellt zu werden. Das Telefon ans Ohr gepresst, zog er umständlich seine Jacke an, dann lief er hinaus in den Schneeregen, den Hügel hinauf, wo der Empfang normalerweise etwas besser war.

»Ganz genau. Ich muss mit Mr. Ward sprechen. Ja, dringend. Es ist sehr wichtig.« Er schrie jetzt fast, damit man ihn über den tosenden Sturm hinweg verstand. Dann war ein Piepton zu hören. Er war in der Warteschleife gelandet.

Endlich, nach bestimmt fünf Minuten, meldete sich jemand. »Tut mir leid. Ich kann leider nichts für Sie tun.« Es klang wie Ward, nur, dass sein ganzes Selbstbewusstsein, die Autorität seiner Position aus seiner Stimme verschwunden waren.

»Moment, warten Sie! Warum nicht?«

»Tut mir leid.«

»Sie haben etwas entdeckt, nicht wahr? Nichol ist in Gefahr. Sie müssen es mir sagen.«

»Da war nichts. Alexander Allen hat Selbstmord begangen. Das ist die traurige Wahrheit. Mehr kann ich Ihnen leider nicht sagen. Verzeihen Sie.« Dann war die Leitung plötzlich tot.

Michael rief sofort noch einmal an. »Ich habe gerade mit Mr. Ward gesprochen, aber leider wurde die Verbindung unterbrochen!«, schrie Michael.

»Tut mir leid, doch Mr. Ward ist nicht mehr zu sprechen. Er hat das Büro für heute verlassen.«

»Aber wir haben vor nicht mal einer Minute gesprochen. Er muss noch da sein!«

»Tut mir leid. Sie werden am Montag wieder anrufen müssen.«

Dann legte sie auf. Fassungslos starrte Michael auf das Telefon. Was hatte Ward herausgefunden? Etwas, das ihm derartige Angst einjagte, dass er nicht mal mit ihm darüber reden wollte?

Plötzlich vibrierte sein Handy. Hoffnung keimte in Michael auf, als er ranging, doch es war eine Frau. Erst nach und nach dämmerte ihm, dass er Anita dranhatte. Er hörte ihre Worte, aber das, was sie sagte, ergab keinen Sinn.

»… schwere Vorwürfe gegen dich. Die Polizei hat sich ebenfalls eingeschaltet. Derzeit kann ich dir leider nicht mehr sagen. Ich hätte dich nicht mal anrufen dürfen, aber ich wollte nicht, dass du es per Post erfährst.«

»Wovon redest du? Was soll ich getan haben?«

»Du hast deine Nase zu tief reingesteckt, Michael. Ich habe dich gewarnt.«

»Hör zu. Von wem kommt das? Der Mann, der diese Jungen umgebracht hat, er könnte Nichol haben.«

»Hörst du dich eigentlich selbst reden, Michael?«

»Es ist jemand in einer einflussreichen Position. Mit guten Verbindungen zur Polizei. Sag mir nur, was ich getan haben soll.«

»Ich muss auflegen. Du kannst dich darauf verlassen, dass du fair behandelt wirst. Man wird dich das Ganze aus deiner Sicht darstellen lassen. Nur … tu nichts Unüberlegtes.« Damit verstummte die Leitung, und der Wind peitschte weiter Schnee heran, sodass die Moorlandschaft sich in ein grenzenloses Weiß verwandelte. Die Szene hatte etwas Klaustrophobisches. Er starrte zu seinem Haus hinunter, das im dichten Schneegestöber kaum mehr auszumachen war. Für einen kurzen Moment glaubte er eine Gestalt, einen Schatten am Fenster zu sehen. Doch dann war die Erscheinung wieder fort, nichts als ein Geist in der Finsternis.

Michael wählte die nächste Nummer und hielt sich das Telefon ans eisige Ohr.

»Monica, ich glaube, sie kommen uns holen. Ward weiß etwas. Er bricht soeben von der Schule auf. Sie müssen ihn aufhalten.«

72

Monica hatte kaum aufgelegt, da stand sie auch schon vor ihrem Wagen. Schnell sprang sie in den Volvo und brauste los in Richtung Schule. Falls Ward wirklich etwas herausgefunden hatte, schwebte er womöglich in Gefahr. Eisern umklammerte sie das Lenkrad, weil der Schneeregen stärker wurde, ihre Scheibenwischer kamen kaum mehr hinterher.

Ihr Handy klingelte. Michael noch mal?

»Miss Kennedy?« Es war eine weibliche Stimme. Nein, DI Kennedy, nicht Miss, dachte Monica. Es war lange her, dass man sie ohne ihren Polizeititel angesprochen hatte.

»Hören Sie, falls Sie mir etwas verkaufen …«

»Ich rufe aus dem Kindergarten an. Lucy ist immer noch hier und behauptet, Sie hätten sie heute abholen sollen und nicht ihre Großmutter? Stimmt das, oder hat sie da etwas missverstanden?«

Eine grässliche Mischung aus Reue und Scham schnürte Monica die Kehle zu. Sie brachte kein Wort heraus.

»Miss Kennedy? Sind Sie noch dran?«

»Ich … Nein, sie hat schon recht«, presste sie schließlich mühsam hervor.

»Oh. In Ordnung. Nur leider sind Sie dann eine ganze Stunde zu spät dran.«

Lucy wartete zusammen mit einer Erzieherin draußen vor dem Kindergarten, als Monica endlich vor dem Gebäude anhielt. »Es tut mir so schrecklich leid, Liebes.« Doch das Kind blieb stocksteif, als sie es in ihre Arme zog, und weigerte sich, die Umarmung zu erwidern. Monica richtete sich wieder auf und wandte sich an die Kindergärtnerin. »Das wird nicht wieder passieren.«

Die Frau nickte einmal steif, die Arme gegen den eisigen Regen vor der Brust verschränkt. »Es ist nicht gut für sie, zu viel Aufregung. Hätten Sie nicht wenigstens anrufen können …«

Monica nickte. »Tut mir leid, ich bin in Eile.« Und schon schnallte sie Lucy in dem Kindersitz auf dem Rücksitz fest und setzte ihre Fahrt fort.

In rasendem Tempo heizte sie über auf Rot wechselnde Ampeln und bog am Kreisverkehr scharf rechts ab. Als sie wieder in die Gerade kam, drehte sie den Rückspiegel so, dass sie Lucys Gesicht sehen konnte.

»Tut mir leid, dass ich zu spät gekommen bin, Liebes.« Ihre Tochter hielt stur den Kopf gesenkt. »Wir fahren zu Granny. Das wird schön, nicht wahr?«

Monica beschleunigte, raste an zwei Autos vorbei und fädelte sich vor ihnen wieder ein. Die Fahrer ließen wütend ihre Hupen ertönen, als sie im nächsten Kreisverkehr geradeaus fuhr, ohne den Fuß vom Gaspedal zu nehmen. Sie schoss am Krankenhaus und am Polizeipräsidium vorbei und heizte dann weiter zur Highland Academy.

Wieder warf Monica über den Rückspiegel einen Blick auf Lucy. Die Kleine klammerte sich an dem Buch auf ihrem Schoß fest, immer noch mit hängendem Kopf. Als hätte sie nichts von dem mitbekommen, was ihre Mutter gesagt hatte.

Monica bog auf die Straße ab, die durch eine ruhige Wohngegend zur Schule führte. Die Fahrt schien sich endlos hinzuziehen. Schließlich trat sie vor dem Schultor auf die Bremse und hielt an. Ob Ward noch da war? Hatte sie ihn verpasst? Der Pausenhof war wie leer gefegt, die Schüler waren bereits nach Hause gegangen. Hektisch rief sie die Website der Schule auf ihrem Handy auf, klickte auf »Personal« und fand zum Glück ein Foto von Kyle Ward. Wenigstens wusste sie jetzt, nach wem sie Ausschau halten musste. Er hatte dunkle Haare und trug einen schwarzen Talar, dazu ein Barett. Der Inbegriff des freundlichen Schuldirektors, kein Wunder, dass er sich zu Tode ängstigte, weil er etwas über die Morde herausgefunden hatte. Monica verspürte für einen kurzen Moment Mitleid mit dem Mann, ehe sie sich ins Gedächtnis rief, dass er lediglich seine Fürsorgepflicht den Schülern gegenüber erfüllte. Ihre Sicherheit musste für ihn oberste Priorität haben, ganz gleich, wie sehr er sich fürchtete.

Monica drehte sich zu Lucy um. »Tut mir wirklich schrecklich leid, dass ich zu spät gekommen bin. Wir werden in Zukunft viel mehr Zeit miteinander verbringen, in Ordnung?«

Zweifelnd sah ihre Tochter zu ihr auf. Ihre Brille saß ganz vorne auf der Nasenspitze. Monica streckte die Hand aus, um ihr über die zarte Wange zu streichen. Wie oft kann man das Vertrauen eines Kindes enttäuschen und sich dafür entschuldigen, ehe es nichts anderes mehr erwartet als leere Versprechungen?

»Was hast du denn da?« Sie deutete auf das Buch, das auf Lucys Schoß lag.

Lucy zog den Arm weg, damit Monica das Cover sehen konnte. »Es geht um Katzen«, sagte sie schließlich.

»Magst du Katzen?«, fragte Monica. Noch so ein Interesse, das Lucy für sich entdeckt hatte, während ihre Mutter nicht zu Hause war. Lucy nickte, sodass die Knebelknöpfe an ihrem kleinen Dufflecoat in Bewegung gerieten.

»Ich habe gestern eine Katze getroffen«, hörte Monica sich sagen. »Sie war rot. Vielleicht kann ich sie dir mal zeigen?« Monica warf einen Blick durch die Windschutzscheibe hindurch auf die Eingangstür der Schule, die in diesem Moment aufschwang.

Ein Mann trat ins Freie. Sein Gesicht deckte sich mit dem Foto, das Monica auf der Website gefunden hatte. Gerade spannte er einen Schirm auf und wollte über den Parkplatz eilen, als Monica aus dem Volvo sprang und die Tür hinter sich zuschlug. Sie rannte los, um ihn aufzuhalten. Rief seinen Namen, als er Anstalten machte, in einen schwarzen Range Rover zu steigen.

Er warf ihr einen kurzen Blick zu, mit einer Mischung aus Zorn und Misstrauen. »Entschuldigen Sie, aber wer sind Sie?«

Monica warf einen Blick zurück zu ihrem Wagen, um sich zu vergewissern, dass Lucy sicher auf dem Rücksitz saß. »Kyle Ward? Mein Name ist DI Monica Kennedy.« Sie kramte ihren Dienstausweis hervor. »Ich muss Ihnen ein paar Fragen zum Tod eines ehemaligen Schülers stellen. Sein Name war Alexander Allen.«

»Ich weiß nichts über ihn. Tut mir leid, ich habe es eilig. Für so etwas habe ich keine Zeit.« Damit setzte er sich hinters Lenkrad.

»Was meinen Sie mit so etwas? Ich hatte meine Frage noch gar nicht gestellt.«

»Hören Sie. Ich habe erst gestern mit der Polizei gesprochen. Denen habe ich alles erzählt, was ich weiß.« Er biss wütend die Zähne aufeinander. Dieser Mann war es offenbar nicht gewohnt, dass man seine Autorität infrage stellte. Doch irgendetwas schien er zu verbergen. Monica war sich nicht sicher, was es war. Angst vielleicht?

»Mit wem haben Sie gesprochen?«

»Seinen Namen hat er mir nicht genannt.«

»Was wollte er von Ihnen wissen?« Ward sah sich verstohlen über die Schulter um. Die Geste eines Gejagten.

»Hören Sie, Sir«, sagte Monica nun eindringlicher. »Ich denke, Alexanders Tod könnte mit anderen Verbrechen in Verbindung stehen. Mit Entführungen, möglicherweise weiteren …«

»Ich weiß nichts darüber.« Ward wurde ungehalten und schrie nun fast. Er sah sich auf dem ansonsten menschenleeren Parkplatz um und senkte die Stimme. »Wenn Sie hier sind, um mich noch einmal zu warnen, dann keine Sorge. Die Botschaft ist angekommen.«

»Sie warnen? Warum? Hat der Polizist gestern etwas gesagt?«

Ward hielt für einen kurzen Moment unbeirrt ihrem Blick stand. Sie spürte den Regen, der auf ihr Gesicht traf und über ihre Wangen perlte. Ward schien zu einem Entschluss zu kommen. »Er hat mir einen Namen genannt und mich gebeten, ihn zu googeln. Ich habe das als Warnung aufgefasst.«

»Was für einen Namen?«

»Owen MacLennan. Er hat erst kürzlich Selbstmord begangen. Als ich nach Hause kam, lag da die Kopie eines Zeitungsartikels über seinen Tod. Man hatte ihn mir durch den Briefschlitz gesteckt.«

Die Szene stand Monica sogleich wieder lebhaft vor Augen: Owen MacLennan, wie er von der Decke seines

Wohnzimmers baumelte. Blut, das ihm über den nackten Körper rann.

»Ich bin Lehrer. Ich muss meinen Schülern gegenüber Autorität demonstrieren, aber …« In einer hilflosen Geste hob er beide Hände. »Mit so etwas möchte ich nichts zu tun haben.«

Ward machte sich daran, den Motor zu starten, doch Monica legte ihm die Hand auf den Arm und hielt ihn davon ab. »Sie stecken bereits mittendrin.« Unerbittlich starrte sie ihn an. Irgendetwas war da. Er hatte etwas zu verbergen. »Heute ist was passiert, nicht wahr? Was war es?«

Er senkte den Blick, dann schien er eine Entscheidung zu treffen. »Nach dem Anruf war ich mir immer noch nicht ganz sicher. Ich dachte, es könnte vielleicht ein schlechter Scherz sein. Von ein paar Schülern. Ein Sozialarbeiter namens Michael Bach, ich hatte ihm bei der Suche nach einem vermissten Jungen geholfen. Sein Name ist Nichol Morgan. Michael erzählte mir, der Junge sei in Gefahr, also setzte ich selbstverständlich alle Hebel in Bewegung, um ihn zu unterstützen.« Mit zitternder Hand griff er nach seinem Telefon. »Dann traf heute Morgen eine E-Mail von Nichol Morgan bei mir ein. Darin schreibt er, er sei in Gefahr. Angeblich habe Michael Bach …« Er geriet ins Stocken. Monica nahm ihm sanft das Handy ab und fing an zu lesen.

73

Monica fuhr weiter, während sich in ihrem Kopf alles im Kreis oder vielmehr in Spiralen drehte, das traf es wohl eher. Unzählige Gedanken jagten ihr durch den Sinn und buhlten um ihre Aufmerksamkeit.

Michael Bach – ein Mörder. Sie konnte es nicht fassen. Es ging gegen ihre Intuition.

»Wohin fahren wir, Mami?«

Monica warf einen Blick in den Rückspiegel. Die Verunsicherung in der Stimme ihrer Tochter war nicht zu überhören. »Wir fahren zu Granny, mein Schatz. Ich muss nur kurz zu Hause vorbeischauen.«

Die E-Mail. Angeblich kam sie von Nichol Morgan. Der Absender behauptete, Michael sei der Mörder. Es war das gleiche Muster wie bei Paul MacKay. Der Täter nutzte E-Mails, um das Opfer anzulocken. Vielleicht versuchte er es bei Kyle Ward ebenfalls. Damit er ihn allein erwischte. Doch Ward entsprach in keiner Weise dem Profil der anderen Opfer.

Sie ging noch einmal durch, was Ward ihr erzählt hatte. Angeblich hatte ihn jemand von der Polizei angerufen – konnte es wirklich ein Kollege sein? Sie hielt vor ihrem Haus am Bordstein an und drehte sich zu Lucy um, um sie abzuschnallen. Doch dann hielt sie inne. Ihr blieb keine Zeit. Und in dem mit Alarmanlage ausgestatteten, abgeschlossenen Wagen wäre das Kind sicher. Sie hatte nicht vor, länger als zwei Minuten wegzubleiben.

»Ich hole nur schnell ein paar Sachen aus der Wohnung, dann fahren wir weiter zu Granny, ja? Warte kurz hier, ich bin gleich wieder da, okay?«

Und schon rannte Monica zur Haustür und die Treppe nach oben. Als sie im Stockwerk über ihr Schritte hörte, blieb sie wie angewurzelt stehen. Jemand ging auf ihre Wohnung zu. Leise schlich sie die Stufen hinauf. Eine dunkle Gestalt stand vor der Tür. Sie hörte, wie derjenige am Türgriff rüttelte.

Mit einem seltsam flauen Gefühl erkannte Monica, dass es DC Fisher war. Langsam drehte er sich zu ihr um. »Herrje. DI Kennedy, ich hab Sie gar nicht gehört.«

»Was tun Sie hier?«

Er warf einen Blick den Korridor entlang. »Können wir bitte nach drinnen gehen? Es geht um den Fall.«

Sie zögerte. »Ich denke, wir können uns auch hier unterhalten.«

Verwundert legte er den Kopf schief und warf ihr einen eigenartigen Blick zu. »Alles in Ordnung mit Ihnen? Sie sehen nicht gut aus.«

Als sie nicht auf seine Frage einging, sah er sich noch einmal um und trat dann einen Schritt auf sie zu. Er trug einen Anzug und machte einen ordentlichen, selbstbewussten Eindruck. Zur Abwechslung wirkte er einmal nicht gestresst.

»Der Betonblock in Camerons Garten. Die Kriminaltechnik hat die ursprünglichen Befunde bestätigt. Es handelt sich nicht um ein Grab. Es sind ein paar persönliche Gegenstände darin versteckt, aber keine Leichenteile.«

»Persönliche Gegenstände?«

»Eine Geldbörse, ein Gürtel. Gott weiß was alles. Aber

sie sind allesamt alt. Mindestens zwanzig Jahre. Sie haben folglich nichts mit unseren Mordfällen zu tun.«

Monica nickte. Bei den nächsten Worten senkte Fisher die Stimme. »Ich habe Ihnen auch noch was zu den Steinen zu erzählen. Zu den Meteoritenfragmenten.«

Monica starrte ihn abwartend an. Versuchte in seinen Zügen zu lesen.

»Sie sind weg«, gestand er schließlich.

»Aber Sie sind doch für die Beweismittel zuständig. Sie hätten unterschreiben müssen, wenn jemand sie hätte mitnehmen wollen.«

»Jemand muss sie gestohlen haben«, gab er zurück.

Fassungslos starrte sie ihn an. Stand der Komplize des Mörders etwa direkt vor ihr? Fisher, mit seiner Vorliebe für Astronomie und IT? Hier war er und versorgte sie mit Informationen. Und versteckte sich hinter seiner aalglatten Fassade.

Sie musste dringend mit Kyle Ward sprechen. Er musste ihr sagen, was er herausgefunden hatte. In dieser Sekunde konnte jemand auf dem Weg zu ihm nach Hause sein, jemand, der ihn zum Schweigen bringen wollte.

»Ich muss los, Fisher. Tut mir leid. Ich habe etwas Wichtiges zu erledigen.«

Bedächtig nickte Fisher, wobei er sie nicht eine Sekunde aus den Augen ließ. »Wer auch immer die Steine genommen hat, ist ein großes Risiko eingegangen. Ihm muss klar sein, dass wir ihm dicht auf den Fersen sind.«

Sie wich einen Schritt zurück. Auf einmal wollte sie nur noch möglichst viel Abstand zwischen sich und diesen Mann bringen.

»Ist alles in Ordnung, DI Kennedy?«

»Haben Sie da Ihre Finger im Spiel, Fisher? Haben Sie

dabei geholfen, diese Jungen zu ermorden?«, fragte sie mit kraftloser Stimme.

Er starrte sie an. Für einen Atemzug war sie nicht dazu in der Lage, seine Miene zu deuten. Ohne den Blick von ihm abzuwenden, trat Monica den Rückzug über den Flur an und rannte dann die Treppe hinunter und hinaus auf die Straße. Überstürzt sprang sie in den Wagen und verriegelte die Türen sofort von innen.

»Wie groß war diese Katze, Mummy? Durftest du sie streicheln?« Lucy betrachtete die Fotos in ihrem Buch und hatte zum Glück nichts vom panischen Zustand ihrer Mutter mitbekommen.

Augenblicklich fuhr Monica los. Es dauerte eine Weile, bis sie wieder richtig atmen konnte, doch dann wallte plötzlich Zorn in ihr hoch – eisige Wut darüber, dass Fisher seine Position als Polizeibeamter ausgenutzt haben könnte, um einen Mord zu vertuschen. Nichol war vielleicht immer noch am Leben, zu Tode verängstigt und um Hilfe flehend. Und jetzt war Monica die Einzige, die ihm noch helfen konnte. Wenn sie es nicht auf schnellstem Weg zu Ward nach Hause schaffte, würden sie ihn vielleicht nie mehr finden.

Trotzdem zögerte sie. War es das Risiko wert, und sei es noch so klein? Es konnte einiges schiefgehen, und sie hatte Lucy bei sich im Auto. Ihre Hände schlossen sich fester um das Lenkrad. Soll ich eine gute Mutter oder eine gute Polizistin sein? Was auch immer sie jetzt tat, auf die eine oder andere Art wäre es das Falsche. Verstohlen betrachtete sie Lucy im Rückspiegel und konnte selbst nicht glauben, was sie gleich zu ihr sagen würde.

»Wir müssen nur kurz einem von Mamis Freunden helfen. Dem Mann von vorhin. Er ist Lehrer. Möchtest du auch, dass wir ihm helfen?«

74

Colonel Mustard schnitt Michael auf dem Flur den Weg ab. Er miaute laut und schien verzweifelt um Aufmerksamkeit zu betteln. Fast, als wollte er ihm etwas mitteilen.

Michael aber achtete nicht auf das Tier und rannte weiter ins Wohnzimmer. Er raffte Cassandra Harrisons Unterlagen und Notizbücher zu einem ordentlichen Stapel zusammen und steckte ihn zurück in die Schachtel. Dann warf er einen kurzen Blick auf sein Handy. »Komm schon. Was zum Teufel weiß Ward? Was hat ihn so in Panik versetzt?«, flüsterte Michael vor sich hin und wünschte sich nichts mehr, als dass Monica ihn endlich zurückrief.

Als Nächstes fiel sein Blick auf die Notizen, die zuoberst in der Kiste lagen. Da musste doch etwas sein. Ich muss fündig werden, dachte er, sonst verliere ich noch meinen Job. Die Zeitungen werden sich das Maul über mich zerreißen, ein gefundenes Fressen für die Presse. Und was bleibt übrig, sobald die Flut sich wieder zurückzieht?

Michael gab sich alle Mühe, diese Gedanken beiseitezuschieben. Er wollte gar nicht darüber nachdenken, weswegen man ihn suspendiert hatte. Oder wer das angezettelt hatte. Melissa war vermutlich diejenige, die Beschwerde gegen ihn eingereicht hatte. Wie sie es wohl formuliert hat? Unmoralisches Verhalten? Belästigung? An Nichols Laptop, der immer noch unberechtigterweise in seinem Besitz war, wollte er gar nicht denken. Der Laptop. Mit einem Schauder dachte er an den Traum zurück. Nichol, wie er vor dem Fenster seines Hauses stand, die Laptoptasche über der Schulter.

Michael rannte nach draußen zum Land Rover. Dort auf dem Rücksitz lag die Tasche. Er holte sie heraus und ging damit zurück ins Haus. Der Junge ist nie ohne seinen Laptop irgendwohin gegangen. Michael war überzeugt gewesen, dass etwas auf dem Laptop sein musste, das ihm einen Anhaltspunkt liefern konnte, aber was war mit der Tasche selbst? Er war so auf den Computer fixiert gewesen, dass er keine Sekunde daran gedacht hatte, sie zu durchsuchen.

»So verdammt klar.« Schneeregen trommelte gegen das Fenster. Draußen war es schon fast dunkel. Er sah in die Außentasche: nur ein paar Stifte. Dann öffnete er den vorderen Reißverschluss, und ein Manga fiel heraus. Sonst war da nichts. Er legte die Tasche wieder ab und fluchte, bis ihm auffiel, dass er wegen des schlechten Lichts ein Reißverschlussfach an der Rückseite übersehen hatte. Mit einer düsteren Vorahnung zog er den Zipper auf.

In dem Fach fand er ein dünnes Heft im Format A4 mit hochwertigen Farbbildern. Nur vier oder fünf Seiten, die zusammengetackert waren. Auf der Vorderseite war die Aufnahme einer Galaxie zu sehen, eine Farbexplosion aus wunderschönen Rot- und Pinktönen. Die Worte HIGHLAND ZUKUNFTS-ASTRONOMICON prangten darüber.

Michael holte tief Luft. Mit zitternden Händen griff er nach der Schachtel mit Cassandras Notizen. Dort fand er das andere Heft. Marks war viel dunkler und älter und sah aus, als wäre es weit häufiger benutzt worden. In kindlicher Handschrift stand sein Name auf dem Cover. Michael blätterte die beiden Hefte durch und überlegte, worum es sich bei diesem Highland Zukunfts-Astronomicon handeln könnte. Es schien eine Art Schulklub zu sein, der in den ganzen Highlands agierte. Ein Verein für Kinder, die sich für Astronomie und das Weltall interessierten.

Er konzentrierte sich auf Marks Heft. Im schwachen Licht sprang ihm von der ersten Seite ein Name entgegen. Er war rot eingekreist, vermutlich von Cassandra Harrison. Michael blinzelte und vergewisserte sich, dass er richtig gelesen hatte. Dann sah er sich Nichols Heft an. Auch hier derselbe Name: Mr. Kyle Ward. Sorgfältig las er den Text durch: Der Vorsitzende und Gründer des Highland Zukunfts-Astronomicons ist Mr. Ward. Bei Fragen zu Treffen oder Exkursionen erreicht ihr ihn über die angegebene Mailadresse. Eine Galaxie, die sich spiralförmig in die dunkle Unendlichkeit schraubte. Michael spürte, wie sein Realitätssinn ins unbekannte Chaos abdriftete.

Ward hatte Michael erzählt, er habe Nichol nicht persönlich gekannt – unmöglich, wenn Nichol ein Mitglied dieses Klubs war. Wie groß war die Chance, dass Mark MacArthur ebenfalls dabei gewesen war? Auch wenn seine Schule mehr als zwei Stunden mit dem Auto von Nichols entfernt lag?

»Es ist so verdammt offensichtlich.« Michael schnappte sich sein Handy und durchsuchte seine Kontakte nach Melissas Nummer. Sie ging schon beim ersten Klingeln ran.

»Tut mir leid. Er hat gesagt, wenn ich es nicht mache, tut er mir weh. Er hat mir draußen vor unserem Haus aufgelauert. Niemand hätte mir geglaubt …«

»Redest du von Ward?«

»Er hat gesagt, ich solle dich in deiner Wohnung besuchen. Und dann zum Sozialamt gehen. Die haben das total aufgebauscht. Ich wollte doch nicht, dass …«

Ungeduldig fiel er ihr ins Wort: »Das spielt jetzt keine Rolle. Ward kannte Nichol, nicht wahr?«

»Selbstverständlich. Nichol hat ihm beim Aufbau der Website geholfen. Das ist aber schon ewig her. Irgendwann wollte er plötzlich nicht mehr weitermachen.«

»War das vor ungefähr sechs Monaten?«

»Kann sein, ich glaube schon.«

Es passte alles perfekt zusammen. Nichol hatte mit angesehen, wie Ward seinen Freund Alexander Allen entführt hatte. Er musste etwas auf der Website entdeckt haben, das ihn zu diesen Videos führte. Ihm musste klar gewesen sein, dass man ihm nicht glauben würde, deshalb hatte er sie auf seinem Handy versteckt.

»Hör zu, geh nicht mit Ward mit, falls du ihn siehst. Du solltest nicht mal mit ihm reden.«

»Warum? Was ist los?«

»Das erkläre ich dir später. Bleib einfach zu Hause.« Damit legte Michael auf. Sofort keimte der nächste Gedanke in ihm auf: Monica ist bei ihm. Sie weiß es nicht.

Zitternd wählte er ihre Nummer, doch sie ging nicht ran. Kurz entschlossen stopfte er den Rest der Unterlagen in die Schachtel und sah sich fieberhaft nach seinen Autoschlüsseln um. Endlich fand er sie und versuchte es noch einmal bei Monica. Diesmal kam eine Verbindung zustande, doch sie war schlecht, er hörte nicht viel, abgesehen vom Lärmen des nächtlichen Sturms. »Hören Sie mich, Monica?«

Was, wenn Ward Nichol in seiner Gewalt hat? Was, wenn das der Höhepunkt ist, auf den alles Vorherige hinzielt? Ein letzter Mord, während der Komet an der Erde vorbeischießt?

»Michael? Ich bin … auf dem Weg zu Wards Haus.«

»Warten Sie! Hören Sie mir zu!«

»… könnte Fisher sein, DC Fisher …«

»Sie müssen mir zuhören. Fahren Sie nicht zu Ward nach Hause.«

Erst als Michael die Haustür öffnen und nach draußen gehen wollte, in der Hoffnung, dort besseren Empfang zu haben, stellte er fest, dass etwas ganz und gar nicht stimmte. Die Tür war verschlossen, der Schlüssel verschwunden. Michael rüttelte am Türgriff. Verdammt, wo habe ich nur den Schlüssel hin? Ich drehe noch durch!

»Monica! Halten Sie sich von Ward fern.« Aber es half alles nichts, die Verbindung war unterbrochen. Er musste hier raus, um die Polizei zu verständigen.

Noch einmal versuchte er es vergebens an der Tür und durchsuchte seine Taschen, aber der Schlüssel blieb unauffindbar. Wo zum Teufel habe ich den hingetan? Schließlich gab er die Suche auf und wollte stattdessen zur Hintertür hinausgehen. Gerade als er sich umdrehte, hörte er, wie die Küchentür zufiel. Die Gestalt, die er plötzlich im Flur stehen sah, auf dem dreckigen alten Teppich, hier in seinem eigenen Zuhause, ängstigte ihn mehr als alles, was er in seinem Leben je gesehen hatte.

75

Michael starrte in den schwarzen Doppellauf der Schrotflinte, die der Mann auf ihn gerichtet hielt.

»Wissen Sie, wer ich bin, mein Sohn?« Er sprach leise, seine Stimme kaum mehr als ein Flüstern.

Die Gestalt am Fenster. Sie war also doch echt, kein Gespenst, dachte Michael, während er den Mann eingehend musterte. Er trug eine Brille, hatte einen Bart, und das Gesicht kannte er bereits aus Medienberichten. Er hatte ungefähr Michaels Größe und war von der Statur her eher breit gebaut. Gekleidet war er in eine grüne Armeejacke. Dieser Mensch war es gewohnt, die Kontrolle zu haben, er wusste genau, was er tat.

»Sie haben da etwas missverstanden, Don«, sagte Michael.

»Das denke ich nicht. Sie haben Paul getötet. Und diesen anderen Jungen.«

»Wer hat Ihnen denn das erzählt? Kyle Ward etwa? Oder jemand von der Polizei?«

Cameron starrte ihn mit ausdrucksloser Miene an. Dann schob er ganz langsam die Hand in die Jackentasche und warf etwas auf den Boden. »Legen Sie die an.« Er sprach vollkommen ruhig, aber mit Nachdruck. Die Worte wogen schwer, wie ein dickes Buch, das auf einem Tisch landet. »Legen Sie die verdammt noch mal an.«

Michael betrachtete die Handschellen. Tu es nicht, rühr

sie nicht an. »Mit wem haben Sie gesprochen? Irgendjemand deckt den Mörder. Es ist ein Mann namens Ward. Meine Freundin ist gerade auf dem Weg dorthin …«

»Ich werde Sie nicht noch einmal auffordern, mein Sohn. Also machen Sie keine Faxen.« Er spannte den Hahn der Flinte.

Folgsam hob Michael die Handschellen auf. Lauf weg, verdammt noch mal. Doch die Tür hinter ihm war abgesperrt. Seine Hände zitterten, während er die Handschellen um seine Handgelenke schloss. Allerdings so locker, dass er die Hände jederzeit herausziehen konnte.

»Schließen Sie sie richtig.« Michael hatte keinen Zweifel daran, dass Cameron ihn jederzeit kaltblütig erschießen würde. Deshalb leistete er der Aufforderung Folge. »Und jetzt Hände an die Tür legen.«

»Ich habe Paul nichts getan. Und Sie waren es auch nicht, das weiß ich«, erklärte Michael. »Sie verstehen das vollkommen falsch. Ich versuche den Mann zu finden, der das alles getan hat.«

Cameron reagierte nicht darauf. Er hob lediglich den Gewehrlauf an und zielte damit direkt auf Michaels Kopf. Der drehte sich zur Tür um. Er musste etwas tun, musste weglaufen. Doch mit einem Mal spürte er, wie sich eine Hand fest um seinen Hinterkopf schloss und ihm ein alter Lappen vor Nase und Mund gepresst wurde. Er stank nach irgendeiner Chemikalie. Ihm wurde schwarz vor Augen, hilflos ruderte er mit den Armen. Da bohrte sich ihm ein Knie in den Rücken und drückte ihn hinunter auf den Teppich. Michael bekam noch mit, wie er mit seinem bandagierten Gesicht auf den Boden knallte, während ihm ein banaler Gedanke durch den Kopf schoss: Das wird wehtun. Nur, dass es das nicht tat. Denn im nächsten Moment wurde er bewusstlos.

76

Michaels Stimme verhallte am anderen Ende der Leitung. Wards Haus lag fünfzehn Minuten außerhalb von Inverness in westlicher Richtung. Fisher ist vielleicht bereits auf dem Weg dorthin, dachte Monica. Oder er hatte seinem Komplizen Bescheid gegeben. Möglicherweise war derjenige längst auf dem Weg, um Ward zum Schweigen zu bringen.

Wem konnte sie noch trauen? Michael? Crawford war ans Krankenhausbett gebunden, er konnte nicht raus. Die Antwort war schlicht und ergreifend dieselbe wie immer: Sie sollte nur auf sich selbst vertrauen und auf niemanden sonst. Auf freier Strecke beschleunigte sie und trotzte dem Sturm. Zum wiederholten Male sah sie im Rückspiegel nach Lucy.

»Was passiert, wenn es nie wieder zu regnen aufhört, Mami? In der Sonntagsschule haben sie gesagt, das ist schon mal geschehen, und deswegen gibt es Regenbogen.«

»Hab keine Angst, Süße. Ich pass schon auf dich auf. Dir geschieht nichts, solange ich bei dir bin.«

»Sterne werden vom Himmel fallen, und vielleicht sind sogar Feen darin«, sagte Lucy in völlig nüchternem Tonfall. Etwas, das Monica an ihrer Tochter besonders mochte, war die Tatsache, dass sie sich für so viele verschiedene Dinge begeistern konnte. Alles in dieser Welt schien sie zu interessieren. Doch im Augenblick trug ihre Neugier lediglich zur weiteren Verwirrung bei. In Monicas Kopf herrschte absolutes Chaos.

Plötzlich staute sich der Verkehr vor ihnen. Monica erkannte in einiger Entfernung blinkende Rücklichter. Sie fuhr auf die Überholspur und zog an den anderen Fahrzeugen vorbei, bis sie neben dem Polizeiwagen ganz vorne zum Stehen kam. Sie kurbelte das Fenster herunter und lehnte sich hinaus.

»Sie müssen mich durchlassen, es ist dringend.«

Der Polizeibeamte zog sich die Kapuze seiner Jacke tiefer in die Stirn, um sich vor dem heranpeitschenden Schneeregen zu schützen. »Die Straße ist gesperrt. Sie ist völlig überflutet, ein reißender Fluss. Schon das dritte Mal in diesem Jahr.«

»Ich muss hier durch. Ich bin von der Polizei.« Sie griff nach ihrem Dienstausweis und hielt ihn dem Mann hin. »Sie müssen mich sofort weiterfahren lassen. Es handelt sich um einen Notfall.«

Er musterte Monica, dann sah er zu Lucy auf dem Rücksitz. »Sie sind DI Kennedy, ist das richtig? Ich dachte, Sie wären beurlaubt, nach allem, was geschehen ist?« Erst jetzt erkannte Monica den Polizeibeamten wieder. Es war derjenige, der den ersten Tatort in Gairloch bewacht hatte. Der, über den sie Gerüchte gehört hatte, über seine Vergangenheit: Duncan Gregg. Ihre Blicke begegneten sich, seine Miene angespannt und misstrauisch. Irgendetwas Unausgesprochenes ging hier vor sich.

»Wohin, sagten Sie, wollen Sie? Ich werde das per Funk weitergeben müssen«, erklärte er.

Monica wartete gar nicht erst ab, bis er seinen Satz beendet hatte. Stattdessen wendete sie in Windeseile und raste mit spritzenden Reifen zurück in Richtung Stadt. Sie würde eben den Umweg über Loch Ness in Kauf nehmen müssen. Fluchend drückte sie aufs Gas, dann griff sie erneut nach ihrem Handy. Vielleicht schaffte Michael es schneller zu Ward? Vermutlich war er vor ihr losgefahren. Aber konnte sie ihm denn wirklich vertrauen? Kurz zögerte sie, ehe sie Wards Adresse in eine SMS tippte und auf Senden drückte.

77

Umfangen von tiefer Dunkelheit, nahm Michael den Geruch von Benzin wahr. Er spürte, wie es ihm den Nacken hinunterlief. Blinzelnd schlug er die Augen auf. Der Schmerz in seiner Wange war unerträglich. Er versuchte, einen Arm zu bewegen, und stellte dabei fest, dass er an einen Stuhl gefesselt war. In seinem eigenen Wohnzimmer. Übelkeit übermannte ihn, und er beugte sich blitzschnell vor, als sich sein Magen verkrampfte und er trocken würgte.

»Sie haben die Wahl. Entweder, Sie sagen mir sofort die Wahrheit, dann können wir das hier beenden. Oder wir sitzen hier die ganze Nacht, und ich nehme Sie Stück für Stück auseinander. Ich bin ein christlicher Mensch – Spaß habe ich nicht daran. Aber ich werde nicht davor zurückschrecken, wenn es sein muss.«

Michaels Mund weigerte sich, Worte zu formen. Blinzelnd kämpfte er gegen die beißenden Benzindämpfe an. Cameron saß ihm gegenüber auf dem abgenutzten Ledersofa. Die Schrotflinte lag einsatzbereit neben ihm.

»Sie haben diese Jungen getötet, nicht wahr? Sie haben sie verdammt noch mal gefoltert.«

Michael schüttelte den Kopf. Versuchte trotz seiner Angst und der Schmerzen einen klaren Kopf zu behalten. Er bewegte die Hände, die Beine, doch die Fesseln hielten ihn unerbittlich an dem Stuhl fest, sie gaben keinen Millimeter nach.

»Vergessen Sie es, mein Sohn, Sie entkommen mir nicht.«

Eine weitere Woge der Übelkeit übermannte ihn. Michael krümmte sich vor, als sein Magen sich abermals verkrampfte. Er musste hier raus; Monica war in dieser Sekunde bestimmt unterwegs zu Ward. Er wand die Hände und spürte, dass die Fesseln zumindest minimal Spiel hatten. Das Benzin hatte die gleiche Wirkung wie ein Schmiermittel. Er streckte die Finger, fing an zu ziehen.

Plötzlich spürte Michael, wie sich Don Camerons Hand um sein Kinn schloss und seinen Kopf anhob. Er schlug die Augen auf. Sein Peiniger hielt einen Hammer in der Hand, einen, der auf einer Seite abgerundet war.

»Wissen Sie, was ich mit Ihnen machen werde, wenn Sie mich noch einmal anlügen?«

»Hören Sie. Irgendjemand hat Sie an der Nase herumgeführt. Er hat Ihnen Lügen aufgetischt, damit Sie mich umbringen. Ich habe bei den Ermittlungen in den beiden Mordfällen mitgeholfen. Sehen Sie sich diese Schachtel da an. Dann werden Sie verstehen.«

Don Cameron starrte Michael unverwandt an. Hielt ihm den Hammer direkt vor die Nase. Dann ging er flink auf die Knie und ließ ihn auf Michaels Fuß heruntersausen. Michael schrie vor Schmerz auf. Cameron hielt ihm den Hammer erneut vors Gesicht. Noch einmal schlug er damit auf den bereits gebrochenen Fuß. Knochen splitterten und wurden zu Matsch zermalmt.

»Bitte …«, wimmerte Michael, die Zähne fest zusammengebissen. Don Cameron hielt den Hammer erneut hoch. Ließ ihn runterkrachen. Der Schmerz war unerträglich, Michael wurde wieder übel. Er schrie und schrie. »Bitte … bitte …«

Don Cameron ließ den Hammer fallen und schob sein Gesicht direkt vor Michaels.

»Ich bin gleich zurück – mit dem Bolzenschneider. Dann kümmern wir uns um den anderen Fuß.«

Michael ballte die Hände zu Fäusten. Die Schmerzen raubten ihm fast die Sinne, er konnte nicht mehr klar denken. Wieder wand er die Hände. Er musste einen Weg finden zu entkommen. Verzweifelt zog er, versuchte, den Knochen in seinem Daumen zu brechen. Doch es war sinnlos, er brachte nicht genügend Kraft auf. Dann beugte er den Oberkörper nach vorn und riss, in der Hoffnung, der Stuhl möge nachgeben und kaputtgehen. Er wand sich und schaukelte vor und zurück, bis er seitlich umkippte. Wieder flammten peinigende Schmerzen auf, als er mit dem Gesicht am Boden auftraf. Beweg dich. Beweg deine Beine.

Die Tür ging auf, und Don Cameron richtete den Blick auf ihn. Er hielt einen Bolzenschneider locker in der Hand. Wortlos trat er zur Rückseite des Stuhls und brachte ihn wieder in die Senkrechte. Dann setzte er sich aufs Sofa.

Michael wollte etwas sagen, doch seine Zunge verweigerte ihm den Dienst. Er versuchte es noch einmal.

»Ich weiß, dass Sie Zeuge wurden, wie er Paul mitgenommen hat. Aber Sie konnten den Mörder im Dunkeln nicht erkennen, nicht wahr? Das war nicht ich. Es war ein Mann namens Kyle Ward. Sie haben versucht, ihn aufzuhalten. Meine Freundin von der Polizei hat es mir erzählt. Sie weiß, dass Sie Paul nicht getötet haben. DI Monica Kennedy. Sie ist im Moment auf dem Weg zum Haus des Täters. Wenn wir nicht schleunigst losfahren, wird er sie auch noch umbringen.«

Cameron starrte Michael einen Augenblick zweifelnd an. »Sie würden doch alles behaupten, um mich aufzuhalten. Genau wie Paul Sie mit allen Mitteln angefleht haben muss, damit Sie aufhören. Nur leider ohne Erfolg. Nicht wahr?« Damit erhob er sich und machte einen Schritt auf Michael zu. Er ging vor ihm in die Hocke und fing an, die Schnürsenkel zu lösen.

»Warten Sie! Warten Sie, verdammt noch mal! Ich weiß, wer die beiden Jungen getötet hat. Ich kann es beweisen. Geben Sie mir nur fünf verdammte Minuten. Bitte!« Er erkannte seine eigene Stimme nicht wieder. Doch leider dachte Cameron nicht mal daran, zu ihm aufzusehen. Er ließ sich nicht von seinem Tun abbringen. »Irgendjemand bei der Polizei hat Ihnen meinen Namen genannt, nicht wahr? Die wollen mich loswerden. Bitte!«

Cameron zog Michael den Schuh am gesunden Fuß aus. Dann die Socke. Er hob den Blick, sah Michael eindringlich in die Augen und griff nach dem Bolzenschneider. Er öffnete die Zange, so weit es ging, dann begann er sie wieder zu schließen, etwa auf der Hälfte von Michaels Fuß.

»Im Flur steht eine Schachtel. Sehen Sie sich die Notizen darin an. Die Kriminalbeamtin, Monica Kennedy, sie ist auf dem Weg zum Haus des Mörders. Scheiße, der bringt sie um. Genau wie Paul MacKay und die anderen Jungen. Lesen Sie doch verflucht noch mal diese Notizen! Bitte!«

Don Cameron wartete geduldig ab, bis Michael wieder still war, dann widmete er sich abermals dem Bolzenschneider und machte sich daran, den Griff fest zuzudrücken.

78

Die Straße, die am Ufer des Loch Ness entlangführte, war nicht ungefährlich, nicht mal bei besten Witterungsverhältnissen. Sie war sehr schmal, kurvig und unübersichtlich. Jetzt aber, wo das Wasser knöcheltief auf der Fahrbahn stand und der Regen wegen der orkanartigen Böen heftig gegen die Scheiben klatschte, kroch Monica im Schneckentempo dahin. Sie konnte kein Risiko eingehen, da sie jederzeit einen umgestürzten Baum oder einen liegen gebliebenen Wagen um die nächste Biegung erwarten musste, und dann würde sie nicht rechtzeitig bremsen können.

Sie hatte zweimal versucht, Ward zu erreichen. Leider beide Male ohne Erfolg. Vielleicht war bereits jemand bei ihm gewesen und hatte ihn zum Schweigen gebracht, ehe er ihr zeigen konnte, was er gefunden hatte?

Endlich erreichte sie die Gabelung: Ihr Weg führte sie eine steile Straße hangaufwärts. Angesichts der Fluten, die von oben herunterkamen, sah der Weg vor ihr viel mehr wie ein Fluss aus.

Hinten auf der Rückbank starrte Lucy zum Fenster hinaus und betrachtete den dichten Wald ringsum.

»Wir sind fast da, Liebes. Danach fahren wir zu Granny, einverstanden? Hab keine Angst vor dem Sturm; hier drinnen bei mir bist du sicher, ja?« Das Kind antwortete nicht.

Am höchsten Punkt des Hügels bremste Monica den

Wagen ab. Laut ihrem Navi befand sich das Haus am Ende eines Weges, der nach links abzweigte. Sie kniff die Augen zusammen und suchte in der Dunkelheit nach einem Hinweisschild. Da waren gleich mehrere Abzweigungen, die in verschiedene Richtungen führten. Sie wusste aus Erfahrung, dass die GPS-Karten oft nicht zuverlässig waren, besonders in ländlichen Gegenden der Highlands.

Nach minutenlanger fieberhafter Suche entdeckte sie endlich doch noch ein Schild, das an einen Baum genagelt war: Balnuit, stand darauf. Sie riss das Steuer ganz nach links, gab Gas und folgte dem Weg.

79

Michael landete mit einem harten Schlag auf der Ladefläche des Land Rovers. Die Schmerzen in seinem gebrochenen Fuß und hinter seinen Schläfen waren entsetzlich.

Sein Telefon hatte vibriert, eine SMS war eingetroffen. Don Cameron hatte den Bolzenschneider beiseitegelegt. Hatte das Telefon zur Hand genommen. Hatte dann doch einen Blick auf die Notizen in der Schachtel geworfen. Vielleicht hatte er die Verbindung erkannt. Vielleicht waren sie nun auf dem Weg zu Wards Haus. Vielleicht wollte er Michael aber auch irgendwohin bringen, wo er ihn erledigen und loswerden würde. Irgendwohin, wo man ihn nie wieder finden würde.

Michael presste die Zähne fest aufeinander und versuchte erneut, sich aus den Handschellen zu befreien. Währenddessen kletterte Don Cameron auf den Fahrersitz und ließ den Motor an.

80

Endlich hielt Monica vor dem recht einsam gelegenen Haus inmitten eines Kiefernwaldes an. Der Himmel über ihr war tiefschwarz. Die einzige Lichtquelle weit und breit war der schwache Schein, der aus dem Haus drang.

Sie drehte sich zu Lucy um. Das Kind deutete zum Fenster hinaus. Der Himmel war nun wolkenlos, die ersten Sterne zeigten sich. Abseits von den Lichtern der Stadt strahlten sie um einiges heller.

»Heute Nacht kommen die Sternschnuppen, Mami. Denkst du, wir können sie von hier oben gut sehen?« Lucy klang aufgeregt.

Monica streckte die Hand aus und streichelte ihrer Tochter über die Wange. Ein heißer Schwall unermesslicher Liebe durchflutete sie. Sie überlegte, ob sie Lucy abschnallen und mit ins Haus nehmen sollte, entschied sich dann aber dagegen. Im abgeschlossenen Wagen wäre sie in Sicherheit. Sobald sie Ward gefunden hatte, würde sie Lucy zu ihrer Mum bringen und sich anschließend irgendwo ungestört mit ihm unterhalten. Sie griff nach ihrem Handy und öffnete ein Spiel, das Pinguinrennen, das Lucy so liebte. Dann reichte sie es ihr. »Ich bin nur noch mal kurz weg. Du brauchst keine Angst zu haben, ich lasse das kleine Licht an, in Ordnung?«

Nickend schnappte sich Lucy das Handy. Der Inbegriff

kindlicher Unschuld, mit ihrem Plüschhasen, den sie sich unter den Arm geklemmt hatte. Monica beugte sich über den Sitz zu ihr, drückte ihr einen flüchtigen Kuss auf die Stirn und knipste das Licht an, ehe sie ausstieg und die Türen hinter sich verriegelte.

Sie wandte den Blick zum Haus. Hinter der erhellten Glasscheibe der Haustür bewegte sich eine Gestalt. Ward. Er entfernte sich vom Eingang. Vom Wagen her hörte Monica Lucy etwas sagen. Sie sah sich um, konnte aber nicht verstehen, was ihre Tochter ihr mitteilen wollte.

Wards Namen rufend, eilte sie auf die Haustür zu und drückte sie auf. Er hatte offenbar Angst, sonst hätte er nicht den Rückzug angetreten.

»Ward! Ward! Hören Sie, ich bringe Sie in Sicherheit. Ich kann Sie beschützen. Viele Menschen mussten sterben, Ward. Sie müssen mir erzählen, was Sie herausgefunden haben.« Sie folgte ihm den dunklen Flur entlang auf das Licht zu, das unter einer Tür durchschien. Die stieß sie nun auf und trat in den Raum. Als Erstes fiel ihr der Geruch auf. Ein zarter Hauch von Weihrauch. Dann traf sie plötzlich ein greller Lichtstrahl mitten im Gesicht. So grell, dass sie beide Hände hochriss, um sich davor zu schützen.

Dahinter lauerte eine dunkle Gestalt.

»Ward?« Das Licht wurde ausgeknipst. Plötzliche Dunkelheit und tiefe Verwirrung. Sie stellte fest, dass es sich bei diesem Zimmer um eine Art Observatorium handelte. Über ihr waren die Sterne am nächtlichen Himmel zu sehen. Einer leuchtete heller als der Rest. Es war ein Komet.

»Monica. Ich hatte Ihnen doch gesagt, dass Sie freiwillig kommen würden.«

Jetzt packte sie das nackte Grauen, als ihr bewusst wurde, was Lucy ihr eben hatte sagen wollen: Der Mann, Mami, der Mann war in der Sonntagsschule. Schlagartig fühlte sich ihr Kopf an wie ein Nest voller sich windender Schlangen, die auseinanderschnellten. Sie hatte ihr Kind diesem Mann auf dem Silbertablett präsentiert. Wie eine Opfergabe. Sie wollte sich umdrehen und wegrennen. Doch es war zu spät.

Im nächsten Moment spürte sie den Stoß, der sie in der Magengrube traf, das heiße Blut, das hervorquoll und sich ausbreitete, auch wenn sie eigenartigerweise keinerlei Schmerzen verspürte. Als das Licht wieder anging, erkannte sie Wards Gesicht. Mit irrem Blick starrte er sie an, während seine Mundwinkel sich zu einem breiten Lächeln hoben.

81

Schmerz und Angst und die Zeit, die sich jäh zu verlangsamen schien. Michael wurde bewusst, dass er einen Schlag auf den Kopf bekommen hatte, vermutlich hatte er eine Gehirnerschütterung. Vielleicht lag seine Benommenheit aber auch an dem Mittel, das Don Cameron ihm auf dem Lappen vors Gesicht gehalten hatte.

»Ward! Nichol!« Erst nach und nach bekam Michael mit, dass er es war, der schrie. Er schrie aus Leibeskräften. Der Land Rover hielt an. Don Cameron drehte sich zu ihm um und richtete den Doppellauf der Schrotflinte auf ihn.

»Ich habe kein Problem damit, Sie abzuknallen und in den Straßengraben zu werfen. Also halten Sie verdammt noch mal die Klappe!«

Mit einem Blick über Camerons Schulter sah Michael, dass der Sturm sich gelegt hatte. Die Sterne standen an einem klaren Nachthimmel. Der Schweif eines Kometen war zu sehen. Vielleicht waren DI Kennedy und Nichol längst tot. Und vielleicht wäre auch er bald an der Reihe. Er war sich nicht sicher, ob es ihm überhaupt etwas ausmachte. Ob es noch von Bedeutung war.

Der Land Rover setzte sich wieder in Bewegung. Er hätte nicht sagen können, wie lange sie fuhren, da ihn der Schmerz in seinem Gesicht, in seinem Kopf und in seinem zertrümmerten Fuß aufs Neue übermannte.

Die Bewegung des Fahrzeugs veränderte sich. Sie waren auf einen Feldweg abgebogen. Dann wurden sie langsamer, bis der Land Rover erneut anhielt. Michael hörte, wie die Tür aufging und die kalte Luft von draußen ins Wageninnere drang. Blinzelnd nahm er den Geruch von Frost, von Wald wahr. Wieder kniff er die Augen zusammen, bis die Kälte den Nebel durchdrang, der seine Gedanken trübte.

Ein Paar kräftiger Hände packte ihn an den Beinen und zog ihn hinaus auf den vereisten Feldweg. Don Cameron richtete ihn auf und lehnte ihn gegen den Land Rover. Michael war kaum dazu in der Lage, sich aufrecht zu halten, die Schmerzen in seinem zerschmetterten Fuß waren unerträglich. Mühevoll richtete er sich auf, verlagerte sein Gewicht auf die Ferse und stellte fest, dass es zwar immer noch schrecklich wehtat, aber halbwegs erträglich war.

Wieder blinzelte er. Don Cameron stank nach Schweiß. Wie ein Mann, der seit Tagen auf den Beinen war und quer durchs Land floh; durch Wälder, über Berge und Täler.

Hoch über ihnen leuchteten die Sterne am eisigen Nachthimmel, in der Ferne war ein schwaches Licht auszumachen.

»Können Sie laufen?«

Michael biss die Zähne zusammen und nickte. Camerons Gesicht war so dicht vor ihm, dass er spürte, wie der heiße Atem des Mannes über seine Wange strich. Er drehte Michael herum. Stieß ihn gegen die Karosserie des Fahrzeugs und schloss die Handschellen auf. Jetzt, schlag zu! Unternimm etwas, aber schnell! Doch er konnte sich nur mit Müh und Not auf den Beinen halten, geschweige denn, sich zur Wehr setzen. Don Cameron war einen Schritt zurückgetreten und richtete nun wieder die Schrotflinte auf ihn. Er deutete wortlos auf das Haus.

Michael nickte und setzte sich in Bewegung. Jeder Schritt fühlte sich an, als würde sein Fuß aufs Neue gebrochen, die Knochen bewegten sich in Richtungen, in die sie sich eigentlich nicht bewegen sollten. Sie könnte noch am Leben sein. Er durfte nicht aufgeben. Mit zusammengebissenen Zähnen hoppelte er auf den Fersen weiter, versuchte schneller zu werden.

Dann sah er das Auto. Monicas Volvo. Mit Entsetzen stellte er fest, dass niemand darin saß. Er legte die Hand auf die Kühlerhaube. Kalt. Sie musste also schon eine Weile hier sein. Auf der Rückbank sah er einen Kindersitz. Auch er war leer. Michael verlagerte einen Teil seines Gewichts auf den gebrochenen Fuß, doch sofort durchzuckte ihn ein heftiger Schmerz und schien einen Herzschlag lang alles um ihn herum auszulöschen.

Er schlug die Augen auf. Die Haustür stand offen. Unschlüssig sah Michael sich um, aber von Cameron war nirgends eine Spur. Im selben Moment hörte er von drinnen ein Geräusch. Schwach, aber unmissverständlich: Da weinte irgendwo ein Kind. Und über allem raste der brennende Komet über den herbstlichen Himmel.

Lieber Gott, bitte nicht, dachte Michael. Ein sinnloses Gebet, bevor er die Schwelle überschritt und sich den Flur entlangschob, während er sich mit der Hand an der Wand abstützte. Dabei hinterließ er eine Blutspur auf den Holzdielen. Am Ende des Gangs befand sich eine Tür. Darunter war ein schwacher Lichtschein zu erkennen. Wieder die Stimme des Kindes, das die immer gleichen Worte wiederholte: »Mami, Mami, wach auf.«

Entschlossen stieß Michael die Tür auf. Der Raum war nur spärlich vom Schein einiger Kerzen beleuchtet. Dafür schien die Decke zum Himmel hin offen zu sein, Sterne waren zu sehen, hell und unendlich am schwarzen Nachthimmel. Sein Blick fiel auf die Gestalt am Boden. Ein Körper, der in eine spezielle Pose gebracht worden war. Wie jemand, der sich zum Gebet verneigte.

Dann entdeckte er die viel kleinere Gestalt daneben. Wieder dieselben Worte: »Mami! Mami, wach auf!«

Über der so seltsam positionierten Gestalt stand ein Mann. Michael konnte trotz der schlechten Lichtverhältnisse erkennen, dass es Ward war. Oder jemand, der einst Ward gewesen war. Sein Kopf war kahl rasiert, sein Körper voller blutiger Wunden. Male, die in sein Fleisch geritzt worden waren.

Er blickte auf. In der Hand hielt er ein Messer. Sein Gesicht war blutüberströmt.

»Michael. Sie sind gekommen. Ich habe die Leere in Ihnen gespürt, sie geschmeckt. Ich wusste es.«

Der Mann wirkte wie besessen. Ein sonderbares Wort, aber das traf es noch am besten. Seine Züge zeugten von seinem Wahn, von schwerer geistiger Umnachtung.

»Ward?« Michael humpelte auf das Kind zu und versuchte es vor dem Geisteskranken zu schützen. Die zusammengekauerte Gestalt atmete noch. Ein grauenvolles Gurgeln war zu hören. Der Geruch von Weihrauch, vermischt mit dem Gestank von Blut, Sehnen und Muskelmasse.

Lächelnd sah Ward Michael an, mit starren Augen.

»Wo ist Nichol? Er hat rausgefunden, was Sie für ein grausames Spiel treiben, nicht wahr?«

»Nichol. Er war ein guter Junge.« Ward richtete sein Messer auf Michael. Streckte ihm die andere Hand einladend entgegen. »Sie wollen, dass ich Sie dem Universum opfere, habe ich recht?«

Hinter Michaels Rücken war ein Klicken zu hören. Don

Cameron trat mit angelegter Flinte ins Zimmer und kam Schritt für Schritt näher. Aus der Ferne vernahm Michael Polizeisirenen. Dann hörte er sich selbst sagen: »Nicht schießen.«

Ward warf Michael einen verwunderten Blick zu. Dann sah er wieder zu Don Cameron. Über ihnen spannte sich der von alldem unbeeindruckte Nachthimmel.

»Bitte erschießen Sie ihn nicht.«

Ward lächelte und öffnete den Mund, um etwas zu sagen, als ein lauter Knall die Stille zerriss. Die Schrotflinte war losgegangen. Ward knickte in den Knien ein, sein Blick senkte sich auf seinen Bauch, auf die undefinierbare schwarze Masse. Fassungslos sah Michael zu, wie er sich wieder aufzurichten versuchte, eine Hand auf die Wunde gepresst, damit die Gedärme nicht herausquollen. Das Messer hielt er immer noch fest in der anderen Hand.

Cameron lud nach und wagte sich einen weiteren Schritt vor. Hob die Flinte an seine Schulter. Dann sagte er etwas, das Michael nicht verstand, weil ihm die Ohren von dem Schuss klingelten. Ihm wurde bewusst, dass er neben Monica kniete. Schützend legte er den Arm um das Kind und bedeckte ihm die Ohren.

Wieder löste sich ein Schuss. Der Doppellauf war direkt auf Wards Gesicht gerichtet. Diesmal ging er zu Boden und stand nicht wieder auf. Ein weiterer zusammengesackter Haufen.

Jetzt drehte Don Cameron sich zu Michael um und lud die Schrotflinte erneut nach. Das Geräusch der Sirenen wurde lauter. Michael fing seinen Blick ein. Wartete voller Anspannung auf die nächste Salve. Doch statt zu schießen, richtete Cameron den Lauf auf den Boden. Er marschierte an ihm vorbei und verschwand nach draußen in die Dunkelheit.

Schnell tastete Michael nach Monicas Hand. Sie war kalt. Das Kind weinte leise in sich hinein. »Alles wird gut. Ihr kommt beide wieder in Ordnung.«

Er legte Monica die Hand an den Bauch und versuchte die Blutung zu stoppen. Es war sehr viel Blut geflossen, eine riesige Pfütze breitete sich im Schein der Sterne am Boden aus. Und der Komet folgte weiter seiner Bahn und zog einen brennenden Schweif hinter sich her.

82

»Alles wird gut. Sie wird wieder gesund. Mami wird wieder gesund.« Wieder und wieder sprach Michael die Worte vor sich hin, wie ein Mantra, das ihm die Situation erleichtern sollte. Verzweifelt drückte er auf die Wunde in Monicas Unterleib, um die Blutung zu stoppen, während die Einsatzfahrzeuge sich mit heulenden Sirenen näherten. Er glaubte bereits das Blaulicht zu sehen. Und endlich waren da Stimmen und Gesichter, die durch die grenzenlose Leere zu ihm durchdrangen und ihn in die Realität zurückholten.

Jetzt trug er wieder Handschellen und wurde nach draußen geschleift, wo man ihn in einen Transporter verfrachtete. Dann fand er sich im Krankenhaus wieder, mit Handschellen an ein Bett gekettet. Man hatte seinen Fuß operiert und anschließend noch die Platte in seiner Wange erneuert. Wieder und wieder war er zwischen Wachzustand und Bewusstlosigkeit hin und her gedriftet. Lebendig begraben unter dem endlosen Sternenhimmel und in den Gängen tief unter Wards Haus. Nicht enden wollende Korridore ohne einen richtigen Ausgangspunkt. Monica. Lucy. Stets waren sie irgendwo tief unter ihm, am Leben, aber irgendetwas stimmte nicht. Sie waren verändert. Die anderen waren bei ihnen. Sein Vater, sein Bruder, Nichol, sie alle irrten verloren dort unten umher. Verloren im Nichts.

Als Michael das nächste Mal aufwachte, waren die Handschellen verschwunden. Vorsichtig drehte er den Kopf und spürte den inzwischen vertrauten Schmerz im Gesicht. Ein Mann saß neben seinem Bett. Er trug Anzug und Brille; eigentlich wirkte er eher wie ein junger Akademiker denn wie ein Polizeibeamter. Sein Gesicht aber war aufgedunsen, und er hatte dunkle Ringe unter den Augen. Ben Fisher, erinnerte sich Michael mit einem seltsamen Gefühl der Synchronizität. Jemand, den er als Kind gekannt hatte. Wie groß war die Chance?

»Monica?« Er brachte den Namen nur undeutlich hervor. Michaels Zunge fühlte sich an, als wäre sie aufgequollen, sie schien seinen Mund komplett auszufüllen.

»Sie wird es überleben. Mehr kann ich Ihnen derzeit nicht sagen. Lucy geht es gut. Sie ist bei ihrer Großmutter. Es war das Kind, das die Polizei verständigt hat. Monica hatte ihr beigebracht, die Nummer des Notrufs zu wählen, falls ihrer Granny je irgendetwas zustieß. Sie hat ihre Mutter im Haus schreien gehört …«

Das Haus. Dieses Zimmer unter dem nachtschwarzen Himmel, der Komet. Michael spürte einen Kloß im Hals und musste schlucken. Seine Kehle war derart trocken, dass es sich anfühlte, als hätte er Rasierklingen im Hals.

»Mein Klient, Nichol Morgan. Ich denke, Ward hat ihn mitgenommen.«

»Im Haus war keine Spur von dem Jungen zu finden, auch nicht in Wards Wagen. Mehr können wir im Moment nicht sagen.«

»Da war dieses Mädchen, Melissa … Margaret Taylor.« Das Sprechen bereitete ihm unheimliche Schmerzen. »Ward hat sie benutzt, um mich zu kriegen. Sie war …«

»Ihr geht es gut«, sagte Fisher.

»Woher wissen Sie das?«

»Sie hat ihrer Mutter erzählt, was passiert ist. Eigentlich hatte sie darum gebeten, Sie besuchen zu dürfen, aber zu dem Zeitpunkt hat man Sie noch operiert.«

Michael ließ sich zurück aufs Kissen sinken und genoss den Moment grenzenloser Erleichterung. »Das ist gut.« Instinktiv wollte er seine Taschen nach seinen Zigaretten abklopfen, hielt dann aber inne und legte die Arme vorsichtig auf der Decke ab.

»Warum ist Monica allein zu Ward nach Hause gefahren? Warum hat sie niemanden als Verstärkung mitgenommen?«

Der Detective senkte betreten den Blick. »DI Kennedy … sie hatte mich unter Verdacht, glaubte, ich könnte irgendwie in die Sache verwickelt sein.« Eine Fülle an Emotionen huschte über Fishers Gesicht, während er sprach.

»Aber Sie sind unschuldig. Nicht wahr?«

Fisher starrte Michael stirnrunzelnd an, offenbar verärgert über seinen zweifelnden Ton.

»Ward trägt ganz allein die Schuld an dem, was DI Kennedy zugestoßen ist«, erklärte Fisher letztlich. »Er hat das Ganze auf Video aufgezeichnet. Auf dem Band ist zu sehen, wie er ihr das Messer in den Bauch rammt und sich dann selbst mit der Klinge zerfleischt. Anschließend ging er hinaus zum Auto und holte Lucy herein. Wenn Sie nicht gekommen wären, wer weiß, was …« Fisher verstummte und ließ den Kopf hängen. »Aber bislang ist es uns nicht gelungen, unwiderlegbare Beweise zu finden, die ihn mit den anderen Morden in Verbindung bringen.«

Fisher holte tief Luft, dann warf er einen Blick über die Schulter zur geöffneten Tür. Er stand auf, um sie zu schließen, und nahm wieder Platz.

»Bei den Ermittlungen geht es drunter und drüber. DI

Kennedy hatte schon seit Tagen gesagt, dass wir auf falscher Fährte wären und wir uns auf eine andere Spur konzentrieren sollten. Ich glaube, irgendjemand hat Don Cameron vorgewarnt.«

»Auf jeden Fall hat ihm jemand weismachen wollen, ich hätte Paul MacKay auf dem Gewissen. Derjenige hat ihm sogar meine Adresse genannt«, erklärte Michael.

»Cameron ist untergetaucht, bislang keine Spur von ihm. Er ist der Einzige, der uns sagen könnte, wer sein heimlicher Informant war. Meine Vorgesetzten sind sich derzeit uneins, ob sie ihn weiter verfolgen sollen oder ob man besser nach Indizien sucht, die belegen, dass Ward für sämtliche Todesfälle verantwortlich ist. Sie stünden wohl besser da, wenn Don Cameron der Schuldige wäre und sie Ward als Psychopathen abstempeln könnten. Aber es deutet nichts konkret auf eine Verbindung zwischen Ward und den Jungen hin. Diese Meteoritenfragmente, sie waren das Einzige …«

Unter Schmerzen stemmte sich Michael hoch, jeder einzelne Knochen im Körper tat ihm weh. Sein Fuß steckte in einem dicken Gips. Er sah sich nach seiner Kleidung um und musste feststellen, dass sie weg war. Wahrscheinlich als Beweismittel konfisziert.

»Mein Klient Nichol Morgan, er wusste, was Ward trieb. Allerdings hatte er zu viel Angst, um es jemandem zu sagen. Er hat ein Handy mit einem Video zurückgelassen, wohl in der Hoffnung, jemand würde nach ihm suchen.«

»Die Videos. DI Kennedy hat mir davon erzählt«, sagte Fisher.

»Wollen Sie wirklich herausfinden, was diesen Jungen zugestoßen ist?«

Fisher nickte. Auf seinem Gesicht zeichnete sich zwar

unmissverständlich Sorge ab, aber er bestätigte die Frage mit einem eindeutigen Nicken.

»Dann helfen Sie mir hier raus. Wir müssen uns diese Videos besorgen.«

»Aber Sie wurden gerade erst operiert …«

»Stehe ich unter Arrest?«, fragte Michael.

»Nein, das habe ich Ihnen ja gesagt. Ward hat alles aufgezeichnet.«

»Dann helfen Sie mir, bitte.«

83

Der zaghafte Ausdruck auf Fishers Miene entging Michael keineswegs. Er schien sich zu fragen, gegen welche Regeln er womöglich verstieß. Schließlich aber half er Michael aus dem Bett, führte ihn die Treppe hinunter und hinaus auf den Parkplatz, wo sein Wagen stand.

Michael wartete draußen vor seiner Wohnung im Auto, während Fisher hineinging und fünf Minuten später zurückkehrte, eine von Michaels Jeans, Turnschuhe, ein Sweatshirt sowie die angebrochene Flasche Whisky und eine halbe Packung Zigaretten unter den Arm geklemmt. Er half Michael sogar dabei, die Klamotten anzuziehen, und zerriss die Jeans so, dass er sie über den Gips an seinem Fuß ziehen konnte. Als Michael sich dann auch noch eine Zigarette anzündete, und das in Fishers makellos aufgeräumtem VW, verkniff er es sich sogar zu protestieren.

»Wo fahren wir jetzt hin?«, wollte Fisher wissen, die Finger bereits abwartend am Navi, um die Adresse einzugeben.

Michael schluckte zwei Schmerztabletten und spülte sie statt mit Wasser mit einem kräftigen Schluck Whisky hinunter. Fishers vorsichtiger Fahrstil hatte etwas Beruhigendes an sich, und auch die wohlige Wärme im Auto trug dazu bei, dass er sich etwas entspannte. Es begann bereits zu dämmern, als Fisher schließlich den Motor startete und Michael abwartend ansah.

»Fahren Sie einfach los«, sagte der.

Fragend sah Fisher Michael an, folgte aber seiner Anweisung.

Sie fuhren die lange Strecke zu Henrys Haus. Durch die Berge, entlang einspuriger Landstraßen. Mehrmals verfuhren sie sich und mussten umkehren, und schließlich war es stockdunkel. Irgendein Polizist hatte Ward geholfen und Michael Don Cameron überantwortet, und Michael war lieber vorsichtig, um Henry nicht in Gefahr zu bringen. Doch niemand folgte ihnen, und Fisher wirkte, als könnte er ihm trauen.

Als Michael die Haustür aufstieß, drehte Henry sich nach ihm um.

»Ich habe Sie vor zwei Tagen angerufen, Michael. Habe sogar eine Nachricht hinterlassen. Ich dachte, Sie wären an diesen Videos interessiert?« Seine Stimme klang empört, und er rückte sein japanisches Stirnband zurecht, das ihm über die Augen gerutscht war.

»Doch, bin ich auch. Tut mir leid, ich wurde aufgehalten«, entschuldigte sich Michael.

Henry warf einen argwöhnischen Blick auf Fisher, schien aber dann zu dem Schluss zu kommen, dass man ihm vertrauen konnte. Michael ließ sich auf einem Stuhl nieder und nahm einen Schluck Whisky. »Kannst du uns als Erstes das Video von Alexander Allen zeigen?«

Henry bedachte nun die Whiskyflasche mit einem misstrauischen Blick, ehe er den eingegipsten Fuß bemerkte. Ohne ein weiteres Wort wandte er sich einem seiner Bildschirme zu und klickte ein paarmal mit der Maus. Fisher schob sich näher an den Monitor heran.

»Dieses Video war in einem Link auf dem Handy versteckt. Der Junge in dem Film ist vor sechs Monaten gestorben, angeblich Selbstmord. In seinem Hals steckte ein schwarzer Stein, genau wie bei diesen anderen Jungen«, erklärte Michael.

Fisher hielt den Blick auf den Bildschirm gerichtet und sah, wie Zandy Allen ins Bild kam, gefilmt durch ein Fenster seines Zuhauses.

»Was hast du noch gefunden, Henry? Du sagtest doch, du hättest angerufen, weil du etwas für mich hättest«, hakte Michael nach.

»Ich habe angerufen, weil ich Ihnen sagen wollte, dass ich noch mehr Videos entdeckt habe. Sehr viele Videos.«

84

Fisher nahm auf dem Sofa in Michaels Wohnung Platz. Ein Monat war vergangen, seit sie sich das erste dieser Videos auf Henrys Computer angesehen hatten.

Nach dreißig Sekunden hatten sie den Ton leiser gestellt, um das verzweifelte Flehen des Jungen nicht länger mit anhören zu müssen. Nach zwei Minuten hatte Michael Henry gebeten, es ganz zu stoppen. Er hatte genug gesehen. Genug, damit es ihn für den Rest seines Lebens verfolgte.

Michael hatte sich Fisher zugewandt. Sein eigenes Entsetzen spiegelte sich auch in den Augen des jüngeren Mannes wider.

»Wollen Sie das übernehmen, oder soll ich damit an die Presse gehen?«, fragte Michael.

Auch wenn Fisher das Grauen ins Gesicht geschrieben stand, nickte er. »Dafür ist die Polizei zuständig.«

Die Novemberkälte hatte Frostblumen an den Fensterscheiben hinterlassen, in der Ferne sah man die blinkenden roten Rücklichter auf der Kessock Bridge. Der kalte Herbstabend war Fisher und dem anderen Polizisten neben ihm offenbar gefolgt. Der linke Arm des Mannes steckte unter seinem Jackett in einer Schlinge.

Michael erkannte ihn sofort. »Das ist DC Crawford«, stellte Fisher ihn dennoch vor.

Michael nickte. »Wir kennen uns bereits.«

Die beiden Polizisten schienen die schlechten Neuigkeiten mit sich herumzutragen wie eine schwere Last. Und nach allem, was geschehen war, war sich Michael nicht sicher, ob er sie hören wollte. Zur Beruhigung griff er nach der Whiskyflasche und schenkte ihnen ein. Crawford schob das Glas sofort weg, doch Fisher trank seines in einem Zug leer. Michael tat es ihm gleich und spürte, wie die brennende Flüssigkeit seine Kehle hinunterrann. Dabei betrachtete er die langen dunklen Schatten an der Wand.

»DI Kennedy geht es langsam besser. Sie hat nach Ihnen gefragt«, sagte Crawford.

Michael räusperte sich. Jene Nacht war wirklich das Letzte, woran er denken wollte. »Wie kann ich Ihnen behilflich sein? Wissen Sie inzwischen, wer mich bei Don Cameron angeschwärzt hat?«

»Das gestaltet sich leider als sehr schwierig«, sagte Fisher. »Solange Don Cameron es uns nicht selbst sagt, und wie Ihnen vermutlich zu Ohren gekommen ist, ist er …«

»… immer noch auf der Flucht, ich weiß.«

»Wir werden den Verantwortlichen seiner gerechten Strafe zuführen. Aber leider hat Cameron von dieser Telefonzelle aus zwei Telefonate getätigt. Gut möglich, dass er Ihren Namen und Ihre Adresse erst bei diesem zweiten Anruf erhalten hat.«

»Nur lässt sich diese Nummer nicht zurückverfolgen«, stellte Michael fest.

»Genau. Es handelt sich um eine Mobilfunknummer. Von einem Prepaidhandy.«

Michael nickte; leider war diese Auskunft nichts Neues.

Fisher senkte den Blick und räusperte sich. »Sie wissen, dass wir mit der Aufgabe betraut sind, im Fall der Videos zu ermitteln, die Sie entdeckt haben. Wir ermitteln auch im Fall Kyle Ward. Wir haben gewisse Fortschritte erzielt, doch leider konnten wir seine Identität bislang nicht bestätigen. Die Sache ist kompliziert, wir wissen nur, dass vor zwanzig Jahren in Australien ein junger Mann namens Kyle Ward verschwand. Vor fünfzehn Jahren wurde er offiziell für tot erklärt. Man ging davon aus, dass er Selbstmord begangen hatte, er hatte unter Depressionen gelitten. Tja, und jetzt …« Er verstummte.

»Jetzt vermuten Sie, dass er seinen Namen geändert haben könnte?«, schlug Michael vor.

»Wir nehmen an, dass unser Mann Wards Identität übernommen hat. Wer er vorher war, können wir leider nicht sagen«, erklärte Crawford, stützte die Arme auf die Knie und ließ den Kopf hängen.

Ein namenloser Mann, der seine Identität wie eine Maske trug. Das klang nach dem perfekten Stoff für einen Albtraum.

»Er hat also eine falsche Identität benutzt, um einen Job als Direktor einer Schule zu bekommen, und keiner hat was mitgekriegt?«, fragte Michael ungläubig. Er konnte nicht fassen, was der Detective ihm da erzählte.

»Es laufen groß angelegte Ermittlungen. Wie es aussieht, wurden ein paar Details« – Fisher schien um Worte verlegen, bis er schließlich weitersprach – »übersehen.«

»Übersehen?« Michael wiederholte das Wort, empört über die maßlose Verharmlosung, die damit einherging. »Sie meinen, es wurden Details übersehen? Und das hat wie viele Menschen das Leben gekostet?«

Fisher starrte beschämt auf den Tisch. »Wie gesagt, es wird eine Überprüfung geben, und welche Details das waren, dürfen wir nicht preisgeben.« Er sah wieder zu Michael auf. Offenbar wollte er das Gespräch möglichst schnell auf ein anderes Thema lenken. »In Ihrer Zeugenaussage gaben Sie an, Ward habe auf Sie einen wahnhaften Eindruck gemacht. Also schwer geistesgestört?«

»Ich hatte das Wort ›besessen‹ verwendet. Er wirkte auf mich besessen. Aber ich nehme an, das führt im Grunde auf dasselbe hinaus«, sagte Michael. Zum wiederholten Mal kämpfte er damit, die zwei Seiten von Wards Persönlichkeit in Einklang zu bringen. Wie konnte jemand seine Maske so überzeugend zur Schau tragen? Und einen Autoritätsposten bekleiden, während er gleichzeitig Jugendliche entführte und ermordete?

Fisher hüstelte. »Der toxikologische Befund seiner Autopsie deutet darauf hin, dass er in der Nacht, in der er starb, einen Medikamentencocktail geschluckt hatte: Amphetamine, Valium, LSD. Das könnte einiges von seinem Handeln erklären.«

»Sein Handeln?«, hakte Michael nach, der inzwischen Mühe hatte, seine Abneigung gegen den jungen Detective zu verbergen. »Das Foltern und Morden meinen Sie?«

»Wir glauben, er litt unter … so etwas wie Wahnvorstellungen«, erklärte Fisher, Michaels vorwurfsvollen Ton ignorierend.

Jetzt mischte Crawford sich ein. »Er war auf einen bestimmten Meteoriten fixiert. Einen Kometen. Der kam vor zwanzig Jahren schon einmal an der Erde vorbei. Zur selben Zeit verschwand dieser junge Mann in Australien. Von dort stammen im Übrigen auch die Meteoritenfragmente.«

Michael nickte und ließ ein wenig von seinem Frust ziehen. Ihm fiel ein, wie Monica ihm davon erzählt hatte.

Fisher übernahm nun wieder das Wort. »Er hat es in seinen Aufzeichnungen erwähnt. Er war überzeugt, er würde mit dem Universum kommunizieren, indem er diese Jungen ermordete, ihnen die Steine in den Hals steckte und sie in diese spezielle Position brachte.«

»Er war verdammt noch mal verrückt«, stellte Crawford fest und klang plötzlich ziemlich verärgert. »Er hat sich irgendeine hanebüchene Geschichte ausgedacht, als Rechtfertigung dafür, dass er Spaß daran hatte, Menschen zu verletzen und junge Männer auf sadistische Weise zu ermorden.«

Michael musterte Crawford eindringlich. Sonderbarerweise beneidete er den jungen Mann um seinen Zorn. Er war im Grunde einer Meinung mit ihm. Doch wenn er zum Fenster hinaus in die Finsternis blickte, hinauf zu diesem Universum voller Sterne und Galaxien, dann fühlte er sich für einen kurzen Moment wie losgelöst von der menschlichen Moral. Dann überkam ihn ein beinahe psychedelisches Verständnis der Unendlichkeit und unserer tiefen Verbindung mit dem großen Ganzen – der Sonne, den Jahreszeiten, dem Kosmos, der uns hervorgebracht, der jedes einzelne Atom in unserem Körper erzeugt hat –, und vielleicht war Ward ein Teil dieses Zyklus der Unendlichkeit. Die ständige Wiederkehr von Werden und Vergehen. Vielleicht würde der Mann in einem anderen Körper wiederkehren. Vielleicht war er längst zurück.

Er griff nach der Flasche, um den Gedanken im Alkohol zu ertränken. Seit jener Nacht in diesem Haus hatte er immer wieder diese Vorstellung. »Sie sind doch nicht etwa gekommen, um mir von Ward zu erzählen, oder?«

Fisher sah Crawford an, und als er schließlich Luft holte, wusste Michael haargenau, was jetzt folgen würde.

»Sie wissen, dass uns eine Reihe von Videoaufzeichnungen zugespielt wurde? Die Rede ist von Dutzenden«, sagte Fisher.

Michael spürte, wie die Realität in leichte Schieflage geriet.

»Wir haben uns darauf konzentriert, die Männer und Jungen darin zu identifizieren und sie mit den vermissten Personen abzugleichen, deren Namen Sie uns genannt haben – Mark MacArthur, Lewis Fall, Iain Johnston.«

»Ich habe mir diese Videos angeschaut. Nichol war auch in einem zu sehen, nicht wahr? Er wurde ermordet, er wurde zu Tode gequält, ist es nicht so? Was ist mit ihm passiert?« Im selben Moment spürte Michael die Dunkelheit nahen. Spürte sie durch sämtliche Ritzen der Fenster eindringen.

Fisher wandte verlegen den Blick ab und sah Hilfe suchend zu Crawford.

»Jetzt sagen Sie schon, verdammt noch mal. Was hat Ward ihm angetan?«, rief Michael, völlig außer sich.

»Michael, Nichol war in mehreren Aufzeichnungen zu sehen …« Nervös fuhr Fisher sich mit der Hand übers Gesicht.

»Er wurde allerdings nicht ermordet«, übernahm Crawford nun das Wort. »Nichol war Wards Gehilfe. Er diente als sein Komplize. Wir nehmen an, dass Ward ihm gedroht oder ihn irgendwie erpresst hat. Er hat ihn gezwungen, da mitzumachen.«

Fünf Monate später

Das Meer war eisig kalt. Michael stand knöcheltief im Wasser, bis ihm die Füße schmerzten und er kaum mehr Luft bekam. Tief sog er die salzige Luft in die Lunge. Das Wasser bildete eine scharfe schwarze Linie im Kontrast zum frostüberzogenen Strand, eine Linie, die die Flut immer weiter landeinwärts verschob. Die Szene hatte etwas zutiefst Friedliches.

Michael watete zurück an Land und setzte sich auf einen Felsen. Er trocknete die Füße mit der Daunenjacke ab und beobachtete das sanfte Auf und Ab der Wellen. Dann zündete er sich eine Zigarette an, rauchte sie zu Ende und steckte sich sofort die nächste zwischen die Lippen. Im Westen sank die Sonne immer tiefer, von Norden her kroch das kalte Nordlicht über das schwarze Wasser und brachte die Frostkristalle zum Funkeln.

Er hörte jemanden über die Kieselsteine hinter ihm näher kommen. Für einen Sekundenbruchteil stellte er sich vor, es wäre Ward. Zurückgekehrt in einem anderen Körper. Nach all der Zeit aus seinem Versteck gekrochen. Michael schloss die Augen und verdrängte den Gedanken wieder. Es war blanker Unsinn. Als er sich umdrehte, erkannte Michael das rötliche Fell. Colonel Mustard war ihm durch das Moor bis runter zum Strand gefolgt. Der Kater miaute und stupste Michaels Hand mit der Nase an. Dann sprang er auf seinen Schoß und machte es sich dort gemütlich.

Als er seine letzte Zigarette zu Ende geraucht hatte und die Schatten am Strand einer undurchdringlichen Schwärze gewichen waren, erhob Michael sich. Colonel Mustard war eingeschlafen, deshalb trug er ihn behutsam zurück zum Hof. Sein Fuß schmerzte nach wie vor. Vor allem dann, wenn er der Kälte ausgesetzt war. Der Chirurg, der Michael operiert hatte, hatte ihm die Röntgenaufnahmen gezeigt. Sechsundzwanzig Knochen und mehr als hundert Bänder befanden sich im menschlichen Fuß. Sämtliche Bruchstücke wieder zusammenzusetzen war ein schwieriges Unterfangen gewesen.

Oben auf dem Hügelkamm blieb er stehen und sah hinab zum Strand, betrachtete das Meer und die Sterne am violetten Himmel. Die Nacht verdrängte das letzte Licht des Tages. Zum wiederholten Mal tastete er in seiner Tasche nach dem Foto. Er hatte es zwischen den Unterlagen seines Vaters gefunden, als er sich endlich dazu durchgerungen hatte, in den Stall zu gehen und sich seine Sachen anzusehen. Dabei war er auf die Schuhschachtel voller Fotos gestoßen, die er nie zuvor gesehen hatte.

Erinnerungen an ein früheres Leben. An eine andere Realität. Zwei lächelnde Jungen in kurzen Hosen und T-Shirts an einem sonnigen Tag. Ein Bruder, den er nahezu vergessen hatte. »Joseph.« Der Name klang fremd in seinen Ohren. Er hatte ihn seit seiner Kindheit kaum mehr laut ausgesprochen. Vorsichtig verstaute er das Bild in der Tasche seiner Jacke.

Es war stockdunkel, als er zurück zum Haus kam und das Auto mit laufendem Motor draußen stehen sah. Michael beschlich leises Unbehagen, eine Gänsehaut kroch über seine Arme. In letzter Zeit reagierte er sehr schnell panisch.

Monica ließ den Blick über die Moorlandschaft schweifen. Die scharfe Linie des Horizonts verschmolz langsam mit dem blassen Abendhimmel über dem Meer. Sie fragte sich, ob Michael heute Abend überhaupt noch nach Hause kommen würde. Am Ende hatte sie die weite Fahrt hierher für nichts und wieder nichts auf sich genommen? Monica wusste nicht, ob sie genervt oder erleichtert sein sollte. Es wäre immerhin die erste Begegnung seit jener Nacht in Wards Haus. Die Erinnerung löste ein flaues Gefühl in ihr aus. Sie brachte die genähte und inzwischen verheilte Wunde in ihrem Bauch, dort wo Ward ihr das Messer hineingestoßen hatte, zum Pochen und führte ihr das eigene Versagen noch einmal ebenso schmerzhaft vor Augen.

Warum hatte sie sich so leicht von Wards Maskerade blenden lassen? Noch erschreckender aber war ihre eigene Arroganz. Wie hatte sie Lucy nur mit zu diesem Haus nehmen können? Ihre Kollegen und die Presse hatten sie als Heldin dieses Stücks gefeiert, als die selbstlose Polizistin, die ihr eigenes Leben aufs Spiel gesetzt hatte, um den Mörder zu kriegen. So war es leichter für alle Beteiligten, das Versagen und die vielen falschen Fährten, denen sie und ihre Kollegen gefolgt waren, einfach zu verdrängen.

Eines aber würde Monica nie vergessen können: den Ausdruck in den Augen ihrer Mutter, als sie im Krankenhausbett erwacht war. Die Erleichterung darin, die Monica auf Anhieb die Gewissheit gab, dass Lucy in Sicherheit war, aber auch die Vorwürfe – und dann noch die Worte, die dem Blick gefolgt waren: »Warum hast du sie dorthin mitgenommen, Monica? Warum hast du dir keine Unterstützung geholt?«

Monica hatte etwas darauf sagen wollen, doch sie hatte kein Wort über die Lippen gebracht. Nicht, dass es irgendetwas gebracht hätte, denn im Grunde wusste sie die Antwort darauf selbst nicht. Am ehesten stimmte wohl, dass sie Nichol Morgan hatte retten wollen … vielleicht … oder es war etwas noch viel Tiefgründigeres gewesen. Irgendeine vage Vorstellung am Rande ihres Bewusstseins – der Gedanke, ihre Rolle im Kampf gegen das Chaos und das Böse einzunehmen, und zwar um jeden Preis.

»Vielleicht ist er unterwegs und kommt erst morgen wieder«, sagte Crawford auf dem Beifahrersitz. Um ein Haar hätte sie vergessen, dass er mit ihr im Wagen saß.

Gerade wollte sie sich zu ihm umdrehen und etwas sagen, als sich Lucy vom Rücksitz aus meldete: »Sieh mal! Er hat eine Katze!« Die Stimme des Kindes war zum ersten Mal seit Langem wieder voller Leben. Aufgeregt kletterte sie aus ihrem Sitz und deutete mit dem Finger über Monicas Schulter in Richtung Meer.

Sofort stieg Monica aus und sah Michael langsam auf sie zukommen. Er schien immer noch leicht zu humpeln, sein kurzes braunes Haar war vom Wind völlig zerzaust und stand in alle Richtungen von seinem Kopf ab. Er trug eine Daunenjacke, offenbar war sie neu – dunkelblau, sie passte ihm viel besser als die alte.

Beim Haus angekommen, ließ er die Katze herunter. »Keine Sorge, er ist ganz friedlich«, rief Michael, als handelte es sich nicht um einen Kater, sondern um einen Hund. Das Tier huschte an Monicas Füßen vorbei ins warme Fahrzeug.

Erfreut sah sie, wie Lucys Miene sich sofort aufhellte,

als der Kater auf ihre Knie sprang. Vorsichtig hielt sie ihm ihre kleine Hand hin. »Er heißt Colonel Mustard«, sagte Michael, als das Tier mit dem Kopf gegen Lucys Finger stieß.

»Wir waren uns nicht sicher, ob Sie noch kommen würden«, meinte Monica.

Michael steckte sich eine Zigarette an und blies den Rauch in die Nacht. Crawford war mittlerweile ebenfalls ausgestiegen. Mit einem Nicken grüßte er Michael und schnupperte misstrauisch die Landluft. Sein Haar wirkte im schwachen Licht des Nordens blutrot.

»Ich dachte schon, Sie wären Ward«, gab Michael zurück. Er stieß ein Geräusch aus, das ansatzweise wie ein Lachen klang. Verunsichert sah Monica zum Auto, um sich zu vergewissern, dass Lucy das Gesagte nicht mitbekommen hatte. Zum Glück war ihre Tochter ganz verzaubert von dem Kater.

»Lucy hatte in letzter Zeit des Öfteren Albträume, in denen irgendwelche Monster vorkamen. Die Ärzte sagten, sie sollte Sie sehen. Den Kontext der Geschehnisse verändern oder etwas in diese Richtung«, erklärte Monica. Aber wie soll man einen solchen Kontext verändern, wenn man mit dem Inbegriff des Bösen zu tun hatte?, fragte sie sich. Wenn ein so abgrundtief böser Mensch dazu in der Lage war, derart viel Schmerz zu verbreiten?

Michael nickte. Er wirkte erschöpft, die kleinen Fältchen um seine Augenwinkel herum waren tiefer, als sie sie in Erinnerung hatte. Sein Gesicht wirkte hagerer. Sein verlegenes Räuspern verriet Monica, dass er vorhatte, sich nach Nichol zu erkundigen. Doch sie hatte sich schon vorher eine Antwort zurechtgelegt.

Zu ihrer Verwunderung stellte er dann aber folgende

Frage: »Der Maulwurf bei der Polizei … Konnten Sie schon jemanden dafür verantwortlich machen?«

Die Frage traf Monica ein wenig unvorbereitet. Aber irgendwo verstand sie auch, dass er Bescheid wissen wollte; schließlich hatte ihn dieser heimliche Informant fast das Leben gekostet.

»Wir wissen es leider nicht«, antwortete sie, und im selben Moment musste sie wie schon so oft an diesen einen Moment zurückdenken, als sie unterwegs zu Wards Haus gewesen war. An den Polizeibeamten, der sie auf der überfluteten Landstraße aufgehalten hatte – PC Duncan Gregg – und an die Gerüchte um seine Person und die Korruptionsvorwürfe. Sie erinnerte sich deutlich an den Blickwechsel zwischen ihnen und wie sich ihre Intuition gemeldet hatte, dieser Funken von Misstrauen ihm gegenüber, den sie plötzlich verspürt hatte. Konnte es sein, dass Gregg es gewesen war, der Don Cameron Michaels Adresse genannt hatte? »Es könnte sich um einen Zufall handeln, dass Cameron bei der Polizei angerufen hat. Die Umstände sind Ihnen bekannt. Wir können nicht mit Gewissheit sagen, dass er Ihre Adresse auf diesem Weg erfahren hat«, sagte sie schließlich, und sie war sich nur allzu bewusst, wie unbefriedigend ihre Antwort auf ihn wirken musste.

Doch Michael schien sie nichtsdestotrotz zu akzeptieren. Vermutlich kapitulierte er vor der Bürokratie diverser Ermittlungen und Überprüfungen, die noch kommen würden.

»Sie sind zurück auf Ihrem Posten?«, fragte er, als wären sie flüchtige Bekannte, die sich zufällig über den Weg gelaufen waren.

»Noch nicht«, gab Monica zu. Sie hasste Small Talk. »Ich habe mir eine kleine Auszeit genommen, um mehr Zeit mit

Lucy zu verbringen. Es war …« Sie dachte an die angstvollen Schreie ihrer Tochter, wenn sie nachts aus dem Schlaf hochschreckte, wie sie dann fest auf einen Punkt an der Decke starrte und von dem Mann mit den kohlschwarzen Zähnen sprach, der unter ihrem Bett lauerte. »Es war nicht leicht für sie.«

»Was ist mit Nichol?«, fragte Michael nun wie aus dem Nichts, als hätte er sich endlich dazu durchgerungen. »Gibt es irgendwelche Neuigkeiten?«

Monica sah ihm prüfend ins Gesicht, spürte Crawfords Blick auf sich. Sollte sie Michael wirklich die Wahrheit sagen? Dass das Video jemanden gezeigt hatte, der eine Maske trug, mit schrecklich langen krummen Zähnen ausgestattet, wie jenes von Dolohov angefertigte Modell? Dass sie bei Ward keine Spur einer solchen Maske gefunden hatten, obwohl man in den Videos genau erkennen konnte, dass die Morde bei ihm im Haus stattgefunden hatten? Dass sie nun davon ausgingen, Nichol habe diese Maske getragen und den Getöteten die Bisswunden beigebracht? Dass er Ward dabei unterstützt hatte, die Jungen in den sicheren Tod zu locken? Ihm geholfen hatte, sie aus ihrem Zuhause zu entführen?

Würde es Michael in irgendeiner Weise helfen, wenn er dies alles wüsste?

»Nichts«, sagte Monica schließlich. Sie warf Crawford einen verstohlenen Blick zu. Der hatte erleichtert den Kopf gesenkt. »Er ist unauffindbar …«

»Oder Ward hat ihn umgebracht«, schlug Michael vor.

»Wir werden es vielleicht nie erfahren.« Oder zumindest Sie nicht, dachte Monica. Nicht, solange ich es verhindern kann.

Eine Weile sagte keiner von ihnen ein Wort. Sie standen

nur da, der schwarze Himmel über ihnen, im schwachen Schein des Lichts, das aus dem Haus kam.

»Denken Sie, ich hätte es verhindern können? Sicherlich hatte er mich um ein Treffen gebeten, weil er Hilfe brauchte … Im Grunde war er doch ein verängstigter kleiner Junge, der einen Ausweg suchte«, sagte Michael.

Monica nickte, dachte aber unwillkürlich: Vielleicht war es so. Genauso gut könnte er aber auch vorgehabt haben, Sie in die Falle zu locken, damit Sie Wards nächstes Opfer werden. Denn sie hatte sich diese Videos sehr genau angesehen. Sie hatte Einblick in die Art von Hölle bekommen, die Ward – mit Nichols Unterstützung – für die Jungen geschaffen hatte. Und wenn es nach ihr ging, gab es für manche Taten keine Erlösung.

»Ich hätte für ihn da sein sollen. Ich hätte ihn schützen müssen …«, flüsterte Michael.

»Genau wie Ward …« Monica fing Michaels Blick ein. »… aber letzten Endes hat Nichol seine eigenen Entscheidungen getroffen. So wie wir alle.«

Danksagung

Ich habe das unsagbare Glück gehabt, dass mir beim Schreiben dieses Buches so unheimlich viele talentierte Menschen mit ihrer Hilfe und ihrem Zuspruch zur Seite standen. Ein riesiges Dankeschön und meine Hochachtung für Ranald Macdonald, Gregor Matheson, Keshini Naidoo und Lulu Woodcock für das wertvolle Feedback und den Glauben an mich und meine Arbeit, und das schon während der allerersten Fassungen. Für die Jahre voller Abenteuer, die Begeisterung und die Ideen danke ich Matthew Blackburn, Jana Guttzeit, Alisa Hughes und Graeme Young. Für die künstlerische Inspiration und die große Gastfreundschaft an der Westküste danke ich Fiona MacKenzie. Und für seine Erinnerung zur rechten Zeit, wie Jungs im Teenageralter ticken, danke ich Jack McCruden.

Ein riesiges Dankeschön auch meiner Agentin Camilla Wray und allen Mitarbeitern der Darley Anderson Agency, ebenso meiner Verlegerin Jade Chandler und dem Team bei Harvill Secker. Ich kann euch allen gar nicht genug danken.

Außerdem gilt mein Dank meiner Familie. Meiner Mum Evelyn Halliday für ihre Ermutigungen und ihre Leidenschaft für Fernsehkrimis der frühen Achtzigerjahre, die mich zu diesem Genre gebracht haben. Meinem Dad Ron Halliday danke ich, weil er mir die Ideen dazu geliefert hat und immer ein toller Geschichtenerzähler war. Danke, dass du mich zum Schreiben ermuntert hast. Meiner Schwester Tanya Baron danke ich, weil sie auf jede meiner Textnachrichten prompt geantwortet hat, ganz gleich, ob es ums Erstechen, Erhängen, Schusswunden, Amputationen oder Verletzungen durch stumpfe Gewalteinwirkung ging … Und meinem Bruder Euan Halliday danke ich für seine Unterstützung und seine Begeisterung für meine Arbeit.

Zu guter Letzt ein riesiges Dankeschön an meine Partnerin Sarah Woodcock für all die Liebe und die Unterstützung im Laufe der Jahre, dafür, dass sie sämtliche Entwürfe gelesen hat, ohne ihre Begeisterung zu verlieren, dafür, dass ich dank ihr offener für das Genre Horrorfilme geworden bin, dass sie mit mir gemeinsam die Highlands erkundet hat, gemeinsam mit mir kreativ geworden ist und mit mir den Grundstock dieser Geschichte gelegt hat. Außerdem war sie es, die in mir den Wunsch geweckt hat, einen Kriminalroman zu schreiben. Ohne dich wäre dies alles nicht möglich gewesen.